ullstein

Das Buch

Libussa, die jüngste Tochter der Herrscherin der Behaimen, lernt auf dem rauschhaft gefeierten Kupala-Fest den Bauern Premysl kennen. Bald schon reitet sie regelmäßig in sein Dorf, um ihn bei seiner Familie zu treffen. Doch eine Verbindung zwischen ihnen scheint unmöglich, vor allem dann, als Libussa zur Nachfolgerin ihrer verstorbenen Mutter gewählt wird. Libussa allerdings ist entschlossen, den Geliebten trotz seiner niederen Herkunft zum Gefährten zu nehmen. Listig belebt sie ein altes Ritual wieder, und der Trick gelingt: Die Göttin zeigt Premysl als den für Libussa vorbestimmten Ehemann. Doch nach kurzem Glück beginnt eine Zeit der Gefahren, die Frankenkrieger bedrohen die neu gegründete Stadt Prag und wollen den Behaimen gewaltsam das Christentum aufzwingen.

Die Autorin

Tereza Vanek, 1966 in Prag geboren, kam als Kind mit ihren Eltern nach Deutschland. Nach einem philologischen Studium arbeitete sie in London und kehrte dann für einige Zeit nach Prag zurück, wo sie als Fremdsprachendozentin tätig war. Tereza Vanek lebt in München.

TEREZA VANEK

Die Träume der Libussa

Historischer Roman

Ullstein

Besuchen Sie uns im Internet:
www.ullstein-taschenbuch.de

Umwelthinweis:
Dieses Buch wurde auf chlor- und säurefreiem Papier gedruckt.

Originalausgabe im Ullstein Taschenbuch
1. Auflage Juni 2008

Umschlaggestaltung: HildenDesign, München
Titelabbildung: Stadtansicht – © Bird's Eye View of Prague from the Nuremberg Chronicle by Hartmann Schedel/The Stapleton Collection/The Bridgeman Art Library; Gemälde – Anton Raphael Mengs/akg-images
Satz: LVD GmbH, Berlin
Gesetzt aus der Minion
Druck und Bindearbeiten: CPI – Ebner & Spiegel, Ulm
Printed in Germany
ISBN 978-3-548-26777-7

Prolog

Die Frau saß vor dem Eingang einer Höhle. Er hatte sie bereits von weitem gesehen, denn sobald der Mond hinter den Wolken verschwand, war ihr Lagerfeuer das einzige Licht in der tiefschwarzen Nacht. Sie musste sein Kommen bemerkt haben, hatte sich aber nicht in die Höhle zurückgezogen. Ihr Gesicht war den brennenden Holzscheiten zugewandt.

»Sei gegrüßt«, sagte er in der Sprache der Kelten und sprang vom Pferd. Im Feuerschein sah er die Zeichen auf ihrer Stirn, die mit den Flammen zu tanzen schienen. Sonst bewegte sich nichts an ihr, und seinen Gruß schien sie nicht zu hören. »Ich bin Krok, der Stammesführer der Behaimen.« Trotz der nächtlichen Kühle nahm er seinen Umhang ab. Sie sollte an den Tätowierungen auf seinen Armen erkennen, dass sie Verbündete waren. Wenn er in von Christen besiedelte Gebiete reiste, ließ Krok die Symbole stets bedeckt, um keine Furcht oder Feindseligkeit heraufzubeschwören. Doch hier, am Berg der Göttin, war der rechte Ort, sie mit Stolz zu zeigen. Er setzte sich unaufgefordert ans Feuer. »Ich weiß, es ist Männern untersagt, hierherzukommen.«

Sie hob den Kopf, ein erstes Zeichen, dass sie lebendig war und keine Steinstatue. Ihr Gesicht glich dem eines Wiesels, spitz und forsch. »Warum kommst du dann?«

»Weil es wichtig ist. Wie gesagt, ich bin ...«

»Ich weiß, wer du bist. Gibt dein Rang dir das Recht, die alten Regeln zu brechen?«

»Ich will keine Regeln brechen, sondern bitte dich, sie meinetwegen einmal zu missachten. Höre mich an, denn meine Lage ist ernst, und ich brauche deinen Rat.«

»Hast du keinen anderen Ratgeber, Stammesführer der Behaimen? Gibt es unter euren Leuten keine Weisen?«

»Es gibt niemanden, der mich besser beraten könnte als du. Meine Schwester Scharka ist schon oft zu dir gekommen. Du kannst dich sicher an sie erinnern.«

»Zu mir kommen viele Frauen aus vielen Völkern. Wir verehren alle dieselbe Göttin, ganz gleich, ob wir sie Rigani, Freya oder Mokosch nennen.«

»Meine Schwester war die Fürstin unseres Stammes, der Cechen, außerdem Hohe Priesterin aller Stämme der Behaimen. Das musst du gewusst haben.«

Sie musterte ihn nachsichtig, wie eine gutmütige Mutter ihr vorlautes Kind. »Natürlich wusste ich das, Krok. Und ich weiß auch, dass sie heute Morgen gestorben ist. Bist du aus diesem Grund zu mir gekommen?«

Er war versucht zu fragen, wer ihr von Scharkas unerwartetem Tod erzählt hatte, besann sich dann aber eines Besseren. Die Keltin könnte meinen, er wollte ihre seherischen Fähigkeiten in Frage stellen. Natürlich konnte sie es von einer Frau aus seinem Volk erfahren haben, die an diesem Tag zufällig bei der Seherin gewesen war, doch viele Jahre des Verhandelns mit Stammesoberhäuptern und Königen hatten Krok gelehrt, dass man die Begabung anderer Menschen niemals unnötig anzweifeln sollte.

»Ja, das ist der Grund meines Besuches. Ich brauche deinen Rat.«

Die Keltin zog ihre buschigen Brauen zusammen. Ihr Wieselgesicht betrachtete ihn misstrauisch, aber nicht ohne Neugierde.

»Wie du weißt, sind die Behaimen den alten Traditionen treu geblieben. Besitz und Stellung im Clan gehen von der

Mutter auf die Töchter oder auch auf die Söhne über, wenn es sich um Aufgaben handelt, die Männern zufallen. Der Fürstenclan der Cechen führt unser Volk seit der Zeit des großen Samo, dem es gelang, die Stämme zu einen und uns vom Joch der Awaren zu befreien. Die erste Hohe Priesterin unseres Volkes war bereits eine Fürstin der Cechen, ihr Bruder der Anführer aller Stämme unseres Volkes. Ich selbst bin Stammesführer geworden, weil eine Cechen-Fürstin mich gebar und die fürstlichen Clans der übrigen Stämme meiner Ernennung zustimmten. Es ist meine Aufgabe, mit unseren Freunden und Feinden zu verhandeln, damit mein Volk in Frieden leben kann, oder auch einen Krieg anzuführen, falls dieser notwendig ist. Doch in allen anderen Fragen, die unser Wohl und Wehe betreffen, soll eine Frau die große Göttin auf Erden vertreten und Entscheidungen treffen.«

Er ging davon aus, dass seine Rede der Keltin gefallen würde. Auch unter ihren Leuten hatten Römer und andere Eindringlinge bereits dafür gesorgt, dass Männer begannen, alle Macht für sich zu beanspruchen. Sie selbst besaß nur noch den Einfluss einer Priesterin, der allerdings beträchtlich war, da man ihre Klugheit schätzte.

»Die Zeiten sind nicht einfach«, fuhr Krok nach einer kurzen Pause fort und wollte zu einer längeren Rede ansetzen, doch die Keltin fiel ihm sogleich spöttisch ins Wort:

»Und wann sind sie das jemals gewesen?«

Er ärgerte sich über ihr barsches Verhalten, aber als Gesandter seines Volkes hatte er lernen müssen, sich niemals unbedacht herausfordern zu lassen. »Du hast natürlich recht. Wir hatten schon immer Feinde und waren Gefahren ausgesetzt. Aus unserer Heimat im Osten haben uns schrägäugige Riesen vertrieben, die unsere Dörfer und Siedlungen unter den Hufen ihrer Pferde begruben. Unser Volk musste fortziehen und sich aufteilen. So kamen meine Ahnen mit ihrem Anführer Cech in diese Gegend, wo wir ein neues Zuhause fanden. Seit meine Schwester und ich die Behaimen anführen, bemühen wir uns um Frieden zwischen allen Stämmen, aber auch mit anderen Völkern, so dass wir seit Jahren nicht mehr in den Kampf ziehen mussten. Doch nun droht eine neue Gefahr von den Franken. Es heißt, ihr König plane, sein Reich auszudehnen.«

»Jeder Sieger stößt einmal auf einen Gegner, der ihn besiegt«, meinte die Keltin gleichmütig. Krok begriff sofort, worauf sie anspielte. »Ich weiß, meine Leute haben euer Volk einst von den Bergen in die Niederungen getrieben«, gab er unumwunden zu, denn es hatte wenig Sinn, diesen Umstand zu leugnen. »Wir brauchten selbst Land, um zu leben. Doch es war stets mein Ziel, Frieden mit deinen Leuten zu wahren. Ich habe großen Respekt vor eurem Wissen, das viel älter und tiefer ist als das unsere.«

Diese Schmeichelei zeigte nicht die erhoffte Wirkung. Die Miene der Keltin blieb verschlossen. »Unsere Zeit ist vorbei, Krok«, meinte sie nach einer Weile des Schweigens. »Das weiß ich schon lange. Ihr habt euer Volk nach dieser Gegend benannt, aber ihr wisst wohl nicht einmal, woher dieser Name eigentlich stammt. Die großen Boii, ein keltischer Stamm, hatten einst das Sagen in diesem Land, das ihr jetzt beansprucht. Doch das ist schon lange her. Bereits die Germanen haben uns besiegt, noch bevor ihr gekommen seid. Später werden andere Völker die Gegend beherrschen. Vielleicht das deine, vielleicht die Franken. Was kümmert es mich?«

Krok holte Luft. Nun endlich wusste er, mit welchen Worten er den Gleichmut der Keltin erschüttern konnte: »Wir nahmen euer Land, doch wir ließen euch an anderer Stelle in Frieden leben. Wir raubten euch nicht eure Sitten und euren Glauben. Die Franken werden anders sein. Als Anhänger des Gekreuzigten dulden sie nur ihren einen Gott, dessen Leichnam sie regelmäßig verspeisen. Eine wie dich werden sie töten, wenn sie sich nicht zu ihrem Christus bekehrt.«

Die Keltin spuckte ins Feuer. Krok war sich nicht sicher, ob dieser Ausdruck der Verachtung den Franken galt oder ihm.

»Wie können diese Franken die große Mutter leugnen? Wissen sie nicht, wer sie geboren hat?«

»Sie verehren die Mutter ihres Gottessohnes. Aber sie haben eine Jungfrau aus ihr gemacht«, erklärte Krok. Er war den Christen auf einmal fast dankbar dafür, denn mit dieser Ungeheuerlichkeit halfen sie ihm, die Priesterin für seine Sache zu gewinnen.

»Ich habe davon gehört«, meinte sie langsam. »Zwar darf ich diesen Ort nicht verlassen, aber manche Frauen gehen meinetwegen einen weiten Weg. Nun gut, jetzt sage mir endlich ohne Umschweife: Warum bist du gekommen?«

»Weil ich die alten Sitten wahren will«, betonte Krok nochmals, doch sie verzog nur ungeduldig das Gesicht.

»Das habe ich bereits begriffen. Worum genau geht es dir?«

»Ich muss eine Nachfolgerin bestimmen, die zukünftige Fürstin der Cechen, die auch Hohe Priesterin aller Behaimen ist. Meine Schwester starb völlig unerwartet. Sie hatte keine Zeit, eine ihrer Töchter für dieses Amt auszuwählen. Aber ich weiß, dass sie mit allen drei Mädchen oft zu dir kam. Vielleicht kannst du mir sagen, für welche Tochter sie sich entschieden hätte?«

Aufmerksam musterte er das spitze Gesicht der Keltin. Sie wirkte nicht überrascht wegen seiner Bitte, aber vermutlich schickte es sich nicht für eine weise Frau, Staunen zu zeigen. Erst nach längerem Nachdenken sagte sie: »Es stimmt, dass deine Schwester gelegentlich hierherkam, um mit mir gemeinsam die Göttin zu ehren. Manchmal sprachen wir auch über die unterschiedlichen Sitten unserer Völker. Sie hatte Respekt vor meinen Leuten. Trotzdem, Krok, kanntest du sie besser als ich. Ihr wart vom selben Blut. Weißt du wirklich nicht, was ihr Wunsch gewesen wäre?«

Krok warf ihr einen ungeduldigen Blick zu. Warum hatten

Weise und Seher nur diese Unart, klare Antworten zu verweigern? Auch Dragoweill, der Anführer der Wilzen, klagte oft über die endlos langen widersprüchlichen oder rätselhaften Aussagen seiner Druiden. »Leider hat sie mit mir nie darüber gesprochen«, sagte er höflich. »Deshalb komme ich jetzt zu dir.«

»Aber du kennst sie doch, deine drei Nichten. Warum entscheidest du nicht selbst, Stammesführer der Behaimen?«

Warum beantwortest du nicht einfach meine Frage, Priesterin der Kelten?, dachte Krok ungeduldig, wählte aber seine tatsächlichen Worte mit größerer Vorsicht:

»Dies scheint mir eine Angelegenheit der Frauen zu sein.«

Falls die Keltin diese Aussage löblich fand, so zeigte sie es nicht. »Dann nenne mir die Aufgaben einer Fürstin und Hohen Priesterin. Was soll sie tun, das dir als Stammesführer nicht zusteht?«

»Als Hohe Priesterin vertritt sie die Sonnengöttin Mokosch auf Erden. Deshalb leitet sie die religiösen Feiern und Zeremonien aller Behaimen. Unsere Leute können in Streitfällen zu ihr kommen. Meine Aufgabe als Stammesführer ist es, Verhandlungen mit anderen Völkern zu führen. Und ich kann die fürstlichen Clans all unserer Stämme auffordern, mit mir in den Krieg zu ziehen. Doch ohne die Zustimmung der Hohen Priesterin verstößt jeder Kriegszug gegen die Wünsche der Götter.«

Er und seine Schwester Scharka hatten sich jedoch nicht nur diese Aufgaben geteilt. Sie waren die zwei wichtigsten Pfeiler gewesen, die das Herrschaftsgebäude stützten. Absprachen mit anderen behaimischen Stämmen wie den Lukanern, den Lemuzi oder den Kroaten, Verträge mit den Häuptlingen der benachbarten Völker und auch die Fragen des Umgangs mit den verbleibenden keltischen Grüppchen in den Wäldern, all das hatten sie in Übereinkunft entschieden. Die Erinnerung an Scharka stach ihn wie ein Messer. Warum musste ein Mensch so schnell, so unerwartet an einem scheinbar harmlosen Fieber sterben? Es war großenteils Scharka zu verdanken, dass nun Frieden im Umland herrschte. Die Vorstellung, von jetzt an allein für das Wohl seines Volkes verantwortlich zu sein, erschreckte Krok. Seine drei Nichten waren noch heranwachsende Mädchen, die ihre Mutter keinesfalls ersetzen konnten. Angst und Unsicherheit hatten den Stammesführer zu der Priesterin getrieben, doch als Krieger hüllte er sich darüber in Schweigen.

»Beschreibe mir die drei Mädchen, Krok. Was sind ihre guten Eigenschaften und welche ihrer Eigenarten missfallen dir?«

Krok seufzte erleichtert.

»Kazi«, begann er, »ist die Älteste. Sie beschäftigt sich viel mit der Kräuterkunde und mit der Heilkunst. In dieser Hinsicht vertrauen ihr unsere Leute. Sie trifft sich manchmal mit den weisen Frauen der Kelten und Germanen, ja sogar mit den Druiden, um von ihnen zu lernen.«

Die Priesterin nickte. »Ja, sie ist auch bei mir gewesen. Ein sehr wissbegieriges Mädchen. Aber nun sage mir, Krok, glaubst du, sie wäre eine gute Fürstin und Hohe Priesterin? Immerhin haben die Menschen Vertrauen zu ihr.«

Krok schüttelte entschieden den Kopf. Diese Frage war einfach zu beantworten.

»Kazi lebt in ihrer eigenen Welt. Manchmal treibt sie sich tagelang in den Wäldern herum, um nach Kräutern zu suchen. Anderes beschäftigt sie kaum. Zwar vermag sie die körperlichen Leiden der Menschen zu lindern, aber sonst meidet sie Gespräche. Am liebsten ist sie allein oder unter anderen Heilern, mit denen sie über Salben und Tränke reden kann. Die Fürstin der Cechen muss sich mit allen Belangen unseres Volkes befassen. Außerdem sollte sie gut mit Menschen umgehen können. Kazi ist zu verschlossen.«

»Da stimme ich dir zu, Krok. Und wie ist es mit der nächsten Tochter?«

Krok dachte gern an das große, kräftige Mädchen. Von seinen drei Nichten glich Thetka ihrer verstorbenen Mutter am meisten. Zu wissen, dass es sie gab, war erleichternd wie ein kühler Schluck Wein nach einem schweren Tag.

»Thetka ist ganz anders als Kazi. Sie will an allem teilhaben. Schon als kleines Mädchen bat sie mich, ihr das Bogenschießen beizubringen. Sie ist eine verflucht gute Jägerin geworden. Jedes Mal, wenn ich von einer Reise zurückkehre, fragt sie mich über andere Völker und ihre Sitten aus. Sie versteht es, sich in Auseinandersetzungen zu behaupten. Bei meinen Leuten ist sie sehr angesehen.« Er blickte erwartungsvoll in das Gesicht der Priesterin, doch konnte er darin nicht die erhoffte Begeisterung erkennen.

»Mir ist auch aufgefallen, wie gut Thetka sich durchsetzen kann und wie schnell sie andere Menschen auf sich aufmerksam macht«, bemerkte die Keltin. »Aber sage mir, Krok, wozu nutzt sie diese Fähigkeiten? Um Recht zu schaffen und Streit zu schlichten? Oder geht es ihr nicht eher darum, für ihr eigenes Wohl zu sorgen, manchmal auch auf Kosten anderer?«

Krok fühlte sich, als wäre ein unbekannter Gegner plötzlich von einem Baum gesprungen, um sich auf ihn zu stürzen. Auf einmal ärgerte ihn das Gespräch mit der Priesterin und er fragte sich, warum er eigentlich hergekommen war. »Natürlich ist sie ein wenig rücksichtslos. So sind starke Menschen eben, solange sie jung sind. Verständnis für andere, das kommt erst mit den Jahren.«

»In manchen Fällen. Aber auch bei Thetka?« Die Priesterin schien nicht zu bemerken, dass ihre Frage ihm missfiel. Oder es war ihr gleichgültig. Ihr Gesicht verriet nichts.

»Ich würde es sie lehren«, lenkte er ein, »Thetka braucht die nötigen Weisungen, um auf den richtigen Weg zu kommen, so wie alle jungen Menschen. Ich habe großes Vertrauen in ihre Fähigkeiten.«

Die Priesterin nickte. Sie stocherte mit einem Stab in den glühenden Scheiten herum, da die Flammen zu erlöschen drohten. Kroks Anwesenheit schien sie vergessen zu haben, das Feuer nahm ihre ganze Aufmerksamkeit in Anspruch.

»Warum bist du zu mir gekommen, wenn deine Wahl bereits getroffen ist?«, fragte sie nach einer Zeit des Schweigens, die dem Stammesführer endlos erschien.

Wieder hatte Krok das Gefühl, unerwartet angegriffen zu werden. Diesmal aber erkannte er die Ursache seines Zorns. Die Priesterin hatte ihn besser durchschaut als er sich selbst. »Ich wollte deinen Segen als Dienerin der Göttin. Ich weiß, wenn du meine Wahl gutheißt, dann hätte meine Schwester dies auch getan«, antwortete er ehrlich. Die Priesterin schien das zu würdigen, denn diesmal ließ sie ihn nicht warten, bevor sie antwortete. »Ich heiße deine Wahl nicht gut, Krok. Du bevorzugst Thetka, weil sie dir gleicht, weil es ihr darum geht, zu erringen und zu behalten. Willst du, dass der Stammesführer und die Hohe Priesterin des Volkes der Behaimen sich gleichen? Dass sie von derselben Art sind? Dann wähle Thetka, und du hast trotz allem meinen Segen.«

Krok musterte die Keltin staunend. Ihr Vorwurf hatte so sicher ins Ziel getroffen wie der Pfeil eines geübten Schützen. »Natürlich soll die Hohe Priesterin anders sein als der Stammesführer. Sie ist die Tochter der Göttin, zuständig für Eintracht in unserem Volk und für sein Wohlergehen. Aber wir waren uns doch einig, dass Kazi trotz ihrer Heilkünste gänzlich ungeeignet ist. Thetka denkt in vielen Dingen selbstsüchtig und will im Mittelpunkt stehen, doch mit dem richtigen Einfluss …«

»Gibt es nicht noch eine dritte Tochter?«

Diesmal zögerte Krok lange mit seiner Antwort. Die Frage der Priesterin ließ ihn an deren Fähigkeiten als weiser Frau zweifeln.

»Libussa ist noch ein Kind«, meinte er schließlich.

»Kinder werden erwachsen, Krok. Du hast selbst gesagt, junge Menschen brauchen Zeit, um den richtigen Weg zu finden. Außerdem ist aus Libussa längst eine junge Frau geworden. Sie hat an eurem letzten Fest zu Ehren der Göttin teilgenommen.«

»Ja, und seitdem reitet sie ständig fort, um sich mit irgendeinem jungen Mann zu treffen, wie ich vor kurzem erfahren habe. Einem Bauernjungen! Selbst als ihre Mutter starb, war sie bei ihm.«

»Sie ahnte nichts davon, wie nah ihre Mutter dem Tode war, Krok. Als Libussa aufbrach, gab es noch keine Anzeichen einer Krankheit. Oft kann sie Ereignisse voraussehen, aber zurzeit ist sie, nun ja, mit anderem beschäftigt.« Die Priesterin lächelte nachsichtig, als hätte sie Verständnis für das Mädchen. Eine seltsame Haltung bei einer Frau, die ihr Leben der Göttin geweiht hatte, fand Krok.

»Libussa rennt jeder Laune hinterher, von ihren Wünschen und Sehnsüchten getrieben. Was für eine Fürstin und Hohe Priesterin wäre sie?«

»Hattest du nicht auch einmal deine Sehnsüchte, Krok?«

Er senkte den Blick und fragte sich, ob die Priesterin von Aislinn, der hübschen Keltin, wusste. Oder von den vielen anderen, die es vor ihr in seinem Leben gegeben hatte. Auch Scharka, seine Schwester, war in diesen Dingen nicht zurückhaltend gewesen. Kazi hatte die dunklen Haare ihres keltischen Vaters geerbt. Danach war ein behaimischer Krieger zu ihr gekommen, und Thetka wurde geboren. Wer Libussa gezeugt hatte, wusste Krok nicht genau. Es stand einem Mann der Behaimen nicht zu, sich in die Belange seiner Schwestern und Nichten einzumischen, wenn es um die Auswahl von Liebhabern ging. »Sie rennt diesem Mann hinterher, obwohl die guten Sitten erfordern, dass er sich zu ihr begibt«, erklärte er trotzdem empört.

»Warum bist du so streng mit ihr? Libussa weiß genau, was sie tut, und wenn sie andere Wege nimmt als die üblichen, so hat sie ihre Gründe dafür. Sie kommt zu mir, wenn sie befürchtet, etwas Unangemessenes zu tun. Der Dienst an den Göttern ist ihr sehr wichtig. Glaube mir, Krok, das Mädchen handelt nicht unüberlegt. Kannst du mir sagen, warum du nicht bereit warst, sie in Erwägung zu ziehen?«

»Libussa folgt in allem ihrem Herzen, auch wenn sie dabei gegen unsere Bräuche verstößt. Sie ist gutgläubig und vertrauensselig. Streit ist ihr verhasst, denn sie versucht stets, Verständnis für den Gegner aufzubringen, und träumt von Frieden durch beidseitige Einsicht. Versteh mich nicht falsch, hohe Frau. Das Mädchen ist ein liebenswerter Mensch, und kaum jemand redet schlecht von ihr. Aber sie sieht der Wirklichkeit nicht ins Gesicht.« Er fand, dass er sich sehr treffend und unvoreingenommen ausgedrückt hatte.

Die Priesterin hielt ihren Blick auf die lodernden Flammen gerichtet. Ihm schien, als begännen die Zeichen auf ihrer Stirn wieder zu tanzen. »Libussa ist, was du nicht bist. Ihr Männer habt eure Götter des Krieges und des Donners und der Schlacht. Wir Frauen verehren die Muttergöttin, die das Leben schenkt. Sie ist es, die aus Libussa spricht, Krok. Weder Kazi noch Thetka hören ihre Stimme so klar wie das jüngste Mädchen. Dir mag Libussa leicht zu beeindrucken und gutgläubig vorkommen. Aber gib ihr Zeit, dann wird sie vom Leben lernen. Ich weiß, dass keine andere deiner Nichten der großen Göttin so nahesteht wie das jüngste Kind deiner Schwester. Mehr habe ich dir nicht zu sagen. Nun geh und tu, was dir richtig erscheint.«

Krok suchte nach Worten, um der weisen Frau zu widersprechen, doch die Priesterin beachtete ihn nicht mehr. Ihre Augen waren geschlossen, und sie murmelte leise unverständliche Worte. Er beobachtete, wie sich ihr Oberkörper dabei vor- und zurückwiegte, als habe eine unsichtbare Macht von ihr Besitz ergriffen.

Er stieg wieder auf sein Pferd und murmelte Worte des Abschieds, auf die er keine Antwort erhielt. Dann galoppierte er eilig los. Der nächtliche Wald war die Wohnstatt von Geistern und Dämonen, vor denen selbst ein tapferer Krieger Respekt hatte.

»Libussa«, murmelte er auf dem Weg nach Chrasten, wo sein Clan sich niedergelassen hatte. »Nun, wenn sie meint, dann eben Libussa. Es steht mir nicht an, die Wahl der Göttin in Zweifel zu ziehen.« Was er natürlich trotzdem tat.

Als der Reiter nicht mehr zu sehen war, löschte die Keltin das Feuer. Die letzte Darbietung hatte ihren Zweck erfüllt. Es tat ihr leid, dass sie Krok so unfreundlich verabschiedet hatte, aber Männer hatten nicht das Recht, an diesen Ort zu kommen. Sie wollte nicht, dass er bis zum Morgengrauen blieb und von den ersten Frauen gesehen wurde, die sie aufsuchten.

Er ist kein schlechter Kerl, der Stammesführer der Behaimen, dachte sie, als sie sich zum Schlafen in ihre Höhle zurückzog. Ich glaube, er wird dem Willen der Göttin folgen, auch wenn er ihn nicht versteht.

An Libussa wollte sie im Augenblick nicht denken. Sollte das Mädchen je von diesem Gespräch erfahren – wie zornig und enttäuscht wäre sie von ihrer engsten Vertrauten, die nur zu gut wusste, welches Leben sie sich in Wahrheit wünschte! »Jenen, die nicht nach Macht streben, soll sie zufallen«, murmelte die Keltin, während sie sich auf ihre Felle legte und die warme Wolldecke über sich ausbreitete. Hättest du mir nicht von deinen Träumen und Ahnungen erzählt, Mädchen, dachte sie kurz vor dem Einschlafen, dann hätte ich ihn Thetka wählen lassen, denn so übel ist sie nicht. Doch mir scheint, du hast eine besondere Aufgabe in der Welt, Libussa. Du musst den Weg gehen, der dir bestimmt ist, auch wenn er dir nicht gefällt. Den meisten von uns gefällt er nicht immer.

1. Teil

1

Libussa ließ ihre Stute über die Lichtung galoppieren, und die hügelige, dicht bewaldete Landschaft zog an ihr vorüber. Das Gefühl völliger Freiheit war wie ein Rausch, der sie in ihren Erinnerungen schwelgen ließ – in ihren Erinnerungen an das Kupala-Fest vor einigen Wochen, bei dem sie zur Frau geworden war.

Wie alle jungen Mädchen und Frauen hatte sie Blumen in den Fluss geworfen und war anschließend selbst hinterhergesprungen. Bei Einbruch der Dämmerung war das rituelle Bad vorüber. Nun gab es Tänze ums Lagerfeuer und für diesen Festtag speziell gebraute Tränke. Auch Libussa griff nach einem Becher. Bald schon begann die Welt um sie herum zu verschwimmen, doch alles erstrahlte in einem hellen Licht, was von der Gegenwart zweier Götter zeugte: Morana und Jarilo, die Kinder der großen Sonnengöttin, feierten ihre heilige Hochzeit. So konnte das Land Früchte hervorbringen, um die Menschen zu ernähren. Da Jarilo der Sohn des Wassergottes Veles war und Morana den Herrn des Donners und der Lüfte, Perun, zum Vater hatte, trat durch diese Heirat Frieden ein zwischen zwei alten Erzfeinden. Es war der glücklichste Augenblick des Jahres. Denn bald schon würde Morana aus Eifersucht Jarilo töten und ihn so wieder zu seinem Vater in die Unterwelt zurückschicken. Doch ohne ihren Gemahl welkte Morana dahin. Sie wurde zur alten, bitteren Todesgöttin, und die Kälte des

Winters legte sich über das Land. Erst mit dem nächsten Frühling kehrte Jarilo wieder unter die Lebenden zurück und umwarb Morana erneut.

Aber an all das hatte Libussa irgendwann an diesem Abend nicht mehr gedacht, obwohl sie sich fest vorgenommen hatte, die Heiligkeit dieses Festes keinen Augenblick zu vergessen. Sie wollte nicht sein wie so viele andere Mädchen, die bei dieser Gelegenheit nur Ausschau nach gut aussehenden jungen Männern hielten. Die heilige Hochzeit würde vollzogen, nichts weiter, hatte sie sich immer wieder gesagt, um ihre eigene Nervosität zu bekämpfen. Es war ihre erste Teilnahme an diesem bedeutenden Ritual, und danach würde sie in ihrem Volk als Frau anerkannt werden. Vor ihr lag der Eintritt in eine geheimnisvolle Welt. Sie wusste nicht, ob sie sich freuen oder fürchten sollte.

Kazi, ihrer ältesten Schwester, gefielen diese Feste nicht. Sie begleitete ihre Familie nur aus Pflichtgefühl, und Libussa war nicht entgangen, wie ihr dunkler Haarschopf in der Sicherheit des Waldes verschwand, als Männer und Frauen immer ungezwungener aufeinander zugingen. Ganz anders Thetka. Sie liebte die Aufmerksamkeit der jungen Krieger aller anwesenden Stämme, drehte sich wie wild im Kreis und sprang mehrfach über das Feuer, damit auch niemand sie übersah.

Scharkas Töchter. Die Kinder der Fürstin der Cechen. Jeder angesehene Krieger, jeder männliche Spross eines fürstlichen Clans strahlte vor Stolz, wenn es ihm gelungen war, die heilige Hochzeit mit einer von ihnen zu vollziehen.

Aber genau das hatte Libussa nicht gewollt. Sie war in einem schlichten, nur mit Holzperlen verzierten Gewand gekommen, das ihre Kinderfrau Kveta früher getragen hatte. Ihr Haar hatte sie wie die Töchter der Bauern zu zwei Zöpfen geflochten und mit Blumen geschmückt. Von dem Schmuck, den ihre Mutter zu diesem Anlass freudig verlieh, wählte sie nur ein paar Armreifen aus Kupfer.

Wer immer er sein würde, er sollte sie nicht kennen. Jede Frau war bei diesem Fest die Göttin Morana, ebenso wie jeder Mann Jarilo verkörperte. Nichts weiter als das hatte Libussa sich zunächst gewünscht. Einen Fremden, den sie bald vergessen würde und der nicht damit prahlen sollte, dass sie bei der heiligen Hochzeit seine Gefährtin gewesen war.

Während des Tanzens schwand die Furcht allmählich. Der Trank zeigte seine Wirkung. Sie sprang und wirbelte herum wie die anderen, befreit durch das sichere Gefühl, Teilnehmerin an einem uralten Ritual zu sein. Noch nie zuvor hatte sie sich Morana so nahe gefühlt. Es war, als tanzte die Göttin selbst an ihrer Seite.

Vielleicht hatte Morana sie zu dem Jungen geführt. Der Gedanke gefiel ihr, auch wenn er vermessen war. Sie konnte sich erinnern, wie sie beschloss, Slavoniks Blicken zu entkommen. Er stammte aus dem fürstlichen Clan der Kroaten, ein fast so mächtiger Stamm wie die Cechen, und versuchte bei diesen Gelegenheiten stets, eine von Scharkas Töchtern zu verführen, um sich dadurch bei seinen Freunden aufzuspielen. Libussa wusste genau, dass heute sie an der Reihe sein sollte.

Er war genau das, was sie nicht wollte. Ein Mann, für den sie wie eine zusätzliche Tätowierung wäre, die ihn als Krieger von Rang und Namen auszeichnete. Sie zog sich weiter von den Lagerfeuern zurück, um nicht von ihm gesehen zu werden, als sie plötzlich ein anderes, völlig unbekanntes Gesicht vor sich erblickte. Der junge Mann mochte etwa in ihrem Alter sein und nahm vermutlich auch zum ersten Mal an diesem Fest teil. Er hielt sich im Hintergrund und beobachtete aufmerksam, wie aus dem Getümmel von Menschen bei den Feuern allmählich einzelne Paare entstanden. Als Libussa an seiner Seite auftauchte, wirkte er überrascht und lächelte sie verlegen an.

»Gefällt dir das Fest?«

Die Frage schien ihr unangemessen, denn Rituale sollten

nicht gefallen, sondern die Götter ehren. »Ich bin mir nicht sicher«, sagte sie daher ausweichend. »Ich habe noch nie zuvor daran teilgenommen.« Sie wollte nicht verraten, dass eben jener Teil des Rituals, der am wichtigsten, am heiligsten war, ihr Unbehagen einflößte. Wie kam es, dass Kazi davor flüchtete, während es Thetka doch zu gefallen schien?

»Ich bin auch zum ersten Mal hier«, bestätigte er ihre Vermutung. »Es ist, na ja, etwas, an das man sich gewöhnen muss.«

Einen Jungen an ihrer Seite zu wissen, dem Kupala noch ebenso fremd war wie ihr, schien beruhigend. Sie fühlte sich sicherer bei jemandem, der ihr Unbehagen teilte.

»Wer bist du? Kommst du aus einem Dorf in der Nähe?«, führte er die Unterhaltung beharrlich fort, als sei dies ein ganz gewöhnlicher Tag, an dem Fremde nur miteinander redeten. Er konnte nicht im Gebiet der Cechen wohnen, sonst hätte er sie gekannt. Libussa war erleichtert. Vermutlich war er im Gefolge des fürstlichen Clans eines anderen Stammes gekommen. Der Junge trug die grobe Kleidung eines Bauern, aber sein feines nachdenkliches Gesicht verriet, dass er kein einfältiger Mensch sein konnte. Aus den braunen Augen sprach völlige Offenheit, vielleicht, weil ein Mann einfacher Herkunft nicht unter dem Druck stand, unbedingt Eindruck machen zu müssen. Er hatte hellbraunes Haar, das ihm knapp bis zu den Schultern reichte, denn nur Krieger wie Slavonik waren so eitel und verfügten über die Muße, sich Zöpfe zu flechten oder das Haar mit Schweinefett kunstvoll auf ihren Köpfen hochzutürmen, um den Frauen zu gefallen.

»Es ist nicht üblich, hier seinen Namen zu nennen«, beantwortete sie ausweichend seine Frage. Der Rausch schien durch die kurze Unterhaltung bereits nachgelassen zu haben. Warum nahm er sie nicht einfach an der Hand und zog sie mit zu den Feuern, wo sich andere Paare bereits in den Armen lagen? Dort wäre es einfacher, nur Teil eines Ganzen zu sein. Zu tun, was alle taten.

»Ich glaube, mir gefallen diese Feste nicht«, sagte er unerwartet. »Wir sind keine Tiere.«

Zorn wallte in Libussa auf, verstärkt durch die Wirkung des berauschenden Trankes. »Das ist ein heiliges Ritual!«, zischte sie ihn an. »Du redest wie die Christen, die sich ihrer Körper schämen, und beleidigst unsere Götter.«

Er hob abwehrend die Arme. »Darum geht es nicht. Ich finde nichts Verwerfliches an diesem Fest. Nur gefällt es mir nicht, mich vor allen Leuten auf eine Fremde zu stürzen. Das ist alles.«

Wenn sie ihm ihren Namen nannte, wären sie sich dann weniger fremd? Könnten sie mehr sein als nur die Stellverteter Jarilos und Moranas bei einem jährlichen Ritual? Der Junge schien ein angenehmer Mensch zu sein. Doch sobald er wusste, wer sie war, würde sich sein Verhalten vielleicht ändern. Dennoch gefiel es ihr, dass er so offen mit ihr sprach.

Lange Zeit herrschte Schweigen. Libussa hatte Angst, den Fremden anzusehen. Er sollte nicht merken, welche Gedanken ihr durch den Kopf gingen, wie wohl sie sich in seiner Gegenwart fühlte, denn dadurch hätte sie mehr preisgegeben, als bei einem solchen Fest üblich war.

»Willst du mit mir in den Wald gehen, Mädchen ohne Namen?«, fragte er schließlich mit einem verlegenen Grinsen und streckte ihr seine Hand entgegen. Sie reichte ihm die ihre. Seine Handflächen waren rau vor Schwielen. Er musste wirklich ein Bauer sein, doch in diesem Moment hatte das keine Bedeutung.

Abseits vom Lachen und Geschrei der Feiernden war der nächtliche Wald ein verzauberter Ort, das Reich der Geister und Vilas, unsterblicher, wunderschöner Frauen, die über ihn herrschten. Libussa mochte das Kratzen der Bauernhände, die sich auf ihr Gesicht legten.

»Das heilige Ritual also?«, murmelte er. Seine Augen blitzten spöttisch auf und sie hörte ihr eigenes nervöses Lachen.

»Wie auch immer du es nennen magst«, sagte sie. Sosehr sie sich bemühte, sie konnte in ihm nicht einfach eine Verkörperung des göttlichen Jarilo sehen. Und sie wollte jetzt nicht nur Morana sein, auch wenn sie immer noch die Gegenwart der Göttin fühlte. Der Rausch hatte nachgelassen, aber ihre Furcht kam nicht zurück. Der Junge flößte ihr Vertrauen ein. Bereitwillig ließ sie sich neben ihm auf der feucht duftenden Erde nieder.

»Ganz gleich, was wir jetzt tun, Mädchen ohne Namen«, flüsterte er ihr ins Ohr. »Du sollst zunächst wissen, wer ich bin. Premysl aus dem Dorf Staditz. Es liegt am Fluss Belina, im Gebiet des Lemuzi-Stammes. Ich wohne dort mit meiner Mutter und Schwester.«

Sie nickte und schlang ihre Arme um ihn. Er folgte der Ermunterung zaghaft, als habe ihn auf einmal der Mut verlassen. »Ich weiß, dass Männer manchmal zu grob sein können«, murmelte er, ohne sie dabei anzusehen.

Libussa verstand nicht, warum er so redete. Kazi gefielen diese Feste nicht. Doch fast alle anderen Fürstentöchter, die sie kannte, liebten Kupala. Nun, da sie sich an den warmen Körper dieses Fremden presste, stieg Sehnsucht nach noch größerer Nähe in ihr auf.

»Wenn ich etwas tue, das dir zuwider ist, dann musst du es sagen. Versprich es mir«, kam es wieder von dem Bauernjungen, diesmal mit mehr Entschlossenheit. Libussa lachte auf.

»Das verspreche ich. Und ich kratze dir die Augen aus, wenn du dann nicht aufhörst.«

Diese Worte schienen ihn zu beruhigen, denn er löste den Gürtel an ihrem Gewand, aus dem sie sich sogleich selbst befreite. Allmählich ergriff ein anderer Rausch von ihr Besitz, ein Sehnen in ihrem Unterleib, das immer stärker wurde, je länger sie die schwieligen Hände auf ihrer Haut spürte. Dafür also, dachte sie, hat mir die Göttin den Körper einer Frau geschenkt.

Am nächsten Morgen erwachte Libussa neben dem Jungen, im Schutz des Waldes sicher und geborgen, aber sie wusste, sie würde dieses Reich der Geister bald verlassen müssen. Ihre Mutter, Kazi und Thetka suchten vermutlich schon nach ihr. Sie schlüpfte rasch in ihr Kleid. Premysl schlief noch. Sie küsste ihn zaghaft auf die Wange. Es war besser so gewesen als mit einem Fremden inmitten aller anderen Paare, auch wenn sie dadurch ein wenig gegen das Ritual verstoßen hatte. Der Junge hatte nicht einfach Scharkas jüngste Tochter in ihr gesehen, deren Verführung seinen Ruhm vergrößern sollte, sondern ein unbekanntes junges Mädchen.

Aber es war vorbei. Von einer unerklärlichen Angst erfüllt, lief Libussa fort und hoffte, dieser Premysl aus Staditz würde sie bald vergessen, denn er war nicht Teil ihrer Welt.

Sobald sie den Wald verlassen hatte, tauchte der Ort des Festes vor ihr auf. Schlafende, erschöpfte Körper lagen wie nachlässig hingeworfen um die erloschenen Feuerstellen. Libussa schritt über sie hinweg, denn sie hatte bereits die gesattelten Pferde der Cechen-Fürstin gesehen. Ihre Mutter verfügte über unerschöpfliche Energie, der eine Nacht im Taumel des Rausches nichts anhaben konnte. Auch Thetka saß bereits auf ihrem Pferd, und Kazi kletterte gerade hoch. Libussa eilte hinzu, strich über den Kopf ihrer Stute Steka und schwang sich in den Sattel.

»Wo bist du denn so lange gewesen, Kind?«, hörte sie die vorwurfsvolle Stimme ihrer Mutter. Sie gab eine ausweichende Antwort und war froh, dass Scharka von den Cechen das Zeichen zum Aufbruch gab, anstatt sie weiter auszufragen.

Während sie mit dem Gefolge Wälder und Wiesen durchquerte, schien das Geschehene bereits unwirklich zu werden. Dieser Junge war vielleicht kein echter Mensch gewesen, sondern ein Geist des Waldes, der menschliche Gestalt angenommen hatte. Der Gedanke beruhigte sie, denn die Erinnerung an diese körperliche Nähe zu einem fremden Bauernjungen war ihr auf einmal unangenehm. Besser, alles schnell zu vergessen. Sie flüchtete vor Thetkas neugierigen Fragen, indem sie Steka neben Kazis Pferd laufen ließ. Die älteste Schwester schwieg wie gewöhnlich, denn sie war nach dem Kupala-Fest stets schlechter Laune. Thetka schäkerte mit einigen Kriegern aus dem Gefolge, so dass sich Libussa erleichtert in ihre Gedanken versenken konnte. Sie wollte sich innerlich auf die Zeremonie vorbereiten, bei der sie vor allen Angehörigen des Stammes zur Frau erklärt werden sollte, sich von der Erinnerung an die letzte Nacht befreien, auch wenn sie ahnte, dass sie diesen Jungen nicht so schnell vergessen würde. Zunächst merkte sie nicht, dass das kräftige, große Pferd ihrer Mutter sich zu ihrer Stute Steka gesellte.

»Slavonik war verärgert«, riss Scharka von den Cechen sie dann plötzlich aus ihren Überlegungen.

»Was kümmert mich Slavonik?« Libussa fühlte Ärger in sich aufsteigen.

»Er gehört dem fürstlichen Clan eines mächtigen Stammes an. Wir brauchen die Loyalität der Kroaten.«

»Ich dachte, Onkel Krok hätte für Frieden gesorgt.«

»Kein Frieden dauert ewig, Libussa. Es kommen immer wieder neue Feinde.«

Libussa fühlte sich, als hätte man ihr die Haut abgezogen. Jeder Windhauch schmerzte sie. Die Erfahrung der vergangenen Nacht war zu innig, zu zärtlich gewesen, um auf die Ebene der Verhandlungen zwischen fürstlichen Clans herabgewürdigt zu werden.

»Hätte ich es mit Slavonik treiben sollen, damit er unser Verbündeter wird? Ist es nicht ein heiliges Ritual, im Namen der Göttin? Und du verlangst, dass ich es für deine persönlichen Ziele missbrauche! Du redest wie die Christen, die ihre Töchter als Pfand geben.«

Nun traf sie der Blick ihrer Mutter wie ein Faustschlag. »Sei froh, dass wir nicht wie die Christen sind. Dann würden wir dich mit Slavonik verheiraten, und du wärest ihm untertan, bis einer von euch stirbt. Aber hier ging es nur um eine einzige Nacht, Libussa. Er ist ein gut aussehender junger Kerl. Was wäre so schlimm daran gewesen?«

»Ich kann ihn nicht leiden«, murrte Libussa und fand plötzlich selbst, dass sie sich wie ein bockiges Kind anhörte. Deshalb setzte sie zu einer Begründung an: »Er ist so sehr von sich eingenommen. Jedes Mal, wenn eine Frau ihn als Gefährten wählt, wissen sofort alle seine Freunde davon. Das ist für ihn wie ein Wettkampf unter Kriegern, den er gewonnen hat.«

Ihre Mutter zuckte mit den Schultern. »So sind Männer eben. Glaub mir, ich kenne sie.«

»Es ist allgemein bekannt, wie gut du sie kennst.«

Kaum waren die bissigen Worte ausgesprochen, hätte Libussa viel darum gegeben, sie wieder zurücknehmen zu können. In den Augen ihrer Mutter lag plötzlich nicht nur Unzufriedenheit, sondern auch ein stummer Vorwurf. »Wir sind in diesen Dingen nicht wie Völker, in denen allein die Männer herrschen, mein Kind. Bei uns gehört eine Frau nicht einem einzigen Mann. Sie kann selbst entscheiden, mit wem sie ihr Lager teilt. Mir scheint, das hast du gerade eben vergessen.«

Libussa senkte den Kopf. Es hatte jetzt keinen Sinn, sich zu entschuldigen, dazu kannte sie ihre stolze, störrische Mutter zu gut. Ihren eigenen Ärger zu erklären wäre aber ebenso vergebliche Mühe gewesen. Scharka hatte mit vielen Männern das Lager geteilt, aber nur Thetkas Vater Jaromir war ihr so nahe gewesen, dass sie mit ihm zusammenleben wollte. Nach seinem tödlichen Jagdunfall hatte sie tief um ihn getrauert. Danach, vermutete Libussa, hatte ihre Mutter einfach nur Trost und Ablenkung gesucht, und so war ihre jüngste Tochter entstanden. Libussa störte sich nicht daran. Aber was ihre Mutter bei dem Fest von ihr erwartet hatte, wäre ein Missbrauch der heiligen Hochzeit und damit auch Verrat an den Göttern gewesen. Sie wusste genau, was ihre Mutter zu diesen Erklärungen sagen würde. »Bei allen Göttern und Geistern des Waldes, Kind! Warum musst du die Dinge immer so schrecklich ernst nehmen?«

»Weil das meine Natur ist«, erwiderte Libussa in Gedanken und ließ ihr Pferd hinter dem ihrer Mutter laufen, um weitere Gespräche zu vermeiden, bis sie endlich den Fluss Vltava erreicht hatten und die Wehrtürme von Chrasten vor ihren Augen auftauchten.

Während die Vorbereitungen für Libussas Weihe zur Frau im Gange waren, schien ihre Mutter verärgert und mied Gespräche. Libussa war erleichtert, denn so brauchte sie nicht zu erzählen, mit wem sie sich in den Wald geschlichen hatte. Für Thetka, die sie mit Fragen bedrängte, erfand sie die Geschichte von einem Unbekannten aus einem weit entfernt lebenden Stamm, vielleicht gar aus den Ländern Rus. Es sei kaum möglich gewesen, mit ihm zu reden, denn Menschen aus jener Gegend hatten eine merkwürdige Aussprache, auch wenn sie einst zum selben Volk gehört hatten wie die Behaimen.

Erst an dem Tag der Zeremonie sah Libussa wieder ein Lächeln auf den Lippen ihrer Mutter, denn das Herz einer jeden Frau, die ein Mädchen zur Welt gebracht hatte, war bei diesem Anlass mit Stolz erfüllt. Durch Töchter, die zu Frauen wurden, bestand der Clan fort und konnte größer und mächtiger werden.

In einem Kleid aus weißem Leinen, das mit Stickerei und Glassteinen verziert war, schritt Libussa zum Schrein der großen Sonnengöttin Mokosch, wo man bereits Schalen mit Obst sowie geschlachtete Tiere neben der hölzernen Statue als Opfer dargebracht hatte. Sie spürte die Blicke der Anwesenden auf ihrem Rücken, während sie der Tradition entsprechend Mutter und Schwestern umarmte, Treue zum Clan und Einhaltung der alten Sitten bis zu ihrem Tode schwor. Anschließend ertönte der Gesang der Schamanen, junger Männer aus dem

Volk, die aufgrund ihrer besonderen Verbundenheit mit dem Reich der Götter und Geister von der Hohen Priesterin für diese Ausbildung ausgewählt worden waren. Fürstin Scharka überreichte ihrer jüngsten Tochter die Kopfbedeckung erwachsener Frauen. Ihre Kindsmagd Kveta hatte sie aus rotem Tuch angefertigt und mit aufwändiger Stickerei verziert. Eine dünne Kette aus Silber wurde ihr dazu um die Stirn gebunden und am Hinterkopf befestigt. An dieser Kette hingen sechs Ringe. Libussa sollte jeweils drei davon an ihren Schläfen tragen, was sie als ungebundene, erwachsene Frau kenntlich machte.

Die Ringe wären nicht nötig gewesen. Der Stamm der Cechen war der angesehenste in der Gegend, und sein fürstlicher Clan rühmte sich der Verwandschaft mit dem großen Samo, der die Behaimen einst vom Joch der Awaren befreit hatte. Nicht umsonst waren die fürstlichen Clans aller benachbarten Stämme zum anschließenden Fest im großen Saal von Chrasten erschienen, um Libussa als erwachsene Frau zu begrüßen. Bisher hatten deren Söhne um Thetka geworben, denn Kazi hatte sich mittlerweile den Ruf zugelegt, unnahbar und außerdem eine Zauberin zu sein. Jetzt sollte es neben der launischen, schwierigen Thetka, die sich viele Liebhaber wählte, ohne bei einem bleiben zu wollen, noch eine weitere mögliche Gefährtin geben.

Libussa ließ sich zwischen ihrer Mutter und Onkel Krok vor den versammelten Gästen nieder. Einen Augenblick genoss sie es sogar, im Mittelpunkt zu stehen. Slavonik, der gemeinsam mit seiner Mutter und seiner heranwachsenden Schwester Sylva neben Krok Platz gefunden hatte, sah zunächst finster in ihre Richtung. Sie wich seinem Blick aus, konnte aber nicht übersehen, dass er sich wie üblich herausgeputzt hatte. Der Gürtel, an dem Schwert und Kampfaxt hingen, war mit einer silbernen Schnalle besetzt, die den Kopf eines Drachens darstellte. Glassteine blitzten als Augen des Ungeheuers. Slavonik hatte von den Kelten die Angewohnheit übernommen, sein Haar blau zu färben. Durch Tierfett in Form gehalten, wand es sich auf seinem Kopf wie eine Schlange. Mit seiner Eitelkeit stellte der Kroaten-Sohn fast jede Frau in den Schatten. Ermutigt durch Libussas Aufmerksamkeit hob er nun den Weinbecher und lächelte sie an.

»Hat dir das Kupala-Fest gefallen, Libussa? Du warst irgendwann verschwunden«, meinte er, nun ganz ohne Ärger in seiner Stimme. Offenbar wollte er einen neuen Versuch wagen, sie für sich zu gewinnen. Der spöttische Unterton seiner Worte gefiel Libussa nicht, aber sie wusste, dass ihre Mutter es ungehörig fände, wenn sie zu dem Kroaten-Sohn allzu abweisend wäre.

»Wir haben uns eben aus den Augen verloren«, erwiderte sie ausweichend. Slavoniks Lächeln kündigte eine bissige Bemerkung an, und zunächst war Libussa erleichtert, als Thetka sich ihnen zuwandte.

»Libussa hat sich einfach mit einem Unbekannten aus dem Lande Rus davongeschlichen«, erklärte ihre Schwester und betrachtete dabei zufrieden den Unmut auf Slavoniks Gesicht. Dann hob sie ihren Weinbecher, um mit ihm anzustoßen. Libussa nutzte die Gelegenheit, sich umzusehen, ob sie nicht mit jemand anderem ein Gespräch beginnen könnte.

Weiter hinten an der Tafel saßen die Mitglieder des fürstlichen Clans der Doudlebi, die derzeit keinen ungebundenen Sohn hatten und tatsächlich nur aus Respekt gegenüber Libussas Familie gekommen waren, außerdem noch die Lukaner neben den Leitmeritzern, die sich seit Generationen wegen Nichtigkeiten bekämpften, aber bei diesem Anlass friedlich miteinander feierten. Radka, die älteste Tochter der Lukaner-Fürstin, lächelte Libussa zu, als sich ihre Blicke trafen, und kam herbei.

»Macht ein bisschen Platz. Ich möchte mit der soeben zur Frau gewordenen Schönheit plaudern. Ihr Männer müsst bis zum nächsten Kupala-Fest warten, denn sie scheint mir gerade nicht auf eure Gesellschaft erpicht.« Der großen, kräftigen Radka fiel es niemals schwer, ihre Wünsche durchzusetzen. Selbst Slavonik rückte mürrisch zur Seite, wodurch er näher an Thetka heranrutschte, die zufrieden lächelte.

»Nun erzähl schon, du zarte junge Vila aus dem Reich der Geister. Wie war er, dein Fremdling?«, fragte Radka vorwitzig und ließ sich von der Magd einen weiteren Becher Met bringen. Libussa spürte, wie ihr das Blut in die Wangen schoss. Sie hasste es, vor anderen Menschen rot zu werden, doch je mehr sie sich deshalb schämte, desto schlimmer wurde es.

»Ich kann mich kaum erinnern. Du weißt, all diese Tränke, von denen sich einem der Kopf dreht. Das ist schlimmer als zu viel Wein oder Met. Ich habe fast alles vergessen«, erklärte sie. Radkas Augen blitzten spöttisch auf, aber sie schien Libussas Verlegenheit zu verstehen, da sie nicht weiter nachfragte.

»Sieh dir mal meinen Bruder an«, fuhr sie stattdessen fort. »Er verbrachte das Kupala-Fest mit Irina von den Leitmeritzern, was unsere Mutter ebenso wenig begeisterte wie die Leitmeritzer-Fürstin. Und jetzt habe ich so eine seltsame Ahnung, dass er kaum noch von ihrer Seite weichen kann. Edle, weise Libussa, nutze deine seherischen Fähigkeiten, die dich zur Schülerin der keltischen Priesterin gemacht haben, und sage mir, wohin wird all dies führen?«

Libussa überhörte bewusst den Spott in Radkas Stimme und richtete ihren Blick auf Lecho von den Lukanern. Er unterhielt sich angeregt mit der dunkelhaarigen, schmächtigen Irina. Die Augen der jungen Frau waren aufmerksam auf sein Gesicht gerichtet, als gäbe es niemanden außer ihm im großen lauten Saal. Libussa fühlte einen Stich in ihrer Brust. Die Nähe zwischen diesen zwei Menschen weckte ihre Sehnsucht nach einem Erlebnis, das sie vergessen wollte.

»Ich kann die Zukunft nicht auf Befehl voraussagen«, erklärte sie Radka, »aber vielleicht geht meines Onkels Wunsch nach Einheit zwischen allen Stämmen dadurch in Erfüllung, dass aus diesen beiden ein Paar wird.«

Radka nickte.

»Ja, das wäre nicht schlecht. Ich werde Lecho jedenfalls ermutigen, seine Wünsche durchzusetzen. Auch wenn unsere Mutter und ihr neuer Gefährte dagegen sein sollten.«

Libussa war froh, dass Radka sich so vernünftig zeigte. Der kurze Moment der Sehnsucht war so plötzlich vergangen, wie er gekommen war. Sie fühlte sich leicht und sorglos, völlig frei von dem Wunsch, selbst mit jemandem ein Paar zu bilden. Sie würde sein wie Thetka. Sich Zeit lassen mit der Wahl eines Gefährten. Und irgendwann wollte sie bei ihrer keltischen Lehrerin am Berg der Göttin leben. Nur konnte sie nicht verstehen, warum dieser friedliche Ort mit der Höhle und der plätschernden Quelle, wo die alte Frau ihre Weissagungen machte, nie in ihren Träumen auftauchte.

Die Mägde brachten das Essen. Hölzerne Schüsseln mit Gemüsebrühe wurden hereingetragen, und der Geruch von gebratenem Fleisch erfüllte die Luft. Fladenbrotscheiben erschienen auf dem Tisch, und die anwesenden Gäste streckten gierig ihre Hände aus. Libussa nahm sich einen Hähnchenschenkel und biss hinein, erfreut, dass ihr Appetit wiederkehrte. Es musste an der Aufregung wegen der bevorstehenden Zeremonie gelegen haben, dass sie in den letzten Tagen nur wenig gegessen hatte. Sie nahm etwas Fladenbrot und zog eine der dampfenden Schüsseln zu sich, während eine Magd erneut ihren Weinbecher füllte. Das Fest begann ihr allmählich zu gefallen.

»Was soll das, du kleine Schlampe!«, hörte sie plötzlich eine laute männliche Stimme und blickte erschrocken in die Richtung, aus der sie kam. Dort saß Fürstin Olga vom Stamm der Lemuzi, die wie immer mit Schmuck behängt und auffällig bunt gekleidet war. Ihr jüngerer Sohn Neklan hatte eine der Mägde an der Gurgel gepackt und schüttelte sie. Sein Bruder

Vojtan war ebenfalls aufgesprungen, und Ludmilla, Fürstin Olgas einzige Tochter, saß mit ängstlich aufgerissenen Augen daneben.

»Neklan von den Lemuzi, lass das Mädchen!«, rief Krok und stürzte sich auf den jungen Mann. Er befreite die Magd mühelos aus Neklans Griff. Sie taumelte ein paar Schritte zurück und schnappte hustend nach Luft.

»Ich bitte um Vergebung, Herr!«, keuchte sie. »Aber Fürst Neklan, er … er ist zudringlich geworden. Ich musste mich wehren.«

»Sie hat meinen Sohn gestoßen!« Fürstin Olga hatte ihren rundlichen Körper drohend aufgerichtet. »So ein Benehmen steht einer Dienstmagd nicht zu!«

Kroks Miene wurde finster. Er musterte die Anwesenden, ratlos, gegen wen sich sein Zorn wenden sollte.

»Dana ist ein gutes Mädchen, das stets seine Aufgaben erfüllt. Sie würde sich niemals ohne Grund schlecht benehmen«, kam es nun von Libussas Mutter, die ebenfalls hinzugekommen war.

Kroks dunkle Augen richteten sich Unheil verkündend auf Neklan. »Stimmt es, dass du diese Magd belästigt hast?«

Neklan sah wütend und beleidigt aus, doch er schwieg.

»Ganz gleich, was mein Sohn getan haben mag, dieses Mädchen sollte bestraft werden«, antwortete seine Mutter an seiner Stelle. »Es steht einer Bauernmagd nicht zu, ihre Hand gegen einen Fürsten zu erheben.«

Fürstin Scharka wandte sich nun an Ludmilla, die erschrocken zusammenfuhr, sobald sie angesprochen wurde.

»Stimmt es, dass dein Bruder sich ungehörig benommen hat?«

Ludmillas Stimme war ein heiseres Flüstern.

»Er … er hat sie angefasst. Das ist wahr. Dann hat sie ihn geschubst. Aber nur leicht, fast wie im Scherz.«

Kroks Augen funkelten zornig, doch es gelang ihm, seine

Stimme zu bändigen. Ein Streit im großen Saal sollte unter allen Umständen vermieden werden. »Ein Fürstensohn hat in seinem Verhalten ein Vorbild für alle Männer zu sein«, erklärte der Stammesführer laut. »Unsere Sitten und Traditionen geben ihm kein Recht, seine Macht über Untergebene zu missbrauchen. Wenn eine Dienstmagd belästigt wird, dann darf sie sich wehren. Ich schlage vor, dass wir diesen Vorfall alle vergessen.«

Neklan verzog angewidert das Gesicht, widersprach aber nicht, sondern setzte sich wieder an die Tafel neben Ludmilla. Vojtan folgte seinem Beispiel. Nur Olga von den Lemuzi blieb stehen, und ihre schrille Stimme hallte durch den Saal: »Das reicht. Wir fahren zurück nach Zabrusany. Ich dulde nicht, dass meine Söhne beleidigt werden, nur weil Ludmilla irgendeinen Unsinn erzählt.« Sie warf ihrer Tochter einen vernichtenden Blick zu, und als der Fürstenclan der Lemuzi geschlossen hinausging, trottete Ludmilla wie ein geschlagener Hund hinterher.

Es erhob sich ein Gemurmel, doch niemand schien die Lemuzi sonderlich zu vermissen. Libussa schmerzte es, dass Ludmilla wie üblich nicht in der Lage gewesen war, gegen ihre herrische Mutter aufzubegehren. Was für eine Fürstin sollte aus einem derart verängstigten Mädchen werden, das mit weit aufgerissenen Augen in eine Welt starrte, die es nicht begriff? Doch auf ihren Schultern würde einmal die Zukunft des Lemuzi-Stammes ruhen.

Und dann holte sie plötzlich die Erinnerung ein. Staditz. Gebiet der Lemuzi. Auf einmal glaubte sie, die rauen, warmen Hände wieder auf ihrem Körper zu spüren. Der Wein, den man zu ihren Ehren trank, verstärkte ihre Sehnsucht nach einer anderen Art von Rausch.

Sie wollte sein wie Thetka. Das bedeutete, sich einen neuen Liebhaber zu suchen. Slavonik wäre sicher nicht abgeneigt und ihrer Mutter würde es gefallen. Sie musste ihn ja nicht auf Dauer zu ihrem Gefährten machen.

Sie richtete ihre Augen auf das stolze Gesicht des jungen Mannes und sah, wie ihr Blick dort ein selbstgefälliges Grinsen hervorrief. Ich kann es nicht, dachte sie. Nicht mit einem Mann, den ich nicht einmal mag. Aber wie konnte ich es dann mit einem Fremden? Er war mir in dem Wald so nahe. Als würden seine Hände mehr berühren als nur meine Haut.

Nun, da Premysl sich wieder in ihren Kopf geschlichen hatte, verfolgte er sie die nächsten Wochen wie ein echter Waldgeist. Beim Ankleiden und Kämmen fragte sie sich, ob es ihm gefallen würde, sie in diesem Augenblick zu sehen. Oder ob er sie bereits vergessen hatte, so wie es ihr zunächst gelungen war, ihn aus ihrer Erinnerung zu verbannen, auch wenn er sich des Nachts manchmal in ihre Träume gedrängt hatte und dabei ihren Namen rief, den er doch nicht kannte. In diesen Träumen schien er ein Vertrauter, der ihr etwas mitteilen wollte. Dabei wusste sie nicht einmal, was für ein Mensch er wirklich war. Nur dass sein Gesicht ihr gefallen hatte und der Klang seiner Stimme und auch die Wärme, die von seinem sehnigen Körper ausging. Und das Gefühl, dass sie ihm selbst als Fremde nicht gleichgültig gewesen war.

Die Sehnsucht und ihre Träume wurden zu einem so starken Fieber, dass Libussa schließlich tat, was Kranke zu tun pflegen. Sie wandte sich an die Heilerin. Kazi, ihre schweigsame älteste Schwester, konnte zuhören und zeigte außerdem die Bereitschaft, sich auch um andere Dinge als ihre eigenen Sorgen und Vorlieben zu kümmern.

Als Libussa Kazis Kammer betrat, saß diese mit ihrem Kater auf dem Boden. Ein Stück hinter ihr lag der riesige Hund, gleich neben dem Käfig mit der blinden Drossel. Diese Tiere waren die steten Begleiter der Heilerin. Den Hund hatte sie vor Jahren gerettet, als er noch ein Welpe war. Eine Bisswunde an seinem Bein, vermutlich Folge eines Zweikampfs mit einem Wildtier, war vereitert, und er schien ein hoffnungsloser Fall, den man erschlagen wollte. Kazi probierte ihre Heilkünste an dem kleinen Tier aus, das später zu ihrem riesigen humpelnden Schatten wurde. Er tollte kaum herum wie andere Hunde, als fürchte er, Kazi könne plötzlich wieder aus seinem Leben verschwinden, wenn er nicht ständig Acht gab. Die Drossel war Kazi durch ihr wirres, zielloses Flattern aufgefallen, und sie hatte sich ihrer angenommen. An ihrer Blindheit war nichts zu ändern, so dass Kazi ihr aus Holz einen Käfig baute, in dem sie in Sicherheit war und sich zurechtfinden konnte. Manchmal summte sie dem Vogel Melodien vor und behauptete, er tanze dazu. Sie war der einzige Mensch, der in seinen Käfig greifen konnte, ohne bei dem Tier Panik auszulösen. Den Kater hatte sie noch nicht lange. Da er bereits fast alle Zähne verloren hatte, taugte er nicht als Mäusefänger und wäre in einem Sack in den Fluss geworfen worden, hätte die verrückte Heilerin ihn nicht im letzten Moment noch an sich gerissen. Sie fütterte ihn mit Milchbrei und schnitt Fleisch in kleine Stückchen, die er schlucken konnte. Des Nachts war er ihr Kopfkissen und sein lautes Schnurren füllte den Raum. Nun lag er ausgestreckt vor ihren Füßen, umgeben von Tonschüsseln mit verschiedenen Kräutern und Tränken, die Kazi untereinander zu mischen begann.

»Mein alter Meister Zahnlos hat eine üble Bisswunde«, erklärte sie Libussa zur Begrüßung. »Er hielt sich für unbesiegbar und hat sich mit einem Wiesel angelegt.«

Libussa äußerte Mitgefühl und strich dem verletzten Kater über den Kopf. »Kazi«, begann sie dann vorsichtig, »bei deinem ersten Kupala-Fest, da ... da hast du doch auch ...«

»Ich habe das Ritual vollzogen, das ist richtig. Das war meine Pflicht damals.«

Der Kater hatte zu zappeln und zu wimmern begonnen, als Kazi seine Wunde auswusch. Sie schloss ihn zur Beruhigung in die Arme. Die Liebe, die aus ihren Gesten sprach, schien Libussa wärmend wie ein Herdfeuer.

»Weißt du noch, wer es war? Denkst du manchmal an ihn?«

»Natürlich weiß ich, wer es war. Aber wieso sollte ich daran denken? Es ist vorbei.« Kazi sprach widerwillig wie von einer unangenehmen Erinnerung.

Libussa hatte das Gefühl, den falschen Weg eingeschlagen zu haben. »Thetka hat nach dem ersten Mal ständig davon geredet und auch jetzt kann sie den Mund nicht halten«, meinte sie daher.

»Thetka hört sich allgemein gern reden. Außerdem hat sie eine Schwäche für Slavonik, mit dem sie bei ihrem ersten Kupala-Fest zusammen war«, erwiderte Kazi, ohne den Blick von ihrem Kater abzuwenden. Libussa nickte. Thetkas Benehmen beim letzten Fest bestätigte Kazis Annahme.

»Warum wirbt Slavonik nicht um Thetka, wenn sie ihm zugetan ist?«, fragte sie daher verwirrt. »Ich hatte immer den Eindruck, dass er es auf eine von uns dreien abgesehen hat, weil wir zu dem angesehensten Fürstenclan der Behaimen gehören.« Es war Libussa peinlich, ihr eigentliches Anliegen auszusprechen, und so kam ihr die kurze Abschweifung sehr gelegen.

»Ja, das stimmt. So sehe ich Slavonik auch«, meinte Kazi. »Ich glaube, er will warten, bis feststeht, welche von uns die Nachfolge unserer Mutter antreten wird. Vorher wollte er uns alle drei beim Kupala-Fest ausprobieren. Nur dich hat er dabei nicht bekommen, das hat mir gefallen.«

Kazi grinste, während sie eine Salbe auf der Wunde des ruhig daliegenden Katers verteilte. Die Frage nach dem Partner bei ihrem ersten Fest war damit beantwortet. Libussa beschloss, ohne weitere Umwege endlich auf ihr Ziel zuzugehen.

»Ich war mit einem anderen zusammen, das ist richtig«, sagte sie. »Und jetzt kann ich diesen Jungen nicht vergessen. Die Erinnerung verfolgt mich. Nachts, da erscheint er mir im Traum, und dann wirkt er so vertraut, als würde ich ihn schon seit Jahren kennen. Ich sehe dann noch andere Dinge. Ein kleines Dorf, an dem nichts Ungewöhnliches ist. Zwei … zwei Ochsen …«

Sie verstummte aus Angst, sich lächerlich zu machen. Doch

wer Tiere so liebte wie Kazi, fand wohl nichts Dummes daran, von ihnen zu träumen.

»Ich sehe einen Fluss«, fuhr Libussa fort. »Und einmal, da … da trafen Männer aus Chrasten dort ein. Bohumil, der Älteste der Schamanen, du weißt schon, er war der Erste, den unsere Mutter für diese Aufgabe auswählte, führte sie an. Ich verstehe nicht, was das bedeuten soll, aber es muss irgendwie mit diesem Jungen zusammenhängen.«

Sie musste sehr gequält geklungen haben, denn Kazi hielt bei ihrer Arbeit inne, was sie so gut wie nie tat.

»Du hast den Wunsch, den Jungen wiederzusehen, das wäre die einfachste Erklärung für diese Träume. Dann geht es dir wohl wie Thetka mit Sklavonik. Mach es ihr nach und suche dir andere Männer. Das hilft vielleicht.«

Libussa seufzte. »Ich will keinen anderen, verstehst du nicht? Ich fühle mich zu keinem anderen hingezogen. Nur dieser Junge, der …«

»Er kann aber nicht so fühlen wie du«, unterbrach Kazi sie barscher als notwendig. »Sonst wäre er doch schon längst mit Geschenken beladen hier aufgetaucht und würde um dich werben. Warum auch nicht? Du bist neben Thetka die beste Partie in unseren Ländern.«

Sie streichelte dem Kater noch einmal über den Kopf und ließ ihn dann laufen. Das Gespräch schien für sie beendet, doch Libussa setzte nun zur Erklärung an.

»Der Junge weiß nicht, wer ich bin. Er ist ein Bauer aus einem Dorf, das zum Besitz der Lemuzi gehört. Mich hatte er vorher noch nie gesehen und ich habe ihm meinen Namen nicht genannt. Und selbst wenn er ihn herausfände, wie soll er mit Geschenken hierherkommen? Ein Bauer hat weder Silber noch Pferde.«

Kazi fuhr sich mit der Hand über die Stirn, ein Zeichen, dass die Neuigkeit sie verwirrte und ihr nicht sogleich ein Rat einfiel. Das geschah selten.

»Kennst du denn den Namen des Dorfes, in dem er lebt?«, fragte sie schließlich.

Libussa nickte.

»Na, dann reite hin.« Kazi begann, ihre Utensilien in einen Beutel zu packen. Gespräche waren für sie nie ein Grund zur Untätigkeit gewesen.

»Einfach so?« Libussa fühlte sich verwirrt. Der Rat klang einleuchtend und war dabei ungeheuerlich. Männer begaben sich zu Frauen, nicht umgekehrt. So forderte es die Tradition.

»Wie anders als einfach so? Du nimmst ein Pferd, setzt dich drauf und reitest los. Was ist so schwer daran?«

»Vielleicht denkt er nicht mehr an mich?«, murmelte Libussa.

»Das«, erklärte Kazi schulterzuckend, »wirst du nur herausfinden, wenn du zu ihm reitest. Außerdem kennst du ihn noch kaum. Vielleicht siehst du etwas in ihm, das er gar nicht ist. Die Wirklichkeit ist meist ein besseres Heilmittel gegen schwärmerische Sehnsucht als alle Tränke, die ich dir zur Beruhigung anbieten könnte. Sieh dir den Jungen genauer an, vielleicht ist der Spuk dann auch schon vorbei. Du kannst natürlich auch weiter schmachten und dich quälen, wenn es dir so lieber ist. Ich muss jetzt aber gehen. Kveta hat mir erzählt, dass ihre Schwester einen schlimmen Husten hat, und ich habe versprochen, nach ihr zu sehen.«

Sie machte sich rasch und zielstrebig auf den Weg, wie es ihre Art war. Manchmal schien sie wie ein Wesen aus anderen Gefilden, das sich in diese Welt verirrt hatte und nicht aufhören konnte, über das merkwürdige Verhalten ihrer Bewohner den Kopf zu schütteln.

Libussa ritt bereits am nächsten Tag nach Staditz. Sie hatte eine Nacht wach gelegen und sich den Kopf zerbrochen, ob sie Kazis Rat befolgen sollte oder nicht. Allein das Wissen, dass ihr noch weitere solche Nächte bevorstanden, wenn sie länger wartete, drängte sie zu handeln. Sie kannte Zabrusany, die Festung der Lemuzi, wo sie als Kind einige Male zu Besuch gewesen war, doch zog sie es vor, dort nicht mit derart ungewöhnlichen Fragen aufzutauchen. Fürstin Olga wäre sofort neugierig geworden und hätte die Geschichte überall herumerzählt. Libussa tauschte ihre verzierte Kopfbedeckung gegen das schlichte Tuch, das die Bäuerinnen trugen. Auch die silberne Kette verbarg sie in einer Kiste bei ihrer Bettstatt. In den Beinkleidern, ihren geschnürten Stiefeln und der Tunika eines Reiters machte sich Libussa auf den Weg, noch bevor ihre Familie aufgewacht war. Sie erzählte den Wachen am Tor, sie sei zu der keltischen Priesterin unterwegs, und schämte sich sogleich für ihre Lüge.

Der Weg erschien ihr endlos. Sie erreichte das Gebiet der Lemuzi zwar rasch, doch musste sie sich von Ort zu Ort durchfragen, um Staditz zu finden. Dabei gab sie vor, ein Bauernmädchen aus dem Land der Polanen zu sein, das weit entfernt lebende Verwandte besuchte. Einige der Bauern schüttelten den Kopf und nannten sie waghalsig, weil sie allein unterwegs war. Libussa zeigte ihnen den Dolch an ihrem Gürtel. Alle drei Töchter der Fürstin Scharka hatten gelernt, mit Waffen umzugehen, auch wenn nur Thetka sich wirklich dafür begeistern konnte. Doch die Bauern waren wenig beeindruckt von einem bewaffneten Mädchen. Sie solle zu allen Göttern beten, dass sie nicht den jungen Fürstensöhnen der Lemuzi in die Hände fiel, sagten sie.

Libussa wunderte sich, dass man sie vor Vojtan und Neklan warnte. Sie war stets davon ausgegangen, dass dank den Bündnissen ihres Onkels, des Stammesführers, nun Frieden im Land der Behaimen herrsche. Aber die wachsende Nervosität, als Staditz immer näher rückte, verdrängte diese Überlegungen.

Ein paar Holzhütten tauchten vor ihr auf, und Libussa sah Bauern Vieh in eine davon treiben, die vermutlich als Stall diente. Sie schwangen Gerten und schrien. Libussa erkannte

Premysl an seinen gelassenen Bewegungen. Er machte den Tieren keine Angst, sondern lenkte sie in einer ruhigen Art, die sie wohl als natürlich empfanden. So war er auch in ihrer gemeinsamen Nacht gewesen. Sonst hätte Libussa vielleicht nie den Mut gefunden, das Ritual mit ihm zu vollziehen. Auf einmal empfand sie tiefe Zuneigung für den Unbekannten. Sie wusste, dass Kazi diesen Jungen mögen würde, denn ihre älteste Schwester achtete jeden, der gut mit Tieren umzugehen verstand. Libussa lächelte und trieb das Pferd voran. Als sie die Hütten erreicht hatte, machte Premysl ein paar zögernde Schritte in ihre Richtung.

»Das Mädchen ohne Namen! Woher kommst du auf einmal?« Aus seiner Stimme sprach keine Freude, nur Überraschung.

»Ich komme aus Chrasten, der Festung des Stammes der Cechen.«

Er stieß einen Pfiff aus, der ihr nicht gefiel. Es lag Spott darin. »Du dienst der Hohen Priesterin und dem Anführer aller Stämme! Es muss eine Ehre sein, in Chrasten zu wohnen.«

»Es ist eine Festung wie jede andere. Die Fürstin Scharka und der Stammesführer Krok tragen oft eine schwere Last.«

»Es ist schön für dich, dass du deine Herrschaften so verehrst«, bemerkte Premysl nicht mehr ganz so spöttisch. Er trat auf sie zu.

»Du hast einen weiten Weg gemacht.«

Als sie vom Pferd sprang, streckte er ihr die Hand entgegen. Libussa fühlte das Kratzen seiner Handfläche auf der ihren. Sie dachte daran, wie viele Stellen ihres Körpers dieser spöttische Fremde schon berührt hatte, und wünschte sich auf einmal weit weg. Die neugierigen Blicke der anderen Bauern missfielen ihr.

»Wollen wir zu meiner Hütte gehen, Mädchen ohne Namen?«

Libussa war froh, den Zuschauern zu entkommen, auch wenn sie sich das Wiedersehen anders vorgestellt hatte. Premysl wohnte in einer der kleinen Holzhütten, deren Boden man tiefer in die Erdoberfläche eingegraben hatte. Es gab einen Herd darin, doch weder Tisch noch Bänke. Einfaches Volk saß beim Essen in der Hütte wohl auf dem Boden, wo einige Decken aus gegerbtem Leder herumlagen. Libussa fragte sich, wo sie schliefen, denn sie konnte nirgends eine Bettstatt entdecken. Diese Überlegungen wurden von einer kleinen runzligen Frau unterbrochen, die ihnen entgegentrat. Sie musterte Libussa misstrauisch, als stünde vor ihr eine der Vilas, die in guter oder böser Absicht kommen konnten.

»Meine Mutter«, sagte Premysl. Dann stellte er Libussa seine Schwester vor. Sie hatte ein breites Gesicht und auffallend schmale, etwas schräg stehende Augen, als stamme sie von den Awaren ab. Sabber lief ihr übers Kinn, sobald sie unverständlich zu brabbeln begann. Obwohl Premysls Schwester bereits ausgewachsen sein musste, konnte sie nicht verständlicher sprechen als ein kleines Kind.

Libussa kam sie vor wie ein Wechselbalg aus der Welt der Geister. Sie wusste, dass manche Leute behaupteten, diesen Kindern mangele es nur an Verstand. Manchmal wurden sie deshalb getötet. Premysls Mutter hatte es wohl nicht fertiggebracht.

»Meine Mutter hat drei Söhne geboren, aber nur ein einziges Mädchen. Sie ist eine Frau, die noch in den alten Sitten denkt. Nichts wünschte sie sich sehnlicher als eine Tochter«, meinte Premysl, als hätte er ihre Gedanken gehört. Libussa nickte und bemühte sich, das seltsame Geschöpf freundlich anzulächeln. Das Mädchen wirkte fröhlich, es lachte laut und schien hier die sorgloseste Person zu sein. Ganz anders als seine Mutter, deren Falten und gebeugte Haltung von Erschöpfung zeugten. Sie verbreitete eine Niedergeschlagenheit um sich, die jeden Winkel der kleinen Hütte auszufüllen schien. Libussa wünschte sich plötzlich weit weg von diesem Ort. Nichts war, wie sie es sich erträumt hatte, denn es herrschte keinerlei Vertrautheit zwischen ihr und dem Bauernjungen. Er und seine Familie erschienen ihr fremd. Sie gehörte nicht zu ihnen.

Premysl erlöste sie von ihrem Unbehagen: »Wir können nach draußen gehen, wenn du willst. Meine Mutter bereitet inzwischen das Abendessen vor.« Libussa folgte ihm erleichtert. Sie verließen das Dorf und ließen sich am Waldrand auf einem gefällten Baumstamm nieder.

»Woher hast du das Pferd und die Kleidung eines Reiters?«, fragte Premysl, ohne Libussa anzusehen.

»Ich habe sie mir ausgeliehen.« Sie hasste es zu lügen und staunte, wie leicht es ihr dennoch fiel. Premysl hatte einen Ast in die Hand genommen und stocherte damit verlegen in der Erde herum. Libussa überlegte, ob sie wieder gehen sollte. Sie spürte, dass er sich ebenso unwohl fühlte wie sie. Im Wald, da waren sie verzaubert gewesen, doch das hier war die Wirklichkeit. Aber sie konnte nicht so einfach fortlaufen, ohne sich lächerlich zu machen. Zwar wusste er nicht einmal, wer sie war, aber die Vorstellung, ihm als Närrin mit wechselnden Launen in Erinnerung zu bleiben, missfiel ihr.

»Warum hast du das Kupala-Fest beim Stamm der Cechen gefeiert? Die Lemuzi veranstalten ihr eigenes Fest, wie man mir erzählt hat«, begann Libussa, um das quälende Schweigen zu unterbrechen.

»Ja, das tun sie. Aber mir stand nicht der Sinn danach, die fürstliche Familie zu sehen.«

Libussa lachte auf, etwas zu laut, wie es ihr schien. »Was findest du so schlimm an der Fürstin Olga? Sie ist eine sehr lebendige, lustige Frau.« Kaum hatte sie die Worte gesprochen, erschrak sie. Premysl würde sich wundern, warum sie eine Fürstin so gut zu kennen schien. Aber er fragte nicht nach.

»Gegen die alte Fürstin hatte ich zunächst nichts. Ich habe vor einigen Jahren auf ihrer Festung gedient, um als Krieger ausgebildet zu werden«, sagte er stattdessen. »Sie stellte manchmal jungen Männern nach und konnte aufdringlich werden, aber damit ließ es sich leben. Warum sollte eine ältere Frau sich anders verhalten als viele Männer? Aber seit die zwei Söhne das Sagen haben, ist es in unserer Gegend ungemütlich geworden.«

Libussa erinnerte sich an die Warnungen der Bauern und wurde hellhörig. Auf einmal brauchte sie nicht mehr verzweifelt nach Fragen zu suchen, damit kein peinliches Schweigen aufkam. »Vojtan und Neklan? Was haben sie getan, um dich so gegen sie aufzubringen?«

Er warf den Ast von sich, als ziele er damit auf einen unsichtbaren Gegner. »Sie benehmen sich wie diese Fürsten, von denen mir einmal ein fahrender Händler erzählt hat. Ein Rad an seinem Wagen brach in der Nähe unseres Dorfes, und ich habe es für ihn gerichtet. Er erzählte mir dann Geschichten über andere Länder, von fernen, stets warmen Gegenden, wo die Fürsten von ihren Dienern verlangen, sich vor ihnen auf die Erde zu werfen. Wer es wagt, den Fürsten anzusehen, dem wird der Kopf abgeschlagen.«

»Du willst mir doch nicht etwa sagen, dass Vojtan und Neklan solche Dinge tun?« Mit diesen Worten holte sie ihn in die Wirklichkeit zurück.

»Nein, das wagen sie nicht. Aber als mein älterer Bruder sie einmal daran hindern wollte, eine Magd zu schlagen, da verprügelten sie ihn vor den Augen all ihrer Krieger, die johlend zusahen. Niemand griff ein. Ich war damals noch ein halbes Kind, doch als ich meinen Bruder mit gebrochenen Rippen sah, da ging ich zu der alten Fürstin, um Anklage zu erheben. Sie meinte dazu nur, ihre Söhne hätten sich richtig verhalten und mein Bruder wäre frech gewesen. Deshalb verließ ich damals die Festung, um wieder als Bauer zu leben.«

Libussa fröstelte, obwohl die Sonne schien. Sie rief sich das breite genusssüchtige Gesicht der alten Fürstin in Erinnerung. Olga von den Lemuzi hatte immer ihren eigenen Kopf gehabt, aber derart boshaft war sie in Chrasten nie gewesen. Doch die Erinnerung an den Zwischenfall mit der Magd beunruhigte sie. Ein Mädchen zu berühren, das keine Berührung wünschte, zu so etwas neigten junge Männer, die noch nicht gelernt hatten, auf geschicktere Weise um weibliche Gunst zu werben. Aber Neklan hatte die Magd gewürgt, nachdem sie ihn von sich stieß! Wäre nicht der Stammesführer, sondern ein einfacher Mann dazwischengegangen, was hätte dann noch alles geschehen können? Sie ahnte, dass die eigentliche Schuld bei Olga lag, die ihre Söhne stets verteidigte, ganz gleich, wie sie sich verhielten. Ihre Tochter Ludmilla hingegen konnte ihr nie etwas recht machen. »Haben Vojtan und Neklan oft solche Dinge getan?«, fragte sie verunsichert.

Premysl blickte weiter starr in den Wald hinein, während er erzählte: »Die Lemuzi verlangen immer höhere Abgaben von den Bauern. Wer sich weigert, ihnen seine Vorräte zu geben, dessen Hütte wird des Nachts überfallen und angezündet. Die Fürstin Olga mag Schmuck und schöne Kleider. Letzten Winter war ein Pelzhändler aus dem Land Rus hier. Er bot herrliche Felle an, von silbernen Füchsen, die es angeblich in Ländern gibt, wo ewiger Frost herrscht. Dafür gab ihm die Fürstin alle Getreidevorräte und das Vieh auf der Festung. Er zog mit mehreren Karren fort. Ihre Söhne holten sich dann unser Vieh und plünderten die Getreidespeicher. Danach konnten wir kaum noch unsere Mägen füllen.«

»Aber das entspricht nicht den Regeln!«, rief Libussa empört. »Ein Volk braucht Fürstinnen, die Recht sprechen, und männliche Oberhäupter, um Krieger auszubilden und Angriffe abzuwehren. Doch mehr als ein Zehntel der Ernte müssen die Bauern ihnen nicht geben, und zu Notzeiten nicht einmal das. Getreidevorräte auf der Festung dienen zur Absicherung und werden an die Bauern verteilt, wenn Hunger herrscht. Fürstin Olga tut unrecht. Ihr solltet nach Chrasten gehen und euch bei dem Stammesführer Krok beschweren oder bei der Fürstin Scharka. Sie ist Hohe Priesterin des ganzen Volkes der Behaimen.«

Diesmal war es an Premysl, laut aufzulachen. »Und du meinst, das würde uns helfen? Krok ist ein kluger Mann. Er weiß, dass zwischen allen Stämmen Einigkeit herrschen muss, damit kein anderes Volk uns überfallen kann. Glaubst du wirklich, er verärgert die Fürstin Olga wegen ein paar unzufriedener Bauern und riskiert so eine Fehde mit den Lemuzi? Vielleicht bekommt sie eine Ermahnung, aber ändern wird das nichts. Im Gegenteil, die Lemuzi gehen immer härter vor gegen Leute, die aufmucken.«

Libussa versetzte der Erde zu ihren Füßen einen Tritt. Sie hätte Premysls Behauptungen gern widerlegt. Seine Geschichten widersprachen allem, was man sie über Sitten und Ordnung in ihrem Volk gelehrt hatte. Doch sie hatte mit eigenen Augen gesehen, wie Olga sich bei einer Zurechtweisung ihrer Söhne verhielt.

»Und ich fürchte, es wird noch schlimmer werden, wenn die alte Fürstin stirbt«, fuhr Premysl auch schon fort. »Dann reißen Neklan und Vojtan die ganze Macht an sich. Am Ende bekriegen sie sich noch untereinander, denn sie sind Hitzköpfe.«

»Es steht nur Ludmilla zu, die Nachfolge anzutreten. Ihre Brüder dürfen nicht ohne ihr Einverständnis handeln«, flüsterte Libussa, nun weitaus unsicherer als am Anfang.

Premysl schüttelte den Kopf. »Du kennst Ludmilla wohl nicht. Sie ist ein lieber Mensch, die Netteste in ihrer Familie, doch sie kann sich nicht durchsetzen. Allein hat sie gegen ihre Brüder keine Chance. Und ihre Mutter erlaubt ihr nicht, sich einen Mann zu nehmen. Alle Bewerber wurden fortgeschickt. Die Fürstin Olga will, dass ihre Söhne an die Macht kommen. Das sind die neuen Sitten. Bei den germanischen Stämmen ist es bereits so. Die Zlicani haben jetzt auch einen männlichen Fürsten, hat man mir erzählt.«

Libussa nickte. Krok und ihre Mutter hatten das geduldet, weil kein geeignetes Mädchen zur Verfügung stand. Aber vielleicht hatte Premysl recht. Womöglich war eine innere Angelegenheit eines anderen Stammes es ihrem Clan nicht wert gewesen, eine Fehde zu riskieren. Sie musterte den klugen jungen Mann an ihrer Seite, der immer noch in die Ferne sah, als fürchte er sich vor ihrem Blick. Wie viel Zorn und Bitterkeit aus seinen Worten sprach! Plötzlich hatte sie den Wunsch, ihn zu berühren, fürchtete aber, er würde sie zurückweisen. Bisher hatte er keinerlei Freude über ihr Kommen gezeigt. Vermutlich hatte er ganz andere Sorgen, als einer Liebesnacht im Wald nachzuhängen. Und wenn er wüsste, wer sie war, vielleicht würde er sie ebenso verabscheuen wie den Fürstenclan der Lemuzi. Sie suchte nach einer Entschuldigung, wie sie noch vor dem Essen verschwinden könnte, doch auf einmal spürte sie Premysls Hand an ihrem Arm. Eine leichte Berührung, als habe der Wind sie gestreift.

»Du siehst unzufrieden aus. Ich langweile dich, nicht wahr?«

Nun sah er sie endlich an, doch sein Blick wirkte niedergeschlagen und Libussa verspürte den Wunsch, ihn aufzuheitern.

»Nein, du langweilst mich nicht. Ich habe gerade an die Fürstin der Lemuzi gedacht. Thetka, die Tochter der Hohen Priesterin, vergleicht sie wegen ihrer rundlichen Figur immer mit einem Ei. Meistens trägt Olga bunte Kleidung, und deshalb meint Thetka, sie sei wie die Eier, die wir jedes Jahr im Frühling bemalen. Beim letzten Korochun-Fest im Winter ist Olga in Chrasten mit ihren Silberfellen aufgetaucht. Thetka flüsterte allen Umstehenden zu, dem Ei sei plötzlich ein Pelz gewachsen.«

Premysl lachte und Libussa stimmte erleichtert ein. Noch einmal berührte seine Hand ihren Unterarm, wo sie zaghaft eine Weile liegen blieb.

»Verrätst du mir jetzt deinen Namen? Ich konnte dich meiner Familie gar nicht vorstellen.«

Fieberhaft überlegte Libussa, ob sie ihm nicht einfach einen falschen Namen nennen sollte, aber dann schien es ihr auf einmal verkehrt, diesen Jungen zu belügen. »Ich diene einer hohen Herrin«, begann sie zaghaft. »Sie wäre nicht froh, mich hier zu wissen. Es ist daher besser, wenn niemand weiß, wer ich bin.« Das kam der Wahrheit am nächsten. Es schmerzte sie, als Premysl seine Hand wieder zurückzog.

»Nun gut, Mädchen ohne Namen. Ich denke, das Abendessen müsste jetzt fertig sein.«

Sie saßen zu viert am Boden der Hütte, deren Enge Libussa nun weniger bedrückend schien. Premysls Mutter verteilte eine dünne Suppe auf Holzteller. Dann riss sie einen kleinen Laib Brot in vier Teile.

Sie haben wenig zu essen, weil die Lemuzi es ihnen nahmen, dachte Libussa. Jetzt geben sie mir davon. Ich werde das nächste Mal etwas aus Chrasten mitbringen, nur darf es nicht wie eine milde Gabe wirken, denn das würde sie verletzen …

Doch sie war sich noch immer nicht sicher, ob sie wirklich wiederkommen wollte.

Das Mahl verlief schweigend. Premysl half seiner Mutter beim Hinsetzen und Aufstehen, denn die alte Frau hatte Schmerzen in den Gelenken. Seine Schwester mit dem runden Gesicht ließ ihr Brot immer wieder fallen, bis er es in kleine Stücke riss und auf ihren Teller legte. Libussa überlegte, dass sie ihr Leben lang umsorgt worden war. Premysl musste sich um andere kümmern. Bei diesem Gedanken fühlte sie sich auf einmal minderwertig. Die Suppe schmeckte überraschend gut, aber Premysls Mutter musterte sie gelegentlich mit einem misstrauischen Blick, als ahne sie, dass die Fremde etwas zu verbergen hatte. Schließlich nahm die alte Frau den Rest der Suppe, legte einen weiteren Laib Brot dazu und sagte: »Eine Gabe für die Waldgeister und Vilas. Damit sie uns in Frieden lassen. Kannst du das hinausbringen, mein Junge?«

Premysl runzelte die Stirn. »Es sind nicht die Geister, vor denen wir uns schützen müssen. Das Essen brauchen wir für uns selber.«

»Sei vernünftig, Sohn«, murmelte die Alte und versuchte,

allein aufzustehen. Libussa erhob sich rasch und sagte: »Lass gut sein, ich werde eine Gabe bringen.« Sie nahm eines ihrer Kupferarmbänder ab und ging hinaus. Die eingezäunten runden Flächen am Waldrand, wo die Bauern den Geistern Geschenke darbrachten, kannte sie bereits aus dem Umland von Chrasten und fand sie auch hier sehr schnell.

»Vielleicht sind die Geister aber klüger als die Menschen und wissen, dass man Schmuck nicht essen kann«, begrüßte Premysl sie bissig, als sie wieder in die Hütte trat. Libussa fühlte, wie ihr Tränen in die Augen schossen.

»Du hast eine böse Zunge, mein Sohn. Das Mädchen hat es richtig gemacht. Die Vilas lieben schönen Schmuck, so wie alle Frauen«, sagte Premysls Mutter, als habe sie den Schmerz ihres Gastes gespürt. Ihr zahnloses Lächeln schien Libussa das erste Zeichen echter Freundlichkeit in dieser Hütte.

»Ich danke für eure Gastfreundschaft. Aber jetzt muss ich gehen«, meinte sie.

»Es ist gefährlich nachts im Wald«, erklärte Premysls Mutter. »Die Geister!«

»Es gibt Schlimmeres im Wald als die Geister, Mutter. Aber du hast recht. Wir schicken keine Frau in der Dunkelheit allein hinaus.«

»Ich habe keine Angst und komme schon zurecht«, erwiderte Libussa und ging eilig zur Tür.

Wieder legte sich Premysls Hand wärmend auf ihren Arm. »Bleibe bis morgen! Es ist wirklich besser.« Seine Augen schienen um Verzeihung zu bitten. Libussa zögerte. Sie sah, wie die alte Frau das Essgeschirr säuberte und wegräumte. Dann trug sie die Strohmatten herbei, die an der Wand lehnten. Libussa hatte sich in Chrasten lange einen Raum mit ihren Schwestern geteilt, doch der war größer gewesen. Die Enge der Bauernhütte nahm ihr fast den Atem.

»Wir sollten dein Pferd im Stall festbinden. Es ist noch draußen«, erklärte Premysl entschlossen.

»Steka läuft nicht weg.«

»Darum geht es nicht. Jeder kann das Pferd auf der Wiese sehen.«

Libussa ging davon aus, dass er Wölfe meinte, und folgte ihm hinaus. Sie brachten Steka in den Dorfstall, wo ein Schwein, drei Ziegen und zwei Ochsen standen. Mehr hatten die Krieger der Lemuzi-Fürstin offenbar nicht übrig gelassen. Der Anblick der Ochsen verwirrte Libussa allerdings. Einer von ihnen hatte weiße Stellen von der Stirn über den Rücken und auch an den Hinterbeinen, ganz wie das Tier in ihren Träumen.

»Willst du dich noch waschen, bevor du dich schlafen legst?«, fragte Premysl, als sie den Stall verlassen hatten. Wieder schien er mit den Bäumen in der Ferne zu sprechen. »Wir können in den Wald gehen, ans Flussufer. Ich werde dich dorthin begleiten, wenn du willst.«

Libussa nickte, doch auf dem Weg fiel ihr ein, dass es im Dorf sicher auch einen Brunnen gab. Ihr Herz klopfte schneller. Offenbar wollte Premysl nun mit ihr in den Wald gehen, ein Ort, an dem sie sich einmal so nahe gewesen waren. Ihr Magen krampfte sich zusammen, und sie wusste nicht, ob aus Angst oder aus Freude.

Sie betraten den Wald schweigend. Es war nicht wie damals beim Kupala-Fest. Kein Ritual bestimmte, was sie zu tun hätten, und so gingen sie einfach weiter. Als das Rauschen des Flusses zu hören war, blieb Premysl unschlüssig stehen. »Ich werde hier warten, bis du fertig bist. Dann gehen wir zurück.«

Libussa fühlte Enttäuschung in sich aufsteigen. Sie sollte tatsächlich nur im Fluss baden, bevor sie beide zurück zur Hütte gehen würden. Kazi hatte wohl recht, die Wirklichkeit war das beste Heilmittel gegen verliebtes Schwärmen. Aber sie lehnte sich noch einmal gegen diese Erkenntnis auf. »Meinst du wirklich, dass die Macht eines Tages auch bei uns ganz den Männern gehören wird?« Diese Frage hatte sie schon eine Weile beschäftigt und sie schien eine Möglichkeit, ein Gespräch zu beginnen, um die Rückkehr zur Hütte hinauszuzögern.

Premysl setzte sich bereitwillig. »Wer weiß das schon genau? Aber ihr Frauen solltet auf der Hut sein. Ich habe Geschichten gehört, dass unsere Leute im Lande Rus die Sitten der wilden Nordmänner übernommen haben, die ihre Nachbarn sind. Wenn ein Fürst stirbt und man seinen Leichnam verbrennt, dann wirft man gleich noch ein paar seiner Gespielinnen mit in die Flammen, damit er sich im Totenreich nicht langweilt.«

Libussa schauderte, so wie damals, als Krok ihr davon erzählt hatte. Welcher Mann würde einer Frau, die er liebte, einen solchen Tod wünschen? »Ich habe auch davon reden hören«, erwiderte sie. »Soviel ich weiß, handelte es sich dabei um Sklavinnen.«

Jetzt sah Premysl sie endlich an. Seine Augen funkelten zornig. »Und weil du glaubst, dass es dir nicht geschehen kann, ist es weniger schlimm?«

Seine Worte waren wie eine Ohrfeige. Was erlaubte sich dieser Bauer? Libussa kauerte sich nieder und schlang die Arme um ihren Körper. Jetzt war keine alte Frau hier, die sie anlächelte. »Lass uns zurückgehen. Ich werde mein Pferd nehmen und wieder zu meiner Herrin reiten«, murmelte sie.

Ein Geräusch rüttelte sie auf. Premysl hatte einen Ast in die Hand genommen und schlug damit gegen eine Baumwurzel. »Ich bin ein Narr«, sagte er und seine Augen ruhten nun auf Libussa. »Ich war so froh, als du plötzlich vor mir standest. Ich habe oft an dich gedacht und mir vorgestellt, wie es wäre, dich wiederzusehen. Aber ich hätte nie geglaubt, dass du kommen würdest. Du hast mir deinen Namen nicht verraten und bist einfach verschwunden. Das überraschte mich nicht weiter. Du bist ein auffallend hübsches Mädchen. Beim Kupala-Fest haben die Krieger und Söhne der Fürstenclans dich mit ihren Augen verschlungen. Ich konnte kaum glauben, dass du mich gewählt hast. Und jetzt bist du zu mir gekommen, und was mache ich? Langweile dich mit meinen Geschichten und fange Streit an.«

Der Ast flog in den Wald. Libussa bewegte sich zögernd auf Premysl zu. Seine Arme hießen sie willkommen.

Er war zurückhaltender als beim ersten Mal, umarmte sie nur zaghaft, als habe er Angst, sie zu zerbrechen. Sie schmiegte ihr Gesicht an seine Wange.

»Und dann, als du von deinem Pferd gestiegen bist in deiner Reiterkleidung ... Ich wusste schon damals im Wald, dass du keine Bäuerin sein kannst, denn deine Hände sind zart. Und Pferde haben nur die hohen Herrschaften und ihre Krieger.«

So viel zu meiner Verkleidung, dachte sich Libussa. Premysls Finger strichen ihr durchs Haar. Er zitterte und sie drängte sich noch enger an ihn, um ihn zu wärmen.

»Ich dachte, wenn sie sieht, wie ich hier lebe, dann sitzt sie schneller wieder auf ihrem Pferd, als ich bis drei zählen kann«, sagte Premysl leise.

Libussa lachte. Das Glück war ein noch stärkerer Rausch als alle Tränke beim Kupala-Fest. »Du hast dir auch wirklich Mühe gegeben, mich zu vertreiben.«

Er nickte. »Ich dachte, dann würde dein Fortgehen mir weniger ausmachen. Aber das stimmt nicht.«

Die Sehnsucht war wieder da, diesmal verstärkt nach all der Zeit der Unsicherheit. Libussa schob ihre Hände sanft unter Premysls Hemd und hörte ihn seufzen. Seine Berührungen wurden fordernder.

»Sag mir, wer du bist, Mädchen ohne Namen.«

Sie erstarrte. Warum musste er jetzt alles verderben? Einen Augenblick war sie versucht, ihren Namen zu nennen, doch die Angst vor Zurückweisung lähmte ihre Zunge. Sie küsste ihn. »Frag mich das nicht. Bitte frag mich das nie wieder. Ich habe gute Gründe, es dir nicht zu sagen. Und belügen will ich dich nicht. Sieh mich so, wie ich jetzt bin.«

Er zögerte einen endlosen Augenblick und Libussa war wie

versteinert, bis sie endlich das Kratzen seiner Hände unter ihrer Tunika fühlte.

Am nächsten Morgen holte Premysl ihr Pferd aus dem Stall und sie stieg auf. Er streichelte Stekas Kopf, und Libussa meinte spüren zu können, wie sehr dies der Stute gefiel. Kazi würde ihn achten, aber sonst niemand in ihrer Familie, dachte sie.

Dann strich er zärtlich mit der Hand über ihr Bein. »Kommst du wieder, Mädchen ohne Namen?«

Sie nickte und ritt los, um dem Schmerz, der ihr die Kehle zuschnürte, zu entfliehen.

»Mutter, darf ich kurz mit dir reden?«

Libussa betrat zögernd die Kammer und sah Fürstin Scharka auf einem Schemel sitzen. Zwei Mägde flochten ihr langes, von grauen Strähnen durchzogenes Haar zu kunstvollen Zöpfen. Die Fürstin der Lukaner war gestorben und als Hohe Priesterin der Behaimen sollte Libussas Mutter die feierliche Beisetzung leiten. Auch ihre Töchter würden mitgehen. Thetka wurde ebenfalls aufwändig frisiert, während Kazi sich versteckt hatte, um der verhassten Prozedur zu entkommen. Libussas Haar war bereits fertig.

Fürstin Scharka wandte ungeduldig den Kopf.

»Na gut, wenn es nicht zu lange dauert.«

Libussa fühlte, wie ihr die Worte im Hals stecken blieben. Vermutlich hatte sie einen ungünstigen Zeitpunkt gewählt, denn ihre Mutter war meistens gereizt, wenn an ihrem Äußeren herumgezupft wurde. Sie bewegte sich am liebsten im Freien, jagte und trug Wettkämpfe aus. Frauenarbeit war ihr verhasst, ebenso wie das endlose Sitzen, während sie für öffentliche Auftritte hergerichtet wurde.

»Es geht um die Fürstin der Lemuzi«, begann Libussa dennoch, da sie wusste, dass sie nur selten Gelegenheit hatte, in Ruhe mit ihrer Mutter zu reden. »Ich habe seltsame Gerüchte über sie gehört, von einer Magd, deren Namen ich versprochen habe, nicht zu nennen.«

»Was sollen das für Gerüchte sein? Hat sie einen Liebhaber, der diesmal nicht nur ihr Sohn, sondern gar ihr Enkel sein könnte?«

Fürstin Scharka lächelte spöttisch. Diese Vorstellung schien ihre Laune ein wenig zu verbessern. Libussa fiel ein, dass ihre Mutter die Fürstin Olga trotz ihres manchmal unpassenden Benehmens durchaus schätzte. Scharka mochte Frauen, die es verstanden, ihren eigenen Kopf durchzusetzen.

»Nein, das ist es nicht. Es geht um die Art, wie sie ihre Bauern behandelt«, setzte Libussa ihre Rede fort. Sie schämte sich, wie zaghaft ihre Stimme klang. Nach ihrem Abschied von Premysl hatte sie den halben Heimritt damit verbracht, sich auf dieses Gespräch vorzubereiten und nach geeigneten Worten zu suchen, um ihre Empörung über Olgas Verhalten klar zum Ausdruck zu bringen. Doch jetzt fühlte sie sich plötzlich befangen. Die Angst, von ihrer stets bewunderten Mutter enttäuscht zu werden, lähmte sie.

»Was ist denn mit diesen Bauern? Fass dich bitte kurz. Wie gesagt, ich habe nicht viel Zeit.« Die Stimme ihrer Mutter klang wieder gelangweilt und ungeduldig.

»Sie verlangt von ihren Bauern höhere Abgaben als üblich und tauscht sie dann gegen Schmuck und schöne Kleider ein«, erklärte Libussa nun frei heraus.

Fürstin Scharka runzelte die Stirn. »Du befasst dich mit merkwürdigen Dingen, Kind. Es geht nicht immer gerecht zu auf der Welt. Und alle Tränen, die man darüber vergießt, ändern nichts daran.«

Die Gleichgültigkeit dieser Worte ließ Libussa endlich wieder zornig und mutig werden. »Dann sollte man eben nicht nur weinen, sondern handeln, um das Unrecht abzuschaffen. Als Neklan diese Magd schlecht behandelte, da bist du ihr auch zu Hilfe gekommen, ebenso wie Onkel Krok.«

Ihre Mutter tat einen tiefen Seufzer und musterte Libussa gequält. »Dana gehört zum Stamm der Cechen und lebt auf Chrasten. Sie untersteht meinem Schutz. Außerdem weiß ich, dass Diener besser arbeiten, wenn sie zufrieden sind und sich gerecht behandelt fühlen. Aber es steht weder dir noch mir zu, sich in Olgas Angelegenheiten einzumischen. Die Bauern des Lemuzi-Stammes gehen uns nichts an. Außerdem ist Olga zwar selbstsüchtig und eitel, aber nicht dumm. Sie wird ihre Bauern schon nicht verhungern lassen, denn wer bewirtschaftet dann ihre Felder?«

Verzweifelt setzte Libussa noch einmal zum Widerspruch an: »Aber sie haben kaum noch Fleisch und Brot, weil man ihnen alles weggenommen hat. Diese Leute arbeiten hart, und es bleibt ihnen gerade genug, um den größten Hunger zu stillen. Unsere Knechte und Mägde essen doch kaum schlechter als wir. Und sie bekommen genug, um gelegentlich Tauschgeschäfte mit Händlern zu machen. So sind die Regeln, das hast du selbst einmal gesagt. Die einfachen Leute ernähren uns, damit wir ihnen gegenüber unsere Pflichten erfüllen können. Das bedeutet nicht, dass wir uns auf ihrem Rücken ein schönes Leben machen.«

»Hör zu, Kind«, begann ihre Mutter, nun plötzlich mit sanfter, verständnisvoller Stimme. »Es heißt, es gab einmal eine Zeit, da wir alle gleich waren. Bei den Behaimen, den Polanen und sogar bei den wilden Leuten im Lande Rus gab es nur Priesterinnen, Schamanen und gelegentlich Häuptlinge, die aber wieder abgesetzt wurden, wenn ein Kampf vorbei war. Dann fielen die Awaren über uns her und jagten uns wie Jäger die Hasen. Erst Samo, ein Franke, befreite uns von dem Joch der Sklaverei. Von ihm lernten wir, wie wichtig es ist, eine klare Ordnung im Volk zu haben und Leute, die stellvertretend für alle die wichtigen Entscheidungen treffen. Seitdem hat jeder Stamm einen fürstlichen Clan. Da unser Clan der angesehenste und mächtigste ist, bin ich die Hohe Priesterin und dein Onkel das Oberhaupt der Stämme. Er kann entscheiden, wann wir alle in den Krieg ziehen. Aber was Olga von den Lemuzi in ihrem eigenen Gebiet macht, geht uns nun einmal nichts an, selbst wenn wir es nicht richtig finden.«

»Welchen Einfluss hast du denn überhaupt als Hohe Priesterin, wenn du nicht einmal durchsetzen kannst, dass sie sich an die Regeln unseres Volkes hält?«, rief Libussa empört. »Du könntest ihr drohen, sie mit einem Bann zu belegen!«

Nun schlug Scharka mit der Hand gegen ihren Schemel, als sei ihre Geduld endgültig erschöpft. »Und sag mir, was würde das bringen? Olga ist stolz und dickköpfig. Es käme zu einer Fehde. Vor kurzem hat in Mähren ein Fürst alle anderen Stämme unterworfen und nennt sich jetzt König. Wer solchen Machthunger hat, will meist noch mehr Land und Untertanen. Dein Onkel Krok macht sich Sorgen wegen der Franken. Von allen Seiten droht uns Gefahr. Angeblich haben Olgas Söhne neue Krieger angeworben, die nicht alle aus unserem Volk stammen, sondern ihre Kunst im Umgang mit Waffen gegen Entlohnung zur Verfügung stellen. Wilde Nordmänner und andere Fremdlinge. Sie sollen unglaublich harte Kämpfer sein, denn sie haben ihr Leben lang nichts anderes getan. Wenn wir angegriffen werden, dann möchte ich diese Krieger lieber auf unserer Seite sehen und nicht auf der unserer Feinde.«

Libussa senkte den Kopf, denn ihr war klar, dass jeder weitere Widerspruch vergeblich war. Die Welt schien den harten Regeln zu folgen, die auch Premysl ihr beschrieben hatte. Sehnsucht nach dem Berg der Göttin stieg in ihr auf, nach einem stillen, friedlichen Ort, wo diese Regeln keine Gültigkeit hatten.

»Nun schau nicht so traurig, Kind!«, meinte ihre Mutter sanft und strich ihr über die Wange. »Du bist ein junges Mädchen und solltest dein Leben genießen, anstatt immer so viel zu grübeln.«

Libussa nickte und verließ den Raum. Bevor sie Premysl getroffen hatte, war alles ganz einfach gewesen. Ein zurückgezogenes Leben als Schülerin der keltischen Priesterin hätte sie glücklich gemacht, auch wenn dies der Vorstellung ihrer Mutter von einem erfüllten Dasein nicht entsprach. Doch nun konnte sie vor der unschönen Wirklichkeit nicht mehr fliehen. Der ernsthafte, kluge Bauernjunge wartete auf sie, und sie wusste, dass es ihr nicht möglich war, ihn aufzugeben. Ihre Schicksale waren miteinander verwoben, so wie sie es in ihren Träumen gesehen hatte.

Bei ihrem nächsten Besuch in Staditz brachte Libussa Brot und Schinken mit. Vieh wäre vermutlich besser gewesen, da es sich vermehrte, doch konnte sie es kaum unauffällig aus Chrasten fortschaffen. Sie ritt nun zielstrebiger und sorgloser. Premysls Gesicht, als er im Wald ihre Tunika abgestreift hatte, stieg in ihrer Erinnerung auf, das Strahlen und Staunen in seinem Blick, als könnte er noch immer nicht glauben, dass sie wirklich zu ihm gekommen war. Sie konnte sich nicht erinnern, jemals einen anderen Menschen derart glücklich gemacht zu haben. Das mitgebrachte Essen überreichte sie, als er nicht zusah. Seine Mutter verstand. Es lag keine Dankbarkeit in ihrem Blick, doch sie nahm an, was ihr gegeben wurde.

»Eine Gabe der Geister«, erklärte die alte Frau das plötzlich nahrhaftere Abendmahl. Premysl runzelte kurz die Stirn, und Libussa wartete schon auf eine bissige Bemerkung über ihre Großzügigkeit. Doch er beschränkte sich darauf, vier Scheiben von dem Schinken abzuschneiden. »Der Rest«, sagte er, »ist für die anderen Leute im Dorf.«

Zwei Wochen später schenkte er ihr ein in Holz geschnitztes Bildnis der Göttin Morana. Libussa ließ ihre Finger über die feinen Gesichtszüge und weich fallenden Locken gleiten. Die Göttin sah aus wie eine junge wunderschöne Frau, so lebendig, dass man wartete, sie würde jeden Augenblick zu sprechen beginnen. »Ich weiß, wie wichtig dir der Dienst an den Göttern ist. Und damals, beim Kupala-Fest, da warst du meine Morana«, murmelte Premysl unsicher, als zweifle er, ob ihr sein Geschenk gefiele.

Sie musterte ihn staunend. »Wie kommt es, dass du so gut schnitzen kannst?«

»Ich habe es von Kindheit an getan, wenn ich Zeit hatte. Es macht mir Freude.«

Libussa versuchte, ihre Gedanken zu ordnen. »Jemand, der so etwas kann, sollte nicht auf den Feldern der Lemuzi arbeiten müssen. Hast du schon mal überlegt, mit diesen Schnitzereien Tauschgeschäfte zu machen? Ich glaube, du könntest davon leben, so wie dieser Händler mit seinen Pelzen.« Sie erschrak, als sie sah, dass sein Gesicht sich verfinsterte.

»Ich arbeite gern im Freien und sehe wachsen, was ich gesät habe. Außerdem kann ich meine Mutter und Schwester nicht verlassen. Meine Brüder sind bereits fortgegangen, als unsere Mutter noch bei Kräften war. Jetzt käme sie allein nicht mehr zurecht, und meine Schwester Magda kann niemals die Hütte übernehmen, wie es eigentlich Sitte wäre. Ich hätte auch kein Verlangen, mit Fürsten wie den Lemuzi Tauschgeschäfte zu machen. Es tut mir leid, wenn es dich stört, dass ich ein gewöhnlicher Bauer bin.«

Die Schärfe seiner Stimme schmerzte nicht mehr so sehr wie am Anfang, denn allmählich begriff Libussa, welche Unsicherheit sich dahinter verbarg. »Ich verachte die Bauern nicht, aber du die Fürsten, Premysl. Unser aller Schicksal bestimmen die Götter, heißt es. Und auch wenn es nicht so wäre, so kann doch niemand entscheiden, als was er geboren wird.«

Eine Weile schienen ihre Worte ihn nachdenklich zu stimmen. Dann legte er seinen Arm um ihre Schulter. »Ich weiß selbst nicht, was mich manchmal überkommt. Es muss an meiner Wut auf die Lemuzi liegen. Du dienst selbst einer Herrin und bist ihr zugetan. Sie behandelt dich nicht schlecht, wie es scheint. Lass uns nicht mehr darüber reden.«

Niemals würde sie ihm sagen können, wer sie war, dachte Libussa betrübt. Doch dann hörte sie das Plätschern des Flusses. Sie näherten sich dem vertrauten Ort im Wald, und in ungeduldiger Freude schmiegte sie sich an ihn. Er blieb stehen und sie fühlte, wie seine Finger über ihre Hüfte glitten. »Kannst du mit diesem Dolch eigentlich umgehen?«, fragte er unerwartet.

Sie nickte und legte ihre Waffe selbst auf den Boden. »Man lernt viele Dinge bei einer Fürstin. Aber sage mir, wundert sich deine Mutter nicht, warum ich immer eine ganze Nacht brauche, um ein Bad im Fluss zu nehmen?«

Dann kam die Erntezeit und er musste bis zum Anbruch der Dunkelheit arbeiten. Libussa bot sich zögernd an mitzuhelfen, doch Premysl lehnte ab. »Die Söhne unserer Fürstin reiten manchmal an den Feldern vorbei. Sie sollten ein Mädchen wie dich besser nicht sehen.«

Sie wusste nicht, weshalb er Bedenken hatte, sah aber selbst gute Gründe, Neklan und Vojtan nicht zu begegnen. So saß sie mit seiner Mutter und Magda in der Hütte. Das Mädchen brabbelte vor sich hin und hüllte sich in die bunte, mit Holzperlen bestickte Tunika, die Libussa in Chrasten für sie gewebt hatte. Libussa empfand dieses eigenartige Geschöpf nicht mehr als unangenehm. Anders war es mit Premysls Mutter, die sie seit jenem ersten Abend nie wieder angelächelt hatte. Erst nach einer langen Zeit drückenden Schweigens begann die alte Frau auf einmal zu reden: »Mein Sohn ist ein guter Junge, fleißig und mutig. Ich gab ihm zunächst den Namen seines Vaters, Dalimir, doch als er heranwuchs, da fiel allen Leuten auf, wie schnell er Lösungen für unsere Schwierigkeiten fand. Und dann nannte man ihn immer häufiger Premysl: Einer, der nachdenkt. Es gibt an diesem Ort keinen schlaueren Kopf als ihn.«

»Das weiß ich.« Libussa bemühte sich, freundlich zu klingen.

»Viele andere Mädchen im Dorf wissen das auch und haben ein Auge auf ihn geworfen.«

Die Worte stachen wie ein Messer.

»Aber eine geheimnisvolle Fremde, die kommt und geht, wie es ihr gefällt, scheint ihm aufregender.«

Libussa fuhr zornig auf. »Ich komme, wann ich kann, und gehe, weil ich muss. Ich habe auch meine Pflichten im Leben.«

Die alte Frau nickte. »Ich will keinen Streit mit dir, Mädchen«, fuhr sie mit etwas sanfterer Stimme fort. »Meinem Jungen tust du gut. Er ist weniger zornig und bitter, seit er dich kennt. Du hast Glück in sein Leben gebracht. Außerdem versorgst du uns mit Essen und machst meiner Tochter Geschenke. Das würde nicht jede hohe Dame tun.«

Libussa musste nach Luft schnappen, bevor sie sprechen konnte. Ihr war, als drückte ihr eine kalte Hand die Kehle zu. »Ich habe gesagt, dass ich einer hohen Herrin diene. Macht mich das selbst zu einer hohen Dame?«

Premysls Mutter schüttelte lächelnd den Kopf. »Nein, das tut es nicht. Aber du hast nicht die Wahrheit gesagt. Ich habe selbst einmal auf der Festung der Lemuzi gedient, und glaube mir, ich erkenne eine Dame, wenn ich eine sehe. Selbst Kindsmägde oder Zofen haben nicht die Zeit und Mittel, eine solche Tunika zu weben, wie du sie meinem Mädchen geschenkt hast. Vielleicht in anderen Ländern, wo die Fürsten bereits reicher sind und ihre engsten Diener besser leben können, aber nicht bei uns. Ich ahnte es schon gleich wegen deiner feinen Hände und deinem Benehmen. Du stammst aus einem Fürstenclan, Mädchen.«

Libussa senkte den Kopf. Auf einmal fühlte sie sich zu erschöpft, um nach Ausflüchten zu suchen. »Weiß Premysl davon? Hast du mit ihm gesprochen?«, flüsterte sie nur.

Die alte Frau seufzte tief. »Nein, denn ich will mich nicht einmischen. Ich habe im Leben gelernt, dass man die schönen Zeiten genießen muss, solange sie dauern. Sie kommen selten genug. Es gibt nur eine Sache, um die ich dich bitten möchte.« Sie rückte näher an Libussa heran. Ihr Blick war frei von Vorwürfen oder Feindseligkeit. »Wenn die Zeit kommt, da du genug von diesem Abenteuer hast und dein Vergnügen anderweitig suchst, dann verletze meinen Sohn bitte nicht zu sehr. Er hat es schwer genug, weil er sich immer wieder gegen die Fürstin Olga und ihre Söhne auflehnt, auch wenn das nur zu weiteren Schikanen führt. Deine Besuche hier machen ihm Freude. Aber wenn du nicht mehr kommen willst, vielleicht könntest du dann einfach wegbleiben, damit er nicht erfährt, wie du ihn getäuscht hast. Dann könnte er dich als schöne Erinnerung behalten.«

Libussa fror plötzlich. Die alte Frau stellte sie als so hässlich hin, so selbstsüchtig und gemein. »Genauso gut könnte Premysl doch einmal die Lust an mir verlieren«, meinte sie unsicher, doch die alte Frau war nicht zu überzeugen.

»Ich kenne diese Welt, mein Mädchen. Dein Leben ist voller Möglichkeiten, die Premysl nicht hat.«

Noch während sich Libussa fragte, was denn so besonders an ihrem Leben sein sollte, öffnete sich zu ihrer Erleichterung endlich die Tür und Premysl trat ein. Er musste sich bereits am Dorfbrunnen gewaschen haben, denn sein Haar war nass. Wieder einmal vermied er es, sie anzusehen, was sie nun als Zeichen von Verlegenheit deutete. Vermutlich schämte er sich für seine schmutzige Kleidung und die vom langen Schwingen der Sichel aufgerissenen Handflächen. Aber Krieger sahen auch nicht besser aus, wenn sie von einem Wettkampf kamen. Sie stand auf und umarmte ihn zur Begrüßung, was sie sonst vor seiner Mutter nie gewagt hatte. »Lass uns etwas Brot und Schinken nehmen. Dann können wir draußen am Flussufer essen«, sagte sie, denn die Gegenwart der alten Frau war ihr unangenehm geworden. Premysl sah überrascht aus, aber er willigte ein, nachdem er sich bei seiner Familie entschuldigt hatte.

Er schwieg den ganzen Weg über, doch sobald sie an der gewohnten Stelle waren, riss er sie an sich. Bei den letzten Treffen waren seine Berührungen immer sicherer und geschickter geworden, aber nun spürte sie einen unbändigen Hunger in ihm. Libussa gefiel es. Sie gab seinem Drängen nach, das vertraute Gefühl von leidenschaftlicher Erregung durchströmte ihren Körper und ließ sie schließlich aufschreien.

Nach einer Weile hörte sie, wie Premysls Atem an ihrer Seite allmählich ruhiger wurde. »Es tut mir leid«, flüsterte er, »ich bin über dich hergefallen.«

Libussa lachte. »Das hat mich nicht gestört, wie du vielleicht gemerkt hast.« Sie rollte sich auf ihn und spürte klebriges Nass unter ihrer rechten Hand. Es fühlte sich nicht an wie Wasser. Als der Mond hinter den Wolken hervorkam, sah sie das Blut. An Premysls Schulter klaffte eine offene Wunde.

»Du bist verletzt. Das muss verbunden werden«, sagte sie erschrocken und dachte sofort an Kazis ruhige heilende Hände.

»Es ist nichts Schlimmes. Meine Mutter wird sich morgen darum kümmern.«

Die Erwähnung der alten Frau rief Libussa deren Worte in Erinnerung, und ihr Magen krampfte sich zusammen.

»Waren die Söhne der Lemuzi-Fürstin bei den Feldern?«

»Ja. Gemeinsam mit ihren Kriegern. Sie beobachten jetzt schon, wie die Ernte ausfällt, damit wir nichts vor ihnen verstecken können. Es wird so sein wie im letzten Jahr. Sie wollen uns gerade das Nötigste lassen, damit wir nicht verhungern und sie ihre Arbeitskräfte nicht verlieren.«

Libussa ließ sich wieder auf den Rücken fallen. Vielleicht konnte sie mit Onkel Krok reden, der schon von seiner Reise zu den Wilzen zurück sein musste. Er hatte jede Ungerechtigkeit stets gehasst. Doch die vage Hoffnung verschaffte ihr keine Erleichterung. Premysl hatte sich aufgerichtet und vergrub sein Gesicht in den Händen. »Ich kann nicht hierbleiben. Diese

Wut, das ist, als würde es in mir brennen. Ich nehme mir vor, mich zurückzuhalten, aber es gelingt mir nicht.«

Libussa streichelte seinen Rücken. Er hatte lange nicht mehr mit ihr über den Lemuzi-Fürstenclan gesprochen. Sie wusste so wenig von seinem Leben. Die alte Frau hatte recht, sie war eine Fremde, die einfach kam und ging.

Premysl legte sich wieder an ihre Seite und zog sie an sich. »Hör zu, ich habe nachgedacht. Schon vorher, aber vor allem heute auf den Feldern. Was du damals gesagt hast über die Schnitzerei. Vielleicht hast du recht. Ich könnte versuchen, davon zu leben. Außerdem kann ich Räder und Werkzeug richten. Die anderen Bauern kommen deshalb oft zu mir.«

Libussa nickte und fühlte ein vages Unbehagen. Wohin wollte er denn gehen, wenn er sein Dorf verließ?

»Ich dachte mir, wir wahren die alten Sitten. Dass der Mann zu der Frau kommt und nicht umgekehrt, verstehst du? Ich kann schlecht von dir verlangen, in eine Bauernhütte zu ziehen, denn du bist Besseres gewöhnt. Das kann jeder sehen.« Diesmal lag keinerlei Spott in seiner Stimme. »Ich weiß immer noch nicht, wer du bist«, fuhr er fort, »und du hast sicher gute Gründe, es mir nicht zu sagen, aber wenn du willst, dann … dann … könnte ich versuchen, mich in Chrasten oder in der Nähe niederzulassen. Ich erwarte nicht, dass du mit mir die Hochzeitszeremonie vollziehst. Wir müssten auch nicht gleich zusammenleben, aber wir könnten uns öfter sehen, damit wir einander besser kennen lernen.«

Libussa war wie gelähmt. Ein Teil von ihr wollte am liebsten tanzen vor Freude, aber sie durfte ein solches Gefühl nicht zulassen. »Was ist mit deiner Mutter und Magda?«, flüsterte sie.

»Mit meiner Mutter habe ich schon gesprochen. Sie sieht ein, dass ich hier kein Leben habe. Natürlich werde ich die beiden mitnehmen. Wie gesagt, wir müssen nicht alle unter einem Dach wohnen, wenn du nicht willst.«

Ihre Tränen kamen so plötzlich, dass sie selbst völlig überrumpelt wurde. Sie flossen über ihre Wangen, und sie wandte sich von Premysl ab. Ich verdiene ihn nicht, dachte sie verzweifelt, und ich bin eine feige Lügnerin.

»Was ist mit dir? Das kommt sehr plötzlich, ich weiß. Du musst dich nicht sofort entscheiden«, beschwichtigte sie Premysl sanft. Er schloss sie wieder in seine Arme. Libussa ließ es geschehen, obwohl sie sich in diesem Augenblick weit fort wünschte.

»Ruh dich erst einmal aus. Du hattest einen harten Tag«, murmelte sie. »Morgen reden wir darüber.«

Ihr Kopf lag auf seiner Brust, und sie spürte, wie er allmählich einschlief. Sie beneidete ihn um seine Erschöpfung, denn sie selbst konnte keine Ruhe finden, und die Worte seiner Mutter wirbelten in ihrem Kopf herum. Die alte Frau hatte gewusst, was er plante, deshalb hatte sie so eindringlich mit ihr gesprochen. Jetzt musste sie tun, worum seine Mutter sie gebeten hatte: fortgehen und nicht wiederkommen. Er würde enttäuscht sein, aber verstehen. So wäre es am besten. Er sollte nicht erfahren, wie sie ihn belogen hatte.

Die Tränen kamen nochmals mit größerer Heftigkeit. Sie bebte innerlich, als sie vorsichtig aufstand, sich anzog und zum Dorf schlich, um Steka zu holen.

Die Stute trabte ruhig aus Staditz in den finsteren Wald hinein. Die Nacht, das unheimliche Reich der Geister, erschien Libussa nun zu unwichtig, um bedrohlich zu sein. Sie wischte sich nochmals die Tränen ab, aber es kamen sogleich neue. Der Schmerz glich einem Schwert, das tief in ihr steckte, aber das war wohl erst der Anfang. In den nächsten Tagen würde es noch schlimmer werden.

Sie sehnte sich nach Kazis nüchterner Klarheit. Ihre älteste Schwester wusste stets Rat, wenn andere verzweifelt waren. Was würde sie wohl sagen, wenn sie jetzt hier wäre? Sie hatte von Anfang an gemeint, dass diese Heimlichtuerei Libussa eines Tages Schaden bringen würde: »Sag es ihm so bald wie möglich«, das war ihr Rat gewesen. »Und kannst du damit leben, einen Bauern zum Gefährten zu haben? Unserer Mutter wird es nicht gefallen, auch wenn ich nicht glaube, dass sie es dir verbieten wird. Sie schätzt ihre eigene Freiheit zu sehr, um unsere einzuschränken. Aber man wird in Chrasten Witze über dich reißen, denk an Thetkas böse Zunge.«

Thetka, die sich nach Slavonik sehnte, ohne von ihm beachtet zu werden. Libussa wusste, sie hatte Glück, weil Premysl sie ebenso wollte wie sie ihn. Er war ein besserer Mann als Slavonik. Und dennoch sollte sie ihn verlassen?

Am Waldrand brachte sie das Pferd zum Stehen. Vielleicht hatte seine Mutter sie gebeten zu gehen, weil sie ahnte, dass er ihr vergeben würde? Sie sähe ihren Sohn sicher lieber mit einem der Dorfmädchen. Vielleicht sollte sie doch mit ihm reden?

Unschlüssig ritt sie weiter und ließ das Pferd wie von selbst in jene Richtung laufen, wo Premysl schlief. Wenn er aufwachte, dann würde sie ihm die Wahrheit sagen. Er sollte nach Chrasten kommen, wenn er wollte, und sie würde sich nicht für ihn schämen. Sie spürte eine Woge der Erleichterung durch ihren Körper ziehen. Auf einmal fühlte sie sich schwerelos und trieb Steka ungeduldig voran.

Ein Geräusch ließ sie zusammenfahren, das Wiehern eines Pferdes, und bald schon knackten Zweige in ihrer Nähe. Die Geister! Aber hatte Premysl nicht gesagt, es gäbe hier noch Schlimmeres?

Der dunkle Wald spuckte drei Reiter aus, die sich vor Libussa aufbauten. Sie trugen Speere und Schilde, als zögen sie in den Kampf. »Wohin des Weges, schönes Mädchen?«, meinte der Kleinste von ihnen.

Trotz seiner nicht unfreundlichen Worte lief Libussa ein Schauer über den Rücken. Die Fremden hatten Augen wie hungrige Wölfe.

»Ich bin auf dem Heimweg. Seid bitte so freundlich und lasst mich vorbei.«

Sie wollte weiterreiten, doch die Männer kreisten sie ein. Steka schnaubte nervös und Libussa streichelte sie zur Beruhigung. »Was wollt ihr? Lasst mich bitte gehen. Ich habe nichts, das ich euch geben könnte.«

Sie lachten. »Oh doch, das hast du, schönes Mädchen.«

Die Männer redeten in der Sprache der Behaimen, doch der Größte von ihnen sah fremdländisch aus. Seine Statur war riesig und die wilde Haarmähne schimmerte rötlich im Mondlicht. Ein dichter Bart verbarg sein Gesicht. Konnte er einer jener Nordmänner sein, die Fürstin Olga ins Land geholt hatte?

Sie hörte das Hämmern ihres Herzens. »Nimm den Dolch! Wehre dich!«, flüsterte die Stimme ihrer Mutter in ihrem Kopf. Aber was konnte sie ausrichten gegen drei bewaffnete Krieger?

Ein Angriff würde sie vielleicht nur zorniger machen. Sie musste versuchen, geschickt und beherrscht vorzugehen. »Ihr könnt mein Pferd haben, wenn ihr wollt. Ich laufe zu Fuß weiter«, bot sie mit freundlicher, möglichst furchtloser Stimme an.

Die Vorstellung, Steka diesen unheimlichen Fremden zu überlassen, schmerzte so sehr, dass sie fast erleichtert war, als Antwort nur grölendes Gelächter zu hören. »Das Pferd nehmen wir uns schon noch. Aber erst einmal nehmen wir dich.«

Sie wusste, dass sie eine Fluchtmöglichkeit abpassen musste, aber panische Angst lähmte ihren Körper und ihren Verstand.

»Los, Vojmir. Du bist als Erster dran. Hol die Kleine vom Pferd!« Diesmal hatte der Riese gesprochen. Die Worte klangen hart und unmelodisch aus seinem Mund. Er musste wirklich ein Fremder sein. Der Mann namens Vojmir stieg ab und kam auf sie zu. Als er seine Hand nach ihrem Bein ausstreckte, gewann Libussa endlich die Beherrschung über ihren Körper wieder zurück. Sie trat mit ihrer Stiefelspitze nach dem Fremden und sah mit Freude einen Schwall Blut aus seiner Nase strömen.

»Lasst mich in Ruhe! Verschwindet!«, schrie sie aus Leibeskräften. Sie versuchte, Steka an den anderen Pferden vorbeizutreiben, aber ein starker Arm legte sich um ihre Taille, und die Zügel wurden ihr aus der Hand gerissen.

»Na, dann bin eben ich der Erste, der die Kleine bekommt«, flüsterte der Riese ihr ins Ohr. Er roch nach Schweiß und Met, und sie zappelte hilflos in seiner Umklammerung, die wie eine eiserne Fessel war.

Hoffentlich läuft Steka weg, bevor sie sie mitnehmen können, schoss es Libussa durch den Kopf. Sie schloss die Augen und sehnte sich nach Bewusstlosigkeit. Dann öffnete sich die eiserne Fessel plötzlich.

»Reite weg! Schnell!« Premysls Stimme schien von weit her zu kommen, doch als sie ihre Augen öffnete, stand er dicht neben ihr. In seiner Hand hielt er einen dicken Ast, mit dem er nach dem Riesen geschlagen haben musste. Libussa regte sich nicht. Auf einmal war alles nur noch ein schrecklicher Traum, aus dem sie nicht erwachen konnte.

Alle drei Krieger stürzten sich auf Premysl und kreisten ihn ein. Sie hieben und stachen mit ihren Speeren nach ihm, heftig genug, um ihm Wunden zuzufügen und ihn manchmal auch stürzen zu lassen, aber sie gaben ihm die Zeit, sich wieder aufzurappeln. Manchmal gelang es ihm, einen von ihnen mit dem Ast zu treffen. Dann war der nächste Speerstich etwas heftiger. Sie hätten ihn auf der Stelle töten können, doch das Spiel schien ihnen Freude zu bereiten.

Etwas in ihr zerbarst. Sie hörte einen lauten, wilden Schrei durch den Wald dringen. Es war der uralte Schlachtruf ihres Volkes, den ihre Mutter sie einst gelehrt hatte. Damals war er ihr albern vorgekommen, doch nun begriff sie seinen Sinn. Die Macht ihrer eigenen Stimme trieb sie voran. Sie riss den Dolch aus ihrem Gürtel und raste auf jenen Krieger zu, dessen Speer gerade auf Premysl gerichtet war. Es gelang ihr, den Dolch in seinen Rücken zu rammen. Ihre Hand färbte sich rot. Dann war alles wie ein Rausch. Sie hieb und duckte sich, um Angriffen auszuweichen, während das Blut in ihren Ohren toste.

Der Überraschungsangriff hatte ihr einen kurzen Vorteil verschafft, denn keiner der drei Männer schien mit ihrer Einmischung gerechnet zu haben. Sie waren zu verblüfft, um ebenso heftig zurückzuschlagen, doch das änderte sich schnell. Stechende Schmerzen schossen durch ihren Körper, als die Speerspitzen sie immer wieder trafen. Die Kraft in ihrem Arm ließ langsam nach. Sie hatte nie gelernt, so zu kämpfen wie Thetka. Die Kampfausbildung hatte ihr nicht gefallen. Doch selbst Thetka hätte sich nicht gegen diese drei Männer behaupten können. Premysl hieb an ihrer Seite mit dem Ast um sich, kräftig und geschickt wie ein zorniger Dämon. Es stimmte wohl, dass er einst zum Krieger ausgebildet werden sollte, aber trotzdem war ihr beider Kampf aussichtslos. Sie hatte davon geträumt, mit ihm gemeinsam leben zu können. Und jetzt starben sie zusammen.

Eine Speerspitze raste auf sie zu. Libussa duckte sich, doch eine andere näherte sich ebenso schnell, dass sie nicht zurückweichen konnte. Dann ertönte ein Schrei. Premysls Ast hatte den Arm des Angreifers getroffen, und er ließ seine Waffe fallen. Auf einmal steckte der Speer in der Hüfte des Kriegers. Premysl zog ihn rasch wieder heraus, und Libussa sah, wie der Fremde vom Pferd fiel. Auch Vojmir wirkte geschwächt, da ihr Dolch ihn getroffen hatte. Jetzt war nur noch der Riese eine Gefahr, und es gab vielleicht Hoffnung.

Das Horn schreckte sie auf. Der am Boden liegende Krieger blies kräftig hinein und Libussas Hoffnungen wurden von herannahendem Hufgetrappel zerstört. Es war vorbei. Woher kamen all diese Räuber, von denen Onkel Krok nichts wusste? Nun saß sie ruhig auf ihrer Stute. Es hatte keinen Sinn, weiterzukämpfen. Auch der Riese regte sich nicht, sondern musterte erwartungsvoll die zwei Reiter, die auf ihn zukamen.

Der junge Mann brachte sein Pferd zum Stehen. Libussa erkannte das runde, von hellblondem Haar umrahmte Gesicht sofort. Sie verstand aber nicht, warum die Räuber diesen Mann nicht angriffen.

Als Neklan sie ansah, zuckte er zusammen, als habe ihm jemand einen Hieb versetzt. »Ihr Hornochsen!«, schrie er und sprang vom Pferd, um dem am Boden liegenden Krieger ein paar Tritte zu versetzen. »Habt ihr keinen Verstand im Kopf?«

Der getretene Krieger stöhnte, während Vojmir sich unauffällig zu entfernen versuchte, als habe er selbst Angst vor Schlägen. Nur der Riese musterte das Geschehen mit abfälliger Miene. »Wir taten, was du befahlst, Herr. Schnappten uns die Kleine. Der Mistkerl ging dazwischen, aber wir hätten ihn schon noch kaltgemacht. Ich schaffe das auch allein.«

»Bitte schweig, Tyr«, erwiderte Neklan in durchaus respektvollem Ton. »Du weißt nicht, worum es hier geht.« Dann wandte er sich wieder den beiden anderen Kriegern zu, vor denen er offenbar weniger Achtung hatte. »Wisst ihr Schwachköpfe denn nicht, wer dieses Mädchen ist? Wollt ihr, dass Krok von den Cechen und alle anderen Stämme über uns herfallen wie ein Schwarm wütender Hornissen? Habt ihr keine Augen in euren hohlen Köpfen? Seht sie doch an! Ist das etwa eine Bauernschlampe, die da vor euch auf dem Pferd sitzt?« Er verteilte noch mehr Tritte und Libussa fand es an der Zeit, dieses Schreien und Toben zu beenden.

»Ich bin die jüngste Tochter der Fürstin Scharka von den Cechen. Mein Name ist Libussa.«

Fassungslose Blicke hingen an ihr. Nur der Nordmann grinste spöttisch, und sie fragte sich, ob er überhaupt vor etwas Achtung hatte.

Doch auf einmal erfüllte sie rauschende Freude, so dass sie alle Schmerzen vergaß: Der Tod, der Eintritt in das Reich des

Veles, war so nahe gewesen, dass sie seine kalte Berührung spüren konnte. Doch sie lebten beide noch! Libussa sprang vom Pferd und lief auf Premysl zu, der blutend am Boden kauerte. Aus seinen Augen sprachen nur Zorn und Schmerz. Als sie die Hand nach ihm ausstreckte, wich er zum ersten Mal vor ihrer Berührung zurück.

Jetzt hat das Mädchen einen Namen, dachte sie und fühlte, wie ihre Beine schwach wurden.

Das Gesicht über ihr wirkte rund wie der volle Mond, die Augen waren schwarz umrandet und der Mund leuchtete unnatürlich rot. Kupferfarbenes Haar hing an beiden Seiten herab, am Ansatz kam bereits wieder Grau zum Vorschein. Trotz all ihrer Mühen gelang es Olga von den Lemuzi nicht, so frisch und jung auszusehen wie Scharka von den Cechen. Aber Libussa verstand nicht, warum ausgerechnet die Lemuzi-Fürstin ihr im Traum erschien.

»Wie geht es dir, Mädchen? Möchtest du etwas trinken?«

Die schrille, heitere Stimme schreckte Libussa auf. Sie erkannte hölzerne Wände um sich, viele Tische, auf denen Geschirr aus Bronze stand, sogar einige Silberbecher, die in Chrasten nur bei besonderen Anlässen verwendet wurden. Überall erblickte sie bestickte Tücher. Libussa begriff, dass sie in Zabrusany sein musste, der Festung der Lemuzi. Sie versuchte, sich aufzurichten, doch die Schmerzen schossen durch jedes Glied ihres Körpers.

»Bleib ein bisschen liegen. Du musst dich erholen. Ich kann dir meinen Sänger vorbeischicken. Er ist wirklich gut. Dann gibt es hier noch eine alte Frau, die wunderschöne Geschichten erzählen kann, über Geister und Helden. Und wenn du Hunger hast, dann …«

»Wie bin ich hierhergekommen, Olga?«

Dichter Nebel trübte Libussas Bewusstsein. Dahinter lauerte etwas Hässliches, das sie nur dunkel erahnen konnte.

»Wir reden darüber, sobald du wieder bei Kräften bist. Jetzt brauchst du erst einmal einen Schluck Wein.« Olga wandte sich zu einem der zahlreichen kleinen Tische und griff nach einem Krug. Währenddessen drangen männliche Stimmen aus dem Nebenraum an Libussas Ohr: »Woher sollte ich denn wissen, dass die Kleine, die regelmäßig zu ihm rennt, ausgerechnet Libussa von den Cechen ist?«

»Nein, wie solltest du auch? Wo doch jede Bauernschlampe ein Pferd hat.«

Olgas Söhne. Neklan und Vojtan. Der Nebel begann, sich zu lichten.

»Hier, mein Mädchen. Nach einem Becher mit gutem Wein fühlst du dich gleich besser«, meinte Olga unnötig laut, als wolle sie die Unterhaltung im Nebenraum übertönen. Allmählich erstanden in Libussas Kopf klare Bilder und lösten ein Entsetzen aus, das stärker war als aller Schmerz. Sie fuhr auf. »Wo ist Premysl?«

Olga reichte ihr den Wein und Libussa unterdrückte ihren Wunsch, den Becher an die Wand zu werfen. Zu sehr saß ihr die Erziehung zur Fürstentochter in den Knochen.

»Beantworte meine Frage, Olga! Was habt ihr mit Premysl gemacht?«

Die Lemuzi-Fürstin verzog ihr Gesicht zu einem Lächeln. In ihren Augen meinte Libussa Unsicherheit zu erkennen. »Er ist in der Küche bei den Knechten und Mägden. Meine Heilerin hat sich um ihn gekümmert. Er hat schwerere Verwundungen als du, aber er wird durchkommen.«

Erleichtert nahm Libussa einen Schluck aus dem Weinbecher. In ihrem Kopf drehte sich alles. Seit ihrer frühen Kindheit hatte sie Olga von den Lemuzi gekannt. Eine eitle, launische Frau, deren Aufmachung meist lächerlich war. Trotzdem nahm Libussa sie stets vor Thetkas erbarmungslosem Spott in Schutz. Olga schien schwierig, aber harmlos. Wie kam es, dass sie ihr auf einmal solchen Widerwillen einflößte?

»Wie konnte das geschehen, Olga?«, murmelte sie fassungslos.

»Was meinst du?« Fürstin Olga rutschte auf ihrem Stuhl herum.

»Diese Männer, die mich im Wald angegriffen haben, das waren doch die Krieger deiner Söhne?«

Olga nickte und wirkte sehr bemüht, dabei auf natürliche Weise zu lachen. »Aber ja, Kindchen, doch sie kannten dich nicht. Du bist sie ganz schön angegangen. Vojmir ist schwer verwundet. Es war alles ein dummes Missverständnis, deshalb wird es keine Folgen haben. Auch nicht für diesen Bauern, der auf unsere Männer eingeprügelt hat. Ich werde ihm vergeben.«

Libussa atmete tief durch, um nicht zu schreien. »Aber du duldest das Verhalten dieser Krieger, die eine Frau so einfach überfallen?«

»Krieger sind eben Krieger, Mädchen. Es war ganz schön dumm von dir, so allein durch den Wald zu reiten. Man soll bissige Hunde nicht reizen.«

»Krieger«, wiederholte Libussa Kroks Lehren, »sollten in ihrem Verhalten ein Vorbild für andere Männer sein. Es würde dem Stammesführer nicht gefallen, was du ihnen erlaubst. Und auch die anderen Dinge, die du tust, verstoßen gegen die Regeln unseres Volkes. Du beutest deine Bauern aus, anstatt für sie zu sorgen.«

Olgas Augen begannen zu funkeln, auch wenn sie weiterhin lächelte. »Vielleicht haben dein Onkel und ich unterschiedliche Vorstellungen über das Verhalten von Herrschenden. Oder aber du glaubst zu sehr an schöne Worte und verschließt die Augen vor der Wirklichkeit. Du bist noch sehr jung, Libussa, und verstehst nichts vom Regieren. Ich herrsche schon seit vielen Jahren über mein Land und habe einiges gelernt im Laufe der Zeit.«

»Was hast du gelernt?«, zischte Libussa. »Wie man anderen das Brot nimmt, um selbst rund und fett zu werden? Wie man aus seinen Kriegern eine Meute wilder Hunde macht, die über Schwächere herfallen? Sind das die Zeichen deiner Weisheit?«

Olga seufzte gequält, als falle es ihr ebenso schwer, die Beherrschung zu wahren. »Ein Fürst braucht Ansehen in der Welt. Wir gelten bei reicheren Völkern als Barbaren, weil wir kaum besser aussehen als unsere Bauern. Händler erzählten mir von den prächtigen Burgen in anderen Ländern, dem teuren Schmuck und der edlen Kleidung in fürstlichen Familien. Es ist notwendig, dass auch wir endlich anfangen, etwas darzustellen. Wenn deine Mutter das anders sieht, dann ist das natürlich ihr Recht. Aber ich habe gute Gründe für mein eigenes Verhalten.«

»Vielleicht haben die Händler dir auch etwas eingeredet, um mit dir gute Geschäfte zu machen. Denn weißt du, Olga, alle in Chrasten lachen über deine angeblich so prächtige Aufmachung. Thetka sagt, du bist wie ein bunt bemaltes Ei.«

Kaum waren diese Worte ausgesprochen, erschrak Libussa. Sie hatte noch niemals im Leben so boshaft mit einem anderen Menschen gesprochen. Doch Olga wirkte nicht verletzt. Sie lehnte sich auf ihrem Stuhl zurück und begann zu reden. Zum ersten Mal lag keine gekünstelte Fröhlichkeit in ihrer Stimme.

»Ich höre Premysl aus dir sprechen. Und ich verstehe dich besser, als du glaubst. Auch als alte Frau erkenne ich einen hübschen jungen Mann, wenn ich ihn sehe. Aber du solltest nicht vergessen, wer er ist. Ein unzufriedener Bauer, der seine Chance zu einem Aufstieg in meinen Diensten selbst weggeworfen hat. Glaube ihm nicht jedes Wort. Wenn man so jung ist wie du, dann verschenkt man sein Herz sehr schnell.«

»Und in deinem Alter hat man vielleicht keines mehr, das man noch verschenken könnte.«

Olgas Gesicht verfinsterte sich. »Es ist schon gut«, fuhr sie fort. »Ich verstehe, dass du aufgebracht bist. Aber jetzt lass uns dieses dumme Missverständnis einfach vergessen. Wir werden uns gemeinsam eine Geschichte ausdenken, wie du zu deinen

Verletzungen gekommen bist, damit deine Mutter nichts von deinem Abenteuer erfährt. Du weißt, dein Onkel nimmt es sehr ernst mit unseren Traditionen. Es würde ihm nicht gefallen, dass du einem Mann nachgelaufen bist, anstatt ihn zu dir kommen zu lassen. Aber er muss ja nichts davon wissen. Wir schweigen einfach beide, einverstanden?«

Libussa nahm die unterschwellige Drohung zur Kenntnis.

»Vielleicht«, begann sie, »wird mein Onkel wütend auf mich sein. Und sogar meine Mutter. Aber trotzdem müssen sie von dem Benehmen deiner Söhne erfahren. Jemand sollte sie zurechtweisen. Du selbst tust es offenbar nicht.«

»Aber ich habe doch schon mit ihnen gesprochen! Es tut ihnen sehr, sehr leid, was vorgefallen ist. Sie werden sich persönlich bei dir entschuldigen, wenn du darauf bestehst.«

Libussa rieb sich die Schläfen, um das Hämmern in ihrem Kopf zu vertreiben. »Auf so eine verlogene Entschuldigung kann ich verzichten! Wenn ich zu Hause bin, dann rede ich selbst mit meiner Mutter und Onkel Krok. Aber jetzt will ich zu Premysl. Ich muss sehen, wie es ihm geht.«

Olga rutschte auf ihrem Stuhl herum. Als sie zu reden begann, war ihr Blick gesenkt. »Es ist, wie ich sagte. Er hat schwere Verletzungen, aber meine eigene Heilerin kümmert sich um ihn. Das täte ich nicht für jeden Bauernjungen.« Dann schwieg sie einen Augenblick, als falle es ihr nicht leicht fortzufahren. »Libussa, bevor du dir überlegst, was du in Chrasten erzählen wirst, solltest du eine Sache nicht vergessen. Dein Premysl lebt weiter auf meinen Ländereien. Es könnte ihm vielleicht ein Unglück geschehen.«

»Was meinst du damit?«

»Nichts Bestimmtes. Nur, dass der Wald voller Gefahren ist, wie du selbst mitbekommen hast. Außerdem ist der Junge schwer verletzt. Es kann Wochen dauern, bis er wieder fest auf den Beinen steht. Dann ist es vielleicht schon zu spät für ihn, die Ernte einzubringen. Was soll aus seiner Mutter und

Schwester werden? Wenn du mir entgegenkommst und keine bösen Geschichten über mich oder meine Söhne verbreitest, verspreche ich dir, dass meine Heilerin Premysl gesund pflegen wird und dass ich auch für seine Familie sorgen werde. Allerdings würde es mir nicht gefallen, wenn du weiter verkleidet in meinen Ländereien herumschleichst, verstehst du?«

Libussa versuchte, sich zu erheben und stöhnte dabei auf. Die Wunde an ihrem Oberschenkel begann wieder zu bluten. Als Olga die Hand nach ihr ausstreckte, wich sie entsetzt zurück. Die alte Freundin ihrer Mutter schien ihr nun fremd, als sei sie die ganze Zeit nur ein böser Geist in Menschengestalt gewesen. Die Begegnung mit Premysl hatte ihre Welt verändert. Oder nur die Art, wie sie diese Welt sah. »Ich will deine Hilfe nicht«, wies sie Olga von sich. »Sag mir, wie ich zu Premysl komme. Ich möchte noch einmal mit ihm reden, damit er mich versteht. Danach reite ich nach Hause. Ich werde schweigen, wie du es wünschst. Und auch nicht mehr wiederkommen. Auf deine Gesellschaft verzichte ich gern.«

»Nimm wenigstens ein Kleid von meiner Tochter! Deine Tunika ist zerrissen.«

Libussa musterte die blutbefleckten Fetzen an ihrem Körper und nahm das Angebot widerwillig an. Olga rief nach einer Magd, die sogleich mehrere bunt bestickte Gewänder brachte.

»Nimm das Blaue, es passt zu deinem Haar«, flötete Olga nun, als wollte sie die Feindseligkeit dadurch überwinden. Wahrscheinlich würde sie als Nächstes anbieten, noch etwas von ihrem Schmuck zu verleihen. Libussa ging so schnell wie möglich hinaus, denn Olgas Freundlichkeit schien ihr noch unerträglicher als alle vorherigen Drohungen.

Libussa erkannte den kleinen Holzbau, den Olga ihr als die Küche beschrieben hatte. Sie bewegte sich so schnell wie möglich vorwärts, obwohl bei jedem Schritt ein Messer in ihren rechten Oberschenkel stach. Die anderen Wunden waren erträglich, aber sie würde noch einmal den Verband an ihrem Bein wechseln lassen müssen, bevor sie den Heimritt antrat. Vielleicht befand sich die Heilerin noch bei Premysl und konnte es gleich erledigen.

Ihr wurde langsam klar, dass es ein Fehler gewesen war, Streit mit der Lemuzi-Fürstin zu beginnen. Sie hätte nicht drohen dürfen, sich bei ihrem Onkel zu beschweren. Aber nun war es nicht mehr zu ändern. Sie musste sicherstellen, dass Premysl außer Gefahr blieb, dann nach Möglichkeiten suchen, wie sie sich trotz der widrigen Umstände weiter sehen konnten. Diese Entschlossenheit half ihr, die aufkeimende Angst und Verzweiflung zurückzudrängen. Ihr Wille war ein Ast, auf den sie sich stützte.

Kaum hatte sie die Küche betreten, blickten mehrere Augenpaare sie staunend und verunsichert an. Plötzlich fühlte sie sich unwohl in dem fein gewebten, mit Stickereien verzierten Kleid Ludmillas. Es machte mehr als deutlich, zu welchen Leuten sie gehörte.

Premysl lag auf einer Strohmatte in der Mitte des Raumes. Ein junges Mädchen war im Begriff, ihm eine Brühe einzuflößen. Er schien hauptsächlich aus Verbänden zu bestehen, die sich bereits rot gefärbt hatten. Sein Gesicht war aschfahl, und er musste bereits viel Blut verloren haben. Libussa sehnte sich nach Kazis Gegenwart.

»Ich muss mit ihm reden«, beantwortete sie die stumme Frage, die in den Augen aller Anwesenden zu lesen war. Niemand rührte sich, nur die Blicke wurden feindseliger.

»Es ist in Ordnung. Lasst mich mit ihr allein«, murmelte Premysl und die Leute gingen hinaus. Das Mädchen mit der Brühe musterte Libussa dabei so hasserfüllt, dass ihr Tränen in die Augen schossen.

»Bist du hier, um Abschied zu nehmen, Libussa von den Cechen? Das ist edel, aber unnötig. Du wolltest doch ohnehin fortreiten, als sie dich im Wald aufhielten.« Zum ersten Mal sprach er ihren Namen aus, doch seine Worte schmerzten mehr als jede ihrer Wunden. Sie begann zu ahnen, wie ihr heimliches Fortgehen auf ihn gewirkt haben musste. Was machte es noch für einen Sinn, ihm zu versichern, sie hätte es sich bald schon anders überlegt? Eine solche Beteuerung würde sie an seiner Stelle auch nicht glauben. »Dein Angebot kam so unerwartet«, erklärte sie leise. »Es machte mir Angst. Aber ich habe unüberlegt gehandelt. Es tut mir leid, vor allem wegen der Folgen, die es für uns beide hatte.«

Premysl schüttelte den Kopf. »Der Überfall hat nichts mit dir zu tun. Sie hatten es auf mich abgesehen, schon seit längerem. Du bist da nur mit hineingeraten, weil sie wussten, dass du mein Mädchen warst. Wie sollten sie denn ahnen, welch edlen Besuch ich regelmäßig bekam? Ich wusste es ja nicht einmal selbst.«

Sein spöttisches Lachen traf sie wie ein Schlag ins Gesicht. Sie trat einen Schritt zurück. Wie dumm sie sich die ganze Zeit benommen hatte! Wie eine unreife, verwöhnte Fürstentochter auf der Suche nach ein bisschen Aufregung. Ihr graute vor dem Bild, das er nun von ihr haben musste. Olga von den Lemuzi vermochte ihre Beziehung nicht zu zerstören, doch wenn Premysl selbst es wollte, konnte sie daran nichts ändern.

»Es tut mir leid. Ich hätte dir gleich sagen sollen, wer ich bin, aber du sprachst so schlecht von den fürstlichen Familien, dass ich es nicht wagte.« Ihre Stimme klang kleinlaut, und sie kam sich dadurch noch ein wenig dümmer vor.

»Es ist schon gut, Libussa«, meinte er in etwas versöhnlicherem Ton. »Ich hätte mich nicht einzulassen brauchen mit einem Mädchen ohne Namen. Lass uns in Frieden auseinandergehen.«

Seine Augen blickten starr zur Decke. Sie hatte Angst zu sprechen, denn es brauchte nun ihre ganze Kraft, die Tränen zurückzuhalten.

»Was ist? Gibst du mir noch einmal die Hand, Mädchen ohne Namen?« Er richtete sich stöhnend auf. Libussa kam langsam näher. Sie musste es hinter sich bringen.

Als sie vor ihm stand, schien er vor einer Berührung zurückzuschrecken, ebenso, wie er ihren Anblick vermied. »Du hast gekämpft wie eine zornige Vila. Scheinbar bringen Fürstinnen ihren Töchtern auch nützliche Dinge bei.«

Es gelang ihr zu lächeln. »Mehr nützliche Dinge, als du denkst. Aber sag mir, warum hatten es Olgas Söhne auf dich abgesehen?«

Er wirkte erleichtert, dass sie die Unterhaltung fortsetzte, anstatt zu gehen. »Ich habe mit den Leuten aus meinem Dorf geredet und auch mit Bauern in der Nachbarschaft. Wir wollten uns alle gemeinsam auflehnen, wenn die Lemuzi-Fürsten wieder höhere Abgaben verlangen, als Sitte ist. Es geht so nicht weiter, Libussa. Sie machen es uns sogar schwer, ihre Ländereien zu verlassen, denn angeblich sind Bauern bei anderen Völkern das Eigentum der Fürsten. Wohin soll das führen? Wenn sie damit durchkommen, werden die fürstlichen Clans der anderen Stämme es ihnen mit der Zeit nachmachen. Dann hat es bald nicht einmal mehr Sinn, an einen anderen Ort zu gehen.«

»Dann hast auch du Dinge vor mir verborgen«, sagte sie, ermutigt durch seine Redseligkeit.

»Ich wollte dich nicht mit hineinziehen. Diese Geschichte betraf dich nicht. Außerdem glaubte ich, dass du einer hohen Herrin dienst, und da dachte ich, dass … dass …«

»Dass du mir nicht trauen kannst, nicht wahr?«

Sein Schweigen war eine deutliche Antwort auf ihre Frage. Libussa setzte sich neben ihn auf den Boden. Sie wagte ein weiteres Lächeln und sah mit Erleichterung einen Funken von Wärme in seinen Augen.

»Als du gesagt hast, du wolltest nach Chrasten gehen, was war da mit deinem Aufstand?«

Sein Gesicht verschloss sich wieder vor ihr. »Ich wäre danach gekommen. Zuerst wollte ich den anderen helfen, denn sie betrachten mich als ihren Anführer.«

Libussa nickte. »Dann solltest du jetzt vorsichtig sein. Olgas Söhne werden dich beobachten. Sie haben es vorher schon getan, und so bin ich ihren Kriegern in die Arme gelaufen. Wäre ich nicht die Tochter der Cechen-Fürstin, dann hätten sie uns beide umgebracht. Ich glaube, wenn ich meiner Mutter und meinem Onkel erzähle, was mir hier widerfahren ist, bekommen Olga und ihre Söhne ernsthafte Schwierigkeiten. Dann braucht es keinen Bauernaufstand mehr. Aber ich kann nicht darüber reden, solange du in ihrer Gewalt bist. Du musst fortgehen, so wie du es vorhattest.« Libussa fühlte, wie ihre Hände schweißnass wurden.

Er ließ sich endlos Zeit mit seiner Antwort. »Und wohin schlägst du vor, dass ich gehe, weise Tochter einer Fürstin?«, kam es schließlich mit dem vertrauten spöttischen Unterton.

»Du könntest immer noch nach Chrasten gehen. Ich wäre sehr froh, dich dort zu sehen.«

Jetzt sah er ihr ins Gesicht. Sein Blick war ungläubig und voller Misstrauen. »Ist das ein schlechter Scherz? Ich dachte damals, du wärest eine Dienerin.«

»Ich bin derselbe Mensch wie vorher.«

»Ich will kein Hund sein, der dir nachläuft, Libussa von den Cechen«, sagte Premysl leise.

»Nein, aber du könntest in Chrasten mein Gefährte sein, wenn du es willst. Wenn wir uns weiter gut verstehen, können wir auch die Hochzeitszeremonie vollziehen. Ich bin nur die jüngste Tochter der Fürstin. Meine Schwester Thetka wird einmal Nachfolgerin meiner Mutter werden. Das wissen alle. Ich selbst wollte mein Leben immer dem Dienst an der großen Göttin weihen. Ich sehne mich nicht nach Macht, und es kümmert mich nicht, was andere Leute von mir denken.«

Als er über ihren Arm strich, beruhigte sie das Kratzen seiner schwieligen Handfläche. »Vielleicht stellst du es dir leichter vor, als es sein wird. Weiß deine Familie denn schon von deinem Abenteuer?«

Sie schüttelte den Kopf. »Ich werde es meiner Mutter sagen, sobald ich in Chrasten bin. Das verspreche ich. Wenn du kommst, werden alle über dich Bescheid wissen.«

Er griff nach ihrer Hand. »Nun gut, sobald ich wieder auf den Beinen bin, werde ich einen Weg suchen, unbemerkt nach Chrasten zu ziehen, obwohl es mit meiner Mutter und mit Magda nicht leicht sein wird. Aber du hast recht, ich kann hier nicht länger bleiben. Und vielleicht unternimmt Fürstin Scharka wirklich etwas gegen unsere Fürstin, wenn sie erfährt, wie man hier mit ihrer Tochter umgesprungen ist. Bis dahin haben wir beide Zeit nachzudenken, wie es mit uns weitergehen soll. Du bist mir zu nichts verpflichtet, auch wenn ich zu dir komme.«

Sie nickte und strich ihm übers Gesicht. »Ich werde einen Weg finden, wie ich mit dir leben kann.« Es überraschte sie selbst, wie sicher sie sich ihrer Worte war. Das freudige Aufleuchten seiner Augen wärmte sie.

»Wir werden sehen. Aber versprich mir nur eines«, murmelte er mit einem Grinsen im Gesicht. »Mach bitte niemals einen Fürsten aus mir.«

Sie lachte. »Da besteht nun wirklich keine Gefahr.«

2

Libussa verabschiedete sich von Premysl und brach auf. Olga von den Lemuzi befahl der Heilerin selbst, ihr noch einmal den Verband zu wechseln und ein schmerzstillendes Mittel zu verabreichen. Libussa erhielt auch ein paar Beinkleider, die sie unter Ludmillas Kleid anzog. Der Abschied von der Lemuzi-Fürstin fiel kühl aus. Ihre Söhne reichten ihr bereitwillig die Hand, doch in Neklans Augen glaubte Libussa auch einen Funken von Zorn zu erkennen. Als Allerletzte schlich sich Ludmilla herbei. Das Mädchen sah mit seiner schmächtigen Gestalt immer noch aus wie ein Kind. Riesige Augen beherrschten das blasse Gesicht.

»Es ist schade, dass ich keine Gelegenheit hatte, mit dir zu reden«, flüsterte Ludmilla. Libussa fragte sich, ob sie Angst hatte, von ihrer Mutter gehört zu werden, doch dann erinnerte sie sich, dass Ludmilla stets so leise sprach.

»Ich war nur kurz hier. Aber wir sehen uns sicher bald in Chrasten.« Ihr fiel ein, dass sie auch dort selten mit Ludmilla geredet hatte. Nun drückte das Mädchen plötzlich ihre Hand.

»Du sollst wissen, dass mir leidtut, was geschehen ist.«

Wenigstens ein Mitglied der Lemuzi-Familie schien es ehrlich zu meinen. Libussa lächelte Ludmilla dankbar an, als sie sich in den Sattel schwang.

Der Ritt war leichter als erwartet. Das Mittel der Heilerin entfaltete schnell seine Wirkung, verstärkt durch die Freude, die Libussa über ihre Versöhnung mit Premysl empfand. Erstaunt stellte sie fest, dass die Erinnerung an den Schrecken im Wald bald verblasste. Stattdessen durchlebte sie im Geiste nochmals ihre Begegnungen mit Premysl. Ob Kazi, die Heilerin, wusste, welch erstaunliche Heilung das Glücksgefühl bewirken konnte?

Der Gedanke an Kazi holte sie in die Wirklichkeit zurück. Sie musste mit ihrer Mutter sprechen, sobald sich eine Gelegenheit ergab. Die Cechen-Fürstin würde sicher nicht begeistert sein, doch sie betonte stets, wie verkehrt es sei, Frauen nach Art anderer Völker ihrer Freiheit zu berauben. Daher konnte sie ihr eine eigene Wahl des Gefährten kaum verbieten. Thetka würde Witze reißen. »Sagt dir der Geruch von Mist so sehr zu, dass du dich mit einem Bauern darin wälzen musstest?«, hörte sie im Geiste bereits die spöttische Stimme ihrer Schwester. Aber das Glücksgefühl schützte wie ein warmer Umhang im Winter vor allen Gemeinheiten. Kazi und Premysl würde vielleicht ihre gemeinsame Liebe zu Tieren verbinden. Bei ihrem Onkel war Libussa unschlüssig. Krok schätzte aufrechte, ehrliche Menschen, so dass ihm an Premysl nichts missfallen dürfte, doch sein strenger Glaube an die Traditionen würde vielleicht eine Mauer zwischen beiden errichten. Libussa beschloss, den Dingen ihren Lauf zu lassen, denn niemand sollte sie von Premysl trennen.

Als Chrasten, der große, von einem steinernen Schutzwall umgebene Holzbau auf dem Gipfel des nächsten Hügels auftauchte, hingen dunkle Wolken über dem Gebäude, als stünde ein schweres Unwetter bevor. Der Himmel war finster und ließ die hölzernen Türme schwarz wirken. Libussa hielt den Atem an, so beklemmend war ihre Vorahnung von Unheil. Sie hatte Mühe, sich im Sattel zu halten.

»Das«, murmelte sie verunsichert, »kann nicht nur die Angst vor meiner Mutter sein.«

Als sich das Tor öffnete, bemerkte sie, wie die Wächter ihre Gesichter verlegen abwandten. Die Stille im Hof war unheimlich. Wo steckten die Mägde, die hier sonst lachend und schnatternd miteinander die Arbeit verrichteten? Selbst das Fluchen eines Knechts, dem im Hof gerade ein Ferkel entwischt war, hätte sie im Augenblick erleichtert. Doch alle, die dort sonst eifrig Eimer schleppten, Holz hackten oder geschlachtetes Vieh in die Küche trugen, schienen nun bei ihrem Anblick wie versteinert. Warum senkte jeder, den sie traf, den Blick? Nur deshalb, weil sie ein paar Tage ohne Erklärung verschwunden gewesen war? Ihre Verwundungen waren unter dem Kleid verborgen. Als sie das große Gebäude betrat, wo ihre Familie wohnte, begegnete ihr Kveta, die Kindsmagd aller drei Mädchen. Die Alte wich ihrem Blick nicht aus, sondern musterte Libussa mit einem stummen Vorwurf in den Augen.

»Wo bist du so lange gewesen?«

»Ich war fort. Etwas Dringendes, das ich erledigen musste.«

Zwischen Kvetas Brauen erschien eine tiefe Falte. »Du verschwindest einfach so, ohne jemandem etwas zu sagen! Ohne dich zu verabschieden!« Ihre Worte klangen wie ein vernichtendes Urteil. Libussa erfasste ein leichter Schwindel. Kveta war immer eine nachsichtige Erzieherin gewesen.

»Was ist vorgefallen?«, flüsterte sie. »Kazi wusste, wo ich war. Hat sie nichts gesagt?« Kveta seufzte und schwieg einen Moment.

»Deine Mutter, Kind«, sagte sie dann. »Sie bekam plötzlich hohes Fieber. Kazi kümmerte sich um sie und ließ sogar einen Boten zu den Druiden schicken, die sich mit der Heilkunst auskennen. Aber es ging alles so schnell.«

»Es ging sehr schnell«, unterbrach plötzlich eine tiefe, Libussa wohlbekannte Männerstimme. »Unsere Fürstin starb schon nach wenigen Tagen, während ihre jüngste Tochter sich heimlich davongemacht hatte, um in irgendeinem Dorf Bäuerin zu spielen.«

Onkel Krok war in kurzer Zeit deutlich hagerer geworden. Unter seinen Augen, die Libussa zornig anfunkelten, lagen tiefe

Schatten. Libussa erfasste ein Schwindel, und der Raum begann sich zu drehen. Noch vor einem Moment, dachte sie verwirrt, war ich glücklich. Jetzt blickte sie in einen Abgrund und wusste, dass sie im Begriff war zu stürzen. Doch noch stand sie still und versteinert da wie die Leute im Hof.

»Lass gut sein, Herr, es ist nicht zu ändern. Beschimpfe das Kind nicht.« Kvetas Stimme klang, als käme sie aus weiter Ferne.

»Verlass den Raum, das geht dich nichts an!«, herrschte Krok die alte Frau an. Libussa fühlte Zorn in sich aufsteigen, das einzig starke Gefühl in ihrem Zustand der Benommenheit. Kveta gehorchte ohne Widerspruch, und Libussa fragte sich, ob sie verstehen konnte, dass allein der Kummer Krok so unleidlich werden ließ.

In diesem Moment kam der Schmerz. Ein unsichtbarer Speer durchbohrte ihren Unterleib, so dass sie in die Knie sank. Plötzlich spürte sie jeden Kratzer an ihrem Körper, als bestünde er nur aus blutenden Wunden. Erst als sie sich mit der Hand übers Gesicht fuhr, bemerkte sie die Tränen auf ihren Wangen.

»Komm jetzt mit, Libussa.« Die Stimme ihres Onkels war etwas sanfter geworden, aber sie wusste, dass er ihr nicht so schnell verzeihen würde. »Du sollst noch von deiner Mutter Abschied nehmen, zusammen mit deinen Schwestern. Morgen treffen die Clans der anderen Stämme zur Beisetzung ein. Und ich muss noch wichtige Dinge mit euch besprechen.«

Sie ließ sich von ihm in das Schlafgemach ihrer Mutter führen, wo ihre Schwestern bereits saßen. Vor der Türe wartete noch weitere Verwandtschaft, Tanten, Nichten und Neffen, doch Krok bat sie, sich noch zu gedulden. Selbst seine Bitten klangen wie Befehle.

Thetka schluchzte laut vor sich hin. Sie gab sich sonst stets Mühe, als stark zu gelten, und durch ihr Geschick beim Jagen hatte sie Eindruck auf so manchen Krieger gemacht. Aber Unglück vermochte sie nicht ohne Wehklagen zu ertragen, als protestierte sie so gegen die Götter, die ihr so etwas antaten.

Kazis Gesicht war sehr bleich unter dem pechschwarzen Haar. Sie starrte stumm auf den leblosen Körper vor ihr und umklammerte den riesigen Hund an ihrer Seite. Libussa staunte, dass Onkel Krok die Gegenwart von Tieren bei der Totenwache erlaubte. Manchmal konnte er verständnisvoller sein, als man ihm zutraute. Kazi schmiegte sich stets an ihre drei Gefährten, wenn das Leben ihr übel mitspielte. »Der Trupp der Elenden«, meinte Thetka dann immer spöttisch, doch jetzt war ihr nicht nach Scherzen zumute.

Keinem Menschen war Kazi je so nah gewesen wie ihren Tieren. Nur einmal hatte Libussa den Mut gefunden, ihre Schwester nach dem Grund dafür zu fragen. Kazi hatte sie staunend angesehen, als verstünde sie nicht, warum Libussa etwas so Offensichtliches erklärt haben wollte.

»Tiere sind nicht so anstrengend wie Menschen.«

Nun blickte Kazi schweigend auf den toten Leib ihrer Mutter, bei der ihre Heilkünste versagt hatten.

»Hast du ihnen gesagt, wo ich war?«, fragte Libussa.

Kazi nickte kurz.

»Ich musste es tun, in dieser Lage. Aber ich hatte den Namen des Dorfes vergessen, sonst hätte man nach dir geschickt.«

Sie war nicht hier gewesen, als ihre Mutter starb. Tränen schnürten Libussa die Kehle zu, denn das ganze Ausmaß der leidvollen Ereignisse sickerte allmählich in ihr Bewusstsein. Sie zwang sich, ihre Augen auf jene starre, bleiche Gestalt auf der Bettstatt zu richten, die einmal die Fürstin der Cechen und Hohe Priesterin aller Behaimen gewesen war. Vor vielen Jahren hatte Libussa ein Kätzchen aufgezogen, doch eines Morgens lag es tot im Hof. Nicht einmal Kazi fand eine Erklärung, als sie den kleinen Körper untersuchte. Libussa war erstaunt gewesen, wie wenig Trauer sie angesichts des Tierleichnams empfand. Dieses leblose Etwas war nicht mehr ihr Kätzchen. Auch ihre Mutter wirkte fremd in ihrer Totenblässe. Libussa senkte schnell wieder den Blick, um sie nicht als wächserne Statue in Erinnerung zu behalten. Es konnte nicht sein, dass jene Frau, die noch vor einigen Tagen ungeduldig auf ihrem Schemel gesessen und energisch mit ihrer uneinsichtigen jüngsten Tochter gesprochen hatte, einfach aus der Welt verschwunden war! Libussa spürte tiefe Sehnsucht in sich, aber das war kein neues Gefühl. Ihr Leben lang hatte sie die Liebe ihrer Mutter vermisst, doch nun war jede weitere Hoffnung darauf vergeblich. Libussa wusste, dass nur Thetka der Cechen-Fürstin wirklich nahe gewesen war. Sie selbst hatte sich stets unwürdig, unvollkommen gefühlt, da es ihr nicht gelang, den Ansprüchen ihrer Mutter zu genügen. Zuneigung und Wärme waren von Kveta gekommen, Umarmungen, Trost und das tägliche Essen. Der Tod ihrer Mutter erschütterte sie, ließ aber nur ein Gefühl der Leere zurück.

Dann erwachte ihr Pflichtgefühl. Sie wusste, was ihre Aufgabe bei der Totenwache war. Mit Gedanken an ihre gemeinsame Zeit auf Erden sollte sie ihrer Mutter den Weg ins Totenreich zu Veles, dem Gott der Unterwelt, erleichtern und sie mit der Aussicht auf ein späteres Wiedersehen trösten. Dies, so sagte man, mache den Abschied auch für die Lebenden leichter. Später, wenn die ganze Verwandtschaft versammelt war, würde der Klagegesang beginnen, und am nächsten Tage würde man den Leichnam in Gegenwart der Fürstenclans aller Stämme verbrennen.

Libussa erinnerte sich an eine große, stattliche Frau. Narben an ihren Armen zeugten davon, dass sie bewaffnete Zweikämpfe nicht scheute, und einige Male war sie gemeinsam mit den Kriegern losgeritten, um feindliche Angriffe abzuwehren. »Als ich ein junges Mädchen war und die Rolle meiner Mutter einnehmen sollte«, hörte Libussa im Geiste die energische Stimme der Verstorbenen, »da dachten einige unserer Männer, es sei an der Zeit, aus ihrer Fürstin nur noch eine Hohe Priesterin zu machen, als netten Anblick bei rituellen Festen. Regieren und Kämpfen, das trauten sie einer Frau nicht zu. Ich habe es ihnen gezeigt, Kind. Sie mussten lernen, mich ernst zu nehmen.« Der

Kampf um Anerkennung hatte sie hart gemacht, laut und aufbrausend, wenn etwas nicht nach ihren Vorstellungen lief.

»Aber Mutter, eine Hohe Priesterin ist mehr als nur ein schöner Anblick. Sie öffnet das Tor zur Welt der Geister und Götter. Auf diese Weise kann sie für das Wohl ihres Volkes sorgen, ohne kämpfen und töten zu müssen.«

Stirnrunzeln und ein verständnisloser Blick waren die einzige Reaktion gewesen. Libussa und ihre Mutter redeten aneinander vorbei, als stammten sie aus verschiedenen Völkern. Trotz ihrer regelmäßigen Auftritte bei den Opferstätten konnte die Fürstin Scharka sich für den Dienst an den Göttern kaum begeistern. Ihr Blick galt allein dieser Welt.

»Eines sollst du wissen, Kind, diese Geschichte über den großen Samo, der unsere Leute vom Joch der Awaren befreite, war nicht so, wie manche Männer sie gern erzählen. Samo war Franke und kam als Händler zu uns. Er sah, wie die schrägäugigen Dämonen uns versklavten, obwohl wir bereits vor ihnen geflohen waren. Sie verfolgten uns weiter. Da meinte er, die Zeit sei reif für einen Aufstand. Es gelang ihm, die verschiedenen Stämme zu vereinigen, das ist richtig. Vor allem die Fürstinnen unterstützten ihn darin, denn sie erkannten, dass die Götter diesen Fremden geschickt hatten, um uns zu retten. Daher vollzogen sie die heilige Hochzeit mit ihm, so dass sein Blut sich mit dem unseren vermischen konnte. So gewann er das Vertrauen unserer Krieger. Wir stammen selbst von einer Tochter Samos ab, heißt es, und deshalb konnte der Stamm der Cechen der mächtigste werden. Jetzt soll irgendein fränkischer Schreiber verbreitet haben, der große Samo hätte zwölf unserer Frauen geheiratet und eine Menge Söhne gezeugt! Das klingt, als hätte er sich eine Viehherde zugelegt. Es ist wirklich eine gefährliche Sache, diese seltsame Schreiberei. Einige Männer kratzen Worte nieder, und auf einmal haben diese eine größere Bedeutung als alles, was man sich seit Jahrhunderten erzählt. Vergiss niemals, wie es wirklich war!«

Libussa nickte und versprach, der Aufforderung zu folgen. Sie wagte nicht, genauer nach dieser mysteriösen Kunst des Schreibens zu fragen, um ihre Mutter nicht zornig zu machen. Aber lange hatte sie herumgerätselt, wie man wohl Worte durch Kratzen ausdrücken konnte.

Nun fragte sie sich, warum ihre Mutter solche Dinge mit ihr besprochen hatte und nicht mit Thetka, die ihr viel näherstand. Vielleicht hatte sie es nicht für nötig befunden, ihre Lieblingstochter zu belehren.

»Ich muss mit euch reden.« Onkel Kroks Stimme zerriss die andächtige Stille. »Ich weiß, es kommt vielleicht ungelegen, aber die Zeit drängt.«

Sie folgten ihm in den Nebenraum. Libussa gab sich große Mühe, nicht zu hinken. Die Wirkung des Schmerzmittels war vorbei und ihr Bein brannte wie Feuer. Es schien ihr jetzt aber nicht angebracht, von ihren Verwundungen zu berichten.

Thetkas Schluchzen verstummte, denn sie fürchtete die Ungeduld ihres Onkels. Alle drei ließen sich auf einer Holzbank nieder.

»Eure Mutter ist tot und wir brauchen eine Nachfolgerin. Wie ihr wisst, fällt mir die Pflicht zu, sie auszuwählen. Morgen schon, noch vor der Bestattung, werde ich vor dem Volk meine Wahl der Hohen Priesterin verkünden und Boten zu den fürstlichen Clans der anderen Stämme schicken. In dieser Rolle ist unsere Fürstin sehr wichtig für alle Behaimen, denn ihre Person schafft Zusammenhalt. Es wäre unklug, lange mit der Ernennung zu warten. Nun, ich habe überlegt und mich beraten lassen. Jetzt ist meine Entscheidung gefallen.«

Libussa lehnte sich erleichtert zurück. Nur das also war es! Sie wusste, welchen Namen der Onkel jetzt nennen würde, und fragte sich nur, ob Thetka nicht eine unerträglich herrschsüchtige Fürstin sein würde. Für die Rolle der Hohen Priesterin konnte sie sicher ebenso wenig Begeisterung aufbringen wie ihre Mutter.

Kurz darauf stand sie wie eine Schlafwandlerin inmitten ihrer zahllosen Verwandtschaft und hörte die Klagelieder kaum. Zum zweiten Mal an diesem Tag war das Leben ihren Erwartungen entglitten, und sie drückte sich ihre Nägel in die Handflächen, um sicher zu sein, dass sie nicht träumte.

»Es tut mir leid, Thetka. Ich wollte das nicht«, flüsterte sie ihrer Schwester zu, die immer noch stumm vor Zorn neben ihr stand. Kazis Gesicht hingegen hatte sich entspannt, sie war sichtlich froh, von der unerwünschten Verantwortung verschont zu bleiben.

»Libussa!«, hatte Onkel Krok gesagt. Laut und deutlich, so dass sie sich nicht einreden konnte, ihn falsch verstanden zu haben. Dann berichtete er von seinem Besuch bei der keltischen Priesterin, die ihn beraten hatte. Und dass er mit seiner Wahl dem Wunsch der großen Göttin folgte. Mokosch, die Mutter Moranas, hatte bestimmt, dass Libussa zur Nachfolgerin der verstorbenen Hohen Priesterin wurde, zur Nachfolgerin jener Frau, in deren Augen sie stets unvollkommen gewesen war.

»Ich glaube nicht, dass dies der Wunsch unserer Mutter gewesen wäre, Onkel«, sagte Libussa verwirrt und nahm Thetkas energisches Nicken zur Kenntnis.

Krok räusperte sich und schwieg eine Weile. Libussa ahnte, dass er ihrer Meinung war, doch beschlossen hatte, sich Wünschen zu fügen, die er nicht verstand.

»Eure Mutter«, sagte er schließlich, »erfüllte ihre Aufgabe so gut, wie sie konnte. Sie hatte Stärken, aber wohl auch Schwächen. Es ist der Wille der Götter, dass ihre Nachfolgerin von einer anderen Art sein soll. Auch wenn wir es nicht begreifen, müssen wir alle uns fügen.«

Thetka schnaubte und fuhr herum. »Diesen Unsinn verstehe ich nicht!«, rief sie und wollte aus dem Raum eilen. »Libussa ist der Liebling dieser Keltin und wurde deshalb bevorzugt, das ist alles!«

»Bleib!«, donnerte die Stimme des Stammesführers. »Wir alle müssen uns fügen. Auch du. Es ist unrecht und anmaßend von dir, einer weisen Frau Voreingenommenheit zu unterstellen. Nimm die göttliche Entscheidung an. Das ist deine Pflicht.«

Thetka gehorchte, auch wenn ihr Gesicht sich vor Widerwillen verzog. Sie schien angespannt wie ein Raubtier, das auf die Gelegenheit zum Angriff wartet.

»Morgen werde ich also die Wahl verkünden«, fuhr Krok fort. »Wenn deine Mutter bestattet wird, musst du bereits die Rolle der Hohen Priesterin einnehmen, Libussa. Die Schamanen werden dich die Gebetssprüche lehren. Die restlichen Aufgaben erkläre ich dir anschließend selbst.«

Der Rest des Tages zog an Libussa vorbei, ohne irgendwelche Eindrücke zu hinterlassen. Ihr war, als hätte ein starkes Fieber sie befallen, so dass sie von Alpträumen geplagt wurde. Abends brachte Kazi ihr unaufgefordert einen Becher Wermutwein. »Das wirst du brauchen, um zu schlafen, Schwester«, meinte sie mit ihrer üblichen gleichmütigen Miene.

Libussa nahm dankbar an. »Kazi«, begann sie dann, denn der Drang, sich in ihrer Verlorenheit jemandem mitzuteilen, wurde übermächtig. »Warum hat sie mir das angetan?«

»Du meinst die Priesterin der Kelten?«

Libussa nickte. »Sie kannte mich. Sie wusste, dass es mein Wunsch war, bei ihr leben zu können. Ich sollte von ihr als Seherin ausgebildet werden.«

»Eben weil sie dich kannte, hat sie so entschieden«, erklärte Kazi, ohne zu zögern. »Einer Priesterin ist der Wunsch eines einzelnen Menschen weniger wichtig als der Wille der Götter. Ehrlich gesagt, ich bin erleichtert, nicht Thetka an deiner Stelle zu sehen. Sie ist jetzt schon schwer zu ertragen«, fügte sie lächelnd hinzu, um Libussa aufzuheitern.

»Aber was ist mit …?« Libussa verstummte. Es schien ihr

selbstsüchtig, die Schwester beim Tod ihrer Mutter mit solchen Belangen zu belästigen. Aber Kazi begriff.

»Mit deinem Bauern, nicht wahr? Nun, er wird es erfahren. Vielleicht kommt er von selbst hierher. Und falls er das nicht wagt, dann kannst du nach ihm schicken lassen.«

Libussa schloss erschöpft die Augen. Sie wollte Kazi jetzt nicht von Olgas Drohung erzählen, denn der Wein begann bereits zu wirken, und ihre Augen wurden schwer. Morgen würde sie überlegen, ob sie jetzt mächtig genug war, um Olga nicht mehr fürchten zu müssen. Einen Angriff gegen die Lemuzi-Fürstin konnte sie ohne Kroks Zustimmung nicht beginnen, und diese würde sie wegen eines einzigen Bauernjungen niemals bekommen. Und würde ein Mann, der keine Fürsten mochte, überhaupt an der Seite der höchsten Fürstin seines Volkes leben wollen? Dankbar für den Wermutwein flüchtete sie in das Dunkel des Schlafes.

In ihr Festgewand gehüllt und kunstvoll frisiert lag Fürstin Scharka einige Tage später auf einem großen Holzgerüst inmitten der versammelten Gäste. Die fürstlichen Clans aller Stämme waren mit ihrem Gefolge gekommen. Im Hintergrund standen Knechte, Mägde und Bauern aus dem Umland, die von ihrer Herrin Abschied nehmen wollten.

Schamanen mit bunt bemalten Gesichtern traten vor, um Tänze aufzuführen und Gebete zu sprechen. Sie waren die männliche Gefolgschaft der Hohen Priesterin, Söhne des Volkes, die von ihr selbst ausgewählt wurden. Gewöhnlich lebten sie in ihren Dörfern, doch zu gegebenem Anlass wurden sie gerufen, um an religiösen Zeremonien teilzunehmen. Allen voran schritt der Älteste unter ihnen, Bohumil, der ein enger Vertrauter von Libussas Mutter gewesen war. Er begann den Sprechgesang, in dem Veles, der Gott der Unterwelt, aufgefordert wurde, die Seele der Verstorbenen in Ehren zu empfangen, wie es ihrem Rang gebührte. Die anderen Schamanen stimmten allmählich ein, und Libussa spürte wieder ein starkes Pochen an ihren Schläfen. Bei Kroks endlosen Reden über ihre neue Rolle, die Traditionen der Behaimen und die heiligen Pflichten, die eine Hohe Priesterin zu erfüllen hatte, war es ihr manchmal schwergefallen, sich wach zu halten. Sie musste lange Gebetssprüche auswendig lernen und wissen, wann und wie sie sich an den Gesängen der Schamanen zu beteiligen hatte. Danach folgte die Geschichte der Heldentaten Samos im Kampf gegen die Awaren. Sie sollte auch die Namen all ihrer Vorgängerinnen aufzählen können. Manchmal ahnte Libussa, wie hilfreich diese geheimnisvolle Kunst des Schreibens sein musste, denn sie entlastete das menschliche Gedächtnis. Oft plagten Kopfschmerzen sie derart, dass ihr schwarz vor Augen wurde. Nachts band sie sich ein feuchtes, mit Kräutern belegtes Tuch um den Kopf, das Kazi ihr brachte. Die Wunde an ihrem rechten Bein war immer noch nicht verheilt. Kazi hatte ihr eine Salbe aus Johanniskraut gegeben und zur Ruhe geraten, doch angesichts der Umstände hatte sie wenig Gelegenheit dazu gehabt.

Als die Schamanen geendet hatten, ging Libussa auf das Gerüst zu. Den ganzen Vormittag hatte es gedauert, sie für diese Feier herzurichten. Ihr Haar war zu einer Krone aus Zöpfen geflochten und so stramm gezogen, dass die Kopfschmerzen sich dadurch noch verstärkten. Schwere Silberohrringe klirrten bei jedem ihrer Schritte und sie spürte das Gewicht der Ketten an ihrem Hals. Als sie vor dem Holzgerüst stand, hob Libussa die beiden Herrschaftsinsignien in die Höhe: den verzierten Bronzestab, der sie zur Fürstin der Cechen machte, und dazu das Zeichen der Hohen Priesterin, eine Tonscheibe, die schon seit uralten Zeiten im Besitz der Cechen war. Die Scheibe zeigte einen Kreis mit eingeschriebenem Kreuz, das Symbol der großen Sonnengöttin Mokosch.

»Gehe ein ins Reich der Ahnen, Tochter der Göttin und Nachfahrin Samos«, murmelte sie und legte den Bronzestab langsam zu Boden. Mit der freien Hand nahm sie eine brennende Fackel, die Bohumil ihr reichte, und warf sie auf das mit Stroh unterlegte Gerüst. Flammen schossen empor und erhitzten ihr Gesicht. Nochmals hielt sie die Tonscheibe der Sonne entgegen, und lauter Gesang hüllte sie ein, während sie das letzte Gebet sprach, das Bohumil sie gelehrt hatte.

Ein Leichnam musste verbrennen, damit der Verstorbene, befreit von seiner irdischen Hülle, ins Totenreich eingehen konnte. Dann sammelte man die Asche in einer Urne, um sie bei den Ahnen beizusetzen. Libussa hatte oft über die Sitten der Christen gestaunt, die ihre Toten in der Erde eingruben wie Hunde einen Knochen.

Sie kehrte zu den Gästen zurück. Nacheinander traten die fürstlichen Familien vor, um sie als Hohe Priesterin und Nachfolgerin Scharkas anzuerkennen. Radka, seit dem Tod ihrer Mutter die neue Lukaner-Fürstin, zusammen mit ihrem Bruder Lecho, Slavonik von den Kroaten mit seiner Mutter und Schwester, Hostivit vom Zlicani-Clan und schließlich Olga von den Lemuzi mit ihren beiden Söhnen und Ludmilla. Wenigstens war der Nordmann nicht dabei, denn seine Nähe hätte sie schwer ertragen können.

Olga senkte der Tradition gemäß den Kopf. »Sei gesegnet, Tochter der Göttin«, murmelte sie. Als sie Libussa wieder ansah, lächelte sie, doch ihr Blick war frostig. Die Erinnerung an das letzte Gespräch in Zabrusany stieg in Libussa auf, und ihr Magen verkrampfte sich. Doch dann wurde ihr klar, dass sie kein hilfloses junges Mädchen mehr war. Ihre neue Stellung verlieh ihr nicht nur Pflichten, sondern auch Macht.

»Ich werde dich bekriegen, wenn Premysl oder seiner Familie ein Leid geschieht«, hörte sie sich flüstern und erschrak über ihre eigenen Worte. Olgas Gesicht erstarrte zu einer hässlichen zornigen Maske, bevor sie wortlos weiterging.

Anschließend zogen alle Versammelten zur Opferstelle. Dort musste Libussa vor der Säule mit den Bildnissen der drei großen Götter Perun, Veles und Mokosch den Opfertieren die Kehle durchschneiden. Obwohl es ihr immer verhasst gewesen war zu töten, erfüllte sie diese Aufgabe ohne Zögern. Die geopferten Schweine und Lämmer, Geschenke an die Götter, erwartete im Totenreich ewiges Leben.

Die Feier wurde im großen Saal von Chrasten fortgesetzt. Nun saß Libussa am Kopfende, so wie einst ihre Mutter, und war vielen neugierigen Blicken ausgesetzt. Slavonik starrte sie unverwandt an und hob mehrfach seinen Krug zu ihren Ehren. Sie nahm mit Besorgnis Thetkas steinerne Miene zur Kenntnis. Die Schwester hatte in den letzten Tagen kaum ein Wort mit ihr gesprochen. Nun dachte sie wohl, dass Libussa ihr auch noch Slavonik wegnehmen wollte. Um deutlich zu machen, dass dies nicht ihre Absicht war, warf Libussa dem Kroaten-Sohn einen kühlen Blick zu, was ihn aber kaum beeindruckte. Vermutlich ahnte er, dass Onkel Krok einer Verbindung zwischen dem ältesten Sohn des Kroaten-Clans und der neuen Hohen Priesterin sicher nicht abgeneigt wäre.

Sie rief sich in Erinnerung, dass niemand sie zu einer solchen Hochzeit zwingen konnte, und nahm einen weiteren Schluck Wein in der Hoffnung, so den Kopfschmerz zu betäuben. Beim Anblick der Speisen auf dem Tisch zog ihr Magen sich zusammen, und es fiel ihr schwer, die Augen offen zu halten, so sehr zwang die Erschöpfung sie nieder. Vielleicht konnte sie die nächsten Tage allein in ihrer Kammer bleiben und weben. Das hatte ihr immer Freude bereitet, eine der vielen Eigenarten, die ihre Mutter nicht verstehen konnte. Sie wollte ein Gewand für Premysls Mutter vorbereiten, zur Begrüßung, wenn er mit ihr hierherkam. Falls er überhaupt noch kommen wollte, jetzt, da eine Fürstin aus ihr geworden war.

Sie schloss die Augen und versuchte, sich auf die wohltuenden Melodien der Flötenspieler zu konzentrieren. Die Erleichterung war nur von kurzer Dauer, denn bald legte Krok seine Hand auf ihren Arm. »Kümmere dich um die Gäste! Dein Benehmen ist unschicklich. Von nun an wirst du immer im Mittelpunkt stehen und musst dich entsprechend verhalten.«

Je mehr sie den Schlaf herbeisehnte, desto hartnäckiger mied er sie, wie ein wildes Tier, das sich nicht fangen ließ. Libussa streckte sich auf ihrer Bettstatt aus, froh, endlich der lauten Feier entkommen zu sein und in der Stille ihrer Kammer zu liegen.

Wenn Premysl jetzt bei ihr sein könnte, würde der Druck der letzten Tage schnell von ihr abfallen. Wieder begannen die üblichen Gedanken, sich in ihrem Kopf zu drehen wie die Kreisel, mit denen sie als Kind gespielt hatte. Gelang es ihm nicht, das Gebiet der Lemuzi unbemerkt zu verlassen, weil Staditz noch immer von Olgas Kriegern bewacht wurde? Oder wollte er nicht die Verbindung mit einer Fürstin, wie sie befürchtete? Unruhig wälzte sie sich auf den Rücken. Das Warten war unerträglich geworden. Sie konnte Boten zu ihm schicken, um ihm mitzuteilen, dass er immer noch willkommen war. Doch Olgas Krieger würden das vermutlich mitbekommen. Wäre Premysl dann in Gefahr? Verwirrt setzte sie sich auf und rieb ihre pochenden Schläfen. Bisher hatten meist ihr Fühlen und die Stimme der Göttin in ihrem Inneren ihr Handeln bestimmt, doch langsam ahnte sie, in ihrer Rolle als Fürstin würde sie auch lernen müssen, auf die klare, kalte Vernunft zu hören, die in Premysls Denken vorherrschte.

Olga wollte sicher keine Fehde herausfordern, denn alle anderen Stämme würden auf der Seite der Cechen stehen. Auch Libussa konnte ohne Kroks Zustimmung keinen Kampf gegen die Lemuzi beginnen, und Olga wusste das. Doch der Übergriff von Olgas Kriegern auf Libussa neulich im Wald wäre womöglich ein ausreichender Grund für den Stammesführer, seine Zustimmung zu geben, sobald er davon erfuhr.

Plötzlich fuhr Libussa auf und musste sich beherrschen, um nicht aufzuschreien. Wie dumm sie sich Olga gegenüber verhalten hatte, und das bereits zum zweiten Mal! Ein junges, einfältiges Mädchen, das drohte, weil es zornig war. Doch auch Olga hatte Angst, daher ihre geheuchelte Freundlichkeit.

Seufzend stand Libussa auf und streifte sich erneut ihr Festgewand über. Olga war dafür bekannt, dass sie gern lang und ausgelassen feierte. Vermutlich hatte sie sich noch nicht in die Gästekammer zurückgezogen. Morgen, wenn alle fürstlichen Familien aufbrachen, gäbe es kaum mehr Gelegenheit, allein mit ihr zu reden. Heute Nacht war für Libussa die letzte Gelegenheit, das Unheil, das sie angerichtet hatte, ein wenig zu mildern. Die Erkenntnis, wie wichtig das war, verlieh ihr neue Lebenskraft. Sie verbarg ihr zerzaustes Haar unter dem Kopfputz und machte sich auf den Weg in den Festsaal.

Die meisten der Gäste hatten sich bereits zurückgezogen. Mägde mit erschöpften Gesichtern räumten die Tafel ab. Libussa fragte Dana nach der Lemuzi-Fürstin und erfuhr, dass Olga in den Hof hinausgegangen war.

»Der große, fremde Krieger wollte mit ihr reden«, fügte Dana stirnrunzelnd hinzu. Die Abneigung gegen den Nordmann war ihr deutlich ins Gesicht geschrieben.

Es kostete Libussa Überwindung, in den dunklen Hof hinauszugehen, wo Tyr sich aufhalten musste. Die Anwesenheit ihres Onkels und seiner Krieger beruhigte sie zwar, doch tief in ihr war die Ahnung von etwas Dunklem, Bedrohlichem. Mit bloßen Füßen schlich sie so leise wie möglich über die feuchte Erde.

»Jetzt ist das zwitschernde Vögelchen also Fürstin geworden!« Tyrs Stimme war deutlich zu hören, denn der Hof schien bis auf die zwei Gestalten wie ausgestorben. Selbst die Wachen mussten angetrunken eingenickt sein. Auch wenn ihre Erziehung es verbot, konnte Libussa nicht umhin, weiter zu lauschen.

»Ich bin nun schon einige Jahre in eurem Land und habe mir diese Sitte der Weiberherrschaft angesehen«, fuhr Tyr fort. »Ich gebe zu, einige von euch Fürstinnen machen sich gar nicht schlecht. Du zum Beispiel, Herrin, weißt, worauf es ankommt und wie du deinen Kopf durchsetzt. Fürstin Scharka verstand es, wie ein richtiger Mann zu kämpfen. Aber jetzt haben sie ein Täubchen gewählt, das über einen Schwarm von Raben herrschen soll.«

»Raben leben nicht in Schwärmen, Tyr«, erwiderte Olga, und vielleicht unterschätzt du Libussa auch ein wenig. Denke daran, wie sie euch neulich im Wald zugesetzt hat.«

»Hör zu, Herrin«, fuhr Tyr fort, ohne auf ihre Worte einzugehen. »Ich könnte deinen Stamm zum größten und mächtigsten in diesem Land machen. Meine Männer sind hervorragende Kämpfer und stehen hinter mir. Viele eurer Sitten hier erscheinen mir weltfremd. Bisher wart ihr geschützt hinter euren Bergen, doch bald ist es damit vorbei, glaub mir. Alle Reiche in der Nachbarschaft dehnen sich immer mehr aus. Ihr könnt überrannt werden wie Hasen von einer Horde wilder Stiere oder stark genug sein, selbst zu Stieren zu werden. Und mit meiner Hilfe macht der Stamm der Lemuzi den Anfang. Dann kannst du langsam die anderen unterwerfen.«

»Ich habe nicht die Absicht, irgendeine Fehde mit einem anderen Stamm zu beginnen. Wir leben nicht schlecht mit unseren Sitten und brauchen keine Einmischung von Fremden«, meinte Olga kühl.

»Warum haben deine Söhne mich dann geholt? Weil ich hier nicht gebraucht werde? Ich weiß, du warst nicht glücklich über die Wahl dieses Mädchens, und ich verstehe dich sehr gut. Die Kleine hat den Kopf voller schöner Träume. Sie wird versuchen, dir Vorschriften zu machen, wie du deine Bauern behandeln sollst. Dir mit ihrem Onkel und seinen Kriegern drohen. Krok ist ein guter Kämpfer, doch auch er versteht nicht, dass es in dieser Welt vor allem auf Macht und Reichtum ankommt. Ich könnte deinen Clan zur königlichen Familie aller Behaimen machen. Würde es dir nicht gefallen, die erste Frau in diesem Land zu sein, Fürstin Olga?«

»Was erwartest du als Gegenleistung, Tyr?«, fragte die Lemuzi-Fürstin ohne langes Zögern.

»Gib mir deine Tochter.«

Fassungslos dachte Libussa an die zarte, ängstliche Ludmilla und fröstelte. Sollte Olga jetzt zustimmen, dann müsste sie auf der Stelle zu ihrem Onkel laufen, damit das Mädchen Hilfe bekam. Doch was würde dann mit Premysl geschehen, wenn sie die Lemuzi-Fürstin gegen sich aufbrachte? Mit tiefer Erleichterung hörte sie Olgas zornige Antwort: »Jetzt ist es genug, Tyr! Ich weiß, was du willst. Ludmilla, der nach unseren Sitten meine Nachfolge zusteht. Ich werfe dir mein Kind nicht zum Fraß vor nur wegen ein paar schöner Versprechungen.«

»Wie du meinst, Herrin«, erwiderte der Nordmann gelassen. »Aber ich rate dir, noch mal über mein Angebot nachzudenken.«

Dann entfernte er sich langsam zu dem Gebäude, in dem die Krieger schliefen.

»Ich habe nicht um deine Ratschläge gebeten, Tyr! Ich weiß selbst, was ich tue«, rief Olga ihm wütend hinterher, was Libussa endgültig beruhigte. Wer den Zorn der Lemuzi-Fürstin geweckt hatte, konnte keine Unterstützung mehr von ihr erwarten. Olga zog sich ihren Umhang enger um die Schultern und sah noch eine Weile den Sternenhimmel an. Libussa erkannte, dass ihre Gelegenheit gekommen war.

»Olga!«

Die Lemuzi-Fürstin fuhr herum. Erstaunen malte sich auf ihrem Gesicht, gefolgt von einem kurzen Moment des Widerwillens, bevor wieder das unnatürliche Lächeln ihre Lippen verzerrte. »Wir dachten, du hättest dich schon schlafen gelegt, Tochter der Göttin«, meinte sie spöttisch.

Libussa holte Luft. Nun würde sie tatsächlich zwitschern müssen wie ein Vögelchen. »Das wollte ich. Aber unser Zwist bedrückt mich. Nun, da ich Fürstin der Cechen bin, möchte ich Frieden mit dir schließen. Lass uns das Vergangene vergessen.

Wie du damals in Zabrusany sagtest, verstehe ich wenig vom Herrschen. Ich werde es lernen müssen und wünsche mir deshalb, dass wir beide Freundschaft schließen. Meine Mutter schätzte dich, Olga. Und ich weiß, dass sie eine kluge Frau war.«

Olgas Gesicht entspannte sich ein wenig. »Natürlich war sie das, Libussa. Und auch du wirst es eines Tages sein.«

Sie kam einen Schritt näher. »Viele angesehene Krieger umschwärmen dich jetzt, Mädchen. Da hast du diesen Bauern aus Staditz doch sicher schon vergessen, nicht wahr?«

Libussa hörte den neugierig bohrenden Unterton. Ihr Unbehagen nahm zu. Niemals hatte sie sich vorstellen können, eines Tages derart heucheln zu müssen.

»Nun, ich weiß, dass ich nicht mein Leben mit ihm verbringen werde«, begann sie. Olga sollte besser nicht erfahren, wie wichtig ihr Premysl war, denn das hätte ihr ein Gefühl grenzenloser Macht über die neue Hohe Priesterin geben können. »Aber manchmal denke ich noch an ihn. Es wäre nicht schlecht, ihn eine Weile hier in Chrasten zu haben. Ich meine, bis ich mich für einen dauerhaften Gefährten entschieden habe.«

Olga nickte verständnisvoll.

»Natürlich. Der Bauer ist ein hübscher Junge. Und wenn wir uns gut verstehen und du mir keine Schwierigkeiten machst, dann kann er zu dir kommen. Ich möchte nur nicht, dass du selbst Leute losschickst, die sich in meinen Ländereien herumtreiben. Das wäre, wie soll ich sagen, allzu viel Einmischung, verstehst du? Ich werde dem Jungen sagen, dass du auf ihn wartest und er jederzeit gehen kann. Vertraue mir, dann weiß ich, dass ich auch dir trauen kann.«

Libussa nickte widerwillig. Olga streckte ihre Arme aus und sie zwang sich, die Nähe des runden Körpers der Lemuzi-Fürstin hinzunehmen.

Als sie sich wieder auf ihrer Bettstatt ausgestreckt hatte, legte der Schlaf sich befreiend auf ihre müden Augenlider. Premysl würde kommen. Nach ihrer Versöhnung mit Olga gab es keinen Grund mehr, warum die Lemuzi-Krieger ihn zurückhalten sollten. Er mochte zornig werden, dass Olga selbst ihn auf die Reise schickte, aber das konnte Libussa nach seiner Ankunft mit ihm klären. Es war alles nur eine Frage der Zeit. Erst ihr Traum in jener Nacht bereitete dieser Erleichterung ein jähes Ende. Sie hörte, wie Premysl ihren Namen rief, und sah einen großen dunklen Vogel über das Gebiet der Lemuzi kreisen. Seine Flügel warfen riesige Schatten, als könne kein Sonnenstrahl mehr bis zur Erde dringen.

Libussa zog ihr Schiffchen durch die herabhängenden, mit Gewichten befestigten Fäden. Sie hatte das Garn nach dem Spinnen mit Kvetas Hilfe gefärbt, um ein Muster aus verschiedenen Streifen herstellen zu können. Es sollte ein warmer Umhang für den bereits angebrochenen Winter werden, den sie Premysl zur Begrüßung überreichen wollte. Vier Wochen waren seit ihrer Übereinkunft mit Olga vergangen. Es lag der erste Schnee und Premysl war noch nicht hier. Libussa hatte Krok von ihrem Abenteuer erzählt, um ihn auf die Ankunft des jungen Bauern vorzubereiten, doch entsprechend ihrer Übereinkunft mit der Lemuzi-Fürstin verschwieg sie den Übergriff von Olgas Kriegern. Aber warum hielt Olga sich nicht an ihr Versprechen und ließ wenigstens Premysl ziehen, auch wenn sie vielleicht den Rest seiner Familie zurückbehalten wollte, um Libussa weiter unter Kontrolle zu haben? Ein solches Verhalten hätte der Gerissenheit der Lemuzi-Fürstin entsprochen. Nachts grübelte Libussa lange, bis sie im Schlaf weitere Alpträume plagten. Sie erwog, heimlich einen Boten nach Staditz zu schicken, verwarf den Gedanken aber wieder. Vielleicht wollte Premysl nicht kommen. Dies schien die einfachste Erklärung, und sie wollte nicht um seine Liebe flehen. Bei dem nächsten Korochun-Fest zur Feier der Wiedergeburt von Jarilo fand sie vielleicht Gelegenheit, mit Olga zu reden, obwohl ihr dies widerstrebte. Krok war wieder zu einer seiner Reisen aufgebrochen, und zumindest fand sie endlich Zeit zum Weben. Diese Arbeit verschaffte ihr etwas Beruhigung.

Nachmittags sprachen nun regelmäßig Leute vor, die ihren Rat und ihr Urteil suchten. Das Schlichten von Streit in Familien und die Regelung von Erbschaften waren die ersten ihrer neuen Aufgaben, an denen sie Gefallen fand. Libussa hörte gerne zu, ließ verschiedene Meinungen auf sich wirken und verbrachte oftmals erst noch den nächsten Morgen an ihrem Webstuhl, bevor sie eine Entscheidung fällte. Die Zahl der Menschen, die sie aufsuchten, stieg ständig. Vor einigen Tagen war die Fürstin der Leitmeritzer bei ihr gewesen, um sich über die Aufsässigkeit ihrer Tochter Irina zu beklagen. Seit ihrer engen Verbindung mit Lecho von den Lukanern verweigere das Mädchen ihr den Gehorsam und hetze die Bediensteten gegen sie auf, klagte die alte Frau und wünschte, dass Irina zurechtgewiesen wurde. Libussa wollte allein mit dem Mädchen sprechen. Es dauerte jedoch sehr lange, bis die unsichere, verschlossene Irina sich ihr öffnete.

»Es ist wegen meiner Zofe Milena«, murmelte sie schließlich, nachdem Libussa ihr Wein eingeschenkt und eine Weile mit ihr darüber geplaudert hatte, wie anstrengend Mütter sein konnten. »Sie hat sich nicht gut benommen in letzter Zeit, vernachlässigte ihre Arbeit und war häufig abwesend. Meine Mutter wurde deshalb zornig und drohte, sie zu verprügeln. Das gefiel mir nicht, denn ich mag Milena. Ich sprach mit Lecho darüber, denn wir … also seit dem Kupala-Fest treffen wir uns manchmal heimlich. Er schlug vor, dass ich mit Milena reden sollte, denn er mag es auch nicht, wenn man Bedienstete schlägt. So erfuhr ich, dass Milenas Mutter gestorben war und sie nun als älteste Tochter den Hof übernehmen wollte, aber meine Mutter will sie nicht gehen lassen.«

Libussa runzelte die Sirn. Es war Milenas Recht, zu ihrer Familie heimzukehren, wenn sie das wünschte. Ohne Zögern sprach sie diese Gedanken aus.

»Eben das sagt Lecho auch!«, rief das Mädchen erfreut. »Aber meine Mutter ist anderer Meinung. Sie sagt, die Zeiten hätten sich geändert, und ist wütend, weil ich Milena unterstütze. Sie will mir sogar weitere Treffen mit Lecho verbieten.«

Libussas anschließendes Gespräch mit der Leitmeritzer-Fürstin verlief weniger angenehm. Obwohl sie bemüht war, auf möglichst freundliche, aber unmissverständliche Weise klarzumachen, dass entsprechend der alten Sitten ihres Volkes das Recht auf Irinas und Milenas Seite lag, hatte sie nach der raschen Abreise der alten Frau das Gefühl, auch diese Fürstin sei nun ihre heimliche Feindin geworden.

»Du bist geduldiger und verständnisvoller als deine Mutter«, erklärte Kveta anschließend, als ahne sie, dass Libussa Ermutigung brauchte. »Fürstin Scharka hätte dasselbe Urteil gefällt wie du. Aber vermutlich wäre es ihr nie gelungen, die schüchterne Irina zum Reden zu bringen, und so hätte sie die Wahrheit nie erfahren.« Ob Kveta wusste, welche Freude sie Libussa mit diesen Worten machte? Niemals wäre ihr in den Sinn gekommen, sie könnte in irgendeiner Weise ihrer angesehenen Mutter das Wasser reichen. Doch es musste einen Grund geben, warum so viele Leute zu ihr kamen. Sich mit den Sorgen anderer Menschen zu befassen war eine willkommene Ablenkung von ihren eigenen.

Ihr Besuch bei der keltischen Priesterin vor einigen Tagen hatte ihr kaum Erleichterung verschafft, obgleich sich Libussa freute, den vertrauten Ort wiederzusehen. Das Plätschern der Quelle, wo die alte Keltin ihre Weissagungen machte, schien ihr lieblicher als alle Melodien der Flötenspieler auf Chrasten. Sie ließ sich neben der Priesterin am Eingang der Höhle nieder und erinnerte sich an ihren Wunsch, dort ihr Leben verbringen zu können.

»Warum hast du meinem Onkel geraten, mich zur Nachfolgerin meiner Mutter zu machen? Du wolltest mich lehren, der großen Göttin zu dienen und in den Tiefen der heiligen Quelle zu lesen. Das war mein Wunsch und meine Bestimmung«, sprach sie aus, was sie schon lange quälte. Das spitze Gesicht der Keltin verriet keine Gefühlsregung. Vorwürfe prallten an der Priesterin ab. Es war, als werfe man kleine Kieselsteine gegen eine Felsmauer.

»Ich erfüllte den Wunsch der Göttin, Kind«, kam es gleichmütig zurück.

»Aber wie kann die Göttin etwas wünschen, das völlig unsinnig ist? Ich bin nicht so stark, wie meine Mutter es war. Thetka wäre die richtige Wahl gewesen. Sie versteht es, sich durchzusetzen. Mir ist, als würde ich nur Menschen gegen mich aufbringen, indem ich tue, was mir richtig scheint.«

Die Priesterin lächelte, was Libussa noch mehr erzürnte.

»Siehst du, Kind, eben das ist wohl der Wille der Göttin. Du bringst dein Volk dazu, nach ihren Lehren zu leben. Thetka wäre es nur um die eigenen Wünsche gegangen. Doch wir müssen uns alle einem höheren Willen beugen. Auch du.«

Libussa hob abwehrend die Hände.

»Und ist es denn der göttliche Wille, uns Menschen unglücklich zu machen? Wollen sie uns zwingen, auf alles zu verzichten, das uns im Leben wichtig ist?«, hörte sie sich rufen und erschrak. Niemals zuvor hatte sie es gewagt, ihre Stimme gegen die weise Frau zu erheben. Doch die Keltin wurde nicht zornig. Plötzlich erinnerte sie Libussa an ein Orakel. Sie war undurchschaubar wie die Tiefen der Quelle, in die sie regelmäßig blickte. Nichts an ihr schien menschlich.

»Den Dienst an der Göttin erfüllst du auch als Hohe Priesterin deines Volkes. Worauf also musst du verzichten, Libussa?«, wollte die Priesterin nun wissen. Libussa seufzte. Die Frage schien ihr überflüssig, denn sie hatte der Keltin bereits von Premysl erzählt.

»Es ist dieser junge Bauer«, erklärte sie trotzdem. »Ich hatte eine Abmachung mit ihm getroffen. Er sollte zu mir kommen, doch dann wurde ich zur Hohen Priesterin ernannt. Jetzt warte ich auf ihn. Ich habe alles getan, um seine Ankunft zu ermöglichen. Aber er ist bis jetzt nicht in Chrasten erschienen.«

Die Priesterin lächelte nachsichtig. »Die Jugend vermag nicht zu warten«, lautete ihr Rat. »Sie lebt noch nicht lange in dieser Welt und deshalb erscheint ihr jeder Tag wie eine Ewigkeit. Aber man kann sein Schicksal nicht erzwingen, nur manchmal in eine Richtung lenken. Dazu braucht es Geduld. Warte auf den Augenblick, da die Göttin dir einen Weg zeigt.«

Früher hätte Libussa solche Worte als weise empfunden, doch jetzt drängte es sie nach genaueren Aussagen, die ihr einen Grund zur Hoffnung geben konnten.

»Aber was ist, wenn mein Warten vergeblich ist? Soll ich den Rest meines Lebens so zubringen?«

Die Keltin senkte den Blick, als habe Libussas Schmerz sie zum ersten Mal wirklich berührt.

»Als ich ein junges Mädchen war, in meinem Dorf in den Wäldern«, begann sie leise, »da gab es auch einen jungen Mann, dem ich zugetan war. Doch die Weisen meines Volkes wählten mich zur Priesterin. Ich hoffte lange, mein Geliebter würde eines Tages zu diesem Berg kommen, um nach mir zu sehen. Er tat es nicht. Später erfuhr ich, dass er sich eine andere Gefährtin gewählt hatte. Wir können versuchen, unser Schicksal zu lenken, Libussa. Doch am Ende müssen wir uns den Wünschen der Götter fügen und in ihnen unser Glück finden.«

»Das kann ich nicht!«, rief Libussa empört und lief aufgebracht fort. Zwei Tage später kam sie zurück, um sich für ihr Verhalten zu entschuldigen. Die Priesterin schien Verständnis und Mitgefühl zu empfinden, doch das war kein wirklicher Trost. Libussa stellte sich danach weiter ihren Aufgaben, ganz wie die Keltin ihr geraten hatte. Doch sie fühlte sich wie der abgestorbene Ast eines Baumes. Als Teil eines Ganzen, in dem aber kein Leben mehr war.

Nun ging es um den Fall einer toten Bäuerin, deren Tochter rechtmäßig das Erbe beanspruchte, um gemeinsam mit ihren Brüdern den Hof zu bewirtschaften. Der letzte Gefährte der Mutter wollte ihr Erbrecht anfechten und sprach von neuen Sitten, die ihn zum Herrn im Hause machten. Niemand nahm den Mann wirklich ernst, denn er galt als Faulpelz und trank zu viel Met, doch würde man ihn jetzt vor die Tür setzen, bedeutete das seinen sicheren Tod. Es lag bereits der erste Schnee. Libussa suchte nach einer Möglichkeit, ihn mit den Kindern seiner verstorbenen Gefährtin zu versöhnen, damit er auf seine alten Tage ein Auskommen hatte. Vielleicht konnte er eine eigene Hütte in der Nähe beziehen, doch schien er kaum in der Lage, sich selbst zu versorgen. Es war aber die einzige Möglichkeit. Die Tochter und auch alle Söhne hatten sich entschieden gegen seine weitere Gegenwart in ihrem Heim ausgesprochen. Libussa überlegte, ob Not den Mann nicht einsichtiger machen würde, damit er schließlich bereit war, sich in sein Schicksal zu fügen und jene Hilfe anzunehmen, die man ihm bot.

Während sie darüber nachdachte, fädelte sie braune Wolle ein, um einen neuen Streifen für Premysls Umhang zu beginnen. Den Gedanken, dass er diesen Umhang womöglich niemals in Empfang nehmen würde, verdrängte sie bewusst, denn er hätte sie bei der Ausübung ihrer Pflichten als Fürstin behindert.

Ein Klopfen an der Tür riss sie aus ihren Grübeleien. Kveta betrat zögernd den Raum. Sie atmete schnell und sah aus, als sei ihr ein Geist begegnet. »Herrin, du hast Besuch. Es ist dringend.«

Es schmerzte Libussa, von jener Frau, die ihr eine Mutter gewesen war, nun als Herrin bezeichnet zu werden, aber Kveta bestand auf der angemessenen Anrede.

»Wer ist es?« Leise keimte Hoffnung in ihr auf.

»Neklan von den Lemuzi«, erklärte eine ungewöhnlich blasse Kveta und führte Olgas Sohn in den Raum. Bei seinem Anblick glitt der Faden aus Libussas Händen.

Neklans Tunika war blutbefleckt. Sein rechter Arm baumelte hilflos, als habe er jede Beherrschung über ihn verloren. Mühsam schleppte er sich herein und sank auf die Bank, die Kveta ihm hinschob.

»Wir brauchen Hilfe, Libussa.«

Jede Selbstsicherheit war aus seiner Stimme verschwunden. Er klang wie ein verlorenes Kind. Libussa fühlte, dass eine unklare Ahnung sich bestätigte.

»Was ist geschehen?« Sie sah, wie Kveta unaufgefordert einen Krug Wasser brachte, den Neklan sogleich leerte.

»Meine Mutter ist tot«, murmelte er dann und starrte auf den Boden.

Libussa erinnerte sich an das runde, lebhafte Gesicht Olgas von den Lemuzi. Eine Nadel stach in ihr Herz, denn früher einmal war sie dieser Frau sehr zugetan gewesen.

»So plötzlich? Sie war doch vollkommen gesund, als ihr das letzte Mal hier wart.«

»Es … es war …«, Neklans Stimme brach.

»Was war? Neklan, jetzt rede bitte!«, drängte Libussa. Der große Vogel aus ihren Träumen. Die Finsternis über dem Land der Lemuzi. Sie begann zu frieren. Was konnte der klugen, gerissenen Olga widerfahren sein?

»Bist du in einen Kampf geraten, Neklan?«, fragte sie, verzweifelt um innere Ruhe bemüht, als ihr Gast weiterhin schweigend auf den Boden starrte. »Kazi sollte sich deinen Arm ansehen.«

Er schüttelte den Kopf und atmete tief durch. »Kazi kümmert sich bereits um meinen Bruder, der schlimmer dran ist als ich«, fuhr er mit zitternder Stimme fort. »Libussa, es ist etwas Ungeheures geschehen. Ich glaube, Tyr hat unsere Mutter getötet. Die Bediensteten fanden sie eines Morgens leblos im Bett. Ihr Kopf war so seltsam verdreht, als hätte jemand ihr das Genick gebrochen. Dann erschien Tyr plötzlich im Hof und zerrte eine wimmernde Ludmilla hinter sich her. Die meisten unserer Krieger waren um ihn versammelt. Er meinte, unsere

Mutter habe ihm ihre Tochter zur Gefährtin gegeben. Deshalb sei er jetzt der Herr über Zabrusany. Wir konnten nicht mit unserer Schwester sprechen, denn die Krieger schirmten sie ab. Tyr genoss schon lange großes Ansehen unter ihnen, weil er im Zweikampf unbesiegbar ist. Unsere eigenen Männer stellten sich gegen uns, als wir zu den Waffen griffen. Sie sagten, mit Tyr als Herrscher hätten wir alle Aussicht auf Macht und Reichtum. Vojtan und ich wurden zu Gefangenen, da wir nicht die angemessene Begeisterung zeigten. Nur die Knechte und Mägde wirkten bedrückt.«

Libussas Gedanken drehten sich wild in ihrem Kopf. Ihr war schwindelig. »Ludmilla kann doch unmöglich einverstanden gewesen sein, Tyrs Gefährtin zu werden«, murmelte sie verwirrt. Wieder spürte sie den eisernen Griff des Nordmannes an ihrer Taille und der Geruch von Schweiß und Met ließ sie würgen. Sie begriff, wie dumm ihre Frage war. Ludmilla, die sich vor jedem bellenden Hund fürchtete, war jetzt in der Gewalt dieses Riesen.

»Wie seid ihr, Vojtan und du, entkommen?«

Neklan seufzte. »Ein paar Tage nach Tyrs Machtergreifung war Ludmilla plötzlich verschwunden. Tyr ließ jeden Winkel in Zabrusany durchsuchen. Dann den Wald und die Dörfer in der Umgebung. Er fand sie nicht. Dadurch wurde er immer wütender. Er ging auf Vojtan und mich los, um die Wahrheit aus uns herauszuprügeln. Aber wir hatten beide keine Ahnung, wo Ludmilla ist. Erst als Vojtan bewusstlos am Boden lag, glaubte er uns und jagte uns davon wie Hunde. Wir sollten die Neuigkeit, dass er nun Herrscher über Zabrusany sei, überall verbreiten, meinte er. Ludmilla erklärte er für tot. Ich habe eine Botschaft von ihm für dich, Libussa. Er will, dass du ihn als neuen Fürsten der Lemuzi anerkennst. Weigerst du dich, gibt es Krieg.«

Libussa schüttelte ungläubig den Kopf.

»Natürlich erkenne ich ihn nicht an. Hör zu, Neklan. Ich muss eine Nachricht an meinen Onkel Krok schicken. Er ist im

Land der Polanen. Es wird vielleicht ein paar Wochen dauern. Inzwischen versammeln wir die anderen Stämme. Alle zusammen werden wir mit diesem Tyr schon fertig. Und vielleicht lebt Ludmilla ja noch. Sie könnte geflohen sein.«

Der hoffnungslose Ausdruck auf Neklans Gesicht war zermürbend.

»Tyr hat sehr gute Krieger, Libussa. Seine Nordmänner und unsere, die zu ihm übergelaufen sind. Angeblich gibt es auch Verbündete. Er sagt, er hätte schon vorher heimlich Boten zu den Mähren geschickt und um ihre Unterstützung gebeten. Dafür versprach er ihnen Loyalität. Und was meine Schwester betrifft, ich glaube nicht, dass sie entkommen konnte. Vielleicht hat Tyr sie versehentlich im Zorn erschlagen, was er natürlich nicht zugeben will.«

Libussa versuchte, sich auf ihre Atmung zu konzentrieren, wie die keltische Priesterin es sie gelehrt hatte. Nur wer Ruhe fand, konnte eine kluge Entscheidung treffen. Aber ein neuer Gedanke schlich sich in ihren Kopf und zerstörte jede Hoffnung auf Ausgeglichenheit.

»Neklan, dieser Bauer, mit dem du mich im Wald gesehen hast. Er gilt bei euch als Aufwiegler, nicht wahr? Ist ihm irgendetwas geschehen?«

Ihr Atem setzte aus, als sie auf eine Antwort wartete. Einen Augenblick lang stand wieder Olgas selbstgefälliger Sohn vor ihr, dessen Blick sie ein unreifes Dummchen nannte. Aber seine Lage machte es ihm unmöglich, dies auszusprechen.

»Ich hatte andere Sorgen, als mich um das Schicksal irgendwelcher Bauern zu kümmern. Tyr hat ihre Hütten durchsuchen lassen. Einige wurden dabei zerstört. Aber ich glaube nicht, dass es Tote gab. Abgesehen von Ludmilla. Und meiner Mutter.« Neklan rieb sich die Augen, ein erfolgloser Versuch, Tränen zu verbergen.

Libussa war klar, dass sie dies so gut wie möglich übersehen musste. Krieger weinten nicht. Sie holte Luft und bemühte sich, ihre Gedanken zu ordnen. Ludmillas Verschwinden hatte Tyrs Pläne durcheinandergebracht. Würden die Mähren ihn noch unterstützen? Nun schickte er Olgas Söhne zu ihr, um eine Anerkennung als Fürst der Lemuzi zu erbitten. Das war sein Friedensangebot, denn in diesem Fall gäbe es keinen Anlass zum Kampf. Doch sie konnte es niemals annehmen. Dadurch würde sie die Sitten ihres Volkes verraten.

Libussa ballte ihre Hände zu Fäusten und ging aus dem Raum. Die Unsicherheit, ob sie das Richtige tat, folgte ihr wie der eigene Schatten, doch sie hatte keine Zeit für endloses Grübeln. Wenn sie nun versagte, dann war ihre Wahl zur Fürstin und Hohen Priesterin tatsächlich ein Irrtum gewesen.

Sogleich schickte sie Boten los und in den nächsten Tagen trafen die ersten Vertreter der fürstlichen Clans ein. Zum ersten Mal war Libussa froh über den Anblick Slavoniks von den Kroaten mit seiner stattlichen Kriegerschar. Jene Siegesgewissheit, die er ausstrahlte, schien auf einmal beruhigend. Radka von den Lukanern kam mit ihrem Bruder Lecho und seinen schwer bewaffneten Männern. Der Fürst der Zlicani, die Leitmeritzer und auch die anderen Stämme, alle hatten Unterstützung gesandt. Als Libussa sich ihrer Stellung gemäß am Kopfende der Tafel niederließ, meinte sie im ersten Moment, vor den Versammelten vollkommen fehl am Platz zu sein, doch die Dringlichkeit der Lage erlaubte keine solchen Bedenken. Es war wichtig, dass sie ihr Amt mit Selbstverständlichkeit ausübte, damit ihr Volk sich nicht verloren fühlte. Sie hob den Bronzestab der Fürstin, um das Gespräch zu beginnen. Neklan trat auf ihre Weisung hin vor die Gäste und wiederholte seinen Bericht über Tyrs Machtergreifung. Noch bevor sie selbst etwas sagen konnte, riefen die Stimmen schon wild durcheinander. Slavonik riet zum schnellen Angriff, während Lecho vorschlug, erst einmal einen klaren Plan auszuarbeiten.

»Vielleicht müssen wir Zabrusany belagern. Das könnte dauern. Wir brauchen Vorräte, um den Winter zu überstehen.«

»Es gibt genug Bauerndörfer im Umland«, meinte Slavonik mit einer abfälligen Handbewegung. »Dort können wir uns das Nötige holen, um unsere Mägen zu füllen.«

Libussa wünschte sich, er hätte geschwiegen. Warum musste er sie jetzt daran erinnern, dass bei jedem Krieg die Bauern am meisten litten?

»Vielleicht helfen uns auch die Germanen«, kam es von Radka, die keine Schwierigkeiten hatte, sich unter den Männern Gehör zu verschaffen.

»Die Krieger der Germanen sind schon lange fortgezogen. Nur noch ein paar Bauern leben hier.«

»Auch Bauern können Sicheln schwingen, Slavonik. Pass gut auf, dass sie dir damit nicht eines Tages deinen eingebildeten Schädel spalten.«

Grölendes Lachen ertönte im Saal. Radka verstand, mit Kriegern zu reden.

Libussa blickte sehnsüchtig auf Kroks leeren Platz an ihrer Seite. Ihr fehlte die Erfahrung im Umgang mit raubeinigen Kriegern. Trotzdem musste sie sich jetzt irgendwie Gehör verschaffen.

»Ich finde, wir sollten die Germanen benachrichtigen«, begann sie so entschieden wie möglich. »Vielleicht auch die Kelten in den Wäldern. Sie sind gute Bogenschützen. Wir müssen ihnen nur klarmachen, dass ein Mann wie Tyr für alle eine Gefahr bedeutet.« Sie schämte sich für den zaghaften Klang ihrer eigenen Stimme. Hatte überhaupt jemand gehört, was sie gesagt hatte? Das Murmeln im Saal war jedenfalls nicht verstummt, während sie sprach.

»Kennst du nicht diese keltische Priesterin, Libussa?«, kam es dennoch von Radka. »Wenn du ihr die Lage schilderst, kann sie sicher ihre eigenen Leute in unserem Sinne beeinflussen.«

Libussa versprach, schon am nächsten Morgen zu der Priesterin zu gehen. Aller Groll, den sie gegen die alte Vertraute hegte, war verschwunden. Die Aussicht auf den Besuch verschaffte ihr ein Gefühl von Erleichterung inmitten all des Geschreis dieser Horden kriegerischer Männer. Hilfesuchend blickte sie zu Thetka, die eine solche Situation sicher besser gemeistert hätte. Doch immer noch trennte eine Mauer eisigen Schweigens sie von der stolzen, enttäuschten Schwester.

Erst spät in der Nacht wurde die Versammlung aufgelöst und die Gäste verteilten sich in den Räumlichkeiten von Chrasten. Man hatte beschlossen, noch einige Tage zu warten, ob sich weitere Verbündete finden würden, und in der Zwischenzeit an jener Strategie zu arbeiten, die Lecho bei Angriffen besonders wichtig schien. Libussa war froh über die Gegenwart des Lukaner-Sohnes. Er trat nicht so siegesgewiss auf wie Slavonik. Bevor man einen Angriff begann, meinte er, sollten Verbündete gefunden und auf friedliche Weise Vorräte gesammelt werden, denn hungernde zornige Bauern konnten einem Heer in den Rücken fallen. Anschließend musste genau geplant werden, von welcher Stelle aus die Krieger losschlagen sollten. Gab es eine Möglichkeit, den Feind zu überrumpeln? Verstärkung, Deckung, Hinterhalt, all diese Worte warf der Lukaner-Sohn in den Raum. Libussa begann zu ahnen, dass die ihr bisher verhasste Kriegsführung weitaus mehr erforderte als nur Körperkraft und Kampfgeschick. Lecho besaß einen scharfen Verstand und zudem noch Verantwortungsgefühl für die Schwachen und Wehrlosen dieser Welt. Darin erinnerte er sie an Krok.

Als sie sich erschöpft auf ihre Bettstatt legte, dankte sie den Göttern, dass sie ihr mit Lecho einen besonnenen Krieger gesandt hatten. Der erlösende Schlaf kam schnell, doch Träume von Schlachtengetümmel, Feuer und Blut machten ihn zur Qual. Ein Rütteln an ihrem Arm zwang sie, die Augen zu öffnen, und der Anblick von Kazis Gesicht war wohltuend wie der Duft frischer Kräuter. Die brennende Fackel in der Hand ihrer Schwester erhellte den Raum.

»Du musst aufstehen, Libussa! Es ist wichtig.«

Libussa erhob sich stöhnend. Der Kopfschmerz hatte wieder eingesetzt und ihr war, als schlüge jemand Nägel in ihre Schläfen.

»Was ist denn los?«

»Du hast wichtigen Besuch, scheint mir.«

Warum lächelte Kazi, wenn die Lage des Volkes so schwierig war? Libussa fühlte Ärger in sich aufsteigen. Ihre älteste Schwester hatte bisher kein Wort über die Ereignisse verloren. Außer der Heilkunst und ihren Tieren schien ihr alles gleichgültig.

»Sind neue Krieger eingetroffen? Man soll Strohmatten und Decken im großen Saal für sie ausbreiten. Wir haben kaum noch Platz. Sie können etwas essen und sich dann hinlegen. Ich begrüße sie morgen.«

Libussa wollte sich umdrehen, um weiterzuschlafen. Doch Kazi blieb hartnäckig.

»Keine Krieger. Jemand anderer, der dich dringend sprechen will.«

Seufzend wickelte Libussa sich in ihre Wolldecke und zog Stiefel an. Die Nächte waren frostig.

»Ich wollte meinen Meister Zahnlos suchen«, erzählte Kazi mit ungewöhnlicher Redseligkeit auf dem Weg zum Hof. »Ich hatte Angst, er wäre aus der Festung geflüchtet. Du weißt schon, all diese lauten Männer mit ihren Waffen, das mag er nicht. Aber er soll die Nächte nicht im Wald verbringen, denn wer weiß, was er dort wieder anstellt. Also ging ich zum Tor hinaus, um ihn zu rufen, doch jemand anderer hatte ihn vor mir gefunden. Warum hast du mir nie erzählt, wie gut dein Bauer mit Tieren umgehen kann?«

Libussas Ärger, dass die Schwester auch in einer derart schwierigen Lage nichts als ihren Kater im Kopf hatte, verflog augenblicklich.

»Premysl ist hier?«

»Ja genau, so hieß er. Ich hatte den Namen vergessen. Jetzt

beeil dich, denn er wollte mir nicht in die Festung folgen, obwohl es so kalt draußen ist. Hoffentlich hat er den Kater festgehalten, wie er mir versprochen hat.«

Der Kater lag schnurrend in Premysl Armen. Kazi nahm ihn sogleich wieder hoch und entfernte sich ein paar Schritte. Libussa sah Premysls unsicheren Blick, doch sie stürmte ihm trotzdem entgegen. Es war nicht der Moment für lange Erklärungen. Erleichtert fühlte sie den kräftigen Druck seiner Umarmung. Der Schmerz in ihrem Kopf war verschwunden und sie fragte sich, wie ein so anstrengender Tag sich plötzlich in den glücklichsten ihres Lebens verwandeln konnte. Erst nach einer Weile merkte sie, dass Premysl vor Kälte zitterte. Lachend nahm sie seine Hand und wollte ihn durch das Tor der Festung führen, doch er zögerte.

»Komm herein. Warum bist du hier draußen geblieben? Wir gehen in meine Kammer. Ich wärme dich schon auf.«

Er wies auf ein Bündel, das in der Nähe bei einem Baumstamm lag.

»Ich bin nicht allein gekommen, Libussa. Sie ist völlig erschöpft und durchfroren. Ihr müsst euch gleich um sie kümmern.«

Das Bündel erwachte zum Leben. Eine feine Hand schob sich durch den Stoff. Sie konnte nicht Premysls Mutter gehören, denn dazu war sie nicht kräftig genug. Vermutlich hatte er seine Schwester mitgebracht.

Premysl half dem Bündel vorsichtig auf die Beine. Im Licht von Kazis Fackel erkannte Libussa das schmale, blasse Mädchengesicht. Einen Lidschlag lang war sie enttäuscht, dass nicht Premysls Schwester Magda vor ihr stand, die sie gern wiedergesehen und in Sicherheit gewusst hätte. Später schämte sie sich wegen dieser selbstsüchtigen Empfindung, denn für ihr Volk war das Erscheinen einer lebenden Ludmilla von den Lemuzi weitaus wichtiger.

Zu viert gingen sie in den Hof. Kazi hatte den Kater wieder Premysl überreicht, um sich Ludmillas anzunehmen. Nur wenn Menschen krank oder verletzt waren, konnte sie ihnen mehr Aufmerksamkeit schenken als ihren Tieren. Libussa legte ihren Arm um Premysls Schulter, so dass er auch die Hälfte ihrer Decke bekam.

»Wie hast du Ludmilla gerettet?«, murmelte sie fassungslos und gab den Wächtern gleich den Befehl, die Anführer der Krieger aller Stämme, vor allem aber die Lemuzi-Söhne zu wecken. Man solle sich auf der Stelle wieder im großen Saal versammeln, erklärte sie. Die Mägde mussten ebenfalls aufstehen, denn eine heiße Brühe war nötig. Auf einmal schien es eine leichte, erfreuliche Aufgabe, Entscheidungen zu treffen. Sie empfand auch keinerlei Erschöpfung mehr.

»Ich habe sie gar nicht gerettet«, beantwortete Premysl ihre Frage. »Sie hat sich selbst gerettet, indem sie aus dem Fenster ihrer Kammer sprang, wo Tyr sie gefangen hielt. Wahrscheinlich suchte sie nach einem Weg, um Tyrs nächstem Besuch auf ihrer Bettstatt zu entgehen, und danach landete sie verletzt im Hof von Zabrusany. Es war mitten in der Nacht. Nur die Wächter merkten es, aber sie weckten Tyr nicht. Stattdessen öffneten sie das Tor einen Spaltbreit, damit Ludmilla hinauskriechen konnte. Sie schaffte es gerade noch bis in den Wald. Dort wäre sie wahrscheinlich gestorben oder bald von Tyr gefunden worden, aber eine keltische Kräutersammlerin entdeckte sie in der Morgendämmerung. Die Kelten kümmerten sich um Ludmilla, bis ihnen Tyrs Suchtrupps auffielen. Einige von ihnen kennen mich und brachten Ludmilla zu mir, denn es schien ihnen gefährlich, ein gejagtes Mädchen weiter bei sich zu verbergen.«

Als das Tor sich hinter ihnen geschlossen hatte, ließ er den Kater laufen. Libussa drängte sich statt des Tieres in seine Arme.

»Ihr könnt euch beide erst einmal aufwärmen«, sagte sie. »Aber dann musst du deine Geschichte gleich allen Kriegern erzählen. Die Lage ist jetzt völlig anders. Anschließend sollte ich dich wohl erst einmal eine Weile schlafen lassen, auch wenn es mir schwerfallen wird.« Sie schmiegte sich mit ihrem Körper an den seinen und stellte mit Befremden fest, dass er erstarrte.

»Libussa«, meinte er leise. »Ich kann nicht bleiben. Ich muss noch heute Nacht wieder zurück. Es war fast unmöglich, mich und Ludmilla aus dem Gebiet der Lemuzi zu schmuggeln, denn alle Dörfer werden bewacht. Ein fahrender Händler half uns schließlich. Er versteckte uns auf seinem Karren. Aber Tyr lässt immer noch regelmäßig die Gegend absuchen. Wenn jemand merkt, dass ich verschwunden bin, wird er seine Wut an meiner Mutter und Schwester auslassen, für die auf dem Karren kein Platz mehr war. Wir Bauern gelten jetzt als sein Eigentum und können nicht ungestraft das Weite suchen.«

Sie stand wie versteinert. Das Gefühl von Leichtigkeit und Freude war verflogen.

»Es tut mir leid. Manche Dinge lassen sich nicht ändern.«

Seine Hände strichen über ihr Haar. Sie trat einen Schritt zurück, denn sie hatte das Gefühl, wie ein kleines Kind getröstet zu werden. Nachdem sie all die Zeit gewartet hatte, war er gekommen, um sich gleich wieder zu verabschieden. Vielleicht war das alles eine Ausrede. Er wollte nicht in Chrasten bleiben. Ludmilla hierher zu bringen hielt er für seine Pflicht, doch jetzt drängte es ihn, so schnell wie möglich wieder zu verschwinden, bevor sie Erklärungen verlangen konnte. Libussas Mutter hatte oft gesagt, dass Männer nicht gern viele Worte bei Trennungen verloren.

Sie kämpfte mühsam die Tränen der Enttäuschung nieder.

»Nun gut, dann musst du wieder gehen. Iss wenigstens eine Brühe und wärme dich auf. Wir geben dir ein Pferd, damit du schneller nach Hause kommst. Lass es laufen, bevor du Staditz erreichst, damit Tyrs Männer es nicht sehen. Es wird hoffentlich von allein zurückfinden.«

Sie war stolz auf den ruhigen Klang ihrer Stimme, die sich nur ein wenig heiser anhörte.

»Kazi hat mir erzählt, dass du Krieger versammelt hast«, meinte Premysl mit gesenktem Blick. »Du willst vermutlich gegen Tyr vorgehen. Ich habe eine Idee, wie es dir am besten gelingen könnte, aber mir bleibt nicht viel Zeit für lange Gespräche.«

Die erneute Ankündigung seines baldigen Aufbruchs schmerzte wie eine Ohrfeige. Er konnte es wohl kaum erwarten, wieder aus Chrasten zu verschwinden.

»In diesem Fall«, erklärte sie eisig, »redest du besser sogleich vor allen Kriegern im großen Saal.«

Dann ging sie schweigend vor ihm her. Eine leise Stimme in ihrem Inneren flüsterte, dass sie sich wie ein trotziges Kind benahm, doch sie klammerte sich an ihren Zorn. Er war leichter zu ertragen als der Abschiedsschmerz.

Die wichtigsten Gäste hatten sich bereits versammelt. Ein schlecht gelaunter Slavonik saß mit schläfrig verquollenen Augen an der Seite Hostivits, des Zlicani-Fürsten. Radka überreichte ihrem Bruder Lecho eine Schale mit der Brühe, während Neklan dem erschöpft neben ihm ruhenden Vojtan etwas ins Ohr flüsterte. Auch Thetka war gekommen. Trotz ihres zornigen Schweigens wollte sie wohl keine wichtigen Neuigkeiten versäumen.

Libussa nahm erneut ihren Platz am Kopfende der Tafel ein.

»Soeben ist jemand aus dem Gebiet der Lemuzi eingetroffen«, verkündete sie so laut wie möglich. »Er hat Ludmilla mitgebracht. Sie lebt und wird gerade von meiner Schwester versorgt. Im Moment braucht sie Ruhe, aber in ein paar Tagen wird sie sicher in der Lage sein, hier zu erscheinen.«

Sie richtete ihren Blick auf die fassungslosen Gesichter der Lemuzi-Brüder. Nur Vojtan wirkte wirklich erfreut.

»Wo ist sie? Wann können wir sie sehen?«, rief er.

»Sobald ich die Versammlung aufgelöst habe. Zuerst gibt es wichtige Dinge zu besprechen.«

Libussa stellte erstaunt fest, dass Premysls Gegenwart es ihr leichter machte, entschieden aufzutreten.

»Dies ist Premysl aus Staditz, einem Dorf auf dem Gebiet der Lemuzi. Ihm haben wir Ludmillas Rettung zu verdanken. Und nun möchte er uns etwas sagen.« Sie gab Premysl ein Zeichen und ließ ihn vor die versammelten Krieger und Mitglieder der Fürstenclans treten. Erst jetzt bemerkte sie, wie stark seine sackartige Kleidung aus grobem braunen Leinen sich von den bunt gefärbten, mit silbernen Fibeln versehenen Tunikas der meisten Anwesenden unterschied. Trotz der Kälte steckten seine Füße in Bastschuhen, die mit Tüchern umwickelt waren. Auf seinen Armen wurde das Fehlen jener Tätowierungen, die einen Krieger von Rang und Namen auszeichneten, jedem sehr deutlich bewusst.

Ein Bauer! Sie las dieses Wort in jedem Blick. Lecho und einige andere Krieger schienen einfach nur überrascht. Slavonik grinste abfällig. »Sieh an, ein alter Bekannter!«, kam es spöttisch von den Lemuzi-Brüdern.

Premysl holte entschlossen Luft. Sie sah, wie er die Hände zu Fäusten ballte. »Ich komme aus dem Gebiet, das nun von Tyr beherrscht wird«, begann er. »Ich habe Ludmilla hergebracht. Sie hat es geschafft zu entkommen.«

Libussa schien, dass er bei diesen Worten Vojtan und Neklan in die Augen blickte.

»Ich weiß, dass ihr plant, gegen Tyr vorzugehen. Das ist vollkommen richtig, denn Tyr wird sicher versuchen, auch andere Stämme zu unterwerfen. Er strebt nach grenzenloser Macht und muss aufgehalten werden.«

»Na, das ist ja ein kluges Bürschchen, dieser Bauer!«, unterbrach Slavonik plötzlich. »Wir sollten stolz sein, dass er unser Tun für richtig hält.«

Libussa hörte mit Erschrecken einige Lacher, doch Radkas laute Stimme fuhr dazwischen: »Jetzt lasst ihn doch ausreden, ihr Wichtigtuer!«

Das Lachen verstummte.

»Ich habe einen Vorschlag, wie ihr Tyr stürzen könntet, ohne dass ihr gegen ihn kämpft.«

Erstaunte, misstrauische Blicke richteten sich auf Premysl.

»Sollen wir stattdessen Schweine und Ochsen in die Schlacht schicken?«, kam es aus den hinteren Reihen und der Saal füllte sich wieder mit grölendem Gelächter. Libussa sprang auf und hob den Stab der Fürstin.

»Es ist mein Wunsch, dass ihr diesen Mann anhört!« Ihre Stimme war weitaus schwächer als Radkas, aber allmählich kehrte wieder Ruhe ein.

»Tyr hat sich in kurzer Zeit sehr viele Feinde gemacht«, fuhr Premysl nun fort. »Er gewann die Krieger der Lemuzi für sich, indem er ihnen Versprechungen machte, von denen er bisher aber kaum eine gehalten hat. Man fürchtet ihn, doch er ist auch verhasst. Deshalb gaben die Wächter in Zabrusany Ludmilla eine Gelegenheit zur Flucht. Die Bauern werden sich gegen ihn stellen, sobald sie die geringste Hoffnung auf einen Sieg haben, ebenso wie die Kelten in den Wäldern, von denen er nun auch Tributzahlungen verlangen will. Das ist ein Bruch mit den alten Sitten, den nicht einmal die Lemuzi wagten.«

Er legte eine kurze Pause ein. Nun musterten alle Anwesenden ihn aufmerksam.

»Du willst uns vorschlagen, dass wir weitere Verbündete suchen, nicht wahr?«, meinte schließlich Lecho von den Lukanern. »Wir hatten das bereits in Erwägung gezogen.«

»Nein«, erklärte Premysl. »Ich wollte nur klarmachen, dass Tyr mit keiner Unterstützung rechnen kann, sobald er ohne seine Männer dasteht. Und die könntet ihr abwerben. Die Krieger der Lemuzi werden mit Freuden in den Dienst ihrer alten Herren zurückkehren, wenn man ihnen Straffreiheit verspricht. Tyr behandelt sie wie Hunde. Und was jene Nordmänner betrifft, die damals mit ihm kamen, so sind sie abgebrühte Kämpfer, die ihr Geschick dem Meistbietenden zur Verfügung stellen. Sie kennen keine Loyalität, und ich hatte schon lange das Gefühl, dass viele von ihnen Tyr heimlich verabscheuen. Bietet ihnen mehr Entlohnung und ein besseres Leben. Dann kämpfen sie für euch. Ihr könnt Tyr heimlich stürzen, genau wie er es mit den Lemuzi tat.«

Libussa rieb sich verwirrt die pochenden Schläfen. Konnte es wirklich so einfach sein, wie er meinte?

»Eine solche Vorgehensweise ist hinterhältig und eines Kriegers unwürdig«, kam es plötzlich von Slavonik. »So etwas kann nur dem Schädel eines Bauern entspringen.«

Zustimmendes Gemurmel erklang im Saal. Libussa zuckte zusammen, als Premysl mit der Hand auf den Tisch schlug.

»Ist es denn ehrenhaft, einen Kampf zu führen, der vermieden werden könnte? Das Leben unschuldiger Menschen zu opfern? Tyr ist auf einen möglichen Angriff vorbereitet. Er lässt bereits Vorräte nach Zabrusany schaffen, damit er sich dort im Notfall verschanzen kann. Ihr kennt die Mauern der Festung. Dort kann er Monate ausharren. Wollt ihr warten, bis ihm die Mähren vielleicht zu Hilfe eilen?«

Das Murmeln wurde lauter. Zahllose Stimmen hallten durch den Saal, verwirrt, empört oder streitlustig.

»Der Plan klingt überzeugend. Es wäre einen Versuch wert«, unterbrach Lecho all diese Redner. »Tyr wartet auf eine Nachricht, ob er anerkannt wird oder ob es zu einem Kampf kommt. Wir werden einen Boten schicken, der zum Schein verhandelt, sich in Wahrheit aber umhört und heimlich Kontakt mit Tyrs Kriegern aufnimmt. Das ist allerdings keine ungefährliche Aufgabe. Wir sollten morgen genauer darüber reden. Jetzt brauchen wir alle etwas Schlaf.«

Erleichtert wollte Libussa die Versammlung auflösen. Sie sehnte sich danach, kurz mit Premysl zu reden, bevor er wieder nach Staditz zurückmusste. Ihr war klar geworden, dass sie ihm Dank schuldete. Doch Neklans Stimme riss sie plötzlich aus ihren Überlegungen: »Soweit ist es also schon gekommen, dass

Bauern unsere Kriegsführung und die Verhandlungen übernehmen. Fürsten wie wir machen sich zum Gespött dieser Welt!«

Libussa fuhr herum. Der Zorn erfasste sie wie ein heftiges Fieber und sie sprach, ohne ihre Worte lange abzuwägen. »Es reicht, Neklan! Du bist schuld an dieser misslichen Lage. Du hast einen Mann in unser Land gebracht, der keine Gebote der Ehre kennt und vor niemandem Achtung hat. Nur, damit er dir durch seine Kraft bei der Erfüllung deiner Wünsche hilft. Aber du konntest ihn nicht unter Kontrolle halten. Deshalb ist jetzt deine Mutter tot und deine Schwester geschändet. Dann bist du wie ein verwundeter Hund bei mir angekrochen gekommen. Premysl nahm große Gefahren auf sich, um Ludmilla in Sicherheit zu bringen. Anstatt ihm Dank zu zeigen, beleidigst du ihn, obwohl von dir noch kein einziger brauchbarer Vorschlag gekommen ist. Alles, was du kannst, ist jammern und schimpfen. Das macht wirklich einen eindrucksvollen Krieger aus dir.«

Nach diesen Worten überkam sie tiefe Erleichterung. Sie bemerkte die Stille im Saal. Auf einmal war ihre Stimme bis in den letzten Winkel des Raumes gedrungen. Radka musterte sie mit einem Lächeln auf den Lippen. »Na, siehst du, es ist gar nicht so schwer, sich bei den Kerlen Gehör zu verschaffen«, sagten ihre spöttisch blitzenden Augen.

Verwirrt strich Libussa sich das Haar aus der Stirn. Hatte sie tatsächlich so gebrüllt wie ihre Mutter, wenn sie wütend war?

»Nun, wie ich schon sagte«, unterbrach wieder einmal der vernünftige Lecho das fassungslose Schweigen. »Wir sollten vielleicht den Rest der Nacht schlafen und morgen entscheiden, wen wir als Gesandten zu Tyr schicken.«

Thetka erhob sich zu ihrer vollen Größe.

»Das ist nicht nötig! Ich werde gehen«, sprach sie ihre ersten Worte seit Wochen.

»Das ist keine Aufgabe für eine Frau!«, erklärte Slavonik entschieden.

»Ach, tatsächlich? Glaubst du, dass Tyrs Krieger an dir mehr Gefallen finden werden?«

Das laute Lachen im Saal trieb eine freudige Röte auf ihre Wangen. Thetka gelang es mit Leichtigkeit, eine Menschenmenge für sich zu gewinnen.

»Dann lass mich mit dir gehen«, rief Libussa. Sie gab sich alle Mühe, ihren Blick all das sagen zu lassen, was sie dachte: Bitte schließe Frieden mit mir, Schwester.

Thetka musterte sie skeptisch. »Du bist Fürstin und Hohe Priesterin. Du darfst dich einer solchen Gefahr nicht aussetzen«, meinte sie nur.

Libussa spürte, wie Premysls Finger kurz ihr Handgelenk streiften.

»Deine Schwester hat recht. Für Tyr wärest du ein gefundenes Fressen. Eine noch bessere Partie als Ludmilla.«

»Vielleicht sollten wir alle erst einmal schlafen«, wiederholte der übermüdete Lecho. Libussa hob noch einmal den Stab der Fürstin.

»Wenn meine Schwester als unsere Gesandte zu Tyr gehen will, so stimme ich dem zu. Morgen besprechen wir die Einzelheiten. Die Versammlung ist nun beendet. Ich danke euch für euer Kommen.«

Sie wandte sich zum Gehen und überlegte, welches Pferd sie Premysl geben sollte. Als sie Neklans Blick wie ein Schwert in ihrem Rücken fühlte, wandte sie sich kurz um und erschrak vor dem Hass, der in seinen Augen brannte.

3

Drei Wochen waren seit Thetkas Aufbruch nach Zabrusany vergangen. Inzwischen herrschte Morana als Todesgöttin über das Land. Sie bedeckte es mit einem kalten weißen Laken, unter dem jedes Leben erfror. Eisiger Wind blies um die Mauern der Festung. Niemand verließ mehr die Wärme der Feuerstellen, wenn es sich vermeiden ließ. Tageslicht war selten und kostbar geworden, denn es drang nur spärlich durch die Fensteröffnungen, die meist mit Tierfellen abgedeckt wurden, um die Kälte zu lindern. Fackeln konnten das Licht der Sonnengöttin Mokosch nicht ersetzen. Des Nachts, wenn Mokosch zur Gefährtin des Veles in der Unterwelt wurde, zur feuchten Mutter Erde, nahm die Kälte tödliche Ausmaße an. Die noch verbliebenen Gäste trafen sich abends im großen Saal, wo Met und gewürzter Wein die durchfrorenen Knochen wärmten. Klänge von Flöten und Schalmeien sorgten für Ablenkung. Sänger erzählten von Geistern und Vilas, wie die Geschichte jener Rusalka, die sich in einen Menschen verliebte und seinetwegen auf ihre Unsterblichkeit verzichtete, nur um am Ende verlassen zu werden. Manchmal sangen sie auch Lieder über die Taten des großen Samo, um die allgemeine Schwermut zu vertreiben. Essen wurde reichlich aufgetischt, denn Körperfülle war immer noch der beste Schutz gegen die todbringende Kälte.

Krok war noch nicht aus dem Land der Polanen zurückgekehrt. Der heftige Schneefall musste ihn aufgehalten haben.

Radka hatte Chrasten gleich nach Thetkas Abreise verlassen, denn sie musste ihre Aufgaben als Fürstin der Lukaner erfüllen. Lecho und seine Krieger hielten sich noch in der Festung auf, was Libussa beruhigte. Weniger erfreulich fand sie die Anwesenheit Slavoniks, der ebenfalls meinte, im Ernstfall zur Stelle sein zu müssen. Er hatte sich mit den Zlicani-Kriegern angefreundet und ihr lärmendes Zechen füllte jeden Abend den großen Saal. Manchmal vertrieb er sich die Zeit auch durch Würfelspiele, wobei die Lemuzi-Brüder ihm gern Gesellschaft leisteten. Libussa war aufgefallen, dass er bei jeder Gelegenheit seine nackten Arme zur Schau stellte, auch wenn er deshalb sicher fror. Sie sollte die Tätowierungen des Kriegers sehen, die sich über seinen Muskeln spannten.

Ludmilla besuchte niemals den großen Saal. Sogar ihren Brüdern ging sie aus dem Weg. Kazi hatte ihre Wunden versorgt und anschließend gemeint, man solle sie beschäftigen, um sie von ihren Erinnerungen abzulenken. Deshalb hatte Libussa die Lemuzi-Tochter mit in die Webstube genommen und beobachtete, wie sich Ludmilla in ihre Arbeit versenkte. Seit ihrer Ankunft in Chrasten hatte sie kaum ein Wort gesprochen.

Ludmillas Finger waren fast so dünn wie jene Fäden, die sie spann. An ihren bleichen Händen waren die blauen Adern deutlich zu sehen. Sie arbeitete aufmerksam und schweigend, die Augen starr auf die sich drehende Spindel gerichtet. Libussa saß am Webstuhl und zog den letzten Faden durch das Gewebe. Der Umhang war fertig, aber sie wusste nicht, ob Premysl ihn jemals in Empfang nehmen würde. Auf einmal erklang Ludmillas Stimme, die durch Mangel an Gebrauch heiser geworden war: »Wünschst du dir manchmal, ein anderer Mensch zu sein?«

Libussa hörte das Klopfen ihres eigenen Herzens. Endlich sprach die Lemuzi-Tochter!

»Manchmal wünscht sich das wohl jeder. Warum fragst du?«, erwiderte sie.

»Weil ich es mir mein Leben lang jeden Tag gewünscht habe. Ich wollte eine Tochter sein, die ihrer Mutter gefällt. Aber das ist mir nicht gelungen. Tyr sagte mir aber, er musste meine Mutter töten, weil sie nicht damit einverstanden war, dass er mich zu seinem Weib machte. Also muss meine Mutter mich doch ein wenig geliebt haben, meinst du nicht?«

Libussa nickte.

»Ich hatte mein Leben lang Angst, ihr zu missfallen«, fuhr Ludmilla fort. »Niemals konnte ich es ihr recht machen. Sie fand ständig etwas an mir auszusetzen.«

»Dieses Gefühl kenne ich sehr gut«, erklärte Libussa. Sie dachte an die strengen, unzufriedenen Blicke der Fürstin Scharka, aber auch an Premysls verhärmte alte Mutter, deren Augen beim Anblick ihres Sohnes stolz aufleuchteten. Vielleicht war dies der Vorteil von Kindern, die ihre Eltern versorgten, anstatt stets von ihnen beaufsichtigt und behütet zu werden. Aber sie sah keinen Sinn darin, diesen Gedanken Ludmilla mitzuteilen.

»Ich bin mir sicher, dass deine Mutter dich von Herzen geliebt hat«, sagte Libussa nur. »Aber sie hat dich einfach nicht verstanden. Ihr wart zu verschieden.«

Kazi hatte Ludmilla mehrfach mit einem scheuen Vogel verglichen, den Olga durch Schreien und Schimpfen zähmen wollte. Doch auf diese Weise konnte es nicht gelingen. Vielleicht wollte Olga ihre Tochter durch Härte starkmachen. Sie war zu starrköpfig gewesen, um je zu begreifen, wo ihr Fehler lag. Jetzt, da Ludmilla endlich sprach, glaubte Libussa, der Vogel sei plötzlich auf ihren Finger geflattert. Sie hatte Angst, ihn wieder zu verschrecken.

»Sag mir, Libussa, hast du dich je gefragt, wer dein Vater ist?«, wollte Ludmilla jetzt wissen.

Sie musterte die Lemuzi-Tochter staunend. Woher kam ihr plötzlich dieser Gedanke? Väter waren doch nicht wichtig.

»Ich hatte immer Onkel Krok, der sich um mich kümmerte.

Mein Vater muss eine flüchtige Liebschaft meiner Mutter gewesen sein. Ich habe mich nie mit ihm beschäftigt.«

»Vielleicht«, meinte Ludmilla leise, »wäre es anders gewesen, wenn du ihn je getroffen hättest. Man spürt, dass ein Mensch vom selben Blut ist. Bei anderen Völkern, den Christen vor allem, sind Väter wichtig. Sie haben angeblich die Sitten der Römer übernommen. Die Kinder wachsen beim Vater auf.«

»Nicht alle, wie ich gehört habe. Manche Väter erkennen ihren Nachwuchs nicht an. Dann sieht es übel für die Kinder aus und auch für deren Mütter.«

Libussa legte den fertigen Umhang zusammen und überlegte, ob sie Ludmilla vorschlagen sollte, diesmal mit in den großen Saal zu gehen. Das Mädchen schien seltsamen Gedanken nachzuhängen. Zu viel Einsamkeit konnte nicht heilsam sein nach so schrecklichen Erlebnissen. Warum zeigte sie keinerlei Neugierde, was in der Zwischenzeit geschehen war und wie man gegen Tyr vorgehen wollte?

»Ich habe meinen Vater manchmal getroffen«, spann Ludmilla ihre Gedanken weiter. Bei einer anderen Gesprächspartnerin hätte Libussa die Unterhaltung bald mit einer Entschuldigung beendet, denn sie fand, dass es nun wichtigere Dinge gab, über die man sich den Kopf zerbrechen sollte. Doch Ludmilla bedurfte zarterer Behandlung.

»Wer war dein Vater?«, fragte sie daher.

»Einer der Germanen. Er wollte als Druide ausgebildet werden, aber die meisten Druiden hatten unsere Gegend bereits verlassen. Deshalb zog er über die Berge nach Westen. Doch viele Jahre kehrte er noch manchmal hierher zurück und besuchte mich heimlich. Er fürchtete, meine Mutter durch sein Fortgehen zu sehr gekränkt zu haben, um noch in Zabrusany willkommen zu sein. Aber er traf sich mit mir außerhalb der Mauern. Es freute ihn, dass er eine Tochter hatte.«

Libussa nickte und merkte, dass sie allmählich doch neugierig wurde. Es passte gut zu Olga von den Lemuzi, einem Liebhaber die Tür zu weisen, weil sie für ihn nicht das Wichtigste im Leben war. Ludmillas Geschichte konnte durchaus der Wahrheit entsprechen.

»Und wie gefiel dir dein Vater?«

Ein zartes Lächeln erschien auf Ludmillas Gesicht. Sie sah beinahe glücklich aus.

»Er gefiel mir sehr. Ein sanfter, freundlicher Mensch. Er mochte mich so, wie ich war. Manchmal spielte er mir wunderschöne Melodien auf der Harfe vor. Er versprach, auch mir den Umgang mit diesem Instrument beizubringen, wenn ich alt genug wäre. An seiner Seite spürte ich sofort, dass wir vom selben Blut waren. Bei meiner Mutter oder meinen Brüdern hatte ich nie dieses Gefühl.«

Gegen ihren Willen und alle Überzeugung begann Libussa allmählich zu begreifen. Dieser Mann hatte Ludmillas zartes Wesen verstanden. Vom selben Blut. Das waren auch die Väter.

»Und wo ist er jetzt?«

»Ich weiß es nicht. Er ging noch weiter fort, auf eine Insel, wo es viele Druiden geben soll. Die Letzten auf dieser Welt. Aber das war weit weg. Er verabschiedete sich von mir und sagte, er würde nicht mehr kommen können. Ich flehte ihn an, mich mitzunehmen, aber er meinte, ich hätte hier ein Leben als Fürstin vor mir, das er mir nicht nehmen wollte.«

Ludmilla hatte bekümmert den Kopf gesenkt. Sie klang wie ein enttäuschtes, von ihrem Liebhaber im Stich gelassenes Mädchen. Dabei war all das schon so lange her!

»Nun, er hat eben seine Entscheidung getroffen«, warf Libussa energisch ein. »Es hat keinen Sinn, ihm nachzutrauern. Du hast hier in der Tat eine Zukunft vor dir. Wenn Tyr erst einmal gestürzt ist, wirst du wirklich Fürstin der Lemuzi.«

Sie staunte über den zuversichtlichen Klang ihrer Stimme. Seit Wochen war keine Nachricht von Thetka gekommen. Aber Tyr musste besiegt werden. An eine andere Möglichkeit wollte sie gar nicht denken, es wäre zu schrecklich, zu unfassbar, wenn die vertraute Ordnung nicht mehr aufrechterhalten werden könnte.

Ludmilla wickelte das gesponnene Flachsgarn nachdenklich zu einem Knäuel.

»Das will ich aber nicht«, sagte sie nach einer Weile. Ihre Stimme klang dabei entschiedener als sonst.

»Was willst du nicht? Dass Tyr gestürzt wird? Das kann doch nicht dein Ernst sein?«

Ludmilla richtete ihre großen dunklen Augen auf Libussas Gesicht.

»Es ist mir gleich, was mit Tyr geschieht. Aber ich will nicht Fürstin der Lemuzi werden. Niemals.«

Libussa tat einen tiefen Seufzer. Die Erziehung langer Jahre bäumte sich in ihr auf.

»Es geht nicht nur um das, was du willst. Deine Aufgabe wurde dir von den Göttern auferlegt. Du bist die Mutter deines Landes. Es ist deine Pflicht, für das Wohl deiner Leute zu sorgen, und ich weiß, du kannst es. Viel besser als deine selbstsüchtige Mutter oder deine hitzköpfigen, hochmütigen Brüder. Lerne, dir selbst zu vertrauen, Ludmilla. Du hast es allein geschafft, vor Tyr zu fliehen, was dir offen gesagt niemand zugetraut hat. Meinst du nicht, dass auch ich schreckliche Angst vor dem Versagen habe? Aber niemand fragt nach meinen Wünschen. Ich muss tun, was mir bestimmt ist.«

Zu ihrem Befremden lächelte Ludmilla nur. »Wie überzeugt du immer von allem warst, Libussa. Der Dienst an den Göttern, die alten Sitten, unsere heiligen Traditionen. Früher einmal habe ich dich um diese Fähigkeit zu glauben beneidet. Aber durch Tyr habe ich einiges gelernt, weißt du. Die Dinge bleiben nie so, wie sie früher waren. Alles ist im Wandel. Männer wie Tyr gibt es zuhauf. Sie schießen aus dem Boden wie Unkraut. Und wenn wir weiter als unbemannte Landesmütter auf unseren Festungen sitzen, dann stürzen sie sich auf uns, um so die Macht an sich zu reißen.«

»Dann müssen wir uns eben gegen diese Männer wehren!« Libussa packte den Umhang in eine Kiste, deren Deckel sie laut zuknallen ließ. Wie konnte dieses zarte Vögelchen sie so wütend machen?

»Als die Kelten mich zu Premysl brachten, da verbarg er mich unter dem Boden der Hütte. Dort lagern die Bauern manchmal ihre Vorräte, die sie vor meinen Brüdern verstecken wollen. Ich lag in einem mit Brettern zugedeckten Loch in der Erde. Es gab nur eine winzige Öffnung, durch die ich atmen konnte. Vorher hatte er meine Kleidung verbrannt und meinen Körper mit Salben der Kelten eingerieben, damit ich anders roch. Wegen Tyrs Spürhunden, verstehst du. Ich weiß nicht, wie viele Tage ich im Dunkeln zubrachte, ohne mich bewegen zu können. Nur mitten in der Nacht durfte ich kurz hinaus, um zu trinken und zu essen.«

Libussas Wut schwand. Kazi hatte ihr diese Geschichte bereits erzählt. Bei ihrem Sprung aus dem Fenster ihrer Kammer hatte Ludmilla sich den linken Fuß gebrochen. Die Knochen wuchsen nicht richtig zusammen, vermutlich auch eine Folge des langen Liegens in einer unnatürlichen Haltung. Es bestand die Gefahr, dass Ludmilla bis an ihr Lebensende humpeln würde.

»Einmal, da kamen Tyrs Männer in die Hütte. Ich hörte ihr Brüllen und das Stampfen ihrer Stiefel. Premysl hatte das Loch abgedeckt und noch Erde über die Bretter geschüttet, als er merkte, dass die Suchtrupps anrückten. Ich fürchtete zu ersticken. Seine Schwester schrie. Ich glaube, die Männer haben sie geschlagen, weil sie nicht begriff, was vor sich ging, und sich deshalb falsch verhielt. Jeden Lidschlag lang rechnete ich damit, dass sie mich aus dem Versteck zerren würden. Ich schwor mir damals, sollte ich diese Gefahr überleben, dann würde es in meinem Leben nur noch darum gehen, was ich selbst mir wünsche.«

Libussa verstand, ohne es zu wollen. Vielleicht hatten die

Götter Ludmilla gerettet. Aber warum schickten eben diese Götter ihr Tyr? Der Schrecken schien das Mädchen stärker gemacht zu haben. Dann war ihre neue Entschlossenheit allerdings auch eine Folge göttlicher Fügungen.

»Und was wünschst du dir, Ludmilla?«

»Ich möchte meinen Vater suchen. Ich will zu ihm, dem einzigen Menschen, der mich liebte, so wie ich bin.«

Libussa sank wieder auf ihren Schemel. Sie hatte plötzlich den Wunsch, Ludmilla zu umarmen, wagte es aber nicht.

»Dein Vater ging vor vielen Jahren fort. Du weißt nicht, wo er ist«, meinte sie nur.

»Es kann nicht mehr viele Zentren der Druiden geben in einer Welt, die von Christen beherrscht wird. Ich werde mich durchfragen.«

»Aber das kann gefährlich sein. Wie willst du allein reisen?«

Ludmilla stand langsam auf.

»Ich habe bereits mit meinen Brüdern gesprochen. Wenn ich ihnen die Herrschaft über Zabrusany lasse, dann geben sie mir den Schmuck unserer Mutter. Damit kann ich eine Weile überleben. Vielleicht finden sich ein oder zwei treue Krieger, die mich begleiten. Ich reise los, sobald deine Schwester Thetka aus Zabrusany zurückkommt. Egal, wie es ausgeht. Auch wenn ich den Schmuck nicht bekommen sollte, weil Tyr gewinnt. Ich will zu meinem Vater.«

Libussa begann zu überlegen, was sie Ludmilla in diesem Fall an Wertgegenständen mitgeben könnte. Und welche Krieger mit auf die Reise gehen würden. Es gab einige junge Männer, die für ein Abenteuer in der Fremde vielleicht zu begeistern waren. Dann schlich sich ein unschöner Gedanke in ihren Kopf, und sie zwang sich, ihn auszusprechen.

»Dein Vater ging vor vielen Jahren fort. Was ist, wenn er dich nicht mehr bei sich haben will?«

Zu ihrem Erstaunen kam Ludmilla auf sie zu und strich ihr mit der Hand über die Wange.

»Du machst dir um jeden Sorgen«, sagte sie sanft. »Das hältst du wohl für deine Pflicht, jetzt, da du Fürstin bist. Aber ich weiß, dass mir so etwas geschehen kann. Dann habe ich es wenigstens versucht und sehe, woran ich bin. Libussa, Premysl sprach manchmal mit mir, als ich allein im Dunkeln lag. Er wollte mich ablenken. Deshalb erzählte er mir von dir. Dass du zu ihm gekommen bist, ohne deinen Namen zu nennen. Und wie es zu diesem Zwischenfall im Wald kam, wo du gekämpft hast, um ihm zu helfen. Er liebt dich. Du hast mehr Glück, als du ahnst, denn er ist kein Mann wie Tyr. Komme nie auf den Gedanken, du müsstest aus Pflichtgefühl auf ihn verzichten. Ganz gleich, was man dir erzählt. Und jetzt lass mich allein. Geh zurück in den großen Saal zu den Kriegern, wie du es als Fürstin tun solltest. Ich lege keinen Wert auf die Gesellschaft dieser Männer. Bitte verzeih mir, aber ich möchte mich zurückziehen.«

Ihre schmale Gestalt verschwand aus dem Raum. Libussa blieb eine Weile regungslos sitzen. Er liebt dich, hatte Ludmilla gesagt. Premysl hatte mit Olgas Tochter über sie gesprochen. Ihr letzter Zweifel an seinen Gefühlen schwand, und sie schämte sich, bei seinem kurzen Besuch in Chrasten so kalt, so zornig gewesen zu sein. Sobald Tyr gestürzt war, würde er zu ihr kommen. Der Augenblick des Glücks war berauschend, auch wenn bald darauf wieder quälende Unsicherheit einsetzte. Wie war es Thetka wohl in der Zwischenzeit ergangen? Bestand Hoffnung, dass bald wieder Frieden einkehrte, so dass die Schwester zusammen mit Premysl nach Chrasten kommen konnte? Lange war es Libussa gelungen, die Angst vor einer Niederlage gegen Tyr aus ihrem Denken zu verbannen, aber nun wurde sie von ihr überfallen wie von einem wilden Tier. Erst die Erinnerung an ihre Aufgaben half ihr, sich zusammenzureißen. Sie machte sich auf den Weg in den großen Saal. Die meisten Leute mussten bereits dort versammelt sein, denn es war still und dunkel im Gang. Sie trug ihre Fackel vor sich her, deren

Licht die Wände erhellte. Die Schatten schienen vor ihren Augen zu tanzen, drehten sich im Kreis und sprangen herum. Ihr war schwindelig, als das Bild vor ihr auftauchte.

Eine Frau mittleren Alters, deren Gesicht sehr deutlich die Züge Ludmillas trug, kniete auf dem Boden eines großen hellen Raumes. Sie war ganz in ein pechschwarzes Gewand gehüllt, das selbst ihren Kopf verbarg. Nur ihr Gesicht war von weißem Tuch eingerahmt, so dass Kinn und Nase deutlich hervorstachen. Auch erwachsene Frauen der Behaimen trugen Kopfbedeckungen, doch waren diese entsprechend ihrem Rang verziert und mit silbernen Ketten um die Stirn zusammengebunden. Die Kleidung dieser Frau jedoch entbehrte jeden Schmucks. Sie war von einer schlichten, kalten Strenge. Vor der knienden Gestalt hing ein hölzernes Kreuz an der Wand, auf dem die Figur eines Mannes sich in Todesqualen wand. Die Augen der Frau waren auf die Holzfigur gerichtet und leuchteten vor Hingabe. Sie hatte ihre gefalteten Hände an ihr Kinn gepresst und murmelte leise Worte in einer unverständlichen Sprache. Ihr Blick war der eines verzückten Mädchens angesichts des Geliebten.

Stimmen holten Libussa in die Gegenwart zurück. Im großen Saal musste man bereits aufgetischt haben, die Spiele und der Gesang hatten begonnen. Auf weichen Knien ging sie weiter. Es war ihr schon lange nicht mehr geschehen, dass derartige Bilder sie so deutlich heimsuchten. Und warum sollte Ludmilla Christin werden? Das ergab keinen Sinn. Libussa schüttelte die Erinnerung an die Gestalt in den dunklen Kleidern ab wie ein unbequemes Kleidungsstück, um sich ganz ihren Gästen zu widmen.

Kurz vor dem Korochun-Fest, bei dem die Wiedergeburt des Gottes Jarilo gefeiert wurde, erschien ein Bote aus dem Land der Polanen und brachte Nachrichten von Krok. Der Stammesführer war nach dem Erhalt von Libussas Nachricht über

Tyrs Machtergreifung sofort aufgebrochen, obwohl er bereits an einem Fieber litt. Der schnelle Ritt durch den Schnee, bei dem er sich kaum Schlaf gönnte, hatte seinen Zustand verschlimmert. Schließlich zitterte er ohne Unterlass und begann, wirr zu reden. Da er sich nicht mehr auf dem Pferd halten konnte, zogen einige seiner Krieger los, um Hilfe zu suchen. Zum Glück stießen sie schon bald auf eine Festung, wo der Stammesführer aufgenommen und gepflegt wurde. Lange war sein Zustand ernst gewesen, doch mittlerweile schien er außer Gefahr, wenn auch sehr geschwächt. Die dortige Heilerin wollte ihn nicht ziehen lassen. Libussa gab dem durchfrorenen Boten einige Tage Zeit, sich auszuruhen, aber dann schickte sie ihn wieder zu Krok, um dem Stammesführer auszurichten, Tyr sei bereits so gut wie geschlagen. Der Onkel sollte seine Krankheit ausheilen, bevor er die Reise fortsetzte. Sie hasste Lügen, doch wem würde es nützen, wenn Krok sich auf dem Weg nach Chrasten den Tod holte?

Indessen begann sie mit den Vorbereitungen für das Korochun-Fest. Essen und Getränke mussten ausreichend zur Verfügung stehen, da die Zahl der Gäste bei dieser Gelegenheit wohl noch ansteigen würde. Falls das Wetter es nur irgendwie zuließ, war mit der Anwesenheit aller fürstlichen Clans zu rechnen. Die Schamanen halfen ihr beim Lernen aller Gesänge und Gebetssprüche. Gefolgt von diesen auserwählten Männern des Volkes, würde sie zu der Statue des doppelköpfigen Veles schreiten, um ihren Dank für sein erfolgreiches Werben um die Göttin Mokosch zu zeigen. Indem Veles, der Gott der feuchten, kalten Unterwelt, die Sonnengöttin in sein Reich lockte und zusammen mit ihr Jarilo zeugte, vollzog sich der jährliche Wandel der Natur. Jarilo brachte die Erdgöttin Morana, die im Winter zur unfruchtbaren Greisin geworden war, zu neuem Erblühen. Durch ihn kam der Frühling in das von Eiseskälte geplagte Land. Sobald die Tage lang und heiß wurden, feierten Jarilo und Morana die heilige Hochzeit beim Kupala-Fest, was eine gute Ernte ermöglichte. Morana war ebenfalls ein Kind der Sonnengöttin, doch war sie mit dem Himmelsgott Perun gezeugt worden. Beide Götter, der Herr des Himmels und der Herr der Unterwelt, stritten um die Gunst der strahlenden Mokosch, die sich bei Tagesanbruch Perun und in der Abenddämmerung Veles zuwandte. Erst die Vereinigung der Nachkommen dieser zwei mächtigen männlichen Götter konnte Frieden über das Land bringen, Ruhe vor Donner und Sturm, bis zu dem Augenblick, da Morana Jarilo tötete und dadurch wieder in die Unterwelt verstieß. Dann verwandelte sie sich erneut zur Todesgöttin. Der Winter kam ins Land. Dies war der ewige Kreislauf, der die Welt zusammenhielt, fest und unabänderlich, so wie die alten Sitten von Libussas Volk. Diesmal erleichterte es sie, ihre Aufgaben als Hohe Priesterin zu erfüllen, Teil eines Ganzen zu sein, das seit Menschengedenken Bestand hatte. Wie sollte Tyr, ein einziger Mann, es schaffen, eine uralte Ordnung aus den Angeln zu heben, die auch Olgas Familie zu den Fürsten der Lemuzi gemacht hatte? Jetzt hatte er nicht einmal mehr Ludmilla in seiner Gewalt, die seine Herrschaft hätte legitimieren können.

In schwere Felle gehüllt stand Libussa vor dem Schrein, sprach ihre Gebete und tötete die Opfertiere. Der Wind blies eisig über den Hügel. Auch die hölzerne Umzäunung des Schreins vermochte ihn kaum aufzuhalten. Sie wusste, dass alle Anwesenden ihr dankbar sein würden, wenn sie die Zeremonie schnell vollzog.

Danach begann das Fest auf Chrasten. Radka von den Lukanern saß wieder mit an der großen Tafel und beteiligte sich an den Würfelspielen. Lecho wich nicht von Irinas Seite, und die Leitmeritzer-Fürstin blickte zwar mürrisch drein, schwieg aber. Libussas Zurechtweisung musste Wirkung gezeigt haben. Im Hintergrund erklang das laute Lachen der Krieger, die mit den Mägden schäkerten. Es schien, als versuchten alle, die unsichere Lage einen Abend lang zu vergessen. Mit jedem leeren Krug von Met oder Wein wurde der Gesang vieler Anwesender lauter und unmelodischer.

Libussa spürte irgendwann wieder das bekannte Stechen hinter ihren Augen. Sie hätte sich gern zurückgezogen, bevor der Kopfschmerz sie endgültig überwältigte, aber es wäre ein Bruch mit den guten Sitten gewesen, ihre Gäste jetzt allein zu lassen.

»Hast du Neuigkeiten von deiner Schwester Thetka, Fürstin Libussa?«, vernahm sie plötzlich die Stimme Hostivits von den Zlicani. Seufzend wandte sie sich ihm zu. Warum musste er sie während des Fests mit einer so unangenehmen Frage behelligen?

»Nein, aber der Schnee macht es ihr sicher unmöglich zu reisen. Sobald Jarilo Morana zu neuem Leben erweckt, wird sicher ein Bote aus Zabrusany eintreffen«, erwiderte sie so überzeugt wie möglich.

»Was ist, wenn deine Schwester nicht wiederkehrt? Wenn sie bereits in Tyrs Gewalt oder gar tot ist? Der Frühling kann auch Krieger aus Zabrusany nach Chrasten bringen. Solange Schnee liegt, kommen die Mähren Tyr nicht zu Hilfe. Das müssen wir ausnützen.«

Sie nickte und nahm einen weiteren Schluck Wein.

»Sollten die Mähren in unserem Land auftauchen, um Tyr zu helfen, müssen wir ihnen nur sagen, dass die rechtmäßige Fürstin der Lemuzi bei uns ist und nichts von Tyr wissen will. Dann hat er keinerlei Ansprüche auf Zabrusany. Auch die Mähren kennen unsere alten Sitten. Ludmilla ist die rechtmäßige Nachfolgerin. Nur als ihr anerkannter Gefährte könnte Tyr von Bedeutung sein.«

Hostivit von den Zlicani widersprach nicht, doch sie konnte Zweifel in seinem Blick erkennen. Jene Gedanken, die auch sie selbst manchmal plagten. Was, wenn es den Mähren nicht auf rechtmäßige Nachfolge ankam, weil Tyr sie durch Versprechungen für sich gewonnen hatte?

Sie beschloss, nicht weiter darüber nachzudenken. Hatte ihr die Priesterin der Kelten damals nicht gesagt, wie wichtig es sei, das Warten zu lernen? Im Augenblick schien es ihr die schwerste Prüfung, die ihr von den Göttern je auferlegt worden war.

Sie merkte, wie ihr die Augen zufielen, und schüttelte sich. Vielleicht sollte sie an dem Würfelspiel teilnehmen, um sich abzulenken, aber sie hatte nie Freude daran gefunden und außerdem hätte sie sich dann in Slavoniks Nähe begeben müssen. In letzter Zeit saß er sehr oft mit den Lemuzi-Brüdern zusammen und sie führten angeregte Gespräche.

Libussa drohte endgültig einzunicken, da hörte sie den Ruf des Dieners. »Herrin, deine Schwester ist hier.«

Sie zwang sich, ihren müden Blick durch den Saal schweifen zu lassen. Kazi hatte offenbar den Vorzug, dass sie keine öffentliche Rolle einnahm, ausgenutzt und war wieder zu ihren Tieren verschwunden, denn sie mochte die Gegenwart allzu vieler Gäste nicht. War sie auf einmal zurückgekommen? Aber warum wurde sie dann angekündigt?

Wieder schob sich ein Bild vor Libussas Augen. Sie sah die Klinge eines Messers in eine menschliche Kehle schneiden wie bei einem Tier, das geschlachtet wurde. Blut sprudelte hervor, wuchs zu einem reißenden Fluss heran, bis sie fürchtete, in ihm zu ertrinken. Das eben verzehrte Essen stieg widerspenstig in ihrer Kehle hoch, sie würgte, bis das Rot um sie herum plötzlich wieder verschwand.

Als Libussa den Saal erneut wahrnehmen konnte, stand Thetka in ihrer ganzen Größe vor ihr. Sie trug ein buntes üppig verziertes Gewand, das einmal Olga von den Lemuzi gehört hatte. Ein Gürtel, an dem ihr Dolch hing, hielt es zusammen, doch es saß immer noch lose an ihrem Körper. Libussa ahnte, dass ihre Schwester in Zabrusany nichts Besseres zum Anziehen für den großen Auftritt gefunden hatte. Und diesen Augenblick hatte sie ganz bewusst gewählt. Das Korochun-Fest, bei dem alle fürstlichen Clans versammelt waren.

Eine Gruppe von Kriegern stand hinter Thetka. Die drei Vertrauten, die mit ihr losgezogen waren. Doch im Hintergrund erkannte Libussa Vojmir, einen der Angreifer aus dem Wald. Er trug gemeinsam mit einem anderen Mann eine Bahre. Die Gruppe baute sich triumphierend vor den Gästen auf.

»Tyr ist tot. Wir bringen seinen Leichnam«, verkündete Thetka mit lauter Stimme.

Die Bahre wurde in die Mitte des Saales gebracht und Libussa schauderte. Tyr war jener Mensch, der wie ein Tier geschlachtet worden war. Mit halb aufgerissenem Mund lag der Nordmann in seinem Blut. Entsetzt und angewidert wandte sie sich von diesem Anblick ab. War das der Preis ihres Sieges? Konnte sie die alte Ordnung nicht wahren, ohne zu morden?

Das Jubeln der Gäste tat ihren Ohren weh. Sie sah, wie Thetka ihre Arme in die Höhe hob. Rufe der Freude und Anerkennung hallten durch den Saal.

»Ich kam zu ihm als Gesandte. Mir fiel sofort auf, dass ich ihm gefiel. Also ließ ich ihn nach mir lechzen.«

Gelächter und Klatschen machten sich breit. Thetka schwang ihre Hüften. »Ich habe ihm allerhand versprochen. Dass er mein Gefährte werden könnte und wie wir gemeinsam herrschen würden. Aber grobschlächtige Männer gefallen mir nicht. Also sah ich mich anderweitig um. Es fand sich ein Krieger nach meinem Geschmack.«

Sie streckte die Hand aus und ein großer muskulöser Mann aus ihrem Gefolge trat vor. Sein Haar schien so weiß wie das eines Greises, aber er musste jünger sein als Thetka, denn er hatte ein knabenhaftes, unfertiges Gesicht. An seinen Augen fehlten scheinbar die Wimpern, doch vermutlich waren sie nur so blass wie seine Augenbrauen und deshalb nicht zu sehen. Libussa dachte an die Fuchsfelle aus dem Land des ewigen Frosts. Waren auch die Menschen dort silbrig-weiß?

»Das ist Eric! Zusammen mit ihm schaffte ich den Unruhestifter aus dem Weg.« Mit einer besitzergreifenden Geste zog

Thetka den Jungen an sich heran. Er grinste. Seine Lage schien ihm nicht zu missfallen, denn er musterte seine Begleiterin mit leuchtenden Augen.

Thetka ließ sich an ihrem angestammten Platz nieder, wo die anwesenden Gäste sie sogleich umringten. Libussa lauschte der stolzen Stimme ihrer Schwester, die ihre Geschichte nun nochmals ausführlicher schilderte: »Kurz nachdem ich ankam, begannen die heftigen Schneefälle. Das war gut, denn ich hatte einen Grund, länger zu bleiben. Ich gab vor, Tyr unsere Sitten und Bräuche erklären zu wollen, die er als neuer Stammesfürst natürlich kennen sollte. Er hörte zu und dachte, er könne mich so täuschen, aber mir waren seine lüsternen Blicke aufgefallen. Ich machte ihn heiß und ließ ihn zappeln.«

Es erleichterte Libussa, dass Ludmilla nicht im Raum war, um sich diese Geschichte anhören zu müssen. Jener Mann, unter dessen wuchtigem Körper sie hilflos gelegen hatte, war angeblich von den Verführungskünsten einer anderen Frau umgarnt und zum Narren gehalten worden.

»Indessen hörte ich mich um«, fuhr Thetka fort. »Verbündete waren schnell gefunden, denn Tyr verstand es nicht, sich beliebt zu machen. Der Geschickteste und Mutigste von ihnen war Eric, der seinen grausamen Herrn ins Totenreich schickte!«

Wieder ertönten Jubelschreie. Das Gesicht des Knaben färbte sich dunkelrot und er grinste verlegen. Dabei musterte er Thetka, als sei sie ein kostbares Geschenk der Götter. Wie es gerade ihm zugefallen sein konnte, vermochte er wohl nicht ganz zu verstehen.

Bis zum Morgengrauen dauerte die Feier von Thetkas siegreicher Heimkehr, und die Mägde mussten immer wieder neue Krüge anschleppen. Nach einer Weile gab Libussa den Befehl, man möge Tyrs Leichnam aus dem Saal schaffen. Sie wollte ihn verbrennen lassen, um seine Seele zu befreien. Kvetas Schauergeschichten über wiederauferstandene herumirrende Tote, welche die Lebenden plagten, hatten ihre Wirkung hinterlassen. War auch der Gottessohn der Christen ein solcher Fall gewesen, als er seinen Anhängern nach einem qualvollen Tod wieder erschien?

Schließlich waren die meisten Gäste entweder schlafen gegangen oder an der Tafel eingenickt. Thetka hatte sich von den Mägden Brot und Schinken bringen lassen. An Erics Schulter gelehnt verzehrte sie genüsslich ihr Morgenmahl. Libussa setzte sich an ihre Seite. »Ich danke dir, Schwester. Du hast uns von einer großen Gefahr befreit.«

Zum ersten Mal seit Wochen entbehrte Thetkas Blick jeder Feindseligkeit. Sie hatte ihren Triumph gehabt und schien mit dem Schicksal versöhnt.

»So groß war sie vielleicht gar nicht«, meinte sie schulterzuckend. »Ich glaube, das mit den Mähren hatte Tyr sich ausgedacht, um uns einzuschüchtern. Er war ein Fremdling und ein Abenteurer. Eric erzählte mir, seine eigenen Leute hätten ihn verbannt, weil er immer wieder gegen ihre Gesetze verstieß. Warum hätten die Mähren einem wie ihm vertrauen sollen?«

»Trotzdem hast du dein Leben aufs Spiel gesetzt. Sag mir, Thetka, hattest du wirklich keine Angst, derart mit Tyr zu spielen?«

Ein spöttisches Grinsen erschien auf den Lippen der Schwester. »Ich will dir einmal etwas verraten, du gutgläubiges Geschöpf. Ich hatte fürchterliche Angst. Aber ich verhielt mich wie ein Krieger. Ich unterdrückte sie. Und manchmal, da war die Gefahr richtig aufregend.« Sie biss genüsslich in ihr Brot.

»Ich selbst hätte mich niemals so verhalten können. Es ist gut, dich an meiner Seite zu wissen.«

Die Freude, die sie über ihre Versöhnung mit Thetka empfand, musste ihr aus den Augen gesprochen haben, denn eine Weile wirkte die ältere Schwester verlegen.

»Nun lass gut sein, Libussa. Du willst wissen, was mit deinem Bauern ist, nicht wahr? Schließlich habe ich ja gesehen, wie er vor allen Leuten dein Händchen tätschelte. Ich hätte ihn dafür umarmen können, denn Slavonik blickte drein, als hätte ihm jemand die Suppe versalzen.«

Sie kicherte. Libussa saß völlig regungslos. Sie hatte nicht gewagt, gleich zu fragen, denn Thetka hätte wütend werden können, da ihr das Thema unwichtig erschien. Die Schwester schien sie viel besser zu kennen, als sie angenommen hatte.

»Nun, was ist mit Premysl?«, flüsterte Libussa.

»Also«, begann Thetka nach einem kurzen Schweigen, »zunächst sah es ziemlich übel für ihn aus. In der Nacht, als er zu uns kam, hatte Tyr wieder Suchtrupps losgeschickt. Die Spürhunde mussten Ludmillas Geruch schließlich gewittert haben, denn Tyrs Männer drangen in Premysls Hütte ein und stellten dort alles auf den Kopf. Dummerweise entdeckten sie auch ein Loch im Boden, das groß genug war, ein Mädchen darin zu verstecken. Dann prügelten sie die alte Frau, doch sie sagte ihnen nichts. Sie hörten nicht auf, sie zu schlagen, bis sie sich irgendwann nicht mehr rührte.«

Thetka verstummte einen Augenblick und wich Libussas Blick aus.

»Die Tochter, na ja, von der konnten sie natürlich nichts erfahren. Angeblich wollten sie sie auch nicht töten. Sie versuchte aber wegzulaufen. Dabei stürzte sie unglücklich und fiel mit dem Kopf auf einen Stein. So hat Eric es mir erzählt. Er beschloss übrigens in genau dieser Nacht, sich von Tyr abzuwenden, da es ihm der Gewalt zu viel wurde. Er ist ein netter Junge, das musst du mir glauben.«

Libussa nickte. Ihr Kopf fühlte sich an wie von Nägeln durchbohrt. Premysls Familie war wirklich in Gefahr gewesen, während sie geglaubt hatte, er suche nur eine Entschuldigung, um möglichst schnell wieder abreisen zu können!

»Als Premysl zurückkam, da warteten sie schon auf ihn«, unterbrach Thetka diese Gedanken. »Sie schleppten ihn nach Zabrusany. Dort verfuhren sie mit ihm wie mit seiner Mutter. Auch er verriet ihnen nichts. Es war sein Glück, dass ich selbst bald in der Festung auftauchte. Ich erwähnte natürlich nicht, dass Ludmilla inzwischen in Chrasten war. Außerdem deutete ich an, dass du wohl eine ziemliche Schwäche für diesen Bauernjungen hast. Und da Tyr kein völliger Dummkopf war, ließ er ihn leben, um so ein Druckmittel gegen dich in der Hand zu haben. Premysl durfte aber die Festung nicht verlassen, was übrigens ein Vorteil für mich war. Dein Bauer ist ein schlaues Kerlchen. Er half mir, indem er mir die Namen jener Krieger verriet, die mit Tyrs Herrschaft am unzufriedensten schienen. Schließlich ließ er ein Schlafmittel in die Festung schmuggeln, das angeblich irgendwelche keltischen Freunde von ihm gebraut hatten. Nur so konnten wir den bärenstarken Tyr aus dem Weg räumen. Eric hätte es niemals geschafft, ihn zu töten, wäre er bei Bewusstsein gewesen.«

Also war eigentlich Premysl der Held, überlegte Libussa. Eric hatte lediglich einem schlafenden Mann die Kehle durchgeschnitten. Sie verspürte Bitterkeit, aber sie wusste auch, wie Premysl es gehasst hätte, im großen Saal angestarrt und bejubelt zu werden. Er hatte wenigstens eine Gelegenheit gefunden, seine Familie zu rächen, doch nun war er allein. Hatte er damals, als er Ludmilla brachte, spüren können, wie sehr auch Libussa selbst ihm misstraute?

»So, und jetzt lass mich raten, was du noch wissen möchtest.« Thetka nahm einen weiteren Schluck Met. Sie hatte wohl schon sehr viel davon getrunken, denn sie lallte etwas beim Reden.

»Du möchtest wissen, warum dein Bauernjunge nicht meinem Gefolge hinterherlief, um so schnell wie möglich bei dir zu sein.«

Libussa ahnte, warum er es nicht getan hatte. Er war verletzt gewesen über ihr kühles, abweisendes Verhalten bei seinem Fortgehen.

»Ich kann dir drei gute Gründe nennen«, fuhr Thetka fort. »Zunächst einmal ist er nach all diesen Vorfällen auf Tyrs Krieger nicht gut zu sprechen, auch wenn sie jetzt die Seiten gewechselt haben. Warum ihnen also folgen wie ein Hündchen? Zweitens hat er mitbekommen, dass du Fürstin bist. Und drittens ist er ein Bauer, der sich Lumpen um die Füße wickeln muss, da er keine Stiefel besitzt. Also an seiner Stelle käme ich auch nicht bei dir angerannt, ohne mich vorher wenigstens vorteilhafter anziehen zu können.«

Libussa hörte sich lachen, trotz ihrer Tränen. Sie hatte vergessen, wie befreiend Thetkas Gegenwart sein konnte. Thetka legte ihr einen kurzen Augenblick den Zeigefinger auf die Hand. »Du bist schon ein seltsames Geschöpf, Libussa. Siehst deine eigenen Vorteile nicht. Unsere Mutter verstand, mit Männern umzugehen, und ich glaube langsam, dass ich es von ihr gelernt habe. Aber du vernarrst dich in einen Bauern, obwohl der unwiderstehliche Slavonik dich anschmachtet, und nun sitzt du da wie das ewige Leiden. Natürlich wagt er es nicht, sich dir jetzt aufzudrängen. Aber jeder damals im großen Saal hat gemerkt, wie er dich ansah. Reiche ihm einen Finger deiner zarten Hand und er wird fester zupacken, als du dir denken kannst. Bauern sollen ja einen kräftigen Griff haben, aber das kannst du mittlerweile sicher besser beurteilen. Wie du das Onkel Krok schmackhaft machst, sei dir überlassen.«

Thetkas einfache Sicht der Dinge war befreiend. Libussa hatte das Gefühl, als sähe sie in einem finsteren Raum plötzlich einen Fackelschein. »Du meinst, ich soll zu ihm gehen?«

»Ja, aber nicht jetzt gleich, Schwesterchen. Vergiss nicht, dass du Fürstin bist. Gerade erst wurde ein gefährlicher Feind geschlagen. Du musst diesen Sieg gebührend feiern. Wenn du gleich davonläufst, um dich irgendeinem Bauernjungen in die Arme zu stürzen, machst du dich lächerlich. Und es hat noch keinem Mann geschadet, eine Weile auf sein Mädchen zu warten.«

Libussa lachte nochmals. Am liebsten wäre sie auf der Stelle abgereist, aber sie erkannte die Wahrheit in den Worten ihrer Schwester. Eine Fürstin hatte ihre Pflichten.

»Lass uns zu Bett gehen, Thetka, sonst schlafen wir hier im

Sitzen ein. Wecke deinen Eric, und wir gehen auf unsere Kammern.«

Eric folgte ihnen schlaftrunken. Auch Thetka fiel es mittlerweile schwer, gerade zu gehen. »Weißt du, kleine Schwester«, lallte sie, »eigentlich bin ich ganz froh, nicht selbst Fürstin zu sein. Ich tue gern, was mir gefällt. Eine Fürstin darf sich keine Fehler erlauben, das ist sicher anstrengend. Sie haben dich gewählt, weil du so schrecklich pflichtbewusst bist. Aber mir scheint, ich muss manchmal auf dich aufpassen, weil du dich oft ungeschickt anstellst.«

Libussa konnte nicht widersprechen. Thetkas Geschick im Umgang mit Menschen fehlte ihr.

»Und außerdem«, murmelte Thetka, die jetzt mit dem Schluckauf kämpfte, »finde ich es gut, dass du Slavonik nicht magst. Ich freue mich schon auf den Moment, wenn du hier mit deinem Bauern auftauchst. Beim Licht der Mokosch, das hoffentlich bald wieder strahlen wird, dann möchte ich mal sehen, ober er immer noch so ein eingebildetes Gesicht macht!«

Den nächsten Tag verschliefen die meisten Gäste, es wurde ohnehin kaum hell. Dann ließ Libussa Tyrs Leichnam öffentlich verbrennen, und die Siegesfeiern wurden fortgesetzt. Thetka, nun frisch frisiert und in eines ihren eigenen Gewänder gekleidet, das ihre Figur vorteilhafter zur Geltung brachte, strahlte noch einige Tage im Licht der allgemeinen Aufmerksamkeit. Eric hing an ihr wie ein Schatten. »Ich folgte Tyr, weil er mein Herr war«, erzählte er Libussa eines Abends beim Gelage. Er beherrschte die Sprache der Behaimen einigermaßen, doch klang sie aus seinem Mund leicht hölzern. »Überall, wo wir uns verdingten, schlug uns bald Hass entgegen, und dann vertrieb man uns. Das wäre wahrscheinlich auch dort geschehen. Aber jeder Mann sehnt sich irgendwann nach einem Zuhause. Und dazu gehört eine Frau.«

Libussa nickte. Der Junge schien gutmütig, und er betete

Thetka an. Sein wohlgeformter Körper versöhnte ihre Schwester vermutlich mit der Tatsache, dass Eric wohl nicht der Allerschlauste war. Doch nur mit einem solchen Mann würde Thetka auf Dauer auskommen. Eine Verbindung zwischen ihr und Slavonik, das wäre, als sperrte man einen Jagdhund mit einer Wildkatze zusammen.

Als allmählich wieder Alltag einkehrte und sich die Gemüter beruhigt hatten, schien es Libussa an der Zeit, die Nachfolgeregelung bei den Lemuzi anzugehen. Ludmilla hatte sich wie bisher meist in ihrer Kammer aufgehalten. Manchmal besuchten ihre Brüder sie dort, doch das Verhältnis unter den Geschwistern schien nicht gerade herzlich.

Nun hatten sich alle wieder im großen Saal versammelt. Diesmal, auf Libussas ausdrücklichen Wunsch, war auch Ludmilla anwesend. Leichenblass und still saß sie im Hintergrund. Nach einigem Murren hatte selbst Kazi versprochen zu erscheinen.

Libussa begrüßte die Gäste in aller Form und hob wieder den Stab der Fürstin, um anzudeuten, dass nun etwas Wichtigeres als eine weitere Feier stattfinden sollte. Alle Blicke waren auf sie gerichtet, als sie zum Reden ansetzte. »Nun, da Tyr besiegt ist und wieder Frieden in unseren Ländern herrscht, muss dafür gesorgt werden, dass er erhalten bleibt. Olga von den Lemuzi ist tot. Ihre Familie wird in Zabrusany angemessen um sie trauern können. Doch es ist bisher nicht geklärt, wer ihre Nachfolge antreten soll.«

Sie machte eine kurze Pause, um die Wirkung ihrer Rede abzuwarten. Einige Blicke waren nun auf Ludmilla gerichtet, die in sich zusammensackte. Vojtan schüttelte den Kopf und flüsterte Neklan etwas ins Ohr.

»Olgas Tochter Ludmilla ist nicht willens, die Rolle ihrer Mutter einzunehmen. Das hat sie mir persönlich gesagt, und wenn sie möchte, kann sie dies hier nochmals wiederholen.«

Aber Ludmilla wollte nicht sprechen. Sie beschränkte sich auf ein Nicken.

»In diesem Fall können wir entsprechend den Wünschen Olgas handeln. Sie plante, ihre Söhne Vojtan und Neklan gemeinsam über Zabrusany und das Gebiet der Lemuzi herrschen zu lassen. Wenn die beiden es für ratsam halten, können sie sich das Land auch aufteilen. Diese Absprache sollten sie untereinander treffen und uns anschließend mitteilen, wie sie sich entschieden haben.«

Libussa richtete ihre Augen abwartend auf Olgas Söhne. Vojtan wirkte in der Tat erleichtert. Nur Neklan blickte weiterhin mürrisch drein. »Das entspricht nicht unseren Sitten. Ludmilla ist die Mutter ihres Landes. Ihre Brüder können ihr dabei nur zur Seite stehen«, warf Lecho ein. Radka nickte zustimmend.

»Manchmal, wenn die Umstände es erfordern, muss mit einigen Sitten gebrochen werden«, erklärte Libussa entschieden. »Warum ein Mädchen zu einer Aufgabe zwingen, der sie sich nicht gewachsen fühlt? Bei den Zlicani wurde ebenfalls eine Ausnahme gemacht.«

»Das ist nur eine vorübergehende Lösung«, kam es erneut von Lecho. »Es gab damals kein erwachsenes Mädchen. Hostivits Schwester ist noch ein kleines Kind. Sobald sie alt genug ist, wird er abtreten.«

Die Blicke der Gäste wanderten nun zu dem Zlicani-Fürsten. Er nickte, wenn auch etwas zögernd. Libussa hatte das unangenehme Gefühl, dass er eines Tages Schwierigkeiten machen würde. Aber bis dahin war noch viel Zeit.

»Zwei männliche Herrscher, das bringt die Nachfolgeregelung nur durcheinander«, rief Radka. »Wer soll ihnen folgen? Bei einer Frau steht die Blutsverwandtschaft mit ihren Kindern außer Frage. Aber wie soll man Vaterschaft beweisen? Am Ende fängt man hier noch an, uns Frauen einzusperren und ständig zu bewachen, wie es die Römer und Christen tun. Das ist gegen den Willen der Götter. Der Leib einer Frau ist frei wie der Moranas, unserer Erdgöttin.«

Ihre Worte sorgten für lautes Gemurmel. Es gab zustimmende Rufe, auch unter den Männern, doch aus manchen Gesichtern sprach Zweifel.

»Wie konnten die Römer fast die ganze Welt erobern, wenn sie gegen den Willen der Götter verstießen?«, kam es aus den hinteren Reihen.

Nun wurden die Stimmen lauter und zorniger. Libussa hob erneut ihren Stab. Als das nichts nützte, schlug sie mit der Hand auf den Tisch, wie sie es bei Premysl gesehen hatte.

»Es geht jetzt nicht um die Römer! Wir wissen wenig von ihnen, nur was Reisende und Sänger uns erzählt haben. Lasst uns in Frieden die Nachfolge der Lemuzi regeln.«

Sie war zufrieden mit sich. Ihre Stimme hatte durch den Saal gehallt und die Anwesenden zum Schweigen gebracht. »Wenn Ludmilla ihre Rechte an ihre Brüder abtreten will, gibt es keinen Grund, sich dem in den Weg zu stellen. Die spätere Nachfolge können wir beizeiten regeln. Es ist möglich, dass Ludmilla Kinder gebiert, die nach ihren Brüdern herrschen können. So bleibt das Gesetz der Blutsverwandtschaft gewahrt.«

Libussa sah, wie Ludmilla sanft den Kopf schüttelte. Sie hatte nicht vor zurückzukehren. Aber im Augenblick, fand Libussa, gab es wichtigere Dinge, über die sie sich den Kopf zerbrechen musste.

Nun kam kein Widerspruch mehr. Selbst Lecho hatte wohl eingesehen, dass er auf verlorenem Posten kämpfte. Einige Krüge wurden zu Ehren von Vojtan und Neklan erhoben, die nun beide zufrieden aussahen. Libussa wartete einen Augenblick, bevor sie mit ihrer Rede fortfuhr. Dieser Teil war ihr der wichtigste. Sie hatte lange murmelnd an ihrem Webstuhl gesessen, um sich jeden Satz genau einzuprägen.

»Es gab eine Zeit, da wir alle gleich waren und unsere Leute sich nur manchmal Anführer wählten, wenn die Zeiten es erforderten. Doch wir lernten mit den Jahren, dass jedes Volk Herrscher braucht, um für sein Wohl zu sorgen und es vor Angriffen zu schützen. Doch wir alle, die hier jetzt versammelt sind, sollten niemals vergessen, worin unsere Pflichten bestehen. Unsere Untergebenen versorgen uns mit den Früchten ihrer Arbeit. Dafür müssen wir ihnen Achtung zollen und sie gerecht behandeln. Es steht einem Fürsten nicht an, den Bauern ihre Vorräte zu rauben, sie grundlos zu misshandeln und so ihren Hass zu wecken. Unsere Ahnen waren Priesterinnen, die ersten Mütter unseres Volkes. Daher sollte unsere Herrschaft auch wie die einer wachsamen, gerechten Mutter sein.«

Ihre Zuhörer wirkten verwirrt und fragten sich, worauf sie hinauswollte. Allein Neklans Gesicht hatte sich wieder verfinstert, als wisse er genau, was jetzt kommen würde.

Sie sprach die Worte ohne Zögern aus: »Sollte mir zu Ohren kommen, dass jemand unter uns mehr Abgaben von den Bauern verlangt, als es die guten Sitten vorschreiben, dass jemand ihre Töchter belästigt oder jene straft, die auf ihren Rechten beharren, so werde ich ihn als Hohe Priesterin mit einem Bann belegen. Er darf dann nie wieder hier im großen Saal erscheinen, seine Rechte auf Herrschaft sind verwirkt. Und unser Stammesführer hat meine Zustimmung zu einem Angriff, damit sein fürstliches Amt einem Menschen übergeben werden kann, der seiner würdig ist. Sieht jemand der Anwesenden einen Grund, mir zu widersprechen, so rede er jetzt.«

Niemand sagte ein Wort. Lecho nickte anerkennend. Auf der Stirn des Zlicani-Fürsten meinte Libussa allerdings, unzufriedenes Stirnrunzeln zu erkennen. Vojtan rührte sich nicht. Aber dann hob Neklan plötzlich die Hand.

»Das ist lachhaft. Wir machen uns vor aller Welt zum Narren«, ertönte plötzlich eine laute Männerstimme, die nicht wie Neklans klang. Ein alter Mann in Lumpen war unerwartet in den Saal getreten. Sein Gesicht kam Libussa bekannt vor, doch zunächst wusste sie nicht, woher. Erst als er nahe an sie herangetreten war, erkannte sie den alten Gefährten jener verstorbenen Bäuerin, der ihrer Tochter die Erbschaft hatte abspenstig machen wollen. Er musste nach Chrasten zurückgekehrt sein. Ein starker Geruch nach Met ging von ihm aus.

»Ich war fahrender Händler und habe viele Länder gesehen«, fuhr er fort. »Überall sitzen kampferprobte Männer auf dem Fürstenthron. Sie haben ihre Krieger im Griff, weisen Aufwiegler in die Schranken und zögern nicht, zu den Waffen zu greifen, sobald Gefahr droht. Aber ihr Behaimen unterwerft euch einer zauberhaften Rusalka, die besser über taufrische Wiesen springen sollte, als hier den Stab eines Fürsten zu schwingen.«

Es gab einige Lacher, aber auch viele Rufe der Empörung.

»Schafft diesen unverschämten Bauerntrampel hinaus und verpasst ihm eine Tracht Prügel«, schrie Lecho zornig. Zwei seiner Krieger wollten den alten Mann packen, doch Slavonik fuhr dazwischen.

»Verrate mir, Lecho von den Lukanern, warum sollen wir einen Bauerntrampel hier im großen Saal anhören und den nächsten hinauswerfen? Sagte Libussa von den Cechen nicht gerade, wie viel Achtung wir den Bauern schulden?«

Das Lachen wurde lauter.

»Der erste Bauer hat wie ein vernünftiger Mensch gesprochen. Er beleidigte unsere Sitten nicht«, erklärte Radka. »Doch so wie dieser alte Mann dürfte auch ein Krieger oder Fürst sich nicht ungestraft äußern.« Ihre Rede sorgte für zustimmendes Gemurmel. Libussa atmete erleichtert auf. Die Worte des Mannes waren ein Schlag ins Gesicht gewesen.

»Er sprach ungehobelt, wie es eben die Art von Bauern ist«, erklang auf einmal die Stimme Hostivits von den Zlicani. »Aber ich finde, was er sagte, hat Hand und Fuß. Bedenkt, in welcher Gefahr wir bis vor kurzem schwebten. Die Götter waren uns gewogen und die Gefahr ging vorüber, ohne dass wir zu Schaden kamen. Doch was, wenn die Mähren Tyr tatsächlich zu Hilfe gekommen wären? Hätte ein liebenswürdiges Mädchen vermocht, ihn zu besiegen?«

Radka sprang zornig auf. »Was willst du damit sagen? Dass eine Frau nicht herrschen kann?«, rief sie. »Ich tue es schon eine ganze Weile. Meine Mutter tat es vor mir. Ich kann mich nicht erinnern, dass sich jemand beschwert hätte.«

»Du hast deinen Bruder an deiner Seite«, meinte nun Vojtan. »Er hilft dir, wenn es um Männersachen wie Kriege geht.«

»Willst du mich herausfordern, du aufgeblasener Schwätzer?«

Radka hatte ihren Dolch gezogen, doch Lecho legte ihr beruhigend seine Hand auf den Arm. »Das ist nicht der richtige Augenblick. In diesem Saal sollen keine Kämpfe stattfinden«, mahnte er. Dann schlug er mit der Hand auf den Tisch, um sich Gehör zu verschaffen.

»Libussa mag noch jung und unerfahren sein. Aber sie ist unsere Hohe Priesterin und Fürstin der Cechen. Das war der Wille der Götter. Sie hat die schwierige Lage gut gemeistert. Im Übrigen steht ihr der Stammesführer Krok zur Seite, so wie ich meiner Schwester Radka.«

»Krok ist dauernd auf Reisen. So wie jetzt im Land der Polanen. Er treibt sich in der Welt herum, um ständig mit jemandem zu verhandeln. Als wir in Gefahr schwebten, da war er nicht zur Stelle. Außerdem ist er nicht mehr der Jüngste. Neulich hätte ihn fast ein Fieber umgebracht.«

Slavonik, du Verräter, dachte Libussa. Aber sie wusste, dass Empörung jetzt nicht angebracht war. Sie musste ruhig bleiben und überzeugende Gründe für einen Widerspruch finden. »Unser Stammesführer will uns vor Angriffen schützen, indem er mit unseren Nachbarn verhandelt«, begann sie. »Dank ihm bekommen wir eine Ahnung, was jenseits unserer Berge in der Welt vorgeht. Ein Fieber kann auch einen jungen Menschen töten.«

»Aber meist sterben die Älteren früher«, mischte sich nun

auch Neklan ein. »Was ist, wenn wir Krok verlieren? Es gibt keinen Sohn bei den Cechen, der seine Nachfolge antreten könnte. Was hier fehlt, ist ein Mann mit Verantwortung. Libussa mag weiterhin den Titel der Fürstin tragen und unsere Hohe Priesterin bleiben. Doch es ist notwendig, dass sie sich baldmöglichst einen Gefährten nimmt.«

Nun nahm das zustimmende Gemurmel überhand. Libussa hielt sich am Tisch fest. Mauern schienen auf sie einzustürzen. Durch den Nebel ihrer Verstörtheit erblickte sie das Funkeln von Thetkas Augen. »Jetzt sag endlich etwas. Wehre dich!«, drängte sie.

Libussa hob den Kopf und sah direkt in Slavoniks triumphierendes Gesicht. Sie hatten es geplant. Alle zusammen. Vojtan, Neklan, Hostivit und wer weiß noch wie viele andere. Slavonik hatte die anderen Männer vermutlich dazu angestiftet. Sie sollten Libussa dazu drängen, ihn zum Gefährten zu wählen, obwohl der Gefährte einer Fürstin eigentlich nur in Ausnahmefällen Macht und Einfluss über ihr Volk besessen hatte. Doch sie vermutete, dass Slavonik und seine Anhänger meinten, es sei nun an der Zeit, dies zu ändern und sich den Sitten benachbarter Völker anzupassen, wo der Gemahl einer Fürstin der wahre Herrscher war. Kroks Abwesenheit und Libussas Mangel an Erfahrung kamen ihnen bei diesem Plan entgegen. Sie holte tief Luft. Jetzt galt es, sich geschickt zu wehren.

»In einer so wichtigen Angelegenheit möchte ich nicht auf den Rat und Beistand des Stammesführers verzichten«, begann sie, um Zeit zu gewinnen. »Sobald mein Onkel Krok wieder bei uns ist, können wir diese Unterhaltung fortsetzen.«

Sie sah erleichtert das zustimmende Nicken vieler Anwesender.

»Das wird vielleicht noch lange dauern«, mischte sich Hostivit wieder ein. »Wir haben gesehen, wie unerwartet die Gefahr über uns hereinbrechen kann. Wir brauchen hier baldmöglichst einen männlichen Anführer, der Krok in seiner

Abwesenheit vertritt. Nach unseren Sitten kann eine Frau ihren Gefährten frei wählen. Du brauchst die Zustimmung deines Onkels nicht, Fürstin der Cechen.«

»Aber ich hätte sie gern! Sein Urteil ist mir wichtig«, warf Libussa trotzig ein. Doch nun blieben die Gesichter um sie herum skeptisch. Slavonik lächelte sie spöttisch an, als er zu reden begann: »Du kennst deinen Onkel. Überlege einfach, was sein Wunsch wäre.«

Sie begriff, dass es wirklich ein Teil seines Plans war, Kroks Abwesenheit auszunutzen. Ihr Onkel wäre niemals einverstanden gewesen, dass sie so bedrängt wurde.

»Es verstößt gegen unsere Sitten, eine Frau, vor allem eine Fürstin, derart unter Druck zu setzen«, hörte sie erleichtert den treuen Lecho. »Lasst ihr Zeit, einen Mann nach ihren Wünschen zu finden.«

»Aber Libussa hat doch selbst gesagt, dass man manchmal mit den Sitten brechen muss«, murmelte Slavonik spöttisch.

»Du verdrehst auch jedem das Wort im Mund, du niederträchtiger Mistkerl«, rief Radka aufgebracht. Wieder hatte sie ihren Dolch gezogen, und diesmal vermochte Lecho sie nicht zurückzuhalten. Grinsend griff auch Slavonik zu seiner Waffe, während Thetka sich mit Eric an Radkas Seite drängte. Slavoniks Mutter, die Fürstin der Kroaten, gab ein paar ihrer Krieger ein Zeichen, sich zur Verteidigung ihres Sohnes bereitzuhalten. Wütende Schreie hallten durch den Saal. Ein Kampf stand unmittelbar bevor.

»Hört mich an!« Wieder schwang Libussa ihren Stab. »Ich achte euren Wunsch und will mir morgen einen Gefährten wählen. Nun steckt eure Waffen weg, denn bald ist es Zeit für das abendliche Festmahl. Ich werde mich zurückziehen und bitte meine Schwestern, mich zu begleiten. In einer so wichtigen Angelegenheit suche ich den Rat meiner Familie.«

Ein letztes Mal ließ sie ihren Blick über die Anwesenden schweifen. Die meisten blickten zufrieden drein. Nur in Neklans Augen erkannte sie ein triumphierendes Funkeln. Nun, er sollte seinen Fürsten der Cechen bekommen.

»Wie konntest du nur klein beigeben? Dir von den Kerlen vorschreiben lassen, wie du dich zu verhalten hast? Bist du von Sinnen, Libussa?«, rief Thetka empört und verpasste dem Schemel zu ihren Füßen einen Tritt. Kazi legte ihr beruhigend die Hand auf den Arm.

»Nun lass sie doch. Sie konnte nichts anderes tun. Es wäre sonst zu einem Kampf im großen Saal gekommen. Das muss eine Fürstin auf jeden Fall verhindern.«

»Also, wenn es jemand wagen würde, mich vor allen Leuten eine Rusalka zu nennen, die über die Wiesen tanzt, dann …«

»Dich würde niemand so nennen, keine Angst.« Kazi sagte immer, was sie dachte, wenn sie nicht gerade schwieg. Libussas Schwestern, die sonst kaum miteinander redeten, sprachen auf einmal über sie, als sei sie nicht anwesend.

»Wen soll sie denn bitte zum Gefährten nehmen? Schon bei der bloßen Vorstellung, dass dieser aufgeblasene Slavonik tagaus, tagein auf Chrasten sitzt, dreht sich mir der Magen um.«

»Du magst ihn nur nicht, weil er dich abgewiesen hat. Aber mach dir keine Gedanken, Thetka. Es ist nicht Slavonik, den Libussa zu ihrem Gefährten machen will.«

»Nicht Slavonik? Aber wer dann? Lecho schmachtet Irina von den Leitmeritzern an, wie hier schon jedem aufgefallen sein dürfte. Hostivit von den Zlicani hat bereits eine Gefährtin, und was Vojtan und Neklan betrifft, so … Kazi, du meinst doch nicht etwa diesen Bauern? Na, das ist gut! Das ist wirklich gut! Was werden die für Augen machen!«

Thetka war in schallendes Gelächter ausgebrochen.

»Ich fürchte, ganz so lustig wird man es im großen Saal nicht finden. Du musst mit Widerstand rechnen, Libussa«, erklärte Kazi. »Soweit ich denken kann, waren die Gefährten unserer Fürstinnen immer Söhne anderer Fürstinnen oder wenigstens Krieger.«

Libussa senkte den Kopf. Jenes Gefühl von Triumph, das sie vorhin bei Neklans Anblick überkommen hatte, war verflogen. Sie erinnerte sich, wie Ludmilla sie kurz ansah, als sie den Saal verließ und den Weg in ihre sichere Kammer einschlug. »Ich habe dich gewarnt«, hatten ihre Augen gesagt.

»Ich möchte Fehden verhindern«, erklärte Libussa nun mit heiserer Stimme. »Aber wie kann ich das? Ich werde auf keinen Fall ihren Wunsch erfüllen und Slavonik wählen.«

»Zeig ihnen die Zähne«, meinte Thetka, doch Kazi schüttelte den Kopf.

»Mit Sturheit lassen sich nicht alle Schwierigkeiten aus der Welt schaffen. Wir müssen uns etwas überlegen.«

Kazi nahm einen weiteren Schluck Wasser. Sie trank nur sehr selten Wein oder Met.

»Es gab da so ein altes Ritual. Die Kräutersammlerinnen der Kelten erzählen manchmal davon. Wahrscheinlich war es auch bei unseren Leuten einmal verbreitet, aber das muss lange her sein. Jedenfalls vermählte eine Königin oder Fürstin sich mit einem Mann aus dem Volk. Jedes Jahr von Neuem. Dabei nahm dieser Mann die Gestalt eines Hirsches an. Er musste sich zu der Mutter des Landes durchkämpfen und dabei einige Gefahren bestehen, damit er ihrer würdig war. Anschließend vollzogen beide die heilige Hochzeit, so wie Jarilo und Morana beim Kupala-Fest. Irgendwie hängt das alles zusammen, glaube ich.«

»Was soll all dieser Humbug mit alten Ritualen?«, murrte Thetka ungeduldig. »Ich habe einmal eine andere Geschichte gehört – von meiner Magd, die Langobardin ist, so wie die meisten der Germanen, die hier noch leben. Da jagte jedes Jahr eine graue Göttin einen jungen Mann in der Gestalt eines Hasen. Doch nachdem sie mit ihm die heilige Hochzeit vollzogen hatte, machte sie dem armen Häschen den Garaus.«

Kazi nickte. »Ja, so ähnlich hat man es mir auch erzählt. Der

Jüngling wurde am Ende des Winters geopfert. Er starb, damit das Land neu erblühen konnte. Das Ritual wurde dann erneut veranstaltet und die Königin fand einen weiteren Gefährten. Unsere Morana tötet Jarilo ja auch immer wieder. Wahrscheinlich wurde dieses Ritual allmählich abgeschafft, weil die Herrscherinnen Gefallen an ihren Hirschen oder Hasen fanden und sie verschonen wollten.«

»Das müssen Frauen wie du gewesen sein, Kazi, wenn sie ihre Tiere derart liebten«, meinte Thetka kichernd.

Libussa verstand nicht, warum ihre beiden Schwestern solche Geschichten lustig fanden. »Dieses Ritual klingt grausam«, murmelte sie.

»Der Jüngling starb freiwillig zum Wohl seines Volkes«, erklärte Kazi. »Soll der Gottessohn der Christen nicht etwas Ähnliches getan haben? Er scheint mir gar nicht einmal so neu, dieser christliche Glaube.«

»Darum geht es jetzt doch nicht! Wozu dieses Gerede über irgendwelche Rituale und den Christengott? Soll Libussa sich mit einem Hirsch oder Hasen vermählen?« Thetka lachte wieder, doch in Libussa stieg langsam eine Ahnung auf.

»Ein Mann aus dem Volk kam zu der Königin. Ich erinnere mich an solche Geschichten«, sagte sie. »Aber wir vollziehen dieses Ritual nicht, Kazi. Wenn wir es einmal taten, dann vor sehr langer Zeit.«

»In einer schwierigen Lage muss man manchmal auf alte Traditionen zurückgreifen«, erwiderte ihre älteste Schwester.

Nun wurde Thetka hellhörig.

»Ja, das könnte eine gute Idee sein«, begann sie. »Aber wie im Namen aller Götter soll Premysl sich in einen Hasen oder Hirsch verwandeln, der sich zu Libussa durchkämpft? Er kennt das Ritual wahrscheinlich gar nicht.« Auf Kazis Gesicht erschien ein Lächeln. »Ich habe noch von einer dritten Art dieses Rituals gehört«, sagte sie. »Da wurde ein Pferd losgeschickt, das die Gefolgschaft einer Hohen Priesterin zu dem von den Göttern auserwählten Jüngling führte. Meinst du nicht, dass Steka den Weg nach Staditz allmählich kennen sollte, Libussa?«

Libussas Gedanken wirbelten durcheinander. »Es ist eine lange Strecke. Ich habe einen ganzen Tag dazu gebraucht, manchmal auch länger, wenn Steka müde war. Ich bin immer schon kurz vor dem Morgengrauen aufgebrochen. Ja, ich denke, sie kennt den Weg, aber was ist, wenn sie sich trotzdem verläuft?«

»Dann bin ich gespannt, mit wem deine Gesandten dann hier ankommen«, meinte Thetka grinsend. Als aber ihre Schwestern diese Vorstellung nicht erheiternd fanden, wurde sie wieder ernst. »Man müsste ihr nachhelfen. Aber wie?«

Kazi fuhr sich mit der Hand über die Stirn. »Libussa soll sagen, dass sie noch etwas Zeit braucht, um sich für das Ritual vorzubereiten«, erklärte sie. »Sie muss fasten und zu den Göttern beten. In der Zwischenzeit reite ich noch einige Male mit Steka nach Staditz. Ich kann mit Tieren umgehen, mach dir keine Sorgen. Es würde auch nicht schaden, wenn Libussa noch einige Visionen von ihrem Zukünftigen hätte. Für den Fall, dass ihr Pferd unterwegs auf jemand anderen stößt.«

»Du kannst ja richtig schlau sein, Schwesterchen!«, rief Thetka anerkennend. »Lass mich raten: Diese dritte Art des Rituals, von der du sprachst, die hast du dir ausgedacht, nicht wahr?«

Kazi lächelte zufrieden. »Pferde gelten als heilig, vor allem eine weiße Stute wie Steka. Sie werden manchmal für Orakel eingesetzt«, fügte sie als Erklärung hinzu. Thetka nickte anerkennend.

»Aber wie soll ich die Versammelten im großen Saal von dieser Wahl meines Gefährten überzeugen?«, warf Libussa ein. »Neklan wird sofort durchschauen, was ich plane …«

»Ich denke, Kazi sollte im großen Saal sprechen«, antwortete Thetka. »Zunächst erklärt Libussa, die Götter mögen entscheiden, wer ihr Gefährte sein soll. Dann tritt Kazi auf und schlägt das Ritual vor. Sie gilt dank ihrer Heilkünste als weise Frau. Wenn es Proteste gibt, was sicher der Fall sein wird, dann mische ich mich auch noch ein. Ich glaube, Radka und Lecho von den Lukanern werden auf unserer Seite sein und auch viele andere, denn wer will sich dem Willen der Götter widersetzen? Nur Slavonik und die Lemuzi-Brüder haben einen guten Grund dazu. Und mit denen werde ich schon fertig.«

Libussa saß auf einem hohen Gerüst am Schrein der drei großen Götter Perun, Veles und Mokosch. Wieder zerrte die geflochtene Krone aus Zöpfen an ihrer Kopfhaut, doch sie war zu aufgeregt, um darunter zu leiden. Die keltische Priesterin hatte ihr erzählt, wie diese Rituale vor langer Zeit vollzogen wurden. Das zur Königin des Volkes gewählte Mädchen wartete im Wald. Ihr Körper war mit heiligen Symbolen bemalt und mit Fellen bedeckt. Dem Jüngling hatte man verschiedene Tränke gegeben, die ihn stärkten, denn er musste gegen Widersacher kämpfen, die ihm auflauerten. Schaffte er es bis ans Ziel, so war er der Auserwählte – für ein Jahr, doch mit der Zeit auch für länger, denn nicht jede Königin wollte ihren Geliebten opfern lassen. Angeblich zelebrierten die Kelten jetzt noch solche Rituale. Ob sie deshalb auch noch Menschen töteten? Darüber wollte die Priesterin nicht reden. Aber sie war nicht zornig gewesen, dass Libussa ein uraltes Ritual für ihre Zwecke einsetzte. Vielleicht, so meinte sie, sei Premysl tatsächlich als Libussas Gefährte bestimmt. Der Wille der Götter war unergründlich.

Libussa hatte ihre Schamanen bestellt, die Premysls Ankunft mit Gesängen und Tänzen feiern sollten. Es würde auch wieder ein Opfer an die Götter nötig sein. Glücklicherweise waren die Tage nun länger und der Schnee begann zu schmelzen. Sie würde gleich die Hochzeitszeremonie vollziehen, denn anschließend konnte die Verbindung nur von beiden Beteiligten in gegenseitigem Einverständnis aufgelöst werden. Kazi hatte ihr erzählt, dass auch einige Kelten aus dem Umland nach

Chrasten unterwegs waren, um das Wiederaufleben eines alten Rituals mitzuerleben. »Sie nennen dich jetzt ihre Königin. Das kann sicher nicht schaden«, meinte sie lächelnd. Doch Libussa fühlte sich wie eine Betrügerin.

Sie hatte tatsächlich gebetet und gefastet. Bohumil, der Älteste der Schamanen, sollte mit ein paar Kriegern aufbrechen. Libussa beschrieb das Dorf und die beiden Ochsen, die sie dort vorfinden würden. Einer mit einem weißen Kopf, der andere mit weißen Flecken von der Stirn über den Rücken und auch an den Hinterbeinen. All das hätte sie im Traum gesehen, erzählte sie und war erleichtert, dass sie nicht einmal log, denn nach dem Kupala-Fest hatte sie tatsächlich solche Träume gehabt. Sie erwähnte selbst den Fluss, an den sie abends mit Premysl gegangen war. Nur die Namen verschwieg sie. Nachdem sie ihren Segen als Hohe Priesterin erteilt hatte, zog die Gesandtschaft los. Libussa schloss die Augen und sah Premysls Gesicht. Wieder schien es ihr so vertraut, als wäre es schon immer ein Teil ihres Lebens gewesen. War es möglich, dass sie auch durch diesen Betrug den Wunsch der Götter erfüllte?

Ihren Plan auszuführen war einfacher gewesen als erwartet. Die meisten Anwesenden schienen erstaunt über ihren Vorschlag, doch wagten sie nicht, eine göttliche Entscheidung abzulehnen. Als Slavonik Bedenken äußerte, ob es vernünftig sei, auf diese Weise den Gefährten einer Fürstin zu wählen, wies seine tiefgläubige Mutter ihn vor allen Leuten zurecht.

Hostivit von den Zlicani schwieg, wenn auch mit einem abfälligen Grinsen. Vermutlich dachte er, dass nur ein unreifes Mädchen auf so eine Idee kommen konnte.

Allein Neklan wagte es, den Verdacht zu äußern, Libussa plane einen Betrug. Thetka setzte sofort zu empörten Protesten an und brachte die meisten der Anwesenden auf ihre Seite.

Einige Tage später teilte ihr Kazi, die wie verabredet nach Staditz geritten war, mit, dass Premysl bereit war zu kommen. Libussa fühlte sich von ihrer größten Sorge befreit. Zwar hatte sie nicht mehr an Premysls Gefühlen gezweifelt, aber es war möglich, dass er einen solchen Betrug ablehnen würde. Doch auch er erkannte die Notwendigkeit. Jetzt musste sie nur noch warten. Wieder einmal warten.

Sie trafen kurz vor Sonnenuntergang ein. Umringt von Libussas Gesandten ritt Premysl auf Steka, der weißen Stute. Es bereitete ihm keine Schwierigkeiten, sich im Sattel zu halten, obwohl er kaum Übung darin haben konnte. Man hatte ihm zum Anziehen eine bunte verzierte Tunika und den wollenen Umhang gebracht, den Libussa für ihn gewebt hatte, und darüber trug er Biberfelle, die ihn wärmten. Er sah nun nicht mehr aus wie ein Bauer. Nur seine Füße steckten noch immer in den mit Tuch umwickelten Bastschuhen. Libussa erkannte mit Schrecken, dass sie nicht an Stiefel gedacht hatte.

Libussa gab den versammelten Schamanen ein Zeichen, mit dem Gesang zu beginnen, und ihre hellen, klaren Männerstimmen füllten die eisige Luft. Sie stimmte ein und erhob sich, um die Gesandtschaft von ihrem Gerüst aus zu begrüßen.

»Das ist unglaublich!«, hörte sie Neklan rufen und sang lauter, um seine Stimme zu übertönen.

»Wer bei allen Göttern ist dieser Mann?«, kam es nun von Slavonik.

»Der Auserwählte der Götter, den wir zu unserer Fürstin und Hohen Priesterin bringen«, antwortete Bohumil, sichtlich verärgert über die Störung der Zeremonie.

»Aber das ist ein Bauer aus einem unserer Dörfer«, warf nun auch Vojtan von den Lemuzi ein. Er schien eher verwirrt als zornig.

»Die Wünsche der Götter mögen uns unverständlich scheinen, doch müssen wir uns ihnen fügen«, erklärte Bohumil entschieden. »Manchmal erwählen sie Menschen einfacher Abkunft für wichtige Aufgaben.«

Alle Anwesenden verstanden seine Anspielung. Die meisten

der Schamanen stammten aus dem Volk. Wenn sie durch seherische Begabung oder andere herausragende Fähigkeiten auffielen, brachten ihre Familie diese Jungen zur Hohen Priesterin, die entschied, ob sie in ihrem Gefolge Aufnahme fanden. Obwohl der höchste Dienst an den Göttern in den Händen einer Frau lag, sollten ihr Männer ihrer Wahl dabei zur Seite stehen.

Bohumils Worte brachten Vojtan zum Schweigen. Der Schamane führte Steka zu dem Gerüst. Libussa sah das spöttische Aufblitzen in Premysls Augen, doch als er vor ihr ankam, senkte er verlegen den Blick. Sie spürte das Gewicht der Silberohrringe. Zahlreiche Ketten aus demselben Material, mit Bernsteinen besetzt, hingen um ihren Hals. Nie zuvor hatte er sie als Hohe Priesterin gesehen.

»Sei gegrüßt, mein Auserwählter. Die Götter schicken dich«, sagte sie aufmunternd.

»Was bist du? Eine der Götterfiguren? Das alles hier kommt mir so unglaublich albern vor«, flüsterte er.

»Weil du ein ewiger Zweifler bist, der Rituale nicht ernst nimmt«, erwiderte sie mit ebenso leiser Stimme. »Jetzt hole mich endlich von dem Gerüst. Nimm das Schwert, das dir der Schamane reicht, und schwinge es über meinem Kopf. Sprich seine Worte nach. Schwöre mir Treue und Schutz. Wenn du noch länger wartest, bin ich ein Eiszapfen.«

Premysl tat, was sie verlangte, auch wenn er sich dabei sichtlich unwohl fühlte. Libussa hob die Tonscheibe der Hohen Priesterin. »Ich erfülle den Wunsch der Götter und vereine mich mit dir.«

»Das ist nicht der Wunsch der Götter«, hörte sie plötzlich Neklan rufen. »Das ist allein Libussas Wunsch. Sie kennt diesen Jungen. Regelmäßig hat sie sich zu ihm geschlichen wie eine läufige Hündin. Deshalb konnte sie das Dorf so genau beschreiben!«

Erschrocken hörte Libussa das verwirrte Murmeln der Anwesenden.

»Ist das wahr?«, zischte die Leitmeritzer-Fürstin, wohl immer noch verärgert, einst von Libussa zurechtgewiesen worden zu sein.

»Libussa ist Hohe Priesterin, irdische Vertreterin der Sonnengöttin Mokosch. Wer kann es wagen, ihr Urteil in Frage zu stellen?«, erwiderte Thetka lautstark, doch die Gesichter blieben misstrauisch.

»Diesen Bauern haben wir doch schon einmal gesehen«, mischte sich Slavonik wieder ein. »Er sprach im großen Saal. Libussa muss ihn kennen.«

Das Stimmengewirr wurde lauter. Mehrere der Anwesenden hatten Premysl erkannt und begannen, wild durcheinanderzureden. Selbst einige Schamanen wandten sich stirnrunzelnd von dem Gerüst ab. Neklan und die Leitmeritzer-Fürstin wetteiferten miteinander, um von Betrug und Täuschung zu erzählen, während Slavonik Libussa mit einem höhnischen Grinsen betrachtete. Sie fühlte das Hämmern ihres Herzens. Wie hatte sie jemals hoffen können, ein heiliges Ritual ungestraft zu missbrauchen? Ihr wurde schwindelig. Sie sah, wie Kazi unauffällig an Bohumil herantrat und mit ihm zu flüstern begann.

»Rede, Tochter der Sonne«, drang die Stimme des ältesten Schamanen gleich darauf durch den allgemeinen Aufruhr. »Sage uns, was dein Auserwählter tat, als wir bei ihm eintrafen?«

Libussas Atem setzte aus. Sie warf Premysl einen hilflosen Blick zu, doch er schien sich ebenso verloren zu fühlen wie sie selbst. Kazi hingegen lächelte aufmunternd.

»Gönnt ihr einen Augenblick der Ruhe«, ermahnte sie die Anwesenden. »Sie muss die Augen schließen.«

Libussa folgte der Aufforderung. Es war erleichternd, die aufgebrachte Menschenmenge nicht mehr sehen zu müssen. Ihr Atem wurde ruhiger und sie meinte, eine leise Melodie zu hören.

Dann tauchten die Hütten von Staditz vor ihr auf. Sie sah

Premysl beide Ochsen in den Stall führen und Stekas weißes Fell im dunklen Wald aufleuchten. Bald schon erschien Libussas Stute auf der Wiese vor den Hütten, gefolgt von den Pferden Bohumils und denen der Krieger. Premysl musste ihr Kommen bemerkt haben, denn er wandte sich um. In diesem Augenblick begannen die Ochsen zu laufen, offenbar erschrocken über die Fremdlinge, jagten über die Wiese und verschwanden hinter einem großen Felsen am Waldrand, als habe die Erde sie verschluckt. Premysl blickte ihnen verärgert hinterher, bevor er die Gesandten begrüßte. Er warf einen Ast, den er in der Hand hielt, auf den Boden. Dann ging er auf Bohumil und die Krieger zu. Doch der Ast bohrte sich in die winterliche Erde und wuchs zu einem Strauch heran.

»Sei gegrüßt, Fremder. Wir kommen, dich als Auserwählten der Götter zu unserer Fürstin und Hohenpriesterin zu holen«, erklärte Bohumil feierlich.

Premysl nickte und schien mühsam ein Lachen zu unterdrücken.

»Ich habe eurer Kommen bereits im Traum gesehen«, sagte er so ernsthaft, wie ihm möglich war. »Ich bin bereit, den Wunsch der Götter zu erfüllen. Doch hätte sich eure Herrin ein klein wenig geduldet, dann wäre es mir möglich gewesen, meine Arbeit hier noch zu Ende zu bringen.«

Falls Bohumil den spöttischen Unterton wahrnahm, so zeigte er es nicht. Stattdessen deutete er auf den wachsenden Strauch hinter Premysls Rücken.

»Aus deiner Verbindung mit unserer Fürstin werden viele Nachkommen entstehen und unser Volk groß machen«, erklärte er feierlich.

Premysl drehte sich um und musterte fassungslos das neu aufgetauchte Gewächs. Unter seinem Blick begannen einige Zweige zu verdorren. Er runzelte die Stirn.

»Ich begreife nicht, was das bedeutet, Herr. Doch mir scheint, einige werden groß werden, während andere verkümmern«, erwiderte er nachdenklich, bevor er auf Steka zuging und sich in den Sattel schwang. Dann begann das Bild zu verschwimmen.

Zögernd erzählte Libussa, was sie gesehen hatte, und musterte dabei Kazis weises, altersloses Gesicht. Ihr war nie klar gewesen, wie sehr die Schwester ihren seherischen Fähigkeiten vertraute. Sie musste gewusst haben, dass Libussa in der Lage war, die Ereignisse richtig zu beschreiben. Bohumil nickte anerkennend.

»Es war so, wie sie sagte«, erklärte er laut. Meine Begleiter können es bezeugen. »Aus der frostigen Wintererde wuchs ein Strauch heran. Und unsere Hohe Priesterin sah es, ohne selbst dabei gewesen zu sein, denn die Götter zeigten ihr den Auserwählten.«

Nun kam kein Widerspruch mehr, selbst Neklan schwieg verblüfft. Aus Premysls Blick war jeder Spott verschwunden, er betrachtete Libussa mit weit aufgerissenen Augen, als sei ihm ein Geist erschienen. Sie streckte ihm ihre Hand entgegen und spürte erleichtert das Kratzen der seinen. Ein kleines Grüppchen von Kelten mit bemalten Gesichtern schob sich durch die Menschenmenge und legte ehrfürchtig eine Holztruhe zu ihren Füßen nieder. Die übrigen Anwesenden nahmen dies zum Anlass, ebenfalls ihre Geschenke zu überreichen. Sie wiederholte murmelnd Worte des Dankes. Die Umgebung war unwirklich geworden, wie in einen Nebel getaucht. Leuchtende Helligkeit umgab sie, als sei sie der Sonne näher gekommen. Das Ritual war kein Betrug, wie sie in diesem Augenblick begriff.

Der wollene Umhang lag neben ihren Fellen in der Ecke des Raumes. Libussa nahm erleichtert den schweren Silberschmuck von ihren Ohren ab, um ihn gemeinsam mit den Ketten in der Schmuckschatulle zu verstauen. Dann hörte sie, wie Premysl ihren Namen flüsterte. Sie drehte sich um. Jetzt, da sie endlich allein waren, fühlte sie sich auf einmal befangen. Auch

Premysl, der sich nachdenklich die Augen rieb, wirkte etwas verloren. In seiner verzierten Tunika und den Biberfellen schien er sich sichtlich unwohl zu fühlen.

»Diese Sache mit dem Strauch«, begann er unerwartet. »Ich … ich dachte zunächst, er wäre schon vorher da gewesen und mir einfach nicht aufgefallen. Was der Schamane erzählte, schien mir lächerlich, so wie diese ganze Zeremonie. Doch als du dann alles beschrieben hast, obwohl du es nicht wissen konntest … Mir fiel wieder ein, dass einige Zweige verdorrten und … und ich weiß nicht, was es bedeutet und ob es nicht ein schlechtes Zeichen ist. Abgesehen davon, dass ich nicht an Zeichen glaube.«

Es enttäuschte Libussa ein wenig, dass er sich in diesem lang herbeigesehnten Augenblick den Kopf über die Bedeutung der Zeichen zerbrach, doch Premysl machte einen derart verstörten Eindruck, dass ihr Unmut schwand.

»Ich weiß auch nicht, was es bedeutet«, gab sie zu. »Vieles von dem, was ich sehe, verstehe ich erst später und manchmal nie. Doch es war der Wille der Götter, dass wir zusammenkommen. Etwas wird aus unserer Vereinigung entstehen, Gutes und vielleicht auch Schlechtes, doch daran können wir nichts ändern.«

Sie setzte sich neben ihn auf die Bettstatt und bemerkte erleichtert das glückliche Funkeln in seinen Augen.

»Ich habe oft an dich gedacht, mein Mädchen ohne Namen. Ich wusste bereits, dass du eine Fürstentochter bist. Doch nun scheint es, dass meine Gefährtin auch seherische Fähigkeiten hat.«

Seine Hand strich zaghaft über ihren Arm. Libussa rückte näher an ihn heran.

»Stören dich diese Fähigkeiten?«, murmelte sie. Er lächelte.

»Nun, ich kann wohl keine Geheimnisse vor dir haben. Aber das hatte ich auch nicht vor.« Dann schlang er seine Arme um ihren Körper und zog sie an sich.

»Dieser Stoff fühlt sich unter meinen Händen wie Wasser an«, sagte er. »So weich gleitet er einem durch die Finger.«

»Es ist Seide.« Nun, in der Nähe einer Feuerstelle, fühlte sich Libussa wohl in dem Kleid, obwohl sie darin auf dem Gerüst jämmerlich gefroren hatte. »Onkel Krok brachte den Stoff vor vielen Jahren meiner Mutter mit. Bei einer seiner Reisen half er einem kleinen Händler mit schräg stehenden Augen im Kampf gegen Räuber. Die Seide erhielt er zum Dank dafür als Geschenk. Angeblich ist sie sehr wertvoll. Reiche Leute in weit entfernten Ländern tragen Gewänder aus Seide. Meine Mutter hatte nichts für solche Kostbarkeiten übrig. Doch ich wollte schön sein für diesen Anlass … für … für … dich natürlich.«

Es war ihr plötzlich unangenehm, diese Worte auszusprechen. Nach der langen Zeit, die sie voneinander getrennt waren, schien die plötzliche Nähe verwirrend. Sie hatte von ihm geträumt, aber niemals ihr gemeinsames Leben klar vor sich gesehen. Wünschte er wirklich, als Gefährte einer Fürstin in Chrasten zu wohnen?

»Premysl«, begann sie zögernd. »Ich weiß, Kazi sagte dir, dass ich in einer Notlage war. Die Fürstensöhne wollten Kroks lange Abwesenheit nutzen, um mich zu einer Verbindung mit Slavonik zu zwingen. Bist du nur gekommen, um mir zu helfen? Wenn es dir hier nicht gefällt, dann kannst du natürlich in deinem Dorf leben und wir werden uns gelegentlich sehen, aber … aber ich hätte dich natürlich lieber hier an meiner Seite.«

Kaum hatte sie den letzten Satz ausgesprochen, schämte sie sich, derart um sein Bleiben zu betteln. Angespannt wartete sie, was er erwidern würde. Sein Blick schien einfach nur überrascht, als er zu reden begann:

»Während Tyrs Herrschaft, da wusste ich, wenn Thetka und ich ihn besiegen konnten, damit du Hohepriesterin in allen Ländern unseres Volkes bleibst, dann gab es wirklich Hoffnung auf ein Leben entsprechend der alten Sitten, die auch Bauern

Freiheit und Rechte gewähren. Ich war überzeugt, du würdest jetzt einen der Fürstensöhne zu deinem Gefährten wählen. Aber ich hoffte trotzdem, dass … dass du mich vielleicht noch sehen willst, wenn ich deinen schlimmsten Gegner aus dem Weg räumen würde. Als deine Schwester Kazi dann plötzlich in Staditz auftauchte und mir erzählte, was du vorhast, da … da war ich froh, dass du mich zu dir holen wolltest. Meine Mutter und Magda sind tot. Mich hält nichts mehr in meinem Dorf, und ich will gern bei dir in Chrasten leben.«

Libussa fühlte, wie die Unsicherheit von ihr abfiel. Erleichtert und glücklich drängte sie sich an Premysl, der nun weniger verkrampft wirkte. Das Seidenkleid hatte ungeahnte Vorzüge. Der zarte Stoff schien den Reiz jeder Berührung noch zu steigern. Premysl befreite ihr Haar vorsichtig von der Flechtfrisur und küsste ihre pochenden Schläfen.

»Es muss anstrengend sein, wie eine Götterfigur auszusehen. Ist das jetzt deine tägliche Pflicht?«

Sie schüttelte den Kopf. »Nur bei den großen Festen, die viermal im Jahr stattfinden. Und dann noch bei besonderen Anlässen wie heute.«

»Ich will keine Göttin. Auch keine Priesterin. Nur mein Mädchen aus dem Wald.«

Sie lachte. »Ich bin das Mädchen aus dem Wald. Merkst du das nicht?«

Er schob seine Hand unter den Seidenstoff und begann, ihren Körper zu erkunden. »Ich glaube, jetzt merke ich es langsam.«

Das Seidenkleid landete bei den bereits abgelegten Umhängen. Sie fühlte seine Haut auf der ihren. Dies war der Augenblick, nach dem sie sich verzehrt hatte. Alle Sorgen schienen bedeutungslos, jetzt, da sie wieder mit Premysl vereint war. Sie schmiegte sich an ihn, wollte in ihm versinken, damit sie beide nichts mehr trennen konnte. Ungeduldig zerrte sie an seiner Kleidung, um ihn davon zu befreien.

Als sie sein Eindringen in ihren Körper spürte, schloss sie die Augen, damit ihre Empfindungen stärker wurden.

»Ich kam hierher, um bei dir zu sein. Und nur deinetwegen bleibe ich. Aus keinem anderen Grund, verstehst du?«, flüsterte ihr Premysl ins Ohr. Sie fragte sich, warum er jetzt über solche Dinge reden musste. Die Lust wogte durch jeden Winkel ihres Körpers. Sie presste sich an ihn, um ihn tiefer in sich aufnehmen zu können. Sein Stöhnen, bevor er in ihre Arme sank, schien ihr leise im Vergleich zu ihrem eigenen Schrei.

Sie sah das stolze Leuchten in seinen Augen und vergrub ihren Kopf an seiner Schulter. Zum ersten Mal seit vielen Monaten schlief sie sorglos und völlig entspannt bis zum Morgen.

Das Tageslicht drang nun heller durch die Fensteröffnung. Mit den längeren Tagen war auch der Sonnenschein zurückgekehrt. Da die Feuerstelle noch brannte, streifte Libussa eine der Wolldecken ab. Ihr war immer noch warm.

Sie sah den hellbraunen Haarschopf auf ihrem Kissen und vergrub ihre Finger darin. Zum ersten Mal konnte sie in Ruhe Premysls schlafenden Körper betrachten, denn im Wald war es zu dunkel gewesen. Sie entdeckte Narben an seinem Rücken und an den Schultern, vermutlich die Spuren von Schlägen. Die Erinnerung an Thetkas Geschichte kehrte zurück. Sanft ließ sie ihre Finger über die einstigen Wunden gleiten, als könne sie dadurch längst vergangenen Schmerz lindern. Er drehte sich um und erwiderte mit geschlossenen Augen ihre Berührungen. Wieder stieg Hitze in ihr hoch. Wie aus weiter Ferne hörte sie ein Klopfen.

»Herrin, die Gäste warten. Es ist Zeit für das Morgenmahl.«

Libussa gönnte sich noch einen kurzen Moment, um Premysls Streicheln zu genießen. Dann riss sie sich zusammen. »Wir müssen aufstehen. Es wäre unhöflich, die Gäste lange allein zu lassen.«

Er zog sie wieder an sich. »Sie werden es dir schon einmal

verzeihen. Lass uns hier etwas essen. Ich hole es selbst, wenn du mir verrätst, wo in dieser riesigen Festung eine Küche ist.«

Seine Finger fanden wieder jene Stellen ihres Körpers, die sich nach seiner Berührung sehnten. Libussas Atem ging schneller, und fast schon wollte sie auf seinen Vorschlag eingehen, doch Kvetas Stimme an der Tür holte sie in die Wirklichkeit zurück.

»Es geht wirklich nicht. Wir haben noch viel Zeit. Nicht jeden Morgen sind Gäste im Haus. Aber jetzt ist es wichtig. Du musst als mein Gefährte anerkannt werden.«

Entschlossen sprang sie auf und schüttete sich Wasser aus einem Krug ins Gesicht. Dann wühlte sie in ihrer Kiste nach einem schlichteren Gewand, denn das Seidenkleid wollte sie schonen. Da ihr Haar völlig zerzaust war, zog sie ihren Kopfputz darüber. Sie hatte jetzt keine Zeit, sich aufwändig herzurichten.

Premysl war widerwillig in seine Beinkleider geschlüpft und hatte die Tunika übergestreift. Seine Füße steckten immer noch in den Bastschuhen. Erst jetzt fiel ihr auf, dass er Frostbeulen hatte. »Du brauchst vernünftige Schuhe. So kannst du nicht vor den Gästen erscheinen. Ich werde Kveta bitten, irgendwo ein Paar Stiefel aufzutreiben. Es müssen noch welche von Onkel Krok im Haus sein, da bin ich mir sicher.«

Völlig unerwartet erschien eine Falte zwischen seinen Brauen. »Was missfällt dir an meinen Schuhen, Libussa?«

Sie fuhr zusammen, denn seine Stimme hatte verärgert geklungen. »Gar nichts«, meinte sie ausweichend. »Aber sie sind nicht warm genug.«

»Das lass ruhig meine Sorge sein. Ich werde Tücher darum wickeln, so wie ich es immer getan habe.«

Sie hörte auf, in der Kiste nach der silbernen Kette für ihre Kopfbedeckung zu suchen. Offenbar bedurfte die Angelegenheit einer längeren Erklärung. »Premysl, du bist jetzt mein Gefährte. Ich habe mit dir die Hochzeitszeremonie vollzogen, und wenn Gäste im Haus sind, dann wirst du an der großen Tafel zu meiner Seite sitzen. Dabei kannst du nicht in Bastschuhen herumlaufen. Es tut mir leid, aber das ist unpassend.«

»Ach ja? Soll ich mich jetzt wie ein Fürst ausstaffieren? Hör zu, Libussa. Du wusstest immer, dass ich ein Bauer bin. Angeblich hat es dich nicht gestört. Jetzt gefallen dir auf einmal meine Schuhe nicht. Ein Maultier wird nicht zum edlen Ross, nur weil man ihm teures Zaumzeug umschnallt. Du bist die Fürstin und Hohe Priesterin hier. Was soll ich eigentlich sein? Ein hübsch herausgeputzter Hund an deiner Seite? Ein fahrender Händler erzählte mir einmal, dass in anderen Ländern die reichen Fürsten solche Tiere ...«

»Premysl!«, unterbrach sie ihn seufzend. »Hör jetzt mit deinen fahrenden Händlern und ihren Geschichten auf. Ich habe dich zu mir kommen lassen, weil ... weil ich dich liebe. Und außerdem bist du ein kluger Mann, dessen Rat ich als Fürstin sicher oft brauchen werde. Und als mein Gefährte und Ratgeber hast du nun einen anderen Rang. Du solltest dich dementsprechend kleiden, damit du von unserem Volk ernst genommen wirst. Du bist doch kein Maultier, sondern ein Mensch wie ich.«

Sie wühlte wieder nach dem Silberband. Ihre Unruhe ließ sie fahrig werden.

»Dein Ratgeber will ich sein, wenn du es wünschst. Aber ich habe diese Schuhe selbst gemacht und werde sie nicht wegwerfen, solange sie noch in Ordnung sind«, kam es nun zornig von Premysl. Sie wandte sich um und ihr Ärger schwand, nachdem sie seinen verletzten Blick bemerkte. Es war ihr wieder einmal gelungen, ihn zu kränken. »Nun gut, dann werden wir diese Schuhe aufheben. Ich lege sie in meine Kiste, und dort kannst du sie jederzeit wieder herausholen. Aber bei diesem Wetter sind Stiefel wirklich passender. Zieh sie mir zuliebe an. Bitte.«

Sie lächelte ihn an und legte ihre Hände auf seine Schultern. Als er sie an sich drückte, atmete sie erleichtert auf.

»Hilf mir bitte mit dem Band.«

Er befestigte die endlich gefundene Silberkette an ihrem Hinterkopf. Vorher hatte Libussa an jeder Seite einen der Ringe entfernt, denn durch den Vollzug der Hochzeitszeremonie war sie vom jungen Mädchen zur Frau geworden. Einen davon überreichte sie Premysl. Bei einer Trennung bekäme sie ihn wieder und der Bund wäre dadurch aufgelöst. Dann wies sie Kveta an, schleunigst ein Paar Männerstiefel zu besorgen. Zuletzt holte sie den Bronzestab aus ihrer Truhe, und mit einem Mal überkam sie völlige Gewissheit, was sie damit tun sollte.

»Der gehört jetzt uns beiden«, sagte sie leise und streckte ihm das Zeichen der Fürstin der Cechen entgegen.

Er trat einen Schritt zurück. »Ich will ihn nicht, Libussa. Hast du vergessen, was ich heute Nacht zu dir gesagt habe?«

»Wir haben nicht viel geredet«, erwiderte sie kichernd, aber dann fiel es ihr wieder ein.

»Ich glaube dir, dass du nur meinetwegen nach Chrasten gekommen bist«, begann sie seufzend. »Aber ich will mein Amt mit dir teilen. Bisher war das bei unserem Volk nicht Sitte, ich weiß. Der Onkel oder Bruder steht einer Frau, die den Clan anführt, zur Seite. Doch bei der Versammlung im großen Saal, als man mich drängte, Slavonik zu meinem Gefährten zu machen, wurde mir klar, wie sehr wir bereits von den Lebensgewohnheiten unserer Nachbarn beeinflusst sind. Bei den Awaren, den Franken und auch bei den meisten germanischen Stämmen herrschen fast nur Männer. Es kann immer wieder geschehen, dass jemand wie Tyr versucht, durch mich an die Macht zu kommen. Deshalb will ich, dass du mehr bist als nur der Gefährte an meiner Seite, den ich bald wieder gegen einen anderen austauschen könnte. Mein Volk soll den Fürsten der Cechen in dir sehen. Ich fühle mich auf diese Weise sicherer. Und wie ich schon sagte, ich halte viel von deiner Klugheit.«

Premysl musterte sie eine Weile nachdenklich, doch schließlich schüttelte er entschlossen den Kopf.

»Es tut mir leid, Libussa, aber dem kann ich nicht zustimmen. Ich sagte bereits damals in Zabrusany zu dir, dass ich kein Fürst sein möchte. Ich will an deiner Seite leben, solange wir es beide wollen. Ich will dein Ratgeber sein und dich unterstützen, wo ich kann. Aber das Amt der Cechenfürstin ist deins, und so soll es auch bleiben, wie es bei unserem Volk schon immer Sitte war. Niemand soll sagen können, ich hätte dich von deiner Stellung verdrängt. Du wurdest als Nachfolgerin deiner Mutter auserwählt, und es ist eine gute Wahl gewesen. Ich kenne kaum jemanden, der so ehrlich und gerecht sein kann wie du. Du bist ein Mensch, den andere mögen, Libussa. Unterschätze diesen Vorteil nicht. Tyr scheiterte daran, dass er nur Hass und Furcht um sich verbreitete. Es gibt keinen Grund für dich, mit den alten Sitten zu brechen.«

Sie nickte verwirrt, denn bisher hatte sie es als Schwäche empfunden, so oft die Hilfe anderer zu benötigen. Kveta riss sie aus ihren Gedanken, als sie klopfte, um die Stiefel zu bringen.

»Na, kleine Schwester, gut geschlafen?«

Thetkas Augen blitzten spöttisch und Libussa fühlte Hitze auf ihren Wangen. Wie viele Leute hatten ihren Schrei wohl gehört? Der Saal war leerer als in den vergangenen Wochen. Vojtan und Slavonik waren bereits abgereist, ohne Abschied zu nehmen. Allein Neklan saß noch mit mürrischem Blick an seinem Platz.

»Wir begrüßen Premysl mit Freude in unserer Runde«, erklang plötzlich die Stimme Lechos von den Lukanern. »Er hat uns einmal sehr gut beraten, und wir hoffen, dass wir auch in Zukunft auf seine Klugheit vertrauen können.«

Libussa warf ihm einen dankbaren Blick zu. Er wusste, wie wichtig die erste Aufnahme eines neuen Mitglieds im großen Saal war. Radka sowie auch einige der anwesenden Krieger nickten zustimmend. Manche Blicke wanderten zum Stab der

Fürstin, wohl in der Erwartung, dass Premysl ihn nun hoch heben würde. Doch er bedankte sich nur für Lechos Worte. Dann schob er das Zeichen der Fürstin sanft in Libussas Richtung, so dass sie ihre Gäste wie üblich selbst begrüßte. Ein abfälliges Grinsen erschien auf dem Gesicht Hostivits von den Zlicani, aber ansonsten störte sich niemand daran. Anschließend trugen die Mägde Krüge und Bretter mit dem Essen herein.

Libussa biss hungrig in ihr Brot, denn sie war am gestrigen Abend nicht mehr dazu gekommen, noch etwas zu essen. Premysl musterte den üppig gedeckten Tisch stirnrunzelnd. Vermutlich dachte er an das Elend der Bauern in seinem Dorf. Aber damit wäre es vorbei, sobald Vojtan und Neklan sich erneut an die alten Regeln hielten.

Wieder erklangen Melodien zur Unterhaltung der Gäste. Libussa lauschte erleichtert dem entspannten Geplauder um sie herum. Sie nahm einen weiteren Schluck Met und fühlte, wie Premysl unter dem Tisch ihre Hand suchte. Sie hoffte, die Gäste würden bald abreisen, damit sie wieder mit ihm allein sein konnte. Sollten heute Leute kommen, um ihren Rat zu suchen, würde sie diese auf morgen vertrösten. Nur ein einziges Mal.

Thetkas neugieriger Blick verriet ihr, dass es noch jemanden gab, der gern mit ihr allein reden wollte. Angesichts der Hilfe, die sie von ihrer Schwester erhalten hatte, war es wohl angemessen, diesen Wunsch nach dem Morgenmahl zu erfüllen.

Als die Tür zum großen Saal sich plötzlich öffnete, wandten die Gäste erst allmählich ihre Köpfe zu dem Ankömmling. Dann hörte man überraschte, aber freudige Begrüßungsrufe. Libussa stellte ihren Krug auf den Tisch und sah die hochgewachsene Gestalt ihres Onkels.

Er schien mager und um einige Jahre gealtert, doch hatte er nichts von seinem stolzen Auftreten eingebüßt. Sein Blick wanderte staunend über die versammelte Runde, denn es war nicht die Zeit für religiöse Feste, bei denen sich die fürstlichen Clans aller Stämme regelmäßig versammelten.

»Zwei deiner Nichten haben während deiner Abwesenheit einen Gefährten gefunden, Krok von den Cechen«, beantwortete Neklan jene Frage, die der Stammesführer noch nicht gestellt hatte. »Aber ich bin mir nicht sicher, ob du mit dieser Wahl einverstanden bist.«

Libussa begriff, dass Neklan nur geblieben war, um auf Kroks Rückkehr zu warten. Dann wollte er sich bei dem Stammesführer über ihr Verhalten beschweren.

»Libussa gelang es, einen gefährlichen Gegner zu schlagen«, kam Lecho ihr nun zu Hilfe. »Danach wurde sie hier im großen Saal bedrängt, sich einen Gefährten zu nehmen, damit bei einer weiteren Bedrohung unseres Volkes immer ein Mann in Chrasten zur Stelle wäre. Sie traf ihre eigene Wahl, so wie es das Recht einer jeden Frau ist.«

Zu ihrer Erleichterung kamen ein paar zustimmende Rufe.

»Aber wir hatten uns doch tatsächlich eingebildet, sie würde sich für einen Krieger entscheiden, der einer Fürstin würdig ist. Stattdessen veranstaltete sie ein uraltes Ritual, um uns diesen Bauernburschen hier vor die Nase zu setzen«, fügte der Zlicani-Fürst sogleich hinzu.

Die Unruhe im Saal nahm zu. Krok trat einen Schritt vor. Libussa fühlte, wie sein zorniger Blick sie durchbohrte.

»Onkel, vielleicht sollten wir das innerhalb der Familie bereden.« Aus Kazi sprach wieder die Stimme der Vernunft.

»Gut«, waren nun die ersten Worte des Stammesführers. »Ich will mich mit allen drei Nichten zurückziehen. Die übrigen Gäste mögen ihr Mahl fortsetzen. Ich bedauere, hier durch mein unerwartetes Eindringen gestört zu haben.«

Als Libussa aufstand, waren ihre Knie weich wie Teig. Premysl drückte ihr die Hand.

»Ich wäre gern bei dem Gespräch dabei, Herr«, meinte er dann zu Krok. »Ich glaube, dass diese Angelegenheit auch mich betrifft.«

Die Augen des Stammesführers blitzten einen Moment wütend auf, doch er beherrschte sich. »Dann komme eben mit.«

Zu fünft wollten sie den großen Saal verlassen, als Neklans Stimme sie aufhielt.

»Wenn einer meiner Bauern bei dem Gespräch dabei sein darf, dann will ich das auch. Es gibt einige Dinge, die ich dir zu sagen habe, Krok von den Cechen.«

Der Zorn ließ Libussa ihre unangenehme Lage vergessen. »Er ist nicht mehr dein Bauer, Neklan von den Lemuzi. Auch wenn es dir nicht gefällt, wirst du damit leben müssen«, zischte sie ihn an.

Sie fühlte Premysls Finger an ihrem Arm. »Lass gut sein, Libussa.«

Krok sah aus, als wäre seine Geduld allmählich am Ende. »Jetzt gehen wir alle, und zwar sofort«, sagte er laut. »Neklan kann meinetwegen mitkommen. Ich entscheide, ob ich ihn reden lasse.«

Sie gingen in einen Nebenraum, wo die Mahlzeiten eingenommen wurden, wenn keine Gäste zugegen waren.

»Nun berichte, wie es gewesen ist«, meinte Krok zu Libussa. Sie tat ein paar tiefe Atemzüge. Dann erzählte sie ihre Geschichte und Krok unterband jeden Versuch der anderen, sie dabei zu unterbrechen.

Anschließend schwieg der Stammesführer eine Weile. »Du hast dich in vielen Dingen klug verhalten«, meinte er schließlich. »Und ich sehe, wie wertvoll Premysls Rat und Beistand in dieser gefährlichen Lage gewesen sind. Aber es steht einer Fürstin nicht an, sich mit einem Bauern zu vermählen. Gegen Thetkas Entscheidung für diesen Nordmann will ich mich nicht auflehnen, auch wenn sie mir missfällt. Doch du bist die wichtigste Frau unseres Volkes. Deshalb schlage ich vor, dass ihr eure Verbindung in gegenseitigem Einverständnis auflöst. Ich bin bereit, Premysl für seine Hilfe angemessen zu entlohnen. Ihr werdet euch auch weiter treffen können, doch als Gefährten solltest du einen Sohn der fürstlichen Clans wählen, Libussa. So wie es üblich ist.«

Sie fror und vermied es, Premysl anzusehen. Wieder holte sie Luft und versuchte, ihrer Stimme jenen entschiedenen Klang zu geben, den sie im großen Saal zu ihrem Vorteil nutzte. »Das werde ich nicht tun, Onkel«, erklärte sie. »In unserem Volk haben Frauen das Recht, sich ihre Gefährten selbst zu wählen. Deshalb musst du meine Entscheidung hinnehmen. Du bist unser Stammesführer, aber ich bin jetzt Fürstin und Hohe Priesterin. Niemand darf mir Befehle erteilen.«

Krok sah sie an, als hätte sie sich in eine Fremde verwandelt. »Du hast ein altes heiliges Ritual missbraucht, um deinen eigenen Kopf durchzusetzen. So verhält sich keine Hohe Priesterin, sondern ein launisches, verwöhntes Mädchen. Du sprichst von deinen Rechten, aber hast deine Pflichten völlig vergessen«, donnerte seine Stimme auf sie nieder.

»So ist es, Krok von den Cechen«, mischte sich Neklan plötzlich ein. »Libussa hat ein Ritual für ihre Zwecke benutzt, aber sie vergaß, wie es ausgeht. Hast du nicht auch einmal die Geschichte von der großen Göttin und ihrem Auserwählten gehört?«

Libussas Atmung setzte einen Augenblick aus. Das Ritual war nicht derart in Vergessenheit geraten, wie sie gedacht hatte.

»Worauf willst du hinaus, Neklan?«, murmelte Krok. Libussa stellte mit Erleichterung fest, dass ihm die Opferung des Jünglings wohl unbekannt war.

»Dieser Premysl wurde dir in den schönsten Farben beschrieben, aber in Wahrheit ist er ein Bauer, der seinen Platz in der Welt nicht kennt. Hätte er es sonst gewagt, um eine Fürstin zu werben? Bei uns sorgte er für Unruhe. Er ist gefährlich. Wir können ihn beseitigen, indem wir das gesamte Ritual vollziehen. Der Auserwählte der Königin musste sterben für das Wohl seines Volkes.«

Kroks fassungsloses Gesicht erinnerte Libussa daran, dass ihr Onkel kein grausamer Mensch war. Als er sich in seiner ganzen Größe vor Neklan aufbaute, begriff sie, welchen Gefallen ihr der Widersacher ungewollt getan hatte. »Ich hatte dir nicht das Recht gegeben zu sprechen, Neklan von den Lemuzi. Das war eine Angelegenheit unseres Clans. Wenn Libussa sich weigert, diese Verbindung wieder aufzulösen, dann … dann …«

Er stampfte mit dem Fuß auf. »Dann muss ich es hinnehmen. Auch wenn ich es nicht gutheiße. Mit der Zeit wird sie schon zur Vernunft kommen. Der Bauer soll bleiben, bis er durch einen geeigneteren Mann ersetzt wird. Und jetzt gehe, Neklan, denn es fällt mir schwer, meine Hände von deinem feigen Hals zu lassen.«

Neklan verließ schweigend den Raum.

»Ich danke dir, Onkel«, murmelte Libussa.

Sein zorniger Blick machte ihr klar, dass er ihr noch lange nicht verziehen hatte.

4

Es war ein milder Spätsommertag. Als Libussa mit Premysl von ihrem gemeinsamen Ausritt zurückkam, sah sie Krok mit zwei seiner Krieger beim Würfelspiel sitzen. Auf das Drängen Kazis hatte er eine Weile auf seine Reisen verzichtet, um vollständig zu genesen. Doch in den letzten Wochen war er immer unruhiger geworden, lief scheinbar ziellos im Hof herum und herrschte grundlos Bedienstete an, wofür er sich später schämte. Sie wusste, dass es ihn wieder in die Ferne zog. Es war nur eine Frage der Zeit, bis er aufbrach.

Premysl brachte die Pferde selbst in den Stall. Er weigerte sich weiterhin, die Dienste der Knechte und Mägde anzunehmen. Nur wenn Libussa, eine ihrer Schwestern oder Krok zugegen waren, duldete er, dass auch ihm das Essen gebracht und der Tisch nach ihm aufgeräumt wurde. Ansonsten war er oft in vertrauten Gesprächen mit dem einfachen Volk zu sehen. Zunächst hatten die Knechte und Mägde ihn als merkwürdig empfunden, doch als die Wochen vergingen und der Sommer ins Land zog, da war Premysl in Chrasten bereits eine vertraute Erscheinung.

Krok duldete ihn. Libussa wusste, dass ihr Onkel die alten Sitten ihres Volkes zu sehr achtete, um einer Frau Vorschriften bei der Wahl ihres Gefährten zu machen. Doch sein Missfallen äußerte sich immer wieder in Anspielungen auf Premysls Weigerung, sich wie ein Mitglied einer fürstlichen Familie zu kleiden, und durch missbilligende Blicke, wenn er beobachtete, dass Premysl mit den Stallburschen plauderte. Dabei legte der Stammesführer selbst Wert auf guten Umgang mit seinen Bediensteten. Libussa erinnerte sich auch an das verärgerte Gesicht ihres Onkels nach dem letzten Kupala-Fest. Während sogar Thetka und Eric sich bei dieser Gelegenheit andere Partner wählten, hatte sie zusammen mit Premysl die vertraute Stelle im Wald aufgesucht. Es wäre ihr vor wie ein Verrat am Willen der Götter vorgekommen, wie eine Schändung ihres eigenen Körpers, die heilige Hochzeit mit einem anderen Mann zu vollziehen. Sie konnte jedoch nicht erwarten, dass Krok das verstand.

»Hört zu, ihr beiden«, hallte nun die Stimme ihres Onkels über den Hof. »Ich muss mit euch reden.«

Libussa folgte der Aufforderung und sah auch Premysl vom Stall kommen. Leichter Regen hatte eingesetzt, so dass sie alle zusammen den Hof verließen und sich im kleinen Saal an einen Tisch setzten.

»In ein paar Wochen will ich zu den Mähren aufbrechen«, begann Krok. »Ich muss mir ein Bild von den neuen Vorgängen machen und Frieden schließen mit jenem Stammesführer, der sich König nennt, auch wenn mir sein Verhalten nicht gefällt.«

Libussa nickte.

»Herr, warum nimmst du hin, wenn er sich falsch verhält und vielleicht Menschen ebenso unterdrückt wie Tyr?«, fragte Premysl. Zu Libussas Erstaunen wurde Krok nicht wütend, sondern seufzte, als könne er Premysls Bedenken verstehen.

»Dieser Mann muss stark sein, da er sich durchgesetzt hat. Viele Krieger stehen nun hinter ihm. Für unser Volk scheint er aber keine Bedrohung zu sein. Es ist möglich, dass wir eines Tages seine Unterstützung brauchen – gegen einen anderen, viel gefährlicheren Gegner.«

Unerwartet fuhr ein Schauer über Libussas Rücken. Auf einmal hatte sie Angst, die Augen zu schließen. Die Ahnung von etwas Dunklem, Schrecklichem stieg in ihr auf. Sie riss sich zusammen. Tyrs Versuch, die Macht an sich zu reißen, hatte sie verunsichert, doch seitdem herrschte Frieden in allen Ländern der Behaimen. Ihre Angst war vermutlich grundlos und lächerlich.

»Was für einen Gegner meinst du, Herr?«, hörte sie Premysls Stimme.

»Die Christen«, kam es sogleich zurück. Libussa seufzte. Sie hatte diese Befürchtung schon zu oft von Krok gehört.

»Onkel, mir scheint manchmal, du machst sie schlimmer, als sie sind. Einige ihrer Kuttenträger irrten schon durch unsere Lande und erzählten von ihrem gekreuzigten Gott. Sie schienen allesamt harmlos, nur ein wenig verwirrt. Sie wurden bewirtet, wie es die Gastfreundschaft erfordert, doch kaum jemand nahm sie ernst. Wenn wir aufhören, unsere Götter zu ehren, wie soll mit Jarilo der Frühling über das Reich der Todesgöttin kommen? Wie soll Frieden herrschen zwischen Perun und Veles, wenn ihre Kinder Jarilo und Morana sich nicht mehr vereinen? Sturm und Donner würde unsere Ernten verwüsten. Das goldene Licht der Mokosch, es könnte versiegen. Und niemand mehr käme ins Totenreich zu seinen Ahnen.«

Zufrieden mit ihrer Rede lehnte sie sich zurück. Premysl musterte sie lächelnd. Die Unerschütterlichkeit ihres Glaubens schien ihn immer noch ein wenig zu belustigen, auch wenn er gelernt hatte, ihre seherischen Fähigkeiten zu achten.

»Ich gebe dir recht, Libussa«, kam es von Krok. »Die alten Götter zu vergessen, das wäre unser Untergang. Doch was ist, wenn jemand uns dazu zwingen möchte?«

Libussa schüttelte ungläubig den Kopf. »Warum sollte so etwas geschehen? Das wäre unerhört. Ein jedes Volk glaubt an seine Götter. So ist es schon immer gewesen.«

»Die Christen sind anders«, erklärte ihr Onkel entschieden.

»Oder zumindest der neue Frankenkönig. Ich habe auf meinen Reisen viele Gerüchte gehört. Er sammelt seine Krieger, um andere Völker anzugreifen. Im Land der Polanen hatte eine Seherin Visionen von vielen hingeschlachteten Anhängern des alten Glaubens, über deren Leichen ein christlicher Kuttenträger ein brennendes Kreuz schwang. Du weißt, ich glaube nicht immer an Visionen. Aber diese Frau hatte den tiefen, unergründlichen Blick einer Weisen.«

Nun verdunkelte sich der Raum um Libussa. Sie hörte Schreie, und eine blutbefleckte Schwertklinge blitzte vor ihr auf. Im Hintergrund sah sie die hohe Gestalt eines Mannes mit klugen, traurigen Augen. Er trug einfache Bauernkleidung, ganz wie Premysl, und murmelte Worte in einer unverständlichen Sprache. Seine Stimme klang sanft, doch brannte sie wie Feuer in Libussas Ohren. Sie schüttelte sich, um die Finsternis zu verjagen. Allmählich lösten die Bilder sich auf.

»Was ist mit dir?« Besorgt schenkte Premysl ihr einen Becher Wasser ein. Libussa trank erleichtert.

»Nichts, ich … mir wurde schwindelig«, log sie ungeschickt. Sie wollte ihren Onkel nicht weiter beunruhigen, indem sie ihre eigene Vision beschrieb.

»Das Übel hat schon mit den Römern begonnen, denke ich«, sprach Krok unbeirrt weiter. »Sie hatten den Anspruch, dass alle so werden sollten wie sie. Ich glaube, von ihnen hat der Frankenkönig diese Idee übernommen.«

Libussa dachte, dass Krok kaum etwas über die Römer wusste. Das eigentliche Problem mit den Römern war ihrer Meinung nach, dass immer noch zu viel über sie geredet wurde, obwohl keiner aus ihrem Volk je einen Römer getroffen hatte.

»Dieses Rom muss ein sehr hässlicher Ort gewesen sein«, fing Premysl auch schon an. »Warum konnten sie sonst nicht dort bleiben, wo sie waren, die Römer, und andere Völker in Ruhe lassen?«

Krok lachte auf. Obwohl er es nicht zugeben wollte, gefiel

ihm bisweilen Premysls scharfe Zunge. »Du verstehst es, mit Worten zu kämpfen, Junge. Darin bist du ein Meister. Aber sag mir, siehst du dich nicht manchmal auch mit dem Schwert in der Hand? Als Krieger, da wärest du ein angemessener Gefährte für eine Fürstin.«

Libussa erstarrte vor Schreck, denn sie ahnte, dass ein lang vermiedener Streit nun endgültig auszubrechen drohte. Doch Premysl blieb vollkommen ruhig. »Ich habe einmal diese Ausbildung auf Zabrusany begonnen, aber schon damals gefiel sie mir nicht. Ich liebe es, Dinge zu schaffen, Herr. Ein Krieger lernt nur, zu töten und zu zerstören.«

Krok schnappte nach Luft. Auch Libussa fragte sich, warum Premysl trotz seines bemerkenswerten Verstandes manchmal so unnötig provozieren musste. »Es stimmt, dass du sehr geschickte Hände hast, Premysl«, räumte Krok erstaunlich ruhig ein. »Du hast unseren wackeligen Tisch hier besser gerichtet, als irgendeiner der Knechte es konnte. Die Götterfiguren, die du schnitzt, sind wunderschön. Ich will eine davon zu den Mähren als Geschenk mitnehmen. Aber das allein reicht nicht. Jedes Volk braucht Krieger zu seinem Schutz. Wenn alle so dächten wie du, würden wir von dem nächsten Feind überrannt werden.«

»Wenn alle Menschen so dächten wie ich, Herr, dann würde kein Volk mehr auf den Gedanken kommen, ein anderes zu überfallen«, erwiderte Premysl gelassen.

»Das sind Träumereien!«, erklärte Krok. »Wir sind von kriegerischen Völkern umgeben.«

Premysl nickte. »Aber auch unter unseren Bauern sind viele, die nicht so denken wie ich. In jedem Dorf wirst du starke junge Männer finden, die auf eine Gelegenheit zum Aufstieg warten. Warum also ich? Einmal sah ich einen Wettkampf von Kriegern. Sie wirkten stark, doch hätten sie ihre Kraft dazu verwendet, einer Bauernfamilie beim Bau ihrer Hütte zu helfen, ich hätte mehr Achtung vor ihnen gehabt.«

Krok lächelte nachsichtig. »Das ist ein bemerkenswert weiser Blick auf die Welt. Doch was nutzen Bauernhütten, wenn man sich nicht vor fremden Kriegern schützen kann, die sie niederbrennen? Ich ahne Gefahr auf uns zukommen und suche deshalb Verbündete. Zunächst gilt es, die übrigen Slawen zu überzeugen, und dann allmählich auch die germanischen Stämme, die noch den alten Sitten treu geblieben sind. Ganz gleich, welche Götter sie anbeten, sie eifern nicht gegen die Anhänger eines anderen Glaubens. Doch die Christen tun es. Und wenn sie gegen uns losschlagen, dann brauchen wir nicht nur jene Männer, die durch das Kämpfen aufsteigen wollen, sondern jeden, der stark genug ist, ein Schwert zu schwingen.«

Zu Libussas Erstaunen schwieg Premysl nachdenklich. Er nahm einen tiefen Schluck Met aus seinem Krug und wischte sich den Mund ab.

»Ich achte dich für dein Bestreben, unser Volk zu schützen, Herr. Und sollte jene Gefahr, von der du sprichst, eines Tages wirklich über uns hereinbrechen, so werde ich an deiner Seite kämpfen, auch wenn es mich mein Leben kostet. Und ich werde die Bauern, Knechte und andere Männer des Volkes überzeugen, dir mit ebensolcher Entschlossenheit zu folgen. Das verspreche ich. Doch bis dahin erspare mir bitte die Ausbildung zum Krieger. Ich will mit dem Fußvolk ziehen und ebenso wie sie meine Sichel schwingen, um meine Leute zu verteidigen.«

Krok nickte. Libussa hatte das Gefühl, dass Premysl soeben allein durch Worte einen Kampf gewonnen hatte. Krok lernte allmählich, ihren Gefährten zu achten, obwohl er nicht seiner Vorstellung entsprach. Das war eine erfreuliche Entwicklung. Die Erinnerung an ihre Vision, an jenen großen ernsten Mann, der ihr erschienen war, verdrängte sie, denn sie löste tiefes Unbehagen in ihr aus. Sie wünschte sich angenehmere Träume.

Libussa räkelte sich und schlug die Augen auf. Langsam verschwand das Bild. Sie erinnerte sich noch kurz an die riesigen Häuser aus Stein mit ihren runden oder spitzen Dächern und Türmen. Eine unüberschaubare Anzahl davon, so als hätte jemand eine Herde aus Häusern zusammengetrieben. Wie ein Vogel war sie darüber hinweggeflogen und hatte inmitten all der Bauten den großen Fluss gesehen, der eine scharfe Biegung machte. Ein Hügel war ebenfalls dabei gewesen. Und rundherum Wald.

Verwirrt strich sie sich Haarsträhnen aus dem Gesicht und stand auf, um einen Schluck Wasser zu trinken. Premysl schlief noch. In ihre Decke gewickelt legte Libussa ihre Hand auf seine Schulter und rüttelte ihn sanft. Sie wollte reden.

»Ich hatte einen seltsamen Traum. Ich habe viele Steinbauten gesehen«, murmelte sie.

Müde rieb er sich die Augen. »Steinbauten? Das ist ungewöhnlich. Aber ich habe auch oft merkwürdige Träume. Einige davon sind ganz klar. Ich träumte zum Beispiel davon, Tyr zu töten, als ich erfuhr, was mit meiner Mutter und Schwester geschehen war.«

Sie nickte und strich zaghaft über seine Wange. Er hatte noch nie zuvor mit ihr über die Ermordung seiner Familie gesprochen. All das schienen Ereignisse, die er vergessen wollte.

»Vermutlich war es dein heimlicher Wunsch, dich an Tyr zu rächen«, meinte sie. »Aber das mit diesen Steinbauten ist etwas anderes. Ich hatte diesen Traum schon öfter, eigentlich seit meiner Kindheit. Ich erzählte der keltischen Priesterin davon, aber sie konnte ihn mir nicht erklären. Manchmal verschwindet er für Wochen oder gar Monate, wenn ich mit anderen Dingen beschäftigt bin. Aber er kehrt immer wieder. Das muss doch einen Grund haben.«

Premysl überlegte eine Weile. »Ich glaube, du träumst von einer Stadt«, meinte er dann. »Hast du jemals eine gesehen?«

Sie schüttelte den Kopf.

»Die Händler, mit denen ich manchmal redete, erzählten mir davon«, sagte er. »Dort, wo früher die Römer waren, gibt es Städte. Sie sind wie Dörfer, nur viel größer. Häuser stehen Wand an Wand, dazwischen schlängeln sich Pfade. Und in einer Stadt leben sehr, sehr viele Menschen.«

Libussa fühlte sich noch verwirrter. »Krok hat ähnliche Dinge erzählt. Aber wenn ich noch niemals eine Stadt gesehen habe, warum soll ich dann von ihr träumen?«

»Vielleicht sehnst du dich heimlich danach, in die weite Welt aufzubrechen, so wie Ludmilla.«

Sie verneinte mit Entschiedenheit. »Ich kenne meine Pflichten. Sie sind hier. Männer reisen, doch eine Frau steht dem Clan vor und kümmert sich um das Wohl all derer, die dazugehören. Außerdem bin ich Fürstin und Hohe Priesterin und …«

Premysl unterbrach sie lächelnd. »Wie überzeugt du von all dem bist! Aber vielleicht wünschst du dir gerade deshalb heimlich einen Ausflug in die Fremde, um diesen vielen Pflichten für kurze Zeit entkommen zu können.«

Sie fühlte Ärger in sich aufsteigen. Er konnte so dickköpfig sein! »Wenn ich sage, ich sehne mich nicht danach, dann meine ich es auch. Außerdem sieht die Natur um diese Häuser herum nicht fremd aus. Der Fluss in meinem Traum, ich glaube, das ist die Vltava. Und diese Biegung, ich kenne die Stelle. Ich bin manchmal daran vorbeigeritten. Sie ist nicht weit von hier. Man kann sogar den Hügel sehen, wenn man auf einen der Wachtürme steigt.«

Er zog sie versöhnlich in seine Arme. »Nun gut, dann willst du eben nicht fortgehen. Mir würde es auch nicht gefallen, wenn du es tätest. Laufen denn auch Menschen in dieser Stadt herum? Vielleicht können wir daraus schließen, welche Bedeutung dein Traum hat.«

»Ja«, gab sie zögernd zu, »da sind Menschen. Sie tragen merkwürdige Kleidung, die einengend und unbequem wirkt.

Jedes Mal sind sie ein bisschen anders. Einmal sah ich Frauen, deren Haar so weiß war wie Erics. Aber sie schienen noch jung. Auf ihren Köpfen wuchsen riesige Frisuren, in denen Gegenstände steckten. Ihre Röcke waren breit wie Zelte. Sie gingen gemeinsam in ein riesengroßes Steingebäude. Dann wieder liefen Männer ganz in Schwarz herum. Sie hatten sogar schwarze Türme auf den Köpfen. Nur die Pferde sehen immer gleich aus. Sie ziehen Karren, doch diese haben meistens ein Dach.«

Sie verschwieg bewusst jene Karren, die sich ohne Pferde bewegt hatten. Premysl würde den Traum sonst endgültig als Unsinn abtun. »Auch die Größe der Stadt ist in jedem Traum anders. Sie wächst und schrumpft, so wie die Kleidung der Menschen sich ändert. Manchmal frage ich mich, ob sie mir nicht zu verschiedenen Zeiten erscheint.«

Premysl zuckte mit den Schultern. »Wer kann das schon sagen? Ich bin mir jedenfalls sicher, dass Städte Menschen nicht guttun. Diese Enge, das muss laut sein und stinken. Vielleicht kommen sie deshalb auf verrückte Ideen, tragen Türme auf dem Kopf oder schnallen sich Zelte um. Nimm zum Beispiel die Römer. Sie lebten in einer Stadt, in der es ihnen zu eng wurde, und der Rest der Welt musste darunter leiden.«

Sie kicherte und versetzte ihm einen leichten Tritt. »Du kannst auch gar nichts ernst nehmen. Entweder du spottest oder machst abfällige Bemerkungen. Du hast an allem etwas auszusetzen.«

Er entfernte sanft die Wolldecke und ließ seine Augen über ihren Körper gleiten. »Nein, Libussa. Es gibt so einiges auf dieser Welt, über das ich sehr glücklich bin.«

Dann sorgte er dafür, dass sie den Traum für eine Weile vergaß.

»Weißt du, Libussa«, murmelte er später leise, als sie in seinen Armen einschlafen wollte. »Wenn ich so über deinen Traum nachdenke … Ich weiß immer noch nicht, was diese Stadt mit den merkwürdig gekleideten Menschen bedeutet, aber mir war schon lange klar, dass es keine schlechte Idee wäre, eine neue Siedlung zu gründen.«

»Warum sollten wir das tun?«, fragte sie verwirrt.

»Es gibt hier immer mehr Menschen. Die Dörfer wachsen. Ich denke, wir haben das deinem Onkel zu verdanken, weil er mit den Fehden aufgeräumt hat. Aber der Ertrag unserer Felder lässt nach. Sie sind schon zu lange bebaut worden. Es wird Zeit, neues Land zu roden.«

Libussa schüttelte den Kopf. »Ich habe keine Siedlung und Felder gesehen. Nur große Häuser aus Stein.«

»Vielleicht wird das einmal aus dieser Siedlung werden. Wer weiß das schon? Aber der Augenblick wäre günstig, eine Siedlung zu gründen.«

Sie schloss die Augen und ließ seine Worte auf sich wirken. Sie zauberten ein anderes, weniger fremdartiges Bild hinter ihre Lider. »Ich werde Morana einen Schrein dort errichten lassen, denn ich gründe diese Siedlung zu Ehren der Göttin, die uns beim Kupala-Fest zusammenbrachte. Inmitten der Bauernhütten will ich uns ein Heim bauen, damit wir nach dem Wohl der Leute sehen können. Es sollen die alten Sitten gelten.«

Premysl lächelte. »Ich habe gehört, dass Neklan sich eine Festung in der Nähe der Dörfer bauen lässt. Damit er sie besser unter Kontrolle hat. Es ist schön, dass du es aus anderen Gründen tun willst.«

Sie zog sich verunsichert zurück. »Du spottest. Du traust mir nicht.«

Kopfschüttelnd küsste er ihre Stirn. »Dir traue ich, Libussa. Sonst kaum einem Fürsten, außer vielleicht deinem Onkel. Er ist vom alten Schlag und denkt nicht nur an seinen eigenen Vorteil. Thetka würde ich niemals solches Vertrauen schenken, obwohl ich Achtung vor ihrem Kampfgeist habe. Lass uns morgen aufbrechen. Wir sehen uns diese Stelle aus deinem Traum genauer an. Vielleicht ist das der richtige Ort für eine neue Siedlung.«

»Warum gerade jetzt eine neue Siedlung gründen?«, entgegnete sie zögernd. Sein Plan kam zu schnell, zu unüberlegt. »Ich habe Krok genug zugemutet, als ich dich zu meinem Gefährten machte. Der Plan würde ihm nicht gefallen, er hat ganz andere Dinge im Kopf. Der Bau einer neuen Siedlung wäre für ihn im Augenblick unnötiger Aufwand. Ich möchte noch ein wenig warten. Wenn er aus dem Land der Mähren zurück ist, rede ich mit ihm darüber.«

»Wie du meinst«, gab Premysl nach. »Aber ich würde morgen trotzdem gern ausreiten. Es gefällt mir, auf dem Pferd zu sitzen. Das ist, als könnte man fliegen wie ein Vogel.«

Libussa nickte. Es freute sie, dass er wenigstens einen Vorzug seiner neuen Stellung zu schätzen wusste.

Es war ein warmer, sonniger Tag. Sie ritten zunächst flussaufwärts an einigen Dörfern vorbei, ziellos, aber voller Freude, sich unbekümmert treiben lassen zu können. Als sie Hunger bekamen, machten sie Halt und packten ihre Vorräte aus. Die Mittagssonne brannte auf ihrer Haut, so dass sie im Fluss Abkühlung suchten. Fern von Chrasten, ihrem Onkel und all den ratsuchenden Besuchern überkam Libussa ein Gefühl völliger Freiheit, das sie seit ihrer Ernennung zur Fürstin vermisst hatte. Sie legte sich auf den Rücken und ließ sich im kühlen Wasser treiben. Premysls Stimme, die nach ihr rief, schien aus weiter Ferne zu kommen. Sie hielt die Augen geschlossen und ein Summen erklang in ihren Ohren. Wieder tauchten die Steinhäuser vor ihr auf, deren Dächer im Sonnenlicht glänzten. Zum ersten Mal bemerkte sie die kunstvollen Verzierungen an all diesen Bauten und fragte sich staunend, welches Volk in der Lage wäre, derartig aufwändige Gebäude zu errichten. Die Eingangstore waren mit Schnitzereien verschönert, Menschenfiguren aus Stein schmückten die Vorplätze, und auf jenen breiten Pfaden, die sich an den Gebäuden vorbeizogen, hatte man glatte Steine ausgelegt, damit es sich einfacher laufen ließ. Unmengen von Menschen in seltsamer Kleidung eilten dort entlang. Sie schienen gar nicht zu bemerken, welche Pracht sie umgab.

Erst als Libussa die Augen wieder öffnete, begriff sie, wie schnell der Fluss sie dahintrieb. Premysl war nicht mehr zu entdecken. Sie begann zu schwimmen, doch die Strömung riss sie weiter mit. Mit aufsteigender Panik kämpfte sie gegen das Wasser. Auf einmal war es ihr Feind geworden. Sie klammerte sich an das Geäst eines umgestürzten Baumes und ihre Hände bluteten, als es ihr endlich gelang, sich ans rettende Ufer zu ziehen.

Ihr Herz hämmerte und sie rang nach Atem. Wie hatte sie so dumm, so unvorsichtig sein können? Sie strich sich das triefende Haar aus dem Gesicht. Ihre Kleidung lag noch dort, wo sie mit Premysl ins Wasser gesprungen war. Sie würde nackt am Ufer entlanglaufen müssen und hoffte darauf, niemandem zu begegnen. Dabei war sie sich nicht einmal sicher, ob sie mit dem Fluss nicht bereits an Chrasten vorbeigetrieben war. Dann müsste sie, entblößt und nass, zur Festung zurückkehren. Verstört sah sie sich um. Am anderen Ufer ragten die Wachtürme von Chrasten empor. Erleichterung vermischte sich mit Schrecken. Vielleicht hatten die Wächter sie bereits im Wasser gesehen und bald schon würde Hilfe eintreffen. Wenn es ihr nur gelänge, wenigstens ein paar Felle zu finden, um sich zu bedecken! Suchend ließ sie ihren Blick umherschweifen.

Plötzlich glaubte sie wieder zu träumen. Zwar fehlten die steinernen Gebäude, doch erkannte sie die Umrisse des Hügels. Fassungslos wandte sie sich zurück zum Fluss. Er machte eine Biegung genau an jener Stelle, wo es ihr endlich gelungen war, sich aus den Fluten zu befreien. Warum gerade hier? Die reißende Strömung hatte sie zu dem Ort aus ihrem Traum getrieben. Das Summen in ihren Ohren verwandelte sich in eine feine verspielte Melodie, die bisweilen aus dem Inneren der großen Bauten erklungen war.

Hufgetrappel schreckte sie auf. Sie suchte nach einem Baum,

hinter dem sie sich vor Unbekannten oder auch vor den Wächtern von Chrasten verstecken könnte, doch bald schon sah sie zu ihrer großen Erleichterung Premysl auf seinem Pferd. Hinter ihm galoppierte Steka.

»Bist du völlig von Sinnen? Ich habe einen Augenblick nicht darauf geachtet, was du machst, und schon treibst du mit der Strömung davon. Bringt man euch Fürstentöchtern nicht bei, wie gefährlich ein reißender Fluss sein kann?«

Zum ersten Mal, seit sie sich kannten, wirkte er ernsthaft zornig, doch Libussa war nicht nach einem Streit zumute. Sie eilte ihm entgegen. »Hast du meine Kleidung mitgebracht?«

»Ich hatte wirklich Wichtigeres zu tun. Ich dachte, es würde mir nicht gelingen, dich einzuholen.«

Er sprang vom Pferd und erdrückte sie fast in seiner Umarmung. »Libussa, ich glaubte, du würdest ertrinken.« Seine Stimme klang heiser. Sie sah Tränen in seinen Augen und streichelte sein Gesicht.

»Du siehst, ich lebe noch.«

Er zog seine Tunika aus. »Hier, du frierst sicher. Jetzt lass uns zurückgehen und deine Kleider holen. Dann reiten wir nach Chrasten zurück. Es ist nicht weit von hier, am anderen Ufer. Ich bin daran vorbeigeritten, als ich dich einholen wollte. Vielleicht haben die Wachen dich im Wasser gesehen und es ist schon Hilfe unterwegs. Du brauchst eine heiße Suppe. Wenn wir in unserer Kammer sind, wärme ich dich schon auf.«

»Warte einen Augenblick. Es ist hier.«

»Was ist hier?«

»Der Ort, den ich in meinen Träumen gesehen habe. Die Biegung des Flusses und dann dieser Hügel. Genau an diese Stelle hat mich der Fluss getrieben. Ich glaube, das war ein Zeichen der Götter. Wir müssen uns diesen Hügel genauer ansehen. Vielleicht sollte ich hier wirklich eine Siedlung gründen.«

Er musterte sie stirnrunzelnd. »Du musst furchtbare Angst

gehabt haben. Das kann einen verwirren. Gehen wir erst einmal zurück. Dann kannst du in Ruhe nachdenken.«

Sie widersetzte sich seinen Armen, die sie in Stekas Richtung führen wollten. »Ich brauche nicht nachzudenken. Sieh doch!«

Sein Blick folgte der Richtung, die ihre Hand ihm zeigte. Verwirrt blieb er stehen.

»Es kann Zufall sein, dass du gerade hier ans Ufer gekommen bist«, meinte er dann. »Jetzt ist es erst einmal wichtiger, dich aufzuwärmen. Sonst bekommst du noch ein Fieber.«

Sie lachte. »Aber ich friere gar nicht mehr. Ich bin viel zu aufgeregt. Sehen wir uns die Umgebung doch einmal genauer an. Der Hügel ist nicht besiedelt.«

Sie nahm seine Hand und er folgte ihr zögernd bergan. Der Hügel war von dichtem Wald bewachsen. Libussa sprang zwischen den Bäumen hindurch wie ein Reh. Sie fühlte sich schwerelos, als würde sie von unsichtbaren Händen getragen. Das Dunkel des Waldes verschluckte sie beide. Premysl schlug vor umzukehren, doch Libussa zog ihn weiter. Die Melodie klang immer lauter in ihren Ohren. Als Premysl sie packte und festhielt, verstand sie zunächst nicht, warum. Erst dann bemerkte sie den alten Mann, der drohend einen Ast vor ihnen schwang. Seine Augen waren vor Angst weit aufgerissen. »Wer seid ihr? Was wollt ihr hier?«

Libussa hob abwehrend die Hände. »Wir kommen in Frieden. Lebst du hier?«

Er nickte zögernd. »Seit vielen Jahren. Aber es kommt fast nie jemand her. Die Dörfer liegen flussaufwärts von Chrasten. Was wollt ihr?« Der Mann hatte wallendes weißes Haar und einen Bart, der bis zu seiner Taille reichte. Seine Kleidung bestand aus zerrissenen Lumpen und Fellen. Libussa begriff, dass er an einem anderen Ort furchteinflößend auf sie gewirkt hätte, doch hier erschien ihr sein Auftauchen angemessen, als hätte sie diesen merkwürdigen Kauz erwartet.

Premysl trat vor. »Meine … meine Frau fiel in den Fluss und

wäre fast ertrunken. Wir gingen in den Wald, um einen ruhigen Ort zu suchen, wo sie sich aufwärmen kann.«

Libussa fand die Erklärung fadenscheinig, aber der alte Mann nahm sie hin.

»Ich habe eine Hütte nicht weit von hier. Kommt!«, murmelte er, wenn auch etwas zögernd. Er verschwand im Dickicht der Bäume und sie folgten dem Geräusch seiner Schritte. Plötzlich tauchte die Hütte vor ihnen auf. Sie lag inmitten einer Lichtung und das strahlende Sonnenlicht blendete Libussa.

»Er muss eine Stelle im Wald gerodet haben. Und er hat ein Feld angelegt«, flüsterte Premysl ihr ins Ohr.

Der alte Mann winkte sie herein. »Ich habe diese Hütte vor vielen Jahren gebaut. Langsam ist sie morsch geworden.« Die Einrichtung war noch ärmlicher als in Premysls ehemaligem Zuhause. Zudem lag ein unangenehmer Geruch in der Luft. Zwei Schweine und eine Ziege schienen dort ebenfalls zu wohnen, denn sie begrüßten den alten Mann freudig. Er streichelte sie und sprach sie mit Namen an.

»Da ist eine unvorsichtige junge Frau ins Wasser gefallen. Wir sollten ihr etwas Milch geben, meinst du nicht, Ljuba?«, sagte er zu der Ziege, als er einen unförmigen Holzbecher nahm und sie zu melken begann. Libussa fragte sich, ob er erwartete, dass sie sich dafür bei der Ziege bedankte. Die Tiere selbst sehnten sich jedenfalls nicht nach ihrer Aufmerksamkeit, denn sie verzogen sich schnell in einen Winkel der Hütte, als sei einzig die Gegenwart des alten Mannes ihnen genehm. Er streichelte sie und flüsterte ihnen Worte der Beruhigung in die Ohren. Es schien ihm leichter zu fallen, mit diesen Tieren zu reden als mit unbekannten Menschen, und Libussa erinnerte er darin an ihre Schwester Kazi.

Der alte Mann wies auf ein paar Felle, die in einer Ecke lagen. Er redete, ohne seine Gäste anzusehen. »Setzt euch. Ich bekomme nicht oft Besuch. Eigentlich nie.«

Dann wandte er sich wieder seinen Tieren zu. »Kommt, ihr

wollt sicher eine Weile nach draußen. Aber bleibt in der Nähe und vergesst nicht, wieder hier zu sein, bevor es dunkel wird. Keine Angst, die Gäste bleiben sicher nicht lange.« Leise murmelnd ließ er sie hinaus und blieb eine Weile vor der Hütte stehen, um zu beobachten, wohin sie liefen.

»Er lebt hier ganz allein. Warum nur?«, flüsterte Libussa Premysl ins Ohr.

»Früher wurden Leute, die eine schwere Missetat begangen hatten, aus der Dorfgemeinschaft ausgestoßen. Man erklärte sie für tot. Vermutlich sind die meisten von ihnen auch gestorben, denn wer kommt schon allein im Wald zurecht. Dieser Mann hat es wohl geschafft.«

»Meine Kinder gaben mir ein paar Tiere und Werkzeug mit. Heimlich natürlich«, erklang plötzlich die Stimme des alten Mannes. Er musste ein ungewöhnlich gutes Gehör haben. »Ich lief den Fluss entlang, bis ich diesen Hügel fand. Dort baute ich meine Hütte. Ich dachte, hinter der Biegung der Vltava wäre ich sicher. Die Tiere sollten mich ernähren, aber mit den Jahren wurde es unmöglich, sie zu töten. Diese drei, die noch übrig sind, habe ich selbst aufgezogen. Sie sprechen mit mir, wisst ihr? Abends beim Feuer unterhalten wir uns alle darüber, was wir am Tag erlebt haben.«

Sein Lächeln war das eines Kindes. Aber er musste ein Verbrecher sein, sonst hätte man ihn nicht verbannt. Libussa hatte zu frieren begonnen. Der alte Mann merkte es wohl, denn er machte sich an der Feuerstelle zu schaffen. Vielleicht suchte er auch nur nach Beschäftigung. Nach vielen Jahren der Einsamkeit schien die Gegenwart von Menschen ihn zu verunsichern.

»Wovon lebst du hier, wenn du deine Tiere nicht schlachten willst?«, fragte Premysl.

Der Alte wies auf eine Steinschleuder sowie Pfeil und Bogen in einer Ecke der Hütte. »Ich jage im Wald.«

»Und das Feld vor deiner Hütte?«, bohrte Premysl weiter nach.

»Dort baue ich an. Was sonst? Gemüse und Getreide.«

»Sind die Erträge gut?«

Der alte Mann drehte sich langsam zu ihnen um. Sein Gesicht wirkte niedergeschlagen.

»Ich habe immer gewusst, dass eines Tages jemand kommen würde, der hier ebenfalls leben will. Es ist nicht weit weg von den anderen Siedlungen, aber die Erde hier ist unverbraucht. Ja, die Erträge sind gut. Im Wald lebt viel Wild, das einen ernähren kann. Es gibt einen Bach in der Nähe, wo ich Wasser hole, denn am Fluss bin ich von weitem schon zu entdecken. Das kann gefährlich sein. Manchmal ziehen Händler dort vorbei. Wenn ich sie sehe, winke ich ihnen zu und mache ein paar Tauschgeschäfte mit meinen Fellen. Das ist ein sehr geeigneter Ort, um sich niederzulassen.«

Er verstummte und senkte den Blick, als gäbe es nichts mehr zu sagen. Libussa war plötzlich unwohl zumute. Sie fühlte sich wie ein unerwünschter Eindringling.

»Nach so vielen Jahren allein im Wald wärst du doch sicher froh über etwas Gesellschaft?«, fragte sie unsicher. Der alte Mann setzte sich seufzend auf den Boden. »Ich habe nichts Verwerfliches getan, Mädchen. Auch wenn ich in deinen Augen sehe, dass du mich für einen Verbrecher hältst. Du hast ein sehr offenes, freundliches Gesicht und gibst dir sogar Mühe, deinen Verdacht zu verbergen. Du erscheinst mir so gutmütig und vertrauensselig, wie ich auch einmal gewesen bin. Aber hüte dich vor den Menschen.«

»Was ist dir geschehen?«, fragte Premysl.

Der Alte senkte seinen Blick. »Ein Nachbar verleumdete mich im Dorf. Ihm gefiel meine Frau, und ihr Hof, der größte im Dorf, gefiel ihm noch besser. Meine Frau hatte ein Kind geboren, ein Mädchen. Ich war nicht der Vater. Sie hat es mir nicht verschwiegen. Ich wusste, dass sie ein Recht auf ihre Freiheit hatte, und war selbst bei anderen Frauen gelegen, doch es schmerzte mich trotzdem. Eines Abends, nach zu vielen Bechern Met, erzählte ich meinem Nachbarn davon. Bald darauf war das kleine Mädchen tot und ich galt als der Mörder. Ihr müsst mir nicht glauben. Ich weiß, die meisten Verurteilten beteuern ihre Unschuld. Aber mir ist danach die Lust auf menschliche Gesellschaft vergangen. Meine Tiere reichen mir. Ich weiß, ihnen kann ich trauen. Wenn ihr mit anderen Menschen hierherkommt, dann lasst mir meine Hütte und meinen Frieden. Ich werde die Hütte ausbessern, damit niemand denkt, sie sei unbewohnt, und sich in ihr breitmachen will.«

»So soll es sein«, erklärte Premysl und stand auf. »Ich glaube, wir gehen jetzt besser«, meinte er zu Libussa.

Sie stiegen den Hügel hinab und gingen zurück zu den Pferden. »Die Gegend ist bestens geeignet für eine Siedlung«, meinte Premysl. »Fruchtbarer Boden und Wild. An dieser Biegung des Flusses kann man einen Marktplatz für fahrende Händler errichten. Dadurch kommen Waren in den Ort.«

Libussas Tatendrang hatte nachgelassen. »Meinst du wirklich, es ist ein gutes Vorhaben? Der alte Mann wäre gern allein.«

Premysl legte seinen Arm um ihre Schulter. »Früher oder später kommt jemand auf die Idee, sich hier niederzulassen. Unverbrauchtes Land in der Nähe von Chrasten, das zieht Menschen an. Er hat es immer geahnt. Du kannst ihm Sonderrechte einräumen, damit er seinen Frieden hat. Andere würden nicht so freundlich mit ihm verfahren.«

Sie nickte. »Aber warum soll ich als Fürstin meine Leute auffordern, den Wald hier zu roden und Felder anzulegen? Die Bauern haben doch bereits ihre Dörfer.« Jetzt, wo ihr Traum seinen Niederschlag in der Wirklichkeit fand, fühlte sie sich auf einmal unsicher und verwirrt.

»Ich sagte doch bereits, dass die Dörfer übervölkert sind. Ich kann Freiwillige auftreiben. Vor allem jetzt, da die fürstlichen Clans uns Bauern immer mehr ausbeuten wollen. Ich lege mein Wort für dich ein, Libussa, und viele werden in deiner

Siedlung leben wollen. Ich habe Freunde, die auf meinen Rat vertrauen. In ein paar Jahren hast du hier eine Festung, die von Hütten umgeben ist. Wir bauen auch einen Schrein für die Götter. Es muss einen Grund geben, warum du von einer Siedlung an diesem Ort träumtest und der Fluss dich heute hierhergetragen hat.« Die Begeisterung in seiner Stimme wirkte ansteckend. Sie spürte seinen Drang, sich als nützlich zu erweisen, und ergriff dankbar seine Hand.

»Bis Onkel Krok wieder aus Mähren zurück ist, könnte schon ein Teil der Siedlung stehen. Dann klingt mein Traum nicht mehr wie ein Hirngespinst.« Das Glücksgefühl kehrte zurück, auch wenn sie keine Traumbilder mehr sah und die Melodien verstummt waren. Ihre Vision würde sich nun verwirklichen.

»Außerdem solltest du dir einen Namen überlegen für deine Siedlung«, sagte Premysl, während sie auf ihre Pferde stiegen. »Wir könnten sie nach dir benennen. Libuschin oder so ähnlich.«

Sie dachte an den alten Mann und verneinte. Leider wusste sie nicht, wie der eigenartige Kauz hieß. »Auch wenn der alte Einsiedler sich nicht nach Gesellschaft sehnte, nahm er die unsere hin. Er bat uns über seine Türschwelle und hat uns bewirtet. Deshalb soll der Ort Praha heißen, wie die Türschwelle, als Zeichen der Achtung vor seiner Gastfreundschaft. Außerdem gefällt mir dieser Name. Ein jeder Mensch, der über eine Türschwelle tritt, muss sein Haupt beugen. Ganz gleich, ob er Fürst, Schamane oder Bauer ist. Das sind die alten Sitten, nach denen niemand in unserem Volk ein Recht hatte, sich über andere Menschen zu stellen.«

Premysl brachte schon nach einer Woche einige Dutzend Leute, die bereit waren, sich ein neues Zuhause zu bauen. Sie begannen, die Bäume auf dem Berg zu fällen, doch ging es sehr langsam voran. Libussa überredete einige Knechte und Mägde mitzuhelfen, indem sie ihnen eine gute Stellung in der neuen

Siedlung versprach. Ein paar Bäume mehr fielen. Ihr Ächzen schmerzte in Libussas Ohren.

»Wo soll deine Festung stehen?«, fragte Premysl nach einigen Wochen. Sie zuckte mit den Schultern.

»Oben am Gipfel wie alle Festungen. Der Schrein sollte in der Nähe erbaut werden, damit es kein so weiter Weg ist zu den Zeremonien.«

»Und wo genau möchtest du ihn, deinen Schrein?«

Sie wollte sagen, dass es darauf nicht ankam, doch ein großes steinernes Gebäude schob sich vor ihre Augen. Sie sah es in aller Deutlichkeit ein Stück unterhalb des Gipfels stehen und richtete ihren Arm auf jene Stelle, auch wenn ihr klar war, dass keiner ihrer Leute einen solchen Bau würde errichten können. Doch es schien, als wollte die Göttin an jenem Ort ein Zuhause haben.

Weitere Wochen später war der Wald geschrumpft. Libussa brachte den Arbeitern gemeinsam mit anderen Frauen Nahrung und Wasser. Als die Bäuerinnen anfingen, Wurzeln aus der Erde zu reißen, damit dort Felder angelegt werden konnten, versuchte sie, sich daran zu beteiligen. Am Anfang stellte sie sich sehr ungeschickt an, und einmal entglitt ihren Händen eine große Wurzel und sie fiel rücklings zu Boden. Verlegen nahm sie die unterdrückten Lacher zur Kenntnis.

»Mach dir nichts draus, die Leute sind dankbar, dass du mit anpacken willst«, versicherte ihr Premysl, doch sie war sich nicht sicher, ob sie ihm glauben sollte. Manch eine Bäuerin hatte abfällig gegrinst, als Libussa sich stöhnend ihre wunden Hände im Fluss wusch. Jedes Glied ihres Körpers schmerzte, wenn sie sich abends in einem Zelt zum Schlafen legte, denn um nach Chrasten zu reiten, war sie zu erschöpft. Oft sehnte sie sich nach der Geborgenheit ihrer Kammer und verstand nicht, warum eine seltsame Kraft sie am nächsten Tag wieder aufstehen und mit der Arbeit fortfahren ließ. Es war, als folge sie einer inneren Weisung, die sie nicht einmal gehört hatte.

Die Festung wurde aus hölzernen Balken errichtet, die mit einer Mischung aus Lehm und Moos bestrichen wurden. Sie glich Chrasten sowie allen anderen derartigen Bauten, denn niemand sah einen Grund, die Konstruktion zu verändern. Ein zweistöckiges Gebäude wuchs heran, mit dem großen Saal, in dem Libussa ihre Versammlungen abhalten würde, und daneben noch ein paar kleinen Räumen für sie und ihre Familie. Thetka und Eric waren bald ebenfalls bereit mitzuhelfen, da ihnen der Sinn nach einem neuen Abenteuer stand. Zwar erwies es sich als mühselig, doch Thetkas Stolz verbot es ihr, sich wieder gelangweilt zurückzuziehen. Schließlich traf auch Kazi ein, um Arbeiter zu versorgen, die von Baumstämmen oder beim Errichten der Wände verletzt worden waren.

Um den großen Bau herum entstanden Getreidespeicher sowie die Hütten für jene Bauern, die sich als Handwerker und Bedienstete in Praha niederlassen wollten. Zunächst grub man viereckige Gruben in den Boden, um die herum die Wände errichtet wurden. Seit jeher wurden die Wohnhäuser ihres Volkes tieferdig angelegt, so dass man eine kleine Leiter hinuntersteigen musste, wenn man sie betrat. Ihre Strohdächer reichten bis zum Boden.

Man hatte bereits mit dem Bau der Festungsmauer begonnen, als Krok von seiner Reise zurückkehrte. Libussa machte sich sogleich auf den Weg nach Chrasten, sobald sie die Neuigkeit hörte, und trat ihrem Onkel mit verschmutztem Gewand und wundgeriebenen Händen entgegen.

Sie wusste, dass sie jetzt endgültig aussah wie die Gefährtin eines Bauern, und war bemüht, diesen Umstand unterhaltsam zu finden, was ihr Onkel mit Sicherheit nicht tat. Unsicher richtete sie ihren Blick auf sein Gesicht, doch war darin nicht der befürchtete Ärger zu erkennen.

»Du willst eine neue Festung bauen, hat man mir erzählt. Ist das Zuhause deiner Vorfahren nicht mehr gut genug für dich?«

Sie hatte mit dieser Frage gerechnet und ihre Antwort sorgfältig vorbereitet. »Auch Chrasten wurde erbaut, weil es nötig war. Vorher hatten wir ein anderes Zuhause. Nun ist es an der Zeit, eine neue Siedlung zu gründen, denn unsere Dörfer sind zu sehr gewachsen.«

Er nickte nachdenklich. »Man könnte aber auch einfach nur neue Dörfer und Felder anlegen. Warum gleich eine Festung?«

Libussa wusste, dass es wenig Sinn hätte, ihm von einem Traum zu erzählen. Doch es fiel ihr sehr schnell eine andere Begründung ein: »Wenn Angreifer kommen, wollen die Bauern aus dem Umland in die Festung flüchten. Doch Chrasten und unsere anderen kleinen ummauerten Siedlungen reichen nicht mehr aus, um alle Leute aufzunehmen. Außerdem kann in den neuen Getreidespeichern mehr gelagert werden, falls wieder Notzeiten kommen.« All diese Dinge hatte sie von Premysl erfahren.

Krok blickte weiter skeptisch drein, widersprach aber nicht. Lange schwieg er, in Gedanken versunken, und Libussa schämte sich ihrer eigenen Ängstlichkeit. Wann endlich würde sie lernen, jenem Mann, der sie erzogen hatte, furchtlos die Stirn bieten zu können? Warum kostete jede Auseinandersetzung mit ihm sie immer noch Überwindung?

»Stammt die Idee von dir oder von Premysl?«, fragte Krok schließlich stirnrunzelnd.

»Wir wollten es beide«, erwiderte sie wahrheitsgemäß, denn ohne Premysls Hilfe würde sie immer noch darüber nachgrübeln, welchen Sinn ihre seltsamen Träume hatten.

Krok fuhr sich mit den Fingern durch sein silbergraues Haar. »Nun gut, es hört sich an wie eine Sache, die ihr beide zusammen ausgeheckt habt. Wie viele Arbeitskräfte sind es?«

»Mittlerweile an die hundert, Onkel. Premysl ließ die Nachricht im Umland verbreiten, und viele sind gekommen. Junge Bauern, denen es in ihren Dörfern zu eng geworden ist. Manche sind, glaube ich, auch vor Sklavenhändlern geflohen. Wir stellen keine Fragen, solange sie ihre Arbeit verrichten.«

»Ich werde einige Reiter losschicken, damit die Kunde noch weiter dringt. Ihr braucht mehr Menschen, um eine solche Siedlung am Leben zu erhalten«, erklärte der Onkel zu ihrer Überraschung. »Und morgen werde ich mir euer Bauwerk einmal ansehen. Ich vermute, weder Premysl noch du hast eine Ahnung, wie man einen sicheren Schutzwall errichtet.«

Das Grundgerüst der Mauer von Praha bestand aus Holzbalken, die mit einer dicken Schicht von Steinen verstärkt werden mussten, damit kein Feind sie einfach niederbrennen konnte. Männer wurden losgeschickt, um Steine aus nahe gelegenen Felsen zu brechen und sie mit Hilfe von Karren zur Baustelle zu transportieren. Dies schien der mühseligste und anstrengendste Teil des ganzen Baus. Premysl beteiligte sich selbst an den schweren Arbeiten. Viele Wochen lang sah sie ihn nur im Zustand völliger Erschöpfung. Die Schwielen an seinen Handflächen verhärteten sich, während die steinerne Wand so langsam wuchs, dass Libussa kaum Unterschiede bemerkte. Schmutz, Schweiß und Schmerzen waren zu einem selbstverständlichen Bestandteil ihres Lebens geworden, als die Mauer endlich fertig gestellt war. Oben spitzte man die Pfähle an, um ein Eindringen von Feinden zu erschweren. Vier Wachtürme wurden gebaut, die mit Leitern zu erklimmen waren, und ein von Balken gestützter Rundgang, der die Türme miteinander verband. Danach begann man, rund um die Mauer von Praha einen Graben auszuheben. Die Brücke zum Eingangstor konnte eingezogen werden, sobald ein Angriff drohte. Es waren zusätzliche Holzpalisaden zur Sicherung des Grabens geplant. Libussa missfiel es als Einziger, den Kern ihrer Festung derart eingezäunt zu sehen, denn in ihren Träumen schien Praha allen Fremden zugänglich. Doch sie wusste, dass solche Träume nicht der Wirklichkeit entsprachen. Eine Festung diente immer auch dem Schutz ihrer Bewohner.

Der Schrein wurde errichtet, als die Mauer bereits stand. Premysl schnitzte eine Statue der Göttin Morana und fertigte auch Bildnisse von Perun, Veles und Mokosch an. Schamanen stimmten heilige Gesänge an, um die Götter in ihr neues Heim zu rufen. Libussa sprach Gebete und hielt die heilige Tonscheibe der Sonne entgegen. »Mokosch, große Mutter und Göttin der Sonne, segne diesen Ort mit deiner Gegenwart, auf dass er blühen und gedeihen möge.« Sie hatte das Gefühl, eine unsichtbare Hand streife ihr Gesicht.

Ihr Schlaf war friedlich geworden, was sicher auch an der täglichen Erschöpfung lag. Premysl freute sich über bessere Lebensmöglichkeiten für viele Bauern, die vor der Festung frisches, unverbrauchtes Land vorfinden konnten. Krok freute sich über die günstige Lage der Siedlung als Handelsplatz. Die Biegung des Flusses würde viele Schiffe zum Halten bringen, die an Chrasten vorbeigefahren waren. So gab es bessere Möglichkeiten, Tauschgeschäfte zu machen, von denen alle Bewohner Prahas und der Umgebung Vorteile ziehen konnten. Die Anlegestelle war bereits erbaut. Mit der Gunst der Götter, meinte Krok, könnte Praha zu einem Ort werden, der sich bei den fahrenden Händlern aus aller Welt großer Beliebtheit erfreute. Libussa spürte, dass sie getan hatte, was sie tun musste. Alles weitere würden höhere Mächte entscheiden, deren Ziele ihr unbekannt waren.

Am Abend der Einweihung, als es dunkel wurde, blieb Libussa allein an dem Schrein zurück, in der Hoffnung, die Götter würden ihr ein Zeichen geben. Sie wollte beten, wie sie allen erzählte, und da die Mauer bereits stand, ließ man sie gewähren. Zunächst fühlte sie nur Einsamkeit und Kälte. Die Statue der Göttin Morana schien nichts weiter als eine schöne Schnitzerei. Erst nachdem die feinen Melodien wieder in ihren Ohren erklangen, sah sie, wie das Holz zu leuchten begann, als sei es Harz.

»Dies ist der Ort, den wir schaffen wollten, bevor man uns vergisst. Er wird fortbestehen, auch wenn niemand mehr unsere Namen kennt«, unterbrach eine weibliche Stimme die Musik. »Hierher wird er kommen, um bis zum Ende für uns zu kämpfen.«

»Wer wird kämpfen?«, fragte Libussa verwirrt. Das Strahlen der Statue war so stark geworden, dass sie die Augen schloss. Sie sah vor ihrem inneren Auge einen jungen Mann mit pechschwarzem Haar, dessen brauner Körper fast nur aus Muskeln zu bestehen schien, Er schwang sein Schwert mit einem müden Blick in den seltsam schrägen Augen.

»Sein Name bedeutet Erinnerung. Er wird die alten Götter und Sitten nicht vergessen«, flüsterte die Stimme der Göttin ihr ins Ohr.

Als Libussa aus ihrem Traum erwachte, grübelte sie, welche Bedeutung er haben könnte. Doch nachdem sie angefangen hatte, gemeinsam mit anderen Frauen Essen für die Arbeiter vorzubereiten, zerfiel er bereits in unzusammenhängende Scherben. Bald schon hatte sie ihn fast vergessen.

5

Libussa stand oben auf dem Wehrturm und musterte die Umgebung. Die Arbeit vieler Jahre hatte den Wald noch weiter zurückgedrängt. Zahlreiche Dörfer waren auf dem Hügel und in seiner Umgebung entstanden, und da die Erträge gut waren, wie Premysl vorausgesehen hatte, wuchsen sie ständig. Auch am anderen Ufer der Vltava begannen sich neue Siedler niederzulassen. Premysl zog den Bau einer Brücke in Erwägung, die allerdings hoch genug sein musste, damit die Schiffe und Flöße der Händler unter ihr durchfahren konnten. An der Anlegestelle war ein großer Holzbau errichtet worden, um diesen fahrenden Händlern eine Unterkunft zu bieten. Es kamen inzwischen so viele, dass es nicht immer möglich war, sie in der Festung unterzubringen. Der Hof stand nun voller Hütten, in denen die Handwerker lebten. Leute aus dem Umland kamen regelmäßig mit Karren, um Felle, Leder und Getreide zum Tausch anzubieten. Libussa hatte einen Markttag in der Woche eingeführt, an dem Praha wie ein fremder Ort wirkte, so viele unbekannte Gesichter liefen dann in der Festung herum. Sie hatte darin bereits große rotbärtige Nordmänner gesehen und kleine schwarzhaarige Menschen mit ledrig brauner Haut sowie einige Schrägaugen aus dem Reich der Awaren. Premysl schenkte ihr einmal die Statue eines kleinen lächelnden Mannes, der in einer höchst unbequemen Stellung auf dem Boden saß. Seine Beine wirkten wie ineinander verknotet. Angeblich handelte es sich dabei um eine Götterfigur aus einem sehr weit entfernten Land. Obwohl Premysl das Eintreffen von Edelsteinen und Silber immer noch mit Skepsis beäugte, gelang es ihm, mit seinen geschnitzten Statuen überaus gute Tauschgeschäfte zu machen.

Dass die jährlichen Zeremonien nun hier stattfanden und die fürstlichen Clans sich im großen Saal von Praha versammelten anstatt in Chrasten, galt mittlerweile als selbstverständlich. Kazi und Thetka waren der Schwester in das neue Heim gefolgt. Nur Krok blieb in Chrasten, das glücklicherweise zu Pferd sehr schnell zu erreichen war. Libussa konnte deutlich die Türme der älteren Festung am Horizont erkennen. Kroks Abwesenheit schmerzte zunächst, doch mit der Zeit erkannte sie es als befreiend, nicht ständig im Schatten ihres Onkels zu stehen. Diese Festung mit den umliegenden Siedlungen war von ihr ins Leben gerufen worden. Sie hatte dadurch bei ihren Leuten an Ansehen gewonnen.

Zufrieden kletterte sie die Leiter in den Hof hinab. Es war ein milder Herbsttag, und da sie die letzten Ratsuchenden bereits angehört hatte, konnte sie mit Premysl vielleicht noch kurz am Ufer ausreiten, bevor die Dämmerung anbrach. Mit raschen Schritten ging sie auf das Hauptgebäude zu und erschrak, als plötzlich eine Kinderhand nach ihrem Arm griff.

»Sieh her, was ich hier habe, Tantchen!«, rief das kleine blonde Mädchen, die Tochter ihrer Schwester Thetka, stolz und hielt ihr einen Holzkäfig entgegen, in dem eine Amsel saß. »Vojen und ich haben sie im Wald gefunden, mit gebrochenem Flügel. Da haben wir sie zu Tante Kazi gebracht, die sie versorgt und in den Käfig gesteckt hat. Sie sagt, ich soll sie füttern, bis sie wieder fliegen kann. Und wenn ich es nicht richtig mache, dann nimmt sie sie mir wieder weg, so wie damals den jungen Hund. Sie sagt, Vojen kann kein Tier versorgen, obwohl er ihr Sohn ist.«

Stolz schwang in Vlastas Stimme mit. Ihr war eine Aufgabe zuteil geworden, die jemand anderem nicht zugetraut wurde. Libussa betrachtete die vor Angst zitternde Amsel. Es erstaunte sie, dass Kazi Thetkas Tochter Vlasta freiwillig ein Tier anvertraute, denn Fürsorglichkeit gehörte nicht unbedingt zu den guten Eigenschaften des wilden Mädchens, das vor kurzem sieben Jahre alt geworden war. Vielleicht hoffte Kazi, Vlasta würde durch die Pflege von Tieren Rücksichtnahme lernen, aber Libussa war skeptisch. In Thetkas Tochter war der ungeduldige, herrische Geist der Fürstin Scharka wiedergeboren worden. Sie schien noch starrköpfiger und aufbrausender als Thetka selbst. Libussa strich dem Mädchen über das Blondhaar.

»Sag am besten einer deiner Mägde, dass sie dich daran erinnern soll, den Vogel regelmäßig zu füttern. Außerdem braucht er sicher auch Wasser. Wir wollen doch nicht, dass er stirbt. Dann wäre Kazi sehr traurig.«

Vlasta nickte und eilte mit dem Käfig davon. Ein paar Schritte von Libussa entfernt war nun ein Junge stehen geblieben, der das Geschehen mit todernstem Gesicht betrachtete. Libussa lächelte ihm zu, doch er reagierte nicht darauf. Seine dunklen Augen folgten Vlasta, die an ihm vorbeilief, ohne ihn zu beachten.

Vojen hatte das spitze Gesicht und den dunklen Haarschopf seiner Mutter Kazi geerbt. Er war auch ebenso verschwiegen, stets in sich gekehrt, als trenne ihn eine unsichtbare Mauer von anderen Menschen. Doch während Kazi in ihrer Verschlossenheit zufrieden schien, blickte der Junge meist mürrisch drein. Libussa begrüßte ihn freundlich, so dass er ihr wohl oder übel zunicken musste. Dann ging sie weiter. Sie hatte im Augenblick nicht die Muße, um den schwierigen Vojen zum Reden zu bringen, auch wenn ihr jetzt wieder einfiel, dass Kazi ihrem Sohn kein Tier mehr zur Pflege überlassen hatte, seit ihm einmal ein verletztes Lämmchen gestorben war. Dabei war es von Wölfen zerbissen worden, und sein Tod wäre auch dann eingetreten, wenn Vojen nicht kurz vergessen hätte, nach dem Tier zu sehen. Mit seinen fünf Jahren war er kaum in der Lage gewesen, Verantwortung für ein anderes Leben zu tragen. Es musste ihm ungerecht erscheinen, dass seitdem nur Vlasta mit Aufgaben betraut wurde, die seine Mutter für wichtig hielt. Libussa war bereits mehrfach aufgefallen, wie abweisend Kazi ihren Sohn behandelte, und sie beschloss, ihre Schwester in einem günstigen Moment darauf anzusprechen. Sie wollte Kazi darauf hinweisen, wie sehr sie den Göttern, vor allem der großen Mutter Mokosch, zu Dank verpflichtet war, ein gesundes Kind zur Welt gebracht zu haben.

Als Kazi, die allgemein männliche Gesellschaft mied, sich mit Bivoj, einem herumziehenden Krieger zusammentat, waren alle überrascht gewesen. Das Verhältnis hielt auch nicht lange. Sobald Kazi ihre Schwangerschaft bemerkte, wurde ihr Verhalten gegenüber Bivoj immer kühler, so dass er schließlich beschloss, sein Glück an einem anderen Ort zu suchen. Die Geburt seines Sohnes bekam er nicht mehr mit. Libussa erinnerte sich an Kazis unzufriedene Miene, als sie den kleinen Vojen zum ersten Mal in ihren Armen hielt.

»Einen Sohn hätte ich vielleicht besser dem Vater mitgeben sollen, damit er einen Krieger aus ihm macht«, hatte die Schwester nur gemurmelt. Libussas Ermahnung, dass auch Söhne zum Clan ihrer Mütter gehörten, ertrug sie geduldig, ohne sie ernst zu nehmen.

Warum schenkte Mokosch ihrer Schwester einen Sohn, wenn sie es nicht einmal zu schätzen wusste? In ihrem eigenen Leben war der Kindersegen bisher ausgeblieben, auch wenn Premysl und sie immer noch bei jeder Gelegenheit das Lager teilten. Sie hatte regelmäßig am Schrein Moranas gebetet, Kazis Ratschläge befolgt, doch ihr sehnlichster Wunsch blieb unerfüllt.

In düstere Gedanken versunken betrat sie ihre gemeinsame Kammer und fand dort Premysl vor. Immer noch trug er einfache Bauernkleidung, auch wenn sein Ansehen mit der neuen Siedlung gewachsen war. Bei den Sitzungen im großen Saal verharrte er an Libussas Seite, mischte sich aber nur selten in die Gespräche ein. Tat er es doch, so zeugten seine Worte von bemerkenswertem Verstand. Aber er hielt es für alberne Wichtigtuerei, mehr als unbedingt nötig vor den Versammelten zu sprechen. Die fürstlichen Clans hatten gelernt, seine Anwesenheit hinzunehmen. Der Gefährte einer Fürstin war nur in Ausnahmefällen wichtig gewesen, nicht selten wurde er bald durch einen anderen Mann ersetzt. Da Libussa als Fürstin der Cechen und Hohe Priesterin durch die Gründung Prahas neuen Wohlstand ins Land gebracht hatte, war Widerspruch gegen ihr Verhalten selten geworden.

»Lass uns noch kurz ausreiten, bevor das Abendessen fertig ist«, meinte sie nun zu Premysl, der bereitwillig aufsprang. Wieder einmal sattelte er die Pferde selbst, bevor sie durch das Tor der Mauer ins Freie ritten. Libussa hatte gehofft, der Ausflug würde sie von ihrer Unzufriedenheit ablenken, und tatsächlich schwanden Zorn und Bitterkeit, als die vertraute Landschaft vor ihr auftauchte. Der Fluss glänzte in der Abendsonne, als sei er von Glassteinen bedeckt, und dahinter leuchtete das Laub der Bäume golden. Ehrfürchtig musterte Libussa die Schönheit, die Morana der Erde, ihrem Leib, verleihen konnte. Sie selbst war nur Teil dieses Ganzen, verbunden mit dem ewigen Kreislauf der Zeiten, und sollten ihr niemals Kinder geboren werden, so musste dies der Wille der Götter sein, dem sie sich zu fügen hatte. Dieser Gedanke erleichterte sie, und sie schloss für einen Moment die Augen. Vor ihrem geistigen Auge zogen nun Menschen vorbei, eine Gruppe zerlumpter, elender Gestalten, die von Männern zu Pferd mit Stöcken vorangetrieben wurde. Mittendrin tauchte das Gesicht eines Knaben auf. Es war dunkel wie nasse Erde und schien in seiner Trauer uralt, als habe dieses Wesen zu viel Leid erlebt, um noch Freude am Leben empfinden zu können.

»Sieh, Libussa!«, hörte sie plötzlich die Stimme ihres Gefährten und riss die Augen auf. »Ich glaube, da treffen neue Händler ein.«

Ein riesengroßes Schiff kam langsam näher. In den Fluten der Vltava hoben und senkten sich die Ruder. Zahllose Gesichter waren auf Praha gerichtet, denn dieses Schiff schien zum Bersten voll mit Menschen. An seinem Mast sah Libussa die Fahne der fahrenden Händler und begann sogleich zu überlegen, wo sie all diese Leute unterbringen konnte. Ihr Herz hämmerte vor Aufregung, denn dies schien eine günstige Gelegenheit, Prahas Ruhm zu steigern. Ein derart großes Handelsschiff war bisher noch niemals eingetroffen.

»Mein Name ist Muhammad Ibn Said«, erklärte ein hochgewachsener Mann, als das Schiff die Anlegestelle erreicht hatte und Knechte halfen, es mit Seilen zu befestigen. Er musste der Handelsherr sein. Zu ihrem Erstaunen bemerkte Libussa, dass viele der übrigen Menschen an Bord Fesseln trugen und ängstlich um sich blickten. Sie fröstelte trotz der milden Abendluft. Der fremde Händler war dunkelhäutig und sein Gesicht glich dem eines Adlers, edel und stolz. »Ich habe während meines Aufenthalts in Kiev von diesem Ort gehört und komme nun hierher, um meine Waren anzubieten«, fuhr er fort. »Die Händler in Kiev schwärmten von deiner Weisheit und deiner Schönheit, hohe Frau. Ich sehe nun, dass sie die Wahrheit sprachen.«

Libussa nickte zur Begrüßung, wie es sich gehörte. Doch die Worte dieses Mannes schmeckten wie mit zu viel Honig gefüllter Kuchen. Sie waren ihr unangenehm.

»Woher kommst du, Fremder?«

»Aus den Ländern des Propheten«, erwiderte er, und als ihm klar wurde, dass sie mit dieser Antwort nichts anfangen konnte, lächelte er nachsichtig.

»Meine Heimat heißt Cordoba. Eine prächtige, reiche Stadt, doch neige ich mein Haupt angesichts der Größe dieses Ortes.«

Libussa vermeinte, Spott in den dunklen Augen aufblitzen zu sehen.

»Ich heiße dich willkommen, Fremder«, sagte sie mit fester Stimme, denn sie zweifelte, seinen Namen richtig aussprechen zu können. »Du kannst deine Waren in zwei Tagen in meiner Festung anbieten. Dann ist Markttag. Bis dahin soll das Gebäude am Ufer der Vltava deinen Leuten zur Verfügung stehen. Erweise mir die Ehre, dich in meiner Festung als Gast zu begrüßen.«

Das Lächeln schien auf dem Gesicht des Fremden festgewachsen zu sein. Doch aus seinen Augen sprach Unmut. »Ich habe viel Ware, Fürstin«, sagte er, und gleichzeitig irrte sein Blick verwirrt über die versammelten Anwesenden, als suche er nach einem geeigneteren Gesprächspartner. Kurz blieben seine Augen an Premysl hängen, doch als dieser nicht die erwartete Reaktion zeigte, wandte er sich wieder Libussa zu. »Ich bringe Sklaven ins Land. Viele davon. Ich muss sie sicher unterbringen können, bevor sie verkauft werden.«

»Es ist bei uns nicht üblich, mit Menschen zu handeln!«, sagte Premysl nun, ohne auf Libussas Zustimmung zu warten. Der fremde Händler musterte ihn überrascht.

»Ein jedes Volk braucht Sklaven. Sie können eure Siedlung reich machen.«

»Diesen Reichtum brauchen wir nicht!«

Libussas Unbehagen wuchs. Im Herzen stimmte sie Premysl zu, doch wie oft hatte Onkel Krok betont, dass der Handel wichtig für Praha war! Vermutlich wäre es keine gute Idee, diesen offensichtlich wohlhabenden Händler vor den Kopf zu stoßen.

»Es ist, wie mein Gefährte sagte«, erklärte sie daher. »Wir handeln nicht mit Menschen, doch du hast sicher andere Waren, die du anbieten könntest. Bringe sie in zwei Tagen nach Praha. Dann findet dort der Markt statt. Deine Sklaven kannst du hier am Ufer unterbringen. Es würde mich ehren, dich bald an meiner Tafel zu sehen, Fremder. Erzähle uns von der Pracht deiner Heimat.«

Dann überließ sie den Händler der Hilfe ihrer Knechte und zog sich gemeinsam mit Premysl zurück.

»Das kann nicht dein Ernst sein. Ein Sklavenhändler!« Premysl stand mitten in ihrer Kammer und schrie. Seine Stimme traf Libussa wie ein Schlag ins Gesicht. Sie trat einen Schritt zurück und atmete tief durch. Bisher hatten sie sich nur selten gestritten. Angeschrien hatte Premysl sie noch niemals.

»Auch die Nordmänner, die hier waren, halten Sklaven«, erklärte sie so gefasst wie möglich. »Überall wird mit ihnen gehandelt. Als wir Kriege mit anderen Völkern führten, da behielten auch wir Gefangene bisweilen als Sklaven.«

»Das war etwas anderes!«, entgegnete er entschieden. »Diese Leute blieben als Knechte und Mägde bei uns, doch wenn sie sich unserer Lebensweise anpassten, wurden sie mit den Jahren zu einem Teil der Dorfgemeinschaft und gingen sogar Ehen mit unseren Leuten ein. Doch dieser Mann, der seine Nase für meinen Geschmack zu hoch trägt, handelt mit Menschen, als wären sie Vieh. Er kauft sie unterwegs ein, nur um sie an einem anderen Ort wieder an den Meistbietenden zu verschachern. Wie kannst du ihn an deiner Tafel dulden, Libussa? Wir sollten Krieger sammeln, Nachrichten in die umliegenden Dörfer schicken, damit diese Unglücklichen befreit werden. Ich habe mit einigen der Knechte an der Anlegestelle gesprochen. Sie sollen helfen, Umzäunungen zu errichten, damit die menschliche Ware sich nicht so schnell davonmachen kann. Libussa, die meisten dieser Sklaven sind Leute aus unserem Volk. Aus dem Lande Rus. Sie wurden vermutlich von den Awaren oder anderen Räubern gefangen und dann an diesen … diesen Kerl mit dem unaussprechlichen Namen verkauft.«

Seine Worte versetzten Libussa einen Stich, als habe sie eine Schwertklinge getroffen. »Um meine Krieger loszuschicken, damit diese Leute befreit werden, dazu bräuchte ich die Zustimmung von Onkel Krok«, erklärte sie niedergeschlagen. »Aber ich weiß, dass er sie mir nicht geben wird. Auch die Fürsten der anderen Clans werden mir grollen, wenn ich einen so wohlhabenden Händler aus unseren Ländern vertreibe. Bitte, Premysl, sieh ein, dass ich nicht anders handeln kann.«

Er musterte sie eine Weile mit finsterem Blick. »Was bin ich froh, nicht selbst ein Fürst zu sein«, erklärte er schließlich. Obwohl er danach kaum ein Wort mit Libussa sprach, war er am nächsten Tag bereit, mit dem fremden Händler an einer Tafel zu sitzen – auch wenn er darauf bestand, wieder einmal seine Bauernkleidung zu tragen. Kazi hingegen lehnte es ab, den Fremdling kennen zu lernen. Thetka erschien, wie immer prächtig herausgeputzt, an der Seite von Eric.

Muhammad Ibn Said war in weiße Gewänder gehüllt. Ketten mit Schmucksteinen hingen um seinen Hals und er bewegte sich mit einer Anmut, die Libussa bisher nur bei Frauen aufgefallen war. Ein wenig erinnerten sie das scharf geschnittene Profil des Händlers und seine Selbstherrlichkeit an Slavonik, doch ging von diesem Fremden etwas Edles aus, das sein stolzes Auftreten selbstverständlich machte. Muhammad lobte den mit bunten Tüchern geschmückten Saal und beglückwünschte alle Anwesenden, eine derart zauberhafte Frau als Fürstin zu haben. Wieder dachte Libussa an übermäßig gesüßte Speisen. Tief in den dunklen Augen des Fremden vermeinte sie etwas völlig anderes zu erkennen: Der Saal kam ihm ärmlich vor. Manchmal, wenn die anwesenden Krieger zu derb miteinander scherzten, zuckte er zusammen. Dann malte sich sehr deutlich Widerwillen auf seinem Gesicht. Libussa verstand nicht, warum es sie schmerzte, dass dieser wenig liebenswürdige Händler ihre Leute für Barbaren hielt.

»Nun, Fremder«, hörte sie Premysl sprechen, und ihr wurde unwohl zumute. »Vergib mir, wenn ich nicht fähig bin, deinen

Namen auszusprechen. Berichte uns von deiner Heimat und deinen Reisen. Wir sitzen hier meist in der Festung und sehen nicht viel von der Welt.«

Libussa atmete erleichtert auf, da Premysls Worte nicht gegen die Gebote der Gastfreundschaft verstießen. Trotzdem war der Klang seiner Stimme höhnisch und feindselig gewesen. Eine winzige Falte erschien zwischen Muhammads Augenbrauen. Dann begann er zu erzählen und seine Worte erweckten eine wundersame Welt zum Leben: steinerne Bauten mit Rundbögen, Räume, auf deren Böden bemalte glatte Scheiben lagen, in Gebäuden angelegte Seen, in denen zu jeder Jahreszeit gebadet wurde, und schließlich Brunnen, aus denen das Wasser von selbst in die Höhe schießen konnte. Libussa wurde schwindelig; sie schloss die Augen und diese unglaubliche Pracht begann, vor ihr Gestalt anzunehmen. Wie konnten Menschenhände solche Wunder schaffen? Stammte der Fremde aus dem Reich der Geister? Es kam ihr nicht in den Sinn, ihn der Lüge zu verdächtigen. Was sie hinter ihren geschlossenen Lidern gesehen hatte, war echt gewesen.

»Werden die Leute, die du dort hinschleppst, auch in solchen Bauten wohnen?«, mischte Premysl sich nun wieder ein.

Muhammad Ibn Said schien nicht verärgert, nur verwirrt. »Es ziemt sich natürlich nicht für Diener, wie ihre Herren zu leben«, erklärte er. »Aber wenn sie Glück haben, kommen sie im Haus eines reichen Mannes unter.«

»Ich bin mir sicher, sie werden es als großes Glück betrachten«, kam es nun wieder spöttisch von Premysl. »Aber sage mir, was machen diese reichen Männer den lieben langen Tag, wenn sie so viele Diener haben? Liegen sie herum und überlegen, welchen weiteren Zierrat sie sich anschaffen könnten?«

Nun verdüsterte sich Muhammad Ibn Saids Miene. Seine Augen funkelten zornig auf, aber das Lächeln schwand nicht von seinen Lippen. Sehr ruhig, fast genüsslich, setzte er zur

Antwort an: »Sie widmen sich ihren Geschäften sowie der Bildung und den schönen Künsten. Lesen die alten Schriften der Weisen und Gelehrten. All dies war im Römischen Reich bekannt. Doch seit dessen Untergang geriet es in vielen Gefilden in Vergessenheit.«

Libussa schluckte, denn nun war allzu deutlich geworden, was der Händler in ihren Leuten sah: Barbaren, denen es an Wissen mangelte! Ein solches Urteil war voreilig und vermessen, denn was konnte dieser Mann schon über ihre Götter und Traditionen wissen? Trotzdem empfand sie es als beschämend, ihm nicht widersprechen zu können. Wie gern wäre sie in der Lage gewesen, von jenen alten Schriften reden zu können, deren Kenntnis er für so wichtig hielt. Welche Geheimnisse sich wohl in ihnen verbargen? Sie hörte Premysl Luft holen und fürchtete einen nahenden Streit. Ahnte ihr Gefährte, dass es diesmal nicht so einfach sein würde, den Gegner mit Worten zu besiegen? Ganz gleich, was man von Muhammad Ibn Said halten mochte, er schien ein ungewöhnlich kluger, redegewandter Mensch. Sie wollte nicht, dass er verärgert abreiste, und begann zu ahnen, dass dies nicht nur an der Bedeutung lag, die er für Praha haben konnte. Dieser Mann hatte ihr den Blick auf eine unbekannte Welt voller Wunder eröffnet.

»Beherrschst du die Kunst des Schreibens, Muhammad Ibn Said?«, fragte sie geradeheraus, um Premysl an einem weiteren Angriff zu hindern. Der Händler lächelte wieder einmal.

»Das tue ich in der Tat, edle Frau. Gerne würde ich es dir zeigen, doch ich habe kein Pergament bei mir, auch keine Tinte. Während meiner Reisen durch eure Wälder, da ritzte ich manchmal Botschaften in Baumrinde.«

Ein Knecht brachte auf Libussas Aufforderung hin schnell die notwendigen Utensilien. Fasziniert beobachtete sie, wie seine feinen braunen Finger ein kleines Messer umklammerten und mit dessen Klinge Zeichen auf die Rinde ritzten.

»Dies ist dein Name, edle Frau. In der Schrift der Römer.

Wenn du willst, so kannst du ihn auch noch in der meines Volkes sehen.«

Sie nickte, obwohl die meisten Gesichter um sie herum gelangweilt und ungeduldig schienen. Diesmal malte er die Zeichen in umgekehrter Richtung. Sie bemerkte ihre andersartigen Formen. Wie konnten Menschen in diesen seltsamen Rundungen und Strichen ihren Namen erkennen? Und warum waren die Zeichen bei jedem Volk anders? Es widerstrebte ihr, Muhammad danach zu fragen, denn dies hätte ihn wieder daran erinnert, wie unwissend sie in vielen Dingen war.

»Bitte nimm diese bescheidene Gabe an, schöne Dame. Zum Dank für deine Gastfreundschaft.« Während er ihr die Rinde überreichte, schien sich sein Blick tief in sie zu versenken. Ein Schauer lief über Libussas Rücken, denn sie konnte in den klugen dunklen Augen eine deutliche Botschaft erkennen. Selbst wenn er sie für eine Barbarin halten mochte, so war sie dennoch eine Frau, die ihm gefiel. Er war nicht der erste Mann neben Premysl, der sie derart angesehen hatte, doch bisher war ihr nie etwas anderes in den Sinn gekommen, als solche Angebote freundlich zurückzuweisen. Doch jetzt war ein unheilvolles Feuer in ihr entfacht. Bei Premysl hatte sie Geborgenheit und Sicherheit gefunden. Dieser Mann versprach ihr etwas Gefährlicheres, von dem ein unbekannter Reiz ausging. Eine Weile fühlte sie sich gefangen in seiner fremden, edlen Welt, verzaubert wie von einem Geist.

Premysls Stimme rüttelte sie auf. »Diese jungen, schönen blonden Mädchen, die du abseits der anderen Sklaven in dem Gebäude am Fluss untergebracht hast, was wird aus ihnen werden, Muhammad Ibn Said?« Offenbar konnte er den fremden Namen mühelos aussprechen, wenn er es wollte. Der Händler schien endgültig verärgert, aber er antwortete mit sanfter Stimme: »In meinem Volk weiß man die Schönheit von Frauen zu würdigen. Sie leben in prächtigen Räumen, mit Bediensteten, die ihnen jeden Wunsch erfüllen. Dort sind sie sicher vor den Widrigkeiten dieser Welt und der Zudringlichkeit fremder Männer, die ihre Unschuld bedrohen. All diese Mädchen werden in meiner Heimat ein sicheres, prächtiges Zuhause finden.«

Libussa fühlte sich plötzlich unwohl, ohne genau zu wissen, weshalb. »Und was ist, wenn diese Frauen den sicheren Ort verlassen möchten, um etwas von der Welt mitzubekommen?«, fragte sie verwirrt.

Der Händler musterte sie staunend und etwas befremdet. »Warum sollten sie das? Eine Frau braucht Sicherheit und Schutz. Wenn sie nach den Geboten meines Gottes leben will, so ist sie einem Mann dankbar, der ihr dies bieten kann.«

Diese Antwort gefiel Libussa nicht. Sie suchte nach einer angemessenen Erwiderung, doch Thetkas laute Stimme kam ihr zuvor: »Ich würde lieber sterben, als den ganzen Tag eingesperrt zu sein und nur faul und nutzlos herumzuliegen!«

Lachen, Klatschen und Grölen hallten sogleich durch den Saal. Der Händler blickte sichtlich angewidert drein und hüllte sich in zorniges Schweigen. Um seine Laune wieder zu verbessern, forderte Libussa ihn auf, etwas von seinen Reisen zu erzählen. Muhammad berichtete, wie er zunächst das Reich der Franken, später das Land Rus und schließlich gar das Khaganat der Awaren durchquert hatte, doch nun waren seine Worte weniger blumig, als sei er des Redens müde geworden. »Viele heidnische Völker dieser Welt leben nach ihren uralten Sitten«, meinte er schließlich. »Doch es ist möglich, dass bald eine neue Zeit hereinbrechen wird.«

Sie fragte ihn vergeblich, was er damit meinte. Muhammad deutete nur an, Gerüchte gehört zu haben. Der kurze Moment, da dieser Mann die Sehnsucht nach einem Abenteuer in ihr wecken konnte, war zu ihrer Erleichterung verflogen. Thetka hatte sie von dem seltsamen Zauber befreit, indem sie deutlich machte, dass ein Verlies nicht die Freiheit ersetzte, ganz gleich, wie prächtig eingerichtet es war. Libussa spürte kein Verlangen mehr nach einem Mann, der es für selbstverständlich hielt, Frauen hinter Schloss und Riegel zu halten. Muhammad schien die Kluft zwischen ihnen ebenfalls zu bemerken, denn er war merklich kühler geworden. Nachdem er höflich abgelehnt hatte, etwas von dem Schweinebraten auf dem Tisch zu kosten, was angeblich sein Gott ihm verbot, entschuldigte er sich und ging in die ihm zugewiesene Kammer.

»Nicht einmal den Met hat er angerührt, dieser aufgeblasene Wichtigtuer!«, rief Thetka lautstark, bevor neue Gespräche aufkamen und der Fremdling in Vergessenheit geriet. Libussa streckte ihre Hand unter dem Tisch nach Premysl aus und fühlte mit Freude den Druck seiner Finger.

Der Markttag verlief ohne unerfreuliche Zwischenfälle. Muhammad Ibn Said bot Waren von unglaublicher Schönheit an: fein verzierte Gefäße, kunstvoll gefertigten Schmuck aus Silber und Gold sowie Leinen und sogar ein paar Ballen von jener Seide, die Krok einmal von seinen Reisen mitgebracht hatte. Er fand jedoch keine Käufer für diesen Stoff, der zu zart schien für das Leben im Lande der Behaimen. Die einheimischen Händler, die regelmäßig zum Markttag kamen, beschränkten sich darauf, Schmuck und Gewürze zu erwerben. Sie gaben dem Fremden dafür Felle von Bibern, Mardern und Füchsen. Darüber hinaus erstand Muhammad einige bestickte Tücher und wirkte sehr beeindruckt von Premysls Kunst der Holzschnitzerei. Für drei seiner Götterfiguren bekam Libussas Gefährte ein Silberarmband, das er ihr lächelnd überreichte. Sie fragte sich, ob er etwas von dem Reiz gespürt hatte, den der Fremde einen Augenblick lang auf sie hatte ausüben können. Es hätte Premysls Klugheit entsprochen, darüber keine Worte zu verlieren, sondern einfach froh zu sein, sie weiter an seiner Seite zu wissen.

Nachdem der Markt beendet war, schien auch Muhammad wieder guter Laune. An den Ständen wurde noch Met ausgeschenkt. Der Händler gesellte sich zu Libussa und Premysl, obwohl er weiterhin nur Wasser trinken wollte. Er ließ sich die Bedeutung der Götter erklären, deren Gestalten er als Holzschnitzerei erworben hatte, und meinte, ihre Fremdartigkeit würden sie in seiner Heimat zu einem reizvollen Geschenk machen, ebenso wie die bunt bestickten Tücher. Libussa unterdrückte ihren Unmut, dass Figuren von Mokosch und Veles in einem fremden Land als Kuriositäten zur Schau gestellt werden sollten. Es schien ihr ein notwendiges Opfer, um in Praha für Wohlstand zu sorgen. Bei Einbruch der Dunkelheit verabschiedete Muhammad sich freundlich, und Libussa sah Anlass zur Hoffnung, dass er trotz einiger unangenehmer Gespräche ihre Siedlung als Handelsort weiterempfehlen würde. Sie lehnte sich an Premysl und erklärte ihm flüsternd, wie gern sie nun allein mit ihm in ihrer Kammer wäre. Muhammad schien ihr nur klarer gemacht zu haben, welches Glück sie in ihrem Gefährten gefunden hatte.

Kvetas Klopfen kam zu einem ungünstigen Augenblick. Libussa hatte gehofft, die Innigkeit dieser Nacht würde endlich ihre Sehnsucht nach einer Schwangerschaft erfüllen, doch bevor Premysl sie aus ihrem Gewand befreien konnte, wurden sie gestört.

»Herrin, der Händler!«

Libussa wandte sich verärgert zur Tür.

»Was ist mit ihm? Kann er nicht bis morgen warten?«

»Er ist sehr aufgebracht, Herrin. Er wünscht, dich sofort zu sprechen!«

Libussa warf Premysl einen entschuldigenden Blick zu. Er seufzte. Sie fragte sich, wie oft er sich wohl schon heimlich gewünscht hatte, ein gewöhnliches Bauernmädchen geheiratet zu haben.

»Nun gut, ich werde nach ihm sehen«, erklärte sie Premysl und versprach, baldmöglichst zurückzukommen. Allmählich machte die Selbstherrlichkeit dieses Händlers sie ernsthaft wütend. Nachdem sie ihren Kopfputz übergezogen hatte, um ihr zerzaustes Haar zu verbergen, wickelte sie sich in eine Wolldecke und stieg die Stufen zum großen Saal hinab. In dem verlassenen Raum wirkte Muhammads Gestalt weniger imposant. Eine Fackel erhellte sein Gesicht, von dem das Lächeln endgültig verschwunden war.

»Zwei meiner Sklaven sind geflohen, während der Markt stattfand. Eine Frau und ein Knabe. Sie können nicht weit gekommen sein«, verkündete er, noch bevor Libussa ihn begrüßen konnte.

»Das ist sehr bedauerlich. Ich schlage vor, du suchst sie morgen vor deiner Abreise«, erwiderte Libussa und wandte sich um, verärgert, deshalb aus ihrer Kammer gerufen worden zu sein. Muhammads aufgebrachte Stimme hinderte sie am Gehen. »Ich brauche dabei die Hilfe deiner Leute, edle Frau. Schicke sie jetzt gleich los. Der Wald muss durchsucht werden, ebenso wie alle Bauernhütten. Je länger wir warten, desto aussichtsloser wird die Jagd.«

Libussa dachte, dass gewöhnlich nur wilde Tiere gejagt wurden. Auf einmal flammte Zorn in ihr hoch und besiegte jede Vorsicht. »Ich sagte bereits, dass bei uns nicht mit Menschen gehandelt wird. Deshalb kann ich dir keine Leute für die Suche zur Verfügung stellen. Fange deine Sklaven selbst ein und nimm sie wieder mit. Falls es dir nicht gelingen sollte, so versichere ich dir mein Bedauern. Ich verbitte mir allerdings, dass du meine Bauern belästigst, indem du ihre Hütten durchwühlen lässt. Ich will mich nicht in die Sitten deines Volkes mischen, Muhammad Ibn Said, doch bitte achte auch die unseren.«

Sie hörte ihn lachen. Spöttisch, doch auch voller Zorn. »Deine Sitten werden bald der Vergangenheit angehören, Weib. Dann flehe zu deinen Götzen, dass sie dir einen Mann zur Seite stellen, der dich beschützen kann.«

Libussa lehnte sich an die Wand und zwang sich, ruhig zu atmen, bis der Drang, dem Fremden sein hochmütiges Gesicht zu zerkratzen, nachließ. Muhammad verließ schweigend den Saal. Sie hatte sich alle Mühe gegeben, ihn nicht zu verärgern, doch nun war es nicht zu verhindern gewesen. Von einer unklaren Sorge erfüllt, schlich sie wieder in ihre Kammer, erleichtert, Premysl noch wach vorzufinden. Sie drängte sich an ihn, suchte Zuflucht in seiner Umarmung, die ihr stets das Gefühl von Sicherheit gab.

»Was ist vorgefallen? Du scheinst völlig aufgelöst«, fragte er besorgt. Libussa erzählte von den entlaufenen Sklaven und ihrer Weigerung, den Händler bei seiner Suche zu unterstützen.

»Ich glaube, jetzt habe ich ihn wirklich wütend gemacht, und er wird nie wieder hierherkommen. Auch anderen Händlern, die er unterwegs trifft, wird er abraten, in Praha Halt zu machen«, sprach sie ihre erste Sorge aus und fühlte, wie der Druck von Premysls Armen sich verstärkte.

»Du hast dich richtig verhalten, Libussa. Ich glaube nicht, dass dein Onkel dem Händler bei seiner Menschenjagd geholfen hätte. Nicht, wenn er der Mann ist, den ich mit der Zeit zu achten gelernt habe.« Seine Worte ließen sie erleichtert aufatmen. »Mach dir keine Sorgen«, fuhr Premysl fort, während er ihr Haar von dem Kopfputz befreite. »Es gibt genug Händler auf dieser Welt. Andere werden kommen.«

Libussa öffnete die Schnürung ihres Gewands und zog es über den Kopf. Dann schmiegte sie sich so eng wie möglich an ihren Gefährten und dankte den Göttern für seine Gegenwart. Sie schloss die Augen und versuchte, ihre ganze Aufmerksamkeit auf die warme, kratzige Berührung seiner Hände zu lenken. Allmählich verdrängte ihr Verlangen alles Unbehagen, das seit dem letzten Gespräch mit Muhammad wie ein Stein auf ihrer Brust lastete.

Doch als sie schließlich erlöst ihren Kopf an Premysls Schulter vergrub, um Schlaf zu finden, vermeinte sie wieder Muhammads Stimme zu hören. Bald wäre es mit den alten Sitten vorbei, hatte er gesagt. Spöttisch, böse, doch voller Überzeugung. Aber wie konnte er etwas Derartiges behaupten? Nur, weil er ein paar Gerüchte gehört hatte? Libussa sagte sich, dass es eine übertriebene Drohung aus Wut gewesen war, nichts weiter. Niemals konnte der Glaube ihrer Ahnen untergehen, ohne dass die Erde verdorrte und das Licht der großen Sonnengöttin Mokosch für immer erlosch.

Einen Augenblick fürchtete sie, im Schlaf wieder das Gesicht des großen ernsten Unbekannten zu sehen, von dem eine unklare Drohung ausging. Doch es erschien ihr nicht. Stattdessen hörte sie das Knacken von Zweigen. Ein Kind lief durch den finsteren Wald, so schnell, dass sein Atem vor Anstrengung lauter war als alle nächtlichen Geräusche. Sie sah eine weitere Gestalt vor ihm dahineilen, doch war diese fast unsichtbar in der Dunkelheit. Ein dumpfer Schlag war zu hören, als das Kind über eine Baumwurzel stolperte und zu Boden fiel. Die Hand, die ihm wieder auf die Beine half, war schwarz wie das Gefieder eines Raben.

»Mnata!«, flüsterte eine unbekannte Frauenstimme.

»Ist dieser Mistkerl jetzt abgereist?«, fragte Thetka, während sie ihren ersten Krug Met leerte. »Ich kann Leute nicht ausstehen, die immer nur Wasser trinken. Über unseren Schweinebraten hat er auch die Nase gerümpft.«

»Angeblich verbietet sein Glaube Schweinefleisch«, erklärte Libussa. »Und Kazi trinkt auch keinen Met.«

Sie warf einen Blick auf die älteste Schwester, die zu sehr in ihren eigenen Gedanken versunken schien, um sich wegen Thetkas Kommentar gekränkt zu fühlen. Kazi war allgemein schwer zu kränken, da sie die Worte anderer Menschen nicht wichtig nahm. Nun blickte sie auf. Ihr Gesicht wirkte angespannt, als beschäftige sie eine unausgesprochene Sorge.

»Vor seiner Abreise suchte er die Gegend ab, habe ich gehört«, meinte sie auf einmal.

Libussa nickte. »Er hat behauptet, zwei seiner Sklaven wären davongelaufen. Er wollte, dass ich ihn die Hütten der Bauern durchsuchen lasse, doch das habe ich ihm verweigert. Daraufhin zog er schlecht gelaunt von dannen.« Sie verschwieg die Einzelheiten der unangenehmen Unterhaltung, denn ihr wurde unwohl, sobald sie sich daran erinnerte.

»Kein großer Verlust«, erklärte Thetka entschieden. Libussa wünschte sich eine ähnlich einfache Sichtweise der Welt. Thetka neigte nicht zu Grübeleien, sondern folgte ihren Eingebungen. Doch in den Jahren, da sie Fürstin war, hatte Libussa gelernt, wie falsch es sein konnte, schnelle Urteile zu fällen.

»Muhammad Ibn Said hat seltene Waren in unser Land gebracht«, sagte sie. »Onkel Krok meinte, es wäre wichtig, Händler anzulocken. Deshalb schickte ich ihn auch nicht fort. Nur den Handel mit Menschen wollte ich ihm nicht gestatten.«

»Nicht alle Fürsten haben sich so verhalten wie du«, meinte Premysl. »Sonst hätte der Sklavenhändler nicht so viele unserer Leute ansammeln können.«

Libussa senkte betrübt den Kopf. Sie wollte nicht wissen, woher die meisten der Sklaven stammten. Aus dem Lande Rus vermutlich oder auch von den Mähren oder Polanen. Würden alle fürstlichen Clans ihres eigenen Volkes Geschäfte mit einem so reichen Mann verweigern?

»Diese Stadt, aus der er kommt, klang zauberhaft. Glaubt ihr wirklich, dass Menschen sich in ihren Häusern Teiche anlegen, um darin schwimmen zu können?«, meinte Libussa nun, um von erfreulicheren Dingen zu sprechen.

»Bei uns wäre das nicht so gut«, erwiderte Premysl. »Jeden Winter würden sie zufrieren und wir könnten auf dem Eis ausrutschen.«

Thetka kicherte.

»Dich fand er jedenfalls so zauberhaft wie du seine Heimatstadt, Schwesterchen. Als er deinen Namen in die Rinde ritzte oder wenigstens behauptete, es zu tun, da dachte ich, er schlägt gleich andere Künste vor, die er dir noch zeigen könnte.«

Libussa wurde unwohl. Verwirrt nahm sie das allgemeine Gelächter zur Kenntnis. Premysl legte seinen Arm um sie. »Wahrscheinlich sollte ich den Göttern dafür dankbar sein, dass der Mann ein Sklavenhändler war. Sonst wäre unsere Fürstin mit ihm gezogen, um hinter steinernen Mauern tagaus, tagein auf Baumrinde herumzuritzen.«

Die meisten Anwesenden schmunzelten, doch Libussa war der scharfe Unterton von Premysls Stimme nicht entgangen.

»So etwas würde ich niemals tun«, erklärte sie empört. »Ich weiß, wohin ich gehöre. Und zu wem.«

Thetka lächelte spöttisch, denn ihrer Meinung nach hatte Libussa wieder einmal einen Scherz missverstanden. Aber Premysls Augen leuchteten glücklich auf.

»Kazi wollte den Händler nicht einmal sehen«, kam es nun von Eric.

Libussa richtete ihren Blick wieder auf ihre älteste Schwester, die wie gewöhnlich schwieg.

»Er hat Dinge erzählt, die du vielleicht gern mit angehört hättest, Kazi. In seiner Heimat soll es Männer geben, die sich sehr gut mit der Heilkunst auskennen. Außerdem berichtete er von großen Tieren, auf deren Rücken zwei Berge wachsen. Und dann diese Stadt mit ihren großen Steinbauten ...«

»... in denen sicher nicht alle der Einwohner leben«, unterbrach Premysl. »Überlege einmal, Libussa. Dieses Gewerbe, das du abscheulich nennst, ermöglicht es ihm erst, so gebildet zu sein und in einem derart prächtigen Haus zu wohnen.«

»Hat er auch ein kleines Mädchen erwähnt, das verschwand?«, mischte sich Kazi nun wieder ins Gespräch. Alle sahen sie überrascht an, und sie schien sich deshalb unwohl zu fühlen.

»Warum fragst du?«, staunte Libussa. »Muhammad Ibn Said erwähnte nur einen Jungen und eine Frau.«

Kazi nickte. Sie sah schlecht gelaunt aus, und Libussa fragte sich, ob die Anwesenheit eines Sklavenhändlers an der Tafel des großen Saales der ältesten Schwester derart missfallen hatte. Denn im Allgemeinen kümmerte sie sich nicht um solche Dinge.

Kveta riss sie aus ihren Gedanken, als sie die Kinder brachte. Glücklich hob Thetka ihre Tochter Vlasta auf die Bank und Libussa bemerkte wieder einmal den unzufriedenen Ausdruck auf Kazis Gesicht. Ein Stück hinter Vlasta stand Vojen, Kazis Sohn. Die älteste Schwester sah ihren Jungen nur kurz an und erkundigte sich bei der Kindsmagd nach seinem Wohlergehen. Kveta meinte, es ginge ihm nicht anders als sonst, und Kazi versank wieder in ihre Gedanken. Premysl rief Vojen zu sich, um ihm ein neu geschnitztes Holzpferd zu zeigen.

»Ich kann verstehen, wie ihm zumute ist«, hatte er einmal zu Libussa gesagt. »Auch meine Mutter wünschte sich vor allem eine Tochter.«

Vor fünf Jahren war Kazis alter zahnloser Kater gestorben. Sie hatte ihn bis zuletzt mit Milchbrei zu füttern versucht und war nicht von seiner Seite gewichen, bis nur noch ein lebloses Fellbündel in ihren Armen lag. Danach versank sie wochenlang in tiefes Schweigen. Libussa bedauerte ihre Schwester, doch ein böser Gedanke schlich sich in ihren Kopf. Würde Kazi ebenso um Vojen trauern, wenn ihn vielleicht eines Tages ein früher Tod ereilen sollte? Sie war sich nicht sicher.

Aber auch Premysls Mutter, die sich eine Tochter wünschte, hatte ihren Sohn schließlich ins Herz geschlossen. Es bestand also noch Hoffnung. Libussa beobachtete, wie Vojens Finger sacht über das Holzpferd strichen. Er war ein stilles, grüblerisches Kind. Seinem Namen, der Kriegerische, wurde er nicht gerecht. Kazi musste an seinen Vater gedacht haben, als sie ihren Sohn so nannte. Bivoj, der alle Wettkämpfe gewann und sogar einen wilden Eber erlegt hatte. Sein Werben um die Heilerin hatte jeden erstaunt, vor allem aber Kazi selbst. Vielleicht hatte sie sich geschmeichelt gefühlt. Oder einfach den erstbesten Mann genommen, der willens schien, sie zu schwängern.

Premysl nahm das Holzpferd und ließ es über den Tisch galoppieren, während er Vojen die Geschichte von einem verirrten Fohlen zu erzählen begann. Das meist mürrische Gesicht des Jungen hellte sich ein wenig auf. Libussa spürte einen Stich in ihrer Brust. Premysl verstand es hervorragend, mit Kindern umzugehen, doch die Götter gönnten ihnen beiden keine eigenen.

Sie hatten das Morgenmahl schon fast beendet, als plötzlich ein Knecht auftauchte.

»Herrin, da sind Leute, die dich zu sehen wünschen. Irgendwelche Bauern. Sie wollen dir etwas zeigen.«

Eine Menschenmenge betrat zögernd den Raum. Voran schritt ein alter bärtiger Mann, der Libussa vertraut vorkam. Erst als er sie zur Begrüßung anlächelte, erkannte sie den Einsiedler aus der Hütte im Wald.

»Die Bauern haben zwei eigenartige Geschöpfe gefunden, Herrin. Einen kleinen Hunnen und eine Frau, die wie ein böser Geist aussieht. Man wollte sie erschlagen, aber ich konnte alle davon überzeugen, dich über ihr Schicksal entscheiden zu lassen.«

Der Kreis von Menschen öffnete sich und gab sein Geheimnis preis. Ein blutüberströmter Junge kauerte auf dem Boden. An seiner Seite stand eine Frau mit pechschwarzer Haut, die ein Bündel umklammerte. Ihre Augen waren vor Angst weit aufgerissen. Libussa starrte sie ungläubig an. Warum sollte eine Dämonin sich derart vor ihr fürchten?

»Ich glaube, das sind die entlaufenen Sklaven«, holte Premysl sie nüchtern in die Wirklichkeit zurück.

Sie sah Kazi aufstehen und auf die Dämonin zugehen. Es gab einen kurzen Kampf, den ihre Schwester schließlich gewann. Sie hielt ein braunes schreiendes Kind in die Höhe.

»Dies ist meine Tochter. Die Götter haben sie mir geschickt. Ihr Name ist Tschastawa. Sie wird meine Nachfolgerin sein. Eine große, weise Heilerin unseres Volkes«, verkündete sie mit leuchtenden Augen.

»Diese Tochter sieht verkohlt aus, als wäre sie in eine Feuerstelle gefallen«, rief Thetka.

Als zögerndes Lachen erklang, hoffte Libussa, dass die schwarze Frau diese Worte nicht verstehen konnte.

»Dieses Kind gehört dir nicht, Frau. Ich habe gesehen, wie Afra es zur Welt brachte«, hörte sie plötzlich eine unbekannte Kinderstimme. Sie hatte einen weichen, tiefen Klang, so wie die Sprache der Leute aus dem Lande Rus. Der kleine Hunne war mühsam aufgestanden. Sein braunes Gesicht mit den schrägen Augen schien Libussa seltsam vertraut.

»Wer bist du?«, murmelte sie fassungslos.

»Mein Name ist Mnata.« Die Kinderstimme klang erwachsen und ernst. Libussa fuhr sich mit der Hand über die Stirn. Der Name kam ihr bekannt vor, doch ihre Erinnerungen waren unklar, wie in einen Nebel gehüllt.

»Du stammst aus dem Khaganat der Awaren, nicht wahr?«, fragte sie. »Wie kamst du zu einem Sklavenhändler? Es heißt, deine Leute sind groß und mächtig.«

Der Junge sah sie staunend an, als könne er keinen Sinn hinter ihren Worten erkennen.

»Ich zog mit meinen Leuten durchs Land«, erklärte er. »Sie … sie waren Krieger, die andere Dörfer überfielen. Sie schleppten dann Gefangene fort, von denen ich eure Sprache lernte. Meine Mutter diente den Kriegern. Eines Tages wurde sie krank und ging in den Wald, um Kräuter zu sammeln. Ich begleitete sie zunächst, doch dann befahl sie mir zu warten. Sie kam nicht wieder. Als ich nach den Kriegern suchte, um Hilfe zu holen, waren sie schon weitergezogen. Ich folgte ihrer Spur, bis die Leute von Ibn Said mich fanden. Dann kam ich auf den Karren zu den Frauen. Afra war eine davon. Sie gebar unterwegs ein Kind, ich glaube, Ibn Said ist der Vater. Als wir in der Hütte am Fluss waren, da kam diese Frau und wollte das Kind kaufen. Ibn Said versprach es ihr. Deshalb lief Afra fort und nahm mich mit, weil ich mich um sie gekümmert hatte, als es ihr schlecht ging. Afra kann nicht sprechen, aber sie versteht, was wir sagen. Es ist ihr Kind und sie sollte es wiederbekommen.«

Libussa staunte, wie klar der Junge erzählen konnte. Er schien nicht älter als Vlasta, doch wirkte er bereits erwachsen. Die Augen der schwarzen Frau waren zum Leben erwacht, als hätte sie tatsächlich jedes Wort verstanden. Hoffnungsvoll musterte sie Libussa.

»Kazi, wolltest du dieses Kind wirklich dem Sklavenhändler abkaufen?«, fragte Libussa fassungslos. Das Gesicht ihrer ältesten Schwester verfinsterte sich.

»Ich war nicht die Einzige, die zu dem Sklavenhändler ging. Viele Leute schlichen sich hin, trotz deines Verbots. Ich wollte nur sehen, ob er ein kleines Mädchen hatte. Doch von Tschastawa habe ich geträumt. Meine Tochter mit einer Haut so braun wie Haselnüsse. Sie wird meine Nachfolgerin sein. Das ist der Wunsch der Götter.«

Kazi hatte sich entschlossen aufgerichtet und drückte das kleine Bündel Mensch an sich. Die schwarze Frau hob kurz ihre Arme, ließ sie aber wieder sinken, als sei ihr klar, wie machtlos sie war. Diese Geste der Verzweiflung schnitt Libussa ins Herz. Plötzlich überkam sie der Wunsch, Kazi zu ohrfeigen.

»Du solltest besser allein mit deiner Schwester reden«, meinte Premysl, als sei ihm klar, dass ein übler Streit bevorstand.

Sie saßen in Libussas Kammer. Premysl war anwesend, wie sie es sich gewünscht hatte. Seine Gegenwart beruhigte sie.

»Kazi, du hast dich meinen Anweisungen widersetzt.«

Die Schwester nickte nur.

»Du wolltest mit dem Sklavenhändler Geschäfte machen.«

»Du hast auch Geschäfte mit ihm gemacht. Ihn sogar an deine Tafel geladen und nett mit ihm geplaudert.«

Libussa ballte zornig die Hände. »Ich wollte keine Menschen kaufen. Du hingegen schon, obwohl ich es verboten hatte.«

Kazis Gesicht blieb unergründlich. »Willst du mich jetzt dafür strafen?«, fragte sie nur.

Libussa fühlte sich hilflos in ihrem Zorn.

»Warum hast du das getan, Kazi?«, fragte Premysl vollkommen ruhig.

»Weil ich mir eine Tochter wünsche und keine bekommen habe. Ich bin Heilerin. Bei unserem Volk lag die Ausübung dieser Kunst schon immer in den Händen von Frauen. Ich brauche ein Mädchen, dem ich meine Kenntnisse vermitteln kann. So ist es eben.«

»Du wolltest einer anderen Frau ihr Kind wegnehmen.« Libussa war die Lautstärke ihrer eigenen Stimme unangenehm. Sie hatte Kazi noch nie im Leben angeschrien.

»Das Kind hätte man ihr früher oder später ohnehin weggenommen. Es wäre verkauft worden und wer weiß, an wen. Diese schwarze Frau, sie sollte eigentlich froh sein, ihre Tochter bei mir zu wissen. Ich werde ein angesehenes Mitglied unseres Volkes aus ihr machen, denn das ist ihre Bestimmung. Wie ich schon sagte, ich sah Tschastawa in meinen Träumen. Du kennst die Bedeutung solcher Träume, Libussa. Es war mir nicht angenehm, das Kind zu kaufen. Ich erkannte den Schmerz in den Augen seiner Mutter. Aber glaube mir, ich habe den Wunsch der Götter erfüllt und werde einem kleinen Sklavenkind ein Leben ermöglichen, von dem seine leibliche Mutter nicht einmal träumen konnte.«

Libussa atmete tief und fühlte, wie der Zorn aus ihrem Körper wich. Kazi hatte recht. Das Mädchen wäre bei ihr gut aufgehoben, doch trotzdem war ein Unrecht geschehen. Sie tat ein paar Atemzüge, um Ruhe zu finden. Plötzlich schien ihr klar, wie sie zu entscheiden hatte.

»Du wolltest das Mädchen wie eine Ware erwerben, doch die Götter haben es verhindert. Du kannst es nicht von seiner

Mutter trennen. Deshalb musst du beide zu dir nehmen oder ganz verzichten«, meinte sie mit Entschiedenheit.

Kazis Gesicht verfinsterte sich. »Du bist Fürstin und hast zu bestimmen«, murmelte sie widerwillig. »Ich beuge mich deinen Wünschen. Aber erlaube mir, Praha zu verlassen.«

Libussa stand wie versteinert.

»Willst du zu deinem Onkel nach Chrasten?«, hörte sie Premysls Stimme. Kazi schüttelte den Kopf.

»Ich habe eine Stelle gefunden, nicht allzu weit von hier. Am Ufer des Flusses Mec. Dort will ich mir ein Haus bauen. Es gibt genug Leute, die meine Heilkünste schätzen. Ich kann von ihren Gaben leben, ebenso wie meine Tochter, mein Sohn und … und jene Frau, die ich deinen Wünschen gemäß mitnehmen soll. Du kannst mir trauen, Libussa. Ich werde für alle sorgen. Aber erlaube mir, mich zu entfernen. Als Fürstin bist du mir zu anstrengend geworden.«

Ohne eine Antwort abzuwarten, verließ sie den Raum. Libussa fühlte eine tiefe Leere in ihrem Inneren, durch die eiskalter Wind blies. Ihr ganzes bisheriges Leben hatte sie gemeinsam mit Kazi verbracht. Als sie am nächsten Morgen nach den geflohenen Sklaven sehen wollte, hatte ihre Schwester mit der schwarzen Frau und ihrem Kind die Festung bereits verlassen.

Am Ende des Tages betrachtete Libussa den schlafenden Jungen. Sein pechschwarzes dichtes Haar war wie die Stacheln eines Igels. Nun, da man das Blut von seinem Gesicht gewaschen hatte, wirkte er menschlicher.

»Glaubst du, er ist von Grund auf bösartig?«, fragte sie. »Als er vorhin sprach, da klang er klug für sein Alter.« Premysl zuckte mit den Schultern.

»Jetzt sieht er nur aus wie ein Kind. Die Awaren haben einst unsere Dörfer oft überfallen und fielen dann über unsere Frauen her. Dadurch vermischte sich ihr Blut mit dem unseren. Wäre es böse, dann müsste das Böse auch durch unsere Adern fließen.«

Sie streckte ihre Hand aus, um die braune Haut zu berühren. Der Junge regte sich im Schlaf, doch seine Augen blieben geschlossen.

»Was soll jetzt aus ihm werden? Ich konnte ihn Kazi nicht auch noch mitgeben. Sie schien verärgert genug.«

Premysl fuhr sich mit der Hand durchs Haar. »Wir sollten ihn fortschicken. Vielleicht ins Khaganat. Gelegentlich fahren Händler dorthin. Bei seinen Leuten müsste er sicher sein. Hier gibt es immer noch viel Hass auf die Awaren. Ich habe mit einigen der Bauern gesprochen. Sie wagen es nicht immer, offen mit dir zu reden, aber die allgemeine Stimmung ist gegen die Anwesenheit dieses Kindes in Praha. Die schwarze Frau macht die Leute eher neugierig, doch Awaren will man hier nicht haben. Die meisten würden ihn am liebsten sofort erschlagen.«

Libussa seufzte. Es schien ihr plötzlich einfacher, gegen äußere Feinde wie Tyr vorzugehen, als die eigenen Leute zu lenken. »Wer weiß, was den Jungen bei den Awaren wirklich erwartet? Am Ende machen sie auch einen Sklaven aus ihm.«

Ein Gedanke schlich sich in ihren Kopf und hellte ihre Stimmung auf. Sie musterte den Jungen aufmerksam: ein gesundes, kräftiges Kind, trotz aller Wunden, die ihm zugefügt worden waren. Je länger sie sein braunes Gesicht mit den schrägen Augen betrachtete, desto vertrauter schien es ihr. Sie konnte nichts Böses darin erkennen.

»Ich werde es machen wie Kazi«, erklärte sie. »Morgen nehme ich diesen Jungen in unseren Clan auf. Am Schrein der Göttin werde ich eine Zeremonie vollziehen in Gegenwart aller Anwohner. Sie müssen meine Entscheidung hinnehmen. Dann ist dieses Kind in Sicherheit.«

Sie fühlte, wie Premysls Arme sie umschlossen, und schmiegte ihren Kopf an seinen Hals.

»Tue es, wenn du dem Kind helfen willst«, flüsterte er. »Aber an unserer Lage änderst du dadurch nichts. Du sollst vor allem eine Tochter gebären, deine Nachfolgerin.«

Verwirrt zog sie sich zurück. Konnte er ihre Gedanken lesen?

»Ein Junge ist ebenso wichtig. Wir brauchen einen zukünftigen Stammesführer. Es kommt immer mehr auf die Männer an, auch bei uns. Wir gewinnen Zeit, sobald ich einen Sohn vorweisen kann. Ich bin mir ganz sicher, dass ich eines Tages auch eine Tochter haben werde.«

Premysls Hände legten sich auf ihre Schultern und glitten an ihren Armen hinab zu den Fingerspitzen. »Ich weiß, worüber Krok mit dir sicher schon gesprochen hat, Libussa. Du sollst wissen, dass ich es verstehen würde. Deine Mutter blieb nicht bei einem einzigen Mann und ihre Vorgängerinnen taten es sicher auch nicht. Du hast meinetwegen genug Regeln gebrochen. Vielleicht kann ein anderer dir zu einem Kind verhelfen.«

Sie hatte das Gefühl, von einem Messer durchbohrt zu werden. Krok hatte noch nicht mit ihr gesprochen, aber sie ahnte, welche Gedanken ihm durch den Kopf gingen. Als Fürstin der Cechen musste sie Nachkommen gebären. »Kazi sagte, es könnte auch an mir liegen«, flüsterte sie.

»Das ist möglich. Aber nur durch einen anderen Mann kannst du es herausfinden.«

Libussa stieß ihn wütend von sich. »Ist es das, was du willst? Dass wir so sind wie Thetka und Eric? Ich weiß, die Mägde machen dir schon lange schöne Augen. Ein richtiger Held der einfachen Leute bist du, weil du für sie eine Siedlung gebaut hast, wo sie gut leben können. Wenn du genug hast von mir, dann sage es ruhig. Nimm eine Bäuerin und ziehe in ihr Dorf! Von so einem Leben hast du doch immer geträumt.«

Der verletzte Ausdruck in seinen Augen war wie eine Ohrfeige. Sie vergrub ihr Gesicht in den Händen. »Es tut mir leid. Ich war ungerecht.«

»Vielleicht wünschst du dir heimlich, dass ich zu einer Bäuerin ziehe. Dann wärst du von vielen Sorgen befreit«, meinte Premysl eisig.

Libussa schüttelte den Kopf. Eine Mauer hatte sich zwischen ihnen aufgebaut. »Ich möchte keinen anderen Mann. Du bist der Erste gewesen und danach kam niemand mehr, der mir besser gefiel. Deshalb sollst du der Einzige bleiben, ganz gleich, was meine Mutter oder ihre Vorgängerinnen taten. Lass uns diesen Jungen als unser Kind annehmen. Dadurch gewinnen wir Zeit. Auf die eine oder andere Art kommen wir auch zu einer Tochter.«

Er strich zögernd über ihre Wange. Libussa nahm seine Hand und führte ihn in ihre Kammer. Sie verteilte die Kräuter, die eine Magd ihr gegeben hatte, auf ihrer Bettstatt. Kazi glaubte nicht an solche Hilfsmittel, doch Libussa war inzwischen bereit, alles zu versuchen.

»Heute Nacht«, dachte sie, als sie die Wärme des vertrauten männlichen Körpers spürte. »Ich habe ein gutes Gefühl. Heute Nacht könnte es gelingen.«

Nachdem Premysl eingeschlafen war, betrachtete Libussa die hölzerne Wand um sie herum. Verglichen mit den Beschreibungen Muhammad Ibn Saids war es ein einfaches Gebäude, aber waren die Menschen in prächtigen Palästen wirklich glücklicher? Sie wusste es nicht. Doch hätte sie gern die Kunst des Schreibens von dem Händler gelernt. Worte festhalten für die Ewigkeit. Eine verwirrende Vorstellung. Denn nur diejenigen, die schrieben, konnten sich der Nachwelt mitteilen. Premysl und sie selbst würden in Vergessenheit geraten. Und wenn jemand irgendwann über sie schrieb, dann wäre es seine Sichtweise der Dinge, die von Menschen gelesen wurde. Niemand konnte je wissen, wie sie sich selbst jetzt fühlte, weil sie ihre Worte nicht auf Rinde zu kratzen oder niederzuschreiben vermochte.

Sie glaubte, bisher die richtigen Entscheidungen getroffen zu haben. Ihren Gefährten. Ihre Siedlung. Viele Jahre des Friedens. Aber wenn sie keine Tochter bekam, würde sie es mit einem anderen Mann versuchen müssen. Lecho war der einzige Sohn der fürstlichen Clans, den sie wirklich mochte. Aber er hatte sich mit Irina von den Leitmeritzern zusammengetan, die seinetwegen sogar nach Zatec, der Festung der Lukaner gezogen war. Allerdings zählte Treue zwischen Mann und Frau in ihrem Volk nicht viel. Irina würde es verstehen. Nur erschien es Libussa widerwärtig, Lecho auf diese Weise zu benutzen. Sie konnte sich nicht vorstellen, ihn mit Lust zu berühren.

»Na, komm schon, kleiner Hunne, oder hast du Angst?«

Vlasta hatte ihn an eine Stelle der Mauer geführt, an der sie hochklettern wollte. Das Mädchen hatte meist irgendeinen Unfug im Kopf. In Gegenwart ihrer Familie wagte sie ihn niemals »kleiner Hunne« zu nennen, doch waren sie allein, so tat sie es ständig. Er nahm es ihr nicht wirklich übel, denn sie schien seine Gegenwart zu mögen.

»Du bist wenigstens nicht so langweilig wie Vojen«, hatte sie einmal gesagt.

Nun kraxelte sie behände das steinerne Gemäuer hoch. Mnata wusste, dass er es ihr gleichtun musste, um ihre Anerkennung nicht zu verlieren. In dieser Hinsicht war sie schlimmer, als alle Jungen seiner Horde gewesen waren, die darum wetteiferten, mutige Krieger zu werden. Dieses Schicksal hatte sich auch seine Mutter für ihn gewünscht, obwohl er nicht verstehen konnte, weshalb. Die Krieger hatten furchteinflößend ausgesehen mit ihren von Narben zerfressenen Gesichtern. Niemand von dem Gesinde war vor ihren Tritten, Schlägen oder Schwerthieben sicher gewesen. Vlasta kannte solche Krieger nicht, wollte aber stets ihren Mut unter Beweis stellen. Dabei war diese Kletterei völlig sinnlos. Sie konnten auch eine Leiter nehmen, um von einem der Türme aus einen weiten

Blick aufs Umland zu bekommen. Es musste an der vielen freien Zeit liegen, die Vlasta zur Verfügung stand. Ihre Mutter betraute sie kaum mit Aufgaben, sondern ermunterte sie geradezu, herumzutollen und immer neue Abenteuer zu suchen.

Mnata zog sich langsam an den Steinen hoch. Anders als Vlasta konnte er die Furcht abzustürzen nicht aus seinem Bewusstsein verbannen. Dieses Mädchen hatte vor nichts Angst, vielleicht weil ihr noch nie im Leben etwas wirklich Schlimmes zugestoßen war. Sie kannte die Welt außerhalb ihrer Siedlung nicht.

Sie gelangten beide sicher oben auf die Mauer und blickten über die zackigen Pfähle hinweg auf Dörfer, Wiesen und Wälder herab. Der Fluss rauschte unter ihnen vorbei und an seinem anderen Ufer erhoben sich die Türme einer weiteren Festung gen Himmel. Chrasten, wie man ihm erzählt hatte.

»Wenn ich älter bin, dann nehme ich mir ein Pferd und ziehe durch die Gegend«, meinte Vlasta. »Ich möchte so gern einmal sehen, was jenseits dieser Berge liegt.«

»Dort liegen weitere Berge, Wälder, Wiesen, Flüsse und Siedlungen«, meinte Mnata nur.

Sie schubste ihn leicht. »Du hältst dich wohl für ganz besonders schlau, weil du schon so viel gesehen hast, nicht wahr? Aber du redest nie darüber.«

Ihre Augen sahen ihn erwartungsvoll an. Mnata senkte den Blick. Er hatte mit niemandem über seine vergangenen Erlebnisse gesprochen, nicht einmal mit Libussa, jener schönen blonden Frau, die ihn vor all den hasserfüllten Blicken in Schutz nehmen wollte, als sie ihn vor einer Götterfigur zu ihrem Sohn erklärte. Der Mann an ihrer Seite versorgte ihn mit hölzernem Spielzeug und erzählte ihm Geschichten. Mnata lebte unsicher von einem Tag zum anderen. Irgendwann musste es wieder aufhören, dieses behütete Dasein, aber er wollte es genießen, solange es anhielt. Er hatte Angst, die Vergangenheit durch Worte heraufzubeschwören, denn dann hätte sie ihn einholen können. »Ich habe nichts Schönes zu erzählen«, meinte er ausweichend zu Vlasta. »Woanders ist es nicht besser als hier.«

Sie sah enttäuscht aus. »Das klingt ja richtig langweilig. Vielleicht bist du nur ein Pechvogel gewesen. Wenn ich erwachsen bin, dann erlebe ich sicher aufregende Abenteuer da draußen.«

Mnata musterte sie ungläubig. Wie konnte ein Mensch so überzeugt von sich sein? »Es ist gefährlich für eine Frau, allein herumzureisen«, sagte er.

Vlastas Augen begannen, zornig zu funkeln. »Ich lerne bereits mit Waffen umzugehen. In ein paar Jahren bin ich so gut wie die Krieger. Dann kann mir nichts mehr geschehen.«

Mnata dachte, dass selbst die stärkste Frau den Männern seiner Horde oder auch den Aufsehern Ibn Saids unterlegen gewesen wäre. Aber welchen Sinn hätte es, diesem dickköpfigen Mädchen die Wahrheit über jene harte Welt außerhalb der Siedlung zu erklären? Vlasta glaubte nur, was ihr gefiel, und konnte außerdem sehr verletzend werden.

»Sieh mal, da kommt jemand.« Sie schubste ihn wieder, diesmal etwas stärker. Er rückte ein Stück von ihr weg. Das Mädchen wäre ungestüm genug, ihn versehentlich von der Mauer zu stoßen.

Auf der Brücke über dem Fluss tauchten ein paar Reiter auf. Sie trugen die Kleidung der Krieger aus Praha. Ihm war unwohl zumute, denn er hatte den Hass in den Augen der Bauern noch nicht vergessen. »Verfluchter Awar, schrägäugiger Dämon!«, hallte es wieder in seinen Ohren.

»Mnata, das ist Onkel Krok, der Stammesführer! Er kommt aus Chrasten«, rief Vlasta aufgeregt. »Das ist großartig, dass er hier ist. Er hat versprochen, mich bald schon im Schwertkampf auszubilden. Und er kann aufregende Geschichten aus der großen Welt erzählen, nicht so langweiliges Zeug über Gefahren, wie du es immer tust. Na, der wird Augen machen, wenn er dich hier sieht. Ein kleiner Hunne in unserer Familie!«

Vlasta machte bereits Anstalten, die Mauer wieder hinunterzuklettern. Ihm, der den Wert der Vorsicht kannte, graute vor dem Abstieg, und er nahm sich vor, keinesfalls nach unten zu sehen.

Die aufgeregte Stimme der Kindsmagd Kveta erlöste ihn von seinen Befürchtungen. Schimpfend und schreiend sorgte sie dafür, dass sofort eine Leiter gebracht wurde, damit die Kinder sicher in den Hof gelangen konnten.

Sie wurden beide in saubere Gewänder gesteckt und dem Gast vorgeführt. Ein großer bärtiger Mann ragte vor Mnata auf und musterte ihn mit fassungslosem Blick.

»Er ist folgsam und gutmütig«, hörte Mnata Libussas Stimme versichern. Premysl kam ihr sogleich zu Hilfe, indem er Mnata als aufgeweckt beschrieb. Doch all diese Mühen schienen wenig zu nützen. Die braunen Augen des großen Mannes musterten ihn weiter mit Missfallen.

»Kann er sprechen?«, fragte dieser Krok schließlich. Mnata kam sich vor wie in der Sklavenkolonne. Sein Wert wurde ausgehandelt, als sei er ein zum Kauf angebotener Gegenstand.

Libussa nickte sogleich. »Er versteht uns. Wenn er redet, dann klingt es eigenartig. Wie bei den Leuten aus dem Lande Rus. Dort muss er unsere Sprache gelernt haben.«

»Gut. Dann werde ich mich allein mit ihm unterhalten.«

Mnata fuhr zusammen. Er sah, wie Libussa zum Widerspruch ansetzte, doch Premysl murmelte beruhigende Worte in ihr Ohr. Mnata folgte dem großen feindseligen Mann, denn er wusste, dass jeder Widerstand zwecklos gewesen wäre.

Im Nebenraum nahm Krok auf einer Bank Platz und winkte ihn zu sich. »Gefällt es dir hier?«, begann er, nun mit etwas freundlicherer Stimme. Mnata staunte. Hatte dieser große Krieger noch niemals das Elend in einer Sklavenkolonne gesehen? Stärkere Männer als er waren bei dem endlosen Fußmarsch zusammengebrochen, hatten allen Stolz verloren und wie ausgehungerte Wölfe um ein Stück trockenen Brotes gekämpft.

»Es gefällt mir, Herr«, antwortete er und war bemüht, seine Stimme demütig klingen zu lassen, obwohl er die ihm gestellte Frage dumm fand.

»Dann möchtest du also bleiben?«

Wieder glaubte Mnata, sich verhört zu haben. Seit dem Tod seiner Mutter hatte kein Mensch sich mehr um seine Wünsche gekümmert. »Ich möchte bleiben, solange es mir gestattet ist«, erklärte er wahrheitsgemäß und wartete. Es war nicht möglich, dass dieses Wunder von Dauer sein konnte. Irgendwann würde er davongejagt werden, dessen war er sich sicher.

Die Augen des Stammesführers schienen kurzzeitig Mitleid auszudrücken. Bald schon wurde das Männergesicht wieder hart, doch Mnata verstand. Ein Krieger zeigte keine Gefühle.

»Es muss doch einen Ort geben, wo du hingehörst«, knurrte Krok nun auch.

Mnata begann nachzudenken. Er hatte zu der Horde gehört, die plündernd durchs Land zog. Gemeinsam mit seiner Mutter hatte er die Krieger bedient, war aufgesprungen, wenn ihre Stimmen losdonnerten, war ihren Tritten ausgewichen. Doch nun war die Mutter tot und die Horde weit fort. »Ich möchte nirgendwo anders sein als hier«, sagte er voller Überzeugung.

»Nun gut«, kam es von Krok. »Wenn du bei unserem Volk leben willst, musst du unsere Sitten und Gebräuche lernen und schwören, sie stets zu achten.«

Mnata nickte eifrig. Er hätte in diesem Augenblick alles geschworen.

»Wir werden dich zum Krieger ausbilden, wie es sich für einen Sohn unserer Familie geziemt«, fügte der Stammesführer hinzu.

Mnatas Magen verkrampfte sich. Er dachte an die wilden Männer mit ihren entstellten Gesichtern. Dass sie sich diese Narben manchmal selbst zufügten, um furchteinflößender auszusehen, hatte er erst mit der Zeit begriffen. Auch die verformten lang gezogenen Köpfe waren bewusst geschaffen worden. Vielen Jungen banden ihre Mütter Bandagen um den Kopf, sobald sie geboren waren. Dann blitzte vor seinem inneren Auge wieder eine Schwertklinge auf. Seinem Freund war damit der Schädel gespalten worden, als er einen betrunkenen Krieger versehentlich mit heißer Brühe übergossen hatte.

»Herr, ich möchte kein Krieger sein«, flüsterte er und erschrak sogleich über seine Unverfrorenheit. Krok runzelte die Stirn.

»Du möchtest bei uns leben und unsere Sitten achten. Deshalb sollte das Wohl unseres Volkes dir am Herzen liegen. Wir haben Feinde, die überall lauern. Wenn sie über uns herfallen, möchtest du unser Volk dann nicht verteidigen können? Der Fürstin Libussa, die dich aufgenommen hat, Schutz bieten?«, fragte er zornig.

Mnata schluckte, denn so hatte er die Dinge nicht gesehen. Es schien ihm unvorstellbar, dass einer so angesehenen Frau wie Libussa ein Leid geschehen könnte. Aber sie war wunderschön mit ihren strahlenden Augen und dem gelben Haar. Er hatte gesehen, was die Krieger seiner Horde mit solchen Frauen taten. »Wenn du willst, Herr, dann lehre mich zu kämpfen«, erwiderte er schicksalsergeben.

Krok führte ihn hinaus und gab Libussa durch ein Nicken zu verstehen, dass er Mnatas Gegenwart hinnehmen würde. Ihre Augen leuchteten auf. Bald schon fühlte Mnata den Druck ihrer Umarmung.

»Die Götter haben dich geschickt, mein Junge«, flüsterte sie ihm ins Ohr. »Ich wünschte mir so sehr ein Kind, für das ich sorgen kann.«

Sie war wirklich eine schöne Frau, jung und sauber gekleidet. Ein angenehmer Blütenduft ging von ihr aus. Mnata erinnerte sich, wie verbittert seine eigene Mutter gewesen war, dass die Krieger geraubte Mädchen aus den Dörfern bevorzugten. Sie selbst hatte ein dunkles breites Gesicht gehabt, ledrige, von Runzeln durchfurchte Haut. Graue Strähnen zogen sich durch ihr pechschwarzes Haar. Machtlos war sie gewesen, ängstlich und stets bemüht, gebrüllte Befehle zu erfüllen. Nun, da er in den Armen dieser anmutigen Fürstin ruhte, schien es ihm, als würde er seine wahre Mutter verraten. Doch seine Mutter war tot. Sie hätte ihm sicher ein gutes Leben gewünscht.

»Ich will dir gehorchen und deine Wünsche erfüllen«, flüsterte er, denn er wusste, dass Mütter dies erwarteten. Libussa lächelte und strich ihm über den Kopf.

»Versuche einfach, dich hier wohl zu fühlen«, meinte sie. Mnata nickte, doch er nahm ihre Worte nicht ernst. Er wusste, das alle schönen Dinge im Leben selten und kostbar waren und mühsam erkämpft werden mussten.

Als er einige Tage später zum ersten Mal ein Schwert in der Hand hielt, schien es ein Teil seines Körpers zu sein, so geschickt verstand er, damit umzugehen.

Es war das Fest des Frühlings. Gemeinsam mit Kveta hatten Mnata und andere Kinder in der Siedlung Eier aus Ton gebrannt und anschließend bemalt. Premysl, den er nun Vater nennen durfte, nahm echte Eier zur Hand, in die er zwei kleine Löcher stieß, um deren Inhalt auszublasen. Anschließend tauchte er einen dünnen zugespitzten Zweig in die Farbbecher und malte Muster auf die leeren Schalen. Kveta runzelte die Stirn und meinte, dies sei Frauenarbeit, doch wie alles, was die Hände dieses Mannes schufen, waren die von ihm verzierten Eier von zarter Schönheit.

»Bring sie deiner Mutter«, sagte er zu Mnata, der gehorsam loslief. Er fand Libussa, die er noch immer nur zögernd Mutter zu nennen wagte, in einem der kleineren Räume gemeinsam mit ihrer Schwester Thetka sowie dieser anderen dunkelhaarigen Frau, die er nicht besonders mochte, weil sie Afra ihr

Kind aus den Armen gerissen hatte. Nun hielt sie eben dieses braune Mädchen im Arm.

»Ich bin so froh, dass du gekommen bist«, begrüßte Libussa den neuen Gast. Die dunkelhaarige Frau nickte gleichmütig.

»Dir sind diese Feste ja immer so wichtig. Aber bitte erwarte nicht von mir, dass ich abends am Tanz teilnehme. Du weißt, ich mag das nicht.«

»Tu, was immer du willst, Kazi. Aber das machst du ja ohnehin«, sagte Libussa lachend. Sie sah so glücklich aus über den Besuch, dass Mnata dieser Kazi etwas wohler gesonnen war.

»Sieh, wie meine Tochter gewachsen ist!«, meinte sie in diesem Moment. Wieder fühlte er Zorn in sich aufsteigen. Ein paar Leute, vermutlich Bedienstete, waren gemeinsam mit ihr gekommen, doch Afras dunkles Gesicht konnte er darunter nicht erkennen. Er schämte sich, dass er in letzter Zeit so selten an die schwarze Frau gedacht hatte. Sie war ein Teil der unangenehmen Erinnerungen an die Sklavenkolonne, die er verdrängen wollte.

Libussa warf einen Blick auf das Mädchen und winkte Mnata anschließend zu sich.

»Ich habe den Jungen als mein Kind angenommen. Sein Name ist Mnata. Den wollte ich nicht ändern, denn er ist bereits daran gewöhnt.«

Kazis dunkle Augen musterten ihn nur sehr kurz, als wäre er für sie unwichtig. »Na ja, dann hat Vojen vielleicht jemanden, mit dem er sich die Zeit vertreiben kann. Mit Vlasta versteht er sich nicht besonders gut, hat man mir erzählt.«

Sie drehte sich um und richtete ihren Blick auf einen Jungen in ihrem Gefolge.

»Na komm schon her, damit ich dich vorstellen kann!«, rief sie ungeduldig.

Der Junge trat mit gesenktem Kopf nach vorn.

»Das ist mein Sohn Vojen«, sagte Kazi und schob ihn in

Mnatas Richtung. »Vielleicht vertragt ihr beiden euch einigermaßen.«

Danach wandte sie sich sofort wieder ihren Schwestern zu.

Vojen blickte langsam auf. Er hatte das bleiche ernste Gesicht seiner Mutter, und Mnata erschrak über die Feindseligkeit in seinem Blick. »Du bist also auch so ein streunender Hund gewesen, der gnädig aufgenommen wurde«, flüsterte er so leise, dass keiner der Erwachsenen es hören konnte.

»Diese Eier sind wunderschön«, erklang indessen Kazis Stimme. Sie hatte sich über den Korb gebeugt, den Mnata Libussa hinhielt. »Lass mich raten. Premysl hat sie bemalt. So etwas bekommt nur er hin. Du hast dich dabei immer angestellt, als hättest du zwei linke Hände.«

»Natürlich sind sie von Premysl«, erwiderte Libussa.

»Unsere kleine Schwester hat mit einer Tradition gebrochen, kaum zu glauben. Jede Frau unseres Volkes, ganz gleich, ob sie Fürstin ist oder Magd, hat ihre Eier für das Fest selbst zu bemalen, zu Ehren der Göttin Morana, deren neues Erblühen gefeiert wird«, lachte Thetka.

Mnata war bereits aufgefallen, dass seine neue Mutter nicht besonders gut mit Spott umgehen konnte. Ihre Wangen färbten sich rosa.

»Es ist nur so, dass ich mit den ganzen anderen Vorbereitungen zu sehr beschäftigt bin und schrecklich wenig Zeit hatte, irgendwelche Eier zu bemalen. Außerdem kann Premysl es natürlich besser. Ich werde sie ihm heute Abend ja auch wiedergeben, wenn er beim Tanz um mich wirbt«, murmelte sie verlegen, was ein breites Grinsen auf Thetkas Gesicht zauberte.

»Ich habe deine alte Kammer wiederherrichten lassen«, sagte Libussa dann zu Kazi. »Komm mit, es gibt noch etwas, das ich mit dir besprechen möchte.«

Mnata war unwohl zumute, als alle drei Frauen den Raum verlassen hatten. Vojens Blick war nicht freundlicher geworden. »Soll ich dir die Festung zeigen?«, fragte er den Jungen unsicher. Vielleicht würde Vojen sich mit der Zeit an ihn gewöhnen. Auch die Knechte und Mägde redeten mittlerweile mit ihm, als sei er ein ganz gewöhnliches Kind.

»Ich kenne diese Festung schon seit Jahren, du kleiner Schlaukopf«, erwiderte Vojen nur. »Schließlich bin ich im Gegensatz zu anderen Leuten in den Clan hineingeboren worden.«

Mnata tat einen Schritt zurück. »Na gut, dann werde ich sehen, was Vlasta macht.« Auf einmal sehnte er sich geradezu nach dem wilden Mädchen, dessen gelegentliche Gemeinheiten nur durch Gedankenlosigkeit entstanden.

»Guter Vorschlag, kleiner Hunne. Vlasta wollte schon immer ein Hündchen, das ihr hinterherläuft.«

Mnata eilte zur Tür, doch Vojens Stimme hielt ihn plötzlich zurück. »Hast du überhaupt eine Ahnung, was da heute für ein Fest gefeiert wird?«

»Das Fest des Frühlings.«

»Na, da hast du ja schon brav gelernt. Aber weißt du auch, wofür die Eier sind?«

Mnata runzelte die Stirn. Was sollten diese Fragen? »Die Frauen schenken sie bei diesem Tanz den Männern«, erklärte er. Vlasta hatte sich darüber empört, dass sie als Frau würde Eier bemalen müssen, nur um diese später herzugeben.

»Aber sie schenken sie nicht irgendwelchen Männern, sondern jenen, die ihnen gefallen. Mit denen kriechen sie anschließend in die Büsche. So werden Kinder gemacht, kleiner Hunne. Fürstin Libussa ist eine Frau, mit der jeder Mann gern in einen Busch springen würde. Es ist nur eine Frage der Zeit, bis sie ihr eigenes Kind bekommt. Dann hast du ausgedient, glaub mir. Überlege am besten jetzt schon, wo du dann hingehen wirst.«

Libussa beobachtete zufrieden, wie die Menge durch das Tor zu den Dörfern zog. Allen voran ritt ein junger Mann auf einem Pferd. Er repräsentierte Jarilo, den Gott der Fruchtbarkeit und des Mondes, der nun wieder aus dem Totenreich zurückgekehrt war und um Morana werben würde. Strohpuppen, die sie als alte Todesgöttin darstellten, waren in jedem Dorf aufgestellt worden. Sobald Jarilo erschien, wurden sie angezündet, um Morana aus ihrem greisen Körper zu befreien. Sie sollte in jugendlicher Frische erblühen, so wie die Natur.

Singend und geschmückte Zweige schwingend folgten die Leute dem Reiter. Libussa schritt neben dem Pferd einher, begleitet von Premysl und Mnata. Es war ein warmer, sonniger Tag, wie er für dieses Fest besser nicht hätte sein können. Die kräftigen Stimmen der Sänger schwebten über Wald und Feld. In jedem Dorf sprach Libussa ihren Segensspruch aus, um eine gute Ernte zu sichern. Sie nahm freudig die zufriedenen Gesichter der Anwohner zur Kenntnis. Sogar Kazi, die für Rituale und Zeremonien ebenso wenig übrighatte wie Premysl, blickte entspannt drein. Sie schien keinen Groll mehr gegen ihre jüngste Schwester zu hegen.

Libussa beschloss, sich gut zu merken, wie glücklich sie an diesem Tag gewesen war, denn sie hatte bereits gelernt, dass keine Zeit des Friedens ewig währte. Sie streckte eine Hand nach Premysl aus und strich mit der anderen über Mnatas schwarzes Igelhaar. Seltsamerweise wirkte der Junge bedrückt. Sie war davon ausgegangen, dass der Weg durch die Dörfer und das Singen ihm gefallen würden, doch er blickte beinahe so missmutig drein, wie Vojen es meistens tat. Sie hatte jetzt aber keine Gelegenheit, ihn nach dem Grund zu fragen.

Es dämmerte bereits, als sie alle Dörfer der Umgebung durchquert hatten. Am Flussufer war indessen aufgetischt worden, so dass mit dem Fest begonnen werden konnte. Kazi brachte die Kinder zur Festung, sobald das Essen beendet war. Nun kam der Tanz.

Libussa wandte sich Premysl zu. Andere Männer hatten es allmählich aufgegeben, sich ihr bei diesen Feiern nähern zu wollen, so dass sie keine unerwünschten Bewerber mehr abweisen musste. Sie nahm die mit Blumen und Bändern geschmückten Zweige an, die er ihr überreichte, und gab ihm zum Tausch dafür die von ihm bemalten Eier. Dann wirbelten sie zusammen mit den anderen Paaren beim Tanz über die Wiese.

Libussa hatte ihre Sandalen abgestreift und spürte das frische Gras unter ihren Füßen. Es war stiller geworden, so dass sie den Fluss rauschen hörte. Die meisten Paare waren bereits in der Umgebung verschwunden. Keine heilige Hochzeit, nur ein Werben wurde an diesem Abend gefeiert, doch nutzten viele Leute bereits diese Gelegenheit, um sich zu vergnügen.

Sie fühlte Premysls Arm auf ihren Schultern. »Lass uns in den Wald gehen, so wie damals in Staditz.«

Er führte sie zu den Bäumen. Es war eine Stelle am Fluss, so wie früher, wo sie sich niederließen. Libussa erinnerte sich an den bissigen, unsicheren Jungen, dem sie einst gefolgt war. Sie schmiegte ihr Gesicht an das seine und fühlte einen wohligen Schauer, als seine kratzige Handfläche sich unter ihr Kleid schob.

»Ich habe mit der Hebamme gesprochen«, flüsterte sie in sein Ohr, bevor das Verlangen ihrer beider Aufmerksamkeit ganz beanspruchte. »Und danach auch noch mit Kazi. Beide sind sich sicher, dass ich schwanger bin.«

6

Acht Jahre waren ins Land gezogen, für die Libussa den Göttern Dank schuldete. Ihr Leben hatte sich in einen breiten ruhigen Strom verwandelt, ganz wie die Vltava, die vor ihren Augen vorbeifloss, wenn sie vom Wehrturm hinuntersah. Die Zeit der reißenden Strudel und Stromschnellen lag lange zurück. Zufrieden tauchte sie nun frisch gesponnenes Garn in mit Wasser gefüllte Holzeimer. Kveta hatte die Blüten und Kräuter gesammelt, die anschließend zerrieben und zum Färben verwendet wurden. Das große Fest des Gottes Perun würde bald stattfinden, und Libussa wollte dabei ihre Kinder in leuchtenden Gewändern vorführen.

Eigentlich war es nicht Perun, sondern Mokosch, die große Mutter, der sie ihr Lebensglück verdankte, doch hatte sie ihre Gebete und Opfergaben an Mokoschs Schrein bereits dargebracht, nachdem ihr der erste Sohn geboren wurde. Zwei Jahre darauf folgte endlich die lang ersehnte Tochter und vertrieb die letzte dunkle Wolke, die ihr Zusammenleben mit Premysl noch verdüstert hatte.

Der Kindersegen trat vielleicht ein, weil ich das Richtige tat, als ich den kleinen Hunnen hier aufnahm, dachte Libussa, doch es gab niemanden mehr, dem sie solche Überlegungen noch mitteilen konnte. Die alte keltische Priesterin war vor einem Jahr gestorben. Bei Libussas letztem Besuch hatte sie ihren Tod bereits angekündigt und ihr den Eingang zu einer

Höhle gezeigt, wo Frauen ihrer Art sich zurückzogen, wenn die Göttin sie zu sich rief. Nur Eingeweihte wussten davon. Libussa verstand diese Geste, ohne zu fragen. Auch ihr sollte der Weg in diese Höhle eines Tages offenstehen. Doch bis dahin, so hoffte sie, war noch viel Zeit. Sie suchte den Berg der Göttin nur noch selten auf. Die Nachfolgerin ihrer langjährigen Vertrauten, ein junges Keltenmädchen, war eine Fremde für sie und es fehlte ihr an der nötigen Muße, sie besser kennen zu lernen.

Sie deckte die Eimer zu und wusch sich die Hände. Leuchtendes Blau, aus Färberwaid gewonnen, sollte die Farbe des Garns sein, aus dem sie Gewänder für sich und ihre dreijährige Tochter Scharka spann. Es passte zu ihrer beider Blondhaar. Mnata hingegen brauchte eine kräftigere Farbe, wie jene, die Kveta aus Karotten gewann. Premysl beschränkte sich immer noch am liebsten auf das Braun der Bauern, auch wenn er mittlerweile einige Stickereien duldete und seine Tunika mit einer Silberfibel zusammenhielt. Sie würde den gemeinsamen Sohn Lidomir ähnlich einkleiden, denn er schien ihr ein Ebenbild seines Vaters.

Nun sollte das Garn bis zum nächsten Morgen in den Farbeimern liegen. Libussa trat in den Hof hinaus, um sich noch etwas die Zeit zu vertreiben, bevor die ersten Bittsteller und Gäste zu ihr kamen. Sie fühlte das angenehme Brennen der Sommersonne auf ihrer Haut. Premysl war hinunter zum Fluss gegangen, wo er warme Tage gern mit Angeln und Schnitzen verbrachte. Sie überlegte, sich für eine Weile zu ihm zu gesellen, und sah sich nach den Kindern um.

Mnata kam ihr entgegen. Er hatte sich mit einigen Söhnen der ansässigen Handwerker angefreundet, nachdem Vlasta als dauerhafte Spielgefährtin aus seinem Leben verschwunden war. Thetka hatte gemeinsam mit Eric ihr eigenes Zuhause erbaut und ihre Tochter mitgenommen. Im Gegensatz zu Kazi gab sie sich nicht mit einem bescheidenen Heim zufrieden, sondern bestand auf einem großen Anwesen mit Schutzwall, das sie Tetin nannte. Dort errichteten sie einen Schrein zu Ehren eines nordischen Gottes, von dem Eric erzählt haben musste. Thetkas Gefährte erfreute sich zunehmender Achtung bei den Kriegern, da er ihr Handwerk hervorragend beherrschte. Krok vertraute bei der Ausbildung junger Männer nun auf seine Hilfe. Dementsprechende Verehrung wurde auch seinem Gott zuteil, nachdem Libussa ihre Genehmigung erteilt hatte, den neuen Kult einzuführen. Sie wusste, wie sehr Thetka sich nach Anerkennung sehnte, und sah in einer neuen Gottheit keine Gefahr für die Religion ihrer Vorfahren, die ein Fremdling nicht so einfach verdrängen würde. Die Rolle der Priesterin einer kriegerischen Gottheit stand Thetka wie ein prächtiges Gewand, das sie mit Freuden trug.

Mnata führte Lidomir und Scharka mit sich. Die Nachricht ihrer ersten Schwangerschaft hatte den Jungen damals in eine stumme Statue verwandelt. Erst als Premysl ihm erzählte, dass Geschwister ebenso viel Freude wie Ärger bereiten konnten, wenn man sich an ihre Gegenwart gewöhnt hatte, kam wieder ein Funken Leben in das kleine Hunnengesicht. Lidomir nahm er hin, doch die kleine Scharka begeisterte ihn, und er gefiel sich in der Rolle ihres Beschützers.

Alle erzählten Libussa, die Tochter sei ihr wie aus dem Gesicht geschnitten. Sie fragte sich, ob sie selbst einst ein derart zartes schreckhaftes Kind gewesen war und deshalb so oft besorgtes Stirnrunzeln bei ihrer Mutter hervorgerufen hatte. Scharka schrie aus Leibeskräften, sobald sie sich allein gelassen fühlte oder fremden Menschen vorgestellt wurde, und Libussa hatte Bedenken, ob ihre ängstliche Tochter einmal zu einer geeigneten Nachfolgerin heranwachsen würde. Aber sie wollte das Kind nicht durch unnötige Härte verschrecken, denn die Schroffheit ihrer eigenen Mutter, nach der sie ihre Tochter benannt hatte, war ihr noch gut in Erinnerung.

Mnata störte sich nicht an Scharkas Empfindsamkeit. Er tröstete und beruhigte sie, wann immer er konnte. Sobald sein

Anblick ein Lächeln auf das Mädchengesicht zauberte, schien er selbst dadurch zu wachsen.

Libussa winkte alle drei Kinder heran und machte sich mit ihnen auf den Weg zum Flussufer. Sie ließ sich an Premysls Seite nieder, während Mnata die kleineren Geschwister Lidomir und Scharka an einer flachen Stelle des Ufers ermunterte, ihm ins Wasser zu folgen. Er beobachtete Lidomirs erste Schwimmversuche und war bemüht, den jüngeren Knaben keiner Gefahr auszusetzen, doch seine wahre Aufmerksamkeit galt wie gewöhnlich Scharka. Lachend hing sie an Mnatas Hals, als er ein paar Schwimmzüge machte, um weiter in die Mitte des Flusses zu gelangen.

»Ein vorbildlicher Bruder«, hatte Libussa einmal zu Kveta gesagt, doch die Kindsmagd musterte sie nachdenklich.

»Er ist aber nicht Scharkas Bruder, Herrin. Und wenn diese Innigkeit zwischen beiden anhält, wird sie in ein paar Jahren vielleicht ganz andere Formen annehmen. Willst du deine Tochter einem Hunnen überlassen?«

Libussa fand den Gedanken der Kinderfrau eigenartig, ging jedoch nicht weiter darauf ein. Zwar konnte sie das Verhalten ihrer Leute beeinflussen, aber nicht immer ihr Denken. An Premysls Schulter gelehnt, genoss sie einen Augenblick völliger Ruhe im warmen Sonnenlicht. In ein paar Tagen würden die ersten Gäste für das Fest eintreffen, und dann war es mit dieser vertrauten Zweisamkeit erst einmal vorbei. Sie schloss die Augen.

»Libussa, ich glaube, da kommt jemand«, schreckte Premysl sie aus ihren Träumereien. In der Ferne, am anderen Ufer der Vltava, erblickte sie winzige Reiter, die allmählich wuchsen, je näher sie an Praha herankamen. Bald schon bebten die Bretter der Brücke unter den Hufen ihrer Pferde.

Krok betrat entschlossen den Saal. In seiner Gefolgschaft erkannte Libussa Eric sowie noch drei andere Krieger, in die er großes Vertrauen setzte. Die übrigen Männer hatte sie nie zuvor gesehen. Sie trugen die verzierte Kleidung von Kriegern, doch fehlten die in ihrem Volk üblichen Kreuzstickereien und roten Farbtöne. Ein sehr großer, kräftiger Mann, dessen Haar zu kunstvollen Zöpfen geflochten war, stand unmittelbar neben Krok. Er hatte das raue Gesicht eines erfahrenen Kämpfers und musterte Libussa skeptisch, als könne er nicht verstehen, wie der Stab eines Fürsten in ihre zarten Hände gelangt sein konnte.

»Das ist Dragoweill, Anführer der Wilzen«, stellte Krok den Unbekannten vor. »Die drei Männer neben ihm sind Gesandte Widukinds, eines sächsischen Fürsten. Sie sind bei den Wilzen eingetroffen und baten um Unterstützung. Dragoweill wandte sich an mich, da ich sein Volk vor einiger Zeit besucht hatte. Mein Entschluss ist bereits gefällt, doch bitte ich gemäß unserer Tradition um dein Einverständnis, Libussa. Dann kann ich die fürstlichen Clans, die bald für das Fest hier eintreffen werden, auffordern, mir in den Krieg zu folgen.«

Die hölzernen Wände des Saales schienen zu wanken. Kriege ließen sich nicht vermeiden, wie ihre Mutter immer gesagt hatte. Doch seit sie selbst Fürstin und Hohe Priesterin war, herrschte Frieden in ihren Ländern. Sie fürchtete sein Ende. Tief in ihr erwachten die Erinnerungen an böse Träume, in denen Schwerter aufblitzten. Libussa riss sich zusammen und begrüßte die Gäste mit einem Kopfnicken.

»In welchen Krieg willst du ziehen, Onkel?«, fragte sie dann.

Krok winkte einen der Fremden zu sich heran. »Dies ist ein Mann aus dem Volk der Wilzen, der auch die Sprache germanischer Stämme versteht. Er kann für dich übersetzen, was die Abgesandten Widukinds erzählen.«

Der Sachse begann, in einer rauen Sprache zu sprechen. Danach ergriff der Übersetzer das Wort. »Vor einigen Jahren kam ein Mönch der Christen zu uns, um unser Volk zu bekehren. Das hatten bereits einige vor ihm ohne großen Erfolg versucht. Doch dieser Mann sprach nicht einfach von seinem Glauben, er drohte uns. Sollten wir uns weiter dem Christengott verweigern, der nur unser Bestes will, so stünde schon ein irdischer König bereit, um in unser Land einzudringen, zu rauben und zu verwüsten. Er würde uns vertreiben oder töten und unseren Besitz denen geben, die er dafür ausersehen hat.«

Beide Redner machten eine kurze Pause. Libussa fühlte Kroks ernsten Blick auf sich ruhen. Eben das hatte er seit längerem befürchtet. »Wir nahmen ihn zunächst nicht ernst. Plötzlich fielen fränkische Krieger in unser Land ein. Sie verwüsteten unser größtes Heiligtum, die Weltsäule, die das Himmelsgewölbe trägt. Dann nahmen sie Geiseln aus unseren Fürstenfamilien und verschleppten sie in die Fremde. Sie wollten uns ihren Glauben aufzwingen und ermordeten jeden, der sich ihnen widersetzte. Unser Land nennen sie jetzt Teil ihres Reiches. Doch Widukind, ein mutiger Mann, hat nun Krieger um sich versammelt, um uns von diesem Joch zu befreien.«

»Der Frankenkönig geht im Augenblick gegen die Sorben vor«, mischte sich Krok in den Bericht ein. »Auch sie sollen gewaltsam unterworfen und bekehrt werden. Es ist nur eine Frage der Zeit, bis wir an der Reihe sind. Doch Widukind will die Gelegenheit nutzen, um die Franken aus seinem Land zu vertreiben. Wir sollten ihm dabei helfen, bevor die Franken im Namen ihres Christengottes auch anfangen, alle slawischen Völker zu unterjochen.«

Libussa saß völlig regungslos. All diese Völker waren Fremde. Sollten die Krieger der Behaimen für ihre Befreiung sterben? »Hat dieser Widukind denn versprochen, auch uns im Ernstfall zu helfen?«, hörte sie Premysl fragen. Krok runzelte nur leicht die Stirn. Er hatte sich an Premysls Bauernkleidung ebenso gewöhnt wie an seine respektlosen Unterbrechungen.

»Wir müssen eine Einheit gegen diese machtgierigen Christen bilden«, erklärte er. »Ihr Gott ist ein eifersüchtiger Tyrann, der keine Rivalen neben sich duldet.«

Libussa holte Luft. »Die Sachsen gehören zu den Germanen.

Nicht zu unserem Volk. Sie sind uns fremd, und es heißt, dass auch sie von Raubzügen leben. Warum sollen wir ihretwegen das Leben unserer Krieger gefährden? Sollte der Frankenkönig uns tatsächlich angreifen, dann brauchen wir unsere besten Kämpfer hier in unserem eigenen Land.«

Die anwesenden Wilzen musterten sie missbilligend. Der Übersetzer flüsterte dem Sachsen etwas zu, so dass auch dessen Blick unfreundlich wurde. Libussa straffte die Schultern. Mittlerweile störte es sie nicht mehr, wenn sie sich unbeliebt machte.

»Die Sachsen beten ebenso wie wir die Götter ihrer Vorfahren an«, begann Krok nun. »Sie halten an ihren uralten Traditionen fest. Jetzt will der Frankenkönig ihnen eine neue Religion aufzwingen. Wer Christ wird, kann nicht mehr ins Totenreich zu seinen Ahnen gehen. Sie müssen Abgaben an die Franken zahlen. Vorher ist er ebenso mit den Langobarden umgesprungen. Und jetzt mit den Sorben. Irgendwann sind auch wir an der Reihe, Libussa. Allein können wir keinen Kampf gegen die Franken gewinnen, aber wenn alle Völker, die noch dem alten Glauben anhängen, sich vereinen, dann …«

»… und wie viele Völker glaubst du, vereinen zu können, Onkel?«, unterbrach Libussa. »Bisher sind es nur die Wilzen und unsere Clans, die den Sachsen helfen sollen.«

Krok wandte sich zu seinen Begleitern. »Ich werde einen Boten zu den Polanen schicken. Die Mähren scheinen zurzeit mit ihren eigenen Angelegenheiten beschäftigt, denn es gibt Widerstand gegen die Allmacht des Stammesführers, der sich zum Alleinherrscher erklären ließ. Du könntest noch mit den Abodriten reden, Dragoweill. Ich bin letztes Jahr bei ihnen gewesen und sie haben mich angehört.«

Dragoweills Gesicht drückte Unbehagen aus. »Wir haben schon seit langer Zeit Zwist mit den Abodriten. Es geht da um eine uralte Fehde und etwas Land.«

»Dann beende diesen Zwist. Mache Zugeständnisse, um sie

für uns als Verbündete zu gewinnen. Wenn du das erledigt hast, können wir ein weiteres Treffen vereinbaren und besprechen, wie wir vorgehen.«

Erwartungsvolle Blicke richteten sich auf den Anführer der Wilzen. Er nickte nach einigem Zögern. »Ich werde ihnen jenen Streifen Land überlassen, wegen dem wir uns seit Generationen bekriegen«, versprach er.

Libussa erhob sich langsam. Es klang alles so einfach, so einleuchtend, doch an ihr nagten Zweifel. »Mir gefällt das alles nicht, Onkel Krok«, begann sie zögernd. »Wir mischen uns in einen Krieg ein, der nicht der unsere ist. Aber der Sinn deiner Worte leuchtet mir ein. Wir werden das alles mit den anderen fürstlichen Clans besprechen, wenn sie eintreffen, um das Fest zu Ehren Peruns in Praha zu feiern. Erst dann entscheide ich, ob ich meine Zustimmung zu diesem Krieg geben werde.«

Sie stand langsam auf und verließ mit Premysl den Saal. Sobald sie wieder in ihrer Kammer war, streckte sie sich erschöpft auf ihrer Bettstatt aus. Premysl wollte die Pläne ihres Onkels besprechen, aber sie bat ihn, das auf den nächsten Tag zu verschieben. Eine unsichtbare Last drückte sie nieder, die Ahnung von etwas Bösem und Bedrohlichem. Wieder tauchte das Gesicht des ernsten, klugen Mannes hinter ihren geschlossenen Lidern auf, sie sah es jedes Mal, wenn sie an die Franken dachte. Nur verstand sie nicht, warum gleichzeitig mit diesem Unbekannten in ihren Träumen immer wieder blutbefleckte Schwerter eine Rolle spielten, denn er sah nicht aus wie ein Mensch, der Gewalt liebte. Die hohe Stirn drückte Weisheit aus. Nichts an ihm erinnerte an den gewalttätigen Tyr, ja, manchmal hatte sie sogar das Gefühl, dass dieser Mann ihre Achtung erringen würde, sollte er ihr je begegnen.

Dennoch erwachte sie am nächsten Morgen schweißgebadet. Jedes Glied ihres Körpers schmerzte, so wie beim Bau von Praha. Doch plötzlich, als die Magd ihr einen Krug Wasser brachte, erhellte ein klarer Gedanke die dunkle Wirrnis in ihrem Kopf. Onkel Krok wollte gegen einen Riesen kämpfen. Den König der Franken. Konnten Zwerge ihn besiegen, selbst wenn sie zahlreich waren? Die Hilfe anderer Riesen könnte es leichter machen. Die Riesen. Obori. Die Awaren. Sie hingen ebenso wie ihr eigenes Volk einem alten Glauben an. Falls die Befürchtungen ihres Onkels stimmten, dann drohte auch ihnen Gefahr durch die christlichen Franken. So ungeheuerlich die Vorstellung, sich mit den alten Unterdrückern und Erzfeinden zu verbünden, auch war, in diesem Augenblick schien ein solches Vorgehen die Aussichten auf einen Sieg deutlich zu verbessern.

Libussa sprach nicht von ihrer Eingebung, nicht einmal mit Premysl. Sie wollte den richtigen Moment abwarten, um ihren Vorschlag darzulegen.

Zwei Wochen später hatten die fürstlichen Clans sich im großen Saal versammelt. Libussa stand zwischen Onkel Krok und Premysl und ließ ihren Blick über die Anwesenden schweifen. Radka und Lecho, der diesmal Irina an seiner Seite hatte, der Zlicani-Fürst Hostivit mit seiner heranwachsenden Schwester Drahomira, die Leitmeritzer und alle anderen waren eingetroffen, um das Fest zu Ehren Peruns zu feiern. Libussa erkannte unter den Ankömmlingen das Gesicht ihres alten Feindes Neklan. Laut Gerüchten hatte er einige Bauernmädchen auf seine Festung geholt, die für Nachwuchs sorgten. Vojtan gehörte nun die andere Hälfte des Lemuzi-Landes. Slavoniks Schwester Sylva lebte mit ihm zusammen und beide hielten sich meist in der Festung der Kroaten auf.

Krok ließ wieder, mit Hilfe eines Übersetzers, die Sachsen sprechen. Dann trug er seinen Plan vor und drängte Dragoweill nochmals zu dem öffentlichen Versprechen, Frieden mit den Abodriten zu schließen. Daraufhin folgte das übliche Stimmengewirr. »Kannst du uns versichern, dass die Polanen uns im Ernstfall zu Hilfe kommen?«, fragte der vorsichtige Lecho.

»Ich habe mit ihnen verhandelt. Vertraue auf meinen Einfluss«, erwiderte Krok energisch. Als angesehenster Mann unter den Behaimen verstand er sich darauf, Widerspruch mit der Kraft seiner Stimme zu ersticken. Niemand stellte seine Aussage in Frage, nur Radka drängte Dragoweill zu einer genaueren Aussage, wie er das geplante Bündnis mit den Abodriten schaffen wollte, wenn ihre Völker doch schon seit so langer Zeit verfeindet waren. Dem Anführer der Wilzen schien diese Frage unangenehm, aber er versprach nochmals, bald schon Boten zu schicken, die ein Friedensangebot unterbreiten sollten.

»Ich finde es eine großartige Vorstellung, den christlichen Kuttenträgern eine Tracht Prügel zu verpassen«, mischte sich auf einmal Thetka ins Gespräch. »Es heißt, dass sie unsere Götter stets als blutrünstig und böse bezeichnen. Was bilden die sich eigentlich ein mit ihrer ans Kreuz genagelten Holzfigur?«

»Wir werden nicht gegen jene paar Kuttenträger kämpfen«, erwiderte Libussa, »sondern gegen fränkische Krieger. Und ihre Schwerter gelten als besonders scharf und unzerstörbar.«

Thetka schnaubte, aber sie schwieg. Einige der Krieger musterten Libussa missbilligend. »Wir scheinen eine sehr ängstliche Fürstin der Cechen zu haben«, kam es spöttisch von Slavonik.

»Es gibt einen Unterschied zwischen Vorsicht und Feigheit«, meldete Premysl sich unerwartet zu Wort. »Libussa ist die Mutter ihres Volkes. Warum darf sie sich keine Sorgen um sein Wohlergehen machen? Ein Krieger träumt nur von seinem eigenen Ruhm, doch er vergisst leicht, welche Opfer dafür gebracht werden müssen. Bei einem Kampf mit den Franken könnten viele von uns sterben. Den Familien werden die Söhne fehlen. Und wenn wir gegen die Franken verlieren, sind wir ihnen vielleicht ausgeliefert. Warum ein großes, gefährliches Tier unnötig herausfordern?«

»Weil es uns früher oder später von selbst angreifen wird«, donnerte Kroks Stimme durch den Saal. »Wir sollten uns nicht als schwache Opfer sehen. Mit genügend Verbündeten können wir die Gefahr bannen, den Frankenkönig in seine Schranken weisen.«

Jubelrufe hallten durch den Saal. Libussa wusste, dass sie den Lauf der Dinge nicht aufhalten konnte. Es war bereits Nacht geworden, als die Abstimmung stattfand. Stumm beobachtete sie die vielen Hände, die sich hoben, um Kroks Plan zuzustimmen. Sie krallte ihre Finger um den Rand des schweren Tisches, als könne sie aus dem Holz Kraft ziehen.

»Nun, da der Krieg beschlossen wurde«, verkündete sie so laut wie möglich. »wäre es vielleicht an der Zeit, noch über weitere mögliche Verbündete zu sprechen. Nicht nur über jene kleinen Völker, die uns umgeben. Vielleicht schicken sie uns ein paar Krieger, die gewiss nützlich sein werden, doch wir wollen schließlich gegen einen großen, gefürchteten Feind antreten. Ein ebenso starkes Volk an unserer Seite könnte es uns erleichtern, ihn schnell zu besiegen.«

Es war still geworden. Viele Augenpaare ruhten verwirrt und erwartungsvoll auf Libussa. Selbst von Premysl traf sie ein staunender Blick.

»Welches Volk meinst du?«, sprach Krok jene Frage aus, die alle Anwesenden beschäftigte.

Libussa holte tief Luft und wagte es endlich, die Ungeheuerlichkeit auszusprechen: »Wir könnten einen Boten ins Khaganat der Awaren schicken. Er soll dem Khagan unsere Pläne schildern und bezeugen, dass die christlichen Franken eine Gefahr für alle Völker darstellen, die weiter ihre alten Götter und Sitten wahren wollen. Denn dies gilt auch für die Awaren.« Sie hörte empörte Rufe und das schallende Lachen Slavoniks. Radka blickte sie fassungslos an, als hätte Libussa soeben die Existenz der Götter geleugnet. Nur Premysl wirkte nachdenklich.

»Dieser Vorschlag klingt nicht einmal schlecht, Herr«, sagte er zu Krok. »Man muss sich nur an den Gedanken gewöhnen, mit den Awaren zu verhandeln. Das ist alles.«

»Die Awaren sind schrägäugige Dämonen. Sie kamen aus

der Fremde und raubten Land, das ihnen nicht gehörte«, fegte der Stammesführer diesen Vorschlag beiseite.

»Taten wir das nicht auch einmal, Onkel? Dieses Land ist nicht unsere ursprüngliche Heimat. Vor uns lebten hier Kelten und dann Germanen«, widersprach Libussa. Krok runzelte die Stirn.

»Es gibt nichts, was uns mit den Awaren verbindet. Sie sind schon immer unsere Feinde gewesen«, erklärte er mit Nachdruck.

»Aber vielleicht wird der Frankenkönig sie auch eines Tages angreifen«, verteidigte Libussa beharrlich ihre Meinung. »Es wäre auch für sie von Vorteil, sich gleich mit uns zu verbünden.«

Dragoweill von den Wilzen musterte sie nachsichtig, als sitze ein unreifes Mädchen vor ihm. »Vertraue dem Urteil erfahrener Krieger, Fürstin der Cechen«, sagte er. »Der Frankenkönig wird es nicht wagen, das Khaganat anzugreifen, denn jeder weiß, wie reich und stark die Awaren sind. Sie haben Verbindungen zu anderen Reitervölkern aus ihrer fernen Heimat. Sorgen slawischer und germanischer Stämme werden den Khagan nur zum Lachen bringen.«

»Und außerdem«, warf Slavonik ein, »weiß ein jeder von uns, der etwas vom Kämpfen versteht, dass die Awaren von Natur aus hinterhältig sind. Es wäre ein Fehler, ihnen zu trauen, denn sie verstehen unsere Vorstellung von Ehre nicht. Wären diese Riesen sonst mordend und plündernd über uns hergefallen?«

Zustimmende Rufe machten aus der bunt zusammengewürfelten Menge eine geschlossene Einheit. Libussas Kampf schien verloren. Sie überlegte, Slavonik zu fragen, ob er sich jemals mit einem Awaren unterhalten hatte, als sich plötzlich die Tür zum großen Saal öffnete. Mnata betrat zögerlich den Raum und zog überraschte Blicke auf sich.

»Ich möchte an diesem Kampf teilnehmen«, erklärte er mit gepresster Stimme. »Ich will auf eurer Seite sein.«

»Du bist noch viel zu jung, um in eine Schlacht zu ziehen«, meinte Krok entschieden.

»Du hast mich selbst den besten deiner Schüler genannt«, erwiderte Mnata. »Lass mich mit euch gehen. Ihr könnt jeden guten Krieger gebrauchen.«

Als Libussa hörte, dass Krok endlich widerwillig zustimmte, schloss sie die Augen. Mnata war für sie stets das älteste ihrer Kinder gewesen, auch wenn sie ihn nicht selbst zur Welt gebracht hatte. In seiner stillen, einsichtigen Art war er ihr mit jedem Jahr stärker ans Herz gewachsen, da er dankbar war für alles, was Lidomir und Scharka für selbstverständlich hielten. Doch eben jene Dankbarkeit war es auch, die ihn zu diesem tollkühnen Entschluss getrieben hatte. Libussa hob den Stab, um die Versammlung aufzulösen. Nichts konnte die bevorstehende Gefahr mehr aufhalten.

Der Deckel der Truhe, in der sie ihren Schmuck aufbewahrte, fiel laut zu. Libussa warf neues Holz in die Feuerstelle, da der Raum ihr frostig schien. Sie überlegte, Kazi um ein Gebräu aus Fenchel zu bitten, das den Schlaf erleichtern würde. Aber als Premysls Hände sich auf ihre Schultern legten, verwarf sie diesen Gedanken.

»Es ist beschlossen«, sagte er. »Du kannst es nicht mehr verhindern.«

»Ich könnte meinen Segen verweigern«, meinte sie unsicher.

Premysl schüttelte den Kopf.

»Ein Zwist zwischen deinem Onkel und dir würde unser Volk entzweien. Du konntest ihn nicht überzeugen. Er will seinen Krieg, und offen gesagt verstehe ich seine Gründe. Das Verhalten dieses Frankenkönigs gefällt mir nicht.«

»Du hast Kämpfe stets verabscheut«, widersprach sie.

»Nicht alle Kämpfe. Ich wollte mich gegen die Lemuzi-Fürsten auflehnen, als ich keine andere Möglichkeit mehr sah. Gegen die Christen sind wir in einer ähnlichen Lage.«

Libussa schüttelte den Kopf. »Das sind Gerüchte. Wir wissen nichts über die Franken. Warum sollten sie uns angreifen?«

»Weil sie schon so viele andere Völker angegriffen haben. Die Römer haben es ebenso gemacht. Wenn sich damals alle rechtzeitig gegen die Römer vereinigt hätten, wäre es vielleicht möglich gewesen, sie aufzuhalten. Warum bist du so sehr gegen den Plan deines Onkels, Libussa?«

»Wir sind zu wenige«, sagte sie dann. »Ich habe kein gutes Gefühl. Es wird Unheil über uns kommen. Jedes Mal, wenn mein Onkel von diesem Frankenkönig spricht, überkommen mich Visionen. Ich sehe einen Mann, der nicht einmal bösartig wirkt. Doch um ihn herum, da ist überall Blut und ich höre entsetzliche Schreie. Vielleicht ist dieser Mann der Frankenkönig. Ich weiß es nicht.«

Premysls Arme umschlossen sie, und einen Lidschlag lang fühlte sie sich geborgen.

»Ich habe inzwischen Achtung vor deinen Träumen, auch wenn ich zuerst nicht an solche Dinge glaubte. Vielleicht siehst du den Frankenkönig. Blut und Schreie gehören zu einer Schlacht. Das heißt nicht, dass wir gegen ihn verlieren werden.«

Sie rührte sich nicht, obwohl ihr Zweifel kamen. Der Mann aus ihren Träumen, er sah nicht aus wie ein Verlierer. Trotz aller tiefen Ernsthaftigkeit sprach Siegesgewissheit aus seinem Blick.

»Ich muss dir etwas sagen, Libussa«, begann Premysl plötzlich. Mit einer düsteren Ahnung zog sie sich aus seiner Umarmung zurück.

»Ich werde mit in diesen Kampf ziehen«, erklärte er dann.

Sie starrte ihn an, als stünde ein Fremder vor ihr. »Du wolltest dich nicht zum Krieger ausbilden lassen. Es war dir zuwider.«

»Aber ich habe deinem Onkel versprochen, ihn zu unterstützen, wenn es um einen wichtigen Kampf ginge, der uns alle betrifft. Soll ich jetzt als Einziger hierbleiben? Ich käme mir schäbig vor. Die Ziele deines Onkels scheinen mir lobenswert. Deshalb muss ich für sie kämpfen, so wie alle anderen.«

Libussa lehnte sich zurück. Ihr Herzschlag war so laut, dass sie meinte, auch Premysl müsse ihn hören. War es nicht genug, dass Mnata sein Leben aufs Spiel setzen wollte, um seine Treue unter Beweis zu stellen? Die Pläne ihres Onkels waren wie ein finsteres Loch, das geliebte Menschen verschlang. Sie zwang sich, die Angst zu unterdrücken, und klammerte sich an ihren Verstand. »Ich werde meinem Onkel sagen, dass du ein mit Eisenringen versehenes Wams brauchst, einen Helm und ein Schwert, so wie alle Krieger. Du bist stark genug, mit Waffen umzugehen. Reiten kannst du auch. Jedes Pferd wird dir treu sein, denn du verstehst es, mit Tieren umzugehen.«

Er schüttelte den Kopf. »Die Bauern der Stämme werden mit in den Kampf ziehen. Sie haben schon immer gekämpft, wenn sie ihr Land verteidigen mussten. Wenn ich sie anführe, dann folgen sie mit größerer Begeisterung. Ich werde als Fußsoldat kämpfen und einer von ihnen sein, denn als solcher bin ich geboren.«

Das Entsetzen lähmte sie einen Augenblick. Dann fuhr sie zornig auf: »Das Fußvolk stirbt in jedem Kampf zuerst. Warum willst du dein Leben gefährden?«

»Ich kann mich jetzt nicht in einen Krieger verwandeln. Ich muss kämpfen und werde es an der Seite meiner Leute tun.«

Sie sprang auf. »Du gehörst schon lange nicht mehr zu den Bauern. Du bist mein Gefährte, den die Götter geschickt haben. Warum willst du dein Leben mehr gefährden als notwendig? Bin ich dir gleichgültig? Die Jahre, die wir zusammen verbracht haben, unsere Kinder und unsere Siedlung, bedeutet dir das nichts? Deine Dickköpfgkeit ist stärker als alles, was uns jemals verbunden hat. Geh und bring dich um, wenn du es nicht lassen kannst!«

Er erhob sich langsam. »Es ist nicht möglich, vernünftig mit dir zu reden, Libussa. Ich werde diese Nacht in einem anderen Raum schlafen. Wir besprechen das alles morgen.«

Sie wollte ihre Wut laut herausschreien, als er hinausging, aber der Stolz verbot es ihr. Dann dachte sie an die vielen einsamen Nächte, die noch folgen würden. Auf ihrer Bettstatt zusammengerollt versuchte sie in den Schlaf zu flüchten. Vielleicht würde sich alles nur als ein böser Traum erweisen, wenn sie am nächsten Morgen wieder erwachte.

7

Mnata saß abseits vom Lagerfeuer am Ufer des Flusses, den die Sachsen Weser nannten, und dachte zum ersten Mal seit Jahren wieder an die Krieger seiner Horde. Also waren sie doch Menschen gewesen und keine Dämonen, wie ihm jetzt endgültig klar geworden war, als er selbst das Kriegshandwerk hatte ausüben müssen. Wann kam der Augenblick, da das Töten zur Gewohnheit wurde, so dass man nichts mehr dabei empfand? Hatten auch die Männer seiner Horde nach ihrer ersten Schlacht verzweifelt versucht, sich das Blut von den Händen zu waschen, und dabei das Gefühl gehabt, es klebe bis in alle Ewigkeit auf ihrer Haut, ganz gleich, wie sehr sie daran rieben? Erst Vlasta hatte ihn darauf aufmerksam gemacht, dass es seine eigenen Wunden waren, aus denen ein beständiger roter Strom floss, und eine sächsische Heilerin für ihn herbeigeholt.

Vlasta hatte darauf bestanden, an der Seite ihrer Eltern mit in den Kampf zu ziehen, und ihren Kopf wie gewöhnlich durchgesetzt. Während des langen Ritts zu den Sachsen hielt sie alle mit Zuversicht und Tatendrang bei Laune: Als echte Helden würden sie zurückkehren, nachdem sie den hochnäsigen Kuttenträgern Respekt vor den alten Göttern beigebracht hätten, meinte sie.

Als sie endlich das Land der Sachsen erreicht hatten, war tatsächlich alles leichter gegangen, als sie je zu träumen gewagt hatten. Sie griffen dort von den Franken besetzte sächsische

Siedlungen an, und der schwache Widerstand jener fränkischen Kämpfer, die zum Schutz der Siedlungen abgestellt waren, konnte schnell gebrochen werden. Der Großteil der Bevölkerung bekannte sich freudig wieder zu den alten Göttern, und der erste christliche Priester starb durchbohrt von Speeren. Als man einen fränkischen Edeling von den Mauern der Burg warf, übertönte der Jubel der Menge seinen Todesschrei. An einem Ort namens Bremen wurde dem Edeling Gerwall und seinen Anhängern die Wahl gelassen, entweder ihren Christengott zu verfluchen oder dem großen Thor, den die Sachsen verehrten, als Opfergabe dargebracht zu werden. Die Idee, einen christlichen Priester ans Kreuz zu nageln, hatte man allerdings nur einmal in die Tat umgesetzt, denn sein elendes Schreien störte die Nachtruhe im Lager.

Als Kundschafter dann allerdings die Nachricht brachten, ein Heer des Grafen Theoderich rücke an, erteilte Widukind, der Anführer der Sachsen, seinen Kriegern den Befehl, in geordneter Schlachtreihe aufzumarschieren. Das war ungewöhnlich, denn bisher hatten sie stets unerwartet aus dem Hinterhalt angegriffen, wie es bei den Sachsen und auch bei den slawischen Völkern üblich war. Mnata ritt hinter Krok an Vlastas Seite und fragte sich, wie lange das Heer Theoderichs brauchen würde, um sie niederzumähen. Dann tauchten die ersten feindlichen Krieger auf, die mit gellenden Schreien ihre Waffen schwangen. Er hörte Hörner zum Angriff blasen. Mnata griff nach dem Schwert und stieß den Schlachtruf aus, so wie Krok es ihn gelehrt hatte. Alles war in diesem Augenblick einfach und klar: Er musste töten oder sterben. Gemeinsam mit Vlasta hieb er auf die Gegner ein, hob sein Schild, wich feindlichen Waffen aus und stieß zu, sobald er eine Gelegenheit sah. Sein Verstand wurde zu einem Pfeil, der nur noch auf ein Ziel gerichtet war. Entwaffnen. Verletzen. Töten. Nichts anderes hatte mehr Bedeutung. Gelegentlich sah er sich nach Vlasta um, doch sie schlug sich wacker. Was ihr im Vergleich zu den Männern an Körperkraft fehlte, machte sie durch Geschick und Schnelligkeit wett. Doch irgendwann ging es nur noch um ihn selbst, der sich durch eine Masse feindlicher Klingen und Körper schlug. Der Feind war wie ein dichtes Gebüsch, durch das er sich mit seinem Schwert hackte, bis ein wahres Fieber von ihm Besitz ergriff und ihn zu einem brüllenden Dämon der Zerstörung machte.

Und dann war es plötzlich vorbei.

Er saß schwer atmend mitten unter den Toten, den schreienden Verwundeten, den nur noch leise Stöhnenden und schließlich ein paar verzweifelten Gestalten, die vom Schlachtfeld zu kriechen versuchten, um dem tödlichen Hieb zu entkommen. Am Horizont sah er, wie die letzten feindlichen Krieger flohen, so schnell ihre Füße sie tragen konnten. Mnata umarmte den Hals seines zitternden Pferdes, das ebenso blutüberströmt war wie er selbst. Es war in den vergangenen Stunden sein engster Verbündeter gewesen und hatte ihm das Leben gerettet, indem es trotz seiner schweren Wunden durchgehalten hatte. Er spürte eine tiefe Liebe zu dem Tier und musste unwillkürlich an Kazi denken, der die Tiere näherstanden als die Menschen. Eine schmerzhafte Sehnsucht nach dem Leben in Praha erfüllte ihn.

Er ließ seinen Blick, der langsam klarer wurde, über das Schlachtfeld wandern. Einige Krieger stachen mit Speeren auf die sich noch rührenden Franken ein. Er schloss die Augen, denn auf einmal wollte er keine Menschen mehr sterben sehen. Dann fielen ihm jene ein, die ihm wichtig waren. Mühsam rappelte er sich auf und es kam ihm vor, als würde er erneut von feindlichen Speeren durchbohrt, so stark schmerzten ihn unzählige Wunden. Er taumelte ziellos vorwärts und entdeckte irgendwo in einem Getümmel jubelnder Krieger Eric, der seiner verletzten Gefährtin Thetka auf die Beine half. Krok kam herbei und begutachtete die Wunden am Bein seiner Nichte. Er stützte Thetka, die immer wieder versicherte, wohlauf zu sein, obwohl sie sich nicht allein auf den Beinen halten konnte. Mnata fragte Krok nach Premysl.

»Er scheint unversehrt«, versicherte ihm der Stammesführer. »Einige Männer, die ihm nahestanden, auch Sachsen, sind gefallen und das erschüttert ihn. Wir haben ihm viel zu verdanken, und deshalb sollten wir ihn in Ruhe um die toten Bauern trauern lassen. Suche lieber Vlasta. Wir haben sie nirgendwo entdecken können.«

Mnata nickte und ging weiter. Er musterte nun jeden der Gefallenen, beklommen vor Angst, Vlastas blondes Mädchengesicht darunter zu finden. Doch er sah nur bärtige Männer, die in ihrem Blut lagen. Die endlose Menge zerstörter, dahingeschlachteter Körper schien zermürbend. Nachdem er so lange herumgeirrt war, dass er über Leichen zu stolpern begann und sein Blick sich wieder trübte, fühlte er plötzlich zwei kräftige Arme um seinen Hals. Er trat nach dem unbekannten Angreifer und fuhr mit gezücktem Schwert herum.

Nur an ihrem hellen, fast weißen Haar erkannte er Vlasta, deren Gesicht hinter einer Kruste von Blut und Schmutz verborgen war. Er nahm verwirrt ihre freudestrahlenden Augen zur Kenntnis. »Kannst du es glauben, kleiner Hunne?«, rief sie begeistert aus. »Wir haben gewonnen! Die Franken haben Reißaus genommen. Sie sind weg. Ich habe nie wirklich geglaubt, dass wir das schaffen könnten.« Wieder fiel sie ihm um den Hals. Er hob sie hoch und ließ sie durch die Luft wirbeln. Auf einmal hörte er seinen eigenen Freudenschrei, der über das gewaltige Schlachtfeld mit all den Toten hallte.

Sie hatten den Feind besiegt.

Das Fest war lang und ausschweifend, nachdem alle Wunden verbunden waren und die Heilerinnen den siegreichen Kriegern stärkende Tränke eingeflößt hatten. Widukind hielt eine Rede, um die Bedeutung des Sieges herauszustellen. Durch die Vereinigung ihrer Kräfte war es den Anhängern des alten Glaubens gelungen, die Krieger des machtgierigen Christengottes zu verjagen. Er hob seinen Krug zu Ehren der anwesenden slawischen Völker, die dabei geholfen hatten. Krok, Dragoweill und der Anführer der polnischen Krieger nickten, um die Anerkennung entgegenzunehmen.

»Die Abodriten sind noch nicht eingetroffen«, flüsterte Vlasta Mnata ins Ohr. »Was werden die sich ärgern, die entscheidende Schlacht verpasst zu haben.«

Mnata leerte seinen Krug. Vlastas Angewohnheit, bei wichtigen Reden dazwischenzuplappern, störte ihn, doch er wusste, dass es keinen Sinn hatte, sie zu ermahnen. »Libussa wird froh sein zu hören, dass wir gesiegt haben«, sagte er, als Widukind seine Rede beendet hatte. Der große rothaarige Sachsenfürst setzte sich neben Geva, seine dänische Gemahlin. Mnata überlegte, warum die Dänen an dem Kampf nicht teilgenommen hatten, doch jetzt schien das unwichtig.

»Libussa sitzt in Praha und betet zu den Göttern, dass wir gesund zurückkehren«, meinte Vlasta spöttisch. »Doch wir haben nicht nur überlebt, sondern gesiegt.«

Sie stand auf und hob ihren Krug. »Auf den Kampf. Er gefiel mir … na ja, die meiste Zeit.«

Die anwesenden Männer jubelten ihr zu. Begehrliche Blicke hingen an Vlasta, und auch Mnata musste zugeben, dass sie betörend aussah, nun da ihr Gesicht von Blut und Schmutz befreit und sie in eines jener festlichen Gewänder geschlüpft war, die sie nur ungern trug. Denn anders als ihre Mutter schien Vlasta nicht gefallen zu wollen. Ihren großen, muskulösen Leib betrachtete sie in erster Linie als Waffe, so wie Krieger es taten.

Mnata hatte an Vlastas Seite das Kämpfen gelernt. Sie hielt stets zu ihm, wenn er als dreckiger Awar beschimpft wurde. Niemand konnte ihm ein besserer Freund sein als dieses Mädchen, doch sie weckte keine anderen Sehnsüchte in ihm.

»Wo ist eigentlich Premysl?«, wandte er sich nun an sie. Vlasta zuckte mit den Schultern.

»Bei dem Fußvolk, wo er unbedingt sein wollte«, erwiderte sie. »Er feiert dort sicher auch unseren Sieg. Das heißt, nein, Krok sagte etwas davon, dass er die Gefallenen bestatten will. Als ob das nicht bis morgen Zeit hätte! Beim Donner Peruns, das ist der schönste Abend meines ganzen Lebens.« Wieder nahm sie einen tiefen Schluck Met und begann, mit einigen Kriegern die Ereignisse der Schlacht in farbigsten Schilderungen auszumalen. Mnata ahnte, dass das jetzt so den Rest des Abends weitergehen würde. Eine tiefe Müdigkeit überfiel ihn, und er beschloss, nach Premysl zu sehen. Niemand bemerkte, dass er den Saal verließ.

Auch das Fußvolk hatte sich die Gelegenheit zu einem ausschweifenden Fest nicht entgehen lassen. Er hörte die lauten Stimmen der Sachsen, deren Sprache ihm rau erschien. Sie tanzten mit ihrem Weibsvolk, und überraschte Blicke musterten ihn. Er stieß auf einen Mann im bestickten Hemd der Slawen, ein Wilze, wie sich herausstellte, der ihm bereitwillig den Weg zu der Stelle wies, wo man die toten Bauern bestattete.

Premysl stand inmitten seiner Leute und zündete mit einer Fackel die aufgebahrten Leichname an. Noch nie hatte Mnata den Mann, der sein Vater geworden war, derart niedergeschlagen gesehen. Er trat auf ihn zu und wurde zu seiner Überraschung vor allen Anwesenden so kräftig von ihm umarmt, dass er einen Augenblick keine Luft bekam. »Den Göttern sei Dank, dass du wohlauf bist, Junge. Ich habe mir Sorgen gemacht, wie du das alles überstehst.«

Mnata sah ihm in die Augen und erkannte darin jenes Grauen, das ihn selbst auf dem Schlachtfeld kurz überkommen hatte.

»Lass uns eine Weile unter vier Augen sprechen«, murmelte Premysl dann. Er entschuldigte sich bei seinen Leuten und zog Mnata zu einem nahen Baum. Dort lehnte er sich gegen den Stamm und sank langsam in die Knie. »Als sie diesen armen Kuttenträger ans Kreuz nagelten, da wollte ich umkehren«, flüsterte er heiser. »Es konnte kein guter Krieg sein, den wir da führen. Nicht mit diesen Mitteln.«

Mnata nickte. »Krok wird es auch nicht gefallen haben. Aber es ging in unserem Kampf um eine wichtige Sache.«

»Das habe ich mir auch schon gesagt«, erwiderte Premysl. »Dank der Wilzen, die sich mit den Sachsen verständigen können, habe ich erfahren, wie es ihnen in den letzten Jahren ergangen ist. Der Frankenkönig zwingt ihnen seinen christlichen Glauben auf und will ihre uralten Sitten verbieten. Wenn sie leben wollen, dann so, wie er es ihnen vorschreibt. Aber heute, während der Schlacht ...«

Er musterte Mnata mit weit aufgerissenen Augen. »Ich habe noch nie Derartiges erlebt«, flüsterte er dann. »Dieses endlose wilde Töten. Niemals werde ich Libussa davon erzählen können. Sie würde es nicht verstehen.«

»Es ist besser, wenn wir ihr Einzelheiten ersparen«, pflichtete ihm Mnata bei. »Vermutlich hätte sie Mitleid mit jedem gefallenen Franken.«

»Und ist es denn verkehrt, so zu denken?«, erwiderte Premysl. »Ich habe es erst jetzt begriffen. Es gibt keinen guten Krieg, denn haben die Kämpfer erst einmal Blut gerochen, dann sind sie wie hungrige Wölfe.«

Mnata legte seinen Arm beruhigend um Premysls Schulter. »Es ist vorbei, Vater.« So nannte er Premysl selten, doch nun brachte er seine Zuneigung durch diese Anrede zum Ausdruck.

»Ach ja, meinst du?« Premysls Blick war aufmerksam geworden. »Wer sagt, es wäre vorbei?«

»Aber wir feiern doch schon den Sieg. Wir haben das Heer der Franken verjagt.«

Premysl seufzte. »Das also erzählt Widukind? Er hat mir von Anfang an nicht gefallen, der Anführer der Sachsen. Hochmütig scheint er mir und in seinen eigenen Ruhm verliebt.«

»Er ist eben ein Edeling. Sehr angesehen bei seinen Leuten. So etwas steigt einem Mann schon mal zu Kopf. Aber Vater, wir haben die feindlichen Krieger doch in die Flucht geschlagen.«

Ungläubig sah Mnata, wie Premysl den Kopf schüttelte.

»Ich habe mit den Sachsen gesprochen. Nicht mit irgendwelchen edlen Kriegern, sondern mit den Bauern. Sie alle erzählten von der unglaublichen Streitmacht der Franken. Ihre Kämpfer treten in geordneten Reihen an und folgen sklavisch den Befehlen ihrer Anführer. Das heute war eine wilde Horde, die über uns herfiel. Wir haben die Krieger irgendeines Theoderich verjagt, der dem Frankenkönig dient. Aber nicht das Heer der Franken.«

Mnata fühlte Verwirrung in sich aufsteigen. »Aber der Frankenkönig kämpft doch gegen die Sorben. Er ist weit weg. Wir feiern den Sieg und dann ziehen wir nach Hause. So hat Krok es beschlossen. Sollte es zu weiteren Angriffen auf die Sachsen kommen, finden sich später vielleicht mehr Verbündete. Die Abodriten sind auch immer noch nicht da.«

»Nein«, sagte Premysl scharf. »Das sind sie in der Tat nicht, und wer weiß, ob sie jemals kommen. Aber ich habe Männer gesehen, die nach dem Kampf ins Lager kamen. Es waren auch Sachsen, glaube ich, aber ihre Gesichter schienen mir fremd. Ich glaube nicht, dass sie von Anfang an dabei gewesen sind.«

Mnata zuckte mit den Schultern. Worauf wollte dieser sture Bauernschädel hinaus? »Man kann sich doch nicht alle Gesichter merken bei so vielen Leuten. Und wenn sie erst jetzt dazugestoßen sind, weil sie zum Kämpfen zu feige waren, aber den Sieg genießen wollen, so sei es ihnen eben gegönnt.«

Premysl fuhr mit den Fingern über die Bartstoppeln auf seinem Gesicht. »Sie haben nach ihren Edelingen gefragt. Wollten sie unbedingt sofort sprechen wegen wichtiger Nachrichten. Hast du im Saal etwas davon mitbekommen?«

Plötzlich hatte Mnata ein ungutes Gefühl. Einige der sächsischen Edelinge hatten tatsächlich kurz den Saal verlassen, als die Bediensteten ihnen etwas ins Ohr flüsterten. Aber bald schon saßen sie wieder an ihrem Platz, tranken und redeten lautstark. Es konnte nicht von Bedeutung gewesen sein.

»Ich glaube, wir hätten auf Libussa hören sollen«, sagte Premysl. »Sie hatte recht. Unsere Einmischung in diesen Krieg war ein Fehler.«

Mnatas Gefühl freudigen Triumphes war verflogen. »Bald ziehen wir heimwärts, Vater«, sagte er. »Wenn wir wieder in Praha sind, haben wir diesen Alptraum bald vergessen.«

Das glaubte er wirklich, als er wieder zurück in den Saal ging. Vlastas strahlendes Gesicht erinnerte ihn daran, dass sie die Sieger des Tages gewesen waren. Dann leerte er noch einige Krüge Met und ließ sich schließlich auf sein Lager fallen. Der Schlaf kam schnell.

Hörner weckten ihn unsanft. Er sprang sogleich auf, und nachdem er eilig seine Tunika und das Wams des Kriegers übergezogen hatte, trat er aus dem Zelt hinaus. Vlasta folgte. Zusammen mit allen anderen Kriegern und dem ebenfalls erwachten Fußvolk blickten sie auf einen Horizont, der nur aus berittenen Kämpfern zu bestehen schien. Eiserne Waffen leuchteten wie Schmuckstücke im Sonnenlicht.

»Mnata, wie heißt eigentlich dieser Ort hier?«, flüsterte Vlasta, die wohl hoffte, dass alles nur ein schlechter Traum sei.

»Verden«, erwiderte er.

»Ja, du hast recht. Ich hatte es vergessen«, murmelte sie. »Es sind sehr viele Krieger, die uns angreifen werden. Aber schon bald müssen die Abodriten hier sein.«

Mnata ließ seinen Blick über die endlose Masse von Feinden schweifen. An ihrer linken Flanke sah er eine weniger geordnete bunte Schar von Kriegern, von denen nicht alle beritten waren. Sie schwangen ihre Waffen und stießen Kampfschreie aus. »Dort drüben, bei den Franken, das sind wohl die Abodriten«, stellte er nüchtern fest und staunte, dass in ihm nur Leere war.

»Ich hasse dieses Warten«, sagte Libussa zu Kazi. Sie legte die mittlerweile fertig gewebten Gewänder ihrer Kinder in die Truhe. Bis zum nächsten Korochun-Fest würde noch viel Zeit vergehen, doch dann wäre Mnata sicher wieder zurück, um jene orangefarbene Tunika zu tragen, die so gut zu seinem tiefschwarzen Haar passte.

»Jede Frau, die Männer liebt, muss manchmal warten«, erklärte Kazi, die mit dem Mischen ihrer Salben beschäftigt war.

Libussa fühlte Ärger in sich aufsteigen. »Es war doch nur Kroks dumme Idee, in diesen Kampf zu ziehen. Sonst wären Premysl und Mnata noch hier.«

Kazi musterte sie kopfschüttelnd. »Männer lieben Kämpfe. Deshalb finden sie auch immer wieder statt.«

»Premysl hasst es zu kämpfen«, widersprach Libussa. »Aber auch Frauen wie Thetka und ihre Tochter Vlasta mögen den Kampf.«

»Thetka und Vlasta denken wie Männer. So etwas kommt vor«, erwiderte Kazi. »Ich frage mich manchmal, wenn die Männer in unseren Völkern einmal die Oberhand gewinnen, werden sie solche Frauen dann besonders achten oder eher als Bedrohung empfinden?«

Libussa seufzte. Als ob es jetzt um solche lebensfernen Fragen ginge. »Dein Vojen ist kein Kämpfer, aber gehört trotzdem dem männlichen Geschlecht an«, sagte sie und wunderte sich, dass Kazis seltsame Gedankengänge sie dennoch zu einem Gespräch verleiten konnten.

Ihre älteste Schwester runzelte die Stirn. »Du hast recht. Er verhält sich nicht wie ein Mann. Zunächst wünschte ich mir, Bivoj hätte seinen Sohn mitgenommen, als er fortging, aber jetzt ist mir klar, dass er mit dem Jungen nichts hätte anfangen können. Was soll nur aus diesem seltsamen Kind werden? Kürzlich bat er mich, ihn die Heilkunst zu lehren. Doch das ist eine Aufgabe der Frauen.«

»Bei anderen Völkern gibt es doch auch männliche Heiler. Warum willst du Vojen nicht ausbilden?«

Kazi richtete sich empört auf. »Wir Frauen müssen unsere Rechte verteidigen, sonst nehmen die Männer uns alles. Deshalb kann ich keine männlichen Heiler in unserem Volk dulden. Tschastawa wird von mir lernen.«

»Kazi, mir scheint, dass Vojen dir sehr ähnlich ist«, warf Libussa ein. »Diese verschlossene, menschenscheue Art, so bist du als Kind auch gewesen. Als unsere Mutter dir den Umgang mit Waffen zeigen wollte, da hast du die Flucht ergriffen, denn es lag dir nicht. Vojen bewundert deinen Ruhm als Heilerin und sehnt sich nach deiner Anerkennung.«

Eine tiefe Falte erschien zwischen Kazis Brauen. »Ich weiß, dass du mich verurteilst, Libussa«, sagte sie. »Aber ich kann nicht anders sein, als ich bin. Mit Männern bin ich nie wirklich warm geworden. Manche von ihnen, wie dein Premysl, haben Eigenschaften, die ich schätze. Doch ich habe mich einem Mann niemals so nahe gefühlt wie du oder Thetka. Als ich diese schreckliche Geburt endlich hinter mir hatte und die Hebamme mir sagte, ich hätte einen Sohn, da kam es mir so vor, als hätte sich die große Mokosch einen schlechten Scherz mit mir erlaubt.«

Libussa schüttelte verständnislos den Kopf. »Männer sind Menschen wie wir. Vielleicht wollte Mokosch, dass du es durch Vojen endlich begreifst. Du versorgst doch auch die Krieger, wenn sie verletzt sind.«

»Natürlich«, erwiderte Kazi. »Das ist meine Aufgabe, und ich erfülle sie, so gut ich kann. Ich habe doch nicht gesagt, dass ich allen Männern Tod und Unglück wünsche. Ich sehne mich nur nicht nach ihrer Nähe. Im Übrigen tue ich nichts anderes als unsere eigene Mutter. Ich stelle sicher, dass mein Kind versorgt ist, indem ich es Kveta übergebe.«

Libussa musste zugeben, dass ihre älteste Schwester recht hatte. Sie alle waren hauptsächlich von der Kindsmagd bemuttert worden, während die Frau, die sie geboren hatte, mit anderen Aufgaben beschäftigt war.

»Vielleicht könnte man Vojen zum Schamanen erziehen«, überlegte sie. »Auch sie müssen mit Waffen umgehen können, werden aber nicht so hart ausgebildet wie Krieger. Er würde nur die Rituale und Gebetssprüche lernen.«

Kazis dunkle Augen musterten sie staunend. »Schamanen kommen aber gewöhnlich aus dem Volk. Sie fallen durch besondere spirituelle Gaben auf und werden deshalb ausgewählt. Solche Entscheidungen zu treffen ist eine von deinen Aufgaben, Libussa. Wonach triffst du dabei deine Wahl?«

Libussa überlegte eine Weile. »Schamanen müssen klug sein und willens, ihr Leben den Göttern zu weihen«, begann sie dann. »Viele bringen seherische Fähigkeiten mit. Manchmal genügt aber auch ein tiefer Sinn für Gerechtigkeit und Verständnis für die Sorgen anderer Menschen, denn in ihren Dörfern sind die Schamanen auch Ratgeber. Ich bespreche solche Entscheidungen übrigens immer mit Bohumil, dem ältesten der Schamanen.«

»Und du meinst«, fuhr Kazi stirnrunzelnd fort »dass mein Sohn irgendeines dieser von dir genannten Talente besitzt?«

Libussa erschrak, wie hart eine Mutter über ihr eigenes Kind urteilen konnte. »Ich bin mir sicher, dass dein Sohn Begabungen hat. Vielleicht dauert es eine Weile, bis sie deutlich werden. Bohumils Obhut wird ihm guttun. Der alte Mann ist weise und verständnisvoll.« Sie wollte nicht offen aussprechen, dass eben jene Eigenschaften Kazi im Umgang mit Vojen fehlten. Die Schwester zuckte mit den Schultern.

»Wenn du meinst. Er zeigt zwar keinerlei Begeisterung für den Dienst an den Göttern, aber irgendetwas muss er ja machen.«

Libussa seufzte betrübt. Es hätte keinen Sinn gehabt, mit Kazi zu streiten. Eine Weile sah sie schweigend zu, wie ihre Schwester Tränke und Salben mischte. Kazi vermochte, ganz in dieser Tätigkeit zu versinken. Libussa beneidete sie in diesem Augenblick darum, denn nachdem ihr Gespräch beendet war, kehrten die Sorgen zurück.

Sie hatte sich im Zorn von Premysl getrennt, erbost über seine Entscheidung, mit in den Krieg zu ziehen. Sogar vor einer Umarmung zum Abschied war sie zurückgewichen. Falls Premysl nicht wiederkäme, hätten sie ihre letzten gemeinsamen Tage wie Fremde verbracht. Doch seit er fort war, suchten die Erinnerungen sie mit erstaunlicher Heftigkeit heim. »Vielleicht können wir auf den Aussichtsturm steigen«, schlug sie Kazi vor. »Dann sehen wir es gleich, wenn Boten eintreffen.«

Die Schwester stand auf, ohne zu widersprechen. Gemeinsam gingen sie über den Hof, und nachdem ein Knecht ihnen die Leiter gebracht hatte, erklommen sie die Stufen. Oben auf der Mauer ließ Libussa ihren Blick über Fluss, Wiesen, Wälder und die alte Festung Chrasten in die Ferne schweifen. Sie sah die Bauern auf den Feldern arbeiten wie jedes Jahr zur Erntezeit. Alles schien vertraut, als wäre nichts geschehen. Erst nach einer Weile fiel ihr auf, dass es fast nur Frauen, Kinder und Greise waren, die dort die Sicheln schwangen. Unruhig hielt sie den Blick in die Ferne gerichtet, als könnte stetes Starren einen Reiter am Horizont auftauchen lassen.

»Langsam könnten wir mal wieder runtergehen«, murmelte Kazi. Libussa warf ihr einen wütenden Blick zu.

»Ich glaube, dass bald ein Bote eintreffen wird. Gewöhnlich kann ich mich auf meine Ahnungen verlassen.«

Kazi wirkte mürrisch, aber sie schwieg und harrte geduldig an Libussas Seite aus, bis endlich mehrere Reiter in der Ferne auftauchten.

Sie stiegen hastig die Leiter hinab. Libussa rief den Mägden zu, Essen herzurichten. Sie wusste nicht genau, wen sie erwartet hatte, doch als Radka von den Lukanern mit einigen älteren Kriegern durch das Tor ritt, fiel es ihr schwer, eine freudige Begrüßung auszusprechen. Die Lukaner-Fürstin war wie die meisten Frauen ihres Ranges in der Heimat geblieben, um für die Verwaltung der Festung und des Landes zu sorgen, während die Männer kämpften. Allein Libussas Achtung vor Radka zwang sie, ihre tiefe Enttäuschung hinter angemessenen Worten der Begrüßung zu verbergen.

»Habt ihr Neuigkeiten?«, fragte Radka sogleich ungeduldig. Ihr Gesicht verriet ungewohnte Unruhe. Libussa schüttelte den Kopf und spürte die gleiche nagende Angst, die sie an Radka erkannte.

»Irina ist schwanger. Sie sehnt sich nach Lecho, denn es geht ihr nicht gut«, meinte die Lukaner-Fürstin.

Libussa senkte den Kopf. Sie dachte an Kazis Bemerkung von vorhin: Jede Frau, die Männer liebt, muss manchmal warten. Sie ballte ihre Hände zu Fäusten. »Ich bin mir sicher, dass sie bald wieder zurück sind«, sagte sie so entschieden wie möglich, doch sie hörte selbst den Zweifel aus ihren eigenen Worten heraus.

Radka war auf dem Stuhl zusammengesackt und verbarg ihr Gesicht hinter den kräftigen Händen. Diese sonst so entschlossene Fürstin so niedergeschlagen zu sehen ließ Libussa in ein dunkles Loch fallen.

»All unsere Fürsten und Krieger sind weg. Auch die jungen, kräftigen Bauern sind Kroks und vor allem Premysls Aufruf gefolgt und in den Kampf gezogen. Wenn uns jetzt ein anderes Volk überfällt, die Mähren zum Beispiel, dann sind wir verloren«, murmelte Radka.

»Wir werden trotzdem kämpfen«, meinte Libussa. Auf einmal weckte Radkas Hoffnungslosigkeit wieder ihre Lebensgeister. »Die Frauen werden zu den Waffen greifen, wie immer, wenn die Männer nicht zugegen sind oder es allein nicht schaffen. Du selbst bist eine hervorragende Kriegerin.«

Radka nickte. »Das bin ich. Und du bist auch nicht schlecht, obwohl es dir an Übung fehlt. Aber wie soll eine schwangere, von Übelkeit geplagte Irina kämpfen? Und sie ist nicht die einzige Frau in dieser Lage. Hostivit von den Zlicani hat seiner Schwester Drahomira das Kriegshandwerk nicht einmal beigebracht. Unsere besten Kriegerinnen wie Thetka und Vlasta sind mit in den Kampf gezogen. Ohne die Männer schaffen wir es nicht, ein feindliches Heer zu besiegen.«

Libussa hatte das Gefühl, eine eiskalte Hand an ihrer Kehle zu spüren. »Es ist nicht gesagt, dass es zu einem Angriff auf uns kommt. Du siehst Gespenster, Radka.«

»Schon möglich«, erwiderte die Lukaner-Fürstin. »Aber warum hat Krok nicht an eine solche Gefahr gedacht? Er ist sonst doch so weise und umsichtig!«

»Onkel Krok träumt von der Vereinigung aller Völker, die dem alten Glauben anhängen. Dieses Ziel hatte er vor Augen, als er den Sachsen helfen wollte. Ich glaube, er geht davon aus, dass sie uns zusammen mit den Polanen, Wilzen und Abodriten unterstützen, falls ein Feind über uns herfällt«, mischte sich Kazi unerwartet ins Gespräch. Bisher hatte sie sich nie um Kriege und Verhandlungen mit anderen Völkern gekümmert, doch nun wurde klar, dass sie bei den Versammlungen trotz ihrer geistesabwesenden Miene sehr wohl zugehört hatte.

Radka holte tief Luft und berichtete dann mit gepresster Stimme: »Eine meiner Mägde unterhielt sich neulich mit einem fahrenden Händler. Er hat Abgesandte des Frankenkönigs bei den Abodriten gesehen.«

»Das muss nichts bedeuten«, erwiderte Libussa beschwichtigend.

»Aber es könnte bedeuten, dass der Frankenkönig mit den Abodriten verhandeln wollte. Dass er ihnen Angebote gemacht hat, um sie auf seine Seite zu ziehen. Ist es denn überhaupt sicher, dass Dragoweill von den Wilzen tatsächlich, wie er behauptet, mit den Abodriten Frieden geschlossen hat?«

Wieder tat sich zu Libussas Füßen ein Abgrund auf. Sie krallte ihre Hände um die Tischkante und entschied: »Ich möchte zum Berg der Göttin gehen.« Sie hatte schon länger darüber nachgedacht, doch nun stand ihr Entschluss fest.

»Deine Freundin, die keltische Priesterin, ist tot«, entgegnete Kazi. »Es gibt wohl eine Nachfolgerin, aber kennst du sie denn gut genug?«

Libussa schüttelte den Kopf. »Ich bin kaum noch dort gewesen in den letzten Jahren. Aber die alte Priesterin meinte, ich hätte seherische Fähigkeiten. Manchmal überkommen mich Ahnungen und Visionen, doch immer völlig unerwartet. Bevor ich zur Fürstin ernannt wurde, da wollte die Keltin mich lehren, wie ich sie nach meinem eigenen Willen lenken und bewusst heraufbeschwören kann. Leider kam es dann nicht mehr dazu. Aber oben auf dem Berg gibt es eine Quelle. Die Priestein blickte hinein, um die Zukunft zu sehen oder auch Ereignisse, die an anderen Orten stattfanden. Ich möchte wissen, wie es um unsere Krieger bei den Sachsen steht. Vielleicht gelingt es mir, etwas darüber zu erfahren, wenn ich selbst in diese Quelle schaue.«

Radkas Blick war ungläubig und auch Kazi sah sie stirnrunzelnd an: »Kennst du alle Rituale der Priesterin?«, fragte sie.

»Nein, aber du kannst mir helfen, Kazi. Braue mir einen Trank, der meine Sinne schärft.«

Kazi strich sich nachdenklich mit den Händen über ihr Gewand. »Ich kann es tun, Libussa. Aber ich vermag keinen Erfolg zu versprechen. Radka soll mitkommen. Auch sie wurde von den Göttern zur Fürstin auserkoren. Es wird unser aller Kraft brauchen. Und vergiss nicht: Was du siehst, wird dir vielleicht nicht gefallen.«

8

Die neue Priesterin war klein und dunkelhaarig wie ihre Vorgängerin. Sie schien zu wissen, worum es ging, denn sie führte die Frauen ohne weitere Fragen zur Quelle.

Das Wasser plätscherte eine leise Melodie. Auf einen Wink der Keltin setzten sie sich im Kreis an die Stelle, wo es aus der Erde sprang, und fassten sich an den Händen. Libussa hatte den Trank zu sich genommen, bevor sie losgingen, denn Kazi meinte, es könnte dauern, bis seine Wirkung einsetzte. Die Schwester hatte vor Schwindelgefühlen gewarnt, doch noch merkte Libussa nichts davon. Sie spürte nur einen raschen Herzschlag und ein Kribbeln auf der Haut, als liefen Ameisen an ihren Armen und Beinen hoch. Das führte sie auf die Aufregung zurück. Kazis Warnung, dass sie vielleicht Furchtbares sehen werde, klang ihr noch in den Ohren, aber mittlerweile zog sie eine schreckliche Wahrheit der Ahnungslosigkeit vor.

Die Priesterin stimmte einen Gesang in keltischer Sprache an. Sie warf die Opfergaben, Silberringe und bronzene Armreifen, ins Wasser, um die Göttin gnädig zu stimmen. Dann umfassten ihre Finger wieder Libussas und Kazis Hand. Ihr Druck war nun stärker und ihre Stimme schwoll zu einem Kreischen an. Libussa fühlte einen Ruck durch ihren Körper gehen, als habe ein unsichtbarer Feind sie gestoßen. Kazis Gesicht wirkte ernst und verschlossen. Radkas Mund hingegen verzog sich ungeduldig, als könne sie das Ende dieses seltsamen Spiels kaum erwarten. Sie glaubte offensichtlich nicht an solche Rituale, und Libussa fragte sich, ob solche Zweifel die Göttin erzürnen konnten.

Doch dann begann sie schon zu fallen und stürzte in die Tiefen der Quelle, wo nur Finsternis sie umgab. Seltsame Geräusche drangen an ihr Ohr, als schlichen unbekannte Wesen in der Nähe herum. Immer weiter versank sie im Dunkeln und fürchtete, darin zu ertrinken, und das Hämmern ihres Herzens schwoll zu einem Trommelwirbel an. Sie wollte schreien, doch kein Laut drang aus ihrem Mund. Sie fiel und fiel, bis sie glaubte zu sterben.

Das Licht blendete sie. Vor ihr rauschte ein Fluss dahin, den sie noch nie zuvor gesehen hatte. Daneben lag eine Wiese mit einem Holzbau und Zelten, auf der viele Männer standen. Sie trugen Waffen, doch zu ihrer Erleichterung kämpften sie nicht, sondern beredeten etwas in einer fremden Sprache. In ihrer Mitte entdeckte sie den hochgewachsenen Mann aus ihren Träumen, der mit ruhiger Stimme Befehle erteilte. Mehrere Krieger waren an seiner Seite sowie ein christlicher Kuttenträger, um dessen Hals ein großes Kreuz hing. Aus der Menge vor ihnen wurde ein Gefangener nach vorn geführt. Der Kuttenträger stellte ihm eine Frage, die mit Kopfschütteln beantwortet wurde. Daraufhin streckte der Kuttenträger drohend das umgehängte Kreuz in die Höhe, und Krieger zwangen den Gefangenen auf die Knie. Das Gesicht des Mannes war starr vor Entschlossenheit, als er wieder verneinte. Nun trat der Befehlshaber vor, dessen Gesicht Libussa schon so oft gesehen hatte. Er redete freundlich und eindringlich auf den Knienden ein, doch der schien nicht empfänglich für seine Worte. Die Krieger zwangen ihn, sich nach vorn zu beugen. Dann blitzte ein Schwert auf und durchtrennte blitzschnell seinen Hals.

Libussa hörte ihren eigenen Schrei, der die Stille zerriss.

Der nächste Mann wurde vorgeführt. Er brüllte und trat

nach den Kriegern, doch er vermochte sich nicht zu befreien. Als sie ihn ebenfalls in die Knie zwangen, bebte sein Körper wie bei einem starken Fieber. Wiederum wurde ihm ein Kreuz vor das Gesicht gehalten, bei dessen Anblick Tränen über seine ledrigen Wangen liefen. Doch auch seine Antwort war nur ein entschlossenes Kopfschütteln, und bald darauf wurde er ebenfalls enthauptet. Libussa sah, wie der Fremde aus ihren Träumen dabei die Augen schloss, als sei dieser Anblick auch für ihn schwer zu ertragen. Trotzdem ließ er den nächsten Gefangenen vorführen. Der küsste das Kreuz und durfte aufstehen, wodurch sich das ernste Gesicht des Befehlshabers ein wenig entspannte. Aber nur wenige der Männer, die nach ihm herbeigezerrt wurden, folgten dem Beispiel des Überlebenden.

Libussa sah sie alle sterben. Das Gras der Wiese färbte sich dunkelrot, während die Köpfe rollten. Nach einer Weile fühlte sie nichts mehr außer völliger Leere, als sei sie selbst mit all diesen Männern gestorben. Trotzdem war es ihr nicht möglich, die Augen vor dem Grauen zu verschließen, so wie der fremde Befehlshaber es immer wieder tat.

Dann sah sie den ersten ihr bekannten Gefangenen. Vojtan von den Lemuzi hatte sich aus der gesichtslosen Menge gelöst und lief mit wütendem Gebrüll auf die Henker zu. »Seid verflucht auf ewig, ihr Anbeter eines blutrünstigen Dämons!«

Wieder schrie Libussa gellend auf, als Schwerter seinen Körper durchbohrten. Ihr Schrei verstummte nicht, auch als die Dunkelheit sie erneut umfing. Sie meinte zu ersticken, doch kämpfte sie nicht dagegen an. Der Tod versprach Erlösung und Frieden.

»Libussa!« Finger bohrten sich in ihre Schultern. »Libussa, wach auf!« Das Flehen der vertrauten Stimme zwang sie, die Augen zu öffnen. »Libussa, wir dachten, es wäre unmöglich, dich zurückzuholen«, flüsterte Kazi und wandte sich ab, um ihre Tränen zu verbergen.

Langsam richtete Libussa sich auf. Ihr Kopf schmerzte wie

noch nie zuvor, und sie fühlte sich vollkommen zerschlagen. Jede Bewegung tat weh.

»Hast du etwas gesehen?«, fragte Radka ungeduldig.

Die Bilder kamen zurück und zum Schutz vor ihnen verbarg Libussa ihr Gesicht in den Handflächen. Sie wünschte sich, niemals erwacht zu sein.

»Libussa, bitte sag uns, was du gesehen hast. War es schlimm? Wir können ja alles sowieso nicht mehr ändern.« Kazis Stimme war sanft und eindringlich. Auf diese Weise redete sie gewöhnlich nur mit schwer Kranken.

Libussa wich zurück. Das Drängen machte ihr Angst. Solange sie den Inhalt ihrer Visionen nicht preisgab, konnte es sich auch um einen bösen Traum handeln.

»Es ist manchmal schwer, die Wahrheit zu sehen. Aber eine Last wird leichter, wenn man sie auf mehrere Schultern verteilt«, hörte sie die Stimme der jungen Priesterin.

»Sie sind tot«, murmelte Libussa. »Sie sind alle tot. Keiner von ihnen würde Christ werden, nur um sein Leben zu retten. Nicht einmal Premysl, der an unseren Göttern stets gezweifelt hat. Er würde sich niemals einer solchen Gewalt beugen.«

Und dann schrie sie erneut.

Die Tage zogen an ihr vorbei, während sie reglos auf ihrer Bettstatt lag. Der Schlaf war ihr engster Vertrauter geworden, tröstend wie die Finsternis, die sie vom Anblick all dieser Morde erlöst hatte. Unwillig öffnete sie die Augen, wenn Kazi kam, um ihr dreimal täglich eine Brühe einzuflößen, denn feste Nahrung vertrug ihr Magen nicht. Sie aß nur, weil die Schwester es wünschte. Danach legte sie sich wieder hin, um der Welt erneut zu entfliehen. Es konnte nicht mehr lange dauern. Kazi hatte einmal gesagt, dass Tiere starben, wenn das Leben für sie unerträglich wurde. Eine solche Flucht müsste doch auch für sie möglich sein, trotz der Brühe. Um ihre Kinder, Lidomir und Scharka, konnte sich Kveta, die alte Kinderfrau, kümmern.

Warum sollte einer einfachen Frau wie Kveta ein Leid geschehen, ganz gleich, wer in Zukunft über das Land der Behaimen herrschte?

Libussa träumte vom ewig grünen Reich der Toten, wo Premysl auf sie wartete. Wenn sie schlief, sah sie sein Gesicht und hörte, wie er nach ihr rief. Ihr Volk war ohne seine Krieger ohnehin verloren, wie Radka vorausgesehen hatte. Bald schon würde sie nicht mehr die Augen öffnen müssen, um diese leere, finstere Welt zu sehen. Sie spürte, wie ihr Körper zunehmend schwächer wurde, und freute sich auf die bevorstehende endgültige Befreiung ihrer Seele aus dem verhassten Verlies.

Das hartnäckige Rütteln an ihrem Arm war lästig. Sie versuchte, weiter in die erlösende Bewusstlosigkeit zu fliehen, doch eine Mädchenstimme hinderte sie daran. »Mutter, geht es dir nicht gut?«

Wütend riss Libussa die Augen auf. »Ich sagte, ihr sollt mir die Kinder nicht bringen!«

Kvetas Hand zog sich von ihrem Arm zurück. »Warum sollen sie dich nicht sehen dürfen, bevor du dich verabschiedest, Herrin? Das wäre grausam.«

Libussa verspürte einen Stich in der Brust. Widerwillig wandte sie sich der hässlichen Welt der Lebenden zu.

»Ich bin eine alte Frau«, murmelte Kveta sanft. »Ich weiß nicht, wie viel Zeit mir noch vergönnt ist, bevor Veles mich ins Totenreich ruft. Lange werde ich diese zwei Kinder wohl nicht mehr begleiten dürfen. Und was ist dann? Kazi liebt vor allem Tschastawa. Radka von den Lukanern hat die Frauen der fürstlichen Clans um sich versammelt, um zu besprechen, wie das Land in Zukunft verteidigt und regiert werden kann. Deinen Kindern wird sie nichts Böses wollen, aber auch nicht willens sein, viel Zeit an sie zu verschwenden.«

Libussa konnte nicht umhin, Lidomir und Scharka anzusehen. Die Tochter drängte sich mit ängstlich aufgerissenen Augen in ihre Arme. Lidomir hielt vorsichtig Abstand. Sein Blick war aufmerksam und abwartend angesichts einer unsicheren Welt. Er hatte Premysls braunes Haar und hohe Wangenknochen geerbt, ebenso wie die klugen Augen, die ihn älter wirken ließen als seine acht Jahre. Durch seinen frühreifen Verstand und seine Ernsthaftigkeit wirkte er fast noch schutzbedürftiger als Scharka, die es immerhin verstand, die Herzen der Menschen für sich zu gewinnen. Doch Lidomir schien schwierig und zurückhaltend, nicht unbedingt ein Kind, das jeder gleich in die Arme schließen wollte. Kveta mit ihrem schlichten, liebenswürdigen Gemüt wäre nicht in der Lage, auf ein so grüblerisches Kind wie ihn angemessen einzugehen. Er brauchte Premysl, doch der war tot. Er hatte niemanden mehr außer seiner Mutter.

Noch einen kurzen Augenblick bäumte sich der Wunsch nach Erlösung in Libussa auf. Dann fügte sie sich in ein Leben, das nicht von ihr lassen wollte. »Bringt mir etwas zu essen«, flüsterte sie und schloss Scharka in die Arme. Lidomir strich nur zögernd über ihre Schulter, aber seine Augen strahlten vor Glück. Anders als seine Schwester hatte er wohl begriffen, wie nahe die Mutter dem Tod gewesen war. Kveta erfüllte Libussas Wunsch mit einem freudigen Lächeln. Gemeinsam mit Kazi kehrte sie zurück und brachte die übliche Brühe, diesmal mit einigen Stücken Brot darin. Libussa staunte, denn erstmals seit vielen Tagen löste der Anblick eines vollen Tellers hungriges Magenknurren bei ihr aus.

»Iss, Herrin«, murmelte Kveta. »Du bist die Mutter deines Landes und ohne dich sind wir verloren.«

»Radka hätte es auch nicht schlecht gemacht. Sie ist in ihrer Art fast wie Thetka«, erwiderte Libussa trotzig, doch dann fiel ihr ein, dass keine der beiden Frauen so entschieden gegen Kroks unseligen Plan gewesen war wie sie selbst. »Hast du Neuigkeiten, was Radka in Zatec plant?«, fragte sie Kazi.

»Sie hat die Frauen der fürstlichen Clans um sich versammelt, außerdem kräftige Bäuerinnen und ältere Kinder. Die üben jetzt den Umgang mit Waffen. Ein paar Krieger sind geblieben, um die Festungen zu bewachen, aber viele sind es nicht. Radka fürchtet, dass ein anderes Volk uns überfallen wird, sobald es von unserer wehrlosen Lage erfährt.«

Libussa zwang sich, ihre Aufmerksamkeit ganz auf die Gegenwart zu richten und der vertrauten Welt ihrer Träume zu entfliehen. »Ich werde nach Zatec reisen, sobald ich wieder bei Kräften bin«, beschloss sie. »Und du, Kazi, musst inzwischen hier nach dem Rechten sehen. Du hast einen scharfen Verstand. Jetzt solltest du ihn auch für andere Dinge einsetzen als die Heilkunst. Wir brauchen jede Hilfe.«

Ihre älteste Schwester nickte mit unzufriedener Miene.

Radkas erschöpftes Gesicht strahlte vor Freude, als sie Libussa empfing. »Es gab Gerüchte, dass es dir sehr schlecht geht. Nachdem du bei der Quelle wieder zu dir kamst, warst du völlig verwirrt, und mir schien, diese Magie hätte deinem Verstand dauerhaft geschadet.«

Libussa widersprach nicht. Radka ähnelte ihrer Mutter, die den Dienst an den Göttern für nötige, aber lästige Zeitverschwendung gehalten hatte.

»Ich bin wieder in der Lage, mich meinen Aufgaben zu widmen«, meinte sie nur. »Ich habe gehört, du hast die anderen Fürstinnen hier versammelt.«

Radka nickte. »Sie sind nicht unbedingt alle eine Hilfe. Lechos Gefährtin Irina liegt mir mit Klagen in den Ohren. Sie weigert sich, seinen Tod hinzunehmen, und hofft immer noch auf eine wundersame Rückkehr. Auch Drahomira, Hostivits junge Schwester, jammert nur, dass sie es ohne den Bruder nicht schafft, obwohl er doch schon längst sein Amt an sie hätte abgeben müssen, denn er sollte nur Fürst sein, bis sie alt genug ist, ihre Rolle einzunehmen. Slavoniks Mutter ist alt und seine Schwester Sylva nicht gerade die Hellste. Täusche ich mich oder sind unsere Frauen früher stärker gewesen? Ist das der Einfluss all der Geschichten über Männerherrschaft bei anderen Völkern?«

Libussa zuckte mit den Schultern. »Ich weiß es nicht. Wahrscheinlich hat es schon immer starke und schwache Fürstinnen gegeben. Nicht alle Söhne unserer Clans waren mutig. Doch manchmal scheint mir, dass einige unserer Männer, Slavonik zum Beispiel oder auch Hostivit, die Sitten bei uns zu ihrem Vorteil ändern wollten und daher versucht haben, die Mädchen der fürstlichen Clans dementsprechend zu beeinflussen, solange sie noch klein waren. Deshalb lehrte Hostivit Drahomira nicht die Kunst des Schwertkampfes. Sie sollte niemals daran zweifeln, dass sie ohne männlichen Schutz verloren wäre. Jetzt, da unsere Krieger fort sind, vielleicht alle tot, hat das natürlich üble Folgen für uns. Du bildest Bäuerinnen und deren Kinder im Umgang mit Waffen aus, hat Kazi mir erzählt.«

»Einer meiner Krieger ist dafür zuständig«, erwiderte Radka. »Er war zu alt, um mit in den Kampf zu ziehen. Sie machen sich nicht schlecht, aber ich weiß nicht, ob wir mit ihnen in der Lage wären, einen feindlichen Angriff abzuwehren.«

Libussa setzte sich und nahm einen Schluck Met aus dem Krug, den eine Magd ihr gebracht hatte. »Noch ist kein solcher Feind in unser Land eingefallen. Vielleicht gelang es wenigstens ein paar von unseren Männern aus dem Fußvolk zu fliehen, auch wenn ich mir keine Hoffnungen mache, dass einer der Fürsten oder Anführer lebend zu uns zurückkehren wird. In ein paar Jahren sind aus den hier verbliebenen Jungen Männer geworden. Manchmal haben auch schon Frauen Feinde verjagt, wenn sie verzweifelt genug waren. Hast du Neuigkeiten, wie es bei den Polanen und Wilzen aussieht?«

Radka schüttelte den Kopf. »Die Polanen haben nur ein paar Krieger in den Kampf geschickt. Ich glaube, auch Dragoweill war klug genug, nicht alle seine Männer für Kroks verrückten Traum zu gefährden. Nur wir sind jetzt in einer üblen Lage.«

Libussa versetzte es einen Stich, dass ihr toter Onkel von

Radka in ein schlechtes Licht gerückt wurde, doch sie musste der Lukaner-Fürstin insgeheim zustimmen. Kroks Vorgehen war unbedacht gewesen. »Es gibt zunächst andere Dinge zu regeln, zum Beispiel, was mit dem Gebiet der Lemuzi geschehen wird«, wechselte sie das Thema. »Olga ist tot, Ludmilla hat uns verlassen. Ohne Vojtan und Neklan gibt es niemanden, der auf Zabrusany Entscheidungen trifft.«

Radka seufzte. »Slavoniks Schwester Sylva war Vojtans Gefährtin. Sie hat wohl als Erste einen Anspruch auf das Land. Doch wie ich schon sagte, das Mädchen scheint mir nicht besonders klug.«

»Und würdest du Vojtan und Neklan als kluge Köpfe bezeichnen?«, fragte Libussa. Dann geschah etwas Merkwürdiges. Sie begannen beide zu lachen, immer lauter und heftiger, bis ihnen Tränen über die Wangen liefen. Verwirrt fühlte Libussa, wie Radkas Arme sie umschlossen und zu erdrücken drohten.

»Lecho fehlt mir so sehr«, flüsterte die Lukaner-Fürstin. »Das ist, als hätte man mir ein Körperteil abgetrennt. Vielleicht fand ich bis jetzt keinen Mann, den ich als Gefährten wollte, weil niemand mir so nahe sein konnte wie mein Bruder. Nun hängt seine Irina mir heulend am Rockzipfel und ich muss alle Entscheidungen treffen. Ich danke den Göttern, dass du nicht gestorben bist, Libussa. Was würde ich allein mit all diesen Klageweibern anfangen?«

Libussa befreite sich verlegen aus der Umarmung. Ihr war nicht klar gewesen, wie viele Menschen ihr Tod unglücklich machen würde. »Lass uns nach diesen Klageweibern sehen«, murmelte sie. »Wir müssen eine Versammlung einberufen.«

Im großen Saal von Zatec hatte sie erstmals das Fehlen vieler vertrauter Gesichter deutlich vor Augen. Nur Frauen und ein paar alte Männer saßen versammelt vor ihr, und sie hätte sogar einiges darum gegeben, Slavoniks selbstgefälliges Gesicht und Neklans mürrische Miene unter ihnen zu erblicken. Fast schämte sie sich, vor einer Weile noch über die Lemuzi-Brüder gelacht zu haben.

»Hast du sie wirklich sterben gesehen?«, rief ihr eine Stimme zur Begrüßung entgegen. Slavoniks Mutter, die alte Kroaten-Fürstin, hatte sich erhoben und musterte Libussa beinahe feindselig, als trage sie die Schuld an der schlechten Nachricht.

»Ich sah alle sterben, die nicht Christen werden wollten.«

Das Gemurmel wurde lauter. Es war fast wie früher, bei den Versammlungen auf Chrasten und Praha.

»Hast du gesehen, wie mein Slavonik starb?«, wiederholte die Kroaten-Fürstin beharrlich ihre Frage. Sie stand starr wie eine steinerne Statue.

Libussa schüttelte den Kopf. »Unsere Männer sah ich nicht. Aber sie müssen bei den anderen Gefangenen gewesen sein. Falls nicht, dann sind sie zum Feind übergelaufen, und das will ich nicht glauben.«

»Vielleicht waren sie schon nicht mehr dort. Sie sind sicher vorher abgezogen«, mischte sich eine junge, hoffnungsvolle Mädchenstimme ein.

»In diesem Fall wären sie schon längst hier«, meinte Radka sachlich und erbarmungslos. Ein Schluchzen wurde laut. Libussa hielt es für ratsam, falsche Hoffnungen im Keim zu ersticken.

»Ich sah den Tod Vojtans von den Lemuzi«, zwang sie sich zu sagen. »Wenn er unter den Gefangenen war, dann auch sicher die anderen.«

Sylva von den Kroaten, Vojtans Gefährtin, klammerte sich weinend an ihre unbewegliche Mutter.

»Einige konnten vielleicht fliehen«, kam es nun von Lechos Irina. »Wir sollten den Göttern opfern und beten, damit sie wohlbehalten bei uns ankommen. Du musst eine Zeremonie veranstalten, Libussa von den Cechen, um die Gunst der Götter zu gewinnen.«

Zustimmende Rufe drangen durch den Saal. Radka schien

verärgert. »Ich sagte doch: Klageweiber!«, flüsterte sie Libussa zu. Obwohl die Trauer um Lecho dunkle Ringe unter ihre Augen gemalt hatte, hielt sie öffentliches Wehklagen für ein Zeichen von Schwäche.

»Für Zeremonien ist jetzt keine Zeit!« Die Stimme der Kroaten-Fürstin schnitt durch den Saal wie eine Schwertklinge, so scharf und kräftig ertönte sie mit einem Mal. »Zeremonien hätte man vor dem Kampf veranstalten sollen, nicht jetzt. Unsere Länder sind in einer gefährdeten, unsicheren Lage. Wir müssen die Aufgaben der Männer übernehmen, bis unsere Jungen alt genug dazu sind. Besinnt euch auf eure Pflichten, Fürstinnen, und hört auf, zu klagen und euch das Haar zu raufen, denn dadurch wurde noch kein Toter zum Leben erweckt. Wir tragen Verantwortung gegenüber unserem Volk!«

Es war still geworden. Betreten wischten einige der Anwesenden sich die Tränen von den Wangen. Libussa warf der alten Frau einen dankbaren Blick zu, während Radka die Versammlung im Saal eröffnete.

Drei Tage später befand sich Libussa wieder auf dem Heimweg. Die Versammlung war nicht ergebnislos gewesen und allen Frauen der fürstlichen Clans schien nun klar geworden zu sein, dass sie ihr Bestes geben mussten, um ihre Ländereien allein zu verwalten und zu schützen. Libussa hatte einen Überblick, wie viele Krieger ihrem Volk noch zur Verfügung standen. Diese sollten verstärkt geeignete Leute im Umgang mit Waffen ausbilden. Sylva von den Kroaten würde sich mit einer Gefolgschaft nach Zabrusany begeben, um dafür zu sorgen, dass Ordnung gewahrt blieb. Das Lemuzi-Gebiet lag verführerisch nahe an Mähren, und es war vielleicht mit einem Angriff zu rechnen, falls die Kunde, es gebe dort keine Fürsten mehr, nach außen drang.

Libussa machte Pläne, was sie selbst gleich nach ihrer Rückkehr nach Praha erledigen würde. Solange sie ihr Denken auf wichtige alltägliche Dinge richtete, fühlte sie sich gefeit vor dem Grauen, das stets in greifbarer Nähe war. Die Reise nach Zatec hatte ihr Erleichterung verschafft, da sie in einer fremden Umgebung abgelenkt war, doch als Praha immer näher rückte, überkam sie Angst vor dem Augenblick, wenn die Mauern der Festung vor ihr auftauchen würden. Mit Premysl hatte sie Praha erbaut und nun würde sie dort allein den Rest ihrer Tage verbringen. Sie versuchte, sich Lidomirs und Scharkas Gesichter in Erinnerung zu rufen, denn die vertraute Todesssehnsucht war wieder in ihr wach geworden. Vielleicht würde der rasende Schmerz mit den Jahren zu sanfter Trauer verblassen, so dass die Erinnerung ein kostbares Gut wäre anstatt einer bohrenden Qual.

Sie beschloss, auch in Chrasten und Tetin, Thetkas Wohnsitz, nach dem Rechten zu sehen, denn diese Festungen waren nun ebenfalls verlassen. Nur die Mägde und ein paar verbliebene Knechte hielten sich wohl dort noch auf. Sie sollten die Bauten instand halten, denn eines Tages würden sich vielleicht Vojen oder eines ihrer eigenen Kinder dort niederlassen wollen.

Premysl, Krok, Thetka, Eric und Vlasta, sie alle waren aus ihrem Leben verschwunden. Sie konnte sich glücklich schätzen, dass sie noch ihre Kinder hatte. Und Kazi. Das rief sie sich immer wieder in Erinnerung, doch der tröstende Gedanke verschaffte ihr nur geringe Erleichterung. Sie ließ ihren Tränen freien Lauf, denn es hatte keinen Sinn, dagegen anzukämpfen.

Die Tage vergingen ohne große Ereignisse. Offenbar hatte die Kunde, wie ungeschützt ihr Volk war, sich noch nicht im Umland verbreitet, denn der von Radka befürchtete feindliche Angriff fand nicht statt. Libussa trat wieder als Ratgeberin und Schlichterin von Streitfällen auf, was sie von ihrem eigenen Kummer ablenkte. Kazi war ohne weitere Erklärungen in Praha geblieben und hatte nach ihren Kindern schicken lassen.

So kämpften sie sich gemeinsam durch jeden Tag. Libussa überlegte, ob sie ihre Kinder nicht nach Zatec schicken sollte, wo sie in der Kunst des Kämpfens ausgebildet würden. Krok war nicht mehr zur Stelle, um diese Aufgabe zu übernehmen. Aber die Vorstellung, sich von ihnen zu trennen, war ihr im Augenblick unerträglich. Später, in ein paar Jahren, würde sie zumindest Lidomir fortschicken müssen, damit er die richtige Ausbildung erhielt, um eines Tages Kroks Platz als Stammesführer einnehmen zu können.

Vojen und Tschastawa trafen ein, begleitet von jener schwarzen Frau, die ihnen als Kindsmagd diente. Sie schien keinen Groll zu hegen, dass Kazi ihre Tochter als eigenes Kind ausgab. Ihr Gesicht verriet nichts, außer dem Willen, sich in ihr Schicksal zu fügen. Vojen schenkte sie mehr Aufmerksamkeit, als seine leibliche Mutter es tat. Aber die Frau sprach nicht, obwohl Kazi meinte, sie könne mittlerweile jedes Wort verstehen, das man zu ihr sagte.

»Sie selbst redet jedoch nur in ihrer eigenen Sprache, und zwar nachts, wenn sie schläft. Tagsüber ist sie stumm.«

»Was meinst du, woran das liegt?«, fragte Libussa. Sie hatte sich darangemacht, ein Hemd für Vojen zu nähen. Ruhig zog sie die Nadel aus Horn durch den Stoff und überlegte sich ein Muster für die Stickerei. Es hatte ihr stets Freude gemacht, Kleidung anzufertigen, auch wenn ihr Kopf jetzt rasch zu schmerzen begann, sobald sie ihre Augen anstrengte. Jene Kleider, die sie vor Kroks Kriegszug fertig gestellt hatte, lagen in einer ihrer Truhen. Bisher hatte sie sich geweigert, diese zu öffnen, denn sie enthielten zu viele Erinnerungen: Mnatas orangefarbene Tunika, Premysls wollenen Umhang und jene Bastschuhe, wegen derer sie sich einst gestritten hatten. Auch das Seidenkleid verbannte sie aus ihrem Bewusstsein. Manchmal würde Libussa den Inhalt dieser Truhen am liebsten einfach in ein Feuer werfen. Aber sie ahnte, dass es ihr eines Tages vielleicht Trost bringen würde, jene Dinge in die Hand zu nehmen und an die geliebten Menschen zu denken, die aus ihrem Leben verschwunden waren.

Sie bemerkte erst nach einer Weile, dass ihre Frage Kazi nachdenklich gemacht hatte.

»Ich glaube, das Leben hat dieser Frau übel mitgespielt«, sagte sie schließlich. »Andere Heiler haben mir schon davon erzählt, dass Menschen nach schrecklichen Erlebnissen die Sprache verlieren. Woran das liegen mag, weiß niemand so genau. Diese Frau ist es gewöhnt zu leiden. Mir ist schon bald aufgefallen, wie sie sich immer wieder vor Schmerzen krümmt, und ich habe sie untersucht. Ihr Körper ist … er ist an einer Stelle verstümmelt. Das muss jemand absichtlich getan haben.«

Kazi schien unwillig, die Art der Verletzung näher zu beschreiben. Erst als Libussa nachfragte, erfuhr sie Einzelheiten und presste unbewusst ihre Schenkel zusammen, wie um ihren eigenen Körper zu schützen.

»Warum tut jemand so etwas?«, fragte sie entsetzt.

»Woher soll ich das wissen?«, erwiderte Kazi. »Mir scheint es eine Art Ritual, so wie die Tätowierungen unserer Krieger. Oder vielleicht auch die Idee eines Verrückten. Wer kann schon sagen, was den Menschen in weit entfernten Teilen dieser Welt so alles einfällt? Jedenfalls scheint mir diese seltsame Frau vom Leben gebrochen. Sie hat zu viel Kummer und Schmerz erlebt, um noch die Kraft zu einem eigenen Willen zu haben. Deshalb sieht sie vielleicht gar keinen Sinn darin, sich Mühe mit dem Sprechen zu geben.«

Libussa war betroffen, wie gut sie nach Kazis Erklärung das Verhalten dieser Fremden plötzlich verstand. Noch vor ein paar Monaten wäre ihr unbegreiflich gewesen, dass jemand die Kraft zum Handeln verlieren konnte.

»Wie kommt Tschastawa damit zurecht, zwei Mütter zu haben?«, fragte sie, um sich von ihrer eigenen Trübsal abzulenken. Zwischen Kazis Brauen erschien eine tiefe Furche.

»Meine Tochter hat nur eine Mutter. Das bin ich«, erklärte

sie entschieden. Früher einmal hätte diese Aussage Libussa wütend gemacht, doch nun fühlte sie sich zu zermürbt für heftige Gefühle. Sie wollte Kazi gerade an die dunkle Hautfarbe des kleinen Mädchens erinnern, die es auf Dauer unmöglich machen würde, so eine Lüge aufrechtzuerhalten, als Kveta plötzlich ins Zimmer trat. Ihr Gesicht war schneeweiß.

»Herrin, es sind Männer unten am Tor. Ein paar fremde Krieger und … und … es ist noch jemand dabei.«

»Wie viele Krieger?« Libussa stand auf und spürte, dass ihre Beine zitterten.

»Nur ein paar. Es ist kein Angriff. Mir scheint, sie wollen mit dir verhandeln, denn …«

»Hole mir meinen Dolch«, unterbrach Libussa ungeduldig. Das Herz schlug ihr bis zum Hals. War Radkas Befürchtung wahr geworden und ein fremdes Volk wollte mit einem Überfall drohen? Noch hatte sie nicht genug kampferprobte Leute, um sich dagegen zu verteidigen.

Entschlossen trat sie auf den Hof und ließ den Wärter das Tor öffnen. Fünf Reiter kamen in die Festung. Sie trugen fränkische Waffen, die überall teuer gehandelt wurden, und die Worte der Begrüßung kamen hölzern aus ihrem Mund. Anstatt den Grund für ihr Kommen zu erklären, schoben sie einen Mann vor, der offensichtlich ihr Gefangener war, denn man hatte seine Hände auf dem Rücken zusammengebunden.

Libussa hielt sich nur mühsam aufrecht, denn ihre Welt geriet nun völlig aus den Fugen. Sie bohrte sich die Fingernägel in ihre Handflächen und stellte fest, dass sie nicht träumte, obwohl das Bild vor ihren Augen nicht der Wirklichkeit entsprechen konnte. Sie hatte sich gezwungen, Premysls Tod als unabänderlich hinzunehmen. Es war unmöglich, dass er hier vor ihr stand.

Der Mann mit den gefesselten Händen schien um Jahre gealtert. Tiefe Schatten lagen unter seinen Augen, die Libussa erschöpft musterten und stumm um Vergebung baten. Fassungslos murmelte sie seinen Namen.

»Kennst du diesen Mann, Fürstin?«, fragte einer der Krieger in barschem Tonfall.

Sie überwand ihre eigene Starre und nickte.

»Gut, denn er hat dir etwas zu sagen. Wir werden so lange warten. Es wäre freundlich von dir, uns mit Essen und Trinken zu versorgen. Wir haben einen weiten Weg zurückgelegt.«

Unaufgefordert schwang er sich vom Pferd.

»Ich bin Graf Theoderich«, erklärte er anschließend. »Ich komme als Abgesandter des Königs der Franken. Dieser Mann wird dir seine Botschaft übermitteln.«

Gemeinsam zerrten zwei Krieger Premysl vom Pferd.

Libussa begriff, dass man auf ihre Reaktion wartete. »Kommt mit mir in die Festung. Man wird dort für euch auftischen. Kann ich mit eurem Gefangenen allein sprechen?«

Theoderich nickte ohne Zögern.

Sobald sie allein in einem Raum waren, sank Premysl auf einen Stuhl und vergrub sein Gesicht in den Händen. Sein Körper begann zu beben. Sie bemerkte, wie deutlich die Knöchel an seinen Handgelenken hervorstanden, und sah rote Schwellungen, die Spuren der Fesseln. Er war abgemagert. Die zerrissene, verschmutzte Kleidung schlotterte an seinem Körper. Libussa kam langsam näher. Sie musste ihre eigene Unsicherheit überwinden, bevor sie sanft eine Hand auf seine Schulter legte. Sein Körper war warm. Es saß tatsächlich kein Geist vor ihr. Plötzlich durchfuhr sie ein Gefühl rasender Freude. Premysl lebte und war zurückgekommen. Doch als sie ihn umarmen wollte, spürte sie, wie er zurückzuckte.

»Was ist mit unseren Leuten? Haben noch einige außer dir überlebt?«, fragte sie verwirrt.

»Zwei der Leitmeritzer-Söhne fielen im Kampf. Einige unserer Krieger ebenfalls und dann natürlich noch Leute aus dem Fußvolk«, sagte Premysl. »Alle anderen leben noch, außer Vojtan von den Lemuzi.«

Sein Blick wich ihr aus.

»Mnata, Vlasta, Thetka, Krok und Eric sind wohlauf?«, rief sie hoffnungsvoll. Er nickte, doch sein Gesicht blieb ernst, als müsse er ihr eine traurige Nachricht überbringen.

»Sind sie Gefangene?«, flüsterte sie. Wieder ein Nicken.

»Ebenso wie Dragoweill und seine Männer. Und auch die Polanen. Die Abodriten kämpften auf Seiten der Franken.«

»Haben sie uns verraten?«

»Vielleicht. Oder Dragoweill hielt sich nicht an sein Versprechen. Das ist jetzt unwichtig.«

Libussa ließ sich ihm gegenüber auf einem Stuhl nieder. Sein niedergeschlagener, starrer Blick verwirrte sie ebenso wie der Abstand, den er von ihr zu halten wünschte. Dieser Mann war ihr jahrelang näher gewesen als jeder andere Mensch in ihrem Leben, doch nun schienen die Ereignisse ihn in einen Fremden verwandelt zu haben. »Was genau ist geschehen, Premysl? Bitte erzähle es mir«, sagte sie sanft.

Endlich sah er sie an. In seinen Augen lag stummes Entsetzen, als sei er aus einem Alptraum erwacht. »Libussa, es ist besser, wenn du nicht erfährst, was ich gesehen habe.«

»Ich habe es selbst gesehen«, erklärte sie. »Ich ging hinauf auf den Berg der Göttin und blickte in die Quelle. Dort konnte ich beobachten, wie … wie … all diese Männer geköpft wurden, die nicht Christen werden wollten. Und da glaubte ich, ihr wäret alle ebenso gestorben. Premysl, alle Fürstinnen hier halten ihre Söhne und Brüder für tot. Du bringst gute Nachrichten, die wir so schnell wie möglich verbreiten sollten. Wir wussten nicht, wie wir allein weitermachen sollten, so groß war die Trauer. Ich dachte, du wärest für immer aus meinem Leben verschwunden.«

Seine müden Augen leuchteten kurz auf. Er legte seine Hände auf die ihren und umklammerte ihre Finger so fest, dass es fast schmerzte. »Mir schien, dass ich während der Hinrichtungen in Verden deine Stimme hörte. Aber das hielt ich für unmöglich.«

»Ich habe geschrien, als ich es sah. Und manchmal glaubte

ich, du würdest nach mir rufen. Warum hat man euch leben lassen, Premysl?«

»Weil wir keine Sachsen sind.« Er lachte bitter auf. »Die slawischen Völker sind dem Frankenkönig nicht so wichtig, da er damit beschäftigt ist, aus den Germanen gute Christen zu machen, ob es ihnen gefällt oder nicht. Uns will er zunächst in Frieden lassen, wenn wir seine Bedingungen erfüllen und uns nicht weiter in seine Kämpfe einmischen.«

Libussa fühlte tiefe Erleichterung. Das Grau um sie herum begann, sich langsam aufzuhellen. »Dann müssen wir diese Bedingungen erfüllen. Wann will er die anderen zurückschicken?«, fragte sie ungeduldig.

Premysl stand langsam auf. Sie sah fassungslos, wie er auf sie zuging, sich vor ihr auf den Boden setzte und mit beiden Armen ihre Taille umschlang. Sein Kopf lag auf ihren Knien, als er zu sprechen begann. »Du hattest recht, Libussa. Dieser Kampf war aussichtslos. Wir schlugen die ersten Angreifer zurück, doch das waren nur die Krieger Theoderichs. Dann traf der Frankenkönig mit seinem riesigen Heer ein. Nicht umsonst gelten die Waffen der Franken als wertvoll, denn sie sind besonders scharf und aus unzerbrechlichem Material. Wie sollten wir jemals gegen sie siegen? Einige sächsische Edelinge hatten bereits Nachrichten vom Herannahen des Königs erhalten, aber sie verrieten uns nichts. Um sich selbst zu retten, liefen viele zu ihm über und berichteten, wer diesen Aufstand angezettelt hatte. Widukind floh noch in derselben Nacht zum dänischen König, dem Vater seiner Gemahlin. Wir saßen in der Falle, zusammen mit den übrigen Sachsen, die ebenso ahnungslos waren. Dann begann das Gemetzel. Lange wussten wir nicht, ob man uns nicht ebenso töten würde. Wir wurden in einen Holzbau gepfercht und ununterbrochen bewacht. Schließlich schickte der Frankenkönig nach uns, er wartete in seinem Lager mit Übersetzern. Er schien ein sanfter, kluger Mann, doch wir alle hatten gesehen, wozu er fähig ist, und wussten, dass es genug Gründe gab, ihn zu fürchten. Er nannte seine Bedingungen. Krok schlug mich als Boten vor, da ich nur ein Bauer sei, doch einer, der dir wichtig ist.«

Sie vergrub ihre Finger in seinem Haar. Mit jedem Teil ihres Körpers wollte sie ihn festhalten.

»Dann war es doch eine gute Idee von dir, mit dem Fußvolk zu ziehen. Sonst hätte der Frankenkönig dich vielleicht nicht zu mir geschickt«, meinte sie aufmunternd. Premysls verzweifelte Haltung beunruhigte sie. Zwar hatte er Schreckliches erlebt, aber ihr Wiedersehen müsste auch für ihn ein Grund zur Freude sein.

»Unsere Kinder, Lidomir und Scharka, sind übrigens gesund und munter. Ich werde nach ihnen schicken lassen, denn auch sie sollen sehen, dass ihr Vater zurückgekehrt ist«, erklärte sie in der Hoffnung, ihn dadurch aufzuheitern.

»Warte, Libussa!« Das Entsetzen in seiner Stimme ließ sie frösteln. Es musste etwas geben, das er ihr bisher verschwiegen hatte.

»Der Frankenkönig nannte seine Bedingungen, die ich dir ausrichten soll. Er ist bereit, die Gefangenen ziehen zu lassen, doch als Garantie, dass wir uns nicht mehr in seine Kriege einmischen werden, will er Geiseln. Erst wenn diese bei ihm eingetroffen sind, lässt er unsere Leute gehen.«

Der Sinn seiner Worte sickerte langsam in ihr Bewusstsein. »Welche Geiseln? Wen sollen wir schicken?«

»Er will den Sohn der herrschenden Familie. Unsere Sitten sind ihm kaum bekannt, daher geht er davon aus, so das wichtigste Familienmitglied zu bekommen. Er hält dich für Kroks Tochter und möchte einen Knaben, den du geboren hast. Mnata bot sich an zu bleiben, doch das wurde abgelehnt, weil er zu fremd aussieht, um ein echter Behaime sein zu können. Der Frankenkönig hat Angst vor einer Täuschung. Deshalb schickte er den Grafen Theoderich. Erst wenn dein Sohn in der Gewalt der Franken ist, lässt er alle Gefangenen ziehen.«

Kälte fraß sich bis in Libussas Knochen. »Wir schicken einfach ein anderes Kind. Sie werden es nicht merken«, flüsterte sie, doch sobald die Worte ausgesprochen waren, wurde ihr klar, dass sie keinen Sinn ergaben. Sie konnte keiner anderen Familie den Sohn rauben.

»Das kannst du nicht tun. Es gibt keinen anderen Weg, als ihnen Lidomir zu geben. Es tut mir leid, Libussa. Ich hätte mich damals auf deine Seite stellen und gegen eine Unterstützung der Sachsen stimmen sollen, denn du hast das Unheil vorausgesehen. Die Bauern zogen freiwillig mit. Hätten sie sich geweigert, wäre es schwer für Krok gewesen, schnell genug Kämpfer zu finden. Aber ich ließ mich von seinen Worten in den Bann schlagen. Sein Ziel erschien mir richtig. Wahrscheinlich war es das auch, aber uns fehlten alle Möglichkeiten zu einem Sieg.«

Libussa schüttelte widerwillig den Kopf. »Wir können Lidomir nicht so einfach in die Fremde schicken. Er ist ein sehr verletzliches Kind. Wie soll er die Trennung von seiner Familie ertragen? Vielleicht ist das alles auch nur eine Täuschung. Der Frankenkönig tötet ihn und dann auch alle andereren Gefangenen.«

»Das wird er nicht tun, Libussa. Ich habe ihn gesehen, diesen Frankenkönig. Er ist ein kluger Mann und schien mir nicht einmal grausam. Die Hinrichtungen gefielen ihm nicht. Er trägt einfache Kleidung wie ein Bauer, obwohl er mittlerweile mehr Macht haben muss als der Khagan der Awaren. Seine Stimme ist sanft, doch er hat einen stählernen Willen. Seinen Glauben überall zu verbreiten scheint sein höchstes Ziel zu sein. Und um sich dem entgegenzustellen, wie Krok es wollte, mangelt es den heidnischen Völkern an Zusammenhalt. Sonst hätten die Abodriten nicht mit den Franken gekämpft. Doch der Frankenkönig scheint mir kein Mann, der sich nicht an Abmachungen hält.«

Libussa nickte. Diese Beschreibung traf auf den Mann zu, der ihr immer wieder erschienen war, wenn über die Franken gesprochen wurde. Sie hatte nicht mit Sicherheit gewusst, dass er der König war. Vielleicht hatte er sie in diesen Träumen warnen wollen, ihn nicht herauszufordern. Doch darauf kam es jetzt nicht an.

»Was wird aus Lidomir als Geisel werden?«, fragte sie fassungslos. Premysls Umarmung wurde stärker. Er klammerte sich an sie wie ein Ertrinkender an ein Stück Treibholz.

»Sie werden ihn in ihrem christlichen Glauben erziehen. Der Frankenkönig hat schon bei den Sachsen Geiseln genommen. Sie leben alle noch, mach dir keine Sorgen. Wenn er erwachsen ist, kann er vielleicht zurückkommen.«

»Als Christ«, sagte Libussa. »Er soll als Christ zurückkommen. Als Anhänger des Frankenkönigs. Deshalb nimmt dieser Mann Kinder als Geiseln.«

»Was macht das schon? Wenigstens kommt er wieder. Vielleicht ist der Siegeszug des Christengottes nicht aufzuhalten.«

Libussa löste sich wütend aus seiner Umarmung. »Aus meinem Sohn wird kein Christ werden. Niemals«, murmelte sie mit zusammengepressten Zähnen. »Ich werde zum Schrein der Göttin mit ihm gehen und ihn einen Eid schwören lassen, dem er treu bleiben wird. Er ist ein kluger Junge, der bereits mehr begreift, als man ihm zutraut.«

»Tue es, wenn es dir hilft«, erwiderte Premysl müde. »Aber zunächst musst du mit Theoderich sprechen und ihm deine Entscheidung mitteilen. Vielleicht kannst du ihn dazu bringen, eine Weile zu warten, so dass wir Lidomir alles in Ruhe erklären können.«

Libussa unterdrückte ihr Verlangen, schreiend um sich zu schlagen.

»Ich werde es ihm erklären. Nur ich. Es sind die Folgen eurer Blindheit, unter denen er zu leiden hat.«

Premysls trauriger, schuldbewusster Blick beschämte sie, aber sie war nicht willens, ihre Worte zurückzunehmen.

Libussa saß mit Lidomir am Schrein. Im Licht der Fackel schien die Statue Moranas finster und gespenstisch. Libussa strich mit der Hand über das warme Holz.

»Dies ist unsere Göttin, Tochter der Mokosch und Peruns. Jedes Jahr vermählt sie sich mit Jarilo, der aus der Unterwelt, dem Reich seines Vaters Veles kommt. Durch ihre Vereinigung kann das Land neu erblühen. All diese Götter bestimmen seit Ewigkeiten das Schicksal unseres Volkes. Unter ihrer Herrschaft bleiben unsere Sitten gewahrt. Als zukünftiger Stammesführer musst du schwören, sie bis an dein Lebensende zu achten.«

Lidomir nickte. Seine Augen waren groß und ernst.

»Das weiß ich bereits, Mutter. Was ist geschehen, dass du nachts mit mir hierherkommst?« Sein eindringlicher Blick machte es ihr unmöglich, der Frage auszuweichen.

»Die Götter bestimmen auch unser Schicksal. Manchmal scheint es hart. Deine Aufgabe ist es, unsere Leute, die weit von hier in Gefangenschaft sind, zu befreien, indem du ein Opfer bringst.«

»Was für ein Opfer?«, kam es ohne Zögern.

»Du wirst in die Fremde gehen müssen. Für lange Zeit. Man wird dich nicht schlecht behandeln, aber von dir erwarten, dass du unseren Glauben und unsere Sitten vergisst. Du musst stark sein und dem widerstehen.«

Sie staunte über die gefasste Haltung des Jungen. Sein niedergeschlagener, aber völlig ruhiger Blick zwang sie, ebenfalls Fassung zu wahren.

»Wann soll ich gehen?«

»Bald schon.« Sie glaubte, an ihren unterdrückten Tränen zu ersticken, und tat mühsam ein paar Atemzüge.

»Sehr bald. Morgen.«

Lidomir wich zurück. Er musterte die Festung mit ihren Mauern, den Schrein und die Hütten der Handwerker, als beginne er bereits, Abschied zu nehmen.

»Kannst du mir sagen, wann ich wiederkomme?«

Sie zwang sich, den Kopf zu schütteln, auch wenn eine Lüge vieles leichter gemacht hätte.

»Aber du wirst wiederkommen. Das weiß ich. Ich bin Seherin. Du kommst wieder und alles wird gut.«

Es gelang ihr, selbst daran zu glauben, und einen Augenblick lang verspürte sie Erleichterung.

»Was geschieht bis morgen, Mutter? Kann ich von Kveta und Scharka Abschied nehmen?«

Sie nickte. »Aber dann sollst du zu Bohumil, dem ältesten Schamanen gehen. Er wird dich jetzt schon zum Krieger weihen und tätowieren, damit du niemals vergisst, woher du kommst.«

Lidomir musterte sie staunend. »Aber wie sollte ich das jemals vergessen?«

Sie strich ihm über den Kopf. Hatte sie so lange auf die Geburt ihres ersten Kindes gewartet, nur um bald von ihm getrennt zu werden?

»Sei nicht traurig, Mutter«, meinte der Junge sanft. »Du hast selbst gesagt, dass die Götter unser Schicksal bestimmen.«

Er begreift nicht wirklich, was ihm bevorsteht, dachte sie betrübt. Aber die Ruhe des Jungen beschämte sie. Es war, als wolle die große Göttin ihr ein Zeichen geben, wie man ihrem Willen begegnen sollte.

Zum ersten Mal in ihrem Leben glaubte Libussa, die Götter ihres Volkes zu hassen.

Die Rückkehr der Gefangenen wurde gefeiert. Krok, der abgemagert und erschöpft wirkte, nahm seinen Platz an der großen Tafel ein. »Wir alle sollten an die Gefallenen denken. Die tapferen Männer unseres Volkes, die mit uns in die Schlacht zogen und dort ihr Leben ließen«, begann er. Seine Stimme klang müde, aber er zwang sich fortzufahren. »Viele der Bauern starben, deren Namen ich nicht alle kenne, doch ich bin mir sicher, dass sie im Totenreich mit Ehren empfangen werden. Außerdem sollten wir Vojtan von den Lemuzi nicht vergessen. Er opferte sein Leben, um sich gegen die Grausamkeit eines Tyrannen aufzulehnen.«

Sylva von den Kroaten, Vojtans Gefährtin, brach in lautes Schluchzen aus. Ihre Mutter senkte nur den Kopf und Slavonik, ebenfalls angeschlagen nach der Gefangenschaft, unterdrückte ein Grinsen.

»Er hat einfach die Nerven verloren während der Hinrichtungen«, flüsterte Premysl Libussa ins Ohr. »Doch auf diese Weise gelang es dem ängstlichen Vojtan, ein Held zu werden. Er hat diese Anerkennung wohl verdient.«

Sie drückte unter dem Tisch Premysls Hand. Die Freude, ihn an ihrer Seite zu wissen und berühren zu können, linderte ihren Schmerz. Sie nahm sich vor, ihn nicht weiter mit Vorwürfen zu überschütten, auch wenn es ihr manchmal schwerfallen würde. Er litt genug an Lidomirs Schicksal, ebenso wie Krok, der aus Schuldgefühlen ihre Gegenwart mied.

Der Abend zog an ihr vorüber. Sie war froh, Thetka wieder an ihrer Seite zu sehen. Vlasta schien durch die Ereignisse gealtert zu sein. Ein harter Zug hatte sich um ihren Mund gelegt, und sie verhielt sich ruhiger als früher, als sei die durch jahrelange Kampfübungen gestählte Kraft ihr zu wichtig geworden, um sie an irgendwelche Albernheiten zu verschwenden. Mnatas Blick blieb niedergeschlagen. Libussa hatte ihm versichert, dass sie ihn nicht weniger vermissen würde als Lidomir, aber sie zweifelte, ob er ihren Worten Glauben schenkte. Sie waren trotzdem ehrlich gemeint. Der Anblick seines schwarzen Igelhaars hatte ihren Schmerz wirksamer gelindert als Kazis beruhigende Tränke aus Fenchel.

Plötzlich fühlte sie ein Ziehen an ihrem Ärmel und wandte sich um. Scharka, die von Kveta bereits schlafen gelegt worden war, stand auf einmal an ihrer Seite. »Mutter, wo ist Lidomir? Er sagte, dass er auf eine Reise geht, doch ich will wissen, wann er wiederkommt. Mnata ist hier. Aber wann kommt Lidomir zurück?«

Libussa musste ihren Ärger mühsam verbergen. Warum konnte ihre Tochter nicht einen Funken von Lidomirs Tapferkeit zeigen? Lag es allein daran, dass sie noch jünger war? Sie erinnerte sich, wie ihre eigene Mutter ihr immer wieder Wehleidigkeit vorgeworfen hatte, und zwang sich, Scharka freundlich zu behandeln.

»Er wird länger fortbleiben als Mnata. Wir müssen lernen, ohne ihn auszukommen, bis er wieder zurückkehrt. Er will sicher nicht, dass wir seinetwegen die ganze Zeit traurig sind.«

Scharka begann, laut zu weinen. »Ich will, dass er zurückkommt. Sofort. Warum wollte er denn weg?«

Libussa fuhr zusammen. Im Grunde ihres Herzens wünschte sie, ebenfalls hemmungslos schluchzen zu dürfen, doch ihre Rolle als Fürstin verbot so ein schwächliches Verhalten. Sie sah erleichtert, wie Mnata die kleine Scharka in die Arme schloss und beruhigend auf sie einredete.

Kazi beobachtete das Geschehen mit ihrer üblich geistesabwesenden Miene, hinter der sie ihre Aufmerksamkeit verbarg. Libussa erinnerte sich mit Unwillen an ihre einzigen Worte zu der Geiselnahme. »Du könntest ihnen auch Vojen schicken. Mir scheint er als Kuttenträger geeignet. Nun schau mich nicht so entsetzt an! Ich meine es ernst, vielleicht wäre es das Beste für meinen Sohn, bei den Christen aufzuwachsen.« Sie hatte keine weitere Erklärung abgegeben und Libussa verlangte es nicht danach, eine zu hören.

Als das Stechen in ihrem Kopf zu stark wurde, ging sie hinaus, um im Hof frische Luft einzuatmen. Stille und Einsamkeit schienen nur kurz befreiend, denn auf einmal spürte sie sehr deutlich die Leere in ihrem Inneren. Lidomir hatte eine Leere hinterlassen, doch die war kleiner als noch vor ein paar Wochen, als sie geglaubt hatte, so viele geliebte Menschen auf einmal verloren zu haben. Lernte man mit der Zeit, Unglück zu ertragen und bescheidener in seinen Erwartungen zu werden?

»Libussa.«

Eine Gestalt stand hinter ihr im Dunkeln. »Ich wollte dir sagen, wie leid es mir tut. Wir hätten auf dich hören sollen.«

»Daran ist nichts mehr zu ändern, Onkel«, antwortete sie der vertrauten Stimme.

Zu ihrem Erstaunen legte Krok ihr seine Hand auf den Arm.

»Ich führe die Verhandlungen mit anderen Völkern. Ich schwöre dir, ich werde alles tun, um deinen Sohn wieder zu uns zu bringen. Alles, was in meiner Macht steht.«

2. Teil

1

»Ich sehe einen Mann in deinem Leben.«

Hiltrud hatte sich über den Kessel gebeugt. Der Dampf färbte ihr fahles Gesicht rot, und Radegund fand, dass die Alte dadurch noch hässlicher wurde. Konnte sie überhaupt noch etwas sehen? Ihr linkes Auge war schon vor Jahren starr geworden, und man musste sehr nahe an sie herantreten, um erkannt zu werden.

Darauf, dass sie mir einen Mann verspricht, hätte ich wetten können. Jetzt erzählt sie mir sicher gleich, dass er jung und gut aussehend ist, dachte Radegund. Ihr tat es bereits leid um die Münze, die sie Hiltrud versprochen hatte. Das kam davon, wenn man sich von den anderen Mädchen herausfordern ließ. Neuerdings galt es als anstößig, eine Wahrsagerin aufzusuchen. Radegunds Freundin Brunchild hatte erzählt, dass der ansässige Schmied seine Tochter windelweich geprügelt hatte, als er von ihrem Besuch bei Hiltrud erfuhr. Heidnische Zauberei geriet zunehmend in Verruf, seitdem Bayern zum Frankenreich gehörte, und niemand verlangte es nach einer Strafpredigt vom Pfarrer oder gar vom Bischof persönlich. Dabei hatte Hiltrud früher nicht schlecht gelebt. Viele Leute waren zu ihr gekommen, und es gab Gerüchte, dass der abgesetzte Herzog Tassilo in seiner Jugend eine Schwäche für sie gehabt hatte. Aber das musste lange her sein, denn mittlerweile war die Wahrsagerin alt, halb blind und bettelarm. Kein Wunder, dass sie sich um

Radegund so bemühte, die nun ihr letztes Geld verschwendet hatte, um schöne Lügen zu hören. Nur weil sie nicht als feige gelten wollte. Statt diesem Unsinn hätte sie sich beim Straßenhändler besser eine Spange für ihr Haar holen sollen.

»Er ist ein hübscher Kerl, ungefähr in deinem Alter«, bestätigte Hiltrud diese Überlegungen. »Du wirst ihm ans Herz wachsen. Die erste und einzige Frau seines Lebens sollst du sein, so wie es die Christen wünschen.«

»Außerdem ist er wohl auch noch reich und mächtig«, fügte Radegund bissig hinzu. »Ein Vertrauter des Frankenkönigs Karl vielleicht. Oder gar sein Sohn. Aber bitte nicht Pippin, der Älteste. Den Buckligen will ich nicht.«

Sie kicherte frech, als sie Hiltruds erhitztes fassungsloses Gesicht sah.

»Aber um ehrlich zu sein, Hiltrud, ich würde zur Not auch den Buckligen nehmen. Seine Kebse werden, wenn es nicht anders geht. Ich bin nämlich ein Mädchen ohne Mitgift und habe außerdem einen schlechten Ruf. Bettler können nicht wählerisch sein, das weißt du selbst, sonst würdest du mich jetzt hinauswerfen. Die Beine für einen Mann breitmachen zu müssen, egal wie alt oder hässlich er sein mag, das ist der Preis, den eine Frau für ein erträgliches Leben zahlt. Das hast du doch früher auch gemacht, bevor eine runzlige, vertrocknete Alte aus dir wurde.«

Einen Augenblick lang erschrak sie selbst über ihre Worte. Hiltrud würde sie jetzt wohl wirklich hinauswerfen, aber was machte das schon? Sie würde noch etwas Zeit haben, um den Marktplatz aufzusuchen. Der Anblick feiner Stoffe und kostbaren Schmucks konnte ihre zornige Verspannung lösen, auch wenn sie kein Geld hatte, etwas zu kaufen. Denn sie hatte trotz allem die Absicht, Hiltrud zu bezahlen. Es war nämlich nicht immer einfach, ihre schlechte Laune zu ertragen, das wusste Radegund. Allein schon dafür hatte Hiltrud eine Entlohnung verdient.

Das rechte lebendige Auge der Wahrsagerin musterte sie blinzelnd.

»Du bist ein Mensch voller Bitterkeit, Radegund, Tochter Clothards. Doch dieser Mann, den ich sah, wird es schaffen, durch all deine Mauern zu dringen, die du mühsam errichtet hast, um dich vor weiterem Schmerz zu bewahren. Er ist nicht reich und mächtig wird er niemals werden. Doch er kann dir Glück schenken, wenn du es zulässt. Willst du jetzt mehr über ihn hören oder gehen, um dich durch teure leblose Dinge abzulenken, die du niemals besitzen kannst?«

Radegund meinte, eine kalte Geisterhand hätte sie berührt. Wie konnte diese ausgemergelte, halb blinde Alte nur ihre Gedanken lesen?

»Sag mir, was du gesehen hast. Aber rede keinen Unsinn, von dem du meinst, dass ich ihn hören will. Ich hasse es, Geld zu verschwenden«, knurrte Radegund widerwillig.

»Ich sah eine Siedlung, die in der Fremde sein muss, denn sie war mir unbekannt. Nur hölzerne Bauten stehen dort. Unterhalb von ihr fließt ein breiter Fluß dahin, der genau an jener Stelle eine Biegung macht. Die Bildnisse fremder Götter werden dort verehrt. Holzstatuen, die man bei festlichen Anlässen schmückt und bunt bemalt. Aber irgendwann wird der Ruhm dieses Ortes bis in den Himmel reichen. In vielen Ländern wird man ihn kennen, und prächtige Bauwerke voller Schätze werden den Platz jener Holzhütten einnehmen.«

Radegund war, als sei sie auf einen hohen Turm gestiegen und genieße nun einen Ausblick, von dem ihr schwindelig wurde. »Und was hat das mit mir zu tun? Irgendwann, wenn der Ruhm dieser fremden Siedlung bis Gott weiß wohin reicht, lebe ich da noch?«

Hiltrud schüttelte den Kopf. »Weder du noch der Mann, der dir seine Liebe schenken wird. Deinen Namen wird man vergessen. Der seine soll in Schriften erhalten bleiben, doch niemand wird mehr wissen, wie sein wirkliches Schicksal war, wenn man beginnt, es niederzuschreiben. Aber höre, Radegund. Einen Sohn wirst du gebären und dieser wird einen weiteren zeugen. Dieser Junge mit einem seltsamen Namen, Borivoj, er wird ein großer Fürst sein, der mächtigste seines Volkes. Deine Nachfahren werden das Schicksal dieser Siedlung mitbestimmen und teilnehmen an dem Kampf zwischen dem neuen Glauben und den alten Göttern. Denn dies scheint überall die Zukunft zu sein, Radegund. Die alten Götter müssen sterben.«

Hiltruds Stimme klang betrübt. Ungeduldig erhob sich Radegund.

»Was kümmert mich all das? Die alten Götter sind mir gleich. Sei froh, dass ich niemandem erzähle, wie du ihnen nachtrauerst, Hiltrud.« Sie griff in ihren Beutel und warf der Wahrsagerin die Münze hin. Dann flüchtete sie aus dem unheimlichen Dunkel der Hütte.

»Warte, Tochter Clothards, bitte warte«, rief ihr die Wahrsagerin nach. »Manchmal kann man sein Schicksal bestimmen. Die Götter lassen uns eine Wahl.«

Obwohl es ein sonniger Tag war, glaubte Radegund zu frieren. Sie wollte nichts mehr hören. Was kümmert mich dieser Unsinn?, dachte sie wütend und lenkte ihre Schritte zum Marktplatz.

Sie kam an dem Tor aus der Römerzeit vorbei und näherte sich dem neu gebauten Dom Sankt Peter, ohne die Gebäude eines Blickes zu würdigen. Erst als sie die Marktstände der Händler erreichte, wurde sie aufmerksam. Zärtlich glitten ihre Finger über silberne Gürtelschnallen, Fibeln aus Bronze und feine Stoffe. Sie versuchte, unauffällig zu bleiben, damit die Händler sie nicht verjagten, weil sie bewunderte, ohne etwas kaufen zu können.

Ein dunkelhäutiger Händler hatte vor ihr einen blauen Seidenstoff ausgebreitet, als wäre allein das Leuchten in Radegunds Augen die Garantie für einen guten Preis. Sie konnte nicht widerstehen, ihre Handflächen über das kühle, glatte Material gleiten zu lassen, und hätte liebend gern ihr Gesicht darin vergraben, um eine Weile die Welt nicht mehr sehen zu müssen.

Vor einigen Monaten hatte sie einen Mann kennen gelernt, der Gefallen an ihr fand. Er handelte mit Ketten aus Glasperlen und bronzenen Armreifen – Waren, die ihm angeblich Einlass in fürstliche Burgen gewährten. Dies hatte er erzählt, aber vielleicht war es eine Lüge gewesen, ebenso wie das Versprechen, aus Radegund seine Gemahlin zu machen.

»Ich habe bereits eine Frau in Frankfurt, meiner Heimat. Dich hätte ich gern als mein zweites Weib gehabt, aber der König und seine Bischöfe haben das verboten. Ich muss auf meinen Ruf achten, Mädchen. Schließlich treibe ich Handel mit vornehmen Leuten.« Sie war zu stolz gewesen, ihn zu bitten, eine Kebse aus ihr zu machen. Zudem hatte sie ihm bereits gegeben, wonach es Männer verlangte. Hastige Berührungen in stillen Ecken, sobald es zu dämmern begann, denn sie musste rechtzeitig zum Abendessen ins Haus ihres Vaters zurückkehren.

»Ich möchte dich gern heiraten, Radegund, aber ein kluger Händler kauft keine Katze im Sack.«

Als er sie zum ersten Mal gegen die Steinmauer drückte und ihr Gewand hochzog, fühlte sie sich tatsächlich wie eine Katze, die man eingeschnürt in den Fluss geworfen hatte, denn sie zappelte ohne Aussicht auf Befreiung. Der Schmerz durchbohrte ihren Unterleib wie ein Schwert. Sie musste an ihre Zeit im Kloster denken, als die Äbtissin sie auf kaltem Stein knien ließ, um ihr Eitelkeit und Hochmut auszutreiben. Eine solche Qual, die sich langsam steigerte und kein Ende nahm, war noch schwerer zu ertragen gewesen.

Im Kloster hatte man sie dazu eingesetzt, die Gewänder für den Bischof und andere wichtige Leute anzufertigen, denn der Äbtissin war nicht entgangen, wie geschickt Radegund mit der

Nadel umzugehen verstand. Viele Stunden hatte sie über kostbare Stoffe gebeugt dagesessen und hatte genäht, gestickt und gesäumt. Wenn durch ihrer Hände Arbeit traumhafte Kleidung entstand, ließ ihre nagende Unzufriedenheit sie eine Weile in Frieden. Doch dieses Glück war immer nur von kurzer Dauer, denn bald darauf musste sie sich stets von allem trennen, was sie geschaffen hatte. Nur schlichtes, schmuckloses Leinen stand einer Nonne zu, die ihre Reize vor aller Welt zu verbergen hatte.

Gelächter riss Radegund aus ihren Gedanken. Ein Stück neben ihr hatte der ansässige Schmied eine Unterhaltung mit einem der Händler begonnen.»Clothard war einst ein angesehener Mann, doch jetzt sind seine Töchter billig abzugeben«, sagte er hämisch.

Der dunkelhäutige Händler musste es ebenfalls gehört haben, denn er rollte den Seidenstoff mit finsterer Miene wieder ein. Radegund begriff, dass ihn das schöne Kleid aus dem Nachlass ihrer Mutter getäuscht hatte. Es war fein gewebt und am Saum mit Goldfäden verziert, ein Mitbringsel aus der fernen sonnigen Heimat der Frau, die sie geboren hatte. Radegund hörte, wie die Stimmen zu einem Tuscheln wurden, während immer wieder verstohlene Blicke ihre Gestalt musterten.

Sie hatte bereits geahnt, dass der Händler wohl mit seiner schnellen Eroberung herumgeprahlt hatte, doch nun gab es keinerlei Zweifel mehr. Rasch wandte sie sich um und ging davon, nur der letzte Funken Stolz hinderte sie daran loszurennen. Doch in ihrem Inneren tobte ein Sturm. Sie war erledigt, ganz und gar. Jetzt nimmt mich keiner mehr zur Frau, dachte sie, nicht einmal der alte Schmied, und der ist ein Witwer mit fünf Kindern. Ich könnte mich auch gleich in die Gasse neben dem römischen Turm stellen, wo das Hurenhaus steht. Bei allen Heiligen und der Jungfrau Maria, das wäre allemal besser, als im Kloster zu enden.

Sie musste stehen bleiben, denn ihr war übel geworden. An eine Hauswand gelehnt, rang sie nach Atem. Ein ausgezehrter, verkrüppelter Straßenhund wühlte ein Stück neben ihr im Unrat. Sie meinte plötzlich, in ihm ihr Ebenbild zu sehen, und erschrak über den Drang, nach dieser Elendsgestalt zu treten.

Tränen schossen ihr in die Augen. Am liebsten würde sie sich in die Arme ihrer verstorbenen Mutter werfen. Oder wenigstens zu Anahild flüchten, ihrer gutgläubigen Schwester, die freiwillig im Kloster auf der Insel geblieben war.

»Wo warst du denn so lange? Das Essen wird schon kalt. Oder hast du wieder einmal keinen Hunger?«

Radegund drängte sich an ihrer missmutig dreinblickenden Stiefmutter Gudrun vorbei und eilte in ihre Kammer. »Ich will nur etwas Brot, Suppe und Wasser. So bin ich es aus dem Kloster gewöhnt. Schließlich war ich lang genug dort.«

Sie mochte Gudruns Essen nicht. Vor vielen Jahren, als ihr Vater die angetraute Gemahlin zu Grabe getragen und seine Kebse zu ihrer Nachfolgerin gemacht hatte, war Radegunds Ekel vor fettem Fleisch der Anlass für so manche Streiterei gewesen.

»Das Mädchen ist sich zu fein für mein Essen«, hatte Gudrun gemurrt. »Dabei sagen alle, dass ich eine gute Köchin bin.«

»Das bist du auch«, bestätigte der Vater. »Man sieht es dir an. Jeder Mann wünscht sich eine Frau mit Fleisch auf den Knochen.« Er legte seine Hände auf Gudruns breite Hüften. Radegund erinnerte sich an den gertenschlanken Leib ihrer eigenen Mutter und verlor den letzten Rest an Appetit.

Radegunds Mutter stammte aus dem Süden, aus der alten Römerstadt Ravenna. Sie hatte ihren Töchtern von Weinbergen erzählt und von Häusern, deren Böden beheizt waren. Radegund war ihr mit den Jahren immer ähnlicher geworden. Sie war stolz auf ihr pechschwarzes Haar und die schlanke Gestalt. Sogar ihre lange, gekrümmte Nase gefiel ihr, obwohl Gudrun missmutig meinte, bei einer Frau sei dies ein Schönheitsfehler. Nur Männer würden dadurch eindrucksvoll wirken.

Gudrun, das Bauernmädchen, war Clothards erste Gemahlin gewesen, doch das begriff Radegund erst mit den Jahren. Sein Friedelweib. Aus gegenseitiger Zuneigung hatten sie geheiratet und der Ritus der Friedelehe ließ Gudrun alle Freiheiten. Später zwang seine Familie Clothard zur Ehe mit einer Tochter aus adeligen Kreisen, die Mitgift einbrachte. Er war selbst ein Edeling mit etwas Landbesitz und gehörte zur Gefolgschaft des Herzogs Tassilo. Da er als Krieger und Berater die Anerkennung dieses Herrschers gewinnen konnte, schien sein Stern zunächst zu steigen. Er sank gemeinsam mit eben jenem Herzog, dem Letzten der Agilolfinger. Angeblich hatte Tassilo sich gegen den Frankenkönig verschworen und war ein Bündnis mit den Schrägaugen eingegangen, wie man die Hunnen oder Awaren nannte. Wie jeder, der sich König Karl entgegenstellte, wurde er aus dem Weg geräumt. Nach seiner Abdankung ging er ins Kloster, da im weltlichen Leben kein Platz mehr für ihn war.

Clothard verlor den Großteil seines Besitzes, da er als Mitverschwörer galt. Seine angetraute Gemahlin ertrug die Armut noch schlechter als die frostigen Winter. Sie starb. Doch der Witwer suchte keine Zuflucht im Kloster. Er richtete sich auf ein bescheidenes Leben in einem kleinen Haus in Regensburg ein, das der König ihm gnädig gelassen hatte, und heiratete seine Jugendliebe Gudrun nach christlichem Ritus. Sie schwor ohne Murren, ihm in Zukunft untertan zu sein. Dann tat sie weiterhin, was ihr gefiel, und Clothard beobachtete sie dabei mit glücklich strahlenden Augen.

Diese Liebe zwischen Mann und Frau schien Radegund wie eine Insel, auf die sich beide zurückzogen. Für andere Menschen war dort kein Platz. Als Gudrun den ersten Sohn gebar, wurden ihre zwei Stieftöchter den Nonnen auf der Insel im Chiemsee zur Erziehung übergeben.

Zwei Wochen nachdem sie das erste Getuschel auf dem Marktplatz gehört hatte, kehrte Radegund missmutig dorthin zurück. Seit Menschengedenken war am ersten Mai gefeiert worden, und nach der Messe und dem feierlichen Umzug begann nun der Tanz. Radegund nahm nur widerwillig teil. Ihre Freundin Brunchild hatte sie in den letzten Tagen immer wieder darauf hingewiesen, dass Gerüchte über sie im Umlauf seien. Die ganze Stadt wusste vielleicht schon, was für eine leichte Eroberung die Tochter des einst so angesehenen Clothard für einen unbekannten Händler auf der Durchreise gewesen war. Ein spöttisches Funkeln in Brunchilds Augen überschattete dabei den besorgten Ton ihrer Worte. Brunchild war die Tochter der Kebse eines Edelings. Niemand hatte je daran gedacht, sie in ein Kloster zu schicken, doch mangelte es ihr an äußeren Reizen, um viel männliche Aufmerksamkeit zu wecken und die Laufbahn ihrer Mutter einzuschlagen. Radegund wusste, dass sich hinter den freundlichen Worten ihrer Freundin Schadenfreude verbarg. Es war ein Leichtes für sie gewesen, Brunchild, die aussah wie ein Hefeteigkloß, in den Schatten zu stellen. Doch nun stand ihr eine Demütigung bevor. Wie billige Ware würde man sie bei dem Tanz behandeln. Weil sie eine Närrin gewesen war, so unglaublich dumm, dass sich keine Entschuldigung fand.

Sie hätte dem Marktplatz fernbleiben können, doch dann wären die Gerüchte erst recht ins Kraut geschossen. Zudem wäre es Gudrun merkwürdig vorgekommen. Radegund tanzte zu gern, als dass ein Unwohlsein ihren Verzicht darauf hätte erklären können. Eigentlich musste sie sich glücklich schätzen, dass bisher weder ihr Vater noch ihre Stiefmutter etwas von dem Gerede mitbekommen hatten, denn sonst wäre in ihrem Heim bereits ein Sturm ausgebrochen.

Radegunds Inneres war zum Zerreißen angespannt. Es drängte sie geradezu danach, jemanden zu verletzen, um sich Erleichterung zu verschaffen.

»Wollt Ihr mit mir tanzen, junge Dame?«, fragte eine unbekannte Männerstimme. Radegund wollte sich einfach nur umdrehen und dem Redner eine Antwort entgegenschleudern, die ihn zum Gespött seiner Freunde machen würde, ganz gleich, um wen es sich dabei handelte.

Dann stand er plötzlich vor ihr: ein junger Mann in schlichter dunkler Kleidung, der sie zum Tanz aufforderte. Dichtes braunes Haar umrahmte ein Gesicht mit hohen Wangenknochen. Seine Augen musterten Radegund aufmerksam, aber ohne jede abfällige Begierde. Der ernste, kluge Blick gefiel ihr so sehr, dass sie sich auf einmal an der Seite des Unbekannten unter den Tanzenden wiederfand.

Radegund sprang neben dem Fremden einher, als habe ihr Körper jedes Gewicht verloren. Sie drehte sich und wirbelte herum und nahm dabei zufrieden zur Kenntnis, dass die Augen des Unbekannten keinen Augenblick von ihrer Gestalt wichen, als sei sie für ihn die einzige anziehende Frau an diesem Ort. Zum Reden hatte er kaum Gelegenheit, denn auf einen Tanz folgte der nächste. Radegund konnte sich kaum erinnern, wann sie zum letzten Mal solche Freude und Leichtigkeit empfunden hatte.

»Wollen wir eine Pause machen, junge Dame?«, fragte der Fremde schließlich. Sein Atem ging schnell. »Ich will Euch auf einen Becher Wein einladen, wenn es Euch recht ist.«

Sie nickte, doch ihr Magen verkrampfte sich. Es war jetzt nur eine Frage der Zeit, bis er die scheelen Blicke, das Geflüster und Gekicher bemerkte. Hoch erhobenen Hauptes ließ sie sich von ihm den Becher in die Hand drücken, ohne darauf zu achten, wie viele Augenpaare sie beobachteten.

»Wie ist Euer Name?«

Radegund stellte sich vor und fragte höflich, mit wem sie selbst die Ehre habe.

»Ich bin Lidomir«, erwiderte er. Der Name klang fremd, doch es kamen oft Leute aus anderen Gegenden nach Regensburg, nun, da es ein Bischofssitz war. »Ich habe die letzten

Jahre in Aachen verbracht. Vater Anselm, ein Priester, erzog mich. Nun stattet er dem Bischof im Kloster Sankt Emmeran einen Besuch ab. Ich bin mit ihm nach Regensburg gekommen«, erklärte er unaufgefordert.

»Seid Ihr auch ein Geistlicher?«, fragte sie und bemerkte erstaunt, wie ihr Herz schneller schlug.

»Nein, ich möchte keine solche Laufbahn einschlagen«, erwiderte der junge Mann sogleich.

Nun hüpfte Radegunds Herz vor Freude. »Wie gefällt Euch Regensburg?«, fragte sie, um das Gespräch auf unverfängliche Weise fortzuführen. Sie ließ ihren Blick kurz über die Menge schweifen. Niemand beobachtete sie. Nur Brunchild, die keine Aufforderung zum Tanz erhalten hatte, musterte Radegund und Lidomir immer wieder verstohlen. Sie sah so unglücklich aus, dass Radegund plötzlich Mitgefühl empfand.

»Ich mag alle Städte, die an einem Fluss liegen. Sie erinnern mich an den Ort, wo ich geboren wurde«, antwortete Lidomir.

»Wie hieß denn dieser Ort?« Ihre plötzlich wieder erwachte Lebensfreude machte Radegund neugierig.

»Er ist weit weg von hier. Im Osten, jenseits der Grenze des Frankenreichs. Ihr habt sicher noch nie etwas von ihm gehört.«

Sie hatte das Gefühl, er wollte ihrer Frage ausweichen. Sein Blick richtete sich auf den Boden. Sie verstand nicht, was ihn derart verunsicherte, doch es überraschte sie, dass er ihr Urteil zu fürchten schien. Seit sie das Kloster verlassen hatte, war ihr ganzes Bestreben darauf ausgerichtet, geheiratet zu werden, um nicht bis an ihr Lebensende hinter den steinernen Mauern lebendig begraben zu sein. Dass ein Mann Angst haben könnte, ihr zu missfallen, wäre ihr niemals in den Sinn gekommen, denn schließlich hatte er doch die Macht, ihr Schicksal zu bestimmen.

»Wollen wir noch eine Runde tanzen?«, fragte Radegund, um das verkrampfte Schweigen zu unterbrechen. Lidomir nickte erleichtert. Erneut wirbelten sie gemeinsam herum, und Radegund kümmerte es nicht mehr, wer ihnen dabei zusah.

»Können wir uns morgen wiedersehen?«, fragte Lidomir, als die Musiker bei Einbruch der Dämmerung ihre Instrumente zusammenpackten. Radegund nickte und verabredete ein Treffen am Römerturm für den nächsten Nachmittag. Beim Nachhausegehen fühlte sie sich wie ein junger Vogel, der erstmals durch die Lüfte flattern konnte und staunte, wie schön die Welt war. Leise summte sie vor sich hin, als sie sich schlafen legte.

»Du hast gestern kräftig das Tanzbein geschwungen, hat man mir erzählt.«

Gudrun war bereits wach und hatte den Tisch gedeckt. Ihre Bereitwilligkeit, alle Aufgaben im Haushalt selbst zu erledigen, hatte Clothards Leben wesentlich erleichtert, denn nach seiner Enteignung konnte er nicht mehr viele Dienstboten beschäftigen. Nur das kleine Haus in Regensburg war ihm noch geblieben und ein paar Ländereien, die einen bescheidenen Lebensunterhalt sicherten. All dies sollte sein Sohn erben.

»Ich habe mich ein wenig unterhalten. Ist das vielleicht verboten?«

Die Bissigkeit in Radegunds Tonfall schien Gudrun zu überraschen. »Nein, wer sagt das denn? Eigentlich finde ich es gut, dass aus dir nicht so eine fromme Betschwester geworden ist wie aus Anahild.« Gudrun stellte einen Becher Milch vor sie hin.

»Es ist nicht schlimm, wenn du ein bisschen Spaß hast, aber du solltest auf deinen Ruf achten. Es ist nicht gut, wenn über eine junge, unverheiratete Frau zu viel geredet wird. Dein Vater hat schon genug gelitten.«

»Gelitten habe ich auch!«, erwiderte Radegund trotzig. Wut stieg in ihr auf, ein vertrauter Gegner. Doch die Jahre im Kloster hatten sie gelehrt, ihre Gefühle zu beherrschen, auch wenn sie an ihnen zu ersticken glaubte.

»Soll das heißen, es gibt Gerüchte über meine Tochter?«

Die Stimme ihres Vaters war laut geworden. Radegunds Herz setzte einen Schlag aus. Warum konnte dieses dumme Weib nicht den Mund halten?

»Aber nein, Clothard. Ich wollte ihr nur raten, vorsichtig zu sein.«

Gudruns kräftige Hand strich ihrem Mann über den Kopf. Er beruhigte sich mit einem verhaltenen Knurren. Radegund fühlte den Blick der Stiefmutter auf sich ruhen. Nicht böswillig, aber ermahnend. Gudrun hasste sie nicht, wollte nur, dass sie keinen Ärger machte, der ihr friedliches Zusammenleben mit dem geliebten Mann stören könnte. Radegund verspürte den Wunsch, genau das zu tun, und wollte schon eine freche Bemerkung machen. Allein das Klopfen an der Tür brachte sie davon ab. Es war Brunchild mit ihrer Amme.

»Tritt ein, Mädchen. Willst du mit uns essen?«, zwitscherte Gudrun wie eine fette Krähe, die versucht, eine Amsel nachzuahmen.

»Das ist sehr nett, aber ich habe schon das Morgenmahl zu mir genommen. Jetzt möchte ich mir etwas die Beine vertreten. Hast du Lust, mit auf den Marktplatz zu kommen, Radegund? Meine Mutter hat mir etwas Geld gegeben. Heute sollen wieder neue Händler eintreffen, und morgens macht man die besten Geschäfte, weil noch nicht so viele Leute da sind.«

Radegund blieb reglos sitzen. Sie wünschte sich Brunchild ans Ende der Welt, wo sie mit ihren schlechten Augen in den tiefen Abgrund stürzen konnte, der sich dahinter auftat. Sollte sie zusehen, wie Brunchild Einkäufe machte, während sie sich selbst nichts leisten konnte?

»Na komm schon, Radegund. Frische Luft wird dir guttun. Du bist immer so blass und mager. Vielleicht bekommst du so ein wenig Appetit.« Gudrun schob sie zur Tür hinaus.

»Er sah gut aus, dein Tänzer gestern. Weißt du etwas über ihn?«

»Ich kenne seinen Namen und weiß, woher er kommt. Er ist in Begleitung eines Priesters hier. Vater Anselm, der den Bischof besucht.«

Radegund war froh, dass damit jeder Verdacht von Anrüchigkeit aus der Welt geräumt wurde.

Brunchild nickte. »Das mag ja stimmen. Doch meine Mutter hat noch mehr über diesen Zögling von Vater Anselm herausgefunden.« Radegund seufzte. Brunchilds Mutter war eine Klatschbase mit guten Beziehungen.

»Dein Tänzer, er ist eine Geisel«, unterbrach Brunchild aufgeregt diese Gedanken. Radegund war verblüfft. Sie begriff nicht, was das bedeuten sollte.

»Eine Geisel von Vater Anselm?«, kicherte sie spöttisch.

»Natürlich nicht. Der König nahm ihn einst als Geisel bei einem wilden, heidnischen Volk. Von dort kommt er.«

Radegunds Verstand arbeitete schnell. »Dann muss er das Kind eines Fürsten sein. Bei den Sachsen nahm man nur junge Edelinge als Geiseln.«

»Vermutlich ist er das«, seufzte Brunchild. »Aber Radegund, bedenke, dass er vielleicht eines Tages dorthin zurückkehren wird. Zu den Wilden.«

Radegund zuckte mit den Schultern. »Na, wenn schon. Dann wird seine Gemahlin eben eine wilde Fürstin sein«, erwiderte sie lachend.

Brunchilds Miene verfinsterte sich. »Gehst du denn davon aus, diese Gemahlin zu werden?«, fragte sie.

Radegund lächelte. Der Neid in Brunchilds Stimme schien ihr süß wie Honig. »Das weiß ich noch nicht. Aber er will sich wieder mit mir treffen. Mir schien, dass ich ihm gefallen habe.«

Brunchild hatte bei dem Tanz keinem Mann gefallen. Sie wussten es beide, daher war es nicht nötig, diesen Umstand anzusprechen.

»Eine gute Christin hat die Aufgabe, ihren Gemahl und sein Volk zum wahren Glauben zu bekehren, wenn sie sich mit einem Heiden vermählt. Vergiss das nicht«, kam es nun in einem todernsten, belehrenden Ton. Radegund fühlte Ärger in sich aufsteigen. Sie hatte eine solche Entwicklung der Dinge bisher nicht in Erwägung gezogen, aber es war anmaßend von Brunchild, im Tonfall einer Äbtissin mit ihr zu sprechen.

»Ich habe nur mit ihm getanzt. Verlobt bin ich nicht«, erwiderte sie gleichmütig.

Vermutlich würde sie es niemals sein. Mit viel Glück könnte sie eines Tages eine wohlhabende Hure wie Brunchilds Mutter werden. Aber ein Leben in der Gasse neben dem Römerturm schien ihr wahrscheinlicher. Das Schicksal hatte es noch niemals gut mit ihr gemeint.

Sie verbrachte einige Zeit mit Brunchild auf dem Markt, hielt den Kopf hoch und grüßte mit lauter, selbstbewusster Stimme. Niemand wich ihr aus, aber sie meinte, Geflüster hinter ihrem Rücken zu hören. Vielleicht lag es nur an Brunchilds Gegenwart, dass man sie nicht mit offener Respektlosigkeit behandelte. Sie hatte nicht die Muße, darüber nachzudenken, denn je höher die Sonne am Himmel stand, desto stärker flatterte es in Radegunds Magen. Immer wieder huschte ihr Blick zur Sonnenuhr am Dom. Wenn der Schatten des Zeigers auf die Drei fiel, sollte Lidomir am Römerturm auf sie warten. Während Brunchild im Auftrag ihrer Mutter die wunderschöne blaue Seide kaufte, dachte Radegund darüber nach, ob es wirklich zu einem Wiedersehen zwischen Lidomir und ihr kommen würde. Vermutlich hatte er ebenfalls Gerüchte zu hören bekommen. Gestern, da war sie eine Fremde gewesen, die ihm gefiel, doch jetzt sah er sie sicher ebenso, wie es alle anderen Leute in Regensburg taten. Eine Tochter aus verarmter Familie, die sich mit einem fahrenden Händler eingelassen hatte! Warum also sollte er kommen? Sie konnte sich der Kränkung aussetzen, vergeblich auf ihn zu warten, oder einfach selbst nicht hingehen. Dann wäre es ihre Entscheidung gewesen, einen Mann, der von barbarischen Götzenanbetern abstammte, zu verschmähen.

Doch kaum hatte sie beschlossen, nicht zum vereinbarten Treffpunkt zu gehen, merkte sie, wie sich die Welt um sie herum verdüsterte. Der Unrat zu ihren Füßen stank bestialisch. Das von Narben entstellte Gesicht eines verkrüppelten Bettlers widerte sie derart an, dass sie Lust hatte, den Mann anzuschreien, er möge augenblicklich verschwinden. Obwohl sie nichts sagte, wich er vor ihrem Blick zurück. Und Brunchild, diese hässliche dumme Gans, was wollte sie schon mit der Seide? Kein Mann würde Lust haben, ihren plumpen Körper zu berühren, nur weil ein kostbarer Stoff ihn verhüllte. Ich hasse Gott und seine Heiligen, die sich seinetwegen wie blöde Lämmer schlachten ließen, und diese hässliche, stinkende Welt, die er geschaffen hat!, fluchte sie innerlich. Ihr wurde übel und sie entfernte sich von Brunchild, um auf der Brücke frische Luft zu schnappen. Sanft plätscherten kleine Wellen unter ihren Augen dahin und beruhigten sie durch ihre leise Melodie. Vor ihrem inneren Auge tauchte das Gesicht einer jungen Frau auf. Es war schmal und blass wie das ihre, erstrahlte aber in einem verzückten Lächeln.

»Anahild, kleine Schwester, du liebst mich, obwohl du weißt, wie bösartig ich sein kann. Bete für mich, denn auf dich wird die Heilige Jungfrau hören. Lass nicht alles in meinem Leben armselig und hässlich sein«, flüsterte sie leise.

Die Bitterkeit ließ langsam nach. Radegund genoss diesen seltenen Augenblick inneren Friedens und musterte weiter das rasch dahinströmende Wasser unter ihr.

Lidomir mochte Städte, die an einem Fluss lagen. Lidomir mit den ernsten Augen, die aufleuchteten, als sie seine Aufforderung zum Tanz annahm. Sie wusste, dass die Erinnerung an ihn sie verfolgen würde, wenn sie nicht zu dem Treffen ging.

Vielleicht lohnte es sich manchmal, um das eigene Glück zu kämpfen.

Lidomir wartete bereits, als Radegund den Turm erreichte. Sie nahm mit Staunen das freudige Strahlen seiner Augen zur Kenntnis. Hatte er tatsächlich daran gezweifelt, dass sie kommen würde?

»Was wollen wir tun?«, fragte er.

»Ich kann Euch den neu gebauten Sankt-Peters-Dom zeigen«, bot Radegund sich an. Zum ersten Mal im Leben war sie froh, dass dieses Gebäude in Regensburg stand, denn nun, da der Herzschlag ihr vor Aufregung in den Ohren hämmerte, fühlte sie sich nicht in der Lage, eine Unterhaltung zu führen, bei der sie nicht wie eine Idiotin redete.

»Ich habe ihn schon gesehen«, zerstörte er ihre Hoffnungen. »Wir waren zur Messe dort. Aber ich würde gern ein Stück am Fluss entlanggehen. Ich liebe das Wasser und die Stille.«

Das also war es! Er wollte an einen Ort gehen, wo sie unbeobachtet waren. Er musste die Gerüchte über sie bereits gehört haben und suchte eine Gelegenheit, sich mit einem Mädchen zu vergnügen, das als willig galt. Sie beschloss, dem heidnischen Hurensohn die Augen auszukratzen, falls er sie anfassen sollte. Noch einmal würde keiner eine Katze im Sack aus ihr machen.

Aber als er losging, folgten ihm ihre Beine, als hätten sie plötzlich einen eigenen Willen.

»Ich habe gehört, dass dein Vater vom König enteignet wurde. Das muss hart für euch gewesen sein«, begann er unerwartet. Radegund zog trotzig die Schultern zurück, denn sie verabscheute Mitgefühl.

»Es war eben so. Ich wurde ins Kloster geschickt. Aber das wäre mir andernfalls vielleicht auch geschehen. Einige der Mädchen dort stammten aus wohlhabenden Familien.«

Lidomir nickte. »Gefiel es dir im Kloster?«

Das Kopfschütteln kam sofort. »Ich habe diesen Ort gehasst«, zischte sie, und erst dann fiel ihr ein, dass diese Aussage ein schlechtes Licht auf sie werfen konnte.

»Warum?« Seine Augen ruhten auf ihrem Gesicht, ernst und nachdenklich, wie gestern, als er sie zum Tanz aufforderte.

»Nun«, begann Radegund verlegen. »Ich mag Schmuck und schöne Kleider. Auf all das musste ich natürlich verzichten. Die Äbtissin schien mir bösartig zu sein. Seltsamerweise fasste sie eine große Abneigung gegen meine Schwester Anahild, obwohl diese gern ins Kloster gegangen war. Zunächst lernten wir Frauenarbeiten wie Weben, Sticken und Nähen. Wir fertigten Gewänder für den Bischof an. Mir lag das, denn ich bin geschickt in diesen Dingen, doch Anahild hat zwei linke Hände. Ihre Stiche waren nie fein genug. Ich versuchte, die Arbeit für sie zu erledigen, aber das ging nicht immer, denn oft sah man uns dabei zu. Einmal schlug die Äbtissin Anahild mit dem Rohrstock, weil sie angeblich ein feines Tuch verdorben hatte. Meine Schwester ertrug das ohne Murren. Sie fühlt sich immer schuldig an ihrem Versagen, doch mich machte das ganz furchtbar zornig und …«

Sie verstummte erschrocken. Wie dumm sie sich wieder einmal verhielt! Es machte keinen guten Eindruck, einem Mann von der eigenen Eitelkeit zu erzählen. Und dann auch noch diese andere Geschichte, die sie wie eine Furie aussehen ließ.

»Was geschah dann? Bist du für deine Schwester eingetreten? Das wäre sehr mutig gewesen.«

Verwirrt musterte sie den einstigen Heiden. Dann sprudelten die Worte aus ihr heraus. »Ich habe geschrien. Ich habe die Äbtissin eine dumme Gans genannt, weil sie einfach nicht merkte, dass Anahild ihr Bestes gab. Dann packte sie mich, um mich ebenfalls mit dem Rohrstock zu verdreschen, und da … da … habe ich sie in die Hand gebissen.«

Kaum war der Satz zu Ende, sehnte sie sich nach einem Abgrund, in dem sie versinken konnte. Oder nach jener feuchten, kalten Zelle, in der sie nach dem Vorfall mehrere Wochen hatte zubringen müssen, um Demut zu lernen. Allein. Das wäre sie jetzt sicher auch bald wieder, denn welcher junge Mann wollte sich mit einem beißwütigen Mädchen abgeben?

Sein Lachen erschreckte sie zunächst, denn ihr schien, er mache sich über sie lustig. Wütend richtete sie ihre Augen auf den unverschämten Fremdling.

»Ich bin mir sicher, Radegund, diese Äbtissin wird sich von allen Mädchen in ihrem Kloster am längsten an dich erinnern.«

Das klang anerkennend.

»Aber vermutlich«, fügte er nach einer Weile hinzu, »machte sie auch dir dann das Leben zur Hölle.«

Schon wieder Mitgefühl. Radegund bemühte sich, gleichmütig zu klingen. »Ganz so schlimm war es nicht. Sie schätzte meine Geschicklichkeit beim Anfertigen der Gewänder, die dem Kloster Geld brachten. Bald darauf erlernten wir die Schriftkunst. Wir lasen die Bibel und Heiligengeschichten. Darin war Anahild sehr gut. Sie begriff lateinische Grammatik viel schneller als irgendein anderes Mädchen im Kloster und hatte große Freude daran. Doch auch das missfiel der Äbtissin. Sie meinte, meine Schwester wollte sich damit wichtigmachen und zwang sie, neben ihren Studien Böden zu wischen. Das nahm Anahild hin. Aber sie begann, heimlich selbst zu schreiben. Nicht nur Texte zu kopieren, denn das durfte sie wegen ihrer schönen Handschrift. Sie verfasste auch ihre eigenen Gebete, die sie uns abends im Schlafsaal vortrug. Sie klangen wunderschön. Leider kam die Äbtissin irgendwann dahinter und drosch auf Anahild ein, denn angeblich will der Bischof nicht, dass Frauen so etwas tun. Es ist nur Männern erlaubt.«

»Davon habe ich gehört. Aber es war nicht immer so, Radegund. Es gab viele christliche Frauen, die ihre eigenen Texte schrieben. Manche davon sind sehr gut. Bei diesen werden jetzt die Namen der Verfasser geändert, damit sie männlich klingen.«

Lidomir hörte nicht auf, sie zu überraschen. Sie redete weiter.

»Das erzählte Anahild auch, ich meine, dass es Texte von Frauen gibt. Sie fand eine Heiligengeschichte in der Bibliothek des Klosters. Das Leben der heiligen Radegund. Nach der bin ich benannt. Es gibt eine Vita, die von einem Mann verfasst wurde, doch meine Schwester fand noch eine andere. Eine Nonne, die im Kloster dieser Heiligen war, hatte sie nach deren Tod geschrieben. Anahild merkte sich den Text und erzählte mir nachts im Schlafsaal davon.«

»Mir scheint, deine Schwester wollte dich mit dem Leben im Kloster versöhnen«, warf Lidomir lächelnd ein.

Radegund nickte. »Ja, so war es wohl. Doch der Text gefiel mir. Ich ... ich meine, ich hielt nie viel von dieser Radegund. Sie ging ins Kloster, weil sie nicht die fünfte Gemahlin eines Grafen sein wollte. Ich dachte mir immer, dass ... na ja, ich will eben keine Nonne sein, und warum nicht als fünfte Gemahlin eines Mannes leben, sondern sich lebendig begraben, fand ich. Aber in dieser Geschichte von der Nonne, da konnte ich die Heilige besser verstehen. Sie klang wie eine Frau, die mit dem Leben kämpfen musste, um es nach ihren Wünschen zu gestalten.«

Lidomir blieb stehen und wies auf einen großen Stein am Ufer. »Wollen wir uns setzen?«

Sie nickte. Diese Dinge hatte sie noch keinem Menschen je erzählt. Vermutlich lag es daran, dass Lidomir ein Fremder war, der bald wieder aus ihrem Leben verschwinden würde.

»Wo ist deine Schwester jetzt?«

»Anahild? Sie ist noch im Kloster. Als wir erwachsen waren, da musste man mich gehen lassen, denn ich wollte keine Nonne werden. Aber Anahild blieb freiwillig. Sie glaubt, eines Tages wird es dort wieder so sein wie zu Zeiten der heiligen Radegund. Eine Gemeinschaft von Frauen, die mit Freude der Botschaft Christi folgt. Ein frommes Leben führt, doch ohne ungerechte Schläge und Vorschriften des Bischofs.«

Lidomir richtete seinen Blick auf den Fluss. »Sie klingt sehr mutig, deine Schwester.«

So konnte man es auch sehen. »Mir scheint, sie hängt einem Traum nach. Die Zeiten haben sich geändert. Der König hat alles in seiner Gewalt und will, dass Regeln eingehalten werden«, widersprach Radegund. Begann man einmal, die eigenen Gedanken mitzuteilen, war es schwer, damit aufzuhören. Vermutlich konnte es deshalb die lammfromme Anahild auch nicht lassen, heimlich ihre Gebete niederzuschreiben.

Lidomir riss ein Büschel Grashalme aus der Erde und zerrieb sie langsam zwischen seinen Fingern. »Manchmal braucht der Mensch Träume, um zu überleben«, sagte er. Diese Worte verstörten Radegund. Träume hatte sie sich stets verboten, denn nichts schmerzte mehr als enttäuschte Hoffnungen. Doch Anahild vermochte zu strahlen, während sie selbst nur Zorn und Bitterkeit plagten.

»Ich habe auch über dich Gerüchte gehört«, wechselte sie daher das Thema und wagte sich entschlossen auf gefährliches Gelände. »Es heißt, du bist eine Geisel gewesen, die der König bei einem heidnischen Volk nahm.«

Er nickte und richtete wieder seine ernsten Augen auf ihr Gesicht. »Ich stamme von den Behaimen ab. Sie leben östlich von hier und verehren die Götter ihrer Ahnen. Stört es dich, dass meine Leute keine Christen sind?«

Wie unsicher er plötzlich wieder klang! »Nein, warum sollte es? Ich bin einfach nur neugierig. Wie war es für dich, unter Christen zu kommen?«

Ein paar mehr Grashalme fielen Lidomirs Händen zum Opfer. Er blickte starr auf das Wasser.

»Es war schrecklich«, begann er, den Wellen zu erzählen. »Zunächst kam auch ich in ein Kloster. Die steinernen Mauern schienen mir erdrückend, denn dort, wo ich herkomme, gibt es nur hölzerne Gebäude. Der Abt gab sich Mühe, mir eure Sprache beizubringen. Dabei war er zunächst sehr freundlich, und ich begann allmählich, ihn zu mögen. Doch sobald ich ihn verstehen konnte, verwandelte er sich in einen anderen Menschen. Er wollte, dass ich meinen Göttern abschwor, die er Götzen nannte. Er wollte mich taufen lassen. Aber ich hatte einen Eid geleistet, eben das nicht zu tun. Außerdem missfiel es mir, wie abfällig er über mein Volk und unseren Glauben sprach. Ich weigerte mich, seinen Wünschen zu folgen, und dann ging es mir ähnlich wie deiner Schwester Anahild.«

Radegund wunderte sich. Warum waren jemandem irgendwelche Götter so wichtig, dass er sich ihretwegen schlagen ließ? Offenbar schienen nicht nur Christen bereit, sich wie Lämmer für ihren Glauben zu opfern. »Was ist denn so schlimm an unserer Religion, dass du sie nicht annehmen wolltest?«

Lidomir musterte sie mit einem Stirnrunzeln. »Von eurem Glauben wusste ich fast nichts. Man erwartete nur, dass ich mich taufen ließ. Ich hatte einen Eid geschworen. Meiner eigenen Mutter hatte ich versprochen, den Christengott nicht anzunehmen.«

Radegund verstand nicht, warum eine Mutter ihrem Kind das Leben schwer machen wollte, indem sie Unmögliches von ihm verlangte. Sie wusste wenig über die Frauen der Heiden. Es hieß allgemein, sie hätten keinen Anstand, wie alle Barbaren, ließen sich wahllos mit Männern ein und opferten ihre eigenen Kinder den blutrünstigen Götzen. »Aber irgendwann hast du den Christengott doch angenommen. Du lebst bei Vater Anselm und gehst in die Messe.«

Er rutschte verlegen auf dem Stein herum. »Im Kloster wäre ich fast gestorben. Der Abt sperrte mich bei Brot und Wasser in eine Zelle. Es war kalt dort, und ich bekam Fieber. Vater Anselm besuchte damals das Kloster. Er kennt sich mit der Heilkunst aus, deshalb brachte man ihn zu mir. Ich glaube, ich habe diesem Mann mein Leben zu verdanken, denn er setzte durch, dass ich in seine Obhut kam. Er erzählte mir von dem Gottessohn, der zu den Armen und Rechtlosen sprach. Der die Selbstgefälligkeit der Hohen Priester tadelte, Liebe statt Härte predigte. Diese Geschichten gefielen mir. Ich verstehe nur nicht, wie der Abt und auch König Karl sich Anhänger eines solchen Glaubens nennen und gleichzeitig so unbarmherzig sein können.«

Radegund blickte sich verunsichert um, denn solche Worte konnten unangenehme Folgen haben, wenn jemand sie dem Bischof meldete.

»Vater Anselm zeigte mir die guten Seiten des christlichen Glaubens. Er lehrte mich, ihn zu achten. Er ist ein heimlicher Gegner gewaltsamer Bekehrungsversuche und wollte mit mir ein Beispiel setzen, wie es anders geschehen konnte. Hätte ich mich der Taufe verweigert, dann wäre dies eine Bloßstellung für jenen Mann gewesen, der mir so viel Gutes getan hatte. Aus diesem Grund blieb mir gar nichts anderes übrig, als mich taufen zu lassen und mit ihm gemeinsam Messen zu besuchen. Doch du sollst wissen, dass ich in meinem Herzen immer noch die Götter meiner Mutter verehre. Daran wird sich niemals etwas ändern.«

Langsam wandte sich sein Gesicht zu Radegund. Wieder diese Unsicherheit in seinem Blick! Glaubte er wirklich, sie würde ihn zurückweisen, nur weil er kein Christ war? Was kümmerten sie irgendwelche Götter!

»Erzähle mir etwas von deiner Mutter«, sagte sie aufmunternd.

»Meine Mutter ist die Fürstin ihres Stammes und Hohe Priesterin unseres ganzen Volkes. Sie trägt eine große Verantwortung. Bei uns gelten Frauen nicht als minderwertig und unrein. Sie können großen Einfluss ausüben, ohne sich dafür an Männer zu verkaufen.«

Radegund hatte einige Geschichten über mächtige Frauen gehört, die von der Äbtissin allesamt als bösartig und gottlos bezeichnet worden waren. Ihr selbst erschien es nur unglaubwürdig, dass eine Frau über Männer herrschen konnte. Doch plötzlich musste sie an eine Nonne im Kloster denken. Schwester Ludmilla. Sie hatte Anahild und Radegund getröstet, als sie in der ersten Nacht im Schlafsaal vor Heimweh kein Auge zutun konnten. »Dies ist ein guter Ort. Ihr werdet es bald begreifen. Hinter diesen steinernen Mauern ist eine Frau in Sicherheit. Ich selbst wuchs bei den Heiden auf, wo Frauen sich Rechte anmaßten, die ihnen nicht zustehen. Gott strafte mich dafür, denn mir ist Schreckliches widerfahren. Danach zog ich los, um meinen Vater zu suchen. Ich fand ihn nicht. Er war ein Heide, und es gibt keine heiligen Orte der Heiden mehr. Erst mit der Zeit begriff ich, dass dies eine gute Entwicklung war. Ich entdeckte einen neuen Vater, dessen Liebe grenzenlos ist. Bei ihm bin ich geborgen.«

Damals hatte Radegund diese Worte nicht ernst genommen. Sie verstand nicht, warum Gott Ludmilla für irgendetwas hatte strafen wollen, denn sie schien zu sanftmütig, um das Missfallen eines Mannes zu erregen, ganz gleich, wie streng er sein mochte. Aber vielleicht hatte sie von jenem Volk gesprochen, zu dem auch Lidomirs Mutter gehörte.

»Nehmen die Männer es denn hin, dass eine Frau ihnen Vorschriften machen darf? Was ist mit deinem Vater? Stört es ihn nicht, dass er nicht selbst der Herr ist, so wie bei anderen Völkern?«

Lidomir lächelte kopfschüttelnd. »Ich glaube, Menschen leben so, wie sie es gewohnt sind. Meine Mutter war stets bemüht, gerecht zu sein und niemanden unnötig zu kränken. Es gab keine Gründe, sich gegen sie aufzulehnen.«

Radegund fand, dass dies wie ein Märchen klang. Nach ihrer Erfahrung nutzten Menschen, die Macht hatten, diese stets zu ihrem Vorteil. Dass sie sich dabei Feinde machten, war unvermeidlich, störte allerdings nicht, solange die Feinde machtlos blieben.

Aber all das war nicht wichtig. An ihrer Seite saß ein gut aussehender, liebenswürdiger Mann, der sich freundlich mit ihr unterhielt. Sie hatte ihm mehr von ihrer keineswegs reinen Seele offenbart als irgendeinem anderen Menschen außer Anahild. Er war deshalb nicht fortgegangen. Es schien ihm sogar zu gefallen, mit ihr zu plaudern. Und nichts weiter zu versuchen als nur das. Sie wünschte sich, dieser Nachmittag würde nie zu Ende gehen, und fürchtete den ersten grauen Schimmer der Dämmerung, die sie zwingen würde, wieder in die Stadt aufzubrechen. Wenn dieses Treffen vorbei war, konnte sie dann tatsächlich auf ein nächstes hoffen? Bisher hatte sie in einem Ehemann die Rettung vor dem Kloster gesehen. Vielleicht auch die Hoffnung auf ein paar schöne Kleider und Schmuck. Doch da war plötzlich ein innerer Drang, der sie zu diesem heidnischen Fremdling zog. Allein seine Gegenwart, die Möglichkeit, sich ihm mitzuteilen, schien ihr plötzlich wertvoll. Sie erschrak. Das eigene Glück von der Zuneigung anderer Menschen abhängig zu machen war unklug.

»Ich fürchte, ich muss in die Stadt zurück. Die Sonne wird bald sinken. Vater Anselm wartet zur Vesper auf mich«, kam es auch schon. Radegund fuhr zusammen. Sie musste sich getäuscht haben, er hatte nicht gern mit ihr geplaudert, sondern suchte einen Grund, möglichst bald wieder zu verschwinden. Sie bohrte die Fingernägel in ihre Handflächen, um den tiefen Schmerz durch eine andere Qual zu bekämpfen. Das nutzte allerdings nicht viel.

»Nun gut, dann gehen wir eben.« Sie stand auf und war bemüht, stolz und abweisend dreinzublicken.

»Radegund?«

Sie musterte ihn abwartend. Er schien mit Worten zu ringen. Vermutlich suchte er einen überzeugend klingenden Grund, warum sie sich nicht mehr sehen sollten. Er schien ein höflicher junger Mann.

»Was ist?«, meinte sie kalt. »Wir sollten gehen, aber nicht zusammen. Ich will nicht, dass die Leute tratschen.«

»Natürlich. Ich verstehe.«

Warum nur blickte er drein wie ein getretener Hund? Sie tat einen Schritt vorwärts. Sobald sie sich weit genug von ihm entfernt hatte, wäre alles leichter. Die Enttäuschung würde sie noch ein paar Tage plagen, aber mit der Zeit ließ jeder Schmerz nach. Es war ihr eigener Fehler gewesen, sich dumme Hoffnungen zu machen.

»Radegund, so warte doch!« Jetzt klang es eindringlich.

»Es missfällt mir selbst, dass ich schon fortmuss. Der heutige Tag war nicht günstig, aber ich wollte dich nach dem Tanz möglichst schnell wiedersehen. Morgen, da … da bespricht sich Vater Anselm allein mit dem Bischof und ich … ich … kann gehen, wohin ich will.«

»Na gut. Und wo treffen wir uns morgen?«

Die Worte waren ihr wie von selbst entwichen, doch das freudige Leuchten in Lidomirs Augen machte ihr klar, dass sie kein Fehler gewesen waren.

Es war Winter geworden. Radegund half ihrer Stiefmutter, die Fensteröffnungen des Hauses mit gegerbten Tierfellen abzudecken. Ihr Vater litt unter einer schweren Erkältung, die ihn auf sein Lager fesselte, wie immer, wenn die kalte Jahreszeit anbrach. Sie hatte in den letzten Monaten gelernt, Gudrun zu achten, deren Fleiß und unermüdliche Lebenslust den ärmlichen Haushalt vor Verwahrlosung bewahrten. Seit sie ihr dabei zur Hand ging, hatte Gudruns Nörgeln über ihre feinen Kleider und heiklen Essgewohnheiten allmählich nachgelassen.

Selbst ihren Stiefbruder, der nach dem gemeinsamen Vater Clothard benannt worden war, konnte sie nun ohne Groll betrachten. Er war kräftig, blond und laut wie Gudrun. Gutes Essen war sein hauptsächliches Bedürfnis. Das bescheidene Erbe würde ihm bis an sein Lebensende eine gedeckte Tafel bescheren.

Radegund kehrte den Boden und achtete darauf, dabei den Saum ihres Kleides nicht zu beschmutzen. Es war aus Wolle gewebt, und sie hatte es mit bunten Holzperlen bestickt, um der tristen Jahreszeit etwas Farbe zu verleihen. Den Umhang aus Biberfell aus der Truhe ihrer Mutter würde sie dazu tragen, wenn sie sich mit Lidomir am Fluss traf. Sie überlegte, wie sie ihr Haar frisieren sollte, damit es auch unter der Pelzkappe noch hübsch anzusehen war, als ein Klopfen an der Tür erklang.

»Hast du eine Ahnung, wer das sein könnte, Radegund?«, fragte Gudrun lächelnd. Aber Radegund wusste es nicht. Lidomir hatte es bisher vermieden, ihr Haus zu besuchen.

Vor ihr stand jener dunkelhäutige Händler, dem Brunchild einst die blaue Seide abgekauft hatte, und schüttelte den Schnee von seinem Mantel. Gudrun warf ihrer Stieftochter einen besorgten Blick zu, doch Radegund hatte keine Schulden gemacht. Sie fertigte ihre Kleidung aus den Überresten des Besitzes ihrer Mutter an oder webte selbst.

»Darf ich mit dir reden, Clothards Tochter?«, fragte er, nachdem Begrüßungen ausgetauscht wurden, Gudrun ihn in die Küche geladen und einen Becher Met vor ihn hingestellt hatte. Danach entfernte die Stiefmutter sich wortlos. Radegund begriff die Bedeutung dieses Besuches nicht, doch es gab keinen Grund, ihm ein Gespräch zu verweigern. Verwirrt ließ sie sich ihm gegenüber nieder.

»Mein Name ist Konstantin und ich stamme aus Rom«, begann er und blickte ihr dabei sehr gerade in die Augen. »Ich bin Christ, obwohl man mich wegen meines Aussehens manchmal für einen ungläubigen Sarazenen hält. Meine Reisen lassen mich weit herumkommen, doch kein Ort der Welt vermag meine Heimat in den Schatten zu stellen. Rom ist eine Stadt voller prächtiger Bauten, in der man die erlesensten Waren kaufen kann. Einer Frau, die schöne Dinge liebt, würde es dort gefallen.«

Radegund überkam eine unklare Ahnung. Suchte der Händler eine Kebse? Sie empfand keinen Zorn. Die Welt erschien ihr nicht mehr so hässlich wie einst, obwohl sie nicht wusste, ob die Wirklichkeit um sie herum sich tatsächlich zum Besseren gewandelt hatte oder sie diese einfach nur anders wahrnahm.

»Ich beobachte dich schon lange auf dem Marktplatz« fuhr er fort. »Immer, wenn ich in dieser Stadt bin. Du bist zwar nicht reich, Radegund, doch kaum ein Mädchen in all den Orten, die ich besuche, kann sich so vorteilhaft kleiden wie du. Obwohl deine Gewänder nicht aus den edelsten Stoffen angefertigt sind, verstehst du es, die reichen jungen Damen in den Schatten zu stellen. Diese Stickerei zum Beispiel. Hattest du eine Vorlage dafür?«

Radegund schüttelte ratlos den Kopf. »Sie ist mir so eingefallen, als ich sah, wie das Wasser der Donau dahinfloss. Manchmal, bei starkem Wind, bilden sich leichte Wellen.« Die meisten Ideen kamen ihr, wenn sie um sich herum unerwartet Schönheit entdeckte. Ebenmäßigkeit und Anmut, wo niemand sie erwarten würde.

Der Händler nahm einen weiteren Schluck Met. Seine Haltung war aufrecht und er legte mit einer entschiedenen Geste die Hände auf den Tisch, bevor er wieder zum Reden ansetzte: »Ich möchte dir ein Angebot machen, Clothards Tochter. Ich bin nicht mehr jung und auch kein Edeling. Zwei Frauen habe ich in meiner Heimat bereits zu Grabe getragen. Von den Kindern leben noch drei. Ich sehne mich nicht nach Liebe und brauche auch keinen weiteren Nachwuchs. Doch ich möchte dich bitten, mein Weib zu werden. Es wäre zu unserer beider Vorteil.«

Radegund meinte, sich in einem Traum zu befinden, doch ihr war nicht klar, ob es sich um einen schönen oder quälenden handelte. Ihr war leicht schwindelig.

»Ich habe keinen guten Ruf«, verteidigte sie sich gegen einen Angriff, der vielleicht keiner war.

Der Händler zuckte mit den Schultern. »Was kümmert mich dummes Gerede? Du bist eine Frau, die zu gefallen versteht. Natürlich zerreißt man sich das Maul über dich, aber dadurch bekommst du auch Aufmerksamkeit. Was ich in dir sehe, ist deine Begabung. Du kannst Kleidung entwerfen, die gefällt. Vielleicht wäre es möglich, nicht nur Stoffe, sondern auch bereits fertig genähte Gewänder zu verkaufen, wenn diese reizvoll genug sind. Falls dieses Geschäft nicht läuft, wäre deine Gegenwart an meinem Verkaufsstand trotzdem von Vorteil. Die Frauen sollen sehen, was sich aus meinen Stoffen machen lässt. Du kannst ihnen zusätzlich noch ein paar Ratschläge anbieten, wenn sie einen angemessenen Preis zahlen.«

Radegund konnte sich an eine Zeit erinnern, da sie für eine solche Zukunft Erniedrigungen hingenommen hätte. Nun jedoch erschien ihr dieses Gespräch seltsam, beinahe lachhaft. Dieser zielstrebige Mann wollte die Heirat wie einen Handel abschließen!

»Ich sehe, du zögerst«, fuhr er auch schon fort. »Mein Angebot kommt sehr überraschend. Rom wird dir gefallen, Radegund. Und ich bin zwar kein Edeling wie dein Vater, aber auch kein armer Mann. Einem Mädchen in deiner Lage bleiben nicht viele Möglichkeiten. Es wäre schade, wenn aus einer so begabten Frau wie dir eine Nonne wird. Soll nur das Kloster an deinen Talenten verdienen?«

Radegund empfand weder Wut noch Stolz, dass er auf diese Weise mit ihr sprach. Sie antwortete mit ebenjener Entschiedenheit, die auch aus seinen Worten gesprochen hatte: »Ich weiß dein Angebot zu schätzen, Konstantin aus Rom, und mir ist klar, welche Ehre du dadurch einem Mädchen ohne Mitgift erweist. Doch es ist mir nicht möglich, deine Gemahlin zu werden.«

Die dunklen Augen des Händlers musterten sie staunend. Er war es offenbar nicht gewohnt, dass jemand die Aussicht auf ein gutes Geschäft ablehnte.

»Ist dies dein letztes Wort, Clothards Tochter? Du weißt, ich habe nicht viel Zeit für alberne Spiele. Falls du irgendwelche

Forderungen an mich hast, bevor du einwilligen möchtest, so nenne sie bitte gleich.«

Radegund schüttelte langsam den Kopf. Sie wusste, dass sie noch vor einigen Monaten bereit gewesen war, einen wesentlich abstoßenderen Mann zu heiraten. Hiltrud, diese unverbesserliche Heidin, hatte gemeint, die Götter ließen den Menschen manchmal eine Wahl. Doch sie fühlte sich nicht in der Lage, in diesem Augenblick eine andere Entscheidung zu treffen, auch wenn es dafür gute Gründe gegeben hätte.

Konstantin stand schweigend auf, verabschiedete sich und ging. Radegund räumte den Becher vom Tisch, als Gudrun eintrat.

»Du hast ihn fortgeschickt, ohne dass er mit deinem Vater gesprochen hat!« Die blauen Augen funkelten zornig. Sie musste hinter der Tür gelauscht haben.

»Er wollte nur mit mir reden«, erwiderte Radegund gleichmütig.

Gudrun tat einen tiefen Seufzer. »Ich weiß ja, er ist kein junger Mann mehr. Nicht das, wovon ein Mädchen träumt. Aber du siehst doch, wie deine Lage ist. Er hätte dir ein gutes Leben bieten können.«

»Ja, das hätte er wohl. Aber ich konnte nicht annehmen.«

»Verflucht, hast du keinen Verstand im Kopf? Ist es wegen dieses Zöglings von Vater Anselm, mit dem du dich heimlich seit Monaten triffst? Ich weiß davon und viele andere auch. Dieser Junge sieht gut aus, aber er hat kein eigenes Vermögen. Er ist bei einem Priester aufgewachsen, und bestenfalls wird ebenfalls ein Priester aus ihm. Du weißt doch, wie der König und seine Bischöfe zu der Heirat von Geistlichen stehen.«

»Das weiß ich wohl. Aber Lidomir wird niemals Priester werden«, erwiderte Radegund. Sie erkannte, wie sehr ihre Ruhe Gudrun zur Weißglut trieb, und staunte, dass sie darüber keinerlei Freude empfand.

»Was soll er denn dann werden, bei allen Heiligen? Vielleicht lässt man ihn irgendwann zu seinem Volk zurück, doch weißt du überhaupt, was für ein Leben du dort an seiner Seite hättest?«

»Ich würde es herausfinden.«

Gudrun hob zum Protest die Hände, ließ sie jedoch wieder sinken, da ihr Zorn wohl langsam nachließ. »Na gut, ich hatte auch meinen Dickschädel. Den jungen, schmucken Edeling Clothard wollte ich, obwohl mein Vater mich warnte, der würde mich irgendwann durch eine Frau seines Standes ersetzen, was zunächst auch geschah. Aber verrate mir, Radegund, warum ist dein schöner Heide noch niemals hier gewesen? Wenn er dich zum Weibe will, müsste er doch allmählich mit deinem Vater reden, meinst du nicht?«

Radegund senkte den Blick, denn es war Gudrun gelungen, den wunden Punkt zu treffen.

Sie lief durch die tanzenden Schneeflocken. Lidomir hatte vorgeschlagen, sie sollten sich immer gleich an der einsamen Stelle am Fluss treffen, damit ihre Zusammenkünfte nicht für Gerede sorgten. Seine Vorsicht hatte nichts genützt. Nun fragte sie sich zum ersten Mal, warum er überhaupt so vorsichtig war. Gudruns Worte hatten ihren alten Dämon, die Unzufriedenheit, aus seinem langen Schlaf gerissen. Wie eine Ratte im Käfig nagte er in Radegunds Brust.

Lidomir war bereits da. In einen dicken Fellumhang gehüllt lief er trotzdem auf und ab, um sich zu wärmen.

»Das ist ein übles Wetter neuerdings«, meinte er zur Begrüßung.

»Ja, das ist es wohl und könnte die nächsten Wochen so bleiben. Ich finde, wir sollten uns in Zukunft hinter sicheren Wänden treffen, wo vielleicht auch ein Herdfeuer brennt.«

Sie zog ihre zitternde Hand aus dem Muff und streckte sie ihm zur Begrüßung entgegen. Lidomir streichelte versonnen ihre Finger. Er berührte sie nur selten und wenn, dann auf eine zaghafte, zurückhaltende Weise. Bisher hatte Radegund das gefallen, auch wenn sie dabei manchmal ein merkwürdiges Sehnen in ihrem Unterleib spürte, das sie sich nicht erklären konnte. Wonach verlangte es sie? Sicher nicht, wieder mit hochgezogenem Gewand an eine Hauswand gedrückt zu werden.

»Wie geht es deinem Vater? Du sagtest, er sei krank«, fragte Lidomir höflich.

»Mein Vater kränkelt jeden Winter. Er ist eben kein junger Mann mehr.«

Kaum waren diese Worte ausgesprochen, fürchtete sie, herzlos zu klingen. Doch ihr Unmut gewann die Oberhand.

»Wenn du dir Sorgen um meinen Vater machst, könntest du uns auch einmal besuchen. Seit Monaten erzähle ich dir von meiner Familie. Du hast mir geraten, wie ich mich mit Gudrun versöhnen könnte, und das hat geholfen, aber warum willst du diese Leute nicht auch einmal treffen, wenn wir in derselben Stadt wohnen?«

Sie erschrak. Ebenso wie Konstantin, der Römer, eilte sie ungeduldig ihrem Ziel entgegen. Ein Mann durfte das gegenüber einer Frau. Doch ihr selbst gelang es nie, sich angemessen zu verhalten. Lidomir hatte ihre Hand losgelassen.

»Ich weiß nicht, ob ich bei deinem Vater willkommen wäre«, murmelte er nach einer Weile des Schweigens.

»Das käme auf einen Versuch an«, erwiderte sie und schämte sich für ihre Bissigkeit.

»Du scheinst heute sehr schlechter Laune, Radegund. Ist etwas vorgefallen?«

»Nichts Besonderes. Nur, dass ein wohlhabender Händler um meine Hand angehalten hat.«

Nun war sie Konstantin aus Rom wirklich dankbar. Lidomir sollte ruhig denken, dass es Rivalen gab.

»Und hast du angenommen?«, kam es leise, aber ohne jede Empörung. Plötzlich hatte sie den Wunsch, ihn zu schlagen.

»Nein, das habe ich nicht«, schrie der Zorn aus ihr heraus.

»Weil ich eine dumme Gans bin, die in einen Kerl vernarrt ist, der sich selbst bei dem ärgsten Schneetreiben nur heimlich im Freien mit ihr treffen will. Der bisher nicht den Mut gefunden hat, sich über die Schwelle ihres Elternhauses zu wagen, damit er nicht etwa in den Ruf gerät, ernsthafte Absichten zu hegen. Wahrscheinlich reist er bald wieder ab mit seinem Vater Anselm, und ich kann mir dann die Haare raufen, weil ich eben hoffnungslos blöde gewesen bin wie die meiste Zeit meines Lebens.«

Kaum waren ihr diese vernichtenden Worte entwischt, drehte sie sich um und lief davon. Panisch rannte sie zurück in die Stadt, zum Haus ihres Vaters, um sich dort auf ihr Lager werfen und sich die Seele aus dem Leib heulen zu können. Wenn es je eine Hoffnung auf ein Leben mit Lidomir gegeben hatte, dann war es Radegund gerade eben gelungen, sie zu zerstören.

Das Kloster also, dachte sie, oder die Gasse am Römerturm. Weiß Gott, ich habe es nicht anders verdient.

Sie hörte Schritte hinter sich, jemand packte sie und hielt sie fest. Es war Lidomir. Sie wehrte sich, trat nach ihm. Doch seine Beine hielten den hölzernen Absätzen ihrer Stiefel entschlossen stand.

»Was ist denn nur los, Radegund? Meinst du wirklich, ich würde einfach mit Vater Anselm abreisen und dich niemals wiedersehen? Habe ich mich deshalb all die Monate mit dir getroffen? Warum unterstellst du allen Menschen immer nur die bösesten Absichten?«

Sie hörte auf, ihn anzugreifen, und wurde losgelassen.

»Warum triffst du dich überhaupt mit mir? Von deiner Familie weiß ich inzwischen allerhand. Über unser beider Erfahrungen im Kloster haben wir gesprochen. Doch mit keinem Wort verrätst du mir, woran ich bei dir bin. Willst du einfach eine Vertraute, mit der du in Ruhe plaudern kannst? Es tut mir leid, mir reicht das eben nicht.«

Wieder dieser ernste, traurige Blick. Diesmal schien er ihr wie ein endgültiger Abschied. Sie war zu weit gegangen, hatte ihr hässlichstes Gesicht gezeigt. Welcher Mann wollte schon eine Frau, die um ihn bettelte und bei einer Zurückweisung nach ihm trat?

»Es ist schon gut. Vergiss einfach, was ich gesagt habe. Wir müssen uns nicht im Bösen trennen. Du hast nichts getan, das ich dir vorwerfen könnte«, meinte sie versöhnlich und war froh über das Schneetreiben, denn es würde die Tränen in ihrem Gesicht verbergen.

Lidomir sah selbst todunglücklich aus. »Radegund, ich kann eine Christin nicht heiraten. Aber zugleich habe ich selbst erlebt, was bei euch einer Frau blüht, die ein Verhältnis eingeht, ohne sich vorher vermählt zu haben. In Vater Anselms Haus erhängte sich ein junges Dienstmädchen, weil es ledig und schwanger war. Ich verstand dieses Verhalten damals nicht, denn in meinem Volk wird jede Geburt begrüßt, doch Vater Anselm erklärte mir die Hintergründe. Ich schwor mir damals, niemals eine Frau in solche Schwierigkeiten zu bringen.«

»Das ist sehr edelmütig«, sagte sie, ohne den Spott ganz aus ihrer Stimme herauslassen zu können. Sie war eine dumme Gans gewesen, dieses Dienstmädchen. Ebenso wie Radegund selbst, die nach dem Verschwinden jenes Händlers tagelang zitternd auf ihre monatliche Blutung gewartet hatte. Die Erinnerung an diese Zeit machte sie noch zorniger.

»Doch verrate mir bitte, warum du keine Christin heiraten kannst«, fuhr sie daher bissig fort. »Meinst du, wir sind alle heimtückische, unreine Töchter Evas? Du hättest dir schon eine bessere Ausrede einfallen lassen können als das.«

Er seufzte und sie meinte, Betroffenheit in seinen Augen zu erkennen. »Du schlägst immer um dich. Wie eine Katze, die sich von einer Hundemeute in die Ecke gedrängt sieht, willst du allen noch ein paar Kratzwunden verpassen, bevor du verloren bist. Aber ich wollte dich niemals unglücklich machen, Radegund.«

Seine Hände legten sich auf ihre Schultern. Sie gab dem Druck seiner Arme nach und staunte, wie warm eine Umarmung sein konnte. Das nagende Gefühl in ihrer Brust fand einen Augenblick lang Frieden.

»Ich wollte es dir auf viele verschiedene Weisen sagen, doch mir scheint, du hast meine Worte nicht wirklich begriffen«, flüsterte Lidomir. »Ich möchte eines Tages zu meinem Volk zurückkehren. Dort werde ich nicht als Christ leben. Vieles ist anders bei uns. Es würde dir vielleicht nicht gefallen. Du hast hier deine Familie. Regensburg ist deine Heimat. Wie könnte ich von dir erwarten, all das aufzugeben, um mit mir in die Fremde zu ziehen?«

Sie löste sich von ihm und blickte staunend in sein ernstes, betrübtes Gesicht. War es möglich, dass er die Wahrheit sprach?

»Ich glaube, du hast auch nicht wirklich zugehört, als ich dir von meiner Familie erzählte. Meinem Vater bin ich gleichgültig. Er liebt nur Gudrun und seinen Sohn. Meine Stiefmutter ist mir nicht so feindselig gesinnt, wie ich zunächst dachte, doch ich kann nicht bis an mein Lebensende bei ihnen bleiben. Irgendwann stecken sie mich wieder ins Kloster, falls sich kein Kerl findet, der mich nimmt. Da ich kaum Aussicht auf Mitgift habe, kann ich nicht gerade wählerisch sein. Dich aber würde ich gern zum Gemahl haben. Glaubst du wirklich, ich würde nicht mit dir in deine Heimat gehen, egal wie heidnisch und fremd sie sein mag?«

Seltsamerweise erschrak sie nicht mehr über ihre eigene Ehrlichkeit, sondern fand es befreiend, offen zu reden. Lidomirs Augen hatten zu leuchten begonnen. Wieder zog er sie an sich. Ein Kuss, dachte Radegund, ist viel inniger als die Dinge, die dieser Händler damals mit mir machte. Wie wird wohl alles Weitere sein mit einem Mann, der mir gefällt?

Sie spürte in sich ein aufgeregtes Flattern, das aber verschwand, als Lidomirs Hände über ihren Rücken glitten. Sie konnte sich nicht vorstellen, dass seine Berührung ihr unangenehm sein könnte. Gemeinsam gingen sie in die Stadt zurück. Lidomir versprach, noch an diesem Tag mit Vater Anselm zu reden, bevor er anschließend Radegunds Familie aufsuchte. Er hoffte, sie könnten von Vater Anselm getraut werden, vielleicht sogar in der neu gebauten Kathedrale, denn sie schien ihm ein sehr schöner Ort dafür.

Ein seltsamer Heide, der Kathedralen mag, grübelte Radegund, als sie hinauf in ihre Kammer stieg. Und ich habe ihm beinahe selbst einen Antrag gemacht, was einer Frau nicht zusteht. Doch siehe da, er hat angenommen. Mit dem Gefühl, einmal im Leben über ihr widriges Schicksal triumphiert zu haben, warf sie sich glücklich auf ihr Lager.

Das Boot trug Radegund sanft über den Chiemsee. Vor den riesigen Bergen, die im Hintergrund den Himmel zu berühren schienen, sah die Insel aus wie ein kleiner grüner Edelstein, von blauer Seide umgeben. Beinahe gelang es Radegund, diesen Anblick zu genießen. Vor vielen Jahren, als sie gemeinsam mit ihrer kleinen Schwester zum ersten Mal hierhergebracht wurde, hatte Anahild laut ausgerufen, dieser Ort müsse von Feen bewohnt sein, so zauberhaft sei er. Doch Radegund wusste schon damals, dass die Wirklichkeit wenig mit schönen Geschichten über unsterbliche Zauberwesen zu tun hatte. Nun, da die vertrauten Klostermauern immer deutlicher zwischen den Bäumen hervortraten, meinte sie, eine unsichtbare Last auf ihrer Brust zu spüren, die ihr das Atmen erschwerte. Panisch holte sie tief Luft, bis ihr schwindelig wurde. Als sie aus dem Boot stieg und dem Fährmann seine Entlohnung in die Hand drückte, bemerkte sie, dass sie am ganzen Körper zitterte.

Schwester Agatha an der Pforte erkannte sie sogleich. »Clothards Tochter, willst du wieder zu uns kommen?« Es klang sogar freundlich. Radegund schüttelte heftig den Kopf.

»Ich möchte mich von meiner Schwester verabschieden. Ich

werde bald heiraten und fortgehen.« Sie zog die Schultern zurück und genoss ihren Triumph.

Schwester Agatha schien nicht sonderlich beeindruckt. »Ich hoffe, du hast es dir gut überlegt. Die Ehe ist ein heiliges Sakrament und kann nie wieder aufgelöst werden. Anders als zu heidnischen Zeiten.«

»Warum sollte ich sie je wieder auflösen wollen? Ich heirate einen jungen, gut aussehenden Mann, der mich über alles liebt. Er stammt aus einer fürstlichen Familie«, erwiderte Radegund schnippisch.

»Manchmal«, sagte Schwester Agatha leise, »straft uns Gott, indem er unsere Wünsche erfüllt. Meine Schwester heiratete einen Edeling, der sie jetzt satthat. In früheren Zeiten, da hätte er ihr die Mitgift zurückgeben und sie fortschicken können, doch als Christ darf er das nicht. Bis dass der Tod euch scheidet, heißt es nun. So, wie er meine Schwester behandelt, glaube ich manchmal, er will ihren Tod vorantreiben. Ich hoffe, dein Glück wird von Dauer sein, Clothards Tochter.«

Das wird es schon, du alte Schwarzseherin, dachte sich Radegund, als sie den kleinen Raum betrat, wo die Nonnen Besuch empfangen durften.

Anahild sah in ihrem dunklen Gewand sehr blass und mager aus. Als Radegund ihre Hände drückte, fühlten sie sich heiß an.

»Bist du krank?«, fragte sie erschrocken. Anahild schüttelte den Kopf.

»Es ist nichts. Die Äbtissin hatte mich zur Strafe in die einsame Zelle gesperrt, und das bekommt mir nicht gut.«

Radegunds Stimmung verdüsterte sich schlagartig. Sie hatte die feuchte, finstere Zelle noch gut in Erinnerung. Schon nach wenigen Stunden fraß die Kälte sich in alle Knochen und verursachte quälende Schmerzen. Man bekam jeden Tag nur drei Scheiben trockenes Brot zu essen. Dabei war Anahild schon immer sehr zart und anfällig für Krankheiten gewesen.

»Diese Frau hasst dich. Daran wird sich nie etwas ändern. Willst du wirklich hier im Kloster bleiben, Anahild?«

Die Schwester nickte entschieden. »Es ist meine Berufung. Das habe ich immer gewusst. Ich möchte als Nonne leben.«

»Du möchtest dich weiter von einer verbitterten, bösartigen Frau quälen lassen? Hör zu, Anahild. Ich werde bald heiraten. Mein zukünftiger Gemahl ist ein Fürst. Ich werde ihm in seine Heimat folgen. Vielleicht kann er etwas für dich tun. Einen Ehemann für dich finden.«

Anahild lächelte. »Ich freue mich für dich, Schwester. Vielleicht kannst du nun ein Leben führen, wie du es dir immer gewünscht hast. Mir fiel gleich auf, wie zufrieden du aussiehst. Doch ich selbst will keine Ehe. Mein Leben gehört dem Kloster. Das mit der Zelle war meine Schuld, weil ich es einfach nicht lassen kann, selbst Gebete und Schriften zu verfassen, obwohl der Bischof es uns Frauen doch verboten hat. Aber ich glaube, es werden bessere Zeiten kommen. Nach diesem Bischof und unserer jetzigen Äbtissin. Eines Tages wird es mir erlaubt sein, meine Gebete während der Andacht vorzutragen.«

In ihren Augen funkelte mehr als nur Fieber. Anahilds zerbrechlicher Körper war von der Kraft ihres unerschütterlichen Glaubens erfüllt.

»Erzähle mir von deinem Verlobten, Schwester. Ist er ein Anhänger des Frankenkönigs?«

Radegund senkte verlegen den Blick und zögerte.

»Was ist? Solange er auch nur ein bescheidenes Auskommen hat, wirst du an seiner Seite ein gutes Leben führen. Ich sehe an deinem Gesicht, dass du diesen Mann liebst. Würdest du ihn nur heiraten, um dem Kloster zu entgehen, könntest du niemals so strahlen. Ich bin froh, dass auch du deine Bestimmung im Leben gefunden hast, Schwester.«

Diese Worte machten Radegund Mut. »Er ist ein Heide aus dem Volk der Behaimen. Als Kind wurde er zur Geisel bestimmt und kam in das Reich unseres Königs. Natürlich erzog man ihn im christlichen Glauben, aber Anahild er … er … hängt immer noch an seinen alten Göttern. Kürzlich kam die Nachricht, dass er wieder in seine Heimat zurückkehren darf. Sein Onkel, der Anführer der Behaimen, muss dem König Gegenleistungen versprochen haben. Ich werde ihn begleiten. Als Christin sollte es meine Aufgabe sein, den wahren Glauben bei seinem Volk durchzusetzen. Doch ich fürchte, das würde mich und meinen Gemahl nur entzweien, denn er will es nicht. Ich selbst möchte seine Liebe nicht verlieren. Was meinst du, was soll ich tun?«

Anahild senkte nachdenklich den Kopf. Ihr Schweigen war lang und quälend für Radegund. Zum ersten Mal wurde ihr bewusst, dass die Schwester stets ihre einzige Verbindung zu Gott gewesen war und wie sehr sie ihren Rat und ihre Zustimmung brauchte.

»Deine Bitterkeit ist endlich verschwunden«, begann Anahild zaghaft zu sprechen. »Du scheinst weniger unleidlich als früher, als ich stets überlegen musste, welcher Schmerz sich wohl hinter deinem Verhalten verbirgt, um dir vergeben zu können. Ich kann nicht glauben, dass ein Mann, der dich so verändern konnte, ein schlechter Mensch sein soll, ganz gleich, welcher Religion er anhängt.« Sie strich sich mit ihren dünnen Fingern über die Schläfen, als falle es ihr schwer, die eigenen Gedanken zu ordnen.

»Weißt du, Radegund, wenn ich allein bin, so wie kürzlich in der Zelle, da kommen mir die seltsamsten Einfälle. Manchmal glaube ich, es ist vielleicht gar nicht wichtig, wen wir anbeten. Jesus sprach von Liebe und Barmherzigkeit, nicht von regelmäßigen Kirchenbesuchen. Vielleicht wird man uns nach unserem Tode danach beurteilen, wie wir gelebt haben. Ob wir unseren Mitmenschen Gutes taten oder sie nur benutzten. Auch ein Heide vermag vielleicht, nach den Vorstellungen Christi zu handeln, ohne je getauft worden zu sein. Hilf deinem Gemahl, den rechten Weg zu gehen. Erinnere ihn an das

Gebot der Nächstenliebe, wenn es angebracht ist. Doch dränge weder ihn noch sein Volk zum christlichen Glauben. Gewalt und Zwang vermögen keine Herzen zu öffnen.«

»Anahild, es wäre schade, wenn deine Güte und dein Verstand immer hinter Klostermauern verborgen blieben«, sagte Radegund voller Überzeugung.

Anahild schüttelte lächelnd den Kopf. »Ich weiß nicht, ob ich in der Welt da draußen zurechtkäme. Ich bin nicht so zäh wie du, Radegund. Aber wenn du gehst, dann gehe mit Gott. Ich gebe dir meinen Segen. Und nun sage mir, wo liegt dieses Land der Behaimen?«

Radegund erzählte, dass es jenseits der vom König errichteten Ostmark lag. Sie würde Berge überqueren müssen auf dem Weg in die neue Heimat. Doch nun, mit dem Segen ihrer Schwester, fühlte sie sich stark genug, allen Widrigkeiten zu trotzen.

2

Zwei Wochen nach ihrer Trauung, die zwar bescheiden ausfiel, aber nach Lidomirs Wunsch von Vater Anselm vollzogen wurde, brachen Radegund und ihr Gemahl auf. Vater Anselm sorgte dafür, dass ihnen einige Wachen des Bischofs zum Schutz mitgegeben wurden, denn Lidomirs Leute sollten sie erst an der Grenze in Empfang nehmen. Radegund staunte über den Schmerz, den sie plötzlich empfand, als sie von ihrem Vater, Gudrun und dem Halbbuder Clothard endgültig Abschied nehmen sollte. Sie versprach, ihrer Familie gelegentlich Nachrichten durch fahrende Händler zu schicken. Gudrun lächelte und wünschte ihr Glück, was von Herzen zu kommen schien. Ihr Vater nickte nur zustimmend.

»Kommst du uns manchmal besuchen?«, fragte Clothard, der Jüngere, zu ihrem Erstaunen. Sie umarmte den Bruder gerührt.

»Es wird nicht einfach für sie sein. Der Weg ist weit. Mädchen verlassen irgendwann ihre Familie, so ist es heutzutage eben«, erklärte Gudrun indessen.

So wie damals, bei ihrer Abreise ins Kloster, blieben die Augen ihres Vaters trocken. Dieser Umstand erleichterte es Radegund, sich auf ihr Pferd zu schwingen. Sie musste in die Zukunft blicken und hoffen, darin mehr Glück zu finden als in jenem Leben, das sie nun hinter sich ließ.

Dann verschlang sie der dichte Wald. Die Pferde liefen unermüdlich einen Pfad entlang, der sich aber zunehmend im Dickicht der Bäume verlor. Schließlich musste Radegund meist in gebeugter Haltung reiten, um den tiefen Ästen auszuweichen. Lidomir versuchte, sie eine Weile durch Geplauder bei Laune zu halten, doch allmählich verging wohl auch ihm die Lust dazu. Als sie einige Stunden später über Hunger und Erschöpfung klagte, willigte der Anführer ihrer Begleitwache nur sehr widerwillig in eine Unterbrechung der Reise ein. Ihr schien, die Männer des Bischofs hatten es eilig, wieder heimzukehren. Schließlich war sie froh über die hereinbrechende Abenddämmerung, die es bald unmöglich machte, noch weiter zu reiten. Auf einer Lichtung zündete man ein Lagerfeuer an. Nachdem man sich mit Met und geräuchertem Fleisch gestärkt hatte, begann der Aufbau der Zelte. Die Dunkelheit kam schnell und legte sich wie eine schwarze Hand über den Wald, der Radegund selbst bei Tageslicht kein heimeliger Ort schien. Trotz der Wolldecken war der Erdboden, auf dem sie lagerten, hart und feucht. Unheimliche Geräusche drangen aus der Finsternis an ihr Ohr, das Schleichen, Huschen und Flüstern unbekannter Wesen. Sie dachte an Dämonen und rief sich zur Beruhigung in Erinnerung, dass sie noch niemals solche Geschöpfe gesehen hatte und daher nicht sicher wusste, ob es sie überhaupt gab. Vermutlich handelte es sich nur um wilde Tiere. Oder um Räuber. Beide Vorstellungen waren nicht unbedingt beruhigend. Sie klammerte sich an Lidomir und dachte an die bewaffnete Wache in ihrer Nähe. Glücklicherweise sorgte die Erschöpfung nach dem langen Ritt dafür, dass sie trotz aller Ängste rasch einschlief.

Nach mehreren derart anstrengenden Tagen erreichten sie den Wall, der das Ende des Frankenreiches markierte. Ein kleines, von Kriegern bewachtes Tor wurde geöffnet, und die Begleiter verabschiedeten sich rasch. Weitgehend unbekanntes Land lag jenseits des Walls. Radegund fielen plötzlich alle schrecklichen Geschichten wieder ein, die sie je über blutrünstige, wilde Heiden gehört hatte. Sollte sie an einen Ort gehen, vor dem es selbst den Männern des Bischofs grauste? Erleichtert dachte sie an die Worte von Konstantin, dem Römer, der die Nachricht von ihrer Entscheidung für Lidomir mit Fassung hingenommen hatte. Praha galt als zunehmend beliebter Handelsort, an dem es Felle, Waffen und Tücher mit farbenfroher Stickerei zu erwerben gab. Händler aus aller Welt machten dort Halt. Wovor also sollte sie sich fürchten? Es wäre nicht wie das prunkvolle Rom, wohl auch nicht wie ihre Heimat Regensburg, aber allemal besser als ein Zelt im Wald, dessen sie überdrüssig war. Sie spürte, wie Lidomir ihre Hand ergriff.

»Komm, wir müssen weiter. Ich bin mir sicher, dass meine Leute schon in der Nähe sind.«

Und so ritten sie durch das Tor in die Fremde. Sie sah nicht anders aus als jene Gegend, die hinter ihnen lag. Bewaldetes Bergland. Radegund seufzte innerlich. Sie war es leid, stets daran denken zu müssen, dass ihr Pferd stolpern und sie mit ihm in einen Abgrund stürzen konnte. Außerdem waren sie nur noch zu zweit, ein viel leichteres Opfer für alle gefährlichen Gestalten, die der dunkle Wald verbarg. Sie trieb ihr Pferd voran, denn ihre Entscheidung war gefallen.

Lidomirs Leute tauchten ganz plötzlich vor ihnen auf, so wie Räuber, die im Hinterhalt lauerten: eine Schar von Kriegern in kräftig gefärbten Tunikas, an deren Spitze ein Hunne ritt. Radegund stieß einen Schrei aus und wollte ihr Pferd herumreißen, doch Lidomir hielt ihre Zügel fest. »Es ist schon gut. Ich glaube, das ist mein Bruder.«

Dann richtete er seinen Blick auf die Gestalt des schrägäugigen Mannes, unsicher und doch hoffnungsvoll.

»Mnata?«, rief er zögernd. Das schwarze Pferd des Hunnen schoss sogleich herbei.

»Willkommen zu Hause, Lidomir«, sagte der fremde Mann in jener Sprache, die Radegund in den letzten Wochen eifrig gelernt hatte, und streckte seine Arme aus. Radegund sah verwirrt, wie die schräg gestellten Augen feucht wurden, was den unheimlichen Fremdling etwas menschlicher wirken ließ. Lidomir hatte ihr erzählt, dass seine Mutter ein Sklavenkind als Sohn angenommen hatte, da sie lange keinen eigenen Nachwuchs bekam. Doch das Aussehen seines Bruders hatte er verschwiegen. Radegund fiel es schwer, sich an dieses Gesicht zu gewöhnen, denn sie hatte viele schreckliche Geschichten über die Grausamkeit der Hunnen und Awaren gehört. Plötzlich wünschte sie sich, wieder mit Lidomir allein zu sein.

»Wer ist diese Frau?«, fragte der Mann namens Mnata nun.

»Sie ist meine Gemahlin. Radegund, die Tochter eines fränkischen Edelings.«

Das Hunnengesicht musterte sie staunend, als sei sie die befremdliche Erscheinung hier. In seinen dunklen Augen erkannte sie Zögern und Misstrauen, doch er begrüßte sie mit einem höflichen Kopfnicken. »Sei willkommen in unserer Heimat.«

Dann ritten sie weiter. Radegunds Rücken schmerzte bereits seit vielen Tagen, und sie fragte sich, ob man ihr als Gattin des zukünftigen Fürsten nicht eine Sänfte zur Verfügung stellen konnte, doch niemand kam auf die Idee. Allmählich tauchten die ersten Dörfer vor ihnen auf. Die Einwohner, Bauern in schlichter schmutziger Kleidung wie auch im Frankenreich, begrüßten Lidomir mit Kränzen aus geflochteten Blumen. Sie selbst betrachtete man nur mit großen, fragenden Augen. Dass Lidomir sie als seine Gemahlin vorstellte, schien nur auf Staunen zu stoßen. Sie schämte sich für ihr dunkles Gewand aus grobem Leinen, doch ihr Mann hatte sie überzeugt, sich für die beschwerliche Reise warm und auch unauffällig zu kleiden, denn eine Frau in prächtigen Roben würde nur unnötig die Aufmerksamkeit von Räubern wecken. Wenigstens hatte sie das blaue Kleid mit der Goldstickerei im Gepäck. Sie freute sich schon darauf, sich sofort umzuziehen, sobald sie den Wohnsitz von Lidomirs Familie erreicht hatten: Praha. Der

Handelsort, wo hoffentlich ein wenig Annehmlichkeit auf sie wartete. Mit jedem Schritt, den ihr Pferd tat, wuchs ihre Sehnsucht nach geschlossenen Räumen, Feuerstellen und einem weichen Lager für die Nacht.

Als Erstes sah sie den Fluss, der sich blau und breit durch die Wälder schlängelte. Reihen hölzerner Palisaden erschienen vor ihren Augen, ein steinerner Schutzwall und Wachtürme. Aus den umliegenden Dörfern waren Menschen herbeigeeilt, die wieder Blumen und mit Schleifen geschmückte Äste trugen. Gesänge erschollen, und ein uralter Mann in einem roten Gewand kam auf sie zu, gefolgt von jüngeren Begleitern, die ähnlich gekleidet waren. Selbst ihre Gesichter hatten sie bunt bemalt, was Radegund abstieß. Heiden. Barbaren.

»Den Göttern sei gedankt, dass du noch lebst, Bohumil«, hörte sie Lidomirs Stimme neben sich. Er war vom Pferd gesprungen und wurde wieder umarmt, diesmal von dem Greis. Sie rutschte in ihrem Sattel herum, verzweifelt bemüht, eine weniger schmerzhafte Sitzhaltung zu finden. Bald schon würde diese schreckliche Reise vorbei sein. Nicht einmal Satan selbst mit Hilfe aller heidnischen Dämonen würde sie in den nächsten Monaten dazu bringen können, wieder in einen Sattel zu steigen. Diese Überlegungen trösteten sie darüber hinweg, dass sie wieder einmal nicht begrüßt, sondern nur seltsam beäugt wurde.

Sie zogen zur Festung hinauf, wo sich sogleich das Tor öffnete. Trotz ihrer Erschöpfung spürte Radegund das Hämmern ihres Herzens, denn nun betrat sie ihr zukünftiges Zuhause. Wieder Hütten, Vieh und Menschen. Es sah nicht wirklich anders aus als in Regensburg, nur dass hier steinerne Bauten fehlten. Erleichtert atmete sie auf, denn alle Schauergeschichten über die rohen Lebensgewohnheiten heidnischer Völker mussten wohl Übertreibungen sein.

Eine Frau schritt über den Hof. Sie trug ein Kleid, das kunstvoller bestickt war als die Gewänder der Umstehenden.

Aufmerksam musterte Radegund das farbenfrohe Muster aus Blumen und Kreuzstichen. Ketten klirrten am Hals der Unbekannten, und ihr Haar war unter einem aufwändig verzierten Kopfputz verborgen, der von einem silbernen Band in Form gehalten wurde. Diese Aufmachung gefiel Radegund und sie fragte sich, ob sie bald ähnliche Kleidung bekäme.

Die Frau war jetzt so nahe, dass Radegund ihr Gesicht mustern konnte. Es hatte glatte, ebenmäßige Züge, und die blauen Augen leuchteten warm. Falten unter den Augen und an den Mundwinkeln zeugten davon, dass die Unbekannte ihre Jugend hinter sich gelassen und Leid erfahren hatte, doch das Alter vermochte ihr nicht die Schönheit zu rauben. So anmutig hatte Radegund sich einst die Jungfrau Maria vorgestellt, früher, als sie noch meinte, die Muttergottes sei ihr wohlgesonnen.

Lidomir war erneut vom Pferd gesprungen und ging rasch auf die Unbekannte zu. Die Hände der Frau glitten über sein Gesicht, und sie murmelte leise Worte, die Radegund nicht hören konnte. Ihr Gesicht strahlte ungläubig, als könne sie noch nicht recht fassen, wer da vor ihr stand. Eine Ahnung überkam Radegund. Die Fürstin. Seine Mutter. Als die Frau Lidomir um den Hals fiel und ihn mit aller Kraft an sich drückte, gab es keine Zweifel mehr.

Andere Menschen drängten sich heran. Ein älterer Mann in schlichtem Gewand, der Lidomir wie aus dem Gesicht geschnitten war, wollte ihn ebenfalls umarmen. Bald hatte sich eine Traube aus glücklich durcheinanderplappernden Leuten um Radegunds Gemahl gebildet. Mnata, der Hunne, mischte sich ebenfalls unter die Versammelten. Sie selbst saß immer noch auf dem Pferd und kämpfte gegen ein erdrückendes Gefühl der Enttäuschung an. Bisher hatte Lidomir nur ihr allein gehört, doch nun würde sie ihn wohl mit all diesen Fremden teilen müssen.

Erst nach einer Weile wandte er sich wieder Radegund zu und lächelte entschuldigend. »Verzeih, dass ich mich eine

Weile nicht um dich gekümmert habe. Ich sehe meine Familie zum ersten Mal nach neun Jahren«, erklärte er. Dann machte er sich daran, sie endlich vorzustellen. »Dies ist meine Frau Radegund aus Regensburg. Sie ist mir gefolgt.«

Das Geplauder verstummte plötzlich. Alle Augenpaare waren auf Radegund gerichtet, deren Magen sich vor Aufregung verkrampfte, als sie aus dem Sattel glitt. Wie sie dieses hässliche, verschmutzte Kleid hasste! Warum hatte man ihr kurz vor der Ankunft keine Gelegenheit gegeben, sich zu waschen und herzurichten?

Lidomirs Mutter trat vor. Ihre blauen Augen war weit vor Staunen.

»Kannst du mich verstehen?«, fragte sie langsam.

Radegund nickte. Sie hatte diese slawische Sprache rascher begriffen als das Latein im Kloster, vielleicht, weil sie wusste, wie wichtig es war, sie schnell zu erlernen.

»Ich heiße dich bei uns willkommen, Radegund. Unser Zuhause soll auch das deine werden.« Die Stimme der Fürstin klang freundlich, doch Radegund bemerkte die befremdeten Blicke der Umstehenden. Schweiß trat aus ihren Poren. Als ob sie nach der Reise nicht schon genug gestunken hätte!

»Zu Ehren der Ankunft meines Sohnes haben wir ein Festmahl vorbereitet«, kam es wieder von Lidomirs Mutter. »Dann hast du Gelegenheit, unseren Clan in Ruhe kennen zu lernen.«

»Könnte ich mich vorher waschen und umkleiden?«, meinte Radegund sogleich. Als sie das Nicken der Fürstin sah, war sie einfach nur erleichtert.

»Man wird dir eine Kammer zuweisen. In der Zwischenzeit können wir alle noch etwas mit Lidomir plaudern.«

Radegund versetzte diese Antwort einen Stich. »Willst du dich nicht auch waschen?«, flüsterte sie ihrem Gemahl ins Ohr, um nicht auf seine Gegenwart verzichten zu müssen.

Er erwiderte schmunzelnd: »Ich brauche sicher nicht so lange wie du, um mich für ein Fest herauszuputzen, mein

Herz.« Dies war nicht der erste Scherz, den er über ihre Eitelkeit machte, doch sie war bisher nie verletzt gewesen. Sie zweifelte nicht daran, dass er heimlich stolz auf das reizvolle Äußere seiner Frau war. Doch nun kamen ihr seine Worte plötzlich herablassend vor. Bevor sie etwas erwidern konnte, hatte sich schon wieder eine Traube aus Menschen um Lidomir gebildet, die sie ausschloss.

Die Feier fand in einem großen Saal mit hölzernen Wänden statt. Bunt bestickte Tücher hingen dort als Verzierungen, denn dieses Volk schien Farben und Muster zu lieben. Radegund ließ sich davon in Bann schlagen; sie musterte aufmerksam die breiten Kreuze und Blumen und war fasziniert vom Reiz ihrer schlichten Formen. So konnte sie eine Weile vergessen, dass sie allein unter Fremden war. Bisher hatte nur Fürstin Libussa ein paar freundliche Worte mit ihr gesprochen, doch auch deren Aufmerksamkeit galt hauptsächlich Lidomir. Strahlend hingen ihre Augen an ihm, und sie konnte es nicht lassen, ihn immer wieder zu berühren. Schließlich, als die Diener Wein und Met hereingebracht hatten, erhob sich die Fürstin und begann, laut zu sprechen.

»Nach langen Jahren des Wartens können wir endlich Lidomir wieder in unserer Mitte begrüßen. Er ist als erwachsener Mann heimgekehrt, doch gehört er immer noch zu unserem Volk …«

Die Ansprache ging noch eine Weile weiter, doch Radegund fühlte sich zu erschöpft und verwirrt in der fremden Umgebung, um aufmerksam zu lauschen. Freude, Rührung, Tränen. Plötzlich begann ihr all das auf die Nerven zu fallen. Was wäre wohl, wenn sie irgendwann wieder nach Regensburg zurückkäme? Dann würde ihr Vater sicher kein Fest veranstalten, sondern nur insgeheim fluchen, dass er seine Tochter noch weiter durchfüttern müsste. Zur Ablenkung ließ sie ihren Blick über die fremden Gesichter der Versammelten gleiten und bemerkte eine sehr ungewöhnliche Gestalt, die ihr wie eine Verirrung der Natur vorkam. Sie hatte langes, zu Zöpfen geflochtenes Haar und die Gesichtszüge einer Frau, die man nicht einmal hässlich nennen konnte, nur grimmig in ihrem Ausdruck. Doch die Schultern der Kreatur waren breit und ihre Arme so muskulös wie bei einem kampferprobten Krieger. Nur die Rundung am Oberkörper machte Radegund klar, dass eine Person weiblichen Geschlechts vor ihr sitzen musste. Als die grauen Augen sich auf Radegund richteten, wurde ihr klar, dass sie die Fremde in missbilligender Weise angestarrt haben musste. In dem Blick des Mannweibs lag eine stumme Drohung. Unglücklicherweise fand genau in diesem Augenblick die Ansprache der Fürstin ein Ende.

»Wir sind natürlich alle glücklich, Lidomir wieder bei uns zu haben«, begann nun das Mannweib stattdessen. »Und diese herausgeputzte Kleine hat er also aus dem Frankenreich mitgebracht.«

Lidomir drückte ermutigend Radegunds Hand, doch sie spürte, dass er verunsichert war. Sie selbst hatte nur noch den Wunsch, der Fremden die Augen auszukratzen. Sie war doch kein Hündchen gewesen, das neben Lidomir herlief!

»Ich habe sie nach christlichem Ritus zum Weib genommen. Das erfordert die Tradition ihres Volkes«, meinte ihr Gemahl sogleich, als hätte er diese Gedanken gehört.

Schweigen trat ein. Radegund meinte, einen kalten Windhauch im Raum zu spüren.

»Das heißt, sie ist Christin?«, erklang erneut die tiefe Stimme des Mannweibs.

»Vlasta, ich habe im Reich des Frankenkönigs niemanden getroffen, der es nicht wäre«, erwiderte Lidomir sogleich, doch Radegund fand, dass seine Antwort wie eine Entschuldigung klang.

»Aber hier«, erklärte Vlasta laut, »hier mögen wir die Christen nicht.«

Für Radegund war dieser Satz wie eine Ohrfeige. Einem Mädchen aus ihrer Heimat hätte sie zu antworten gewusst, und im Kloster war ihre scharfe Zunge gefürchtet gewesen. Aber sie saß an einem fremden Ort, wenig gewandt in der neuen Sprache, und zudem machte etwas an dieser Vlasta ihr Angst. Was, wenn sie nicht weiterredete, sondern ihre Waffe zog?

Fürstin Libussa war wütend aufgesprungen. Ihre Stimme durchschnitt das Schweigen im Saal wie ein Schwert: »Vlasta, du verletzt die Gebote der Gastfreundschaft. Zügle deine Zunge oder ich werde dich des Raumes verweisen!«

Radegund staunte, dass dieses muskulöse Mannweib vor der zarten Gestalt der älteren Frau zusammensackte und den Blick senkte.

Libussas blaue Augen richteten sich besänftigend auf Radegund, die erleichtert war über ihren gütigen Ausdruck. Ganz so wie damals bei ihrer Ankunft im Kloster, als jedes freundliche Nonnengesicht Balsam für ihre verängstigte Kinderseele gewesen war. Sie hatte geglaubt, dieser Hilflosigkeit als verheiratete Frau für immer entkommen zu sein.

»In unserem Volk ist es ungewöhnlich, dass ein Mädchen seine Familie verlässt, um einem Mann zu folgen«, erklärte Lidomirs Mutter nun. »Ich denke, so etwas tut eine Frau nur aus großer Liebe, und daher bin ich froh, dass mein Sohn in der Fremde eine Gefährtin gefunden hat, die bereit war, seinetwegen ihre Familie zurückzulassen. Nun sei willkommen in der unseren. Es ist wohl an der Zeit, dich allen vorzustellen.«

Radegund fand, dass dies bereits vor der Rede hätte geschehen können.

»Verzeihe uns, wenn wir dich bisher kaum beachtet haben«, meinte Fürstin Libussa auch schon, als könne sie Radegunds Unzufriedenheit erahnen. »Die Freude, Lidomir wieder bei uns zu wissen, war zu groß.« Etwas an dem weisen, gütigen Gesicht dieser Frau brachte Radegund dazu, tatsächlich zu vergeben.

Nun wandte sich Fürstin Libussa an den schlicht gekleideten Mann neben ihr. »Premysl, mein Gefährte und der Vater meiner Kinder. Wir mussten auch gegen Widerstände ankämpfen, denn er war ein Bauer, und es gefiel den Leuten nicht, dass ich mich mit ihm vermählte.«

Radegund fragte sich, welche Fürstin freiwillig einen Bauern zum Mann nehmen würde. Umgekehrt kam es gelegentlich vor. Ein hübsches Mädchen aus dem Volk konnte einem Edeling ins Auge stechen, so wie es Gudrun gelungen war. Doch was vermochte eine vornehme Frau für raue Hände und schlechte Manieren zu begeistern? Lidomirs Vater hatte zwar das Gesicht ihres Gemahls, doch seine Augen schienen ihr misstrauisch. Unbeeindruckt von ihrer Herkunft und Erscheinung wollten sie in Radegunds Innerstes dringen. Sie wich seinem Blick aus.

Anschließend wies Lidomirs Mutter auf ein junges blondes Mädchen, das Radegund bereits durch sein liebreizendes Gesicht aufgefallen war. Sie mochte solche Frauen nicht, die mit unschuldiger Miene durchs Leben gingen, als hätten sie dadurch ein Recht auf schonende Behandlung.

»Meine Tochter Scharka«, erklärte die Fürstin.

Die feinen, ebenmäßigen Gesichtszüge hatte Scharka von ihrer Mutter geerbt, ebenso wie das dichte Blondhaar. Doch während Libussa weise wirkte, schien ihre Tochter nur behütet und ahnungslos. Die Fürstin strich ihr liebevoll über den Kopf.

»Das Gute an unseren Sitten ist, dass sie mich nicht verlassen wird«, sagte sie lächelnd. Radegund kam ein seltsamer Gedanke. Man müsste ziemlich dumm sein, um so eine Mutter freiwillig zu verlassen.

Eine große, stattliche Frau wurde als Thetka, Schwester der Fürstin, vorgestellt. Der Mann an ihrer Seite hieß Eric. Vlasta, das Mannweib, war ihrer beider Tochter. Sie grinste, als Libussa dies erklärte, und ihre Augen machten Radegund ein Friedensangebot. Trotz ihrer furchteinflößenden Erscheinung schien sie ein gutmütiger Mensch, doch Radegund war nicht willens, eine Kränkung so einfach zu vergessen. Schließlich machte die Fürstin sie auf eine blasse, dunkelhaarige Frau aufmerksam, deren Blick Radegund nur kurz streifte, als sei sie ein unwichtiges Möbelstück.

»Dies ist meine älteste Schwester Kazi, die angesehenste Heilerin unseres Volkes.«

Kazi nahm die Huldigung gleichmütig zur Kenntnis. An ihrer Seite saß Vojen, ihr Sohn. Er hatte das gleiche verschlossene Gesicht, doch wirkte es weniger entspannt.

»Meine Tochter Tschastawa wird gleich hier sein«, fügte seine Mutter hinzu.

Mnata, den Hunnen, kannte Radegund bereits. Doch staunte sie, einen verliebten Hunnen zu sehen. Seine schräg gestellten Augen ruhten fast nur auf Scharka, die das nicht zu merken schien. Vermutlich betrachtete sie es als Selbstverständlichkeit, wie ein kostbares Juwel behandelt zu werden.

Plötzlich flog die Tür zum Saal auf, und ein junges Mädchen stürzte herein, dessen Anblick Radegund alle Bitterkeit kurzzeitig vergessen ließ. Die Haut glich tiefbraunem Samt, und dichte schwarze Locken fielen über ihre grazile Schultern. Sie hatte mandelförmige Augen, doch groß wie die eines Rehs. Eine solche Schönheit könnte in der Gasse am Römerturm ein Vermögen machen, auch wenn kein Edeling sie bei diesem ungewöhnlichen Aussehen zur Frau nehmen würde, denn es würde sich wohl auch auf seine Kinder vererben.

»Tschastawa, da bist du ja endlich!« Kazis Stimme hatte ihren Gleichmut verloren. Sie klang verärgert. »Wo hast du dich so lange herumgetrieben? Du wusstest doch, dass Lidomir eintreffen wird. Wie kannst du deine Familie derart vernachlässigen?«

»Es tut mir leid. Ich war sehr beschäftigt«, murmelte die dunkle Grazie ausweichend. Dann richteten sich ihre Augen auf Lidomir.

»Willkommen zu Hause, Vetter«, sagte sie und streckte ihm

die Hände entgegen. Lidomir erhob sich, um das Mädchen in seine Arme zu schließen.

»Du bist eine wunderschöne Frau geworden, Tschastawa«, hörte Radegund ihn sagen und zuckte zusammen.

»Dies ist meine fränkische Gemahlin«, fügte er hinzu. Radegund fragte sich, ob er sie besänftigen wollte.

Tschastawa lächelte sie an. Radegund nickte freundlich. Einen Lidschlag lang fand sie ihre Eifersucht beschämend, denn die dunklen Augen schienen so ehrlich wie jene Anahilds.

»Ich weiß, wo du gewesen bist. Bei dieser Dienerin, die immer kränkelt, nicht wahr?«, zerstörte Kazi die friedliche Stimmung.

Tschastawas Gesicht schien noch etwas dunkler zu werden. »Warum hast du mich zur Heilerin ausgebildet, wenn es dir nicht gefällt, dass ich das Leid anderer Menschen lindern will?«

Kazi schien wie versteinert und senkte ihren Blick. Radegund ahnte, dass es nur wenigen Menschen gelang, diese in sich gekehrte Heilerin zu verletzen.

»Deine Tochter hat vollkommen recht, Kazi«, erklang Libussas Stimme. »Warum soll sie sich nicht um jene Frau kümmern, der sie ihr Leben verdankt?«

Radegund ließ ihren Blick verwirrt von Kazi zu Tschastawa wandern. Sie konnte keinerlei Ähnlichkeit entdecken, doch manchmal glichen Kinder nur einem Elternteil. Aber der Vater, er hätte einer jener pechschwarzen Männer sein müssen, von denen sie manchmal gehört hatte. Die Römer hielten sie als Sklaven. Ihre Mutter hatte ihr einst erzählt, dass auch in ihrem Elternhaus in Ravenna ein solcher schwarzer Teufel gedient hatte.

»Lass mich doch endlich in Frieden, Libussa«, unterbrach die Heilerin Radegunds Überlegungen. »Ich habe getan, was du von mir verlangt hast. Die schwarze Frau lebt in meinem Haus. Ich sorge für sie.«

Radegund begriff den Hintergrund dieses Gesprächs nicht,

doch sie ahnte, dass Libussa in ihrer Güte anstrengend sein konnte.

»Du hast eine Dienerin aus ihr gemacht, nichts weiter.«

Dies waren Vojens erste Worte an diesem Abend. Radegund musterte Kazis Sohn neugierig. Ihr wurde unwohl beim Anblick der verbitterten, unzufriedenen Miene dieses jungen Mannes. Es war, als blicke sie in einen Spiegel.

»Wann kommt eigentlich Onkel Krok zurück?«, fuhr er mürrisch fort. »Er hat sich doch solche Mühe gegeben, uns Lidomir wiederzubringen. Ich bin mir sicher, er wird begeistert sein, von seinem fränkischen Weib zu erfahren.«

Nun schien ein eisiger Wind durch den stillen Raum zu blasen, so frostig war die Stimmung geworden. Kazi sah ihren Sohn nur kurz an, doch dieser Blick erstaunte Radegund. Es lag nicht nur Zorn über eine offenbar taktlose Frage darin, sondern auch tiefe Abneigung gegen das eigene Kind. Das war ungewöhnlich, denn Söhne wurden doch allgemein bevorzugt.

»Krok begleitet den Frankenkönig auf seinem Zug gegen die Awaren. Das war die Bedingung, damit Lidomir heimkehren konnte. Außerdem müssen wir den Franken gewähren, durch unser Land zu ziehen, wenn es ihnen in den Sinn kommt. Doch all diese Opfer sind es wert, meinen Sohn wieder unter uns zu wissen«, erklärte Libussa. Ihre Worte halfen, die allgemeine Anspannung zu lösen. Der Rest des Abends verging ohne unangenehme Zwischenfälle. Radegund stellte mit Erleichterung fest, dass niemand sich daran störte, wenn sie die fetten Stücke des Fleisches abschnitt und zur Seite legte. Kazi, so fiel ihr auf, beschränkte sich gar auf Brot und Gemüse. Dennoch sehnte sie sich nach dem Augenblick, da sie den Saal verlassen und mit Lidomir allein sein könnte, ja, auf einmal wünschte sie, wieder mitten im Wald in einem Zelt mit ihm zu liegen. Weit, weit weg von all diesen Menschen, die sie nicht zu mögen schienen.

Als das Festmahl endlich vorbei war, führten die Dienerinnen sie in einen kleinen Raum, wo mit Leintüchern bezogene Matten auf Holzgestellen lagen. In der Ecke stand ein steinerner Ofen. Erschöpft sank Radegund auf die Bettstatt und zog ihre Sandalen aus. Man hatte Krüge mit Wasser in die Kammer gestellt. Sie wusch nochmals ihr Gesicht und streifte das Kleid ab. Erschöpft legte sie sich neben ihren Mann, um endlich in einem geschlossenen, sicheren Raum Ruhe und Schlaf zu finden.

»Wie gefällt dir meine Familie?«, riss Lidomirs Stimme sie aus ihrem ersten Schlummer. Sie öffnete widerwillig die Augen.

»Ich weiß nicht. Ich kenne sie ja noch kaum. Das Gespräch war für mich manchmal sehr anstrengend«, erwiderte sie wahrheitsgemäß. Er zog sie an sich.

»Ich weiß, es ist nicht einfach für dich. Auch ich muss mich erst wieder an alles gewöhnen. Doch es war eine große Freude, meine Eltern wiederzusehen. Ich bin glücklich, mit dir hier zu sein, Radegund.«

Nach diesen Worten sank sie in seine Umarmung. Zunächst war sein Streicheln ihr angenehm. Sie hatte in ihrem Leben wenig Zärtlichkeit erfahren und berauschte sich bei jeder Gelegenheit daran. Doch als sie hörte, wie sein Atem rascher ging, überkam sie Unmut. Es war spät und sie sehnte sich nach Schlaf. Dennoch schien es ihr nicht klug, ihn abzuweisen. Männer sahen sich schnell anderweitig um, wenn die eigene Frau sie nicht zufrieden stellte. Sie hatte in Lidomirs Heimat schon einige hübsche Mädchen entdeckt, ganz zu schweigen von der dunklen Schönheit Tschastawas. Radegund legte sich bereitwillig auf den Rücken. Sie mochte seine Küsse und die Berührung seiner Hände. Manchmal gelang es ihm, dadurch die Sehnsucht nach größerer Nähe in ihr zu wecken, doch wenn sie sich ihm widerwillig hingab, so wie jetzt, meinte sie jedes Mal, wieder die steinerne Mauer an ihrem Gesicht zu spüren. Er bohrte sich in ihren Unterleib, und sie schloss die Augen, denn sie hatte Angst, in Lidomir jene gierige Fratze des

Händlers wiederzuerkennen. Plötzlich spürte sie sein Innehalten.

»Was ist mit dir?« Die Unsicherheit in seiner Stimme war ihr lästig.

»Nichts, was soll denn sein?«, erwiderte sie und zwang sich, ihren Körper an den seinen zu pressen. Wenn sie Begeisterung vortäuschte, war es schneller vorbei.

Lidomirs Stöhnen stieß sie ab, doch als er erschöpft an ihrer Seite ruhte und sie in die Arme schloss, kam das Glücksgefühl zurück. Sie wollte beschützt und geborgen einschlafen.

»Du hast nicht glücklich ausgesehen, Radegund. Ist etwas nicht in Ordnung?«

Ihr schoss ein verrückter Gedanke durch den Kopf. Vielleicht würde er ihren gelegentlichen Widerwillen besser verstehen können, wenn sie ihm von dem Händler erzählte? Doch ihr Verstand rückte die Unordnung in ihrem Kopf schnell zurecht. Wenn Lidomir von dieser Geschichte wüsste, würde er sie womöglich wieder nach Regensburg zurückschicken.

Vielleicht hätte ich doch Konstantin, den Römer, heiraten sollen?, fragte sich Radegund plötzlich. Sie verstand nicht, woher diese Unzufriedenheit auf einmal kam. Würde sie es eines Tages bereuen, nur auf ihr Herz gehört zu haben?

Am nächsten Tag fand eine Zeremonie zu Ehren von Lidomirs Ankunft statt. Radegund fand nun endlich die notwendige Zeit und Ruhe, sich angemessen herzurichten. Sie schickte die Mägde hinaus, denn sie wollte nicht von Fremden umgeben sein. In dem Bronzespiegel, den sie mitgebracht hatte, sah ihr Gesicht blass und müde aus. Sie überlegte, ihren Kopf in ein Tuch zu hüllen. Die ansässigen Frauen trugen alle einen bunten, mit Schläfenringen verzierten Kopfputz, doch Radegund war stolz auf ihr langes rabenschwarzes Haar und beschloss, es frei fließen zu lassen. In ihre Ohrläppchen steckte sie die Perlen ihrer Mutter, eines der wenigen Schmuckstücke, die ihr

Vater nach seiner Enteignung nicht verkauft hatte. Lidomirs Familie sollte nicht meinen, er habe eine Bettlerin geheiratet.

Dann schritt sie an seiner Seite zu einer Stelle unmittelbar neben dem großen Gebäude, wo hölzerne Statuen heidnischer Götzen standen. Ihr fremdartiger Anblick erschreckte Radegund zunächst, doch sie riss sich zusammen. Die Männer mit bemalten Gesichtern spazierten wieder singend herum, angeführt von der Fürstin Libussa. Radegund staunte, denn ihr schien, dass von dieser älteren Frau ein Strahlen ausging, durch das sie jedes junge Mädchen in den Schatten stellen konnte. Libussa zelebrierte ein Ritual vor den hölzernen Figuren, schnitt einem Lamm die Kehle durch und brachte Opfergaben dar. Bei alldem schien sie von Seligkeit erfüllt, ebenso wie die überzeugten Nonnen während ihrer Gebete. Radegund musterte die Ereignisse gleichmütig. Sie hatte vor einem Gott am Kreuz gekniet und nun sah sie, wie Statuen angebetet wurden. Der Gesang gefiel ihr ebenso wie die farbenprächtige Kleidung der Anwesenden. Die Götter hatten nie zu ihr gesprochen, und sie hatte ihre Botschaft bisher nicht vermisst. Ihr fiel lediglich auf, dass die Menge der unbekannten Gesichter zugenommen hatte.

»Wer sind all diese Leute?«, flüsterte sie Lidomir zu, der die Zeremonie aufmerksam beobachtete. Er schien kurzzeitig verärgert, dass sie dazwischenplapperte, doch dann antwortete er: »Das sind die fürstlichen Clans der anderen Stämme.«

»Wie, ihr seid kein einheitliches Volk?«

»Wir sind ein Volk, das aus verschiedenen Stämmen besteht. Der unsere, das sind die Cechen.«

Dann zählte er eine lange Reihe weiterer Namen auf, die sie sich nicht merken konnte. Radegunds Aufmerksamkeit wurde von den kunstvollen Kopfbedeckungen und bunt bestickten Gewändern der Frauen in Anspruch genommen. Sie begann, sich neue Muster und Formen auszudenken, und sehnte sich nach einem Webstuhl, Nadel und Faden. Indessen wurde die

Zeremonie beendet, und es ging wieder in den großen Saal, der nun brechend voll war.

Fürstin Libussa stellte sie den Anwesenden als Lidomirs Gefährtin vor, eine Fränkin. Wieder richteten sich viele Augenpaare auf Radegund, doch diesmal gelang es ihr, ruhig zu bleiben, denn sie konnte mit ihrer Erscheinung zufrieden sein. Trotzdem waren einige der Blicke misstrauisch, nahezu feindselig.

Das Essen schmeckte nicht schlecht, auch wenn es hauptsächlich aus Schweinefleisch, Gemüse und Brot bestand. Radegund wollte nicht daran denken, dass sie in Rom all die seltenen Köstlichkeiten hätte schmecken können, von denen einst ihre Mutter geschwärmt hatte.

»Sind alle Frauen im Frankenreich so hübsch, Lidomir von den Cechen?«, unterbrach plötzlich eine männliche Stimme das allgemeine Geplauder. »Oder waren die Götter dir gewogen, als gerade diese Christin sich in dich vernarrte?« Radegund sah den Redner an, einen auffallend gut aussehenden Mann mittleren Alters, dessen Haar so rabenschwarz war wie das ihre. Sein Raubvogelgesicht gefiel ihr, und sie nahm genüsslich zur Kenntnis, wie die kleine blonde Frau neben ihm die Stirn runzelte.

»Im Frankenreich gibt es schöne und hässliche Menschen so wie auch bei uns, Slavonik von den Kroaten«, erwiderte Lidomir eisig. »Radegund und ich, wir beschlossen zusammenzubleiben, weil wir einander lieben.«

Für Radegund war dies der glücklichste Augenblick seit ihrer Ankunft. Sie drückte Lidomirs Hand unter dem Tisch.

»Also ich finde, das ist eine schöne Geschichte«, erklang plötzlich das feine Stimmchen von Lidomirs liebreizender Schwester Scharka. »Wenn Menschen aus verschiedenen Völkern einander lieben, dann gibt es vielleicht keine Kriege mehr.«

Was für ein naives Dummchen die Kleine war! Doch der Hunne an ihrer Seite lächelte sie plötzlich strahlend an, obwohl er wie ein kampferprobter Krieger aussah, der wissen musste, dass es den Mächtigen dieser Welt nicht auf irgendwelche Liebeleien ankam.

»Auf die Liebe!«, rief eine große rothaarige Frau und hob ihren Krug. Zustimmendes Grölen erklang.

»Wann suchst du dir einen Gefährten, Radka von den Lukanern, wenn du so von der Liebe schwärmst?«, meinte der dunkelhaarige Mann, Slavonik von den Kroaten, spöttisch. »Willst du warten, bis du alt und grau geworden bist?«

»Ich werde warten, bis ich den Richtigen finde. An dieser Tafel sitzt er leider nicht«, erwiderte die Rothaarige entschieden.

Radegund staunte über das Selbstvertrauen in ihrer Stimme. Die Frau schien mittleren Alters, so wie Lidomirs Mutter. Hatte sie wirklich keine Angst, keinen Mann mehr zu finden?

Der Rest des Abends verlief ausgelassen, fast angenehm. Die Blicke der Gäste waren weniger abweisend geworden, stattdessen überschüttete man Lidomir und auch Radegund mit Fragen über die Sitte der Franken. Sie hatte das Gefühl, angenommen worden zu sein. Dies war wohl vor allem Slavonik von den Kroaten, der als Erster nur eine Frau und keine Feindin in ihr gesehen hatte, zu verdanken. Sie musterte ihn eindringlich, wenn er gerade nicht in ihre Richtung blickte. Es erschreckte sie ein wenig, wie sehr ihr dieser Mann gefiel.

Am folgenden Tag reisten die Gäste ab, und nur Lidomirs Familie blieb zurück. Ruhe schien einzukehren. Radegund brachte ihre Gewänder und den Schmuck ihrer Mutter in einer Truhe unter und rückte Tisch, Bank und Bettstatt in der Kammer ihren Wünschen gemäß zurecht. Sie wollte nicht die Dienste fremder Mägde beanspruchen, um ihr Heim herzurichten. Vielleicht hatte Gudrun mehr Einfluss auf sie gehabt, als sie ahnte.

Lidomir schlug einen Ausflug ins Umland vor, doch sie weigerte sich, wieder auf ein Pferd zu steigen. So ging er mit ihr wie in alten Zeiten zum Fluss hinunter, wo sie eine einsame, von Büschen umgebene Stelle fanden. Für eine Weile konnte Radegund vergessen, dass sie in der Fremde unter unbekannten Menschen war, denn die Welt schien nur aus Lidomir und ihr zu bestehen. Sie fühlte sich glücklich wie in der ersten Nacht nach ihrer Hochzeit, als sie geglaubt hatte, nun würde ein zufriedenes Leben für sie beginnen. Erst als die Dämmerung hereinbrach, gingen sie in die Festung zurück.

Das Abendessen fand nun in einem kleineren Raum statt, wo Lidomirs Familie sich bereits versammelt hatte. Radegund wurde von allen mit einem freundlichen Kopfnicken begrüßt und lächelte höflich zurück, bevor sie sich neben Lidomir setzte.

»Ich hatte bisher noch nicht das Vergnügen, mich mit einer Christin unterhalten zu können«, begann ihr bäuerlicher Schwiegervater, als die Diener die Schüsseln hineintrugen. »Es gibt einige Fragen, die ich an dich hätte.«

Radegund rutschte auf ihrem Stuhl herum. Sie bemerkte Libussas besorgten Blick.

»Kürzlich kamen Leute zu uns, die ein neues Zuhause suchten, denn aus ihrer Heimat hatte man sie verjagt. Sie beten auch nur einen männlichen Gott an. Angeblich sogar denselben, den auch die Christen verehren. Warum also behandelte man sie in christlichen Gebieten so feindselig?«

»Ich verstehe nicht recht«, murmelte Radegund verwirrt. Lidomir übersetzte hilfsbereit, was ihr dümmlich schien. Den Sinn der Worte hatte sie durchaus begriffen, doch nicht den Zweck der Frage.

»Es waren Juden«, erklärte Libussa nun. »Gute Händler und geschickte Handwerker. Sie sind eine Bereicherung für unsere Siedlung.«

»Doch dort, wo sie herkamen, hat man sie verjagt«, warf Premysl hartnäckig ein.

Radegund holte Luft. Sie wünschte sich, einfach aufstehen

und gehen zu können. Mühsam bastelte sie einen Satz in der fremden Sprache zusammen.

»Die Juden töteten unseren Gottessohn.« In diesem Augenblick empfand sie Zorn gegen alle Juden dieser Welt, doch nur, weil sie ihretwegen in eine solche Lage geraten war.

»Das kann nun ich nicht verstehen«, mischte sich auf einmal die verschlossene Kazi ins Gespräch ein. »Sollte euer Gottessohn denn nicht zum Wohl seines Volkes sterben? Warum jene strafen, die ihn opferten, wenn er dieses Opfer freiwillig brachte? Früher einmal, da töteten unsere Priesterinnen und Schamanen Menschen zu Ehren der Götter. Das war ihre Pflicht. Warum jemanden hassen, der seine Pflicht getan hat?«

»Aber das war nicht die Pflicht der Juden!«, rief Radegund aus. »Es … es … war sein Wille zu sterben, doch das entschuldigt nicht jene, die ihn töteten.«

»Also das macht jetzt wirklich keinen Sinn«, kam es wieder von Premysl. »Wenn er sterben sollte, dann musste ihn doch auch jemand töten. Euer Gott opferte seinen Sohn, und jetzt lasst ihr eure Wut darüber an jenen aus, die seine Wünsche ausführten. Dabei soll die Opferung des Gottessohnes in eurer Religion doch sehr wichtig sein.«

In Radegunds Kopf drehte sich alles.

»Ich bin keine Schriftgelehrte, um mich über diese Dinge streiten zu können«, meinte sie verunsichert.

»Das scheint mir eine sehr seltsame Religion, die nur Schriftgelehrte verstehen können. Wie wollt ihr euch sicher sein, dass sie euch nicht einfach erzählen, was ihnen gerade in den Kram passt?«

Radegund bemerkte das Blitzen in Premysls Augen, während Lidomir ihr zögernd seine Worte übersetzte. Sein Vater genoss diese Unterhaltung, bei der er sie in die Enge getrieben hatte. In aller Ruhe schnitten die schwieligen Bauernhände sich eine Scheibe Brot ab.

»Jetzt lass das arme Mädchen doch in Frieden, Premysl. Sie ist neu hier und muss sich erst an uns alle gewöhnen.«

Wieder diese mitleidige Güte der Fürstin! Radegund hatte das vertraute Gefühl, Empfängerin von Almosen zu sein. Etwas Schreckliches geschah. Tränen stiegen ihr in die Kehle, und sie war innerlich wie versteinert vor Anstrengung, sie zurückzuhalten. Sie verstand nicht, warum sie sich zum Heulen fühlte. Sie hasste sich dafür.

»Wollen wir nicht einen Sänger holen?«, kam es plötzlich von Scharka. »Ich glaube, wir könnten alle etwas Aufheiterung gebrauchen.«

Radegund sah, wie Lidomir seiner Schwester einen dankbaren Blick zuwarf. Bald darauf erschien ein junger Mann, der begleitet von zwei Flötenspielern traurige, gefällige Lieder vortrug. Die weichen Melodien waren Balsam für Radegunds aufgewühlte Seele. Dennoch empfand sie tiefe Erleichterung, als der Abend zur Neige ging und sie mit Lidomir in ihre Kammer verschwinden konnte.

»Warum hast du mir nicht geholfen, als dieser … ich meine, als dein Vater den christlichen Glauben angriff?«, zischte sie, sobald die Tür hinter ihnen zugefallen war. Zur Beruhigung hatte sie einige Becher gewürzten Weines getrunken, der ihren Zorn aber noch mehr in Wallung brachte. Lidomir schwieg eine Weile.

»Es wäre nicht gut gewesen, wenn ich mich eingemischt hätte«, sagte er dann. »Meine Mutter kam dir zu Hilfe, und das war die beste Lösung. Ich bin für meine Leute fast wie ein Fremder. Sie müssen wieder Vertrauen zu mir fassen und dich langsam annehmen. Meine Mutter ist auf unserer Seite. Das ist ein großes Glück.«

Radegund fühlte sich, als hätte man ihr die Haut abgezogen. Jeder Windhauch schmerzte.

»Deine Mutter! Bin ich neben ihr unwichtig? Du hättest den Mund aufmachen sollen, um mich zu verteidigen!«

Lidomir seufzte. »Was hätte ich denn sagen sollen, Radegund? Es ging doch gar nicht um dich, sondern um den Hass vieler Christen auf die Juden. Den konnte ich auch nie wirklich verstehen. Warum Menschen für etwas verantwortlich machen, das sie selbst nicht einmal getan haben? Davon abgesehen fällten die Römer das Todesurteil über Jesus. Die Juden klagten ihn nur an. Warum hasst ihr nicht die Römer?«

»Die Römer sind doch schon lange Christen«, meinte Radegund ungeduldig. Dann kam ihr eben jene Erkenntnis, nach der sie während des Abendessens verzweifelt gesucht hatte.

»Aber die Juden«, rief sie, »die halten an ihrem überholten Glauben fest. Sie erkennen den Erlöser nicht an. Deshalb werden sie verfolgt!«

Ihre Stimme war laut gewesen. Lidomir blickte sie entsetzt an.

»So wie meine Leute. Die halten auch an ihrem alten Glauben fest.«

Zermürbt richtete sie sich auf. »Ich habe Durst, Lidomir. Der Wein hat meine Kehle ausgetrocknet. Als Sohn der Fürstin kannst du vielleicht dafür sorgen, dass ich etwas zu trinken bekomme.«

Mit großer Erleichterung sah sie, wie er aufstand und zur Tür eilte. Durch eine einzige unbedachte Bemerkung würde sie seine Liebe nicht verlieren. Die Dienstmagd war so schnell zur Stelle, dass Radegund sich fragte, aus welchem Grund sie wohl neben der Tür gestanden hatte. Bald darauf kam sie mit einem Becher wieder. Radegund sah, wie sie ihr Gesicht darüber beugte.

»Sie hat hineingespuckt, dieses unverschämte Weib!«, kreischte sie auf. »Lidomir, tu etwas! Diese Magd hat mich beleidigt.«

Sie schleuderte den Inhalt des Bechers auf die Dienerin, doch deren Bauerngesicht zeigte keinerlei Gefühlsregung. Radegund hatte Lust, sie zu ohrfeigen, aber sie hielt sich zurück. Lidomir sollte ihr zu Hilfe kommen.

Er stand wie versteinert da und hatte das Gesicht verlegen abgewandt.

»Verstehst du unsere Sprache?«, fragte er die Magd schließlich auf Fränkisch. Nur ein Zucken der Wimpern verriet, dass er die Wahrheit erkannt hatte.

»Sie hat kein Recht, mich so zu behandeln. Ich bin deine Gemahlin. Willst du dulden, dass ich beleidigt werde?«, beharrte Radegund. Sie hatte das Gefühl, jetzt eine entscheidende Schlacht gewinnen zu müssen. Lidomir trat von einem Fuß auf den anderen.

»Ich werde mit meiner Mutter reden«, murmelte er schließlich und verließ den Raum.

Libussa schmiegte ihr Gesicht an Premysls Brust und spürte das Kratzen seiner Haare auf ihrer Wange. Viele Jahre lang hatte der Schatten des abwesenden Sohnes zwischen ihnen gestanden. Oft gelang es ihr, ihn nicht wahrzunehmen, doch immer wieder entlud sich ihre Trauer in Vorwürfen.

Nach Lidomirs Abreise hatte eine Seuche ihr Volk heimgesucht. Gemeinsam mit Kazi half sie bei der Pflege von Erkrankten und segnete aufgebahrte Leichname, die auf den Rat der Heilerin zusammen mit all ihrer Kleidung und benutztem Essgeschirr verbrannt wurden. Als die Zahl der Fiebernden endlich abnahm, meinte Premysl, durch ihren unermüdlichen Einsatz hätte sie endgültig die Liebe ihres Volkes gewonnen. Trotzdem lastete die Trauer wie ein schwerer Stein auf ihr. Manchmal fühlte sie sich grundlos erschöpft und litt an einem Stechen im Unterleib, das sie sich durch ihren Kummer erklärte. Kazi hatte ihr einmal gesagt, auch der Körper leide, wenn ein Mensch nicht glücklich sei.

Doch nun würde sich alles ändern.

»Er ist jetzt wieder bei uns, unser Junge«, flüsterte sie. »Ich weiß, dass ich manchmal ungerecht zu dir war. Du wolltest seine Geiselnahme ebenso wenig wie ich.«

Seine Umarmung wurde enger.

»Du hattest recht und niemand hörte auf dich. Selbst was die Awaren betrifft. Nun wird der Frankenkönig sie tatsächlich angreifen. Aber er ist kein Narr. Also können sie nicht mehr so stark sein wie einst. Vielleicht haben wir deshalb seit vielen Jahrzehnten Ruhe von ihren Angriffen. Doch hätten wir uns damals schon mit ihnen verbündet, dann …«

»Niemand weiß, was dann gewesen wäre«, meinte Libussa versöhnlich. »Vielleicht hätten sie unser Angebot abgelehnt. Das ist jetzt unwichtig. Lidomir ist wieder bei uns. Er hat sogar eine Gefährtin gefunden, die freiwillig mit ihm kam.«

Premysls Hand strich über ihr Gesicht.

»Du siehst immer nur das Gute in den Menschen, Libussa. Doch diese kleine Fränkin ist mir nicht geheuer.«

Libussa lächelte. »Du hast sie herausgefordert. Es war schwer für das Mädchen. Sie beherrscht unsere Sprache nicht schlecht, doch wie soll sie sich in einem Streitgespräch behaupten? Du hast der Armen ganz schön zugesetzt, so wie Vlasta am ersten Abend.«

»Du hast nicht bemerkt, wie sie Vlasta schon kurz nach ihrer Ankunft angesehen hat. Mit Widerwillen. An Vlastas Stelle wäre ich auch wütend geworden.«

»Wahrscheinlich ist sie Kriegerinnen einfach nicht gewöhnt. Daher ihr Widerwillen. Gib dem Mädchen etwas Zeit. Sie wird sich schon bei uns einleben.«

Mit diesen Worten wollte sie das Gespräch beenden und dicht an ihn gedrängt einschlafen.

»Sie ist sicher vieles nicht gewöhnt. Manche Menschen würden sich auf das Fremde einstellen. Bei dieser Fränkin bin ich mir nicht sicher«, fuhr Premysl hartnäckig fort.

»Aber was hast du denn gegen das Mädchen? Sie muss Lidomir aus Liebe gefolgt sein. So eine hübsche junge Frau hatte sicher genug andere Verehrer.«

»Hübsch ist sie allerdings«, räumte Premysl ein. »Und sie

gibt sich große Mühe, darauf aufmerksam zu machen. Nach der langen Reise hat sie sich gleich herausgeputzt.«

Libussa lachte.

»Du versteht eben die Frauen nicht. Welches junge Mädchen will nicht gefallen und einen guten Eindruck auf Fremde machen? Na ja, vielleicht abgesehen von Vlasta.«

»Vlasta ist ehrlich. Das mag ich an ihr. Diese Fränkin ist es nicht. Ich sah etwas in ihren Augen, das mir nicht gefiel. Sie ist kein glücklicher Mensch. Verzweiflung und Bitterkeit können gefährliche Auswirkungen haben, denn sie treiben einen Menschen zum Äußersten. Das weiß ich selbst gut genug. Zudem habe ich das Gefühl, dieses Mädchen mag sich selbst nicht leiden. Solchen Menschen fällt es schwer, andere zu mögen.«

»So viele weise Erkenntnisse nach ein paar Tagen«, spottete Libussa und schloss glücklich die Augen. Der Schlaf umfing sie schnell, doch als sie wieder erwachte, war ihr Körper schweißgebadet.

»Mutter, bitte, ich muss mit dir reden!«

Lidomir stand vor ihr. Sie bemerkte Premysls verärgerten Blick.

»Warum musst du sie mitten in der Nacht wecken? Sie scheint in letzter Zeit geschwächt.«

Trotzig fuhr Libussa auf.«Es geht mir gut. Was ist denn geschehen?«

Lidomir senkte den Blick. »Eine Dienstmagd hat in Radegunds Becher gespuckt. Meine Frau ist sehr wütend.«

»Dann soll sie sich beruhigen und schlafen. Wir können das auch morgen regeln«, erklärte Premysl. Libussa bemerkte Lidomirs hilfloses Gesicht und zwang sich aufzustehen.

»Ich werde mit deiner Radegund reden. Vielleicht hätten wir euch keine Sächsin als Magd geben sollen«, sagte sie und kämpfte gegen den Schmerz an, der plötzlich wieder in ihrem Unterleib aufkam. In eine Wolldecke gehüllt eilte sie zur Kammer des jungen Paares.

Radegund sah ohne Schmuck und kunstvolle Frisur fast noch schöner aus. Ihr langes Haar glich Rabenflügeln, und die dunklen Augen funkelten in ihrem bleichen Gesicht wie Kohlen. Nur auf ihren Wangen zeigte sich Zornesröte.

»Ich habe gehört, du hattest Schwierigkeiten mit Hedwig«, begann Libussa.

»Schwierigkeiten ist ein zu harmloses Wort. Sie hat in meinen Becher gespuckt! Dafür hat sie eine Tracht Prügel verdient«, zischte die Fränkin. Libussa warf der Dienerin einen fragenden Blick zu und bemerkte deren trotzig verkrampftes Gesicht. Hedwig vermied es, ihr in die Augen zu sehen.

»Lass uns jetzt bitte allein, wir regeln das später«, erklärte sie der Dienerin, die erleichtert verschwand. Radegund schnaubte.

»Wird sie denn jetzt nicht bestraft?«

»Hör zu Mädchen«, begann Libussa so sanft und langsam, wie sie nur konnte. »Diese Frau ist eine Sächsin. Ihr ist von den Leuten deines Königs Karl viel Schlimmes angetan worden. Ihr Mann und all ihre Söhne wurden getötet. Die einzige Tochter haben die Soldaten verschleppt. Zusammen mit unseren Leuten, die in Gefangenschaft geraten waren, kam sie hierher, um ein neues Leben zu beginnen. Gewöhnlich ist sie eine sehr fleißige Frau und macht keine Schwierigkeiten. Hast du vielleicht unbeabsichtigt etwas gesagt, das sie verärgert haben könnte?«

Sie sah Radegunds Gesicht zu einer zornigen Maske erstarren.

»Ich unterhielt mich nur mit meinem Gemahl. Nicht mit der Dienerin. Was ich sagte, betraf sie nicht.«

Libussa erkannte, dass Radegund ihrer Frage auswich. Sie erinnerte sich mit Unbehagen an Premysls Worte. Dennoch beschloss sie, nicht schlecht von einem Mädchen zu denken, das sie kaum kannte.

»Vielleicht mag sie dich einfach nicht, weil du Fränkin bist«, erklärte sie, obwohl Hedwig behauptet hatte, es sei ihr nicht zuwider, Lidomir und seine Gefährtin zu bedienen. »Das ist verständlich, auch wenn du natürlich nichts für das Verhalten deines Königs und seiner Männer kannst. Ich werde mit Hedwig reden und ihr klarmachen, dass es ihr nicht zusteht, dich so zu behandeln. Wenn du willst, bekommst du eine neue Magd. Würde ich sie jetzt hart bestrafen, wie du zu Recht verlangst, dann wäre ihr Hass auf dich danach noch größer. Doch wenn du selbst ihr großmütig vergibst, kannst du so gegen ihre schlechte Meinung über dich ankämpfen. Als ich Mnata, ein Sklavenkind aus dem Volk der Awaren, zu mir nahm, da gab es viel Feindseligkeit und Misstrauen gegen ihn. Doch mittlerweile gehört er zu unserem Clan. Die Leute haben gelernt, den Menschen in ihm zu sehen. Irgendwann wird es mit dir genauso sein. Du musst nur Geduld haben. Wenn du unglücklich bist über die Art, wie man dich behandelt, dann komme zu mir.«

Radegund sah aus, als habe man sie gezwungen, verfaulte Nahrung zu schlucken. Ein verzerrtes Lächeln erschien auf ihrem Gesicht. »Ich danke dir für deine Unterstützung, Fürstin Libussa. Meinetwegen lass mir diese Magd, denn die nächste kann mich womöglich genauso wenig leiden. Ich kann nicht von dir erwarten, dass du sie alle nacheinander zurechtweist«, sagte sie mit giftigem Unterton.

»Es ist nicht so, dass alle Bediensteten hier dich hassen«, versuchte Libussa einzulenken. »Hedwig war vielleicht nicht die richtige Wahl. Sollte sich noch einmal so etwas ereignen, wird es natürlich Folgen für sie haben. Aber es ist großzügig von dir, dass du ihr eine Gelegenheit gibst, sich zu bessern.«

Radegund nickte, doch der spöttische Ausdruck wich nicht ganz aus ihrem Gesicht. Libussa war unwohl, als sie die Kammer verließ. Der Schmerz in ihrem Bauch schien plötzlich so stark, dass es ihr schwerfiel, sich aufrecht zu halten. Sie suchte Halt an der hölzernen Wand und atmete tief durch. Dann war es plötzlich vorbei, und als sie sich neben Premysl legte, fühlte sie sich wieder völlig gesund. Dennoch nahm sie sich fest vor, über diesen Schmerzanfall mit Kazi zu reden, bevor sie wieder abreiste. Doch als sie sich am nächsten Tag weiterhin völlig gesund fühlte, vergaß sie schon bald jenen heftigen Schmerz.

Einige Tage später führte Mnata Lidomir und Radegund durch die Festung. Er zeigte ihnen die Hütten der Handwerker, die Küche und die Getreidespeicher. Wasser wurde meist unten am Fluss oder an einem Bach geholt, doch gab es für sehr frostige Tage auch einen Brunnen ebenso wie einen Holzbau, wo Wasser erhitzt wurde, um ein Bad zu ermöglichen. Am Nachmittag trafen Händler ein, und der Markt wurde eröffnet. Radegund sah ähnliche Waren, wie sie auch in Regensburg angeboten wurden, doch beschränkte Lidomirs Volk sich auf Tauschgeschäfte und zahlte nicht mit Münzen. Radegund entdeckte blaue Seide, wie sie einst Brunchild gekauft hatte. Erfreut nahm sie zur Kenntnis, dass Lidomir ihr begeisterter Blick nicht entgangen war und er mit dem Hunnen zu reden begann. Schließlich wurde dieser Bauer, Lidomirs Vater, geholt. Er brachte ein paar Holzfiguren, deren Feinheit Radegund staunen ließ. Lidomir erklärte ihr, dass Premysl sie selbst anfertigte und gelegentlich mit ihnen Handel trieb. Sie fragte sich, wie jene derben, schwieligen Hände in der Lage sein konnten, so viele zarte Details und Formen zu schaffen. Auf Lidomirs Drängen hin gab Premysl dem Händler einige seiner Kunstwerke, im Tausch gegen den Stoff für ein indigoblaues Gewand. Sie bedankte sich, obwohl es sie ärgerte, dass ihr Gemahl nicht über eigene Mittel verfügte, ihr ein solches Geschenk zu machen. Dann begann sie zu überlegen, wie sie ihr Kleid verarbeiten würde. Unbewusst richteten sich ihre Augen auf Premysl.

»Deine Schnitzereien sind sehr gelungen. Auch mir macht es Freude, mit meinen Händen Dinge zu schaffen«, meinte sie und staunte selbst über ihre Offenheit. Plötzlich sah sie keinen Feind mehr in diesem Mann, obwohl er sie bei dem Abendessen neulich derart angegriffen hatte. Sie hatten beide etwas gemeinsam, wollten ein klein wenig Schönheit in diese trostlose, hässliche Welt bringen.

Sein Gesicht, das ihr deutlich aufzeigte, wie Lidomir einmal als älterer Mann aussehen würde, wandte sich ihr zu. Sie erkannte Erstaunen darin.

»Was für Dinge schaffst du mit deinen Händen, edle Fränkin?«, fragte er.

»Gewänder«, erwiderte sie stolz. »Ich webe, nähe und sticke für mein Leben gern.

Lidomirs Vater zuckte unbeeindruckt mit den Schultern.

»Damit beschäftigen sich Frauen aus wohlhabenden Familien immer gern. Das scheint auf der ganzen Welt so zu sein.«

Seine Stimme klang spöttisch, aber nicht wirklich boshaft, doch Radegund missfiel diese Bemerkung. Ihr war, als würde dieser Bauer herabsetzen, was bisher ihr größter Stolz gewesen war. Zwar merkte sie, wie Lidomir zum Reden ansetzte, kam ihm aber zuvor: »Gewöhnlich heiraten Frauen aus wohlhabenden Familien auch Männer, die weibliche Schönheit zu würdigen wissen und stolz sind, wenn ihre Gemahlin sich ihrem Rang entsprechend kleiden kann.«

Diesmal ging es nicht um Fragen der Religion. Sie konnte sich sehr wohl wehren, auch wenn es ihr unklug schien, ganz offen auf die niedere Abkunft dieses Premysl hinzuweisen. Er hatte es trotzdem begriffen. In seinen Augen lag kein Zorn, nur kalte Abneigung, die sie plötzlich schmerzte. Lidomir sah sie erschrocken an und ihr wurde unwohl.

»Seht, da kommt Scharka« rief er, als wolle er von dem Streit so schnell wie möglich ablenken. Seine Schwester schlenderte tatsächlich herbei. Sie hatte ein paar kupferne Armreifen erworben, die sie stolz herzeigte. Das Gesicht des Hunnen leuchtete auf, was aber sicher nicht an der Schönheit des Schmucks lag. Sein Blick hing stets an diesem niedlichen, albernen Mädchen, das die Unbeschwertheit verwöhnter Kinder zur Schau stellte.

Radegunds Laune verschlechterte sich zusehends. Keiner hier war bisher freundlich zu ihr gewesen außer der Fürstin, doch die war zu jedem nett. Sie begegnete der Welt mit einem liebenswürdigen Lächeln, als würde sie erwarten, dass dann jeder ebenso zurücklächelte. Konnte man auf diese Weise ein Land regieren?

Fürstin Libussa konnte sehr wohl ein Land regieren. Radegund fiel auf, dass der zarten Frau überall große Ehrerbietung entgegengebracht wurde. Jeden Nachmittag wartete eine Schlange von Menschen vor dem Tor der Festung, Leute aus dem Umland, die ihren Rat und ihr Urteil in Streitfällen suchten. Meist handelte es sich dabei um einfache Bauern, doch gelegentlich kamen auch vornehmer gekleidete Herrschaften hereingeritten. Libussa forderte Radegund gelegentlich auf, an diesen Sitzungen teilzunehmen, damit sie die Sitten in ihrer neuen Heimat kennen lernte, doch Radegund fand dieses endlose Gerede meist ermüdend. Erst zwei Wochen nach ihrer Ankunft traf ein Gast ein, der sie neugierig machte.

Sie erkannte das Rabengesicht des gut aussehenden Kroatenfürsten sofort. Er kam auf einem schwarzen Hengst durchs Tor geritten, und seine Erscheinung stach unter allen Anwesenden im Hof, wo Radegund gerade gelangweilt herumspazierte, durch ihre majestätische Größe hervor.

»Ich wünsche mit Fürstin Libussa zu sprechen«, verkündete seine befehlsgewohnte Stimme. Er schwang sich vom Pferd. Einen Moment lang wünschte sich Radegund, Lidomir besäße ein ähnlich männliches Auftreten.

Dienstboten führten den Kroatenfürsten herein. Radegund folgte dem Gast ohne Zögern in jenen großen Saal, wo Ratsuchende empfangen wurden, und ließ sich im Hintergrund auf einen Schemel nieder.

»Sei willkommen, Slavonik von den Kroaten«, begrüßte Libussa den Fürsten. Sie saß auf einem hohen Stuhl inmitten des

Raumes. Ihr Haar war wieder unter einem roten, kunstvoll drapierten Tuch verborgen. Eine Kette mit silbernen Schläfenringen zierte ihre Stirn und um ihren Hals hingen Glassteine sowie Amulette. Sie erinnerte Radegund an eine prächtig geschmückte Götzenfigur.

»Ich überbringe traurige Nachrichten, Libussa von den Cechen«, verkündete Slavonik. »Auf unserem Heimritt nach Kourim stürzte meine Gefährtin Drahomira von den Zlicani von ihrem Pferd. Ein Rudel von Wölfen war plötzlich vor uns aufgetaucht, und das Tier geriet in Panik. Sie war sofort tot, denn sie brach sich beim Sturz das Genick.«

Libussa senkte einen Augenblick den Kopf.

»Mein Beileid, Slavonik. Wenn du es wünschst, werde ich zur Bestattung deiner Gefährtin kommen und ihr helfen, den Weg ins Totenreich zu finden.«

Der Kroatenfürst nickte ungeduldig.

»Ich danke für dein Angebot. Doch es gibt noch einen anderen Grund für meine Anwesenheit. Nun, da Drahomira nicht mehr lebt, bitte ich dich, mich als neuen Fürsten der Zlicani anzuerkennen.«

Libussas blaue Augen weiteten sich staunend, als habe sie eine Ungeheuerlichkeit vernommen. »Du kennst unsere Sitten, Slavonik. Die Rolle der Fürstin geht von den Müttern an ihre Töchter über. Sie teilen sich ihre Aufgaben mit ihren Onkeln und Brüdern.«

»Drahomira und ich haben keine Tochter. Nur drei Söhne. Du hast Neklan als Alleinherrscher der Lemuzi anerkannt, nachdem seine Mutter starb und seine Schwester auf die Nachfolge verzichtete.«

»Ich weiß«, erklärte Libussa. »Doch damals gab es keine Schwester oder Tochter, die diese Rolle hätte einnehmen können. Drahomira hat allerdings eine Schwester, Jana. Sie ist die rechtmäßige Nachfolgerin.«

Slavoniks Gesicht verzog sich ungeduldig. »Jana ist schwach

und ängstlich. Einer solchen Aufgabe scheint sie mir nicht gewachsen.«

Libussa schien nicht überzeugt. »Menschen wachsen manchmal mit ihrer Aufgabe, Slavonik. Gib dem Mädchen Zeit. Doch da sie keinen Bruder hat und Drahomiras Söhne noch Kinder sind, erlaube ich dir, ihr zur Seite zu stehen. Das macht dich aber nicht zum Fürsten der Zlicani. Solltest du ohne Janas Einverständnis handeln, werde ich sie mit allen anderen Stämmen unterstützen.«

Die dunklen Augen des Kroatenfürsten blickten zornig auf Libussas zerbrechliche Gestalt. Sie hob den Kopf und hielt seinem Blick stand. Radegund staunte, wie entschieden Lidomirs Mutter sich männlicher Entschlossenheit entgegenstellte.

»Du drohst mir, Libussa von den Cechen? Unser Stammesführer und seine Krieger sind noch nicht zurückgekehrt«, meinte Slavonik spöttisch.

»Aber sie werden wiederkommen. Und falls nicht, so habe ich Mnata und Lidomir an meiner Seite, um einen Kampf zu führen. Es gibt genug Krieger, die mir treu ergeben sind.«

Slavonik richtete sich zu seiner beachtlichen Größe auf. Radegund musterte fasziniert das Spiel seiner Muskeln auf den tätowierten Armen. In ihrer Hochzeitsnacht hatte sie bei dem Anblick jener heidnischen Zeichen entsetzt aufgeschrien, obwohl sie auf Lidomirs Haut bereits verblasst waren. Doch bei diesem Krieger verspürte sie plötzlich das Verlangen, ihre Finger über die teuflischen Symbole gleiten zu lassen. Er wirkte wie ein Raubvogel kurz vor dem Angriff.

»Ich habe deine Botschaft verstanden, Libussa von den Cechen. Du drohst mir mit deinem Sohn, den die Christen zu einem Kuttenträger erzogen haben. Doch noch will ich keinen Kampf, denn ich hoffe, er wird sich verhindern lassen.«

Dann wandte er sich um. Sein Adlerblick glitt über die Anwesenden, um sich der Wirkung seines Auftritts zu versichern. Seine Aufmachung zeugte von sorgfältiger Vorbereitung. Das lange Haar war auf dem Kopf zu einer Art Turm hochgebunden, wie bei manchen heidnischen Kriegern üblich. Die purpurrote Tunika stand ihm aufgrund seiner dunklen Haare und Augen hervorragend. Goldfäden am Saum zeugten von Wohlstand, ebenso wie die silberne Gürtelschnalle. Langschwert, Dolch und Kampfaxt waren auf Hochglanz poliert, um seinen Auftritt als kampferprobter Krieger zu unterstreichen. Radegund spürte den starken Willen, der von diesem Mann ausging und der sie zu packen und zu unterwerfen schien. Dabei rieselte ein wohliger Schauer durch ihren Körper. Sie bemerkte das zufriedene Grinsen Slavoniks und hatte auf einmal den Wunsch, die dunklen Augen aus seinem Raubvogelgesicht zu kratzen, weil er Lidomir beleidigt hatte.

Libussa nahm den Kopfputz ab und wusch ihr Gesicht. Es ärgerte sie, dass Slavoniks Benehmen sie zum Schwitzen gebracht hatte, doch seit der Ereignisse in Verden fürchtete sie sich vor jeder Möglichkeit einer kriegerischen Auseinandersetzung. Wenn sie gegen die Kroaten kämpfte, dann wäre es für den Frankenkönig die beste Gelegenheit, das Gebiet der Behaimen anzugreifen. Und wo war Krok? Was würde sie tun, wenn er tatsächlich nicht von dem Feldzug gegen die Awaren zurückkehrte? Ein neuer Stammesführer müsste gewählt werden. Lidomir? Der heimgekehrte Sohn war ihr fremd geworden, auch wenn sie ihn liebte. Zudem kannten die Krieger ihn zu wenig, um ihn als Anführer anzuerkennen. Mnata – es bliebe nur Mnata.

Sie forderte Hedwig auf, ihn zu holen. Der Anblick seines braunen Gesichts mit den schräg gestellten Augen beruhigte sie. Mnata schien unerschütterlich wie ein Fels, der den stärksten Stürmen standhalten konnte.

»Setz dich. Trink einen Becher Met mit mir.«

Er nahm das Angebot staunend an, denn er wusste wohl, dass sie tagsüber am liebsten Wasser trank.

»Du hast nun bereits einige Zeit mit Lidomir verbracht. Was für einen Eindruck macht er auf dich?«

Mnata sah ratlos aus. »Er wirkt freundlich. Doch es ist schwer, jemanden einzuschätzen, wenn man sich von einem Kind verabschiedet hat und Jahre später einen jungen Mann vor sich sieht. Ich glaube, er ist froh, wieder bei uns zu sein. Wir müssen ihm Zeit geben.«

Libussa nickte. »So sehe ich das auch. Bisher hatte ich nicht viel Gelegenheit, mit ihm zu sprechen, um zu erfahren, wie er im Frankenreich aufgewachsen ist. Unsere Sitten sind jetzt vielleicht verwirrend für ihn. Und Mnata«, sie zögerte mit einem unguten Gefühl im Bauch, das aber keine neuen Schmerzen auslöste, »wie findest du dieses Mädchen, das mit ihm gekommen ist? Du hast sie hierher begleitet und in der Festung herumgeführt.«

Mnata senkte den Blick. »Ich möchte nicht schlecht von ihr reden«, murmelte er zögernd. »Ich kenne sie kaum. Sie ist sehr hübsch, doch mir würde sie nicht gefallen.«

Die Frage nach dem Warum brauchte Libussa nicht auszusprechen, denn Mnata machte ein gequält nachdenkliches Gesicht. »Sie bemüht sich, etwas darzustellen, das sie gern wäre. Die meiste Zeit wirkt sie unzufrieden. Sie scheint ständig Angst zu haben, man würde ihr nicht genug Aufmerksamkeit schenken«, erklärte er dann.

Libussa zuckte mit den Schultern. So schlimm klang das alles nicht. »Sie fühlt sich unsicher in der fremden Umgebung. Wer wäre das nicht an ihrer Stelle? Wir müssen ihr klarmachen, dass sie bei uns willkommen ist. Dann beruhigt sie sich schon.«

Dann wagte sie sich allmählich zu dem wichtigsten Thema vor. »Mnata, du hast die meiste Zeit deines Lebens bei unserem Volk verbracht. Alle unsere Sitten sind dir vertraut. Könntest du dir vorstellen, unter Umständen eines Tages Kroks Nachfolger zu sein?«

Die schräg gestellten Augen wurden rund vor Staunen. »Ich? Ich kam als Fremder hierher. Lidomir ist dein Sohn. Kroks Amt steht ihm zu«, wehrte er ab. Libussa hatte selber plötzlich das Gefühl, ihren leiblichen Sohn zu verraten.

»Ich weiß nicht, ob die Leute Lidomir annehmen würden«, erklärte sie. »Er war zu lange fort. Dich kennt man. Du bist ein hervorragender Krieger, ehrlich und loyal. Jeder weiß das. Vlasta steht hinter dir und sie genießt großes Ansehen. Lidomir muss all dies erst gewinnen. Das braucht Zeit, die wir vielleicht nicht haben. Sollte Krok nicht zurückkehren, scheint es mir vernünftiger, dich als neuen Stammesführer vorzuschlagen. Bei Lidomir gäbe es wahrscheinlich Widerstand, doch wir dürfen uns keine innere Zerrissenheit erlauben. Als ich dich damals in den Clan aufnahm, da wurdest auch du mein Sohn.«

Mnatas Hunnengesicht blickte sie strahlend an, als brenne eine Fackel hinter ihm. »Ich danke dir für dein Lob, Libussa.«

Sie fragte sich, warum er sie nur selten Mutter nannte. War tief in ihm noch die Erinnerung an eine unbekannte Frau, die ihn geboren hatte?

»Doch warum meinst du, Krok würde nicht zurückkehren?«, fuhr er sogleich fort. »Gibt es schlechte Nachrichten?«

Sie bemerkte, wie er die Zähne zusammenpresste. Kroks Anerkennung hatte ihm viel bedeutet.

»Nein. Ich gehe nur von einer Möglichkeit aus«, sagte sie zur Beruhigung. Mnatas Gesicht entspannte sich etwas.

Als der junge Mann den Raum verlassen hatte, sank sie erleichtert auf ihren Stuhl. Mnata wäre zweifellos in der Lage, ihre Krieger anzuführen. Doch sie wusste nicht, wie Lidomir es aufnehmen würde, von ihm in den Schatten gestellt zu werden. Sie wusste überhaupt zu wenig über ihren Sohn, der in der Fremde aufgewachsen war. Vielleicht sollte sie auch mit ihm die Lage besprechen, bevor sie eine endgültige Entscheidung traf.

Lidomir folgte ihrer Einladung ebenso, wie Mnata es getan hatte, aber sie fühlte sich befangener in seiner Gegenwart als mit Mnata. Zunächst war die Freude über seine Rückkehr wie ein Rausch gewesen, nun trat allmählich eine Ernüchterung ein. Ihr Sohn war wieder bei ihr. Aber was war aus diesem Sohn im Frankenreich geworden?

»Ich dachte, wir könnten eine Weile in Ruhe miteinander plaudern«, begann sie und erschrak über den angespannten Ton ihrer Stimme. Lidomir nickte nur. Er sah ernst und grüblerisch aus, wie er bereits als Kind gewesen war. Sie wies ihm einen Schemel zu und schenkte den Met selbst ein. »Wie fühlst du dich jetzt, da du wieder bei deinen Leuten bist? Vermisst du das Frankenreich?«

»Natürlich tue ich das nicht«, kam es sogleich. Libussa lächelte.

»Du kannst mir die Wahrheit sagen. Ich bin deine Mutter. Sonst hört niemand zu.«

Lidomir starrte in seinen Becher. »Ich bin sehr froh, wieder hier zu sein. Ich habe all die Jahre darauf gewartet heimzukehren«, begann er zögernd. »Aber nun wird mir bewusst, dass ich mich an mein Leben in Aachen gewöhnt hatte. Da war ein Priester, der mich unterrichtete. Ein guter, weiser Mann. Du hättest ihn auch gemocht, Mutter. Manchmal vermisse ich ihn und all sein Wissen.«

Seine Worte versetzten Libussa einen Stich. »Hältst du uns nun für unwissend im Vergleich zu den Franken?«

Er schüttelte energisch den Kopf. »Schon als Kind hatte ich Achtung vor dir. Ich weiß auch, dass Kazi sehr weise ist, und andere Leute unseres Volkes, wie die Schamanen, kennen uralte Traditionen. Ich gehöre hierher. Doch manchmal ist es schwer, sich heimisch zu fühlen. Ich mache mir auch Sorgen um Radegund. Ich will, dass sie an meiner Seite glücklich ist.«

»Das wollen wir alle«, meinte Libussa schnell. Kaum war dieser Satz ausgesprochen, kamen ihr Zweifel. Die Fränkin hatte einige Feinde in Praha, doch mit der Zeit würden diese sich vielleicht beruhigen. »Ich hoffe, alles wendet sich zum Guten. Manchmal muss man warten können. Aber sage mir, Lidomir, was für ein Leben erhoffst du dir hier als mein Sohn?«

Seine Augen weiteten sich staunend. »Ein Leben, wie es mir bestimmt ist.«

Libussa war nicht wohl bei seinen Worten. »Hältst du dich für berufen, eines Tages Kroks Nachfolge anzutreten?«

Ihr Sohn schwieg lange und vermied es, sie anzusehen. »Ich weiß es nicht«, gestand er dann. »Mir ist klar, dass ich für meine Leute nun ein Fremder bin. Außerdem habe ich sicher viele von unseren Sitten vergessen oder hatte gar keine Gelegenheit, sie zu lernen. Sollte die Wahl auf jemand anderen fallen, so werde ich mich nicht dagegen auflehnen.«

Seine Haltung entspannte sich. Endlich nahm er einen Schluck aus seinem Becher. Libussa streckte die Hand nach ihm aus und fühlte erleichtert den Druck der seinen.

»Ich werde es mit Onkel Krok besprechen, wenn es an der Zeit ist«, sagte sie. Die Gewissheit, dass Lidomir sich nicht nach einem solchen Amt sehnte, war beruhigend. Schon als Kind hatte er sich ungern anderen aufgedrängt, war lieber Beobachter gewesen als jemand, der handelte. Anders als Mnata, der zum Krieger geboren schien.

3

Nach dem Gespräch mit Libussa schien Lidomir entspannter und begann allmählich, unaufgefordert über sein Leben im Frankenreich zu erzählen. Als sie sich einige Wochen vor dem Frühlingsfest alle wieder zum Mittagsmahl versammelt hatten, beschrieb er ausführlich große Gebäude aus Stein und von Römern errichtete Festungsanlagen sowie Räume voller Rollen oder zwischen zwei Deckel gehefteter Pergamentbögen, die mit Schriftzeichen bedeckt waren. Sie erzählten Geschichten über den christlichen Gott. Manche enthielten auch von den Römern überliefertes Wissen, doch galt es als umstritten, ob gute Christen solche Texte studieren sollten.

»Der Christengott scheint mir eifersüchtig wie die christlichen Ehemänner«, warf Premysl mit dem gewohnten Spott ein. »Ständig hat er Angst, seine Anhänger könnten jemand anderen auch nur ansehen.«

»Es geht den Kirchenmännern darum, den Glauben rein zu halten«, erwiderte Lidomir. »Doch nicht jeder Christ wehrt sich gegen alles Fremde. Vater Anselm, ein Priester, bei dem ich aufwuchs, ließ mich jedes Buch studieren, das er besaß. Er hatte Schriften der alten Gelehrten gesammelt, die aus den Bibliotheken der Klöster verbannt worden waren. Sie enthalten viele Gedanken über das Leben. Wie es geführt werden sollte und welchen Sinn es eigentlich hat. Es bereitete mir große Freude, sie zu lesen.«

Libussa hätte gern mehr darüber erfahren, doch Premysl kam ihr zuvor. »Wer macht sich nicht manchmal Gedanken über den Sinn des Lebens? Diese Leute hatten wohl nicht viel zu tun, deshalb grübelten sie tagein, tagaus, und dann schrieben sie es eben auf, weil sie es konnten. Du kannst ebenso gut mit Menschen aus deinem Volk reden, wenn du hören willst, was andere über das Leben denken.«

Zu Libussas Erstaunen erschien ein Schmunzeln auf Radegunds Gesicht, als hätte Premysls respektloser Kommentar ihr gefallen.

»Die Gedanken dieser Männer waren tiefgründiger, Vater, eben weil sie viel Zeit und Muße zum Nachdenken hatten«, widersprach Lidomir mit erstaunlicher Entschlossenheit. »Du urteilst über Dinge, die du nicht kennst.«

Libussa erschrak, doch musste sie ihrem Sohn recht geben. Premysl ging manchmal zu weit in seinem Spott. Tief in ihm steckte immer noch der unsichere, stolze Bauernjunge.

»Haben auch Frauen manchmal etwas geschrieben?«, kam es nun von Kazi, die in Praha geblieben war, um nach der altersschwachen Kveta zu sehen. Tschastawa vermochte sie inzwischen als Heilerin zu vertreten.

Lidomir nickte. »Es gibt einige Schriften von Frauen, doch es sind wenige. Als der christliche Glaube noch von allen Machthabern bekämpft wurde, waren viele mutige Frauen unter seinen Anhängerinnen. Erst jetzt, da einige christliche Männer Macht haben, beginnen sie, den Frauen Vorschriften zu machen, und möchten ihnen das Schreiben verbieten.«

Kazis Gesicht verzog sich, als sei für sie eine düstere Ahnung bestätigt worden. Sie senkte ihren Blick schweigend und löffelte weiter ihre Gemüsebrühe.

»Meine Schwester schreibt gern ihre eigenen Gedanken auf«, mischte sich auf einmal die junge Fränkin ins Gespräch. Libussa staunte über Radegunds aufgewühlte Miene, als sei eine Maske von ihrem Gesicht gerutscht und als könnte man zum ersten Mal sehen, was sie bewegte. »Sie ist sehr gelehrt und kann sogar hervorragend Latein. Doch der Bischof will ihr verbieten, selbst zu schreiben.«

Libussa wollte fragen, was für eine Sprache dieses Latein war, doch Premysl begann sogleich zu reden. »Hätte deine Schwester vielleicht den Wunsch, hierherzukommen und uns zu lehren, was sie kann?«

Libussa musterte ihren Gefährten fassungslos. Seine Stimme war frei von Hohn gewesen.

»Ich meine«, fuhr er verlegen fort, denn er musste ihren überraschten Blick bemerkt haben, »so schlecht ist es vielleicht nicht, das Schreiben. Wenn ich anderen Leuten etwas erzähle, geben sie es meist anders weiter, als ich es gemeint habe. Doch wenn ich Worte auf Baumrinde kratze, dann sind sie so, wie ich sie haben will.«

Radegund sah ihn strahlend an. Sie schien auf einmal sehr lebendig. »Anahild, meine Schwester, ist eine überzeugte Christin. Aber ich glaube, es würde ihr gefallen, anderen Menschen ihr Wissen zu vermitteln.«

Libussa erkannte sofort, dass Radegund ihre Schwester sehr vermisste, und sie fragte sich, ob es eine gute Idee wäre, ein weiteres christliches Mädchen nach Praha zu holen. In diesem Augenblick ging dic Tür auf. Eine aufgeregte Magd verkündete das Eintreffen des Stammesführers.

Krok trat langsam ein. Er musterte die Versammelten, die schon fast alle Schüsseln auf dem Tisch geleert hatten.

Er ist ein alter Mann geworden, dachte Libussa und verstand nicht, woher diese Erkenntnis plötzlich kam. Graues Haar hatte er schon seit langem. Doch sein Gesicht kam ihr plötzlich erschöpft vor, so als habe er zu viel gesehen, um noch am Leben Anteil nehmen zu wollen. Die Anwesenden nickten zur Begrüßung. Libussa erhob sich den Regeln entsprechend.

»Es ist eine Freude, dich wieder bei uns zu sehen, Onkel«, sagte sie und fragte sich, warum sie einen so förmlichen Ton anschlug. Es war nur ihre Familie zugegen. Etwas an Kroks Anblick verunsicherte sie.

»Es ist auch mir eine Freude, wieder hier zu sein.«

Seine Stimme klang zu müde, um wahre Freude auszudrücken. Er musterte die versammelte Runde eindringlich. Sein Blick blieb an Lidomir hängen. »Nun bist du wieder bei uns. Ich habe gehört, du hast dich taufen lassen.«

Libussas Magen krampfte sich zusammen. Sie hatte ihrem Sohn bisher keine solchen Fragen stellen wollen. Doch Krok fragte nicht einmal. Sie sah, wie Lidomir unter der Macht seines Blicks zusammensackte. »Ich hatte keine andere Wahl im Frankenreich. Aber ich bin freiwillig zu euch zurückgekommen. Damit habe ich eine Entscheidung getroffen«, erwiderte er.

»Keine andere Wahl«, kam es spöttisch von Krok. »Das sagte wohl auch Widukind, der Anführer der Sachsen. Er ist jetzt ebenfalls getauft und hat sich dem Frankenkönig unterworfen. Die Sachsen zogen gemeinsam mit uns in den Krieg gegen die Awaren.« Krok sank erschöpft in einen Stuhl und sah seinen Neffen an.

Lidomir nickte. »Ich habe es in Regensburg erfahren. Ein Treffen vieler Völker fand statt, um den Angriff zu besprechen. Das erzählte mir Vater Anselm.«

Er verstummte sogleich, als fürchte er plötzlich, einen verbotenen Namen ausgesprochen zu haben.

»Meine Beteiligung an diesem Feldzug war der Preis, den ich für deine Rückkehr gezahlt habe.« Kroks Stimme klang so düster, dass Lidomir den Mut zum Reden verlor. »Ich sagte mir, es sei eine rechte Tat, gegen unsere alten Feinde vorzugehen«, fuhr der Stammesführer fort, während die Magd unaufgefordert einen Teller Brühe vor ihn hinstellte. »Jahrelang hatten sie die Dörfer geplündert und unsere Leute verschleppt. Der Gesandte des Frankenkönigs wurde nicht müde, von der Hinterhältigkeit und Grausamkeit der bezopften Schrägaugen zu reden. So nahm ich meine besten Krieger und folgte dem Grafen Theoderich, wie geheißen. Wir rechneten mit einem erbitterten Kampf, doch vor uns lagen nur wehrlose Dörfer. Der Khagan und seine Edelinge waren vor uns davongerannt wie Hasen. So fielen die Krieger des Frankenkönigs über jene her, die noch zurückgeblieben waren. Hilflose Bauern, wohl schon seit langer Zeit sesshaft geworden. Man brannte ihre Hütten nieder, raubte und tötete ihr Vieh und suchte sich Sklaven unter den jungen Leuten. Nicht anders, als die Awaren einst mit uns verfuhren. Das Morden wollte kein Ende nehmen, bis die Götter endlich ein Erbarmen hatten. Eine Seuche brach aus und raffte zahllose Pferde dahin. Daher blies man zum Rückzug. Theoderichs Route führt durch unser Land. Ich musste mein Versprechen geben, dass niemand ihn angreifen wird, und kann nur hoffen, er wird unsere Leute mit größerer Milde behandeln als die Bauern der Awaren.«

»Wird er nach Praha kommen?«, fragte Libussa zaghaft. Krok schüttelte den Kopf. Sie sah mit Sorge, dass er seine Brühe nicht anrührte, obwohl er abgemagert war.

»Er glaubt wohl, nicht willkommen zu sein, und hat es eilig heimzukehren. Der großartige geplante Feldzug war nicht gerade ein Erfolg, denn von dem berühmten Schatz der Awaren tauchte kein einziger Silberring auf. Stattdessen sind den Franken die Vorräte ausgegangen. Ich fürchte, einige unserer Dörfer werden geplündert werden, doch dann herrscht hoffentlich Ruhe.«

Kroks Blick glitt über die Anwesenden und blieb an Radegund hängen, die wieder zu einer geschmückten Statue erstarrt war.

»Wer ist dieses Mädchen?«, fragte er. Libussa wünschte sich, Lidomirs Gefährtin für eine Weile unsichtbar machen zu können.

»Ihr Name ist Radegund. Sie ist Lidomir als seine Gefährtin aus Regensburg hierher gefolgt«, erklärte sie, bevor jemand anders die Lage in ein noch ungünstigeres Licht rücken konnte.

Sie wünschte sich, die Mägde würden kommen, um den Tisch abzuräumen. Doch stattdessen wurde ein Stück Schweinebraten hereingebracht, da auch die Bediensteten sich wohl Sorgen um den Stammesführer machten.

»Eine Fränkin also«, knurrte Krok.

»Mein Vater war ein Anhänger des Herzogs Tassilo, der von König Karl gestürzt wurde. Damals waren wir Bajuwaren«, warf Radegund ein. Libussa erschien diese Aussage mutig und klug. In dem Mädchen steckte mehr, als sie zunächst geglaubt hatte.

»Aber Christin bist du schon immer gewesen«, erwiderte Krok unbeeindruckt.

»Es ist nichts Schlimmes daran, Christ zu sein, Onkel. Ich habe viele gute Menschen kennen gelernt, die Christen waren«, meldete Lidomir sich nun zu Wort. Libussa erkannte seinen Wunsch, Radegund zu verteidigen, doch der Augenblick war hierfür nicht geeignet. Krok erhob sich zu seiner ganzen Größe.

»Die Güte der Christen, ich habe sie zweimal in meinem Leben mitbekommen. Zunächst in Verden und nun bei dem heldenhaften Angriff auf die Awaren«, donnerte seine Stimme durch den Raum. Sein Blick bohrte sich in Radegunds schmächtige Gestalt, als säße eine bösartige Vila am Tisch, deren Zauberkräfte vernichtet werden mussten. Libussa fuhr auf.

»Onkel Krok, dieses Mädchen folgte Lidomir freiwillig in unser Land. Sie ließ alles zurück, um bei uns zu leben. Es ist nicht recht, sie derart feindselig zu behandeln.«

Krok sank auf seinen Stuhl. Libussa wusste, dass er seinen Fehler einsah, auch wenn er dies niemals zugeben würde. Doch Radegunds Gesicht war wie versteinert.

Krok nahm endlich einen Knochen von dem Braten in die Hand und nagte nachdenklich an dem Fleisch. »Nun erzähle einmal, Lidomir, was hat man dir im Frankenreich beigebracht?«, fragte er kauend in einem bemüht freundlichen Ton.

»Ich kann lesen und schreiben«, erklärte der junge Mann

unsicher. Krok legte das Fleisch wieder auf den Teller. »Schön. Hat man dir auch beigebracht, mit dem Schwert umzugehen?«

Lidomir rutschte auf seinem Stuhl herum. »Onkel, ich wurde von einem Priester erzogen.«

»Von einem dieser bekittelten Schwächlinge also. Das dachte ich mir. Man macht Lämmer aus unseren Leuten, die bei einem Angriff leicht geschlachtet werden können. Morgen früh, Junge, bist du im Hof, um den Umgang mit Waffen zu lernen, so wie alle Männer. Mnata wird dort sein. Und auch Vlasta kommt regelmäßig aus Tetin, dem Wohnsitz ihrer Mutter. Nimm sie dir zum Vorbild, denn das Mädchen gehört zu unseren besten Kämpfern.«

Radegund fühlte sich verloren, nun da Lidomir wenig Zeit für sie hatte. Der große, alte zornige Mann ließ ihm kaum noch einen Augenblick der Ruhe. Kam er von den Kampfübungen zurück, so schmerzte jedes Glied seines Körpers, und er sank erschöpft auf ihre Bettstatt. Nachts begann sie, seine Annäherungsversuche sogar zu vermissen. Sie ahnte, dass Lidomir sich lieber wieder mit den alten Philosophen befasst hätte, als den Umgang mit dem Schwert zu lernen, doch er folgte den Wünschen dieses Krok ohne jeden Widerstand.

»Ich bin es meinem Volk schuldig, Radegund«, war seine Erklärung. »Mir ist jetzt klar geworden, wie selbstsüchtig es von mir war, bei meiner Ausbildung im Frankenreich allein meinen Neigungen zu folgen. Nur Geistliche befassen sich mit der Philosophie, und ich wusste, dass ich niemals ein Geistlicher werden wollte. Stattdessen hätte ich Kenntnisse über die Baukunst und das Schmieden von Waffen erwerben sollen, damit meine Leute den Franken nicht unterlegen sind. Diese Wassermühlen bei euch erleichtern das Leben der Bäuerinnen, da sie das Getreide nicht mehr mit der Hand mahlen müssen. Ich hätte mich erkundigen sollen, wie man sie baut.«

Radegund verstand nicht, warum ihn das Schicksal von

Bauersfrauen kümmerte, doch jeder Versuch, ihm seine Gewissensbisse auszureden, scheiterte. Stattdessen schwärmte er von diesem Mannweib Vlasta. »Auch ein körperlich nicht besonders starker Mensch kann das Kämpfen lernen. Es ist eine Frage der Schnelligkeit und des Geschicks. Beides beherrscht Vlasta hervorragend.« Radegund hätte sich nie vorstellen können, auf eine derart unweibliche Frau eifersüchtig zu sein. Das Schicksal konnte heimtückisch sein in seiner Gemeinheit.

Sie vertrieb sich die Zeit in der Festung, so gut sie konnte. Leider trafen nicht oft genug Händler ein, um sie von ihrer Langeweile abzulenken. Manchmal wünschte sie sich wieder Aufgaben wie im Kloster, doch den Mägden zu helfen, hätte nicht ihrer Stellung entsprochen. So ging sie im Hof herum, sah bei den Kampfübungen zu, die sie langweilten, und bemühte sich, der Barmherzigkeit von Lidomirs Mutter zu entkommen, deren Freundlichkeit ihr ein gnädiges Almosen schien.

Als sie wieder einmal an den Hütten der Handwerker vorbeispazierte, kam ihr plötzlich Lidomirs Schwester Scharka entgegen. Radegund nahm ihr Lächeln zur Kenntnis. Dieses Mädchen sah ständig gut gelaunt aus, was Radegund als ein Zeichen von Beschränktheit erschien. Eine so reizvoll aussehende junge Frau hoher Abkunft musste viele Neiderinnen haben, doch sie schien blind für jede Feindseligkeit.

»Dein Gewand ist sehr schön«, begann das Mädchen. Genau wie ihre Mutter redete sie sehr langsam und deutlich, wenn sie mit Radegund sprach. »Das ist fast allen Frauen in Praha aufgefallen, eigentlich allen außer meiner Cousine Vlasta. Die hat keinen Blick für solche Dinge.«

Radegund nickte. Obwohl sie derartiges Geplauder unter Frauen sonst ermüdend fand, freute sie sich. Schöne Kleidung anzufertigen gehörte zu ihren wenigen Talenten und sie liebte es, dafür gelobt zu werden.

»Deine Frisuren gefallen mir auch«, fuhr Scharka fort. »Du

kannst dich herrlich zurechtmachen. Hättest du vielleicht Lust, dich zu mir und meinen Freundinnen zu setzen, wenn wir zusammen Kleidung anfertigen? Du könntest uns allen sicher auch wertvolle Ratschläge geben, wie eine Frau sich vorteilhaft kleidet.«

Radegunds Kopf nickte wie von selbst. Sie hatte ihre Abneigung gegen Scharka einen Augenblick lang vergessen. Gemeinsam kehrten sie in die Festung zurück und stiegen die Stufen zu einer Kammer hoch. Mehrere Mädchen waren dort versammelt. Scharka nannte ihre Namen – Dienerinnen offenbar, die ihr nahestanden. Zwei von ihnen hielten Spindeln in der Hand, während eine Dritte sich an einem Webstuhl zu schaffen machte. In der Ecke des Raumes bemerkte Radegund mehrere Eimer, in denen Stoffe gefärbt wurden. Ein weiteres Mädchen war im Begriff, eine bereits fertige Tunika mit Stickereien zu versehen.

Alle Anwesenden nickten ihr zur Begrüßung zu, obwohl sie das Gefühl hatte, durch ihr Auftauchen ausgelassenes Geplauder unterbrochen zu haben. Scharka wies ihr einen Hocker zu.

»Radegund möchte uns Gesellschaft leisten.«

Niemand widersprach. Sie erhielt ein Stück Leinen und bunt gefärbte Wollfäden sowie eine Holznadel. Aufmerksam begann sie, jene Muster nachzuahmen, die sie so oft auf den Gewändern der Fürstin Libussa gesehen hatte. Breite Kreuze und Blumen. Diese Tätigkeit begeisterte sie derart, dass sie für eine Weile ihre Umgebung vergaß.

»Das kannst du erstaunlich gut«, bemerkte Scharka nach einer Weile. »Stickt man bei euch Franken auch so?«

Radegund schüttelte den Kopf. »Die Farben sind etwas dunkler. Das gefällt den Kirchenmännern, ebenso wie schlichtere Formen. Frauen, die sich zu auffällig kleiden, sind nicht immer gern gesehen, aber mir gefallen eure Gewänder«, erklärte sie und stieß auf überraschte Blicke.

»Dann passt sie ja zu unserem Volk, wenn sie Farben mag«,

verkündete eine unbekannte Mädchenstimme. Radegund staunte, wie sehr diese Bemerkung sie freute.

»Erzähle uns doch einmal, wie du meinen Bruder kennen gelernt hast«, meinte Scharka, nachdem sie eine Weile schweigend am Webstuhl gesessen hatte. »Diese Geschichte von eurer Liebe, das hat allen gefallen.« Die Gesichter der anderen Mädchen waren plötzlich wie Türen, die sich einen Spaltbreit öffneten.

Ermutigt begann sie zu erzählen. Von dem Tanz am ersten Mai, den heimlichen Treffen am Fluss und schließlich ihrer eigenen Aufforderung zur Eheschließung. Auch den römischen Händler ließ sie nicht aus, denn die anderen Frauen sollten nicht denken, sie hätte keine andere Wahl gehabt, als Lidomir zu nehmen.

»Du warst wegen eines Mannes bereit, dein Zuhause zu verlassen?«, fragte eine kleine Braunhaarige mit dem Gesicht eines Hasen.

Radegund verstand nicht, worauf sie hinauswollte. »Ich hatte die Möglichkeit, Gemahlin eines wohlhabenden Händlers zu werden und in einer der größten und ältesten Städte der Welt zu leben«, erklärte sie. »Aber ich folgte meinem Herzen und wählte Lidomir.«

»Das muss wahre Liebe sein«, erkannte das Hasengesicht. »Aber ich würde meine Familie hier niemals aufgeben, ganz gleich, ob ein Mann reich ist oder mir besser gefällt als irgendein anderer. Fiel es dir nicht schwer, von deiner Mutter Abschied zu nehmen?«

Radegund fühlte eine kalte Hand an ihrem Herzen. »Meine Mutter ist vor langer Zeit gestorben. Mein Vater hat sich eine andere Frau genommen, doch die hat mich nicht geliebt.«

Kaum waren diese Worte ausgesprochen, erschrak sie über ihre Offenheit. Die Blicke der Mädchen waren mitfühlend geworden, und sie hatte wieder einmal das Gefühl, Almosen zu empfangen. Zu ihrem Entsetzen legte sich Scharkas Hand auf die ihre. »Das muss schlimm gewesen sein. Nichts ersetzt die Liebe einer Mutter. Du sollst wissen, dass dein Zuhause nun bei uns ist, Radegund. Wir werden deine Familie sein.«

Seltsamerweise war der Druck von Scharkas Fingern angenehm.

»Woran starb deine Mutter?«, flüsterte ein anderes der Mädchen.

»An ihrem Unglück«, sprach Radegund einen lang gehegten Verdacht aus. »Sie kam aus einem Land der Sonne in die Kälte, um meinen Vater zu heiraten. Er mochte sie nicht besonders. Sein Herz gehörte einer anderen. Dann verlor er auch noch sein Vermögen, und sie musste leben wie eine einfache Frau. Das war sie nicht gewöhnt.«

»Ein Grund mehr, seine Heimat nicht zu verlassen«, erklärte die Hasengesichtige. Radegund fühlte Zorn in sich aufsteigen. Welche Wahl hatte ihre Mutter denn gehabt, wenn ihre Familie diese Verbindung wünschte?

»Jedes Volk hat seine Sitten«, warf Scharka ein, als könne sie fühlen, wie Radegund zumute war. »Ich selbst würde niemals aus Praha fortgehen. Auch nicht, wenn meine Mutter stirbt.«

»Warum solltest du auch?«, erwiderte ein anderes Mädchen. »Du bist unsere zukünftige Fürstin und Hohe Priesterin.«

Scharka senkte den Kopf, als sei ihr diese Bemerkung unangenehm. Radegund blickte verwirrt um sich. Sollte ein Mädchen die Nachfolge antreten?

»Deine Mutter hat doch … sie hat nicht nur eine Tochter?«

Scharkas Augen weiteten sich staunend. »Soviel ich weiß, hat sie kein anderes Mädchen geboren.«

Es gab etwas Gekicher.

»Also daran könnte eine Frau sich erinnern«, meinte das Hasengesicht.

»Aber sie hat … sie hat mindestens einen Sohn«, meinte Radegund entschieden. Sie wusste nicht, wie der Hunne einzuordnen war.

»Natürlich hat Fürstin Libussa Söhne. Doch nur eine Frau kann Hohe Priesterin sein. Und auch Fürstin. Nur in Ausnahmefällen dürfen Männer Alleinherrscher werden«, sagte ein Mädchen, das bisher geschwiegen hatte. Ihr Gesicht wirkte männlich und glich dem eines Gelehrten.

Bruchstücke der Unterhaltung Libussas mit dem Fürsten Slavonik tauchten in Radegunds Erinnerung auf. Sie war damals zu sehr von der Erscheinung des dunkelhaarigen Mannes eingenommen gewesen, um dem Inhalt des Gesprächs genau zu folgen. Doch nun stieg eine bizarre Ahnung in ihr auf. Hatte Lidomir nicht auch einmal etwas Derartiges angedeutet? Sie bohrte nach und ließ sich von den Mädchen die Regelung der Nachfolge erklären.

Das sieht mir ähnlich, dachte sie, als sie die Erklärungen begriffen hatte, ich heirate einen Fürstensohn, doch er kommt aus einem Land, wo verrückte Bräuche herrschen und ich als seine Gemahlin nichts wert bin. Selbst wenn er eines Tages der Nachfolger dieses Krok werden sollte, bleibe ich nur sein Anhängsel und eine andere wird Fürstin sein. Sie legte das bestickte Leinentuch beiseite und entfernte sich sobald wie möglich mit einer Entschuldigung von den Mädchen.

Lidomir hatte eine Wunde am Arm, die mit grobem Tuch umwickelt war. Stöhnend sank er auf die gemeinsame Bettstatt und schloss sogleich die Augen. Selbst während des Abendessens hatte er sich nur mühsam aufrecht gehalten.

»Damals in Regensburg wirktest du zufriedener«, bemerkte Radegund. »Gefällt es dir nicht, mit dem Schwert umzugehen?«

Lidomirs Blick war müde. »Ich muss lernen zu kämpfen. Anders geht es nicht. Onkel Krok hat große Opfer gebracht, um mir meine Heimkehr zu ermöglichen. Ich darf ihn nicht enttäuschen.«

Radegunds Magen verkrampfte sich zornig. »Hat er dich

denn gefragt, ob du wieder hierherkommen willst, um ein Krieger zu werden? Du hast doch so gern die Bücher von Vater Anselm studiert. Vermisst du ihn nicht, diesen Priester, der so gut zu dir war?«

Lidomir legte seufzend den Arm um sie und löste so ein erstaunliches Glücksgefühl aus. Einen Augenblick lang war Radegund zufrieden, geliebt zu werden.

»Natürlich vermisse ich Vater Anselm«, murmelte er. »Aber ich wusste immer, dass ich zu meinen Leuten zurückkehren würde. Welche Zukunft hätte ich denn im Frankenreich gehabt? Ich wollte kein Geistlicher werden, vor allem nicht im Dienst des Königs. Hier ist mein Zuhause, auch wenn ich mich erst wieder daran gewöhnen muss. Ich weiß, wie schwer es gerade für dich ist. Bereust du es, mir gefolgt zu sein?«

Der unsichere Klang seiner Stimme trieb sie enger in seine Umarmung. Auf einmal fühlte sie sich stark. »Ich bereue es nicht, denn ich wollte keinen anderen Mann.«

Wie gut es tat, einem Menschen mit solchen Worten Freude schenken zu können!

»Ich werde mich an das Leben hier schon gewöhnen«, fügte sie hinzu. »Aber Lidomir, du bist der einzige echte Sohn der Fürstin. König Karl weiß von dir. Du solltest versuchen, etwas aus deiner Stellung zu machen.«

Sein staunender Blick erschien ihr einfältig.

»Was meinst du damit, Radegund?«

»Ich meine, dass … dass … warum soll die Nachfolge deiner Schwester zufallen, wenn überall auf der Welt Söhne die ersten Erben sind?«

Lidomir verletzte sie, indem er ein Stück von ihr wegrückte. »Aber bei uns ist es eben anders. So ist es immer gewesen. Warum sollte ich es ändern wollen?«

Radegund drehte ihm den Rücken zu und umschlang ihre Knie mit den Armen. »Du hast mir nie gesagt, dass dir nicht die Nachfolge als Fürst zusteht.«

»Danach hast du mich nie gefragt. Es ging nur um uns. Ob wir zusammenbleiben wollen. Warum ist es dir plötzlich so wichtig, welche Rolle ich bei meinem Volk einnehme? Wir leben hier nicht schlecht.«

Damals in Regensburg war es ihr tatsächlich gleichgültig gewesen, welche Zukunft Lidomir hatte. Sie wäre freiwillig mit ihm in eine Hütte im Wald gezogen, nur um in seiner Nähe sein zu dürfen. Doch nun meldete sich eine vertraute Stimme in ihrem Kopf und flüsterte, dass sie wieder einmal benachteiligt und übergangen wurde. Sie versuchte, diese Stimme zum Schweigen zu bringen, und wälzte sich lange schlaflos auf ihrer Bettstatt.

Am nächsten Tag heftete sich Scharka gleich nach dem Morgenmahl an ihre Fersen. »Es muss öde für dich sein, jetzt, da Krok Lidomir ständig unter Aufsicht hat. Willst du nicht wieder in die Nähstube kommen?«

Ihr Lächeln war von derselben unermüdlichen Freundlichkeit, die Radegund bei Fürstin Libussa auf die Nerven fiel. Sie unterdrückte mühsam eine scharfe Antwort, denn das Gesetz der Höflichkeit gebot, dass sie Scharkas Angebot annahm. Sie hätte sich höchstens durch das Vortäuschen von Unwohlsein in ihre Kammer zurückziehen können, aber das hätte bedeutet, auch den Rest des Tages dort zu verbringen.

Es war ungefähr dieselbe Gruppe junger Mädchen versammelt. Die Hasengesichtige, Svatava genannt, ließ aufmerksam ihre Spindel wirbeln. Hodka mit der gelehrten Miene machte sich am Webstuhl zu schaffen, doch bewegten sich ihre Finger dabei ungelenk. Radegund fiel wieder Anahilds mangelndes Geschick im Umgang mit der Nadel ein. Wahrscheinlich bestand Hodkas einziges Talent darin, klug reden zu können, eine Eigenschaft, die gewöhnlich nur bei Männern geschätzt wurde. Aber vielleicht war es hier anders. Hier schien alles anders.

Sie spann eine Weile, setzte sich dann an den Webstuhl und

nahm schließlich ein Stück Stoff zur Hand, um ihn mit eingefärbtem Garn zu besticken. Begeistert leuchtende Augenpaare folgten ihren Fingern, die jenes Wellenmuster entstehen ließen, das bereits Konstantin, dem Händler, gefallen hatte.

»Es ist unglaublich, wie du sticken kannst!«, meinte plötzlich die Gelehrte Hodka anerkennend. »Ist das ein fränkisches Muster? Es ist schlicht, aber wunderschön.«

Radegund lächelte geschmeichelt. »Ich habe das Handarbeiten im Kloster gelernt. Die Muster denke ich mir selbst aus. Sie fallen mir ein, wenn ich schöne Dinge sehe. Wenn ihr wollt, dann zeige ich euch einige, die ich schon in meiner Heimat entworfen habe.«

Plötzlich stand sie im Mittelpunkt der allgemeinen Aufmerksamkeit. Scharka ließ schnell eine Baumrinde bringen und Radegund kratzte Vorschläge für Muster hinein, die sie an die Mädchen verteilte. Schließlich fragte die Hasengesichtige zaghaft, wie Radegund ihr Haar zu zwei so kunstvollen Knoten flocht, und bat, ob Radegund ihr für ein bevorstehendes Fest ebenso eine Frisur machen könnte. Der Schatten, der seit dem gestrigen Tag auf Radegunds Seele gelastet hatte, löste sich langsam auf. Als eine Magd hereinkam, um die jungen Frauen zum Mittagsmahl zu rufen, begriff sie, dass der ganze Vormittag vergangen war, ohne dass ihr trübe Gedanken gekommen waren. Nach dem Essen brauchte sie keine weitere Aufforderung mehr, um Scharka von Neuem zu folgen.

Das entspannte Zusammensein wurde plötzlich unterbrochen. Die Eintretende gehörte sichtlich nicht an diesen friedlichen Ort: Sie trug die schlichte Tunika und Beinkleider eines Kriegers. Das hellblonde Haar war zum Zopf geflochten, aus dem mehrere wirre Strähnen heraushingen. Erstaunt musste Radegund feststellen, dass man Vlasta trotzdem nicht hässlich nennen konnte. Von ihrer stolzen Haltung, den hohen Wangenknochen und dem strahlenden Blau ihrer Augen ging ein besonderer Reiz aus.

»Ich wollte fragen, ob einige von euch mit mir zu den Schwertübungen gehen wollen«, verkündete die tiefe Stimme des Mannweibs. »Ich hätte jetzt für euch Zeit.«

Svatava stand auf. Radegund waren bereits ihre kräftigen Arme aufgefallen. Hodka folgte ebenfalls, gemeinsam mit zwei anderen Mädchen, deren Namen Radegund wieder vergessen hatte.

»Ich hoffe, du bist mir nicht böse, dass ich dir deine Gefährtinnen für eine Weile entführe«, meinte Vlasta grinsend zu Scharka. Lidomirs Schwester schüttelte den Kopf.

»Nur zu, sie sollen ruhig das Kämpfen lernen. Ich selbst bin da wie meine Mutter. Ich mag es nicht, aber ich weiß, dass es sehr wichtig sein kann.«

»Na, dann noch viel Spaß beim Spinnen und Weben«, verabschiedete sich Vlasta spöttisch, doch es war ein freundschaftlicher Spott. Selbst Radegund nickte sie zum Abschied zu, als hätte sie ihre Feindseligkeit bei ihrer ersten Begegnung bereits vergessen. Als Vlasta den Raum verließ, bemerkte Radegund ihre federnden, energischen Schritte. Dieses Mannweib erschien ihr plötzlich ebenso faszinierend wie abstoßend.

Im Kloster hatte die Äbtissin davon erzählt, dass die Frauen der Heiden manchmal selbst zu den Waffen griffen. Auch bei einer der vielen kämpferischen Auseinandersetzungen mit den Sachsen hätten sich, wie sie in missbilligendem Tonfall berichtete, einmal einige Weiber ins Getümmel gemischt, um ihren Männern Mut zu machen. Und Fastrada, die Tochter eines fränkischen Edelings, tat es ihnen entschlossen nach. Die Äbtissin schüttelte den Kopf. Bei den Heiden herrschte allgemeine Verrohung, doch wie konnte eine gute Christin sich derart vergessen?

Doch als die Gemahlin König Karls starb, nahm er eben jene Fastrada zu seinem neuen Eheweib, da ihr Mut ihm gefallen haben musste. Radegund hatte bei dieser Neuigkeit ein Grinsen nicht unterdrücken können, denn sie erkannte deutlich die

Verärgerung auf dem Gesicht der Äbtissin. Zur Stafe dafür musste sie wieder einmal auf dem Steinboden knien.

»Ist es bei euch üblich, dass Frauen kämpfen lernen?«, fragte sie, nachdem Vlasta den Raum verlassen hatte.

Scharka nickte. »Aber ja. Viele Fürstentöchter lernen es und manchmal auch die Frauen der Bauern. Es kann bei Überfällen wichtig sein. Denke doch an deine Reise hierher. Wenn euch eine Räuberbande angegriffen hätte, wärest du nicht froh gewesen, dich selbst verteidigen zu können?«

Radegund schüttelte sich bei der Vorstellung, ein Schwert gegen raue, brutale Kerle zu erheben. Würden sie dann nicht erst recht zornig werden?

»Ich glaube nicht, dass ich es könnte«, gestand sie. Scharka lächelte verständnisvoll.

»Mir liegt es auch nicht. Ich musste es lernen, weil meine Familie darauf bestand. Ich bin die zukünftige Fürstin und kann nicht immer nur tun, was mir gefällt. Doch ehrlich gesagt beschäftige ich mich lieber mit schönen Dingen wie dem Anfertigen von Gewändern. Vlasta hat mir versprochen, mit ihrem Leben für meine Sicherheit zu sorgen. Ich weiß, dass sie eine herausragende Kämpferin ist. Sogar Mnata, unser bester Krieger, bestätigt das.«

»Und für Scharka ist jedes Wort Mnatas wie die Weissagung einer Seherin«, rief plötzlich eines der noch anwesenden Mädchen und löste allgemeines Gekicher aus, so dass sich Radegund wie in einem Hühnerstall vorkam. Sie sah, wie Scharkas Gesicht dunkelrot anlief und sie den Blick verlegen senkte.

»Vielleicht weiß Scharka eben, einen klugen Mann zu erkennen«, erwiderte Radegund und staunte, dass sie soeben Lidomirs Schwester zu Hilfe gekommen war, obwohl es ihr schwerfiel, dieses Mädchen zu mögen. Doch Scharka erschien ihr so unglaublich frei von jeder Bösartigkeit, legte ihr Herz auf die Handfläche, die sie einem zur Begrüßung entgegenstreckte, sie war so … so unverdorben. In diesem Augenblick wurde Radegund klar, dass eine solche Beschreibung auf sie selbst keineswegs zutraf.

In den nächsten Wochen verbrachte Radegund den größten Teil jeden Tages in der Nähstube. Eine treue Schar von Anhängerinnen sammelte sich um sie und ließ sich Muster für Stickereien sowie Vorschläge für Gewänder und Frisuren zeigen. Radegund verbrauchte dafür viel Baumrinde und entwickelte Geschick im Ritzen, um ihren Ideen Gestalt zu verleihen. Manchmal dachte sie sehnsüchtig an Pergament und Tinte, die es in Praha wohl nicht gab, doch auch im Kloster hätte man ihr Schreibutensilien für einen so niederen Zweck niemals zur Verfügung gestellt. Es erfüllte sie mit Stolz, dass selbst Lidomirs Schwester sich von ihren Entwürfen begeistert zeigte.

»Kann ich einen Augenblick allein mit dir sprechen?«, hielt Scharka sie eines Abends zurück, als die anderen Mädchen bereits zum Abendessen aufgebrochen waren. Radegund wandte sich erstaunt um.

»Gewiss«, erwiderte sie.

Scharka senkte verlegen den Blick. Ihre Unsicherheit machte Radegund neugierig, denn die Fürstentochter bewegte sich sonst stets mit der Sorglosigkeit des geliebten, behüteten Kindes.

»Nun, was ist?«, fragte sie aufmunternd.

»Du … du hast uns erzählt, wie du meinen Bruder kennen gelernt hast. Dass du ihn selbst mehr oder weniger aufgefordert hast, dich zur Gefährtin zu nehmen. Ist es bei deinem Volk üblich, dass Frauen sich so verhalten?«

»Selbstverständlich nicht.« Radegund war plötzlich verärgert. Worauf wollte Scharka hinaus?

»Bei meinem Volk ist es auch nicht Sitte. Männer umwerben Frauen, nicht umgekehrt. Doch wenn ein Mann sich einfach nicht traut, weil er fest damit rechnet, abgewiesen zu werden, dann könnte eine Frau doch … ich meine, es muss doch Wege geben, ihn zu ermutigen, oder nicht?«

»Wichtig ist, dass ein Mann immer das Gefühl hat, selbst eine Entscheidung getroffen zu haben«, erwiderte Radegund. »Männer mögen es nicht, wenn Frauen ihnen das abnehmen. Das heißt, manchmal mögen sie es schon, doch es darf nicht zu offensichtlich sein. Mache dem Mann klar, dass er keine Zurückweisung zu fürchten braucht, und dann überlasse ihm den ersten Schritt«, erklärte sie und staunte, wie einfach das alles klang. Sie war sich allerdings nicht sicher, ob sie sich damals gegenüber Lidomir so verhalten hatte, doch darauf kam es jetzt nicht an.

»Um wen geht es eigentlich?«, fragte sie.

Scharkas Gesicht war wie eine geöffnete Tür, die Einblick in ihr Inneres gewährte.

»Um Mnata«, flüsterte sie.

Der Hunne! Radegund hätte beinah laut aufgelacht. Die schräg gestellten Augen des jungen Mannes hingen stets mit einem warmen Leuchten an Scharkas Gestalt. Aber wie schwer konnte es sein, ihn seinen eigenen Wünschen gemäß handeln zu lassen? Scharka war ein Mädchen, nach dem sich alle umsahen, wenn sie über den Hof ging. Von edler Abkunft, schön und allseits beliebt. Ihre Unbedarftheit war für Radegund geradezu unbegreiflich.

»Er war immer wie ein Bruder für mich«, fuhr Scharka verwirrt fort. »Aber mit den Jahren veränderten sich meine Gefühle für ihn. Ich sah die Liebe zwischen meinen Eltern, wie sie einander ansahen, berührten und alle Entscheidungen miteinander besprachen. Es ist in meinem Volk nicht üblich, dass Mann und Frau so lange und so eng zusammenleben, aber ich wünsche mir eine ebensolche Verbindung und fragte mich, wer dafür in Frage käme. Mir fiel niemand anderer ein als Mnata. Ich weiß, dass ich ihm völlig vertrauen kann, und es geht so viel Wärme von ihm aus. Ich wünsche mir, dass er mich berührt, doch er wahrt immer Abstand, vor allem, seit ich die Schläfenringe einer ungebundenen Frau trage und Männer um mich werben dürfen.«

Radegund war verblüfft. Diese Vertrauensseligkeit kam völlig unerwartet, und sie wusste nicht, wie sie reagieren sollte. Hatte Scharka denn keine andere Vertraute? Es musste damit zusammenhängen, dass sie eine Fremde war.

»Hat deine Mutter Mnata nicht als ihren Sohn angenommen? Damit ist er doch dein Bruder?«, sprach sie ihren ersten Gedanken aus.

Scharka schüttelte den Kopf. »Libussa nahm Mnata in unseren Clan auf. Viele Menschen gehören dazu, die Schwestern meiner Mutter und deren Kinder. Auch die Mädchen hier sowie viele unserer Krieger. Sie sind die Kinder von entfernten Verwandten. Ich kann durchaus einen Mann des Clans zu meinem Gefährten machen. Das ist nicht verboten.«

»Jeder kann sehen, dass Mnata dich anschmachtet«, erwiderte Radegund und staunte über Scharkas verwundertes Lächeln.

»Die anderen Mädchen haben auch schon Scherze darüber gemacht. Vermutlich stimmt es. Aber ich glaube, er fühlt sich immer noch als Fremder, der nur geduldet wird. Und ich … ich bin die zukünftige Fürstin und Hohe Priesterin. Kann es sein, dass er sich deshalb zurückhält?«, fragte sie unsicher.

Radegund fand die Situation geradezu lachhaft Die Kleine konnte vermutlich jeden haben, dachte sie, und dann will sie einen Hunnen, der seinen Mund nicht aufbekommt. Einen Augenblick war sie versucht, Scharka durch einen bewusst falschen Rat einen Streich zu spielen, doch ihre Erinnerung an Anahild hinderte sie daran. Sie wollte kein Mensch werden, der ihrer Schwester missfallen würde.

»Es ist möglich, dass deine Stellung ihn einschüchtert. Dann musst du ihm etwas entgegenkommen. Ihn ermutigen, verstehst du? So schwierig kann es nicht sein.«

Nun leuchtete Scharkas Gesicht wie eine frisch angezündete Fackel. »Eben das wollte ich hören«, rief Lidomirs Schwester. »Bald schon ist das Frühlingsfest. Dann bemalen die Frauen

Eier, die sie den Männern ihrer Wahl überreichen. Ich werde meine Mnata schenken.«

Radegund nickte. So einfach war es also. Bald schon würde Scharka ihren Hunnen in die Arme schließen. Einen jungen Mann, der trotz seiner fremden Gesichtszüge anziehend wirkte, denn sein muskulöser Körper strahlte Kraft und Zuverlässigkeit aus. Er war wie ein Fels in stürmischer Brandung. Scharka hatte ihn von Kindheit an gekannt und wurde von ihm angebetet. Niemals würde sie erfahren, wie es war, von einem geilen alten Bock gegen eine Mauer gedrückt zu werden. Radegund floh vor ihren Erinnerungen und verließ rasch den Raum.

Libussa saß im großen Saal, um die Ratsuchenden zu empfangen. Der Tag war bisher angenehm verlaufen. Seit Jahren hatte sie keine Klagen mehr von Bauern gehört, dass irgendwo die alten Regeln nicht eingehalten wurden. Sie genoss das Gefühl, ihre Familie vereint und ihr Volk in Sicherheit zu wissen. Doch bei diesem Gedanken überkam sie plötzlich Angst. Sie hatte die Erfahrung gemacht, dass ein Unglück oft in Zeiten völligen Friedens als ungebetener Gast hereinplatzte. Kurz und heftig spürte sie wieder einmal das vertraute Stechen in ihrem Bauch, doch es verging gleich wieder.

Eine junge Frau betrat in Begleitung mehrerer Krieger den Saal. Ihr Gesicht schien Libussa vertraut, aber sie konnte es nicht zuordnen. Diese breiten Wangenknochen und das dunkelblonde Haar, und dann die kleine, gedrungene Gestalt, sie sah aus wie …

»Ich bin Jana von den Zlicani, Drahomiras Schwester«, half das Mädchen Libussas Gedächtnis nach. »Ich grüße dich, Hohe Priesterin und Fürstin der Cechen.«

Sie neigte ehrfurchtsvoll den Kopf.

»Willkommen in Praha«, sagte Libussa und fragte sich, warum diese wohlerzogene junge Frau eine ungute Ahnung in ihr weckte. »Ich bin froh, dich wiederzusehen. Als ich dich zum letzten Mal traf, warst du noch ein kleines Kind.«

Jana nickte. »Ich kann mich nicht an dich erinnern, doch ich weiß, du bist eine Frau, die unsere alten Sitten achtet. Deshalb komme ich und bitte dich um deinen Rat.«

»Und was ist dein Anliegen?« Libussa fühlte eine völlige innere Ruhe, wie sie oft den stürmischen Zeiten vorausging.

»Es geht um Slavonik von den Kroaten, den Gefährten meiner verstorbenen Schwester. Du hast ihn mir als männliches Oberhaupt meines Stammes zur Seite gestellt, da ich weder Onkel noch Bruder habe. Als solchen bin ich bereit, ihn anzuerkennen. Doch er verletzt alle Regeln.«

Libussa krallte ihre Finger um die Stuhllehne. »In welcher Weise tut er das?«

Jana stieß einen Seufzer aus. »Meine Schwester Drahomira hörte in allen Dingen auf unseren Bruder Hostivit, solange er lebte. Nach seinem Tod übernahm Slavonik diese Rolle. Drahomira war anschließend nur noch nach außen hin Fürstin der Zlicani auf Kourim, denn ihr Gefährte sagte ihr, wie sie sich zu verhalten hatte. Ebenso in seinem eigenen Stamm. Seine Mutter ließ sich von ihm keine Vorschriften machen, doch nun ist sie tot, und es gibt nur noch Sylva, die ihren Bruder Slavonik anbetet. Er führt sich auf wie ein Alleinherrscher. Mir wirft er vor, ich sei ein ahnungsloses kleines Mädchen, und wenn ich Entscheidungen treffe, so widerspricht er mir und erteilt seine eigenen Befehle.«

»Um welche Entscheidungen geht es dabei?«

»Um Nachfolgeregelungen. Slavonik meint, es sei an der Zeit, dass bei uns wie in anderen Völker die Söhne erben. Er will die Dörfer allein unter männliche Obhut stellen. Außerdem habe ich den Verdacht, dass er einige unserer Bauern einem Sklavenhändler übergeben hat, zum Tausch gegen fränkische Schwerter. Und mir gegenüber, da ...« Jana verstummte und ihr Blick wurde starr.

»Was ist mit dir?«, drängte Libussa sie.

»Er meint, wir könnten unsere Stämme wiedervereinen, indem ich seine Gefährtin werde, so wie früher Drahomira. Doch ich mag ihn nicht. Er ist so hochmütig und unbeherrscht. In letzter Zeit, da ist er zudringlich geworden. Deshalb bin ich geflohen. Ich bitte um deinen Rat und Schutz, Hohe Priesterin.«

Libussa erhob sich. »Beides steht dir zu. Doch weshalb musstest du fliehen? Deine eigenen Krieger hätten dich gegen Slavonik verteidigen müssen.«

Jana senkte den Kopf. »Sie sind es gewöhnt, auf Slavonik zu hören, und achten ihn sehr. Nur ein paar von ihnen verhalfen mir zur Flucht. Ich möchte die Fürstin meines Stammes sein, aber sollte es mir nicht gelingen, dies durchzusetzen, so bitte ich darum, in Praha bleiben zu können.«

»Wir werden dein Recht durchsetzen«, verkündete Libussa empört. »Ich werde mich mit dem Stammesführer Krok und seinen Kriegern beraten. Slavonik verstößt gegen unsere Sitten und muss die Folgen zu spüren bekommen.«

Sie übergab Jana Hedwigs Obhut und ging entschlossen hinaus. Erneut überwältigte sie der stechende Schmerz, diesmal ausdauernder. Doch sie hatte nun Wichtigeres zu erledigen, als deshalb Kazi aufzusuchen.

»Es gibt kaum einen Grund zur Sorge, Libussa«, redete ihr Premysl gut zu, als er nach Einbruch der Dunkelheit neben ihr auf der Bettstatt lag. »Du hast Krok gehört. Der Fall ist eindeutig. Slavonik ist zu weit gegangen und muss mit dem Angriff aller anderen Stämme rechnen.«

Libussa streckte sich beruhigt aus. Der Schmerz in ihrem Bauch war vergangen, und sie hatte ihn sogleich vergessen, wie sie es sich in letzter Zeit angewöhnt hatte.

»Jana erzählt, Slavonik hätte sich fränkische Schwerter besorgt. Das bedeutet, er ist auf einen Angriff vorbereitet.«

»Schon möglich«, stimmte Premysl zu. »Doch er hat nicht mit Janas Flucht gerechnet. Vermutlich wollte er zunächst Verbündete finden, bevor er sich offen gegen dich stellt. Jana hat uns allen einen großen Gefallen erwiesen, dass sie hier aufgetaucht ist und uns auf die Gefahr aufmerksam gemacht hat.«

Libussa sehnt sich danach, ebenso zuversichtlich sein zu können wie er. Was war, wenn Slavonik Hilfe von anderen Völkern bekam?

»Würdest du wieder mit den Kriegern ziehen?«, fragte sie. Premysl schwieg lange.

»Ich habe begriffen, dass ich hier nicht als dein Gefährte leben und mich aus allem heraushalten kann«, erklärte er schließlich. »Das Kämpfen ist nun einmal eine Angelegenheit der Männer, von einigen Frauen wie Vlasta abgesehen. In einer vollkommenen Welt wäre es nicht notwendig, doch leider leben wir im Hier und Jetzt.«

Libussa fröstelte. »So redest du nach deiner Erfahrung in Verden?«

»Verden war ein Fehler«, gab Premysl zu. »Wir waren nicht gut genug vorbereitet und rannten in unser Unglück. Doch dieser Fall liegt anders. Slavonik hat die Krieger der Kroaten und Zlicani, aber wir sind in der Überzahl.«

»Das waren wir auch bei Tyr. Du hast damals eine andere Lösung gefunden«, erinnerte ihn Libussa und rieb sich aus alter Gewohnheit nachdenklich die Schläfen. Der Kopfschmerz plagte sie schon seit vielen Jahren nicht mehr. Er war nach der Niederlage in Verden gemeinsam mit ihrer Todessehnsucht verschwunden. Doch dieses andere Übel in ihrem Unterleib, das schien ihr manchmal noch beängstigender …

Sie riss sich zusammen, denn die Lage war zu dringlich, als dass sie über ihr eigenes Leiden hätte nachgrübeln können.

Premysl griff ihre Überlegungen auf. »Du hast recht, bei Tyr war eine andere Lösung möglich. Ich wusste, dass er keine echte Loyalität zu wecken verstand. Aber wie ist es mit Slavonik? Du kennst ihn doch seit Kindertagen, Libussa.«

Slavonik, der eitle, gut aussehende Krieger. Janas Flucht musste ihn zornig machen, denn sie zerstörte seine Pläne und war zudem eine krasse Abfuhr. Doch verbarg sich bei ihm hinter einer derartigen Gier nach Anerkennung nicht eine tiefe Unsicherheit?

»Es muss eine Schwachstelle bei ihm geben, wo ich ihn ohne Waffen angreifen kann«, überlegte Libussa laut. In ihrem Kopf herrschten Nebel und Verwirrung, doch dahinter meinte sie, Licht zu erkennen. Es war nur eine Frage der Zeit. Sie würde eine Lösung finden. Entschlossen richtete sie sich auf. »Ziehe mit den Kriegern nach Kourim, Premysl. Aber bitte beachte meinen Wunsch. Ich möchte, dass Slavonik nach Praha gebracht wird. Er hat gegen unsere Regeln verstoßen, und es wird zu einem Urteil kommen. Er darf aber keinesfalls getötet werden, denn das würde seine Anhänger gegen mich aufbringen. Ermahne Krok, darauf zu achten, dass Slavonik kein Leid geschieht. In Verden hat mein Onkel Achtung vor dir bekommen.«

Sie sank wieder auf die Strohmatte zurück und schloss erschöpft die Augen.

»Ich werde tun, was du verlangst, Fürstin«, murmelte die vertraute Männerstimme mit zärtlichem Spott. Premysls Arme umschlangen sie und ihre Anspannung ließ nach. »Du siehst ausgezehrt aus in letzter Zeit. Ich mache mir Sorgen um dich, Libussa.«

Seine Worte drangen leise an ihr Ohr, bevor sie in einen erlösenden Schlaf versank.

4

Zwei Wochen später kehrten die Krieger mit dem Kroatenfürsten zurück. Er trug keine Fesseln, doch Radegund ahnte, dass er nicht freiwillig gekommen war. Diese Erkenntnis enttäuschte sie, auch wenn sie keinen Grund dafür sah.

Erneut fand eine Versammlung in dem großen Saal statt, wo Fürstin Libussa geschmückt wie eine heidnische Göttin auf ihrem hohen Stuhl saß.

Slavonik von den Kroaten wurde vorgeführt. Er schien seinen Stolz nicht eingebüßt zu haben, und ein spöttisches Lächeln umspielte seine Lippen.

»Du hast gegen unsere Regeln verstoßen, Slavonik«, begann Libussa mit ruhiger Stimme. »Was wolltest du damit bezwecken?«

»Ich folgte meinem Verstand«, erklärte der Mann mit einem verächtlichen Blick.

»Und was gab dein Verstand dir ein? Die Götter und die anderen Stämme gegen dich aufzubringen?« Libussa lächelte nachsichtig, als rede sie mit einem dickköpfigen Kind.

Slavoniks Augen blitzten auf. »Ich wollte herrschen, weil ich weiß, dass ich die Fähigkeit dazu besitze. Warum soll ich mich den Wünschen eines jungen Mädchens fügen?«

»Fügen«, erwiderte Lidomirs Mutter, »musst du dich nicht. Du musst nur überzeugen können. Bist du dazu trotz deines Verstandes nicht in der Lage?«

Es gab Gelächter unter den Versammelten. Radegund staunte, wie wenig herrisches Auftreten bewirken konnte, wenn sich niemand davon beeindruckt zeigte.

»Es ist ein Unsinn, dass bei uns die Frauen herrschen. Die anderen Völker haben das bereits abgeschafft. Das ist meine Meinung, Libussa von den Cechen, und wenn es dir nicht gefällt, dann strafe mich eben«, rief der Kroatenfürst zornig.

»Aber warum sollte ich dich für deine Gedanken bestrafen? Du willst herrschen. Das wollen viele, Slavonik. Doch man muss als Herrscher auch Anerkennung finden. Von wem bekommst du sie?«, fragte Libussa nur.

»Von meinen Kriegern«, kam es wütend zurück.

»Aber wie du gesehen hast, sind meine Krieger gegenüber deinen in der Überzahl. Willst du dich von unserem Volk abwenden? Allein gegen den Rest der Welt kämpfen mit deinem winzigen Fürstentum? Oder etwa ein Untergebener der Mähren oder Awaren werden? Doch die Awaren werden bereits von den Franken bekriegt. Du solltest dich taufen lassen, Slavonik. Die Christen glauben an männliche Überlegenheit.«

»Spotte nur über mich, Libussa. Wegen des Verrats einer kleinen Schlampe gelang es deinen ergebenen Hofhunden, mich zu überrumpeln. Fälle mein Todesurteil, wenn du es für angebracht hältst. Doch meine Gedanken werden nicht mit mir sterben. Andere Männer der Behaimen fangen bereits an zu begreifen, wie es um die Welt bestellt ist. Warum sich von einem schwachen, ängstlichen Weib Vorschriften machen lassen?«

»Du bist ein mutiger Mann, Slavonik von den Kroaten«, erwiderte Lidomirs Mutter ruhig. »Du siehst dem Tod entschlossen ins Auge. Dies tut auch jede Frau, wenn sie ein Kind gebiert, denn wären Frauen alle schwach und feige, so würden sie sich vor so viel Schmerz und der damit verbundenen Lebensgefahr scheuen. Jedes Volk würde bald aussterben. Hast du die Achtung vor deiner eigenen Mutter verloren, da du ihr Geschlecht beleidigst?«

Radegund sah, dass alle Blicke sich nun spöttisch auf den Kroatenfürsten richteten, denn die übrigen Anwesenden waren von Libussas Denkweise offenbar weniger überrascht als sie selbst. Slavonik schwieg. Er schien überrumpelt.

»Ich habe nicht die Absicht, dein Todesurteil zu fällen«, fuhr Lidomirs Mutter fort. »Jeder Mensch hat das Recht auf seine eigenen Gedanken und darf Fehler machen. Doch als männlicher Ratgeber Janas von den Zlicani hast du versagt. Du wirst dich in Zukunft von ihrer Festung Kourim fernhalten. Ich werde ihr einige meiner Krieger zur Verfügung stellen, damit die Ordnung gewahrt bleibt. Jene Männer der Zlicani, die lieber dir folgen wollen, dürfen das tun. Du bleibst an der Seite deiner Schwester im Fürstentum der Kroaten, denn Sylva hat sich nicht über dich beschwert. Doch sollte es Klagen deiner Leute geben, muss ich wieder einschreiten. Halte die Regeln ein, so wie Neklan von den Lemuzi es nach seinen Fehltritten tat. Dann kannst du deinem Rang entsprechend leben.«

Allgemeine Erleichterung machte sich breit. Radegund vermochte sie nicht zu teilen. Ein heldenhafter Tod hätte ihrem Bild von diesem Mann eher entsprochen, denn Libussas Milde machte auch ihn zum Empfänger von Almosen. An Slavoniks starrer Gestalt meinte sie zu erkennen, dass er ebenso empfand. Einen Augenblick lang wünschte sie sich, er würde noch einmal wild und stolz aufbegehren, um Libussa zu einem harten Urteil herauszufordern. Doch er tat es nicht. Stattdessen ließ er seine Adleraugen über die Versammelten wandern. Sie blieben an diesem kleinen, plumpen Mädchen hängen, das ihn angeklagt hatte.

»Ich wollte dir nur einen Gefallen tun, Jana, indem ich dir beim Herrschen half«, verkündete er laut. »Und außerdem hätte ich dir ein paar schöne Momente geschenkt. Welcher Kerl will denn eine Kröte wie dich auf seinem Lager haben?«

Einige der Krieger, die mit ihm gekommen waren, begannen zu grinsen. Janas Gesicht färbte sich dunkelrot. Sie sprang auf, als wolle sie sich auf ihren hochmütigen Gegner stürzen, doch Libussa kam ihr zuvor und fuhr ihn an: »Ich bin mir sicher, dass Jana auch ohne deine Gunst leben kann. Schenke sie einer Frau, der es danach verlangt.«

Slavonik lachte laut auf. »Von diesen Frauen gibt es genug, zweifelt nicht daran!«

Radegund fand, dass er sich allmählich zum Narren machte. Dann spürte sie plötzlich seinen Adlerblick auf sich ruhen. Ein wohliger Schauer durchfuhr sie.

»Diese kleine Fränkin, die du da mitgebracht hast, Lidomir von den Cechen«, verkündete Slavoniks Stimme, »die würde ich nicht von meiner Bettstatt jagen. Mir scheint, sie sehnt sich nach einem echten Mann.«

»Lass meine Frau in Frieden, Slavonik«, hörte sie Lidomir rufen. »Sie gehört dir nicht.«

Das laute Lachen des Kroatenfürsten hallte durch den Saal. »Lidomir von den Cechen, du hast zu lange bei den christlichen Kuttenträgern gelebt. Hier gehört keine Frau einem Mann. Sie entscheidet selbst, für wen sie ihre Beine öffnet.«

Mit diesen Worten stolzierte Slavonik hinaus. Radegunds Gesicht glühte, als stünde der Raum in Flammen. Sie hätte den Kroatenfürsten zurechtweisen sollen, denn er hatte ihren Gemahl lächerlich gemacht. Aber sie war wie gelähmt von der Macht seiner dunklen Augen, und ihren Körper durchlief ein Schauer des Verlangens. Nur der Gedanke an die Abreise des Kroatenfürsten brachte ihr Erleichterung. Es wäre nur eine Frage der Zeit, bis sie ihn vergessen hätte.

»Bin ich zu weit gegangen? Es war nicht meine Absicht, ihn lächerlich zu machen«, murmelte Libussa, als sie den Stab der Fürstin in die Truhe legte und ihren Kopfputz abnahm. Ihr Herz hämmerte immer noch wie wild. Seit wann gelang es ihr eigentlich, ein derart gelassenes Äußeres zu wahren, während im Inneren wilde Stürme tobten?

»Er verlangte förmlich danach, dass man über ihn spottet,

so wie er aufgetreten ist. Slavonik besaß schon immer alle Eigenschaften, die ich an Fürsten nicht leiden kann«, erwiderte Premysl. »Er ist hochmütig und völlig von sich eingenommen. Es war an der Zeit, dass jemand, und vor allem eine Frau, ihn öffentlich bloßstellte. Du hast es sehr gut gemacht, Libussa.«

Premysls Anerkennung tat ihr gut, aber befreite sie nicht von allen Zweifeln. »Er ist jetzt zornig. Was, wenn er keinen Frieden gibt?«

Premysl zuckte mit den Schultern. »Du überschätzt diese Wichtigtuer. Neklan von den Lemuzi hat schon lange keinen Ärger mehr gemacht.«

Sie sah ihn eindringlich an. »Premysl, Slavonik ist anders als Neklan. Ich kenne beide seit meinen Kindertagen, wie du selbst gesagt hast. Neklan hat gern Schwächere gequält, er war ein Feigling. Aber Slavonik mangelt es nicht an Entschlossenheit und Mut. Er kann Eindruck machen, auf Männer und auch auf viele Frauen.«

»Wie man an der kleinen Fränkin sah«, bemerkte ihr Gefährte abfällig. »Ich wünschte mir bei allen Göttern, dass mein Sohn sich eine Frau gesucht hätte, die etwas mehr Mumm in den Knochen hat. Diese Radegund hat den Mund nicht aufbekommen, als Slavonik sie ansah wie ein Stück Fleisch, das er sich zum Abendessen wünscht.«

Libussa lächelte und strich ihm über die Wange. »Du urteilst zu hart über das Mädchen. Es heißt, die Christen erziehen ihre Frauen zu Schweigsamkeit und Zurückhaltung. Wie soll sie so schnell verlernen, was ihr jahrelang eingetrichtert wurde? Außerdem gefällt Slavonik ihr vielleicht. Er gefällt vielen Frauen, auch wenn ich niemals den Grund dafür verstanden habe.«

»Du hast einfach mehr Verstand als andere Frauen, deshalb hat dir Slavonik nicht gefallen«, kam es entschieden von Premysl.

Sie lachte auf und zog ihn an sich. »Jetzt schmeichelst du vor allem dir selbst«, flüsterte sie, und er nahm ihren Vorwurf grinsend hin.

»Premysl«, begann sie dann zaghaft mit ernsterer Stimme. »Was ist, wenn es Slavonik tatsächlich gelingt, alle Männer, die unsere Sitten ändern wollen, hinter sich zu bringen? Wenn es zu Zwisten und Kämpfen in unserem Volk kommt, sind wir eine noch leichtere Beute für die Franken.«

»Du hast dich gegen ihn durchgesetzt«, erwiderte Premysl. »Es gibt genug Leute, die hinter dir stehen, Libussa. Deinem Volk geht es nicht schlecht, und deshalb hat es keinen Grund zu murren. Halte durch, solange du kannst. Niemand weiß, was die Zukunft bringt.«

Radegund trat hinaus in den nächtlichen Hof. Lidomir schlief bereits, denn nach dem Urteil über Slavonik hatte er sich sogleich zu seinen Kampfübungen begeben und musste wie wild mit dem Schwert um sich geschlagen haben. Sie hatten beide kein Wort miteinander gewechselt. Radegund wusste nicht, ob allein Slavoniks Benehmen der Grund für seinen Zorn war oder ob er auch an ihrem Verhalten etwas auszusetzen hatte. Sie fürchtete sich davor, ihn zu fragen. Zum ersten Mal seit ihrer Begegnung mit Lidomir fühlte sie sich wieder völlig allein. Sie sehnte sich nach Anahild, doch auch ihre sanftmütige Schwester könnte sich vermutlich keinen Reim darauf machen, was in den Köpfen dieser Heiden vor sich ging.

Sie erschrak, dass sie Lidomir in Gedanken als Heiden bezeichnet hatte. Aber schließlich musste ein Mann die Ehre seiner Frau verteidigen. Sie hatte nichts Falsches getan, nur weil sie Slavonik nicht selbst in seine Grenzen wies. Nur irgendwo in ihrem Inneren, da spürte sie das Gefühl von Schuld wie einen Stachel, den sie nicht zu entfernen vermochte.

Sie spazierte weiter durch die nächtliche Stille. Die Wachen am Tor schenkten ihr keine Beachtung und die Bewohner der Hütten schliefen wohl bereits. Sie empfand es als befreiend, dass niemand sie beobachtete. Radegund ließ sich auf einem der Hocker nieder, den ein Handwerker vor seiner Hütte hatte stehen lassen. Die frische Nachtluft tat ihr gut. Allmählich überkam sie ein Gefühl des Friedens. Sie wünschte sich, diese Nacht würde nie vergehen und sie wäre nicht gezwungen, sich weiter ihrem schwierigen Leben zu stellen.

Plötzlich hörte sie Schritte. Sie klangen energisch und hart wie die eines Mannes. Radegunds Herz klopfte schneller. »Ein Überfall«, schoss es ihr durch den Kopf. »Slavonik kommt, um mich zu holen.« Die Erkenntnis, wie unwahrscheinlich diese Vermutung war, löste leise Enttäuschung in ihr aus.

»Habe ich dich erschreckt, Radegund? Das war nicht meine Absicht.« Eine große Gestalt in Beinkleidern stand vor ihr. Die tiefe, aber dennoch weiblich melodische Stimme war Radegund vertraut.

»Ich bin im Hof spazieren gegangen«, sagte Vlasta. »Das mache ich nachts manchmal. Ich mag die Stille. Aber dich habe ich hier noch nie getroffen.« Das Mannweib sprach freundlich.

»Ich konnte nicht schlafen«, murmelte Radegund und erschrak, wie gequält sie klang. Vlasta hockte sich neben sie. Ihre Gegenwart war nicht einmal unangenehm, hier, in der nächtlichen Abgeschiedenheit von der wirklichen Welt.

»Es ist sicher nicht einfach«, begann das Mannweib, »von einem Volk in ein anderes zu ziehen. Man hält mich für mutig, doch ich weiß nicht, ob ich das könnte. Es tut mir leid, wenn ich vielleicht manchmal barsch zu dir gewesen bin, Radegund.«

Während sie sprach, war ihr Blick auf den Boden gerichtet. Auch Radegund vermied es, Vlasta anzusehen.

»Es ist nicht dein Verhalten, unter dem ich leide, sondern mein eigenes«, hörte sie sich sagen. »Manchmal fällt es mir schwer, mich nicht selbst zu hassen. Ich habe immer das Gefühl, das Leben sei gegen mich. Doch wahrscheinlich bin ich selbst meine ärgste Feindin.«

Wie befreiend es war, diese Ahnung, die sie sich selbst nur

widerwillig eingestand, in Worte zu fassen. Eine Weile fühlte sie sich leicht, fast zufrieden.

»Ich bin nicht gut darin, andere zu beraten«, meinte Vlasta leise. »Wenn etwas mich quält, dann nehme ich das Schwert und kämpfe, bis ich mich nicht mehr rühren kann. Diese Erschöpfung erlöst mich. Aber es gibt eine Frau hier in Praha, die Leidenden zu helfen vermag.«

Radegund senkte den Kopf. »Bitte schick mich nicht zu Fürstin Libussa. Ich weiß, sie hat ein mitfühlendes Herz. Aber sie … sie scheint mir so vollkommen, dass ich mich in ihrer Gegenwart sofort schlecht fühle.«

Zu ihrem Staunen hörte sie Vlasta lachen. »Meinst du vielleicht, du bist die Einzige, der es so geht, Radegund? Libussas Güte kann anstrengend sein. Komm, ich bringe dich zu einer Frau, die das selbst gut genug weiß. Wir müssen uns beeilen, denn schon bald wird sie wieder abreisen.«

Eine innere Stimme flüsterte Radegund zu, das Angebot abzulehnen. Doch ihr Körper erhob sich trotzdem. In dieser Nacht würde sie gegen ihre Vernunft und Vorsicht handeln.

In der Kammer brannte noch Licht. Vlasta klopfte an die Tür und eine weibliche Stimme rief sie herein. Radegund erkannte die kleine Gestalt Kazis im Schein der Fackeln. Es gab kaum Möbel in dem Raum, dessen Bewohnerin offenbar auf Tierfellen schlief und keine Stühle brauchte. Sie war von Kräuterbündeln und Salbentöpfen umgeben. Radegund fühlte sich an Hiltrud, die Wahrsagerin aus Regensburg, erinnert, doch bei genauerem Hinsehen erwies sich die Ähnlichkeit als gering. Hiltrud war vom schrecklichen Los einer Elenden und Ausgestoßenen gezeichnet gewesen. Kazi hingegen saß völlig entspannt in ihrer bescheiden eingerichteten Kammer, als sei ihr Leben frei von Furcht oder unerfüllten Sehnsüchten. Ihr Gesicht war nicht gütig wie das Libussas. Es strahlte eine uralte Weisheit aus, die manchmal auch Härte zulassen konnte.

»Radegund sucht deinen Rat«, begann Vlasta.

Kazi nickte. »Dann sei so gut und lass uns allein.«

Seltsamerweise fühlte sich Radegund irgendwie verloren, als Vlasta den Raum verließ. Während des kurzen Gesprächs war ihr die Kriegerin vertraut geworden. Kazi hingegen, die heidnische Zauberin, wirkte fremd und bedrohlich.

»Möchtest du einen Becher Wein trinken?«

Radegund nahm erleichtert an. Das Getränk verbreitete wohlige Wärme in ihrem Körper. Ihre Verspannung ließ nach.

»Nun, was führt dich zu mir, Christenmädchen?«

Sie erschrak, derart angeredet zu werden. Als Christin sollte sie gar nicht hier sitzen. Anahild würde niemals …

»Lass mich raten. Es ist der Kroatenfürst. Er hat Unruhe in deine fromme Seele gebracht, habe ich recht?« Kazis Stimme klang weder spöttisch noch vorwurfsvoll. Trotzdem musste Radegund den Wunsch unterdrücken, ihr den Wein ins Gesicht zu schütten.

»Ich bin keineswegs so fromm, wie du denkst«, zischte sie und staunte, warum sie plötzlich das Gefühl hatte, sich gegen eine solche Bezeichnung wehren zu müssen.

»Auch das dachte ich mir. Anders als meine Schwester Libussa will ich nicht nur das Gute in den Menschen sehen. Du hast zu viel Feuer und Hunger nach Leben in dir, um die Bedürfnisse deines Körpers zu verleugnen.«

Radegund wurde schwindelig. Sie hätte den Wein nicht so schnell trinken sollen.

»Ich liebe nur meinen Gemahl Lidomir«, erklärte sie laut. Kaum hatte sie diese Worte ausgesprochen, erkannte sie die Wahrheit in ihnen und verspürte eine tiefe Erleichterung.

Kazi lächelte milde. »Hier geht es nicht um Liebe, Radegund. Nicht dein Herz verzehrt sich nach Slavonik, sondern ein anderer Teil deines Körpers.«

Radegund schlug die Hände vors Gesicht. Wie konnte diese fremde Frau ihre Verderbtheit so klar erkennen?

»Daran ist nichts Schlimmes, Mädchen. Jedenfalls nicht in meinem Glauben«, meinte Kazi sanft.

»Dein Glaube! Ihr Heiden kennt keine Gesetze der Moral und des Anstands. Ihr folgt euren Trieben, die ihr für heilig haltet.«

Die Worte waren Radegund entschlüpft, bevor sie überlegt hatte. Sie erschrak. War es klug, vor dieser heidnischen Zauberin wie die Äbtissin zu reden? Aber Kazi schien nicht zornig.

»Wir kennen die Gesetze der Natur und verehren sie, denn aus der Natur sind wir entstanden. Unsere Götter zeigen sich in ihr, durch den Klang des Donners und die Tiefe der Gewässer, durch das stete Sterben und neue Erblühen dieser Welt. Dein Körper ist ein Teil dieses Ganzen. Warum solltest du dich für seine Sehnsüchte schämen müssen? Nimm es hin, dass der Kroatenfürst dich reizt. Sobald du dich von deinem Schuldgefühl gelöst hast, kannst du in Ruhe eine Entscheidung treffen. Dein Wille ist nur frei, wenn du dich selbst so anerkennst, wie du bist.«

Radegund war wie betäubt. Sie wollte den Sinn dieser Worte erfassen, doch es gelang ihr nicht. »Gib mir ein Mittel, das mich von meinem Verlangen nach diesem Slavonik befreit. Das kannst du doch, nicht wahr?«, flüsterte sie verzweifelt.

Kazi lachte auf. »Da überschätzt du meine Fähigkeiten. Ich kann dir Tränke brauen, die jede Lust in deinem Körper betäuben, aber wäre das wirklich gerecht gegenüber Lidomir?«

Radegund fand das allemal besser, als wenn sie sich vor allen Leuten anmerken ließ, dass ihr ein anderer Mann gefiel. Aber würde Lidomir nicht bei einer anderen Frau suchen, was sie ihm nur noch widerwillig gewährte?

»Was also ist dein Rat an mich, weise Frau?«, fragte sie spöttisch. Kazi streckte ihre Hand nach einem großen Hund aus, der in einer Ecke des Raumes schlief. Er erhob sich wie von einer unhörbaren Stimme gerufen und eilte herbei. Radegund bemerkte mit Widerwillen, dass eines seiner Augen zugewachsen war und eine tiefe Narbe sich bis zu seiner Schnauze zog. Sie mochte Hunde im Allgemeinen nicht, da sie stanken und sabberten. Warum ein Tier halten, das zudem noch entstellt war?

Kazi tätschelte liebevoll den Kopf dieser abscheulichen Kreatur. »Ich kann dir nur sagen, was ich denke, auch wenn es dir vielleicht nicht gefallen wird. Meine Erfahrung sagt mir, dass man Hunger nicht durch Fasten stillt.«

Radegund wollte die Ungeheuerlichkeit dieser Andeutung nicht verstehen. »Was meinst du damit?«, bohrte sie nach.

Kazi zuckte mit den Schultern. »Das Unerreichbare scheint immer verlockend. Die beste Art, einer Speise überdrüssig zu werden, ist genug von ihr zu essen. Wir haben hier mehrfach im Jahr Feste, die sehr ausgelassen sind. Slavonik nimmt gelegentlich an ihnen teil. Wärest du ein Mädchen aus meinem Volk, so würde ich dir empfehlen, dich dabei in seiner Nähe aufzuhalten. Du gefällst ihm. Bald schon würdest du vielleicht feststellen, dass er deiner Sehnsucht nicht wert war.«

Radegund riss ungläubig die Augen auf. »Ich bin eine verheiratete Frau, und du rätst mir, meinem Mann untreu zu werden?«

»Ich sage dir, was ich denke«, erwiderte Kazi gleichmütig. »Niemand zwingt dich, auf mich zu hören.«

»Das ist ungeheuerlich«, hörte Radegund sich schreien, »so etwas auch nur auszusprechen. Wofür hältst du mich, du verderbtes Weib? Für eine … eine … Hure?« Sie verwendete den fränkischen Begriff, denn sie wusste nicht, wie man in der Sprache der Behaimen solche Frauen nannte.

»Was bedeutet denn dieses Wort? Ich habe es noch nie gehört«, seufzte Kazi. »Ich denke nicht schlecht von dir. Du aber beleidigst mich.« Wieder streichelte sie ihren widerlichen Köter. »Man wirft mir oft vor, ich würde Tiere den Menschen vorziehen. Das stimmt vermutlich sogar. Tiere zeigen sich dankbar für die Hilfe, die sie bekommen.«

Radegund war aufgesprungen und eilte zur Tür. Sie glaubte ersticken zu müssen, wenn sie noch länger in der Gegenwart dieser heidnischen Zauberin blieb.

Draußen lehnte sie sich gegen die Wand und atmete tief durch, um sich zu beruhigen. Dann tastete sie sich leise durch den dunklen Gang in ihre Kammer zurück. Lidomir schlief zu ihrer Erleichterung bereits. Sie streifte ihr Gewand ab und legte sich neben ihn. Er murrte im Schlaf. Seine Hand legte sich um ihre Taille, und eine tiefe Erleichterung breitete sich in Radegunds Körper aus.

Er liebt mich noch, trotz meines dummen Benehmens heute, dachte sie und schloss die Augen. Slavoniks Raubvogelgesicht und seine muskulösen Arme tauchten hinter ihren Lidern auf. Reizvoll und unerreichbar. Wie ein leises Flüstern kehrten Kazis Worte in ihr Bewusstsein zurück.

Scharka und die anderen Mädchen waren bereits versammelt, als Radegund eintrat. Auf der Türschwelle hielt sie plötzlich inne, denn sie fürchtete Anspielungen auf den gestrigen Vorfall. Doch die Anwesenden schienen so beschäftigt, dass sie Radegund kaum wahrnahmen. Statt Garn und Stoffen hielten sie an diesem Tag Eier in den Händen. Gefäße mit Farben standen vor ihnen. Sie tauchten dünne Holzstäbchen hinein und malten Muster auf die Eierschalen.

»Da bist du ja, Radegund«, wurde sie von Scharka begrüßt. »Wir hatten dich schon vermisst. Die Vorbereitungen für das Frühlingsfest haben angefangen, denn es ist schon in einer Woche.«

Der freundliche Klang von Scharkas Stimme befreite Radegund von allen Bedenken. Danach erzählte Lidomirs Schwester die verworrene Geschichte einer Göttin, deren alter Leib vernichtet werden musste, damit sie sich wieder verjüngte. Ein aus dem Totenreich zurückgekehrter Gott war ebenfalls mit im Spiel. Offenbar sollten die beiden zusammenkommen. Radegund hatte nicht viel übrig für solchen Unsinn. Sie ahnte allerdings, dass Anahild sich die Geschichte vielleicht gern angehört hätte, denn ganz gleich ob heidnisch oder christlich, sie mochte Geschichten.

»Wozu bemalt ihr die Eier?«, fragte sie, um nicht gleichgültig und dadurch unhöflich zu wirken. Dann fiel ihr ein, dass Scharka bereits einmal etwas über irgendwelche Eier erzählt hatte.

»Am Ende des Festes trifft man sich zum Tanz«, bestätigte Lidomirs Schwester ihre Vermutung. »Dann überreichen wir die bemalten Eier den Männern unserer Wahl.«

Radegund nickte. Mnata würde sein Geschenk bekommen.

Ausgelassene Feste, hatte Kazi gesagt.

»Wer wird alles kommen?«, hörte sie sich fragen.

»Diesmal werden die fürstlichen Familien der Leitmeritzer und Lukaner dabei sein. Erinnerst du dich an Radka und ihren Bruder Lecho? Nein, wahrscheinlich nicht, du warst damals noch ganz neu hier. Zu viele fremde Gesichter auf einmal. Radka ist eine große Frau mit roten Haaren. Eine der besten Freundinnen meiner Mutter. Willst du an dem Tanz teilnehmen, Radegund?«

»Scharka, das gefällt ihr vielleicht nicht«, meinte Hodka mit dem gelehrten Gesicht.

»Aber warum sollte ich nicht an einem Fest teilnehmen? Natürlich komme ich mit«, widersprach Radegund, der Hodkas Allwissenheit auf die Nerven fiel.

»Na dann«, rief die hasengesichtige Svatava, »dabei kannst du unsere Sitten besser kennen lernen.« Radegund fand die Stimme des Mädchens leicht spöttisch, was sie in dem Entschluss bestärkte, auf dieses Frühlingsfest nicht zu verzichten.

Lidomir schien die Kampfübungen allmählich besser ertragen zu können. Er war am Abend nicht mehr vollkommen erschöpft, sondern suchte Gespräche mit Radegund. Seine Fragen, wie sie den Tag verbracht hatte und ob ihr das neue Zuhause gefiel, erfreuten sie. Allmählich hörte Slavonik auf, sie in ihren Tagträumen zu verfolgen. Nun, da Lidomir wieder ihre Aufmerksamkeit beanspruchte, geschah es ganz von selbst, ohne dass sie sich verbieten musste, an Slavonik zu denken.

»Morgen ist das Frühlingsfest«, teilte sie ihm schließlich mit. »Ich denke, wir sollten beide teilnehmen. Ich habe es deiner Schwester versprochen.«

Zu ihrem Erstaunen versteinerte er plötzlich. »Radegund, dieses Fest ist anders als die christlichen.«

»Natürlich, denn dies ist ein heidnisches Land. Ich wusste es, bevor ich hierherkam. Ich habe mir auch die Geschichte von den zwei Göttern schon angehört. Also warum sollten wir nicht beide dabei sein?«

Lidomir sah so entsetzt aus, dass eine ungute Ahnung in ihr aufstieg. »Diese Menschenopfer, von denen deine Tante Kazi sprach …?« Sie stellte sich das weise, aber harte Gesicht der Zauberin vor, während sie einem Unschuldigen die Kehle aufschnitt. Zu Fürstin Libussa passte eine solche Handlung nicht, doch diese Kazi mit ihrer heidnischen Denkweise, wozu mochte sie wohl fähig sein? Ein Schauer lief ihr über den Rücken.

»Nein, keine Menschenopfer«, unterbrach Lidomir empört ihre Gedanken. »Die wurden schon von einer Vorgängerin meiner Mutter abgeschafft.«

Radegund war erleichtert. Vielleicht war es doch kein so barbarisches Land. »Was soll dann so schlimm sein an dem Fest? Komm, Lidomir, lass uns gemeinsam hingehen«, sprach sie in schmeichelndem Ton. Sie sah ihn erwartungsvoll an und nahm mit Befremden seinen angewiderten Gesichtsausdruck zur Kenntnis.

»Radegund, ich fürchte, Vater Anselm hat trotz allem einen Christen aus mir gemacht. Ich möchte an dem Tanz nicht teilnehmen, nicht einmal mit dir. Es wird dann sehr … sehr ausgelassen. Aus diesem Grund wünsche ich auch nicht, dass du allein dort hingehst.«

Sie hatte ihren sanften, zärtlichen Gemahl noch niemals derart entschieden reden hören. Seine Worte taten ihr weh. Auch ihr Vater Clothard war manchmal streng zu seiner ersten Gemahlin aus Ravenna gewesen, die er aus Standesgründen geheiratet hatte. Doch niemals wäre es ihm in den Sinn gekommen, seiner geliebten Gudrun etwas zu verbieten.

»Ich denke, in deinem Volk steht es Frauen zu, ihre eigenen Entscheidungen zu treffen«, zischte sie.

Lidomir hob abwehrend die Hände. »Bitte, Radegund, lass uns deshalb nicht streiten. Du bist mit unseren Bräuchen nicht vertraut. Es wird dauern, bis du den Sinn hinter ihnen begreifst. Jetzt würden sie dich nur entsetzen oder … oder dich zu Taten verleiten, die du vielleicht später bereust.«

Sein Blick war auf den Boden gerichtet, als hätte er Angst, ihr in die Augen zu sehen. Ausgelassene Feste, hatte er gesagt. Auch Kazis Beschreibung dieser rituellen Feiern war recht eindeutig gewesen. Lidomir glaubte, sie könne sich von heidnischer Freizügigkeit in Versuchung führen lassen. Nach dem Vorfall mit Slavonik hatte er sein Vertrauen in sie verloren. Wenn sie Lidomirs Liebe verlor, war sie nur noch eine Fremde in diesem Volk, und Lidomir konnte sie jederzeit nach Regensburg zurückschicken.

»Wie du meinst, Lidomir. Ich werde auf dich hören«, murmelte sie sanft. Sie hatte das Heucheln im Kloster gelernt.

5

Es war eine schöne Zeremonie gewesen, die Radegund für eine Weile von aller Schwermut befreite. Sie zogen durch die Dörfer im Umland. Ein junger Bauer auf einem Pferd ritt voran. Fürstin Libussa folgte und sprach überall Segenssprüche. Geschmückte Zweige wurden geschwungen, Gesänge erklangen, und alle Menschen schienen den Frühling freudig zu begrüßen. Strohpuppen als Verkörperung der alten Göttin wurden verbrannt und an manchen Orten, die am Fluss lagen, auch ins Wasser geworfen. Der Winter war vorbei. Angeblich würde die Göttin nun als junges Mädchen wiederauferstehen.

Danach gingen sie wieder in die Festung, um auszuruhen und sich auf das abendliche Fest vorzubereiten, das an den Ufern der Vltava stattfinden sollte. Radegund folgte Lidomir in die gemeinsame Kammer. Sie hatte Scharka gebeten, sie abzuholen, und dann würde sie schon sehen, was geschah. Es war fast wie im Kloster, wenn sie die Nonnen gegeneinander ausspielte. Die einzige Macht der Ohnmächtigen.

Das Klopfen erklang, als Hedwig bereits ein Abendessen hereingebracht hatte. Lidomir musste es bestellt haben. Er öffnete die Tür und blickte überrascht auf das unschuldige Gesicht seiner Schwester.

»Ich komme Radegund holen«, sagte Scharka.

»Wir nehmen an dem abendlichen Fest nicht teil. Hat meine Frau dir das nicht gesagt?«

Scharka schien vor den Kopf gestoßen, wie Radegund es vorausgesehen hatte.

»Sie hat mir versprochen mitzukommen. Das ist ein wichtiger Tag für mich, und ich hätte sie gern dabei«, erklärte Scharka beharrlich.

»Und ich möchte den Abend mit ihr in unserer Kammer verbringen.« Es klang so entschlossen, dass Radegund sich geschmeichelt fühlte. Dann fiel ihr ein, wie viel Misstrauen sich hinter seiner Anhänglichkeit verbarg.

»Ich habe Scharka nicht erzählt, dass du meine Teilnahme unpassend findest. Ich wollte sie nicht kränken«, flüsterte sie laut genug, damit Lidomirs Schwester es verstehen konnte.

Scharka sah verwirrt aus. »Ich begreife nicht, warum du Radegund daran hindern willst mitzukommen, Bruder. Alle anderen jungen Leute aus der Gegend nehmen teil. Sogar Tschastawa ist deshalb nach Praha gereist. Soll Radegund darauf verzichten, Teil der Gemeinschaft zu sein, nur weil du selbst dich hier in deiner Kammer vergraben hast?«

Lidomir senkte den Blick. »Sie ist unsere Sitten nicht gewöhnt.«

»Dann ist es doch an der Zeit, dass sie diese Sitten kennen lernt. Lidomir, du benimmst dich wie ein christlicher Ehemann, der jeden Schritt seiner Gefährtin überwachen möchte. Radegund soll selbst entscheiden.«

Scharka richtete ihre ernsten strahlend blauen Augen auf den Bruder. Sie hatte offenbar wirklich keine Ahnung, was Radegund plante. Wie unschuldig sie war! Eine heidnische Madonna.

Lidomir sah hilflos aus. »Nun, dann soll Radegund eben sagen, was sie will«, meinte er schließlich.

Radegund fühlte Panik in sich aufsteigen, denn damit hatte sie nicht gerechnet. Sie atmete tief durch. »Ich weiß es zu schätzen, wie du dich um mein Wohlergehen sorgst, Lidomir«, begann sie vorsichtig. »Doch deine Schwester ist nun meine gute

Freundin geworden. Sie hat sich mir anvertraut und ich weiß, dass dieser Tanz für sie sehr wichtig ist. Du musst verstehen, dass ich deshalb gern bei ihr wäre.«

Sie umarmte ihren Gemahl und spürte mit Erleichterung, dass auch er seine Hände um ihre Taille legte.

»Ich bleibe nur kurz. Gleich bin ich wieder zurück«, flüsterte sie ihm ins Ohr. Als sie Scharka die Treppe hinunterfolgte, fühlte sie sich leicht und beschwingt.

Am Ufer der Vltava brannten Feuer. Die Götzenstatuen auf der Wiese waren frisch bemalt worden und leuchteten bunt im Licht der Flammen. Ihre geschnitzten Gesichter wirkten dämonisch, doch das fröhliche Treiben der Versammelten befreite Radegund von ihrer Furcht. Essen und Krüge mit Met standen zur Stärkung bereit. Scharka wurden freudige Begrüßungen zugerufen, als sie sich an einen der Tische drängte. Die dunkle Tschastawa lehnte dort dicht neben Vlasta und biss in ein Stück Brot, während das Mannweib einen großen Becher leerte. Hinter den zwei jungen Frauen hatte der Hunne sich versteckt. Scharkas strahlendes Lächeln machte ihn sichtlich verlegen, und er senkte sofort den Blick.

Radegund lächelte über sein Verhalten. Sie ergatterte ein Fladenbrot und geräuchertes Fleisch von dem reich gedeckten Tisch. Kauend gesellte sie sich zu den anderen und nahm deren freundliches Kopfnicken zur Kenntnis. Sie galt anscheinend bereits als selbstverständlicher Teil der Gemeinschaft, wozu ihr hauptsächlich Scharkas Freundschaft verholfen hatte. Es erstaunte sie, wie viel Freude sie darüber empfand. Ein wenig abseits des Kreises um Lidomirs Schwester erkannte sie Kazis Sohn Vojen. Er trug eine hellrote Tunika und sein Gesicht war ähnlich bemalt wie die Götzenstatuen. Radegund erinnerte sich, dass er auch bei den Zeremonien anwesend gewesen war und gemeinsam mit anderen wild bemalten Männern – Schamanen, wie Lidomir ihr erklärt hatte – gesungen hatte, während Fürstin Libussa ihre Segenssprüche aufsagte. Vojen machte keinen glücklichen Eindruck, einer dieser Auserwählten zu sein. Sein Gesicht wirkte meist wie eine verriegelte Tür, und wenn eine Gefühlsregung sich darauf zeigte, dann war sie nicht von freudiger Art. Bei den religiösen Gesängen hatte er nur gelangweilt gewirkt. Auch zu ihm sprachen wohl keine göttlichen Stimmen. Er wirkte unzufrieden mit seinem Leben, so wie Radegund selbst es lange gewesen war. Ihr schien, als kenne sie ihn gut, obwohl sie nie mit ihm gesprochen hatte.

Vojens Blick traf sie und musterte sie aufmerksam. Radegund gefiel das gar nicht. Sie wollte nichts zu tun haben mit jemandem, der offenbar viele ihrer eigenen schlechten Eigenschaften besaß. Außerdem war jetzt alles anders. Sie fühlte sich wohl bei Lidomirs Leuten.

In Ruhe betrachtete sie die Aufmachung der Anwesenden. Alle trugen jene bunten bestickten Gewänder, die bei den Behaimen beliebt waren. Ketten aus verschiedenfarbigen Perlen und heidnische Amulette hüpften auf ihrer Brust auf und ab, wenn sie sich bewegten. Besonders die Frisuren der Frauen gefielen ihr, die unzähligen ineinander verschlungenen Zöpfe und einfallsreich geformten Kopfbedeckungen aus farbenfrohem Tuch, dazu die Schläfenringe. Lidomir hatte ihr erzählt, dass der Kopfputz und die Zahl dieser Ringe darüber Auskunft gaben, welche Stellung eine Frau innehatte. Sie beschloss herauszufinden, was für eine Verzierung ihr zustand, und sich insgesamt passender einzukleiden, um Teil dieses Volkes zu sein. Die Frauen trugen zudem alle einen Beutel am Gürtel, in dem vermutlich die bemalten Eier versteckt waren.

Flötenspieler ließen heitere Melodien erklingen. Die jungen Leute fassten sich an den Händen und vollführten fröhliche Kreistänze. Es war wie auf dem Maitanz, bei dem Radegund Lidomir kennen gelernt hatte.

Die rasante Musik verlockte zum Tanz, und wie von selbst begann Radegund sich nach dem Rhythmus zu bewegen.

»Los, komm, tanzen wir!« Scharka packte entschlossen ihre Hand und führte sie zusammen mit Tschastawa, Vlasta und Mnata ins Getümmel. Im Feuerschein tauchten unbekannte Gesichter vor Radegunds Augen auf und verschwanden wieder im Dunkeln. Sie meinte, Hodka zu erkennen, deren Miene einmal nicht altklug wirkte, und einen Augenblick lang wirbelte auch Svatava an ihr vorbei. Irgendwann ließ sie Scharkas Hand los und spürte den Druck fremder Finger, die sie mitrissen. Sie ließ sich treiben. Ihr Körper hatte einen eigenen Willen, der ihren Verstand lähmte. Sie staunte, wie sehr ihr dieser Zustand gefiel. Frei wie ein Vogel flatterte sie als Teil des Schwarms auf der Wiese herum.

Dann schwenkten die tanzenden Männer mit bunten Bändern geschmückte Zweige, um sie ihrer Auserwählten zu überreichen. Radegund wollte sich aus der Menge zurückziehen und stieß dabei mit Mnata zusammen, der seine Zweige zögernd und scheinbar unschlüssig hochhielt, doch er sah dabei stets in dieselbe Richtung. Radegunds Blick folgte dem seinen und erkannte von Neuem Scharka, deren Gesicht von den Flammen erhellt wurde und zu glühen schien. Immer weiter ging es im Kreis herum. Die tanzende Menge war wie ein einziger Körper, der hüpfte, sich drehte und die Fersen in den Boden bohrte. Lidomirs Schwester fingerte an ihrem Beutel herum und zog die bemalten Eier heraus, um sie Mnata entgegenzuhalten. Bei ihrem Anblick strahlten seine schräg gestellten Augen ungläubig und ehrfurchtsvoll, als sei ihm hier im Land der Heiden die Heilige Jungfrau erschienen. Kurzzeitig verschwanden die beiden im Dunkel abseits der Feuer, doch als sie wieder auftauchten, lagen Scharkas zarte Finger auf den Handflächen Mnatas. Er umschloss sie zögernd.

Um Radegund herum hatten sich weitere Paare gebildet. Sie musste mehreren Aufforderungen von Männern ausweichen und sah auf einmal das bemalte Gesicht Vojens vor sich, der ihr ein paar Zweige entgegenhielt. Seine verkrampfte Miene löste

Widerwillen in ihr aus, so dass sie sich rasch abwandte. Sie erwog, nun endlich den Heimweg einzuschlagen. Dicht neben ihr hatte ein großer blonder Jüngling seine Arme um Tschastawas schmale Taille gelegt. Nur Vlasta stand reglos inmitten der Tanzenden. Sie wirkte verloren. Kein Mann schien sich ihr nähern zu wollen, was Radegund überraschte, denn sie war keineswegs hässlich, und angeblich galten Frauen ihrer Art bei den Behaimen nicht als widernatürlich. Warum sah Vlasta so unglücklich aus? Da bemerkte Radegund, dass sie wie gebannt auf Tschastawas Verehrer starrte. Vermutlich gefiel er ihr, doch sie war von der dunklen Schönheit in den Schatten gestellt worden. Es ging bei den Behaimen nicht anders zu als sonst irgendwo auf der Welt.

Nochmals nahm sich Radegund vor zu gehen, doch ihre Neugier hielt sie zurück. Wie ausgelassen würde dieses Fest noch werden, an dem Lidomir sie nicht teilnehmen lassen wollte? Die Paare drängten sich immer enger aneinander, und ihre Körper schienen zu verschmelzen. Sie sah Gestalten im Dickicht verschwinden. Mnata führte Scharka zögernd von der Wiese. Lidomirs Schwester blickte sich kurz um. Ihr Blick streifte Radegund mit einem glücklichen, dankbaren Leuchten. Nun würde sie gleich in den Armen eines Mannes liegen, der sie verehrte und dankbar war, dass sie ihn erwählt hatte. So konnte ein junges Mädchen unverdorben bleiben.

Plötzlich meinte sie, wieder die kalte Mauer, gegen die der Händler sie gedrückt hatte, an ihrer Wange zu spüren. Ihr Magen verkrampfte sich gequält und sie beschloss, in die Festung zurückzugehen. Ungeduldig kämpfte sie sich durch die Körper der Tänzer. Außerhalb der Wiese schien die Einsamkeit befreiend, doch zu ihren Füßen stolperte sie beim Gehen über ein Paar, das sich auf der Erde wälzte. Radegund begann zu laufen. Fort. Nur fort. Sie wollte zu Lidomir.

Da umklammerte ein eiserner Griff ihr Handgelenk. »Ich wusste, du würdest zu dem Fest kommen, schöne Fränkin. Du sehntest dich nach ein wenig Vergnügen.«

Sie kannte die Stimme, konnte sie aber nicht gleich zuordnen. Gewaltsam wurde sie ins Gebüsch gezogen.

»Du bist meinetwegen gekommen, nicht wahr?« Das Raubvogelgesicht lag dicht über ihr. Sie roch den Gestank von Met. Als der Mond hinter den Wolken auftauchte, konnte sie Slavonik genauer betrachten. Tiefe Furchen zogen sich von seiner Nase bis zu den Mundwinkeln. Unter seinen Adleraugen erkannte sie die ersten Falten. Sie hatte vorher nie bemerkt, wie alt und angegraut der stolze Vogel bereits war.

»Ich bin nur deinetwegen hier, Radegund. Um dich hier wiederzusehen, habe ich mich heimlich nach Praha geschlichen. Ich weiß, du hast dich nach mir gesehnt.«

Seine Hände zerrten an ihrem Gewand, bis es zerriss. Sie spürte seine Zähne an ihrer Schulter und schrie auf, doch es klang wie das Blöken eines Lämmchens. Sie wusste, dass sie ihrer Stimme mehr Kraft verleihen musste. Es waren viele Leute in der Nähe, zwar berauscht und abgelenkt, doch irgendjemand würde ihr schon zu Hilfe kommen, wenn sie nur laut genug schrie. Aber sie brachte keinen Laut heraus. Die Scham lähmte sie und allmählich auch ein anderes, unbekanntes Gefühl. Blitze zuckten durch ihren Unterleib, während sie weiterhin versuchte, sich aus seiner Umklammerung zu befreien. Doch seine übermächtige Kraft hielt sie am Boden fest. Es war nicht nur Slavoniks Griff, denn allmählich ließ seine Gewalt nach, da Radegund aufhörte, sich ihr entziehen zu wollen. Sein Gesicht lag nun im Dunkeln und sie sah wieder die vertrauten Umrisse eines stolzen Raubvogels.

»Du bist mir nicht aus dem Kopf gegangen, Radegund.« Die Sanftheit seiner Stimme war wie ein Zaubertrank. Ihretwegen war der Kroatenfürst nach Praha gekommen, so wichtig war sie ihm! Radegunds Körper wurde überwältigt von ihrem Verlangen. Die Blitze wuchsen an zu einem Sturm, der in ihr tobte, als Slavoniks Leib sich gegen den ihren drängte.

Sie krallte ihre Finger ins Gras und hörte sich endlich schreien, laut, ungestüm und erleichtert, dass der Sturm ein Ende fand.

Dann atmete sie tief durch, um Ruhe zu finden. Slavonik war bereits aufgestanden und zog seine Beinkleider hoch.

»Du bist nicht übel, kleine Fränkin. Richte deinem Lidomir schöne Grüße von mir aus. Er hat einen guten Geschmack.«

Dann verschlang ihn das Dickicht.

Eine Weile noch genoss sie ihre Befriedigung und völlige Erschöpfung. Nur ganz allmählich erwachte auch ihr Verstand. Sie fürchtete sich vor der Erkenntnis, konnte sich aber nicht dagegen wehren. Einzelne Erinnerungen fügten sich zu einem abscheulichen Ganzen zusammen. Der Kroatenfürst war über sie hergefallen, um Lidomir und so auch die ihm verhasste Fürstin Libussa anzugreifen. Nur die Lust auf Rache hatte ihn zu ihr getrieben. In Radegunds Magen krampfte sich alles zusammen. Was für eine verdorbene, abgrundtief schlechte Person musste sie sein, dass sie an diesem widerwärtigen Spiel Gefallen gefunden hatte! Sie vergrub ihr Gesicht im Gras und sehnte sich nach der kalten, einsamen Zelle, wo die Äbtissin ungehorsame Nonnen einsperrte. Dorthin gehörte sie bis ans Ende ihrer Tage. Ihre Finger krallten sich in die Erde. Als sie Schritte hörte, blieb sie einfach liegen.

»Radegund, beim Licht der Mokosch, was ist mit dir geschehen?« Vlastas Stimme weckte sie aus ihrer Erstarrung. Warum musste dieses Mannweib immer im ungünstigsten Moment auftauchen?

»Radegund, so sieh mich doch an!« Die kräftigen Hände legten sich sanft auf ihre Schultern.

Radegund schrie empört auf. »Lass mich in Frieden, bitte! Ich möchte allein sein.«

»Dein Kleid ist zerrissen. Du bist völlig verstört.« Sie wurde herumgedreht und hochgezogen. Wie stark Vlasta war! Fast wie ein Mann. Fast wie …

Radegund wandte ihr Gesicht ab, denn sie spürte ein Würgen. Sie musste sich übergeben, beschmutzte die Erde, auf der sie lag, und auch ihr bestes Gewand. Warum konnte sie nicht einfach in Grund und Boden versinken?

»Wer war es? Slavonik? Einige Leute haben erzählt, sie hätten ihn hier herumschleichen sehen.« Vlastas Stimme klang mitfühlend. Radegund sank in ihre Arme und schämte sich, so schwach zu sein.

»Wir werden Slavonik anklagen. Libussa und Krok müssen sofort erfahren, was geschehen ist. Diesmal kommt er nicht so milde davon. Jetzt bringe ich dich erst einmal zu Kazi.«

Radegund befreite sich zappelnd aus Vlastas Armen. »Nicht zu Kazi! Es ist ihre Schuld. Sie … sie riet mir, an dem Fest teilzunehmen. Wegen Slavonik. Das sind doch eure heidnischen Sitten.«

Vlasta schüttelte den Kopf. »Das sind nicht unsere Sitten. Niemand darf Gewalt anwenden. So hat Kazi es nicht gemeint. Sie wird es dir selbst erklären, das kann sie besser als ich. Lass uns jetzt zu ihr gehen.«

»Nein!«, hörte Radegund sich empört aufschreien. Vlasta glaubte, ihr wäre Gewalt angetan worden. Auch Scharka und Libussa würden diese Geschichte hinnehmen. Aber niemals Kazi mit ihrem Blick für die dunklen Seiten der menschlichen Seele. Sie richtete sich auf. Allmählich ließ ihre Verwirrung nach. »Bitte, Vlasta, erzähle niemandem, wie du mich hier gefunden hast. Ich will es nicht, verstehst du?«

»Aber Slavonik muss bestraft werden«, widersprach Vlasta mit Nachdruck.

»Bestraft wofür? Eure heidnischen Bräuche sind an allem schuld, sonst wäre es nicht geschehen!« Radegund sprang auf und lief in den Schutz der vertrauten Festung.

6

Es gelang ihr, ruhig in die Kammer zu schleichen. Unterwegs hatte sie bei einer der Hütten eine zum Trocknen aufgehängte Tunika gefunden, die sie überzog, um die Risse und den Schmutz an ihrem Kleid zu verbergen. Glücklicherweise waren kaum Menschen zu sehen, denn fast alle Bewohner Prahas feierten unten am Ufer. Radegund hoffte, Lidomir schlafend vorzufinden. Sie fürchtete den Augenblick, da sie ihm in die Augen sehen musste.

»Du warst lange fort«, wurde sie von der vertrauten Stimme begrüßt, sobald die Tür sich hinter ihr geschlossen hatte. Eine der Fackeln brannte noch. Lidomir las in einem Buch, das Vater Anselm ihm mitgegeben haben musste. Langsam legte er es zur Seite.

»Wie hat es dir gefallen? Du siehst ziemlich zerzaust aus.«

Erschrocken strich sie über ihren Kopf. Die Haarknoten hatten sich in Strähnen aufgelöst, die wirr hinabhingen. Sie verschränkte die Arme, um sich gegen den bevorstehenden Streit zu wappnen.

»Ich bin weggelaufen. Es war schrecklich. Ich stolperte im Dunkeln und fiel in die Büsche.«

Sie staunte über den gefassten Klang ihrer Stimme und konnte sich nicht vorstellen, dass Lidomir ihr diese Geschichte glauben würde. Trotzdem fühlte sie eine völlige Ruhe, denn es schien aussichtslos, gegen das Unausweichliche anzukämpfen.

»Der Tanz gefiel dir nicht?«, fragte Lidomir nur. Seine Worte waren frei von Hohn und Misstrauen. »Ich habe nachgedacht, als du weg warst. Mein Benehmen war dumm. Es ist nicht gut, wenn wir uns von der Gemeinschaft ausschließen, Radegund. Ich hätte mitkommen sollen. Waren einige der Männer aufdringlich? Du bist eine anziehende Frau und hier bei uns, da ... da nimmt man es mit der Treue nicht so genau. Wenn eine Frau ohne ihren Gefährten kommt, gehen alle davon aus, dass ... Es war mein Fehler. Wäre ich dabei gewesen, wärest du nicht belästigt worden.«

Wäre er doch dabei gewesen, dachte Radegund sehnsüchtig. Warum musste ihr das Schicksal stets so übel mitspielen? Eine unklare Erinnerung stieg in ihr hoch. Jemand hatte einmal zu ihr gesagt, man könne sein Schicksal manchmal lenken. Doch das war Unsinn. Wich man einer Falle aus, so tat sich völlig unerwartet eine neue auf.

»Lidomir, ich mag diese heidnischen Sitten nicht«, sagte sie entschieden. Er runzelte die Stirn.

»Auch mir ist vieles fremd geworden. Deshalb wollte ich an dem Fest nicht teilnehmen. Doch dies sind die Bräuche meiner Heimat, Radegund. Ich kann sie nicht abschaffen.«

Warum tat er als Sohn der Fürstin immer so machtlos? Ein anderer Mann hätte sich besser durchzusetzen verstanden. Ein Mann wie Slavonik? Sie schämte sich, dass dieser Gedanke sich in ihren Kopf geschlichen hatte. Plötzlich hämmerte ihr Herz wieder wie vorher im Gebüsch.

»Deinen Leuten fehlt jemand, der ihnen den richtigen Weg zeigt. Sie kennen keine Gesetze der Moral und des Anstands«, rief sie und nahm erschrocken Lidomirs finstere Miene zur Kenntnis.

»Hier gibt es durchaus Verhaltensregeln, und meine Mutter wacht sehr streng darüber, dass sie eingehalten werden. Nur sind sie in manchen Dingen anders als in christlichen Ländern.«

Radegund starrte ungläubig. »Es sind die falschen Regeln. Sie erlauben den Menschen, verderbte Dinge zu tun. Dein Volk braucht Weisungen, Lidomir. Sind noch nie christliche Missionare hier gewesen?«

Er seufzte. »Natürlich waren sie hier, doch kaum jemand hörte auf sie. Die Behaimen leben seit Ewigkeiten nach ihren Bräuchen. Sie sind daran gewöhnt und sehnen sich nicht nach Veränderung. Was erwartest du denn? Soll das Heer des Frankenkönigs hier einmarschieren wie bei den Sachsen oder jetzt bei den Awaren?«

Zum ersten Mal bemerkte sie die Schärfe in seiner Stimme und begann sich zu fürchten. »Aber genau das könnte vermieden werden, wenn deine Leute ihre heidnischen Ausschweifungen freiwillig aufgeben«, erwiderte sie und war erfreut, dass ihr Verstand so schnell arbeitete. »König Karl fühlt sich berufen, den christlichen Glauben überall durchzusetzen. Nähme ein Volk ihn freiwillig an, dann könnte es einen Angriff vermeiden und seine Unabhängigkeit wahren.«

Lidomir fuhr sich mit den Fingern durchs Haar. Er sah müde aus. »Meine Mutter wird niemals freiwillig Christin werden. Diese Religion ist ihr völlig fremd. Onkel Krok denkt genauso. Die alten Traditionen, der Ahnenkult, das ist sehr wichtig bei uns. Dagegen kommt niemand so einfach an. Ich hatte dich gewarnt. Dies ist ein heidnisches Land, und daran wird sich so schnell nichts ändern.«

Erschöpft sank er auf die Bettstatt. Für ihn schien das Gespräch beendet, denn er streckte seine Hände nach Radegund aus. In ihr verkrampfte sich alles. Wenigstens diese Nacht sollte er sie in Frieden lassen. Sie fand einen Krug mit Wasser in der Zimmerecke. Wäre sie allein, dann könnte sie ihren ganzen Körper gründlich waschen, doch vor Lidomirs Augen schien es ihr unmöglich. Verkrampft legte sie sich neben ihn, und er löschte die Fackel. Seine Hand umklammerte die ihre. Radegund sehnte sich nach einer Zeit der Unschuld zurück.

»Es tut mir vor allem leid, was ich zu dir gesagt habe«, flüsterte er. »Dass du bei dem Fest Dinge tun könntest, die du vielleicht anschließend bereust. Ich weiß nicht, was in mich gefahren ist, dich derart zu verdächtigen. Es muss meine Wut auf diesen hochmütigen Slavonik gewesen sein.«

Ein Messer, das bereits in Radegunds Brust steckte, wurde durch diese Worte herumgedreht. Wie lange würde es dauern, bis ihr Gemahl ihre Verdorbenheit bemerkte?

»Lidomir«, begann sie zögernd. »wenn andere, überzeugendere Missionare hierherkämen, würden sie den christlichen Glauben vielleicht durchsetzen können. Außerdem hätte ich gern einen Beichtvater.«

»Wir werden morgen darüber reden«, meinte er müde.

»Bitte, lass uns eine Nachricht nach Regensburg schicken. An Vater Anselm. Er wird geeignete Leute finden.«

Lidomir wälzte sich herum. »Ich kann das nicht ohne die Zustimmung meiner Mutter entscheiden.«

Er kann nichts allein entscheiden, dachte Radegund bitter, als sie die Augen schloss. Sie ahnte, dass sie sich in dieser Nacht vergeblich nach Schlaf sehnen würde.

»Christliche Missionare?« Libussa starrte ihren Sohn ungläubig an und dankte den Göttern, dass Krok sich nun wieder in Chrasten aufhielt.

»Mutter, nur ein oder zwei Mönche. Es sind doch schon einige Missionare hier gewesen. Sie waren völlig harmlose, nette Männer, die keine Gewalt anwendeten, wenn niemand auf sie hörte.« Lidomir sah unglücklich aus, so wie damals, als er sie mitten in der Nacht wegen Hedwigs Benehmen geweckt hatte.

»Die Harmlosigkeit der Christen habe ich in Verden mitbekommen«, erklang Premysls Stimme spöttisch an ihrer Seite.

»Vater, ich sagte doch bereits, dass nicht alle Christen schlechte Menschen sind.«

Libussa ahnte schon seit längerem, dass die christliche Erziehung im Herzen ihres Sohnes mehr Spuren hinterlassen haben musste, als er zugab. »Warum willst du diese Missionare, Lidomir?«, fragte sie ruhig. Ihr Sohn senkte betreten den Blick. Er zögerte mit seiner Antwort.

»Es … es ist wegen Radegund. Ihr hat das Fest nicht gefallen. Sie meint, einige Leute sollten hier etwas von christlicher Moral erzählen. Außerdem will sie jemanden, der … der mit ihr betet.«

»Nicht gefallen?«, mischte sich nun Scharka staunend ins Gespräch. »Ich hatte den Eindruck, sie hat sich sehr gut unterhalten. Sie tanzte doch freiwillig mit uns.«

»Aber dann, als … als es zu ausgelassen wurde, da lief sie fort. Niemand von euch hat sie danach gesehen. Nur ich. Sie war völlig aufgelöst«, widersprach Lidomir. Scharka blickte weiterhin ungläubig drein, doch sie schwieg.

»Wenn ihr unsere Feste nicht gefallen, dann soll sie in Zukunft in ihrer Kammer bleiben«, sagte Premysl. »Willst du, dass wir unsere Sitten wegen der Launen deiner nörgelnden Fränkin ändern?«

»Vater«, seufzte Lidomir. »Es geht doch nur um ein paar Mönche. Radegund erwartet nicht, dass ihr alle von heute auf morgen Christen werdet.«

»Wie großzügig von ihr«, knurrte Premysl und nahm einen Schluck aus seinem Krug.

Er mochte das Mädchen nicht. Auch Mnata dachte nicht gut von der Fränkin. Aber wie verloren musste sich eine junge Frau ohne ihre Familie in der Fremde fühlen! Es war doch nur verständlich, dass sie sich nach Menschen aus ihrer Heimat sehnte. Lidomir schien das Wohlbefinden seiner Gefährtin am Herzen zu liegen, was nur davon zeugte, dass er ein liebenswerter, verantwortungsbewusster Junge war. Sollte sie sich seinem Wunsch wirklich in den Weg stellen? Was konnten ein paar Kuttenträger mehr oder weniger schon ausrichten, wenn ihnen nicht das Heer des Frankenkönigs folgte?

Dann kam ihr plötzlich ein ganz anderer Gedanke.

»Was ist mit dieser Schwester, die sie einmal erwähnte? Premysl, du sagtest doch selbst, sie könnte uns hier ihr Wissen vermitteln. Und Radegund beschrieb das Mädchen als sehr fromm. Wir könnten ihr vorschlagen, diese Schwester nach Praha zu holen.«

Einen Augenblick lang war sie stolz, eine so geschickte Lösung gefunden zu haben. Die Jahre des Rechtsprechens waren nicht spurlos an ihr vorübergegangen.

»Mutter, das Missionieren ist bei den Christen nicht die Aufgabe von Frauen«, erwiderte Lidomir zu ihrer Enttäuschung. »Radegunds Schwester ist eine Nonne, die in ihrem Kloster bleiben will. Nur die Mönche brechen manchmal in unbekannte Gegenden auf, um den christlichen Glauben zu verbreiten. Für Frauen wäre das zu gefährlich.«

»Nun höre dir doch einmal selbst zu, Junge!«, fuhr Premysl erneut dazwischen. »Zu gefährlich für Frauen soll es bei uns sein? Hältst du uns für Schänder oder Menschenfresser?«

»Premysl, Lidomir erklärte nur, wie Christen diese Dinge sehen.«

Libussa überkam Müdigkeit. Wie unschön sich dieser Tag entwickelte, obwohl sie zunächst so froh gewesen war über Scharkas glücklich strahlendes Gesicht!

»Warum«, begann Lidomir nun ebenfalls in erschöpftem Ton. »Ist es denn so wichtig, ob eine Frau hierherkommt oder einige Männer? Es sind alles Christen.«

Libussa seufzte. Ihr hatte die Art gefallen, wie Radegund ihre Schwester beschrieb, und sie hätte das Mädchen gern kennen gelernt.

»Nun gut, Lidomir«, meinte sie schließlich. »Sage deiner Gefährtin, dass eine Nachricht nach Regensburg geschickt werden kann. Doch warne die Mönche, dass sie wieder fortmüssen, sobald ihr Verhalten mir missfällt.«

Sie legte entschlossen ihre Hände auf den Tisch. Die Angelegenheit hatte sich erledigt.

»Fürstin Libussa!« Mnatas Stimme war leise, aber beharrlich. »Sollte Krok nicht auch seine Zustimmung geben?«

Sie musterte den jungen Mann fassungslos. Noch nie zuvor hatte er ihr Recht, Entscheidungen allein zu treffen, in Frage gestellt.

»Dies betrifft nur meine Festung Praha«, erklärte sie mit Nachdruck. »Krok lebt die meiste Zeit in Chrasten. Außerdem ist die Angelegenheit viel zu unwichtig, um ihn damit zu behelligen. Und jetzt lasst uns endlich von etwas anderem reden.«

Die kurze Nachricht musste auf Baumrinde geritzt werden, da Lidomir nur sein Lieblingsbuch, die Schriften Senecas, mitgenommen hatte. Niemand in Praha verfügte über die notwendigen Kenntnisse, um Pergament und Tinte herzustellen. Radegund wurde erneut bewusst, dass sie sich hier völlig abseits der zivilisierten Welt befand. Ein Knecht Libussas trat die Reise nach Regensburg an, wo Vater Anselm vermutlich noch beim Bischof weilte.

Danach hielt Radegund sich hauptsächlich in ihrer Kammer auf. Scharka fragte sie mehrmals, was ihr an dem Fest denn missfallen hätte. Der erstaunte, besorgte Gesichtsausdruck von Lidomirs Schwester beruhigte sie, denn er bestätigte, dass Vlasta tatsächlich geschwiegen hatte. Das überraschte Radegund. Gewöhnlich verbreiteten sich derartige Gerüchte gerade unter Frauen wie ein Lauffeuer. Vlasta hatte wohl den Ehrbegriff der Krieger verinnerlicht.

Es fiel ihr schwer, Scharkas hartnäckige Fragen zu beantworten. »Mnata und du, ihr liebt euch wenigstens. Doch viele der anderen Paare bei diesem Tanz wurden von ihrer Fleischeslust getrieben«, erklärte sie schließlich.

»Aber ich verstehe nicht, was daran schlecht sein soll. Meine Eltern lernten sich bei solch einem Fest kennen. Danach blieben sie einander treu, so wie Mnata und ich es uns wünschen. Doch andere Menschen bevorzugen die Abwechslung. Es ist die Fruchtbarkeit, der wir alle unser Leben verdanken. Der Leib der Erde stirbt im Winter, doch mit dem Frühling erblüht er erneut.«

Radegund weigerte sich, über diese Worte nachzudenken. Die Denkweise der Heiden hatte bereits genug Unglück über sie gebracht.

»Wenn die Mönche eintreffen, werden sie dir alles erklären«, meinte sie nur.

Scharkas Augen weiteten sich. »Warum brauchst du fremde Männer dazu? Ich dachte, wir wären Freundinnen. Rede selbst mit mir.«

Aber das wollte Radegund nicht. Sie ging auch nicht mehr in die Nähstube, wo Scharka und ihre Gefährtinnen zusammensaßen. Die Einsamkeit war quälend, denn Schuldgefühle plagten sie ohne Unterlass. Sie sehnte sich nach dem Eintreffen der Missionare, ohne genau zu wissen, was sie eigentlich von ihnen erwartete.

Manchmal, wenn sie trotzdem hinausging, um sich durch Spaziergänge im Hof abzulenken, sah sie Mnata. Nach Kroks Abreise leitete er die Kampfübungen, an denen Lidomir weiterhin teilnahm. Vlasta war in die Festung ihrer Mutter zurückgekehrt, was Radegund über die Maßen erleichterte. Sie fürchtete nichts mehr als ein Wiedersehen mit der Kriegerin. Es gab Augenblicke, da sie Sehnsucht nach der Zeit vor dem verfluchten Frühlingsfest überkam. Ihr vertrautes Geplauder mit Scharka, ja, sogar die zunehmend freundliche Vlasta, all das gehörte zu einer Welt, vor der sie für immer getrennt schien, nun, da sie die Fäulnis erkannt hatte, die sich hinter scheinbar harmloser Freizügigkeit verbarg.

Aber war diese Fäulnis nicht vor allem in ihr selbst?

Sie flüchtete vor diesem Gedanken. Die Missionare würden ihr den rechten Weg zeigen.

Jedes Mal, wenn sie Mnata erblickte, waren seine Blicke abweisend. Sie hatte Lust, ihm ins Gesicht zu schreien, dass er sein Zusammensein mit Scharka unter anderem auch den Ratschlägen der verhassten Fränkin zu verdanken hatte.

Zu diesem Gedanken gesellte sich ein anderer, weitaus unangenehmerer. Vlasta und Mnata standen sich nahe, wie Scharka ihr erzählt hatte. Eine Freundschaft von Kindesbeinen an, geprägt von gemeinsamen Kampfübungen und der verheerenden Schlacht bei Verden. Hatte Vlasta ihrem Kriegsgefährten ihr Geheimnis anvertraut, vielleicht, um Rat zu suchen? Falls dies stimmte, so schwieg auch Mnata aus Ehrgefühl. Doch sein Blick war ein vernichtendes Urteil, das Radegund wie ein Schlag in die Magengrube traf.

Sie hoffte, es würde alles gut werden, wenn die Mönche kamen. Sie konnten ihr helfen, sich im Leben weiter zurechtzufinden. Sie müsste nur beichten, dann würde sie sich bald besser fühlen. Ihre Sehnsucht nach Erlösung durch die Beichte überraschte sie selbst. Aber hatte nicht auch Lidomir gemeint, die Erziehung durch Vater Anselm sei nicht spurlos an ihm vorübergegangen? Diese heidnischen Sitten waren eine Falle gewesen, in die sie getappt war. Nun suchte sie wieder Halt bei den vertrauten Lehren ihrer Kindheit.

Die ersten heißen Sommertage brachten den Knecht in Begleitung zweier Mönche zurück. Sie ritten auf Eseln durch das Tor der Festung und ihre braunen Kutten kamen Radegund plötzlich unglaublich trist vor im Vergleich zu der farbenprächtigen Aufmachung von Lidomirs Leuten. Sie musste sich wieder in Erinnerung rufen, wie viel Gefahr hinter dem Reiz des Fremden lauerte.

Libussa begrüßte die Ankömmlinge und erklärte, es stünde ihnen frei, hier von ihrem Gott zu reden, doch jede Einmischung in gängige Rituale und Lebensgewohnheiten seien unerwünscht. Lidomir übersetzte, während Radegund aufmerksam die Gesichter der beiden Unbekannten musterte. Ein halbwüchsiger Jüngling stand an der Seite eines Mannes mittleren Alters. Beide betrachteten staunend die hölzerne Festung und die mit bestickten Tüchern bespannten Wände um sich herum. Nicht weniger verblüffend war für sie wohl die zarte Frau auf dem hohen Stuhl, die wie eine Herrscherin sprach. Der ältere Mönch runzelte die Stirn. Er hatte buschige Brauen, unter denen kluge, willensstarke Augen hervorblickten. Daneben wirkte der Jüngling farblos wie ein verwaschenes Leinentuch.

»Ich bin Gundolf aus dem Kloster Sankt Emmeran«, stellte sich der ältere Mönch vor. »Und dies ist mein Begleiter Frederik. Wir haben uns beide in Fulda kennen gelernt, wo man uns in der Kunst des Missionierens unterwiesen hat, einer Aufgabe von nicht zu unterschätzender Bedeutung in diesen schwierigen Zeiten. Richte diesem Weib aus, wir haben ihre Worte zur Kenntnis genommen.«

Lidomir sah unzufrieden aus und übersetzte eine etwas freundlichere Version von Gundolfs Worten. Daraufhin entließ Libussa die Neuankömmlinge mit einem Wink ihrer Hand. Sie sollten nicht das Gefühl bekommen, wichtige Gäste zu sein.

Lidomir und Radegund führten die beiden Männer in einen Nebenraum, um sich mit ihnen zu unterhalten. Eine Magd brachte ihnen eine Stärkung nach der langen Reise. Wie Radegund bemerkte, war es nicht Hedwig, die seit der Ankündigung, dass Missionare nach Praha kämen, wieder sehr unfreundlich zu ihr geworden war.

»Habt ihr eine Nachricht von Vater Anselm?«, fragte Lidomir sogleich. Seine Sehnsucht nach dem Ziehvater musste größer sein, als er sich eingestehen wollte.

»Vater Anselm weilt nicht mehr in Regensburg«, lautete Gundolfs Antwort, die Lidomir verblüffte.

»Aber er muss unsere Nachricht doch gelesen haben?«

Gundolf schüttelte den Kopf. »Als sie eintraf, war er bereits abgereist. Daher kümmerte sich der neue Bischof Adalwin persönlich um die Angelegenheit. Sein Vorgänger Sintpert, den

Vater Anselm besuchte, ist bedauerlicherweise zu Beginn des Awarenkrieges verstorben.«

Nun wirkte Lidomir völlig vor den Kopf gestoßen. »Der Bischof hat eine Nachricht gelesen, die nicht für ihn bestimmt war?«

Gundolf wischte diesen Einwand ungeduldig beiseite. »Darum geht es jetzt doch nicht! Hätten wir diesen armen Bauerntölpel denn bis nach Aachen schicken sollen, wo dein Vater Anselm nun wieder bei seiner Gemeinde ist? Du hast dich völlig richtig verhalten, Fürst der Behaimen. Bei der Durchsetzung des einzig seligmachenden Glaubens hier unter den Wilden brauchst du natürlich Unterstützung. Und nun lasst uns die Lage besprechen.«

Er nahm einen Schluck Met aus seinem Krug. Frederik verschlang indessen gierig den aufgetischten Schweinebraten. Der Junge wirkte ausgezehrt von der Reise.

»Wie mir berichtet wurde«, fuhr der offenbar weniger hungrige, aber redselige Gundolf fort, »ist der Herrscher über dieses Volk ein Mann namens Krok, ein eingefleischter Heide, bei dem wohl nichts mehr auszurichten ist. Doch der Mann ist alt. Es ist nur eine Frage der Zeit, bis du als sein Nachfolger an die Macht kommst, Lidomir. König Karl ist zurzeit damit beschäftigt, das Übel der schrägäugigen Awaren auszurotten. Doch natürlich setzt man Hoffnungen in dich, deine Untertanen auf den Weg des richtigen Glaubens zu führen.«

Radegund war auf einmal nicht mehr wohl zumute. Sie meinte, Lidomirs Zorn geradezu körperlich zu spüren. Sicher würde er sie für alle Scherereien mit den beiden Mönchen verantwortlich machen. Warum führte nur jeder Weg, den sie einschlug, an einen Abgrund?

»Ich werde nicht die Nachfolge antreten«, entgegnete ihr Gemahl in entschiedenem Ton. »Dies entspricht nicht den Sitten meines Volkes.«

Dann begann er zu erklären. Gundolf verlor etwas von seiner Entschlossenheit, denn was er hörte, konnte er wohl nur langsam begreifen. Frederik spülte das Essen mit Met herunter. Die eigenartigen Sitten der Behaimen trübten offenbar seine Freude über einen vollen Magen in keinster Weise.

»Wenn mein Großonkel Krok also stirbt«, beendete Lidomir seine Ausführungen, »wird meine Mutter Libussa aus unserer Familie einen neuen Stammesführer ernennen. Die Oberhäupter der Stämme müssen ihn allerdings anerkennen. Schon aus diesem Grund wird ihre Wahl vermutlich nicht auf mich fallen, eben weil ich im Frankenreich als Christ erzogen wurde. Ich bin meinen Leuten fremd geworden. Außerdem verstehe ich zu wenig von der Kriegsführung. Sollte es dennoch der Wunsch meiner Mutter und meines Volkes sein, dass ich Stammesführer werde, so muss ich diese Verantwortung natürlich annehmen, doch ich sehne mich nicht danach. Mein einziger Wunsch ist es, hier in Frieden zu leben«

Er hatte mit ungewohnter Entschlossenheit gesprochen. Radegunds innere Anspannung wuchs ins Unerträgliche. Gundolfs finstere Miene machte ihr Angst, und sie wünschte sich plötzlich, dieser Mönch wäre im Regensburger Kloster geblieben.

»Ich kann nicht glauben, was ich da höre«, begann er auch schon. »Bei aller Verderbtheit der heidnischen Völker scheint mir diese Sitte der Weiberherrschaft das Ungeheuerlichste, was mir je zu Ohren kam. Willst du mir sagen, Lidomir, dass du mit dieser Verkehrung der gottgewollten Ordnung einverstanden bist?«

»Ich bin einverstanden mit einer uralten Tradition, die niemals Schaden über mein Volk gebracht hat«, erwiderte Lidomir ruhig. »Meine Mutter ist weise und gütig, Eigenschaften, die so manchem männlichen Herrscher fehlen. Ihr wurdet hierhergeladen, um die Botschaft Jesu Christi zu predigen. Sagte der Gottessohn, man solle die Bräuche anderer Völker beleidigen und die eigene Überzeugung gewaltsam durchsetzen? Diese Stelle der Heiligen Schrift muss ich überlesen haben.«

»Mir scheint, du hast so einiges überlesen, Lidomir. Hast du vergessen, was der Apostel Paulus sagte? Frauen sollten in der Kirche schweigen.«

»Aber hier gibt es noch keine Kirchen, in denen sie schweigen müssten. Überzeuge meine Leute von deinem Denken, Gundolf, und meine Mutter wird sich ihren Wünschen nicht widersetzen. Doch zunächst musst du auf friedliche Weise die Mehrheit der Behaimen zum Christentum bekehren.«

Radegund staunte über Lidomirs Geschick, sich aus einer heiklen Lage zu befreien. Waren seine Studien der Philosophie doch nicht völlig nutzlos gewesen? Er hatte Gundolf nun eine Bedingung gestellt, die kaum zu erfüllen war. In der kurzen Zeit, die sie hier verbracht hatte, war ihr klar geworden, dass eine Veränderung der herrschenden Zustände nur sehr langsam vor sich gehen konnte. Eine endgültige Bekehrung der Behaimen würden weder Gundolf noch sie selbst erleben.

»Er hat recht«, ertönte plötzlich Frederiks junge Stimme voller Begeisterung. »Wir müssen zu den einfachen Leuten sprechen, so wie die Jünger Jesu. Ihnen die Botschaft des Heils überbringen. Es ist doch völlig unwichtig, wer hier herrscht. Trotz all seiner grausamen Christenverfolgungen wurde auch das Römische Reich schließlich bekehrt.«

Seine Wangen hatten Farbe bekommen, was teils am verzehrten Schweinebraten, teils aber sicher auch an seinem missionarischen Eifer lag.

Weitaus mehr als der finstere Gundolf entsprach dieser junge Mann Radegunds Träumen von einem Missionar, der ihr Seelenheil retten konnte. Doch der große Mönch warf seinem Gefolgsmann nur einen verächtlichen Blick zu.

Lidomir war aufgestanden. »Ich habe dir weiter nichts mehr zu sagen, Gundolf. Mein Rat an dich wäre, auf den jungen Frederik zu hören.«

Dann ging er hinaus und Radegund folgte ihm mit einer bösen Vorahnung.

»Glaub mir, bitte, ich konnte mir nicht vorstellen, dass der Mönch so reden würde.«

Als Lidomir ihr besänftigend über die Wange strich, hätte sie vor Erleichterung am liebsten geweint.

»Wir schicken ihn wieder nach Regensburg zurück. Meine Mutter hat genug andere Sorgen, sie muss sich nicht mit diesem hochmütigen Unruhestifter abgeben«, meinte ihr Gemahl.

»Das wäre keine gute Idee«, entgegnete sie. »Der Bischof persönlich hat ihn geschickt, nicht Vater Anselm. Ihn wieder davonzujagen wäre eine Beleidigung, die König Karl zu Ohren kommen könnte.«

Plötzlich waren Lidomir und sie wieder zu einer Einheit geworden. Vielleicht nahm sie den Vorfall mit Slavonik zu ernst. Sie würde einfach nicht mehr daran denken, und alles wäre wie früher.

»Was soll ich denn sonst tun, Radegund?«, fragte ihr Gemahl. Die Freude, dass er ihren Rat suchte, vertrieb endgültig die Geister der Vergangenheit.

»Du hast dich in dem Gespräch gut geschlagen. Diese Bedingung, die du Gundolf gestellt hast, war hervorragend. Kein gläubiger Christ kann etwas dagegen sagen, und König Karl hat im Augenblick andere Sorgen, als die Behaimen anzugreifen. Behalte Gundolf hier. So kannst du sein Treiben beobachten. Wenn er Schwierigkeiten macht, dann … dann wird uns schon etwas einfallen.«

Lidomir umarmte sie, und seine Nähe war wieder selbstverständlich geworden. Radegund erwiderte bereitwillig seine Berührungen. In dieser Nacht befreite er ihren Körper von der Erinnerung an Slavonik.

Den Mönchen wurde eine Hütte im Hof der Festung zugewiesen, was Gundolf zwar mit finsterem Blick, aber schweigend hinnahm. Er spazierte viel herum und beobachtete das Treiben der Handwerker, Knechte und Mägde aufmerksam, doch zeigte er kein Bedürfnis, Gespräche anzufangen. Radegund war darüber erleichtert. Dieser strenggläubige, von sich überzeugte Mann würde Lidomirs Volk mit Bekehrungsversuchen nur vor den Kopf stoßen, denn ihm fehlte jede Bereitschaft, eine andere Denkweise zu verstehen. Frederik bat Radegund schon nach ein paar Tagen, ihm Unterricht in der Landessprache zu geben. Sie willigte ein. Durch den Unterricht mit Frederik hatte sie endlich eine Aufgabe gefunden. Der Junge ahmte lernbegierig ihre Worte nach und versuchte, den Klang in Buchstaben zu fassen, die er auf Baumrinde ritzte. Sein kindlicher Eifer war ansteckend. Radegund ertappte sich nach dem Unterricht bei Überlegungen, welche Regeln dieser fremden harten Sprache eigentlich zugrunde lagen. Sie versuchte, die lateinische Grammatik, die sie im Kloster nur gelangweilt hatte, auf die Sprache dieser Wilden zu übertragen. Doch ihre Kenntnisse des Lateinischen waren spärlich. Auf einmal wünschte sie sich, über Anahilds Wissen zu verfügen. Vielleicht taten sich auch für Frauen manchmal Wege auf, Bildung sinnvoll einzusetzen und dadurch Anerkennung zu gewinnen.

Der Wunsch, die Landessprache vollkommen zu beherrschen, trieb sie schließlich wieder zu Scharka und ihren Gefährtinnen. Außerdem stellte Frederik ihr immer wieder Fragen über die Lebensweise der Behaimen, die sie nicht beantworten konnte. Hinter seinem missionarischen Eifer verbarg sich die Neugier eines Kindes, das mit großen Augen eine fremde Welt betrachtete.

Sie zögerte, bevor sie die Nähstube betrat, und atmete tief durch. Ein Haufen junger Mädchen würde ihr keine Angst machen. Sie hatte lang genug im Kloster gelebt, um an die hinterhältige Gemeinheit weiblicher Zungen gewöhnt zu sein und mit gleicher Münze heimzahlen zu können.

Die Gespräche verstummten, als sie eintrat. Alle Blicke hefteten sich auf sie, erstaunt, vorwurfsvoll, einige sogar feindselig. Das Spinnen, Weben, Nähen und Sticken hatte aufgehört, als wären alle Anwesenden plötzlich zu Stein erstarrt.

»Sieh an, die Christin beehrt uns wieder mit ihrer Gegenwart«, rief Svatava und ließ Radegund ahnen, wie ein zorniger Hase wohl aussehen mochte. »Wahrscheinlich haben die Kuttenträger sie geschickt, damit sie uns erklärt, wie schlecht wir sind. Nur deshalb bringt sie ein solches Opfer. Aber in Wahrheit gefällt sie sich darin. Angeblich genießen Christen die Gegenwart von Elenden und Aussätzigen«, fügte Hodka hinzu. Es war der erste Scherz, den Radegund von dieser heidnischen Gelehrten hörte. Sie selbst fand ihn nicht sonderlich witzig, aber er löste dennoch ein paar Lacher aus.

Scharka sprang auf und kam Radegund entgegen. »Es freut mich, dich wieder bei uns zu sehen«, verkündete sie mit lauter Stimme. »Ich weiß, es ist nicht leicht für dich, fremde Sitten zu verstehen. Du willst den Beistand von Vertretern deines Glaubens. Wäre ich weit fort von meiner Heimat, würde es mir sicher ähnlich gehen.«

Dann ergriff sie Radegunds Hand und zog sie an den Webstuhl. »Vielleicht kannst du den Stoff fertig stellen, während wir die Farbe vorbereiten. Ich möchte Mnata für das Kupala-Fest eine Tunika nähen.« Ihre Bitte war wie ein Befehl an alle anderen Mädchen, und sie fuhren schweigend mit ihrer Arbeit fort.

Als Radegund das Schiffchen durch die Fäden zog, wurde ihr klar, welch kostbares Geschenk des Schicksals ihr mit Scharkas Freundschaft zuteil wurde. Auf einmal verspürte sie eine tiefe Freude, die sie sich so lange wie möglich bewahren wollte.

»Wir werden bald losziehen«, kündigte Frederik nach einigen Wochen an. »Es gelang mir, Gundolf zu überzeugen, dass wir zum einfachen Volk in den Dörfern sprechen sollten.«

Radegund senkte verwirrt den Blick. »Wäre es nicht sinnvoller, hier in der Festung anzufangen?«, fragte sie. »Die meisten wichtigen Leute leben in Praha.«

Frederik nickte. »Ich weiß, aber auch Jesus predigte zu den einfachen Menschen. Hier ist der Einfluss der Fürstin Libussa sehr groß. Sie scheint eine Art religiöses Oberhaupt zu sein. Wäre sie ungerecht und grausam, dann hätten wir es natürlich einfacher. Aber ihre Untertanen wirken nicht unzufrieden.«

»Das sind sie auch nicht«, hörte Radegund sich antworten. »Aber warum glaubst du, in den Dörfern wäre es anders?«

Frederiks glatte Kinderstirn legte sich in Falten. »Es muss auch hier Menschen geben, die für die Botschaft des Heils empfänglich sind. Gundolf meint, wir sollten nach ihnen suchen.«

»Gundolf will tatsächlich zu Bauern predigen?«, fragte Radegund ungläubig und verunsicherte Frederik dadurch noch mehr.

»So genau hat er es nicht gesagt. Er meinte nur, wir sollten uns umhören, und zwar dort, wo diese heidnische Hure ... also, er meinte die Fürstin Libussa ... uns nicht beobachten kann.«

Radegund wurde plötzlich unwohl, als hätte sie von einer verdorbenen Speise gekostet. »Warum nennt Gundolf Libussa eine Hure?«

»Weil sie ... weil sie eben eine Heidin ist. Und weil sie hier herrscht und ihm Vorschriften machen will, denke ich. Gundolf drückt sich manchmal sehr hart aus, obwohl er ein Mann Gottes ist.«

Radegund lächelte. Sie mochte dieses Kind, obwohl es ihr sonst nicht leichtfiel, Menschen zu mögen. »Frederik«, begann sie vorsichtig, »ich weiß, du hast große Achtung vor Gundolf. Aber er kennt die Sitten der Behaimen nicht. Sie sind an Freiheit gewöhnt und mögen es nicht, angeherrscht zu werden. Vor allem nicht von Fremden. Es wäre nicht gut, wenn Gundolf hier Unmut auslöst. Du musst versuchen, ihn in Grenzen zu halten.«

Frederiks Gesicht begann zu strahlen. Auch für ihn war es eine neue Erfahrung, wichtig zu sein. »Ich werde mein Bestes tun, das verspreche ich. Gundolf ist manchmal schwierig, aber … ich werde meinen Einfluss geltend machen«, versicherte er.

Die Mönche verließen Praha. Radegund sehnte sich nicht nach ihrer Rückkehr. Vielleicht würden sie erkennen, dass die Missionierung der Behaimen ein aussichtsloses Unterfangen war, und endgültig abreisen. Radegund wünschte es sich und manchmal gelang es ihr auch, daran zu glauben.

7

Beim Kupala-Fest wirkten die Götterstatuen auf Radegund bereits weniger furchteinflößend. Die Götzen hatten Namen bekommen und schlichen sich allmählich in ihren Alltag. Manchmal ertappte sie sich dabei, im Namen Peruns oder beim Licht der Mokosch zu schwören. Ihr Schuldgefühl darüber hielt sich in Grenzen. Unbekümmert nahm sie nun an den Zeremonien teil und tanzte abends mit Lidomir um die Feuerstellen. Mnata trug jene Tunika, deren Stickereien sie für Scharka entworfen hatte. Seine Blicke waren weniger feindselig geworden, auch wenn er weiterhin kein Verlangen zeigte, ein Gespräch mit ihr anzufangen. Radegund störte das nicht. Der Hunne schien ihr ein geborenen Krieger, dessen Denken von klaren Regeln geprägt war. Treue, Mut und Loyalität wiesen ihm den Weg durchs Leben wie die geraden Straßen der Römer. Sie erwartete von ihm kein Verständnis für menschliche Schwächen und fürchtete sich insgeheim vor seinem Urteil.

Sie traf wieder mit Tschastawa und Vlasta zusammen, die meist unzertrennlich waren. Offenbar störte Vlasta sich nicht ernsthaft daran, dass die dunkle Schönheit mehr Erfolg bei den jungen Männern hatte. Radegunds Herz schlug etwas schneller, als sie Vlasta gegenübertrat, doch diese verzog bei ihrem Anblick keine Miene. Ein freundliches Kopfnicken wurde ausgetauscht, dann verschwand Vlasta im Gedränge der Tanzenden. Radegund nahm sich vor, Vlasta für ihre Verschwiegenheit zu danken. Freundlichkeit kostete sie immer noch Anstrengung, doch einen Augenblick lang hoffte sie, dies mit der Zeit ändern zu können. Sie traf im Vorübergehen den Schamanen Vojen und nahm seine missmutige Miene zur Kenntnis, fühlte aber keine Gemeinsamkeit mehr mit ihm. Ihr Leben hatte sich zum Besseren gewandelt.

Es machte Freude, mit Lidomir in der Menge herumzuspringen. Die Melodien der Flötenspieler verzauberten die Wiese in einen magischen Ort aus dem Feenreich. Der Himmel über ihnen war wie ein dunkler, mit leuchtenden Edelsteinen überschütteter Teppich. Radegund wirbelte herum, bis ihr schwindelig wurde. Dann zog Lidomir sie fort in den Schutz des Waldes. Sie störte sich nicht daran, dass viele Paare diesem Beispiel folgten, denn sie fühlte sich nun als Teil dieser Gemeinschaft mit ihren Sitten und Gebräuchen.

Als sie über Lidomirs Schulter hinweg den runden goldenen Mond sah, wunderte sie sich, dass sie die Schönheit dieser Welt so lange nicht hatte wahrnehmen können.

Am nächsten Tag nach dem Fest schlüpfte sie nach dem Morgenmahl wieder zurück ins Bett. Lidomir war noch mit einigen Freunden unterwegs. Als die Tür knarrte, schlug sie kurz die Augen auf. Erfreut nahm sie ihren Gemahl wahr, der nach dem Wasserkrug griff, um sein Gesicht zu waschen. Radegund richtete sich benommen auf, denn etwas stimmte nicht. Auf Lidomirs Kleidung erkannte sie dunkle Flecken, als habe jemand ihn mit Blut bespritzt.

»Was ist geschehen?«, fragte sie, mit einem Mal hellwach geworden.

»Es ist nichts, Radegund. Schlaf weiter.«

Verärgert richtete sie sich auf. »Lidomir, du bist verletzt.«

Er schüttelte mit einem bitteren Lachen den Kopf.

»Nein, ich nicht. Aber ich … ich bin in eine Schlägerei geraten.«

»Eine Schlägerei? Aber alle waren doch völlig übermüdet. Außerdem verlief das Fest ganz friedlich. Sind irgendwelche Fremden dazugekommen?«

Lidomir hatte sich gewaschen und sie stellte mit Erleichterung fest, dass sein Körper tatsächlich frei von Wunden war.

»Ich habe Vojen getroffen, diesen Schamanen, den Sohn meiner Tante Kazi«, begann er. »Er war schon immer ein eigenartiger Kerl, der gern böse Dinge über andere sagte. Alle sind daran gewöhnt, doch diesmal ging er zu weit. Ich … ich bin auf ihn losgegangen. Das war feige, denn jeder weiß, dass er nicht gut kämpfen kann. Ich schlug ihn und er bekam Nasenbluten. Mehr ist nicht geschehen.«

Er sank auf die Bettstatt und vergrub sein Gesicht in den Händen. Verwirrt strich Radegund über seinen Rücken.

»Es ist nicht deine Art, andere zu schlagen. Dazu bist du zu klug«, flüsterte sie. »Was hat Vojen denn gesagt?«

»Das ist unwichtig«, meinte Lidomir entschieden und steigerte so ihre Neugier.

»Warum willst du es mir nicht erzählen? Ich erfahre es ohnehin, denn so wie es sich anhört, wart ihr nicht allein.«

»Niemand war dabei. Erst als ich Vojen geschlagen hatte, kamen andere Leute hinzu. Ich fürchte, ich habe mich nicht gerade beliebt gemacht.«

Der bedrückte Klang seiner Stimme ließ sie noch unruhiger werden.

»Lidomir, ich bin deine Frau. Ich möchte dein Leben teilen. Deshalb will ich wissen, was dich bedrückt.«

Er sah sie unglücklich an.

»Es ging um dich. Vojen sagte hässliche Dinge, die ich nicht wiederholen will. Aber das hat nichts zu bedeuten. Er hat nicht viel Erfolg bei Frauen, obwohl er kein hässlicher Kerl ist. Es muss an seinem verbitterten Wesen liegen, das andere Menschen abstößt. Er beneidet mich, weil du ihm gefällst. Das ist alles.«

Eine unangenehme Ahnung stieg in ihr hoch.

»Lidomir, ich habe ein Recht zu wissen, was er gegen mich sagte. Ging es um die christlichen Mönche?«

»Nein, das war es nicht. Es … es war schlimmer.«

»Jetzt rede doch endlich!«, fuhr sie ihn an, schämte sich jedoch gleich für ihre Unbeherrschtheit. Lidomir zog sie an sich.

»Er sagte, ich sei beim Kupala-Fest nur dabei gewesen, um auf dich aufzupassen, denn bei dem Frühlingsfest, da … da wärest du mit Slavonik von den Kroaten in die Büsche geschlichen. Aber er erzählt nur aus Neid solche Lügen. Jeder weiß, dass Slavonik seit dem Urteil meiner Mutter nicht mehr in Praha gewesen ist. Reg dich bitte nicht auf, dazu ist diese Anschuldigung zu lächerlich.«

Die Nähe seines Körpers wurde für Radegund plötzlich unerträglich. Sie wollte ein Stück von ihm wegrücken, hatte jedoch Angst, sich dadurch verdächtig zu machen.

»Ich kenne dich, Radegund. Wir sind einander nähergekommen in den letzten Wochen. Du sollst wissen, dass ich völliges Vertrauen in dich habe«, flüsterte er und schloss dann endlich die Augen, um einzuschlafen.

Radegund entzog sich sanft seiner Umarmung. Die Luft, die sie einatmete, schien ihr vergiftet. Sie sehnte sich danach, ihren Gemahl wachzurütteln und endlich die Wahrheit zu sagen. Vielleicht würde der Schmerz dann nachlassen und die Last wäre von ihrer Seele genommen.

Anahild würde ihr raten zu gestehen. Das wusste sie. Die Schwester war klug, doch sie verstand nicht, was es hieß, eine verheiratete Frau zu sein. Welches Leben hätte sie hier ohne Lidomirs Liebe?

Der Sommer war lang und heiß. An den Nachmittagen wurde es fast unmöglich, einer Tätigkeit nachzugehen. Selbst die Übungen der Krieger wurden auf die kühleren Abendstunden verschoben. Nur Fürstin Libussa empfing weiterhin Ratsuchende und unzufriedene Ankläger, denn die Hitze schien die Gemüter keineswegs träge zu machen, sondern brachte sie zum Kochen. Premysl leistete ihr wie gewöhnlich Beistand, doch den Rest der Familie ermunterten sie, an kühlere Orte zu flüchten. Radegund ging mit anderen regelmäßig zum Fluss, wo sie im Schatten der Bäume auf Erlösung durch frische Abendluft warteten. Auch den Knechten und Mägden war erlaubt worden, Zuflucht am Wasser zu suchen. Das Tratschen und Lachen der verschiedenen Grüppchen lenkte Radegund von ihren eigenen Sorgen ab. Es gab Augenblicke, da sie völlig vergaß, welch schwere Sünde auf ihrer Seele lastete.Dann war sie in der Lage, das Leben in ihrer neuen Heimat zu genießen. Doch immer wieder trafen sie die schmalen Augen des jungen Schamanen. Wie ein Raubtier, das im Dickicht der Beute auflauert, schien er auf Gelegenheiten zu warten, sie verstohlen zu mustern.

Wir beide kennen die Wahrheit, sagte sein Blick.

Dennoch vergingen die Tage friedlich und träge, bis eines Nachmittags das Geräusch von Schritten die Gruppe um Scharka aufschreckte. Mnata griff nach seinem Schwert, doch der Wald gab nur zwei dunkle Gestalten auf Eseln frei, die zu erschöpft schienen, um feindliche Absichten zu hegen.

Gundolf und Frederik hatten rote, sonnenverbrannte Gesichter. In ihren Kutten mussten sie erbärmlichst geschwitzt haben, denn ein unangenehmer Geruch ging von ihnen aus.

»Man möge der Fürstin Libussa bitte ankündigen, dass wir wieder in Praha sind«, erklärte Gundolf, als spräche er mit einer Gruppe Bediensteter. Scharka blickte die beiden überrascht an, doch Radegund bemerkte Lidomirs Verlegenheit sowie das zornige Aufblitzen von Mnatas Hunnenaugen.

»Ich werde gehen«, hörte sie sich sagen und staunte, dass sie auf einmal zu Gefälligkeiten bereit war, nur um den Frieden zu wahren.

»Wir haben unglaublich viel gesehen, Radegund. Ich weiß gar nicht, wo ich anfangen soll.« Frederik war gleich in ihre Kammer gekommen, als die erste Begrüßung durch Fürstin Libussa vorbei war. Es tat gut, seine kindliche Stimme wieder zu hören. Der Junge kam ihr vor wie ein jüngerer Bruder. Warum war sie in seinem Alter nicht in der Lage gewesen, die Welt als einen Ort der Wunder zu betrachten? Es musste ein herrliches Gefühl sein, eine Epoche, an die man sich später noch gern erinnerte.

»Die Leute in den Dörfern waren freundlich, wenigstens, solange Gundolf den Mund hielt. Wir wurden oft eingeladen und litten nie Hunger. Eines Tages bekam ich hohes Fieber. Die Bauern brachten mich zu einer Frau, die in einer großen Hütte an einem Fluss lebt. Sie ist hier sehr angesehen. Ihre Kräuter machten mich bald wieder gesund. Sie hat viele Tiere bei sich wohnen, Hunde, Katzen, Vögel, sogar einen zahmen Fuchs. Mit denen spricht sie, als seien es Menschen, und man hat auch den Eindruck, dass sie von ihnen verstanden wird. Es gab dort einen jungen Hund, der mich sehr mochte, doch leider meinte Gundolf, wir könnten keine Tiere mitnehmen.«

Radegund verschwieg, dass sie Hunde nicht leiden konnte. So, wie der Junge über sie sprach, schienen ihr diese hässlichen Kreaturen auf einmal liebenswert.

»Ich glaube, ich kenne diese Frau. Sie heißt Kazi und ist die Schwester der Fürstin«, erklärte sie stattdessen. Eine unangenehme Erinnerung stieg sogleich in ihr hoch. Die nächtliche Kammer mit der heidnischen Zauberin, die in die Tiefen ihrer Seele geblickt hatte.

»Dann war da noch eine junge Frau, die Schülerin dieser Kazi«, redete Frederik weiter. »Sie kümmerte sich um mich, als es mir allmählich besser ging. Ich habe noch nie eine solche Erscheinung gesehen. Ihre Haut ist dunkelbraun, und sie hat dickes Haar. Trotzdem ist sie wunderschön. Sie sprach viel mit mir, zeigte mir die Kräuter, die sie sammelt, und wie sie Salben herstellt. Dieses Mädchen ist unglaublich klug, obwohl es nicht einmal lesen kann«, erzählte er mit leuchtenden Augen.

Radegund nickte. Offenbar hatte Tschastawa in dem Jungen die Sehnsüchte eines Mannes geweckt. Frederik musste noch viel lernen, denn dass eine so reizvolle angesehene Frau sich für einen halbwüchsigen Mönch begeisterte, erschien ihr mehr als unwahrscheinlich.

»Sie heißt Tschastawa und ist Kazis Tochter«, meinte Radegund nur. Frederik gab ihr das angenehme Gefühl, es sei eine Ehre, all diese Leute zu kennen.

»Es heißt, sie sei die Tochter der berühmten Heilerin. Aber sie hat ein Geheimnis, das sie mir anvertraute.« Frederiks Augen leuchteten stolz. »Es gibt in der Hütte dieser Kazi eine ehemalige Bedienstete, die jetzt zu sehr kränkelt, um noch zu arbeiten. Tschastawa pflegt sie aufopfernd. Und diese Frau ist pechschwarz, als hätte man ihren Körper mit Kohle eingerieben. Die Farbe lässt sich aber nicht abwaschen. Die Frau muss so geboren sein.«

»Es gibt schwarze Menschen. Meine Mutter, die aus Ravenna stammte, erzählte mir davon. Sie kommen aus einem weit entfernten Land im Süden«, erklärte ihm Radegund.

»Und Tschastawa ist sich sicher, dass diese Frau sie geboren hat, auch wenn Kazi ihr darüber jede Auskunft verweigert. Es macht auch Sinn, denn woher hätte das Mädchen sonst seine dunkle Haut? Sie erzählte mir, dass es manchmal schwer sei, mit zwei Müttern zu leben, denn die Heilerin ist eifersüchtig auf die Schwarze, obwohl diese nur eine Bedienstete ist«, beendete Frederik seinen Bericht.

Radegund sah keinen Grund, warum Tschastawa klagen sollte, denn sie galt als Tochter einer angesehenen Frau, hier, in einem Land, wo Töchter wichtiger waren als Söhne. Trotzdem staunte sie, dass dieses Mädchen sich ausgerechnet Frederik anvertraut hatte. Es musste an dem kindlich offenen Wesen des Jungen liegen. Plötzlich begriff sie, dass Gundolf ihn genau aus diesem Grund mitgenommen hatte. Der naive Junge ebnete ihm den Weg in die Herzen der Menschen und war leicht zu lenken. Ihr wurde etwas schwindelig. Gundolf war nicht nur von seinem Glauben besessen, sondern zudem auch noch gerissen.

»Und bevor ich es vergesse, Radegund«, meinte Frederik schließlich. »Ich soll dir von Gundolf ausrichten, dass er gern mit dir reden möchte. Du sollst ihn in unserer Hütte aufsuchen, am besten des Abends, wenn es kühler ist und die Kampfübungen beginnen.«

Radegund hatte aus unerklärlichen Gründen sofort ein ungutes Gefühl.

»Ich würde gern in Gegenwart meines Gemahls mit ihm reden. Es ziemt sich nicht für eine verheiratete Frau, einen Mann allein in seinem Heim zu besuchen«, erinnerte sie an die Sitten ihrer Heimat. Auf einmal erwiesen diese sich als nützlich. Hier bei den Behaimen gingen Frauen, wohin es ihnen gefiel.

Frederik sah sie verwirrt an. »Aber Gundolf ist doch ein Mönch, ein echter Mann Gottes. Du brauchst nichts zu fürchten. Sein Betragen gegenüber Frauen ist niemals zudringlich.«

Das schien Radegund einleuchtend, denn Gundolf mochte keine Frauen. »Lidomir könnte es dennoch missfallen«, meinte sie hartnäckig.

Frederik wirkte unglücklich, dass seine Aufgabe sich als schwerer erwies, als er angenommen hatte. »Gundolf sagte ausdrücklich, dass er mit dir allein sprechen möchte. Er will nicht, dass dein Gemahl etwas davon erfährt. Du musst dir wirklich keine Sorgen machen. Er will dem Sohn der Fürstin sicher keinen Schaden zufügen«, sagte er.

»Darum geht es nicht«, Radegund straffte entschlossen die Schultern. »Gundolf hat kein Recht, mir Befehle zu erteilen. Wenn ich sage, ich will nur in Lidomirs Gegenwart mit ihm sprechen, so möge er das bitte hinnehmen oder auf eine Unterhaltung verzichten.«

Zufrieden, das Gespräch so beendet zu haben, wartete sie auf Frederiks Fortgehen, doch der verzweifelte Ausdruck auf seinem Gesicht erschreckte sie.

»Bitte, Radegund, Gundolf wird furchtbar wütend werden. Er ist ohnehin schlecht gelaunt, weil wir mit der Missionierung kaum vorangekommen sind. Er meint dann immer zu mir, ich sei unfähig, irgendetwas zu erledigen. Ich weiß, er ist ein wahrer Diener unseres Herrn, doch im Zorn kann er grausam sein.«

Radegund ließ sich erweichen, um dem Jungen nicht zu schaden. Zudem schien es ihr auf einmal ratsam herauszufinden, was Gundolf im Schilde führte.

Die Luft in der Hütte war stickig, obwohl ein frischer Wind durch den Hof fegte. Der Lehm, mit dem man die Holzbalken abdichtete, schien seinen Zweck gut zu erfüllen, und Gundolf ließ die Fensteröffnung abgedeckt. Eine Talglampe, die er aus Regensburg mitgebracht haben musste, brannte auf dem Tisch und verbreitete spärliches Licht.

»Ich muss mit dir reden, Clothards Tochter.«

Radegund war schon lange nicht mehr so genannt worden. Es gefiel ihr nicht unbedingt, an ihre Abkunft erinnert zu werden.

»Ich weiß, dass du es warst, die den Bischof bat, Missionare in dieses Land zu schicken. Anders als dein Gemahl, der wieder dem Einfluss heidnischer Bräuche erlegen ist, bist du eine gute Christin.«

Radegund hielt es für klüger, ihm nicht zu widersprechen.

»Daher suche ich nun deinen Beistand, obwohl du nur ein schwaches Weib bist. Schließlich haben auch viele Frauen ihren Beitrag dazu geleistet, das Römische Reich vom heidnischen Unglauben zu befreien.« Er machte eine Redepause.

Radegund wusste, dass er diese Frauen nur erwähnte, weil er etwas von ihr wollte. Sonst wurde die Erinnerung an die mutigen Christinnen der Frühzeit immer mehr verdrängt, wie Anahild ihr erzählt hatte. Auch diese Gedanken behielt sie allerdings für sich.

»Was genau erwartest du von mir, Gundolf?«, fragte sie schließlich. »Dass ich gegen die Wünsche meines Gemahls handele? Du weißt, dies ist einer guten Christin nicht erlaubt.« Sie staunte erneut, wie hilfreich ihr all diese Vorschriften über angemessenes weibliches Verhalten mit einem Mal waren. Es war düster in der Hütte, aber Gundolf stand dicht neben der Lampe. Daher sah sie Runzeln auf seiner Stirn.

»Als Diener Gottes steht es mir zu, dich von diesem Gebot zu befreien, da wir hier ein höheres Ziel verfolgen. Bedenke, dass viele gute Christinnen ihre heidnischen Ehemänner bekehrt haben«, erwiderte er sogleich.

»Das habe ich versucht. Wie du bereits sagtest, überredete ich Lidomir, Mönche hierherkommen zu lassen. Doch wenn er nicht bereit ist, gemeinsam mit dir gegen die uralten Traditionen seines Volkes anzugehen, vermag ich daran nichts zu ändern.«

Radegund war zufrieden mit ihrer Antwort. Sie verspürte den dringenden Wunsch, wieder ins Freie zu kommen. Die schlechte Luft erschwerte ihr das Atmen.

Gundolf lachte auf. »Halte mich nicht zum Narren, Radegund! Du tust, als wärt ihr Weiber hilflose, ohnmächtige Kreaturen. Wer verleitete Adam denn zum Sündenfall? Selbst Tassilo, der letzte Agilolfinger, kam nur durch den Einfluss seiner Gemahlin auf die unselige Idee, sich gegen König Karl aufzulehnen. Ich bin mir sicher, dass du Möglichkeiten hast, deinen Lidomir zu lenken. Setze die natürliche Verschlagenheit deines Geschlechts einmal im Dienste des Herrn ein!«

Radegund platzte fast vor Wut, aber sie hatte gelernt, in Gegenwart von Dienern der Kirche die Fassung zu wahren. »Ich bedauere, Gundolf, doch mir hat Gott in seiner Allmacht nur wenige solcher Fähigkeiten geschenkt. Du müsstest mir einen Rat geben, wie ich vorzugehen hätte, doch als Mann, der zudem ein Diener Gottes ist, wirst du sicher nicht willens sein, mich in Hinterhältigkeit und Falschheit auszubilden. Deshalb kann ich dir keine Hilfe sein und werde jetzt gehen.«

Sie stand rasch auf und eilte zur Tür. Sie hatte das Gefühl, einem Verlies zu entfliehen.

»Willst du nicht eines Tages selbst Fürstin sein, Clothards Tochter? Ein Leben führen, wie es einer Frau deiner Abkunft zustehen würde?«

Radegund erstarrte in der Bewegung. Gundolfs Worte riefen alte, längst begrabene Träume in ihr wach.

»Sobald hier christliche Sitten herrschen, wäre dein Gemahl der Fürst. König Karl würde es sicher unterstützen«, fuhr er fort.

»Aber Lidomir nicht. Er wird niemals einwilligen. Ich habe bereits mit ihm darüber gesprochen.« Zum ersten Mal teilte sie Gundolf ihre wahren Gedanken mit.

»Vielleicht ändert er seine Meinung mit der Zeit«, meinte der Mönch.

»Das glaube ich nicht. Es hat wirklich keinen Sinn, Gundolf. Jetzt lass mich bitte gehen.«

Auf einmal fühlte sie sich schwach.

Gundolf wechselte das Thema. »Ich habe vor einiger Zeit das Kloster besucht, in dem deine Schwester sich aufhält. Es ist nicht gut um ihre Gesundheit bestellt.«

Radegund stand still und begann trotz der stickigen Hitze zu frieren.

»Mutter Irmentraud, die Äbtissin, ist überaus streng zu dem Mädchen. Deine Schwester scheint mir das Wesen eines Gelehrten zu haben, was bei einer Frau sehr ungewöhnlich ist. Ich fürchte, Mutter Irmentraud musste in ihrer Jugend darunter leiden, dass ihre geistigen Fahigkeiten mangelhaft waren, denn die Äbtissin, der sie unterstellt war, legte großen Wert auf Bildung. Nun, da sie selbst über Macht verfügt, macht es ihr Freude, ein

Mädchen zu quälen, das jene Talente besitzt, nach denen sie sich einst sehnte. Ich staune immer wieder, zu wie viel Gemeinheit Frauen untereinander fähig sind«, erklärte Gudolf. Radegund bezwang ihr Verlangen, ihm das Gesicht zu zerkratzen.

»Wenn die Vertreter der Kirche selbst erkennen, welches Unrecht meiner Schwester geschieht, warum greifen sie dann nicht ein?«, zischte sie.

Gundolf winkte ab. »Die Leitung des Klosters obliegt Mutter Irmentraud, und sie handelt meist den Wünschen des Bischofs entsprechend. Niemand will sie durch zu viel Einmischung vor den Kopf stoßen, vor allem, wenn es nur um eine unwichtige kleine Nonne geht. Doch sollte es mir gelingen, aus diesem Volk ein christliches zu machen, hätte ich gute Aussichten auf das Amt des Bischofs von Praha. In diesem Fall könnte ich auch ein Nonnenkloster erbauen lassen. Es stünde mir zu, die Äbtissin zu ernennen. Deine Schwester ist noch jung, aber sie besitzt viele löbliche Eigenschaften. Was ihre unziemliche Beschäftigung mit den Heiligen Schriften oder auch anderen Texten und das Schreiben eigener Gebete betrifft, so würde ich mich nachsichtig zeigen.«

Die Sehnsucht nach Anahild trieb Radegund Tränen in die Augen. »Ich werde mit meinem Gemahl reden«, sagte sie. »Anahild kann nach Praha kommen und hier missionieren. Ich glaube, sie wäre dazu besser geeignet als so manch anderer Christ.«

»Du weißt genau, dass eine Nonne ihr Kloster nicht verlassen darf. Niemals wird es deiner Schwester erlaubt werden, hierherzukommen.«

»Das werde ich mit Lidomir besprechen!«

»Warst du deinem Lidomir denn immer eine gute Frau?«

Radegund erstarrte.

»Ich habe Gerüchte gehört, Radegund. Wer sich mit Schuld beladen hat, sollte beichten, um durch Gottes Vergebung erlöst zu werden.«

Sie riss sich zusammen, um ihr Zittern zu bekämpfen. »Was meinst du denn gehört zu haben?«, fragte sie und versuchte vergeblich, ihrer Stimme einen spöttischen Ton zu verleihen.

»Dass du der Versuchung heidnischer Sitten erlegen bist. Sieh mich an, Radegund, Tochter Clothards, und sage mir, dass dies eine Lüge ist.«

Sie wandte sich um und vergrub ihr Gesicht in den Händen.

»Es ist nicht deine Schuld. Dieses Volk, in dem du lebst, leitete dich in die Irre. Das Weib ist schwach und empfänglich für die Worte Satans. Hilf mir, das Übel, dessen Opfer du wurdest, auszurotten.«

Seine Stimme zwang sie wieder auf den Schemel. »Was genau willst du denn von mir, Gundolf? Ich sagte dir bereits, dass ich an Lidomirs Einstellung nichts ändern kann.«

Gundolf hatte sich nun in voller Größe vor ihr aufgebaut. Im Dunkeln wirkte die Gestalt in der Kutte bedrohlich wie ein Dämon. Radegund verschränkte zum Schutz ihre Arme vor der Brust. »Beichte, Tochter Clothards. Erzähle mir von deiner Sünde, damit ich dir die Absolution erteilen kann«, hallte es in ihren Ohren.

Eine leise Stimme in Radegunds Kopf riet ihr zu gehen. Es gab nichts, was Gundolf gegen sie in der Hand hatte, und brächte er vor Lidomir eine Anklage vor, hatte er kaum Aussichten, ernst genommen zu werden. Doch das Bewusstsein von Schuld hielt sie auf dem Schemel gefangen. Reden, endlich reden und Vergebung finden. Gundolf war ein Mann Gottes.

Sie erzählte von Slavoniks Überfall und widerstand der Versuchung, ihn als reinen Akt der Gewalt hinzustellen. Die Worte nahmen eine Last von ihren Schultern. Mitten in dieser dunklen, stickigen Hütte fühlte sie sich auf einmal leicht wie ein Vogel, der dem Himmel entgegenfliegen konnte. Geduldig wartete sie auf die Worte der Absolution, um endlich in Lidomirs Arme sinken zu können, ohne dass die begangene Sünde einen Schatten auf ihr Glücksgefühl warf.

»Es war, wie ich sagte. Die heidnischen Sitten verführten dich, und deshalb bist du frei von Schuld. Du folgtest nur der verdorbenen, triebhaften Natur des Weibes. Es ist deine Pflicht, mir bei der Ausrottung all diesen Übels zu helfen, damit endlich die Gesetze unseres Herrn hier Einzug halten können«, kam es triumphierend von Gundolf.

Radegund richtete sich verwirrt auf.

»Ich habe gebeichtet. Jetzt werde ich gehen.«

Schnell eilte sie wieder zur Tür. Gundolf hatte seinen Zweck erfüllt, indem er sie von Schuld freisprach. Alles Weitere kümmerte sie nicht.

»Ich sagte, ich brauche deine Hilfe, Tochter Clothards!«, donnerte die Stimme des Mönchs.

»Und ich sagte, dass ich dir nicht helfen kann.«

Sie war im Begriff, ins Freie zu treten.

»Lass mich entscheiden, wozu du fähig bist. Vielleicht unterschätzt du deine Möglichkeiten.«

»Das glaube ich nicht.« Erleichtert atmete sie die frische Abendluft ein.

»Willst du, dass dein Gemahl erfährt, was du mir erzählt hast?«

Sie wandte sich fassungslos um.

»Das Beichtgeheimnis«, murmelte sie.

»Wir saßen nicht im Beichtstuhl. Ich habe keine Absolution erteilt. Zudem verfolge ich einen höheren Zweck. Ich diene Gott und muss deshalb manche Regeln brechen.«

»In Wahrheit dienst du nur dir selbst. Du möchtest Bischof werden«, fauchte Radegund zornig. Er lächelte.

»Ich diene auch dir. Du willst Fürstin werden, auch wenn du es nicht zugibst.«

Ihre Beine entwickelten einen eigenen Willen und bewegten sich wieder zum Schemel.

»Ich kann nicht Fürstin werden ohne einen Gemahl, der selbst Fürst sein möchte«, flüsterte sie.

»Überlass das mir. Ich habe nur eine Frage an dich, nichts weiter. Du lebst schon eine ganze Weile unter diesen Leuten. Als ich mit Frederik loszog, war ich mir sicher, dass es Männer geben muss, denen diese Sitte der Weiberherrschaft missfällt. Doch wir trafen sie nicht. Diese tumben Bauern schienen mit ihrem Los zufrieden. Aber du hast die Söhne der heidnischen Huren, die sich als Fürstinnen bezeichnen, getroffen. Nenne mir Namen, Radegund. Wo kann ich mögliche Aufwiegler finden?«

Sie strich mit den Handflächen über ihre Knie. Es klang so einfach. Warum sollte sie ihm nicht verraten, was er selbst mit der Zeit herausfinden würde?

»Dieser Mann, der … der mich verführte, Slavonik von den Kroaten. Er hasst die Fürstin Libussa. Außerdem gibt es einen jungen Schamanen, der sehr unzufrieden wirkt. Vojen, Sohn der Heilerin Kazi. Gelegentlich wurde auch ein Neklan, Fürst der Lemuzi erwähnt. Er soll sich früher einmal missliebig verhalten haben. Doch all diese Männer scheinen mir überzeugte Heiden.«

Gundolf ließ sie gehen. Die kühle Abendluft war wohltuend, als sie über den mittlerweile verlassenen Hof zu dem großen Gebäude schritt. Sie fragte sich, wer ihm von der Geschichte mit Slavonik erzählt haben konnte. Mit Vojen war er noch nicht zusammengetroffen. Vielleicht war Gundolfs Frage nur ein blind abgeschossener Pfeil gewesen, der unerwartet ein hervorragendes Ziel getroffen hatte. Die Schlauheit dieses Mannes weckte eine Mischung aus Achtung und Angst in ihr.

Mnata erwachte mit den ersten Sonnenstrahlen, die in Scharkas Kammer drangen. Erleichtert nahm er die vertrauten Holzwände um sich herum wahr, den Wasserkrug neben der Bettstatt und das gestreifte Leinentuch, mit dem er zugedeckt war. In seinen Träumen suchten ihn allzu oft Erinnerungen heim. Dann irrte er wieder mit brennenden Fußsohlen durch riesige Wälder, die ihn verschlangen und nicht mehr freigeben wollten. Bald darauf schleppte er sich erschöpft mit anderen

Elendsgestalten in der Sklavenkolonne dahin und verfluchte seinen Überlebenswillen, wenn das Dasein doch nur aus Erschöpfung und Schmerz bestand. Und aus der steten kalten Angst vor dem bevorstehenden Tod.

Doch sobald er erwachte, war er von aller Qual erlöst. Er war in Praha und stand unter Libussas Schutz. Neben ihm lag das größte Geschenk, das ihm die Götter je vergönnt hatten. Scharka schlief wie ein Kind, entspannt und unbelastet von den Abgründen menschlichen Daseins. Sie war von Geburt an beschützt gewesen, und dieses nur wenigen Menschen vergönnte Schicksal hatte ihr den Glauben an eine gerechte Welt bewahrt. Mnata konnte immer noch nicht verstehen, weshalb sie ihn zu ihrem Gefährten gewählt hatte, trotz des Blutes, das an seinen Händen klebte. Doch mit ihr an seiner Seite machte das Kämpfen Sinn. Er war bereit zu verletzen, zu töten oder auch selbst zu sterben, um sie vor Schaden zu bewahren.

Sie regte sich langsam und streckte schlaftrunken ihre Hände nach ihm aus. Von seinem braunen, vom Umgang mit Waffen hart gewordenen Körper mit den vielen Narben konnte sie nie genug bekommen. Auch das begriff er nicht. Zunächst hatte Mnata Angst gehabt, sie zu berühren, denn sie schien ihm zu zerbrechlich, doch mit der Zeit verlor er seine Scheu. Nur ein Mensch, der niemals misshandelt oder verletzt worden war, konnte sich so frei von jeder Furcht den Berührungen eines anderen überlassen, wie Scharka es tat.

»Radegund scheint sich endlich bei uns wohl zu fühlen«, sagte sie eine Weile später versonnen.

»Warum ist es dir so wichtig, wie die Fränkin sich fühlt?« Er wusste, dass diese Frage überflüssig war. Scharka sorgte sich stets um Menschen, die nicht glücklich schienen.

»Sie lebt jetzt bei uns. Mein Bruder hängt an ihr. Deshalb ist es wichtig. Ich verstehe einfach nicht, was ihr, mein Vater und du, gegen Radegund habt.«

Mnata spürte wieder sein Unbehagen, aber konnte ihre

Frage eigentlich nicht beantworten. Es war nur eine ungute Ahnung.

»Viele Menschen machen in ihrem Leben Schweres durch. Ich glaube, sie hat auch gelitten. Das hat sie misstrauisch und berechnend gemacht.«

Scharka lächelte. »Du willst sie einfach nicht mögen, weil sie Christin ist. Aber dafür kann sie doch nichts. In letzter Zeit hat sie sich benommen wie eine Frau aus unserem Volk«, meinte sie gähnend.

»Auch das kann Täuschung sein. Sie hat Lidomir dazu gebracht, christliche Mönche hierherkommen zu lassen. Da bin ich mir sicher.«

Scharka streckte sich. »Als Fränkin hat sie einen anderen Glauben, sie wollte ihre Priester bei sich haben. Was ist schlimm daran?«

»Du vertraust den Menschen zu sehr«, flüsterte er. »Nicht jeder ist so offen und ehrlich wie du. Hast du jemals daran gedacht, dass diese Radegund vielleicht gern an deiner Stelle wäre als zukünftige Fürstin? So, wie sie dich manchmal angesehen hat, da schien sie mir bitter vor Neid.«

Nun blickte Scharka ihn ungläubig an. »Sie hat einen Mann, der sie liebt, und ein angenehmes Zuhause. Warum sollte sie sich mehr wünschen? Fürstin zu sein ist eine schwere Aufgabe. Ich habe oft gesehen, wie bedrückt und erschöpft meine Mutter war, und wünschte mir dann, nicht als ihre Nachfolgerin auf die Welt gekommen zu sein. Mir würde ein friedliches Leben mit dir genügen.«

Mnata richtete sich auf. »Du musst dafür sorgen, dass die Verhältnisse hier so bleiben, wie sie sind. Niemand wäre eine bessere Nachfolgerin Libussas als du, vergiss das nicht. Du hast ihren Sinn für Gerechtigkeit und den Glauben, dass Menschen gut sein können, wenn man sie lässt. Sollte diese Radegund dich verdrängen, dann wird sie auch dir kein friedliches Leben mehr gönnen, darauf kannst du dich verlassen!«

Scharkas verwirrtes Gesicht machte ihm klar, dass er zu viel gesagt hatte. Warum plagten ihn, wenn er aus seinen schlechten Träumen erwacht war, so oft düstere Bilder von der Zukunft? Er hatte kein Recht, Scharka damit zu erschrecken.

»Es ist schon gut. Ich habe übertrieben«, murmelte er und schloss sie in die Arme. »Aber bei dieser Fränkin habe ich kein gutes Gefühl. Der ältere Mönch gefällt mir auch nicht. Er tritt so herrisch auf. Wenn ich dahinterkomme, dass die beiden etwas planen, dann wird auch ihr Christengott sie nicht vor mir schützen können!«

Er hatte laut gesprochen, dennoch hörte er plötzlich ein Geräusch vor der Tür. Leises, rasches Schlurfen von Schritten, die sich im Gang entfernten. Mit einem Satz sprang er zur Tür und riss sie auf. Das Schwert war wie von selbst in seine Hand geflogen. Doch er sah nichts als einen leeren Flur vor sich.

»Mnata, was ist denn los?« Scharka starrte fassungslos auf das Schwert in seiner Hand.

»Da war jemand vor der Tür, der uns belauschte.«

Scharkas Blick war besorgt, doch schien diese Sorge ihm zu gelten.

»Du bildest dir Dinge ein, Mnata. Ich habe nichts gehört.«

Er widersprach nicht, sondern legte sich wieder an ihre Seite. Doch er wusste, was er gehört hatte. Er war ein Kind der Steppenkrieger, die keine sicheren Festungen kannten und mit steter Gefahr von unerwarteten Angriffen leben mussten.

Jemand hatte vor der Tür gestanden.

Radegund flüchtete mit klopfendem Herzen in ihre Kammer, wo Lidomir weiterhin friedlich schlief. Er hatte ihre Abwesenheit nicht bemerkt. Erleichtert rollte sie sich auf der Bettstatt zusammen und zog sich das dünne Leinentuch über ihren Kopf.

Nach einer schlaflosen Nacht beschloss sie, Lidomirs Familie vor Gundolf zu warnen. Ihrem Gemahl von dem Gespräch mit dem Mönch zu erzählen wagte sie nicht, doch sie wollte sich seiner Schwester Scharka anvertrauen. Schon im ersten Morgengrauen brach Radegund auf, denn sie fürchtete, ihr Mut könnte mit der Zeit schwinden. Außerdem war es nicht einfach, ein so beliebtes Mädchen wie Scharka allein anzutreffen.

Doch als sie vor Scharkas Tür stand, hörte sie, wie die Stimme des Hunnen Gift in Scharkas Ohren träufelte, um ihrer beider Freundschaft zu zerstören. Seine Drohung machte ihr endgültig klar, dass sie in diesem Volk stets eine unerwünschte Fremde bleiben würde. Warum sich durch ein Geständnis in Schwierigkeiten bringen? Sobald Scharka mit Mnata gesprochen hätte, konnte sie damit rechnen, auf ein Pferd gesetzt und wieder nach Regensburg geschickt zu werden.

Dann sollte es eben kommen, wie es kommen musste. Sie würde einfach nur zusehen und hoffen, dass sich alles zu ihrem Vorteil entwickelte.

8

Als Libussa die vertrauten Umrisse der Mauer von Chrasten vor sich sah, stiegen Erinnerungen an ihre Kindheit in ihr auf. Die stolze, herrische Stimme ihrer Mutter drang wieder an ihr Ohr. Sie spürte Kvetas wärmende Umarmung. Die Kindsmagd war kurz nach dem Frühlingsfest gestorben, und Libussa sehnte sich nach dem vertrauten Körper, der ihr so oft Trost geschenkt hatte. In den letzten Monaten tauchten längst vergessene Erlebnisse immer häufiger in ihrem Bewusstsein auf, als solle sie daran erinnert werden, wie ihr Leben verlaufen war. Premysls mittlerweile von Falten gezeichnetes Gesicht nahm immer wieder jene spöttischen Züge an, vor denen sie sich einst gefürchtet hatte, doch die nun ihr Herz erwärmten. Ihre Kinder waren zu erwachsenen Menschen herangewachsen. Lidomir war schon immer ernst und nachdenklich gewesen, und Scharka neigte weiterhin zu übermäßiger Empfindsamkeit. Es tat gut, geliebte Menschen in ihrer Nähe zu wissen. Selbst die ersten Strahlen der Morgensonne in ihrer finsteren Kammer und den Duft frischer Blumen genoss Libussa neuerdings in vollen Zügen. Es kam ihr vor, als sollte sie zu schätzen lernen, was sie eines Tages verlieren würde. Sie verdrängte diesen düsteren Gedanken und ritt entschlossen weiter. Gemeinsam mit den Kriegern, die sie begleiteten, wurde sie am Tor von Chrasten empfangen, doch die Stimmung war gedrückt. Das erinnerte sie an eine Heimkehr vor langer Zeit, damals, als sie vom Tod ihrer Mutter erfuhr.

Krok lag auf seiner Bettstatt. Sein Gesicht war eingefallen, als hätte er lange hungern müssen. Jeder seiner Atemzüge wurde von einem Röcheln begleitet, das in dem stillen Raum unerträglich laut schien.

»Du hast nach mir schicken lassen, Onkel«, flüsterte Libussa.

Seit dem Feldzug gegen die Awaren war ihr Onkel nicht mehr der starke, entschlossene Mann von einst gewesen. Der Angriff gegen jenes Volk, das in seinem Denken stets ein gefürchteter Feind gewesen war, musste etwas in ihm zerbrochen oder seine Kräfte aufgezehrt haben. Angeblich suchten die Awaren nun Verbündete unter anderen heidnischen Völkern, um mit deren Hilfe den Frankenkönig zu besiegen. Doch Krok hatte diesem ein Versprechen gegeben, um Lidomirs Heimkehr zu ermöglichen. Er würde es niemals brechen.

»Ich bin froh, dass du gekommen bist, Libussa. Wie du sehen kannst, lassen meine Kräfte nach.« Seine Stimme klang heiser und er hustete.

Libussa schnürte es vor Beklemmung fast die Kehle zu. Vielleicht war es erträglicher, unerwartet vom Tod eines geliebten Menschen zu erfahren, als ihn langsam dahinsiechen zu sehen.

»Auch Thetka, Vlasta und alle anderen Mitglieder unserer Familie sollten kommen. Vor allem Kazi. Warum hast du nicht nach ihr geschickt? Sie könnte dir helfen.«

Krok hob abwehrend die Hand.

»Auch eine gute Heilerin kann die Zeit nicht aufhalten. Ich bin ein alter Mann geworden. Die Ahnen rufen mich. Bald schon werde ich wieder bei deiner Mutter sein.«

Er röchelte, und Libussa strich hilflos über sein graues Haar. Seltsam, sie konnte sich kaum erinnern, welche Farbe es früher gehabt hatte.

»Die Lebenden brauchen dich noch, Onkel. Manche Menschen werden sehr, sehr alt.«

Er tat mühsam ein paar Atemzüge. »Meine Zeit läuft ab. Das

weiß ich. Ich will mich nicht dagegen wehren. Es hätte keinen Sinn. Die anderen … ich werde sie rufen, wenn es zu Ende geht. Doch vorher wollte ich mit dir reden, Libussa.«

Sie wischte sich die Tränen von ihren Wangen und bemühte sich, die Fassung zu wahren. Krok wollte kein Klageweib an seinem Lager.

»Ich habe dir lange nicht zugetraut, eine gute Fürstin zu sein, doch darin habe ich mich getäuscht. Du hast ein weiches Herz, aber das macht dich weder schwach noch dumm. Damals, als Dragoweill kam, ich hörte nicht auf dich, aber …«

»Das ist nicht mehr wichtig, Onkel«, unterbrach sie, denn sie wusste, wie schwer ihm das Sprechen fiel.

Kroks Finger griffen nach ihrem Handgelenk. Sie erschrak, wie schwach er zufasste. Früher hätte er ihr mühelos die Knochen brechen können. »Libussa, du musst bald meinen Nachfolger ernennen. In dieser Welt werden Männer immer wichtiger. Als Frau wirst du von den Herrschern anderer Völker weniger ernst genommen. Du brauchst einen Stammesführer, der dich unterstützt und gleichzeitig verteidigen kann.«

Sie nickte. Nur mit der Hilfe von Krok und auch von Premysl hatte sie ihr Amt so ausüben können, wie sie es für richtig hielt. Sie war sich jedoch sicher, dass eine Frau auch in einer Männerwelt herrschen konnte. Aber dann musste sie hart auftreten und die Kriegskunst beherrschen, um sich Respekt zu verschaffen. Auf einmal dachte sie an Vlasta, doch dies war nicht der Augenblick für derartige Überlegungen.

»Mnata«, keuchte ihr Onkel. »Er ist der einzig Richtige. Ich weiß, dass es deine Idee war, ihn in den Stamm aufzunehmen. Damals war ich dagegen. Ich habe deine Klugheit unterschätzt. Der Junge ist dankbar und würde sein Leben für dich geben. Wir haben keinen besseren Krieger als ihn.«

Libussa wollte nicht entgegnen, dass sie damals den verlorenen Jungen aus anderen Gründen angenommen hatte.

»Ich dachte auch immer an Mnata als deinen Nachfolger«,

meinte sie stattdessen. »Doch Lidomir ist mein leiblicher Sohn. Mnata ist jetzt der Gefährte meiner Tochter.«

»Scharka wird deine Nachfolgerin sein. Mnatas Liebe dient ihrem Schutz.«

»Lidomir könnte sich übergangen fühlen«, wandte sie trotzdem zögernd ein.

»Damit muss er leben. Er hat sich taufen lassen und eine Christin hierhergebracht. Als Stammesführer ist er dadurch untauglich geworden.«

Libussa nickte, obwohl ihr Zweifel kamen. Einst hatte sie von Lidomir das Versprechen eingefordert, dem alten Glauben in der Fremde treu zu bleiben. Doch konnte man es einem Heranwachsenden zum Vorwurf machen, dass er sich den Erwartungen seiner Umwelt entsprechend verhielt? Vielleicht war der Kampf für die alten Sitten ein Kampf gegen die Zeit.

Sie verdrängte diese Gedanken, da sie unangebracht waren. Kroks geradlinige, unerschütterliche Sichtweise der Welt hatte ihn manchmal barsch auftreten lassen, doch sie wusste stets, dass sie beide auf derselben Seite standen.

»Ich werde deinen Rat befolgen, Onkel«, versprach sie. »Lass mich nun die wichtigsten Mitglieder unseres Clans hier versammeln. Bei dieser Gelegenheit kann ich auch Mnata zu deinem Nachfolger ernennen. Hoffen wir, dass noch viel Zeit vergeht, bis er diese Nachfolge tatsächlich antritt.«

Sie zwang sich, ermutigend zu lächeln, doch die ausgezehrte Gestalt vor ihr auf der Bettstatt strafte diese hoffnungsvollen Worte Lügen.

»Deine Mutter«, flüsterte Krok, »war ein so wildes, ungestümes Mädchen. Einmal kletterte sie selbst auf die Mauer von Chrasten, um mich aus der Ferne zu begrüßen.«

»Meine Mutter wird sicher froh sein, wenn sie dich eines Tages wiedersieht«, sagte Libussa und schämte sich, nur durch solche abgedroschenen Worte Trost spenden zu können. Krok schien ihr nicht wirklich zugehört zu haben. Seine Augenlider waren halb geschlossen, während er immer tiefer in seinen Erinnerungen versank.

»Als junger Mann, da kannte ich ein Mädchen, eine Keltin namens Ainslinn. Ich hätte gern mein Leben mit ihr geteilt, doch die Umstände machten es unmöglich.«

Er holte mühsam Luft, und ein Hustenanfall schüttelte den mageren Körper. Danach bemerkte Libussa mit Entsetzen das Muster aus frischen Blutflecken auf seinem Laken.

»Ainslinn ist vor über einem Jahr gestorben. Ich erfuhr das nur durch Zufall, als ich ihre Leute vor dem Durchzug des Frankenheeres warnte. Meinst du, sie wird noch wissen, wer ich bin?«

Sein Blick war trüb geworden.

»Einen Mann wie dich vergisst eine Frau nicht, Onkel.«

Wieder klangen die Worte billig in ihren Ohren. Sie war fast erleichtert, als Krok sein Gesicht abwandte.

»Ich brauche nun etwas Ruhe, Libussa. Versammle die Mitglieder des Clans, so wie du es versprochen hast.«

Leise trat sie aus dem Raum. Der Schmerz raubte ihr die Kraft, und sie musste Halt an der Holzwand suchen. In ihr spürte sie eine Leere, als habe der Schreck alle Gedanken ausgelöscht bis auf einen, der ihr ungeheuerlich schien: Krok, der sie von Kindheit an begleitet, zurechtgewiesen und nicht selten bevormundet hatte, würde sterben. Es war, als stürze ein Gebäude ein, in dem sie stets hatte Schutz suchen können, wenn das Leben ihr übel mitspielte.

Sie fühlte sich wie ein von der Gemeinschaft verstoßenes Kind, allein und wehrlos den Gefahren der Welt ausgesetzt. Doch sie musste sich zusammenreißen. Krok sollte ihren Schmerz und ihre Angst nicht spüren, denn sonst könnte er nicht in Ruhe seinen Weg ins Totenreich antreten. Er sollte wissen, dass er sich auf sie verlassen konnte.

»Warum darf ich nicht mitkommen?«, fragte Radegund verärgert, als Lidomir ihr seine Reise nach Chrasten ankündigte.

»Es ist eine Versammlung der engsten Mitglieder des Clans. Krok geht es nicht gut. Meine Mutter fürchtet, er könnte nicht mehr genesen. Deshalb muss die Nachfolge geregelt werden«, murmelte er, ohne sie anzusehen.

»Aber ich bin deine Frau. Gehöre ich nicht zu deiner Familie?«, beharrte sie.

Lidomir wich ihrem Blick noch immer aus. »Du bist meine Gefährtin und niemand hat etwas gegen deine Anwesenheit hier, doch das macht dich nicht zum Mitglied des engsten Kreises. Es tut mir leid, Radegund. Onkel Krok ist streng in diesen Dingen.«

»Er mag mich nicht, weil ich Fränkin und Christin bin«, zischte sie bitter. »Premysl kommt doch auch mit!«

Endlich hob Lidomir den Kopf. Er sah erschöpft und unglücklich aus.

»Männer gehören zum Clan ihrer Gefährtin, wenn sie lange mit ihr zusammengelebt haben, aber umgekehrt ist das nicht üblich. Krok hat sehr starre Vorstellungen. Meine Mutter wäre nicht so streng. Aber der alte Mann liegt im Sterben, und seine Wünsche sollten befolgt werden.«

Radegund verabschiedete ihn kühl, doch sie war sich nicht sicher, ob er ihre Kälte überhaupt wahrnahm. Wieder einmal hatte er ihr klargemacht, dass er im Zweifelsfall auf der Seite seiner Familie stand.

Einige Tage lang kam ihr Praha leer vor. Radegund ging nur ein einziges Mal in die Kammer, wo die jungen Frauen Kleider anfertigten. Sie spürte misstrauische Blicke in ihrem Rücken und verlegenes Schweigen aufgrund ihrer Anwesenheit. Keine der Frauen außer Scharka mochte sie, wie ihr mit einem Mal klar wurde. Doch wie lange konnte sie auf Scharkas Freundschaft vertrauen, wenn Mnata ihr feindselig gesinnt war?

Manchmal sehnte sie sich sogar nach dem Kloster zurück, wo sie wenigstens keine Fremde gewesen war. Mit Anahild an ihrer Seite hatte sie sich niemals derart verloren gefühlt. In den endlosen Stunden, die sie in ihrer Kammer verbrachte, war Frederik die einzige Erleichterung. Er unterhielt sie weiterhin mit Erzählungen von seiner Reise durch die Dörfer der Behaimen, wobei immer wieder Tschastawas Name fiel. Die dunkle Schönheit hatte es ihm angetan. Es war am dritten Tag nach Lidomirs Abreise, dass Frederiks Redefluss unerwartet durch ein Klopfen an der Tür unterbrochen wurde, und Gundolfs große Gestalt trat unaufgefordert herein.

»Ich habe mit dir zu reden, Clothards Tochter.«

Sie nickte. Der Mönch suchte nach einer Sitzgelegenheit und ließ sich nach einigem Zögern auf der Bettstatt nieder. In ihrer Heimat wäre dies anstößig gewesen, doch hier waren solche Regeln unwichtig geworden.

»Der alte Heide liegt im Sterben. Gott hat uns in seiner Allmacht den Weg geebnet«, verkündete Gundolf.

»Sollte man nicht für die Seele dieses Mannes beten?«, kam es leise von Frederik. »Ich weiß, er weigert sich, den wahren Glauben anzunehmen, aber dennoch erscheint er mir tapfer und anständig. Er hat an dem Feldzug gegen die Awaren teilgenommen.«

Radegund fühlte sich in zwei Teile gerissen, denn sie konnte nicht leugnen, dass der junge Mönch die Wahrheit sprach. Gleichzeitig grollte sie Krok wegen seiner Weigerung, sie am Treffen der Mitglieder des Clans teilnehmen zu lassen.

Doch Gundolf erlöste sie aus ihrer Unentschlossenheit: »Gott wird entscheiden, wie mit seiner Seele zu verfahren ist. Uns Sterblichen steht darüber kein Urteil zu.« Nach einer Weile fuhr er fort: »Doch wir können unseren Beitrag dazu leisten, aus diesem Volk ein christliches zu machen, damit den Menschen hier bald der Weg in Gottes Reich offensteht.« Nun wandte er sich energisch an Frederik: »Ich sagte dir, du sollst die Freundschaft dieses Schamanen Vojen suchen. Hast du dabei irgendwelche Erfolge aufzuweisen?«

Radegund fröstelte. Der Mönch hatte nicht gezögert, jene Namen, die sie ihm verraten hatte, zu seinem Vorteil zu nutzen.

Frederiks Gesicht färbte sich rosa. »Ich habe ein paar Worte mit ihm gewechselt. Er ist misstrauisch und verschlossen, einer, der nicht erwartet, dass irgendjemand ihn mag. Er ist ein unglücklicher Einzelgänger. Von seinen geheimen Kulten hat er mir nichts verraten.«

»Diese Kulte sind auch unwichtig. Ich möchte wissen, was in diesem Jungen vor sich geht. Die Gründe für seine Unzufriedenheit, verstehst du?«

Gundolf hatte etwas sanfter gesprochen, doch Radegund entging das nervöse Zittern von Frederiks Augenlidern nicht. Unbewusst rückte sie ein kleines Stück von der großen Gestalt des älteren Mönchs weg.

»Wie soll ich das erfahren, Herr?«, murmelte Frederik unglücklich. »Ich habe ihn gerade erst kennen gelernt.«

Gundolf seufzte. »Du siehst dein Talent nicht, mein Junge. Die Leute mögen dich, selbst hier, wo wir Fremde sind. Unbeliebte Menschen leiden unter der Zurückweisung durch andere, besonders wenn sie jung sind. Natürlich täuschen sie Gleichgültigkeit, ja, sogar Hochmut vor, um dies zu verbergen, doch sie leiden trotzdem. Wenn jemand wie du, dem es leichtfällt, Freunde zu gewinnen, ihre Freundschaft sucht, fühlen sie sich überaus geschmeichelt. Nutze dies zu deinem Vorteil. Sobald Vojen den Eindruck gewinnt, du ziehst ihn den anderen jungen Männern hier vor, wird er sich dir allmählich öffnen.«

Radegund lauschte gebannt, ebenso fasziniert wie abgestoßen von Gundolfs Überlegungen. Hatte der neue Bischof von Regensburg Gundolfs natürliche Begabung erkannt und deshalb ausgerechnet ihn geschickt?

»Herr«, flüsterte Frederik nun leise. »Bitte zürne mir nicht, aber … es … es erscheint mir nicht recht, aus diesen Gründen die Freundschaft eines Menschen zu suchen. Um ihn auszuhorchen und anschließend seine Geheimnisse zu verraten.«

Radegund erstarrte vor Schreck, denn sie fürchtete einen Wutanfall des älteren Mönchs. Doch Gundolf blieb völlig ruhig.

»Du dienst deinem Herrn, unserem Gott, und ebnest der Botschaft des Heils den Weg in die Herzen der Menschen. Manchmal muss man dabei Mittel anwenden, die falsch, geradezu abstoßend scheinen, wie etwa die Hinrichtungen von Verden, doch sie führen zu einem heiligen Ziel. Soll dieser Vojen eines Tages als Heide sterben und die ewige Verdammnis fürchten müssen, so wie dieser alte Sturkopf in Chrasten?«

Zwischen Frederiks Augenbrauen erschien eine Falte. »Wenn es der ausdrückliche Wunsch eines Menschen ist, so zu leben und zu sterben, obwohl ich ihm von der Botschaft des Heils erzählt habe, so sehe ich keinen Grund, Zwang auszuüben. Steht nicht in der Bibel, dass wir vor Gott alle gleich sind, ob Mann oder Frau, Christ, Jude oder Heide? Sollen wir so werden wie die heidnischen Römer, welche die ersten Christen den Löwen vorwarfen? Das entspräche nicht dem Willen Jesu!«

Begeisterte Überzeugung, endlich die richtige Antwort gefunden zu haben, erhellte sein Gesicht, das sich erwartungsvoll Gundolf zuwandte. Der ältere Mönch musterte ihn abfällig.

»Du bist ein Träumer, Frederik, der noch viel lernen muss. Unser König wünscht die Bekehrung aller Heiden. Willst du dich dem entgegenstellen?«

Radegund hörte deutlich den drohenden Tonfall. Doch zu ihrem Erstaunen widersprach Frederik erneut: »Ich denke, man sollte zunächst andere Mittel versuchen. Wir müssen mit den Leuten reden, um sie auf friedliche Weise zu überzeugen.«

Gundolf verzog spöttisch sein Gesicht. »Genau das konntest du in den letzten Wochen tun. Ich ließ dich frei handeln. Welche Erfolge kannst du vorweisen, außer einem vollen Magen und dem Lächeln ein paar hübscher junger Mädchen, die dich mit ihrer heidnischen Freizügigkeit in Versuchung führen wollten?«

Auch dieser Spott zwang den jungen Mönch nicht in die Knie. »Du bist zu ungeduldig, Herr. Ich fand Menschen, die mir zuhörten. Unter anderem auch diese Kazi, eine in der Gegend sehr angesehene Frau. Ich fragte sie einmal, warum sie in ihrer Hütte verletzte und kranke Tiere versorgt, anstatt sich ganz dem Wohl der Menschen zu widmen. Sie überraschte mich mit ihrer Antwort. Die Götter, denen sie dient, sind wie die Kräfte der Natur, sagte sie. Sie lenken den Lauf der Welt, wo der Tod und neues Leben in einem endlosen Kreislauf aufeinanderfolgen. Dabei werden Schwächere oft als Erste vernichtet. Indem sie hilflose Wesen rettet, lehnt sie sich gegen diese Härte auf.«

»Und?«, kam es unbeeindruckt von Gundolf.

»Ich erzählte ihr von der Botschaft Jesu, der sich ebenfalls für die Wehrlosen einsetzte, und von unserem Gott, der die Schwachen mehr liebt als die Starken. Sie hörte mir staunend zu. Offenbar hatte ihr noch niemand unseren Glauben so erklärt.«

»Ich bin mir sicher, die alte Hexe wird sich bald taufen lassen«, meinte Gundolf, und Radegund musste ungewollt auflachen. Es gab kaum eine Frau unter den Behaimen, bei der ihr das unwahrscheinlicher schien. Libussa und Scharka hätten auch liebenswürdige Nonnen werden können, wären sie in einem anderen Volk zur Welt gekommen. Doch allein aus Kazis Blick sprach das uralte, in den Kräften der Natur verwurzelte Denken der Heiden. Natürlich hatte sie Frederik zugehört. Es störte sie nicht, wenn jemand von einem anderen Glauben erzählte. Vielleicht war sie sogar neugierig gewesen, mehr über das Christentum zu erfahren. Doch ihre eigene Überzeugung könnte kein Missionar dieser Welt erschüttern, selbst wenn er mit Engelszungen spräche.

Frederick widersprach: »Kazi ist zu alt, ebenso wie Krok. Mir scheint, dass das Denken alter Menschen allmählich versteinert. Sie können keine neuen Vorstellungen mehr aufnehmen. Wir müssen es bei den Jüngeren versuchen. Kazis Tochter Tschastawa führte mich zu einer kranken Dienerin, die angeblich ihre leibliche Mutter ist. Diese Frau war lange Sklavin. Sie hat ein elendes Leben hinter sich. Ich erzählte ihr, dass unser Jesus Menschen ihrer Art als Erste in seinem Himmelreich empfangen wird. Ich glaube, sie verstand mich. Ihre Augen leuchteten. Und Tschastawa war beeindruckt.«

Frederik strahlte vor Glück. War Tschastawa von seinen Worten ebenso beeindruckt gewesen wie er von ihrer Erscheinung?

»Das Mädchen wird kaum den Mut finden, sich gegen die Erwartungen ihres Volkes zu stellen«, wandte Gundolf ein. »Zunächst verbreitet die Botschaft des Herrn sich unter dem einfachen Volk, doch es muss viel Zeit vergehen, bis sie auch die Mächtigen erreicht. Dieser Weg ist unsicher und langwierig. So lange dürfen wir nicht warten. Wir werden Anhänger unter den Herrschern dieses Volkes finden. Sobald diese getauft sind, werden sie ihre Untertanen dazu bringen, ihrem Beispiel zu folgen. Auf diese Weise wird sich der einzig wahre Glaube rasch verbreiten und wir bewahren die Seelen der einfachen, tumben Leute, die es nicht besser wissen, vor ewiger Verdammnis.«

Die Worte glitten geschmeidig in Radegunds Ohr. Es klang, als läge Gundolf das Wohl der Behaimen am Herzen. Wenn sie eines Tages an Lidomirs Seite Fürstin wäre und Anahild die Äbtissin des ersten Nonnenklosters in Praha, dann könnte sie gemeinsam mit der Schwester dafür sorgen, dass man mit den eingefleischten Heiden nicht zu hart verfuhr. »Aber wie willst du die Mächtigen für dich gewinnen, Gundolf?«, mischte sie sich erstmals ins Gespräch. »Libussa hängt an der alten Religion, ebenso wie alle Mitglieder ihrer Familie.«

Gundolf nickte. »Du nanntest mir die Namen von Männern, die sich nicht länger von einem Weib Vorschriften machen lassen wollen. Ich weiß, was ich ihnen erzählen werde.

Dragoweills Sohn Woynimir, Fürstenkind der Wilzen, wuchs ebenfalls als Geisel im Frankenreich auf. Nun beteiligte er sich an dem neuen Feldzug gegen die Awaren. Es gelang ihm, ihren Ring zu finden, einen kostbaren Schatz, der ihn zu einem angesehenen Mann machen wird. Auch der Tudun, ein Untergebener des Khagans, hat sich nun taufen lassen, da er die Schwäche seines Herrschers erkannte. Er erhielt kostbare Geschenke als Entlohnung und kann weiter Macht ausüben. Vor den Angriffen unseres Königs ist er als Christ geschützt. All diese Tatsachen kann ich diesen Unzufriedenen schildern. Außerdem erweist sich König Karl denen gegenüber großzügig, die sich auf unsere Seite schlagen.«

Sie schwieg, da es nichts mehr zu sagen gab.

Krok, der große, finstere Mann, war gestorben. Radegund stand inmitten der fürstlichen Clans, die zur Totenfeier gekommen waren, und musterte das riesige Holzgerüst, das vor dem Schrein der Götter aufgebaut worden war. Man hatte es mit roten Bändern geschmückt, die im ersten Herbstwind flatterten. Auch die hölzernen Figuren waren mit frischer leuchtender Farbe bemalt worden. In der Menge erkannte Radegund die große rothaarige Lukaner-Fürstin mit ihrem Bruder Lecho, Jana von den Zlicani, die noch runder geworden war, sowie Libussas nahe Verwandschaft, Thetka und Kazi mit ihren Kindern. Vlastas Augen stachen rot und verquollen in ihrem kreidebleichen Gesicht hervor. Wie eine schwache Frau lehnte sich die stolze Kriegerin an Tschastawas grazile Gestalt. Der Tod ihres Lehrmeisters schien sie tiefer getroffen zu haben, als alle Waffen es bisher vermocht hatten. Auch Mnata sah aus wie ein schwer verwundeter Hunne. Die ebenfalls blasse Scharka wich nicht von seiner Seite und sprach sanft mit ihm, als wäre sie mit einem Mal die Stärkere. Unter den Schamanen, die am Schrein vorbeizogen, erblickte Radegund Vojen in der bunten Aufmachung seines Standes. Die Farbe, mit der sein

Gesicht bemalt war, verbarg alle Empfindungen, doch sie ahnte, dass er nicht mehr unter dem Tod des Stammesführers litt als sie selbst. Sie wusste, wie es war, wenn man sich nicht zugehörig fühlte.

Slavonik war ebenfalls anwesend, dicht neben seiner Schwester Sylva, die ihm glich, ohne über seine Ausstrahlung zu verfügen. Er bemühte sich nicht, Trauer vorzutäuschen, die er nicht empfand. Nichts als Hohn erkannte Radegund in den scharfen Umrissen seines Raubvogelgesichts, dessen Anblick ihr unangenehm war.

Gesang füllte die Herbstluft – Lieder, die den Verstorbenen ins Totenreich begleiten sollten, wo bereits seine Ahnen auf ihn warteten. Radegund hörte immer wieder den Namen Samos, der in der Geschichte dieses Volkes eine wichtige Rolle gespielt hatte. Ansonsten schwirrten ihr eine Vielzahl unverständlicher Worte um die Ohren. Sie vermochte dem Inhalt der Lieder nicht wirklich zu folgen, aber Scharka hatte ihr erklärt, dass der Tod kein trauriges Ereignis sei, denn er bringe einen Menschen wieder mit seinen Vorfahren zusammen. Das Sterben gehöre zum Leben ebenso wie die Geburt. Ein endloser Kreislauf.

Mitten während der Gesänge trat die Fürstin Libussa vor. Sie trug ein besticktes Festgewand, und ihr Haar war zu einer Krone aus Zöpfen geflochten. Trotz ihres Alters stellte diese zarte, würdevolle Erscheinung alle anwesenden Frauen in den Schatten. In ihrer rechten Hand hielt sie die runde Tonscheibe, auf der ein heidnisches Kreuz eingeritzt war. Seine breiten Formen glichen nicht den vertrauten Umrissen des Kruzifixes. Lidomirs Mutter hielt die Scheibe der Sonne entgegen und sprach Worte des Abschieds. Dann ergriff sie eine brennende Fackel, die Vojen ihr reichte, und setzte das Holzgerüst in Brand.

Die Flammen fraßen sich rasch in die Balken, und bald brannte Kroks mit Schmuck und Waffen verzierter Leichnam lichterloh. Rauchschwaden stiegen steil in den Himmel auf, wurden aber auch vom Wind in Radegunds Richtung geblasen, so dass sie ihr Gesicht abwenden musste.

Dann hörte sie den Schrei. Fürstin Libussa war in die Knie gesunken und presste beide Hände auf ihren Bauch. Mit schmerzverzerrtem Gesicht wand sie sich auf dem Erdboden. Die Anwesenden starrten fassungslos auf das unerwartete Schauspiel, als fürchteten sie, ihre Götter seien plötzlich am Werk gewesen. Premysl lief als Erster zu seiner Gefährtin, schloss sie in die Arme und flüsterte ihr etwas ins Ohr. Langsam gelang es ihm, sie wiederaufzurichten. Indessen war Kazi dazugekommen, und auch Thetka, Mnata, Scharka und Lidomir drängten sich an Libussas Seite, um sie zu stützen. Radegund fiel plötzlich ein, dass sie ihrem Ehemann hätte folgen sollen, doch Libussa stand mittlerweile wieder fest auf den Beinen. Beruhigend redete sie auf ihre Familie ein. Es gelang ihr, durch das Fortsetzen von Gebetssprüchen die allgemeine Aufmerksamkeit wieder auf das Feuer zu lenken. Trotzdem blieb die Stimmung düster, und der Zauber der Zeremonie war zerstört. Erschrockene, besorgte Augenpaare richteten sich immer wieder auf die schmale Gestalt der Fürstin. Sie musste ihrem Volk viel bedeuten, um derartige Beunruhigung auszulösen. Nur Slavonik wirkte gefasst, wenn auch überrascht. Radegund sah, wie er einem ihr unbekannten Mann an seiner Seite etwas ins Ohr flüsterte. Obwohl sie nicht wusste, woher die Ahnung kam, vermutete sie in dem blonden Fremden Neklan von den Lemuzi. Schließlich entdeckte sie dicht daneben die beiden Mönche. Frederik war von der allgemeinen Unruhe offensichtlich angesteckt worden, doch Gundolf blickte äußerst zufrieden.

»Wann begann es mit deinen Schmerzen?«, fragte Kazi mit ernstem, verschlossenem Gesicht. Libussa richtete sich auf. Ihre Schwester hatte darauf bestanden, dass sie sich gleich nach der Zeremonie hinlegte, doch schien ihr das überflüssig, da sie wieder bei Kräften war.

»Ich weiß es nicht mehr genau. Schon seit Jahren habe ich manchmal ein Ziehen im Unterleib. Ich dachte, ich hätte etwas Falsches gegessen. Dann wurde es zu einem Stechen. Einen so heftigen Anfall hatte ich bisher nur einmal vor fast einem Jahr. Er ging vorbei, und alles schien wieder in Ordnung.«

Zwischen Kazis Brauen erschien eine tiefe Falte. »Warum bist du nicht früher zu mir gekommen?«

Libussa fühlte Ärger in sich aufsteigen. Kazi sprach wie eine strenge Lehrmeisterin. »Weil es immer so viele Dinge gab, die mich beschäftigten und die ich erledigen musste. Eine Fürstin und Hohe Priesterin kann sich nicht wegen jedes kleinen Leidens klagend niederlegen.«

»Wie ein kleines Leiden hat es vor einer Weile nicht ausgesehen«, meinte die Schwester unerbittlich. Libussa senkte den Blick. Ihr Zusammenbruch während der Beisetzung des Stammesführers war peinlich gewesen. Sie hatte das Gefühl, im letzten, wichtigsten Augenblick versagt zu haben, und spürte im Geiste Kroks vertrauten strengen Blick. Würde ihr der Onkel nun so in Erinnerung bleiben, als ein Mensch, den sie enttäuscht hatte?

»Lass mich deinen Bauch abtasten, bevor ich dir ein Mittel gebe«, riss Kazi sie aus diesen Gedanken. Libussa erschauerte. Seit einigen Wochen hatte sie sich bemüht, die harte Schwellung vor Premysl zu verbergen. Auf einmal überkam sie Angst vor dem Urteil ihrer Schwester. Solange niemand von ihrem Leiden gewusst hatte, war es ihr harmlos vorgekommen, geradezu unwirklich.

Die Vernunft zwang sie jedoch, ihr Gewand hochzuziehen. Kazis Berührung war sanft, aber hartnäckig. Die Finger glitten über ihren Unterleib, bewegten sich langsam vorwärts, und als sie an eben jener gefürchteten Stelle Halt machten, trat der Schweiß aus Libussas Poren. Das feine Tasten war auf einmal zu einer Qual geworden. Sie wollte aufspringen und aus dem Raum fliehen, sich einreden, dass alles nur ein böser Traum war.

Voller Angst richtete sie ihre Augen auf Kazis Gesicht, das reglos schien.

»Seit wann hast du diese Schwellung?«

Libussa holte mühsam Luft. »Sie ist mir vor einigen Wochen aufgefallen.«

»Ist sie in der Zwischenzeit gewachsen?« Der sachliche Tonfall der Heilerin beruhigte Libussa ein wenig.

»Nicht besonders. Ich habe nichts bemerkt. Wahrscheinlich verschwindet sie bald wieder von selbst. Ich hatte einmal eine Schwellung am Handgelenk, die nach einigen Tagen verging.«

Kazi nickte. »Aber in deinem Bauch sind keine Gelenke, die anschwellen, wenn du sie zu sehr beanspruchst. Das ist ein Geschwür.«

Das Wort klang hässlich.

»Wird es vergehen?«, flüsterte Libussa.

Kazi schüttelte den Kopf. »Ich fürchte, nicht. Es wird vermutlich wachsen.«

Libussa fühlte, wie Kälte sich durch ihren ganzen Körper zog, als sei auf einmal der erste Schnee gefallen.

»Wäre es weniger schlimm gewesen, wenn ich früher gekommen wäre?«, zwang sie sich zu fragen.

»Nein«, erwiderte Kazi, »denn ich hätte nichts tun können. Einer der Druiden zeigte mir vor vielen Jahren, wie man Geschwüre herausschneiden kann. Das ist eine sehr schmerzhafte, gefährliche Prozedur. Ich versuchte sie einmal bei einer Katze, doch sie ist trotzdem gestorben. Deshalb verschone ich die Menschen meistens damit, außer sie wünschen ausdrücklich eine solche Behandlung. Aber an deinem Bauch kann ich nicht herumschneiden, ohne dir tödliche Verletzungen zuzufügen.«

Auf einmal überkam Libussa tiefe Ruhe, denn sie war frei von Schuld. Ein anderes Verhalten hätte sie nicht retten können. Die Wahrheit hatte sie schon lange geahnt, auch wenn sie dieses dumpfe Gefühl aus ihrem Bewusstsein verdrängt hatte. »Wie lange werde ich noch leben, Schwester?«

Kazi schwieg und ihre Augenlider zuckten, als müsste sie Tränen zurückhalten.

»Ich weiß es nicht«, sagte sie nach ein paar mühsamen Atemzügen. »Wenn du Glück hast, hört es auf zu wachsen oder vergrößert sich sehr langsam. Dann kannst du noch viele Jahre leben. Ich werde dir Mittel gegen die Schmerzen geben.«

Ein Schleier vor Libussas Augen war zerrissen. Auf einmal wollte sie die Wahrheit wissen.

»Und wenn ich kein Glück habe?«

»Dann tötet es dich schnell. Wie ich schon sagte, ich kann dir Mittel geben, um den Schmerz zu lindern. Und auch eines, das dich erlöst, wenn es unerträglich wird.«

Libussas Körper zitterte, als litte sie an einem schweren Fieber. Ihr war schwindelig. Es war zu früh. Sie hatte Kroks Nachfolge noch nicht geregelt. Und sie hatte ihre Tochter nicht gründlich auf ihre zukünftige Aufgabe vorbereitet, denn Scharka sollte unbesorgt die Freuden der Jugend genießen. »Ich darf noch nicht gehen, auch wenn Krok und meine Mutter auf mich warten«, flüsterte sie und ballte entschlossen ihre Hände zu Fäusten.

»Es hilft, wenn ein Kranker entschlossen ist zu leben«, stimmte Kazi ihr zu. »Doch am Ende geschieht der Wille der Götter.«

Sie fuhr sich mit beiden Händen übers Gesicht. »Libussa, erinnerst du dich noch an den zahnlosen Kater, den ich damals hatte? Ich liebte ihn mehr als alle meine anderen Tiere, weil er so verzweifelt gegen seine Schwäche aufbegehrte. Damals erfuhr ich zum ersten Mal, wie es ist, auch als Heilerin nicht mehr helfen zu können. In seinen letzten Tagen zog er sich vor mir zurück, denn er wollte allein sein in seinem Leid. Als er aufhörte zu fressen, war mir klar, dass es zu Ende ging. Er hatte sich in einer Ecke verkrochen, doch ich sprach zu ihm. Ich erzählte ihm von dem Totenreich, in das wir alle eines Tages eingehen werden. Dass ich ihn dort wiedertreffen und bis dahin an ihn denken würde. Da kam er plötzlich auf mich zu, schmiegte sich in meine Arme und schnurrte vor Glück.«

Libussa nickte. Sie kannte Kazi zu gut, um verletzt zu sein, dass sie ihr nicht wichtiger schien als ein Tier.

»Seit diesem Tag«, fuhr Kazi fort, »weiß ich, dass es das Totenreich wirklich gibt. Auch Tiere, die nicht in der Lage sind, an Lügen zu glauben, wissen von ihm.«

Sie schlang ihre Arme um Libussa und drückte sie mit erstaunlicher Kraft an sich. »Kein Abschied ist für ewig, Schwester.«

Kazis Worte beruhigten sie mehr, als jeder Trank es vermocht hätte. Libussa gelang es, wieder etwas Ordnung in ihre Gedanken zu bringen.

Premysl war fähig, die Wahrheit zu ertragen, doch sie wollte den Gefährten noch eine Weile in dem Glauben lassen, dass nun endlich Frieden eingekehrt war. Auch die Tochter musste sie nun gründlicher ausbilden, aber nicht mit einem Wissen belasten, das ihr zartes Gemüt kaum zu ertragen vermochte. Mnata war stark, würde ein Geheimnis vor seiner Geliebten allerdings nicht wahren können, denn Scharka spürte den Kummer der Menschen sehr schnell. Es war noch zu früh, um der Familie von ihrer Krankheit zu erzählen. Vielleicht blieben ihr noch einige Jahre in dieser Welt. Zeit, die sie brauchte, um zufrieden ins Totenreich eingehen zu können.

»Du hast dich stets um andere Menschen gekümmert«, flüsterte Kazi in ihr Ohr. »Denke jetzt an dich. Nutze die Zeit, die dir bleibt, um zu tun, was dir gefällt.«

Als die Schwester gegangen war, sank Libussa erschöpft auf ihr Lager und genoss einen Augenblick der Ruhe. Sie wusste, dass dieses Gefühl nicht von Dauer sein würde. Panische Angst und Bitterkeit lauerten bereits in ihrem Bewusstsein. Auch gegen diese Feinde würde sie nun ankämpfen müssen. Selbst wenn ihr noch Jahre blieben, wie Kazi sagte, ihren eigenen Wünschen folgen durfte sie nicht. Gerade jetzt gab es noch so vieles, das sie regeln musste.

Libussa schloss die Augen. Ein paar Tage, vielleicht sogar Wochen würde sie sich Ruhe gönnen. Sie war nicht in der Lage, bald wieder Zeremonien zu vollziehen oder im großen Saal auf ihrem hohen Stuhl zu sitzen. Zunächst musste sie lernen, mit dem Wissen zu leben, das soeben von einer Ahnung zur unbarmherzigen Wahrheit geworden war. Sobald sie aber wieder fähig war, sich vor anderen Menschen zu zeigen, musste sie ihre Genesung verkünden.

»Der alte Heide hat ein sehr hohes Alter erreicht. Vielleicht wird es bei der Hure anders sein.«

Radegund fröstelte, als sie Gundolfs eiskalte Worte hörte. Verunsichert warf sie einen Blick zur Tür. Lidomir hielt sich bei Scharka und Mnata auf, doch sie wusste, dass etliche Leute in der Festung ihr misstrauten. Was war, wenn Hedwig erneut lauschte?

Frederik sah blass aus. »Die Heilerin Kazi war bei ihr. Es heißt, Libussa sei erkrankt, doch niemand sprach von ihrem bevorstehenden Tod. Sie könnte noch lange leben.«

Radegund hörte Hoffnung in seiner Stimme.

»Sie hat bereits ein höheres Alter erreicht als die meisten Frauen. Ihr Aussehen täuscht, denn Satan hat ihre verführerische Schönheit bewahrt. Trotzdem sind ihre Kinder bereits erwachsen«, beharrte Gundolf.

Radegund holte tief Luft. »Viele Frauen sterben jung im Kindbett. Überleben sie diese Gefahr, können sie älter werden als die meisten Männer.«

Auf einmal wollte sie mit aller Kraft an diese Worte glauben. Die Vorstellung von Libussas Tod ängstigte sie, als könnte dadurch ein Erdbeben ausgelöst werden, das die ihr vertraute Welt in Praha zum Einsturz bringen würde. Sie wusste nicht, was danach kommen sollte.

»Wir werden sehen«, räumte Gundolf ein. »Doch der Tod dieser heidnischen Hure käme uns sehr entgegen. Zunächst ist jetzt der alte Starrkopf gestorben, und ein Nachfolger wird ernannt werden. Wir müssen herausfinden, wer das sein soll. Die Ernennung wird eine Weile dauern, da die Fürstin dahinsiecht. In der Zwischenzeit muss gehandelt werden. Frederik, wie weit bist du mit Vojen?«

Der junge Mönch senkte den Kopf. »Ich habe seine Nähe gesucht, wie du befohlen hast. Tatsächlich schien er geschmeichelt. Er hat einen großen Drang, Wissen zu erwerben, doch bei den Behaimen sind bestimmte Kenntnisse nur Frauen zugänglich, was er als ungerecht empfindet. Darin musste ich ihm zustimmen. Ich habe versprochen, ihm das Lesen und Schreiben beizubringen, damit er wie Lidomir unsere gelehrten Schriften lesen kann. Er hat nie gewagt, Libussas Sohn um Unterricht zu bitten. Vojen geht davon aus, dass niemand ihn leiden kann. Das Erstaunliche daran ist, dass er sich dadurch wirklich unbeliebt macht, denn er begegnet allen Menschen mit Misstrauen. Dabei kann er ein netter Kerl sein. Ich würde ihm gern helfen. Jesus sagte, man soll seinen Nächsten lieben wie sich selbst. Was bei diesem Gebot oft vergessen wird, denke ich manchmal, ist die darin enthaltene Aufforderung, auch sich selbst zu lieben. Vielleicht kann ich Vojen helfen, indem ich ihm vom christlichen Glauben erzähle, denn die Götter seines Volkes bieten ihm keinen Trost.«

Frederiks Augen leuchteten begeistert angesichts der Aufgabe, die er sich gestellt hatte. Auf Gundolfs Stirn waren Falten erschienen. Er schwieg länger als gewöhnlich.

»Vojen leidet unter der unnatürlichen Weiberherrschaft«, fasste er schließlich Frederiks Worte zusammen. »Und er sehnt sich nach Gelehrsamkeit. Ich selbst werde ihn unterrichten. Sage ihm das, Junge, und mache ihm klar, dass ich ihm damit eine Ehre erweise, da ich über mehr Wissen verfüge als du.«

Radegund sah die Empörung in Frederiks Augen. Sie wünschte einen Augenblick sehnsüchtig, der junge Mönch würde aufbegehren, denn in diesem Fall hätte sie sich auf seine

Seite geschlagen. Doch er schwieg, und Gundolf ergriff wieder das Wort.

»Nun, der Schamane ist ein möglicher Verbündeter. Doch wichtiger wäre dieser Kroatenfürst, der nun ebenfalls wieder in der Stadt weilt. Ich weiß, dass ich ihn für mich gewinnen kann. Eitle Menschen sind leicht zu lenken.«

Er erhob sich. »Überlasst in Zukunft alles mir. Und du, Tochter Clothards, sieh zu, dass du bald schwanger wirst. Du sollst den zukünftigen Fürsten der Behaimen gebären.«

Als beide Mönche ihre Kammer verlassen hatten, saß Radegund lange regungslos da. Am liebsten hätte sie ihre Wut herausgeschrien und wäre zu Lidomir gelaufen, doch seine Liebe war ein kostbares Geschenk des Schicksals gewesen. Sie durfte es nicht opfern, nur um ihr eigenes Gewissen zu erleichtern.

Doch dann dachte sie daran, dass Gundolf Lidomir zum Fürsten machen würde, wenn Libussa tot war. Scharka, die bisher vom Schicksal immer bevorzugt worden war, würde verlieren.

Dieser Gedanke ließ sie aus ihrer Starre erwachen. Sie ging hinaus, um sich unter die Bewohner der Festung zu mischen, damit niemand ihr Verhalten verdächtig fand.

Mnata saß am Ufer des Flusses und beobachtete das langsame Sinken der Sonne, die den Wald und das Wasser in ein goldenes Licht tauchte. Vlasta hatte oft über seine Vorliebe für Sonnenuntergänge gespottet: »Wie weich und schwermütig das Herz unseres tapferen Kriegers doch ist!« Erst Kroks Tod hatte deutlich gemacht, dass auch diese unerschrockene Kriegerin nicht ohne Gefühle war. Zudem ahnte Mnata ihr tiefstes Geheimnis, das sie vermutlich sogar vor sich selbst verbarg. Jene sehnsüchtigen, warmen Blicke, die sie manchmal der schönen Tschastawa zuwarf, waren ihm nicht entgangen, ebenso wie ihr unglückliches Gesicht, wenn Kazis Tochter bei den rituellen Festen in die Arme gut aussehender Männer sank. Doch er wusste, dass ein Wutanfall folgen würde, spräche er Vlasta jemals darauf an.

Zu seinem Erstaunen war es weitaus einfacher, mit Scharka auszukommen, denn sie nahm Gefühle als selbstverständlich hin. Seine anfänglichen Ängste, sie durch unbedachte Grobheit zu verletzen, hatten sich als unnötig erwiesen. Scharka verstand mehr, als er einem behüteten, von allen geliebten Mädchen zugetraut hätte. Auch sein gelegentlicher Wunsch nach Einsamkeit verletzte sie nicht, obwohl sie selbst fast immer von Menschen umgeben war.

Jetzt war er an den Fluss gegangen, um die Farbenpracht und Ruhe des anbrechenden Abends auf sich wirken zu lassen. In den letzten Tagen verfolgten ihn seine Ängste wie Schatten. Kroks Tod hatte ein tiefes Loch in seine Welt gerissen, und gleich darauf war auch noch Libussa erkrankt. Diese Ereignisse hatten uralte, längst vergessene Bilder in seiner Erinnerung wachgerufen: Der leblose Körper jener Frau, die klein und dunkel war wie er selbst, mitten in der Tiefe des Waldes. Ihre völlige Reglosigkeit, deren Bedeutung er damals nicht hatte begreifen können.

Der Tod war ein unbesiegbarer Gegner. Er raffte die Menschen dahin und fügte den Hinterbliebenen Wunden zu, die nach vielen Jahren immer noch schmerzten.

Er befahl sich, an Scharka zu denken. Libussa würde wohl wieder genesen, doch er musste damit rechnen, dass sie diese Welt lange vor ihm verließ. Er galt als bester Krieger seines Volkes und würde wohl in der Lage sein, die künftige Fürstin der Behaimen, Scharka, vor Gefahren zu schützen.

Doch die Hoffnung konnte sich als trügerisch erweisen, das wusste er selbst. Tod und Verderben konnten Wege einschlagen, die er mit seinem Schwert in der Hand nicht zu sperren vermochte. Er sog die laue Luft in seine Lungen und spürte, wie sich trotz allem Ruhe in ihm ausbreitete. Bei den Behaimen genoss er den Ruf, in sich gekehrt und ausgeglichen zu sein. Manchmal flüsterten böse Zungen, das läge an seiner Herkunft, denn den schrägäugigen Hunnen könne man keine Gefühlsregung ansehen. Er hatte gelernt, solche Bemerkungen mit Gleichmut hinzunehmen. Nun war er als Gefährte der zukünftigen Fürstin endgültig in dieses Volk aufgenommen worden und brauchte keine Anfeindungen mehr zu fürchten. Krok hatte sich ihn als zukünftigen Stammesführer gewünscht. Mnata war nicht frei von Furcht, ob er dieser Aufgabe gewachsen wäre, doch schmeichelte ihm die Anerkennung seines Ausbilders in der Kriegskunst. Das Leben war viele Jahre lang gut zu ihm gewesen. Nun fragte er sich, wie lange dieser Zustand noch anhalten würde.

Das Wasser zog ruhig an ihm vorbei, während die Dämmerung hereinbrach. Die Geräusche des Waldes schienen dadurch lauter zu werden, und Mnata schloss die Augen. Er hatte die ersten Jahre seines Lebens in Zelten verbracht und fürchtete die Wildnis nur, wenn tatsächlich Gefahr drohte.

Plötzlich vernahm er Schritte. Mnata griff nach dem Schwert, doch dann erkannte er den älteren Mönch, der in seiner sackartigen Kutte den Pfad zum Fluss herunterkam. Egal, welche Absichten Gundolf hegte, er war unbewaffnet und Mnata zweifelte nicht daran, ihn mit bloßen Händen überwältigen zu können. Der Mann ging zielstrebig weiter, ohne in Mnatas Richtung zu blicken, offenbar bemerkte er seine Anwesenheit gar nicht. Unerwartet laut erklang der Ruf eines Vogels aus den Tiefen des Waldes, und Gundolf wandte sich sogleich in diese Richtung.

Ohne weiter zu überlegen, duckte Mnata sich hinter die Büsche, die am Flussufer wuchsen. Er sah die große Gestalt zwischen den Bäumen verschwinden und dachte, dass ein Mann von Gundolfs Statur einen guten Krieger abgegeben hätte.

Auf einmal beunruhigte ihn dieser Gedanke. Er ließ das Schwert in den Büschen liegen, denn es hätte ihn in seiner Beweglichkeit behindert. Nur mit einem dicken Ast bewaffnet schlich er auf jene Stelle zu, wo der Wald den Mönch verschluckt hatte. Seine Füße glitten geschmeidig über den Erdboden. Auch dies hatte er in seiner Kindheit gelernt, als er kleine Tiere jagte, um seine Mutter mit gebratenem Fleisch bei Kräften zu halten. Seine Augen suchten den Waldboden nach Fußabdrücken ab, doch inzwischen war es vollständig dunkel geworden und sie waren nur schwer zu finden. Mnata lauschte. Zweige knackten in seiner Nähe. Der Schrei einer Eule zerriss die Stille.

Der Vogel vor einer Weile hatte anders geklungen. Eher wie eine Amsel. Doch Amseln und andere Singvögel schliefen, sobald die Sonne untergangen war. Diese Erkenntnis verstärkte seine Entschlossenheit, Gundolf zu folgen.

Dann hörte er Laute, die nicht in den nächtlichen Wald gehörten. Den harten Klang von Männerstimmen. Erschrocken blickte er sich um und erkannte erst nach einer Weile mit Erleichterung, dass sie aus größerer Entfernung kamen. Mnata schlich auf die Männer zu.

An einer lichten Stelle im Wald konnte er die große Gestalt in der Kutte ausmachen. Sie stand dicht vor einem Reiter, dessen Gesicht im Dunkeln nicht zu erkennen war. Beide redeten miteinander in einer unverständlichen Sprache, deren Klang ihm Schauer über den Rücken jagte, denn sie erinnerte ihn an die Hinrichtungen von Verden.

Gundolf überreichte dem Reiter ein Stück Baumrinde, offenbar eine Botschaft. Dann nahm Gundolf einen Beutel entgegen. Die Unterhaltung schien damit beendet, denn der Reiter verschwand wieder im Dickicht der Bäume. Auch der Mönch schlug den Rückweg ein.

Mnatas Hand mit dem Ast zuckte, es wäre so einfach. Er könnte den großen, aber im Kampf unerfahrenen Mann einfach von hinten überraschen. Ein harter Schlag auf den Kopf müsste genügen, ihm das Bewusstsein zu rauben, und anschließend wäre es ein Leichtes, den Mönch in sein christliches Totenreich zu schicken.

Er würde nachsehen, was sich in dem Beutel befand, und diesen dann in den Fluss werfen. Wenn man Gundolfs Leiche fand, gäbe es keinerlei Hinweise, wer ihn getötet haben konnte. Nachts allein in den Wald zu gehen war gefährlich, wie jeder vernünftige Mensch wusste. Gundolf wäre einfach ein Opfer seines Leichtsinns geworden. Lautlos wie eine Raubkatze schlich sich Mnata heran.

Da war ihm plötzlich, als lege sich eine sanfte, aber kräftige Hand auf seinen Arm, die ihn zwang, den Ast sinken zu lassen. Die Vorstellung, wie empört Libussa und auch Scharka über einen so hinterhältigen Mord wären, lähmte seinen Körper. Vor der Fürstin konnte er die Tat vielleicht verschweigen, doch ihre Tochter war der wichtigste Mensch in seinem Leben geworden, sie würde bestimmt etwas ahnen. Das Ungesagte würde zwischen ihnen stehen wie eine Mauer.

Er ließ den Ast zu Boden fallen und wartete darauf, dass Gundolf sich umdrehte. Wenigstens ausfragen konnte er ihn, eine Erklärung für dieses nächtliche Treffen mit einem fränkischen Boten verlangen. Aber das Gehör des Mönchs war weniger fein als seines, er bemerkte ihn nicht. Die Gestalt in der Kutte trat unbeirrt aus dem Wald und eilte zur Festung hinauf.

Mnata begriff, dass es vermutlich besser war, wenn sich der Mann in Sicherheit wähnte.

Einige Tage später trafen Händler ein, ein buntes Gemisch aus Franken, Nordmännern und dunkelhäutigen Reisenden aus der fernen Heimat Ibn Saids. Sie mussten unterwegs aufeinandergetroffen sein, denn Praha war mittlerweile eine bekannte Station auf den Handelsrouten. Ihre Waren brachten Farbe und Abwechslung in die Festung, über der immer noch Kroks Tod wie ein düsterer Schatten hing. Mnata sah, wie Premysl seine geschnitzten Figuren gegen farbenprächtige Stoffe und kunstvoll verzierte Gefäße für Libussa tauschte, die krank darniederlag. Er selbst hatte den Händlern nichts anzubieten, denn ein Krieger besaß nur ein Pferd und seine Waffen und wurde ansonsten in der Festung versorgt. Scharka konnte über die Abgaben der Bauern an ihre Mutter verfügen, aber jetzt stand ihr nicht der Sinn nach hübschem Tand. Libussas Zustand belastete sie mehr, als sie zugab. Mnata schlenderte an Scharkas Seite durch das Getümmel, darum bemüht, ihr einen Weg zu bahnen. Er sah Lidomir mit seiner Fränkin bei Verhandlungen mit einem dunkelhäutigen Schmuckhändler. Radegunds Verlangen, sich herauszuputzen, war durch die traurigen Ereignisse sichtlich ungetrübt. Dabei besaß sie bereits mehr als genug Zierrat, um den viele der Mädchen in Praha sie beneideten. Die Putzsucht der Fränkin stieß Mnata ab. Sie verbarg ihre natürliche Lebendigkeit hinter einem maskenhaft geschmückten Äußeren.

Sie gingen weiter zu einem Stand, wo Met ausgeschenkt wurde. Mnata erhielt einen Krug für sich und Scharka, was ihm als Krieger zustand, und nippte geruhsam daran. Es war der erste schöne Tag seit langer Zeit, und er konnte seine Sorgen für eine Weile vergessen. Zumindest Vlasta hatte er bereits von dem verdächtigen Treffen Gundolfs erzählt und fühlte sich seitdem etwas ruhiger. Libussa wollte er mit diesem Wissen auf ihrem Krankenbett nicht belasten. Zum ersten Mal war ihm klar geworden, dass Kroks Tod mehr bedeutete als einen persönlichen Verlust. Er hätte viel darum gegeben, nun den Rat dieses alten, erfahrenen Kämpfers zu hören. Vlasta schlug vor, man solle das Treiben der Mönche von einigen vertrauenswürdigen Dienstboten beobachten lassen. Nach dem Markt würde er sich mit ihr in der Hütte eines eingeweihten Handwerkers treffen.

Mnata ließ seinen Blick über die Menge schweifen. Einige der anderen Krieger hatten sich mit ihren Mädchen ebenfalls an dem Stand eingefunden. Hodka hielt einem jungen Mann einen Vortrag über die Bedeutung ritueller Feste für den allgemeinen Zusammenhalt. Die todernst gemeinten Dauerreden dieser jungen Frau konnten anstrengend sein und ihr Begleiter leerte gelangweilt seinen Krug. Svatava kam mit einigen Begleiterinnen vorbei und verwickelte Scharka in ein Gespräch. Etwas weiter entfernt stand Vlasta. Seit Tschastawas Rückkehr in Kazis Haus wirkte sie noch bedrückter, doch da die Heilerin mit der Pflege von Libussa beschäftigt war, musste ihre Tochter sie vertreten. Mnata hob seinen Krug und lächelte Vlasta aufmunternd zu. Wie schrecklich war so eine unerfüllte Leidenschaft! Er selbst hatte wirklich unglaubliches Glück gehabt. Scharka hätte genug andere Männer an seiner Stelle haben können, Söhne der fürstlichen Clans anderer Stämme oder angesehene Krieger, deren Familien in Praha lebten. Die Götter hatten ihn vor dieser Erfahrung bewahrt, wofür er ihnen dankbar sein musste.

Seine Zufriedenheit wurde getrübt, als er inmitten der farbenfroh gekleideten Menge eine bräunliche Kutte entdeckte. Es war der jüngere Mönch, Frederik, den viele Leute hier ins Herz geschlossen hatten. Er wurde von einigen Umstehenden freundlich begrüßt. Mnata war sein verträumtes Jungengesicht ebenfalls sympathisch, aber Frederiks Zugehörigkeit zum Frankenreich machte eine Freundschaft unmöglich. Neben Frederik erkannte er eine andere vertraute Gestalt, Vojen in seiner bunten Aufmachung der Schamanen. Frederik redete eifrig auf ihn ein, während er zwei Krüge Met erstand. Den eigenen leerte er schnell. Rote Flecken erschienen auf seiner blassen Haut. Die blauen Augen begannen zu strahlen, als wäre er von seinen eigenen Worten begeistert. Er war mindestens so redselig wie Hodka, aber vielleicht nicht ganz so langweilig, denn Vojen lauschte aufmerksam. Mnata rückte unauffällig an die beiden heran, in der Hoffnung, einiges von dem Gespräch mitzubekommen. Wortfetzen drangen an sein Ohr. Es ging um ein Tier, das eher durch ein Nadelöhr gehen könne, als dass ein Reicher ins christliche Totenreich käme. Überrascht grübelte er, dass kein Tier dieser Welt eine solche Aufgabe bewältigen konnte. Mochten die Christen keinen Reichtum? In diesem Fall wäre der Frankenkönig ein eigenartiger Christ, obwohl er damals in Verden sehr schlicht gekleidet gewesen war. Konnten Mörder in dieses Reich Eintritt gewinnen, solange sie wie Bettler aussahen? Er hätte gute Lust gehabt, dem begeisterten Frederik diese Frage zu stellen, doch auf einmal warf ihm Vojen einen so feindseligen Blick zu, dass Mnata verstört zurückwich.

Vojen, der damals behauptet hatte, Mnata werde aus Praha vertrieben, hatte immer noch den arglistigen Blick einer Schlange. In Mnata zog sich vor Widerwillen alles zusammen. Er war Kazis Sohn stets aus dem Weg gegangen, weil er ihn für einen unerbittlichen Feind hielt, doch plötzlich wurde ihm bewusst, dass Vojen ein mürrischer Außenseiter war, der es allein seiner Abkunft zu verdanken hatte, dass er überhaupt in der Gemeinschaft geduldet wurde. Mnata hingegen hatte Freunde unter angesehenen Mitgliedern des fürstlichen Clans, war Gefährte der zukünftigen Fürstin und womöglich bald Stammesführer. Härter hätte das Schicksal Vojen kaum strafen können.

Scharka hatte sich von dem Mädchen verabschiedet und war wieder zu ihm getreten. Glücklich legte Mnata seinen Arm um ihre Schulter. Da drangen plötzlich leise Worte an sein Ohr, schwebten aus der gesichtslosen, unüberschaubaren Menge heraus: »Dort ist er ja, der dreckige Awar.«

Mnata stand völlig regungslos. Auf einmal erwachten die zornigen Gesichter der Bauern, die mit Knüppeln und Stöcken auf ihn einschlugen, wieder zum Leben. Nur mit Mühe widerstand er dem Drang, sich zu ducken.

»Wer hat das gesagt?«, hallte Scharkas zornige Stimme durch das Gedränge. »Wer ist dieser Feigling? Er soll offen reden!«

Doch die Umstehenden blickten sie nur verlegen und erschrocken an, und keiner gab ihr Antwort.

»Mnata wurde von Krok zum künftigen Stammesführer bestimmt«, fuhr sie empört fort. »Und Krok war ein kluger Mann. Wagt es etwa jemand, sein Urteil anzufechten?«

Völliges Schweigen trat ein. Mnata musterte die überraschten Mienen der Umstehenden und begriff, dass seine Geliebte soeben eine Neuigkeit verkündet hatte, die bisher geheim gehalten worden war. Er zog Scharka mit sich fort. Vielleicht hatte sie einen Fehler gemacht, doch es war in guter Absicht geschehen. Durch die Menschenmenge drängte Vlasta sich zu ihnen heran, die Hand auf dem Griff ihres Schwertes. Er warf ihr einen warnenden Blick zu. Es hatte schließlich keinen Sinn, gesichtslose Gegner anzugreifen. Sobald er Scharka in das fürstliche Gebäude gebracht hatte, würde er sich mit der Kampfgefährtin in der Hütte treffen.

Der Schmied öffnete bereitwillig seine Tür. Mnata stieg die Stufen hinab und begrüßte die Leute, die bereits versammelt waren. Vlasta saß neben der Sächsin Hedwig und anderen Bediensteten, die zahlreicher gekommen waren als erwartet. Mitten unter ihnen entdeckte Mnata ein weiteres vertrautes Gesicht. Premysl hockte aufrecht bei jenen Knechten und Mägden aus der Festung, die vermutlich auf seinen Wunsch hin erschienen waren. Er vertraute stets auf das einfache Volk. Sein Gesicht sah fahl aus, und das lag nicht nur am spärlichen Licht, das durch die Spalte an den abgedeckten Fensteröffnungen fiel. Kroks Tod war ihm zu Herzen gegangen, aber mehr noch plagte ihn wohl die Sorge um Libussa.

Mnata begrüßte den Mann, der ihm wie ein Vater gewesen war, mit einem Kopfnicken. Es musste Premysl viel Kraft gekostet haben, sich noch um andere Dinge zu kümmern als um seine kranke Gefährtin.

Mnata ließ sich vor den Versammelten nieder und erzählte nochmals von der Begegnung im Wald. Er sah Hedwig die Stirn runzeln und auch Premysls Brauen zogen sich zusammen. Die anderen lauschten nur neugierig.

»Vielleicht«, kam es zaghaft von einer der Mägde, »wollte Gundolf nur eine Nachricht aus seiner Heimat empfangen.«

»Dann hätte er sich wohl kaum im Dunkeln hinausgeschlichen. Boten ist der Zutritt in Praha nicht untersagt«, erwiderte Premysl entschieden. Das Mädchen senkte beschämt den Blick.

»Er muss eine Nachricht nach Regensburg geschickt haben«, fügte Hedwig hinzu. »Darin ging es wohl darum, wie wenig christlich wir hier alle sind.« Ein zorniger, düsterer Ausdruck lag auf ihrem Gesicht. Mnata verstand. Auch die Sächsin wurde von bösen Erinnerungen verfolgt.

»Das ist doch kein Geheimnis«, meinte Vlasta. »Jeder Händler, der hier gewesen ist, kann es dem Frankenkönig erzählen. Wenn er uns deshalb angreifen will, müssen wir vorbereitet sein.« Ihre Entschlossenheit wirkte beruhigend. Vlasta schien niemals von Zweifeln geplagt.

»Der Frankenkönig ist mit den Awaren beschäftigt, die ihm weitaus gefährlicher erscheinen als unser kleines Volk«, sagte Premysl. »Doch vielleicht will der Mönch ihm hier schon einmal den Weg ebnen. Mir erscheint Gundolf wie ein Mensch, der gern Macht besäße. Das hat mir von Anfang an missfallen. Hast du eine Idee, was in dem Beutel gewesen sein könnte, Mnata? Das ist vielleicht wichtig.«

Seit er Zeuge der Übergabe geworden war, zermarterte sich Mnata darüber das Hirn, doch die Umrisse waren im Dunkeln schwer zu erkennen gewesen. Er schloss die Augen, um die Szene wieder heraufzubeschwören. Die leisen Geräusche des nächtlichen Waldes, zwei Gestalten im Gespräch miteinander, das sie bewusst kurz hielten, denn niemand blieb länger als unbedingt notwendig außerhalb sicherer Behausungen, sobald im Licht des Mondes die Zeit der Geister und Vilas angebrochen war. Auch Christen fürchteten wohl die Geschöpfe der Nacht oder wenigstens wilde Tiere. Der Beutel war hastig überreicht worden, so rasch, dass er dem Boten kurz aus der Hand glitt und von Gundolf aufgefangen werden musste. Auf einmal hörte Mnata es wieder.

»Ich glaube, als Gundolf den Beutel an sich nahm, da klang

es wie kleine Metallstücke, die aufeinanderschlagen«, murmelte er unsicher.

»Die Franken handeln mit kleinen Scheiben aus Silber«, warf Hedwig plötzlich ein. »Sie nennen das Münzen. Sie sind so etwas wie ein Tauschpfand.«

»Wozu braucht er diese Scheiben, wenn sie bei uns kaum bekannt sind?«, meinte Vlasta kopfschüttelnd.

»Vermutlich«, erklang wieder Premysls Stimme. »braucht er sie für Leute, die ihren Wert kennen. Händler zum Beispiel.«

Mnata erinnerte sich, dass Ibn Said, der Sklavenhändler, Münzen mit sich geführt hatte. Zwar wurden bei den slawischen Völkern allgemein nur Waren getauscht, doch andere Händler und manchmal auch Fürsten hatten diese Metallscheiben angenommen, wenn sie aus teurem Material waren. Aber was hätte Gundolf von den Händlern kaufen wollen, um einen Sack voller Münzen dafür zu brauchen?

»Das ergibt doch keinen Sinn«, bestätigte Vlasta seine Überlegungen. »Gundolf war nicht einmal auf dem Marktplatz.«

»Aber er sprach mit den Händlern, bevor der Markt losging. Ich habe es zufällig mitbekommen, weil ich in aller Frühe hinunter zum Fluss ging, um Wäsche zu waschen. Dort sind auch die Hütten für die Händler«, flüsterte aufgeregt die junge Magd, die als Erste gesprochen hatte. »Mir schien der alte Betbruder nicht erfreut, beobachtet zu werden. Er hat manchmal diesen finsteren Blick, als wolle er einen mit einem Fluch belegen. Ich beeilte mich wegzukommen.«

»Und hast folglich keine Ahnung, worum es in dem Gespräch ging«, führte Premysl ihre Rede weiter. Das Mädchen lief dunkelrot an und senkte den Blick.

»Ich wusste ja nicht, dass es wichtig sein könnte. Außerdem redete er in seiner Muttersprache. Doch kurz schien es mir, dass er einem der Händler etwas in die Hand drückte.«

Nach diesen Worten reckte sie selbstbewusst das Kinn, sichtlich erfreut, doch etwas Wichtiges beigesteuert zu haben.

Vlasta schüttelte verwirrt den Kopf. »Zu welchem Zweck soll er ihnen fränkische Münzen gegeben haben? Um heimlich irgendetwas zu kaufen, das er vor uns verbergen will? Waffen hat er sicher keine mitgenommen. Das wäre aufgefallen. Außerdem bezweifle ich, dass dieser Kerl mit einem Schwert umgehen kann.«

»Es gibt Möglichkeiten, ohne Waffen zu siegen«, erklärte Premysl nun. »Dieser Mann scheint mir nicht dumm. Er gab den Händlern Münzen, damit sie ihm einen Wunsch erfüllten.«

Überraschte Augenpaare richteten sich auf Libussas Gefährten.

»Hat es irgendwelche Gerüchte auf dem Marktplatz gegeben?«

Premysl stellte die Frage in den Raum, ohne jemand Bestimmten anzusprechen. Hedwig zuckte mit den Schultern und sah ihren Herrn ratlos an.

»Es ging um die Awaren«, kam es plötzlich von einem jungen Knecht, der sich bisher im Hintergrund gehalten hatte. »Ich hörte, sie wollten uns wieder angreifen, nun, da der Frankenkönig ihre Reichtümer geplündert hat.«

Ein Schauer fuhr Mnata über den Rücken, als er sich an die Bemerkung am Stand des Metbrauers erinnerte. Seit vielen Jahren war er nicht mehr derart beschimpft worden. Die Knechte und Mägde in der Hütte vermieden es, ihn anzusehen.

»Die Awaren sind damit beschäftigt, das Heer des Frankenkönigs abzuwehren. Sie haben nicht die Kraft, andere Völker anzugreifen«, erklärte Premysl mit Nachdruck. Der Knecht sah verwirrt aus.

»Aber Herr, sie brauchen neues Land, wenn sie aus dem ihren vertrieben werden. Mit gefangenen Sklaven können sie ein Vermögen erwerben.«

»Und warum sollten sie Ländereien erobern wollen, die unmittelbar neben dem Frankenreich liegen, das ihre größte Bedrohung ist? Es würde mehr Sinn machen, wenn sie wieder ostwärts zögen, in jene Richtung, aus der sie ursprünglich gekommen sind, denke ich. Dort haben sie vielleicht Verbündete«, entgegnete Premysl und zu Mnatas Erleichterung kam kein Widerspruch. Ich bin trotz allem ein Mitglied der Familie und des Clans, daran wird sich nichts ändern, dachte er erleichtert.

Dann erhob sich Premysl. »Wir haben geklärt, was es zu klären gab. Jetzt können sich alle zurückziehen«, verkündete er laut. Mnata sah ihn ungläubig an, denn er hatte noch Hunderte von Fragen im Kopf. Die Bediensteten entfernten sich erleichtert, nur Hedwig zögerte, bevor sie die Stufen hinauf ins Freie stieg. Ein Kopfnicken Premysls hielt sie zurück. Bald schon befanden sich nur noch die Mitglieder des Fürstenclans in der Hütte, außer dem Schmied, der Sächsin und jenem jungen Mädchen, das Gundolf bei den Händlern beobachtet hatte.

»So, und nun lasst uns reden«, meinte Premysl.

»Warum konnten wir es vorher nicht?«, bohrte Vlasta ungeduldig nach.

»Höre auf, Menschen zu trauen, nur weil sie zu unserem Volk gehören!«, herrschte Libussas Gefährte sie plötzlich an. »Wir haben einen gefährlichen Feind, der sich Verbündete kauft oder durch Lügen erschleicht. Im Schwertkampf würde er gegen dich verlieren, Vlasta, auch wenn du eine Frau bist. Ich weiß, darauf bist du stolz. Aber glaube nicht, dass du deshalb sicher vor ihm bist.«

Vlasta sank auf einen Schemel. Ihre Augen funkelten zornig, doch sie widersprach nicht.

»Es gibt einen Grund, warum dieser Gundolf Angst vor den Awaren auslösen wollte«, fuhr Premysl fort. »Vielleicht möchte er uns alle verunsichern. Ein Volk, das in Angst lebt, ist für die verrücktesten Botschaften empfänglich. Es ist möglich, dass er vorhat, uns den Schutz des Frankenkönigs vor den Überfällen des Khagans anzubieten.«

»Das würde bedeuten, ein Übel gegen ein anderes auszutauschen«, meinte Vlasta. Hedwig nickte.

»Die Angst vor den Awaren würde kaum Christen aus uns machen. Wir haben zu lange mit ihr gelebt und fürchten die Franken nicht minder«, grübelte Premysl weiter. »Ich denke, Gundolf ist schlau genug, das zu wissen. Es muss um etwas anderes gehen, das unser ganzes Gemeinwesen betrifft. Er will es untergraben, indem er Misstrauen gegen jemanden sät, auf den sich unsere Hoffnungen richten. Man kann einen Bienenstock nur zerstören, indem man die Königin tötet.«

»Du hast Angst um Libussa!«, rief Mnata erschrocken, doch Premysl schüttelte den Kopf.

»Gegen sie kommt er mit allen Gerüchten der Welt nicht an. Sie herrscht schon zu lange und genießt das Ansehen von Leuten aus allen Clans und Stämmen. Es ist einfacher, jemanden anzuschwärzen, der sich erst beweisen muss und zudem nicht als Mitglied unseres Volkes geboren wurde.«

Mnatas Herzschlag setzte einen Augenblick aus, als ihm der Sinn dieser Worte klar wurde. »Es war niemals meine Absicht, Stammesführer zu werden. Vielleicht wäre es unter den gegebenen Umständen besser, jemand anderen zu wählen«, erklärte er sogleich.

»Wir lassen uns nicht von irgendwelchen Christen einschüchtern und vorschreiben, wen wir zu Kroks Nachfolger machen!«, rief Vlasta entschieden. Premysl musterte sie stirnrunzelnd.

»Mit Dickköpfigkeit allein gewinnt man in keinem Spiel, geschweige denn im Kampf, Vlasta. Du urteilst oft zu schnell«, ermahnte er sie. Wieder gab sich Vlasta widerwillig geschlagen.

»Unter den gegebenen Umständen wäre es vielleicht vernünftig, jemand anderen zu wählen und Gundolfs Plan dadurch zu untergraben«, fuhr Libussas Gefährte fort. »Aber es gibt außer Mnata keinen jungen Mann, der in Frage käme. Lidomir scheint mir leider nicht vertrauenswürdig wegen seiner Fränkin. Außerdem beherrscht er das Kriegshandwerk nicht ausreichend. Ein Stammesführer ist in erster Linie für die Vorbereitung und Durchführung von Kämpfen zuständig. Krok hatte gute Gründe, den älteren, angenommenen Sohn Libussas vorzuschlagen.«

Mnata senkte ergeben den Kopf. »Sollte die Wahl auf mich fallen, nehme ich das Amt an.«

Niemand widersprach.

»Doch als Nächstes müssen wir überlegen, woher Gundolf überhaupt wusste, wer unser zukünftiger Stammesführer werden soll«, machte Premysl auf eine Tatsache aufmerksam, die offensichtlich schien und doch allen anderen in der Aufregung entgangen war.

»Heute auf dem Marktplatz, da ... da hörte Scharka, wie jemand schlecht über mich redete, weil ich ein geborener Awar bin. Sie wurde wütend ...«

»... und hat das Geheimnis verraten. Scharka wird noch einiges lernen müssen, wenn sie Fürstin ist. Doch Gundolf muss es bereits vorher gewusst haben, denn er hatte das Gerücht durch die Händler in Umlauf setzen lassen, eben damit es zu Anfeindungen gegen dich kommt«, erklärte Premysl.

»Als wir an Kroks Krankenlager versammelt waren, da wurden sogar die treuesten Dienstboten hinausgeschickt«, murmelte Vlasta verwundert. »Wir sprachen alle im Flüsterton. Es muss ... bei Perun ... es kann nur ein Mitglied unserer Familie gewesen sein, das dieses Geheimnis verriet.«

Premysl nickte mit betrübter Miene.

»Ich fürchte, Lidomir hat mit seiner Fränkin gesprochen. Es geschah vielleicht nicht in böser Absicht. Lebt man eng mit einer Frau zusammen, dann ist es schwer, Geheimnisse vor ihr zu haben.«

Mnatas Magen verkrampfte sich. Lidomir war als Fremder aus dem Frankenreich zurückgekehrt, aber mittlerweile ähnelten seine Gefühle für den jungen Mann jener Zuneigung, die er ihm einst als kleinem Kind entgegengebracht hatte. Von den Christen zu einem weltfremden Grübler erzogen, hatte Lidomir trotzdem Ausdauer und Entschlossenheit gezeigt, als es galt, den Schwertkampf zu erlernen, wodurch er endgültig Mnatas Anerkennung gewann. Wenn da nur nicht diese verfluchte Fränkin wäre!

»Herr, mir scheint, du urteilst zu hart über deinen Sohn«, mischte sich auf einmal Hedwig ein. Die Sprache der Behaimen klang hart auf ihrer Zunge. »Ich bediene ihn und seine fränkische Gemahlin. Ich will ehrlich sein. Ich habe die Ohren offengehalten, weil ich der Fränkin ebenfalls nicht traue. Sie versucht manchmal, ihn zu drängen oder auszufragen, aber er ist seinem Stamm und Volk stets treu geblieben, auch wenn es nicht leicht für ihn ist, weil er das hinterhältige Weib liebt. Ich hatte schon immer den Eindruck, dass gerade die weisesten und gerechtesten Männer selten eine gute Wahl mit ihrer Gemahlin treffen.«

»Aber wer kann es dann gewesen sein, wenn nicht Lidomir?«, fragte Premysl, zum ersten Mal völlig ratlos.

Eine unangenehme Erinnerung stieg in Mnata hoch, schmale Augen, die ihn berechnend und voller Abneigung musterten.

»Ich möchte niemanden zu Unrecht anklagen«, begann er zögernd. »Doch mir ist aufgefallen, dass Vojen sehr viel Zeit mit dem jungen Mönch verbringt.«

»Das ist nicht nur dir aufgefallen«, warf Premysl sogleich ein. »Vojen hat nicht viele Freunde. Dieser Frederik scheint mir kein schlechter Kerl zu sein. Warum sollte es unter den Franken und Christen nicht auch vertrauenswürdige Menschen geben? Der junge Mann ist aufgeschlossen und gesellig. Vielleicht tut sein Einfluss Vojen gut.«

»Auch wenn dieser Frederik einen freundlichen Eindruck macht, ist er trotzdem ein Christ und dem Frankenkönig zu Gehorsam verpflichtet«, erklang wiederum Hedwigs raue Stimme.

»Man kann zu Gehorsam verpflichtet sein und sich trotzdem widersetzen. Das weiß ich aus eigener Erfahrung«, widersprach Premysl. Hedwig sah ihn mürrisch an, aber sie schwieg.

Dann meldete sich wieder das junge Mädchen zu Wort. »Ich habe den Sohn der großen Heilerin Kazi mehrfach abends in die Hütte der Mönche gehen sehen. Doch der junge Mann, Frederik, er wurde daraus verbannt. Er muss mit dem Alten gesprochen haben.« Unsicher wartete sie auf die Wirkung ihrer Worte. »Ich gehe nach Einbruch der Dunkelheit manchmal in den Hof, weil … weil … es jemanden gibt, den ich treffen will«, fügte sie dann hinzu, um glaubwürdiger zu wirken. Niemand fragte nach.

Eine Weile herrschte Schweigen. Hedwig sah Premysl erwartungsvoll an. Für eine Magd trat sie oft sehr resolut auf, was geduldet wurde, denn ihre Loyalität zu den neuen Herrschaften zweifelte niemand an.

»Warum gerade Vojen?«, fragte Premysl bedrückt.

»Ich glaube, er hat immer den Eindruck, zu kurz zu kommen.«, erklärte Mnata. »Wie du schon sagtest, dieser Gundolf gewinnt Leute durch Versprechungen. Vojen scheint mir ein geeignetes Opfer.«

Premysl nickte widerstrebend.

»Wir könnten ihn ausfragen, doch es ist nicht verboten, des Abends in irgendwelche Hütten zu gehen.«

»Es gibt Möglichkeiten, Leute zum Reden zu bringen«, knurrte Mnata.

»Erzwungene Geständnisse sind nicht glaubwürdig. Wir haben nichts in der Hand, um gegen Vojen vorzugehen«, widersprach Premysl sogleich. »Ich werde mit Libussa reden. Sie muss die Ernennung des neuen Stammesführers sobald wie möglich verkünden, denn ohne einen Anführer unserer Krieger scheinen wir ein verunsichertes, schwaches Volk.«

Sein Blick richtete sich auf Mnata.

»Sobald du dein Amt innehast, werden alle sehen, dass du loyal bist und nicht in den Diensten unserer Feinde stehst. Dann können Gundolfs Gerüchte dir nichts mehr anhaben, im Gegenteil, es wird als schweres Vergehen gelten, deinen Namen anzuschwärzen«, meinte er nachdrücklich. »Und jetzt geht hinaus, aber nicht alle auf einmal. Verteilt euch und schlendert noch etwas auf dem Hof herum, als wolltet ihr die Abendluft genießen. Niemand soll von unserem Treffen etwas ahnen.«

Mnata gehorchte. Er ging langsam an den Hütten vorbei, um dann wie zufällig auf Vlasta zu stoßen und mit ihr wieder in das fürstliche Gebäude zu gehen.

So weit ist es gekommen, dachte er stumm vor Zorn, dass wir in unserer eigenen Festung Angst vor Feinden haben müssen.

Radegund verabschiedete Lidomir kühl. Seit dem Treffen des Clans, an dem man sie nicht hatte teilnehmen lassen, lag eine Kluft zwischen ihnen. Er hatte ihr viele Geschenke gemacht, als die Händler in der Siedlung gewesen waren, überschüttete sie mit Aufmerksamkeit und benahm sich insgesamt wie ein treuer Hund, der um Zuneigung bettelt. Gern hätte sie ihm vergeben, denn auch sie sehnte sich nach der Zeit völliger Verbundenheit mit dem sanften, klugen Mann zurück. Wie einfach alles in Regensburg gewesen war, das Verlöbnis, die rasche Hochzeit und ihre Gewissheit, nun niemals wieder allein und schutzlos zu sein. Sie hatte sich getäuscht. Lidomir hielt nicht immer und unbedingt zu ihr, wie sie in der Zwischenzeit erfahren hatte. Und auch sie selbst verbarg unschöne Geheimnisse vor ihm. Manchmal lastete dieses Wissen wie ein Stein auf ihrer Brust, den sie vergeblich abzuschütteln versuchte.

Trotzdem gab sie Lidomirs nächtlichem Drängen bereitwillig nach. Die Vereinigung ihrer Körper war tröstlich, denn auf diese Weise konnte sie die Entfremdung vergessen, die sich allmählich zwischen ihnen vollzog.

Alles wird gut sein, sobald ich ein Kind bekomme, dachte sich Radegund, wenn sie wieder einmal nachts nicht schlafen konnte und ihre Sorgen zu riesigen schwarzen Schatten anwuchsen. Sie würde Lidomir den zukünftigen Fürsten der Behaimen schenken. Jeder Mann wünschte sich einen Sohn, auch hier konnte es nicht anders sein.

Nun war wieder einmal eine Versammlung im großen Saal einberufen worden. Libussa galt als genesen und sollte Kroks Nachfolger verkünden. Lidomir hatte ihr bereits mitgeteilt, dass er selbst es nicht sein würde. Doch den Namen des Auserwählten wollte er ihr nicht nennen. Er misstraute ihr wie einer Fremden.

Radegund wusste, dass Gundolf etwas plante, auch wenn er sie in den letzten Wochen nicht mehr in seine Pläne eingeweiht hatte. Das war ihr gleich. Sie wollte nichts davon wissen. Sollte der Mönch siegen, würden die Dinge sich zu ihrem Vorteil entwickeln. Und falls nicht, dann ... dann würde sie eben ihre eigene Haut retten müssen.

Völlig ruhig lag sie auf ihrer Bettstatt. Lidomir war bei seiner Familie, und wie üblich legte man keinen Wert auf ihre Anwesenheit. Diese Zurückweisung quälte sie nicht mehr. Sie würde einfach nur noch abwarten.

Warten. Einfach nur warten.

Als es an der Tür klopfte, rechnete sie mit Hedwig und murmelte ein widerwilliges »Herein«. Mittlerweile verabscheute sie den misstrauischen, stets aufmerksamen Blick der Sächsin.

Doch Frederiks Jungengesicht erschien im Türrahmen. »Kann ich mit dir reden, Radegund?« Seine Stimme klang lallend. In dieser Siedlung wurde bei jeder Gelegenheit Met angeboten, und der junge Mönch war sichtlich auf den Geschmack gekommen. Seine Haut war von rötlichen Flecken übersät, wie immer, wenn er angetrunken war. Auf einmal fand sie seine Anwesenheit ärgerlich.

»Du kannst hier nicht so einfach hereinspazieren. Was ist, wenn meine Magd es sieht? Sie mag mich nicht leiden und würde sich über jede Gelegenheit freuen, meinen Ruf zu schädigen.«

Frederik stand da wie ein Hund, der statt dem erwarteten Tätscheln getreten worden war. Warum hatten so viele Männer etwas Hündisches an sich? Sogar Gundolf, er erinnerte sie an einen bissigen, gefährlichen Wachhund, der die christliche Kirche verteidigte.

Sie kicherte und griff nach dem Becher auf dem kleinen Tisch neben der Bettstatt. Auch sie hatte in letzter Zeit angefangen, viel zu trinken, doch bevorzugte sie gewürzten Wein wie eine richtige Dame. »Na, komm schon rein!«, meinte sie dann zu Frederik. »Wenn du dort im Türrahmen stehst, bekommt es nun wirklich jeder mit.«

Wie trottelig er sich immer anstellte. Ein ungestümer, linkischer Welpe. Sie kicherte nochmals. Der Junge trat zögernd ein. »Ich muss mit dir reden.«

»Das hast du bereits gesagt. Jetzt rede endlich!«, forderte sie ihn auf und bot ihm einen Becher von dem Wein an, den er freudig entgegennahm. Nun, da sie ihn genauer betrachten konnte, schien sein Gesicht noch bleicher als sonst. Die Kiefer waren aufeinandergepresst.

»Es geht um Gundolf«, begann Frederik. »Er hat sich bereits mit jenen Männern getroffen, deren Namen du ihm nanntest. Er ließ ihnen heimlich eine Nachricht zukommen, die sie neugierig machte. Bei diesen Treffen nahm er mich sogar mit, weil die Leute mich für vertrauenswürdig halten.«

Radegund nickte und versuchte, das Hämmern ihres Herzens zu überhören. Die Steine waren ins Rollen gekommen. »Wir wussten beide, dass er sich mit diesen Männern treffen würde. Was hast du für ein Problem damit?«

Auf einmal wirkte sein Gesicht wieder sehr kindlich. »Ich mochte sie nicht. Dieser Neklan schien mir feige und verschlagen. Der Kroatenfürst, Slavonik, hingegen, der hat mehr Mut, aber er ist in seinen eigenen Ruhm verliebt. Keiner von ihnen wäre ein besserer Herrscher als die Fürstin Libussa.«

»Du scheinst diese Frau zu mögen«, bemerkte Radegund

und erschrak selbst, wie giftig ihre Stimme klang. An Neklan von den Lemuzi konnte sie sich kaum erinnern. Und bei der Erwähnung von Slavoniks Namen fühlte sie immer noch einen Stich. Er hatte wenigstens nichts von einem Hund an sich. Eher glich er einem Wolf.

»Magst du die Fürstin Libussa denn nicht?« Frederiks unschuldige Frage beschämte sie plötzlich.

»Darum geht es nicht«, erwiderte sie schnell. »Gundolf will dieses Volk zum Christentum bekehren. Dafür braucht er Verbündete. Libussa scheint mir kaum geeignet.«

»Aber er erzählt völlig falsche Dinge über unseren Glauben.« Frederiks Stimme war heftiger geworden. »Er sagt, dass christliche Herrscher das Recht haben, so viele Abgaben von ihren Untertanen zu verlangen, wie es ihnen gefällt. Dass es ihnen zusteht, sie als Sklaven zu verkaufen, um sich zu bereichern. Er hört sich an, als stünde unser Herrgott immer auf der Seite mächtiger Männer. Libussa versucht, alte Traditionen zu wahren, die den Bauern Freiheit und Rechte geben. Gundolf sucht nach Fürsten, denen das missfällt, und erzählt ihnen, sie könnten als Christen mit ihren Untergebenen tun, was sie wollen. Dabei handelt er doch nicht nach der Lehre Jesu!«

Radegund seufzte. Wie jung Frederik war!

»Gundolf will Verbündete gewinnen. Deshalb muss er ihnen Versprechungen machen. Abgesehen davon haben christliche Herrscher tatsächlich große Macht über ihre Untertanen, aber ich glaube, bei den meisten heidnischen Völkern ist es ähnlich. Hier haben sich uralte Sitten erhalten, die überholt sind. Libussa kann nicht verhindern, dass ihr Volk sich den anderen anpasst. Sie kämpft gegen die Zeit.«

Sie fand, dass ihre Rede überzeugend klang. Doch Frederik sah weiter unglücklich aus. Er nahm einen tiefen Schluck aus seinem Becher.

»Wenn sie erfährt, dass ich an dieser Verschwörung beteiligt war, wie sehr wird sie mich dann verabscheuen!«

Radegund brauchte nicht nachzufragen, von wem Frederik sprach. Sie beschloss, dem Jungen die Welt der Erwachsenen zu erklären. Nach ihrer Erfahrung waren Unschuld und Gutgläubigkeit nur Fesseln, die einen daran hinderten, im Leben voranzukommen.

»Und jetzt bist du ihr einfach gleichgültig. Ist das besser, als wenn sie dich hasst?«

Frederik schüttelte den Kopf. »Ich bin ihr nicht gleichgültig. Sie hat sich mir anvertraut.«

»Weil du ein Fremder bist und in ihren Augen ein Kind.«

Seine Naivität war ein Schild, den sie nicht durchstoßen konnte.

»Noch bin ich für sie ein Kind. Doch mit den Jahren wird sich das ändern. Ich kann warten, Radegund.«

Sein Lächeln war glücklich. Radegund musste an Anahild denken, die ihm in vielerlei Hinsicht ähnlich war. Manchmal hatte sie ihre Schwester darum beneidet.

Entschlossen redete sie weiter. »Frederik, du bist ein armer Mönch. Tschastawa ist eine wunderschöne Frau. Viele Männer umwerben sie. Warum sollte sie sich gerade für dich entscheiden?«

»Und warum sollte sie es nicht? Die Fürstin Libussa ist auch wunderschön. Und ihr Premysl war einmal ein armer Bauer.«

Radegund seufzte angesichts seiner Hartnäckigkeit. Dann kam ihr plötzlich eine Idee, die von Gundolf selbst hätte stammen können. »Sollten wir in diesem Volk das Christentum durchsetzen, wird Tschastawas Mutter Kazi bald in den Ruf der Hexerei geraten und an Ansehen verlieren. Tschastawa wäre auf den Schutz eines einflussreichen Mannes angewiesen, der sie vor Anfeindungen bewahrt. Indem du Gundolf unterstütztest, könntest du so ein wichtiger Mann werden.«

Der Köder war ausgeworfen, doch Frederik biss nicht an. »Anders wäre es mir lieber. Ich könnte in der Hütte dieser Heilerin leben. Es gefiel mir dort. Ich würde ihr helfen, ihre Tiere zu versorgen. Sie mag Menschen, die Tiere mögen. Gemeinsam mit Tschastawa würde ich mich um die Kranken kümmern, so wie unser Herr Jesus es tat. Ich könnte seine Botschaft verbreiten und vielleicht eine kleine christliche Gemeinde gründen. Dies ist der richtige Weg.«

Ihr fiel nichts mehr ein, was sie diesen Worten entgegensetzen konnte. Träumer lebten in ihrer eigenen Welt, fernab von der hässlichen Wirklichkeit. »Wie du meinst, Frederik. Aber ich fürchte, es wird anders kommen. Jetzt lass mich bitte allein, denn ich bin erschöpft.«

Aber Frederik blieb hartnäckig stehen. »Hast du überlegt, was dein Gemahl von Gundolfs Intrigen halten wird, sobald er alles erfährt?«

Radegund fröstelte. Was war aus dem harmlosen Kind geworden?

»Ich werde ihm alles erklären, damit er es versteht.«

»Und bist du dir sicher, dass er es verstehen wird? Tschastawa bin ich vielleicht noch gleichgültig, aber Lidomir liebt dich.«

Sie fuhr wütend auf. »Worauf willst du hinaus?«

Frederik trat einen Schritt auf sie zu. »Überlege, ob es nicht angebracht wäre, ihm alles zu erzählen. Mir scheint das die beste Lösung. Sage ihm, was Gundolf vorhat. Einen geliebten Menschen sollte man nicht hintergehen.«

Sie stellte ihren Weinbecher heftig auf das Tischchen neben der Bettstatt. »Ich brauche keine Belehrungen von einem Halbwüchsigen. Lass mich in Frieden!«

Der Junge fuhr erschrocken zusammen und eilte zur Tür.

»Frederik!«, rief sie ihm hinterher. Es war ihm gelungen, sie zu verärgern, und sie hatte plötzlich das Bedürfnis, auch seine Überzeugung ein wenig zu erschüttern.

»Wenn du von einem Leben an Tschastawas Seite träumst, denkst du da manchmal auch an dein Keuschheitsgelübde?«, fragte sie lächelnd. Ein feiner Hauch von Rosa zog sich über sein Gesicht, aber er sprach ohne Zögern.

»Ich kam als Kind ins Kloster. Ich bin Waise. Ein Gelübde habe ich noch nicht abgelegt, denn dazu bin ich zu jung. Zunächst war ich mir sicher, dass ich diesen Weg gehen würde, aber nun kommen mir manchmal Zweifel. Davon abgesehen haben viele Gottesmänner in heiliger Keuschheit mit Frauen zusammengelebt, in der alten Zeit, bevor es für alles Vorschriften der Bischöfe gab. Sie nahmen sich unseren Herrn Jesus und Maria Magdalena als Beispiel.« Er nickte freundlich, bevor er die Kammer verließ.

Radegund ließ sich auf ihre Bettstatt fallen. Wenn Maria Magdalena so ausgesehen hatte wie Tschastawa, dann würde ich für die Keuschheit des Herrn Jesus nicht die Hand ins Feuer legen, dachte sie kichernd. Sollte Kazis Tochter je bereit sein, ihren braunen Leib an Frederiks dürre, blasse Gestalt zu pressen, würde der Junge der Fleischeslust ebenso selbstverständlich frönen wie ein Vogel dem Fliegen. Die Vorstellung belustigte sie eine Weile, konnte sie aber nicht wirklich von ihren Sorgen ablenken.

Vielleicht hatte Frederik recht. Sie sollte mit Lidomir reden, solange noch Zeit war, denn ansonsten gefährdete sie ihre Ehe. Sie wollte sich nicht ausmalen, wie Lidomir es aufnehmen würde, dass seine Familie derart hintergangen worden war. Falls Gundolf seine Pläne trotzdem verwirklichte, würde er sich damit abfinden müssen, sie aber deshalb nicht hassen.

Sie würde mit ihm reden, auch wenn ihr die Angst vor dem Gespräch tief in den Knochen saß. Aber nicht heute. Sie war zu erschöpft für eine weitere anstrengende Unterhaltung.

9

Libussa musterte die vertrauten Holzwände des Raumes, an denen Tücher, bestickt mit dem Kreuz der Mokosch sowie mit bunten Blumen, den Zeichen der jungen Morana, hingen. Wie oft hatte sie hier gesessen und wie viele Male zuvor in dem ähnlich großen Saal von Chrasten! Bald würde sie wieder die alten Gesichter sehen, nun von Falten durchzogen wie das ihre und mit angegrautem Haar. Menschen, die sie als winzige schreiende Wesen in den Armen ihrer Ammen erlebt hatte, waren indessen zu jungen Erwachsenen herangewachsen, neugierig und voller Lebensdrang. Alte Bilder tauchten vor ihren Augen auf. Kazi, die den zahnlosen Kater aus den Armen des Knechts riss, der ihn in den Fluss werfen wollte. Thetka nach ihrem ersten Kupala-Fest, die von Slavoniks muskulösem Körper schwärmte und dabei kaum ein Detail ausließ, auch wenn es den jüngeren Schwestern peinlich war. Damals war jeder Tag lang gewesen. Jedes Jahr zog sich endlos. Doch je älter man wurde, desto schneller eilte die Zeit dahin.

Hatte Kazi nicht einmal erzählt, dass sterbende Menschen oft an ihre Jugend zurückdachten?

Hedwig riss sie aus ihren Gedanken.

»Die Gäste sind alle eingetroffen, Herrin, und in der Küche hat man das Mahl vorbereitet. Soll nun aufgetragen werden?«

Libussa nickte. Sie war bemüht, gleichmütig und gefasst auszusehen, denn Hedwigs Blick schien ihr besorgt. Hatte Kazi der Sächsin irgendetwas verraten? Das konnte sie sich nicht vorstellen, denn auf die Schweigsamkeit der ältesten Schwester war stets Verlass gewesen.

Kazi schmierte regelmäßig eine Salbe aus Honig auf die geschwollene Stelle an Libussas Bauch. Sie meinte, das Geschwür sei nicht gewachsen. Außerdem braute sie Brühen aus Kräutern, die beruhigten und erlösenden Schlaf schenkten. Gegen Schwermut empfahl sie Wermutwein. Seit Monaten hatte Libussa sich nicht mehr so gut gefühlt wie in den letzten Tagen. Manchmal keimte Hoffnung auf. Vielleicht hatte sie doch noch viele Jahre vor sich, die mit Kazis Hilfe fast schmerzfrei blieben. Sie hatte bisher nicht den Mut gefunden, Premysl die Wahrheit zu erzählen, obwohl Kazi darauf drängte.

»Er hat ein Recht, zu wissen, dass eure gemeinsame Zeit vielleicht begrenzt ist«, ermahnte sie. Doch war das Leben auf Erden nicht immer begrenzt? Sie hätten bereits damals im Wald als junge Menschen sterben können, durchbohrt von den Schwertern der Krieger Neklans. Jeder Augenblick konnte ins Totenreich führen. Premysl war kein Narr, um das nicht zu wissen.

Trotzdem war ihr klar, dass sie mit ihm reden musste. Nun, da sie sich besser fühlte, sehnte sie sich wieder nach der Nähe seines Körpers. Vielleicht hatten sie nicht mehr viel Zeit, einander Lust zu schenken. Doch die Schwellung an ihrem Bauch würde er dabei sicher bemerken.

Sie beschloss, eine günstige Gelegenheit abzuwarten, sobald die Ernennung von Mnata zum Stammesführer erfolgt war, zu der Premysl sie drängte. Er hatte etwas von bösen Gerüchten über die Awaren erzählt, die er für frei erfunden hielt. Er misstraute dem alten Mönch. Seit Verden verabscheute er alle Franken und Christen. Libussa mochte diesen Gundolf ebenso wenig, doch was konnte ein einzelner Mönch in Praha schon ausrichten? Eine warnende innere Stimme ermahnte sie jedoch, den großen, finster dreinblickenden Mann nicht zu unterschätzen.

Sie überlegte, dass sie ihn wieder nach Regensburg schicken könnte. Das wäre die einfachste Lösung. Der Gedanke gefiel ihr, denn sie sehnte sich nach Frieden. Aber Premysl hatte davor gewarnt. Wenn der Bischof von Regensburg persönlich diesen Mann gesandt hatte, würde er dessen Vertreibung als eine Beleidigung empfinden.

Sie durfte die Franken nicht herausfordern. Es war ihre Aufgabe, die alten Sitten zu wahren, auch wenn die fürstlichen Clans einiger Stämme sie abschaffen wollten, den Glauben an die Götter am Leben zu halten, für das Allgemeinwohl zu sorgen, Streitfälle zu schlichten.Sie fühlte sich müde. Manchmal fiel ihr Kazis Rat wieder ein, sie solle sich um ihr eigenes Wohlergehen kümmern. Sie träumte von der Freiheit, die sie einst als junges Mädchen genossen hatte, bevor ihre Mutter starb und sie die Nachfolge antrat. Doch es stand ihr nicht zu, ihre Ämter niederzulegen, solange sie noch in der Lage war, sie auszuüben.

Die Mägde hatten die Tafel gedeckt, und allmählich füllte sich der Saal mit Gästen, den Fürstinnen und Fürsten der Stämme mit ihrem Gefolge. Alte vertraute Gesichter, auf denen die Zeit ihre Spuren hinterlassen hatte, begleitet von ihrem Nachwuchs. Ein lautes Stimmengewirr herrschte im Saal.

Erics Haar hatte sich kaum verändert, es schien nur ein paar Schattierungen heller. Thetka hatte an Körperfülle zugelegt. Eine stattliche Priesterin des nordischen Gottes war aus ihr geworden. Vlasta schien eine Mischung zwischen beiden, das breite, sinnliche Gesicht ihrer Mutter umrahmt von Erics feinem silberblonden Haar. Sie bewegte sich so männlich wie ihr Vater oder die anderen Krieger, bar allen Verlangens, Aufmerksamkeit auf die weiblichen Formen ihres Körpers zu lenken. Thetka hingegen genoss es weiterhin, sich aufreizend zu bewegen und laut zu schäkern. Sie tat dies mit solcher Selbstverständlichkeit, dass sie trotz ihres Alters nicht lächerlich wirkte. Die Tochter jedoch hielt sich sogar bei den rituellen Festen von

Männern fern. Libussa ahnte, dass Thetka dieses Verhalten der Tochter missfiel. Sie hätte nichts gegen einen Sohn gehabt und wünschte sich vermutlich nun einen Gefährten für Vlasta sowie baldigen Nachwuchs. Auch Thetka würde lernen müssen, dass man das Wesen seiner Kinder zwar beeinflussen, aber nicht ändern konnte.

Kazi stand zwischen Vojen und Tschastawa, ein Stück entfernt vom Rest der Familie. Libussa bemerkte Radegunds kunstvolle Frisur, in die bunte Schmucksteine eingeflochten waren, und die ineinander verwobenen, farblich abgestimmten Stickereien auf ihrem Gewand. Viel Mühe und Überlegungen waren notwendig, um sich derart herauszuputzen. Sollte jemand die Fränkin einmal mitten in der Nacht aus dem Schlaf reißen, vermutlich wäre sie auch dann noch makellos zurechtgemacht. Libussa nahm ihr Talent anerkennend zur Kenntnis.

Mnata hielt sich mit angespannter Miene im Hintergrund. Sie sah, wie Scharka leise auf ihn einredete und mit der Hand beruhigend über seine Schulter strich.

Libussa bemerkte zufrieden, welch große Vertrautheit zwischen beiden trotz aller Verschiedenheit herrschte. Zum ersten Mal in der Geschichte ihres Volkes würden der Stammesführer und die Hohe Priesterin auch ein Paar sein. Sie konnten sich gegenseitig ergänzen und eine Einheit bilden. In der Überzeugung, die richtige Entscheidung getroffen zu haben, begann Libussa zu sprechen.

»Ich heiße euch willkommen!«

Der Stab der Fürstin ruhte mit Selbstverständlichkeit in ihrer Hand. Sie hatte schon seit Jahren keine Mühe mehr, sich Gehör zu verschaffen.

»Der Tod unseres Stammesführers hat ein Loch in unser Gemeinwesen gerissen. Es ist an der Zeit, einen Nachfolger zu ernennen. Mein Onkel Krok traf die Wahl, bevor er uns verließ. Ich möchte seinem Wunsch folgen und hoffe auf eure Zustimmung.«

Völliges Schweigen war eingetreten. Sie spürte die aufmerksamen Blicke der Anwesenden, als sie Mnata zu sich winkte. Er ging mit gesenktem Haupt durch die Menge.

»Vor vielen Jahren nahm ich einen kleinen Jungen in unseren Clan und Stamm auf. Er wuchs heran wie mein Sohn und ist unser bester Krieger geworden. Krok lobte seinen Mut und seine unbedingte Loyalität. Deshalb wünschte er sich ihn zu seinem Nachfolger.«

Sie legte ihre Hand auf Mnatas Schulter und sah erleichtert, dass er endlich den Mut fand, die Gäste anzusehen. Sie wusste aus eigener Erfahrung, wie schwer es am Anfang war.

»Seite an Seite werden wir über das Wohl unseres Volkes wachen bis zu dem Tag, da meine Tochter die Rolle der Fürstin der Cechen und der Hohen Priesterin einnehmen wird«, verkündete sie und wartete auf zustimmende Rufe. Dann würde endlich das Abendmahl beginnen. Sie spürte, dass ihr Magen hungrig rumorte, was ihr ein gutes Zeichen schien. In letzter Zeit war sie stark abgemagert.

Die bereits eingeweihten Mitglieder ihres Clans nickten zustimmend. Auch unter den fürstlichen Familien der anderen Stämme bemerkte sie zufriedene Gesichter. Radka von den Lukanern und Jana von den Zlicani hoben ihren Krug, um Mnata anzuerkennen. Ein paar andere folgten diesem Beispiel.

»Unser Volk ist aber nicht das seine«, störte plötzlich ein alter Bekannter die friedliche Stimmung. Neklan von den Lemuzi hatte sich erhoben und hielt trotzig empörten Blicken stand.

»Was soll das heißen?«, rief Lecho von den Lukanern. »Er hat in Verden an unserer Seite gegen die Franken gekämpft. Hat sein Leben aufs Spiel gesetzt, ebenso wie wir. Einen besseren Krieger als ihn gab es nicht.«

»Natürlich ist er ein guter Krieger!«, war eine weitere Stimme zu vernehmen. »Das Kämpfen liegt den Awaren im Blut. Niemand schlachtet gnadenloser.«

Libussa blickte fassungslos in die Richtung, aus der diese Worte gekommen waren. Vojen stand aufrecht und mit glühenden Augen an der Seite seiner Mutter, die ihn zornig anfunkelte. Er schien sie nicht wahrzunehmen.

»Mnata ist einer von uns. Er hat an unserer Seite gekämpft«, schrie Vlasta zornig.

»Er tat dies, als es um die Franken ging. Sie sind auch Feinde der Awaren«, erwiderte Vojen unbeirrt.

»Es ist allgemein bekannt«, meldete sich plötzlich Slavonik zu Wort, »dass die Awaren einen Angriff auf uns planen. Mnata wurde beobachtet, wie er außerhalb der Festung herumschlich. Des Abends, wenn er meinte, niemand könnte ihn sehen. Er hat sich mit den Boten seines Volkes getroffen. Wenn die Awaren angreifen, will er ihnen Praha ausliefern, um so die Gunst des Khagans zu gewinnen.«

Auf einmal drangen zornige Rufe durch den Saal. Einige derjenigen, die Mnata anerkennend zugenickt hatten, musterten ihn nun mit zweifelnden Blicken.

Entsetzt sah Libussa, wie der junge Mann sich duckte. Er vermittelte den Eindruck, dass er eine Schuld eingestand. Entschlossen legte sie ihm den Arm um seine Schultern.

»Hört mich an!«, rief sie und schwang wieder den Stab der Fürstin. Der Tumult verstummte nicht ganz, wurde aber etwas leiser.

»Ich habe diesen Jungen aufgezogen wie eine Mutter. Ich kenne sein Herz. Es ist frei von Falschheit. Glaubt nicht jedes Gerücht, das euch erzählt wird. Wer Anschuldigungen vorbringt, möge sie beweisen.«

Sie hörte zustimmende Rufe, aber auch Protest. Radka gestikulierte wild. Vlasta griff nach ihrem Schwert. Das Gebrüll Thetkas hallte durch den Saal, während Lecho wieder einmal mit der Hand auf die hölzerne Tafel schlug. Eine streitende, aufgebrachte Menge.

Libussa fiel plötzlich der fremde dunkelhäutige Sklavenhändler ein. »Wo viele zu entscheiden haben, ist es schwer, zu einer Entscheidung zu kommen«, hatte er beim abendlichen Geplauder zu ihr gemeint. Wieder versank sie in Erinnerungen.

»Unsere Hohe Priesterin, Libussa von den Cechen, redet wie eine Frau«, drang plötzlich Slavoniks Stimme an ihr Ohr. »Sie denkt mit ihrem Herzen. Doch wir leben in harten Zeiten und werden von allen Seiten bedroht. Von Völkern, an deren Spitze kampferprobte Männer stehen. Sie trauen keinen Verrätern, nur weil diese einmal als Kinder in ihren Armen lagen. Wir brauchen nicht Sanftmut und mütterliche Liebe, sondern einen Herrscher, der uns gegen alle Angriffe und hinterhältige List schützen kann. Krok ist tot. Es müssen neue Zeiten anbrechen.«

Aus den Scharen der Krieger kamen zustimmende Rufe, doch andere, nicht minder laute Stimmen widersprachen.

»Verrat an unseren Sitten!«

»Ja, Mnata ist ein Verräter!«

»Anklagen ohne Beweise! Slavonik lügt. Er selbst will die Macht an sich reißen!«

Die ersten Waffen blitzten auf, während ein Sturm aus Zorn, Empörung und Hass durch den großen Saal fegte.

Libussa fühlte, wie eine tiefe Schwäche sie erfasste. Wie lange hatte sie gekämpft, seit der Zeit, als Krok sie zur Fürstin und Hohen Priesterin ernannte. So oft hatte sie geglaubt, es wäre vorbei, doch dann kamen neue Vorwürfe, neue Angriffe. Nun spürte sie, dass ihr die Kraft fehlte, weiter gegen die Zeit anzukämpfen. Mochten Mokosch, Morena und all die anderen Götter ihr vergeben, es war vorbei.

Sie schwang ihren Stab. Zum letzten Mal.

»Mein Volk scheint nicht mehr zufrieden, dass sein Wohl von einer Frau abhängt. Viele verlangen einen Mann als Alleinherrscher. Einen Fürsten, der alle Macht besitzt und nicht mehr abgewählt werden kann. Er kommt und er bleibt. Nimmt sich, was er will. Er wird seinen Untertanen Aufgaben zuteilen, ganz wie es ihm gefällt. Den Göttern gehorcht er nicht, denn die ganze

Welt hat sich seinen Wünschen zu fügen. Wollt ihr einen solchen Herrscher, so nehmt Slavonik, denn er wartet nur auf euer Angebot. Ich aber habe mich für einen anderen entschieden.«

Sie drehte sich um und sah dem überraschten Premysl in die Augen. Er wich vor ihrem Blick zurück, doch sie hielt ihm unerbittlich den Stab entgegen.

»Nimm ihn, bitte. Ich muss einen Kampf im Saal verhindern«, flüsterte sie. Zögernd legten sich seine Finger um die abgeriebene Bronze.

»Lange schon weilt er an meiner Seite und ist mir ein guter Berater gewesen. Nun ist es mein Wunsch, ihn zum Fürsten der Cechen und dem Oberhaupt aller Stämme zu machen.«

Sie legte ihre Hand auf Premysls Handgelenk und zwang ihn, den Stab zu heben.

Zögernd erklangen zustimmende Rufe. Sie schwollen an und übertönten die wenigen leisen, unzufriedenen Stimmen. Premysl hielt sich aufrecht. Er schien der allgemeinen Aufmerksamkeit besser gewachsen als Mnata. Mit dem Stab in der Hand trat er einen Schritt vor.

»Ich folge dem Wunsch unserer Priesterin, denn sie verkündet den Willen der Götter. Als Bauer kam ich auf die Welt und gehöre keinem fürstlichen Clan an. Doch falls es der Wunsch höherer Mächte ist, mich zum Oberhaupt meines Volkes zu machen, werde ich mich dem nicht widersetzen. Als neuer Stammesführer will ich an der Seite der Hohen Priesterin mein Amt ausüben, so wie es bei uns stets Sitte war.«

Er umklammerte Libussas Handgelenk mit einem Griff, dem sie sich nicht entwinden konnte, und zog sie an seine Seite.

»So hatte ich es nicht geplant«, murmelte sie verwirrt, doch der allgemeine Jubel umfing sie wie eine wohltuende Umarmung.

Thetka breites Grinsen stach aus der Menge hervor. »Immer noch so schlau wie früher«, sagten die spöttisch blitzenden Augen anerkennend zu Premysl. Scharka strahlte erleichtert und umarmte Mnata, der wieder zu ihr geeilt war. Lecho runzelte zwar die Stirn, widersprach jedoch nicht. Allein Slavonik sah aus, als hätte er in einen sauren Apfel gebissen.

»Nun werden wir von einem Weib und einem Bauern regiert!«, rief er laut, doch diesmal blieb jede Zustimmung aus. Premysl hatte am Aufbau Prahas mitgewirkt, in Verden gekämpft und gehörte nach Meinung aller Anwesenden an Libussas Seite. Seine Herkunft war längst in Vergessenheit geraten, auch wenn er durch bewusst schlichte Kleidung immer wieder auf sie aufmerksam machte. Die Wahl des Stammesführers schien entschieden.

Libussa atmete erleichtert auf. Nun würde endlich das Abendmahl folgen. Über alles Weitere konnte sie mit Premysl reden, sobald sie allein waren.

Sie sah, wie Vojen sich aufrichtete und zum Ende der Tafel ging. Plötzlich spürte sie wieder den Schmerz in ihrem Bauch, als habe sie jemand mit einem Messer gestochen.

»Hört mich an!«

Die Stimme des Jungen war schwach, aber er sprach mit Entschiedenheit.

»In anderen großen Völkern haben kluge Köpfe das Wesen der Frauen erkannt. Sie sind uns Männern von Natur aus unterlegen, neigen zu Triebhaftigkeit und Verschlagenheit. Wir machen uns zum Gespött der Welt, wenn wir uns weiterhin von ihnen beherrschen lassen!«

Nun brach der Sturm wieder los. Thetka brüllte gemeinsam mit anderen Frauen Verwünschungen. Aus den hinteren Reihen kam ein Stück Brot geflogen, das an Vojens Kopf landete. Andere Essensstücke folgten, verfehlten aber ihr Ziel. Vojen blieb unerschütterlich stehen und hielt dem allgemeinen Protest stand.

»Lasst den Jungen reden!«, erklang Slavoniks befehlsgewohnte Stimme.

»Was kümmern uns die geistigen Ergüsse irgendwelcher

Männer aus anderen Völkern?«, widersprach Lecho sogleich und wieder hallte zustimmendes Stimmengewirr durch den Saal.

»Es mag Gründe geben, warum andere Völker groß und mächtig wurden, während wir uns stets vor Angriffen fürchten müssen«, stellte Slavonik sich dem entgegen. »Die Awaren, die uns versklavten, hatten männliche Anführer. Die Römer unterwarfen fast die ganze Welt. Taten sie das unter der Herrschaft einer Frau? Nun bedroht uns ein mächtiger Mann, der Frankenkönig. Kann uns ein weichherziges Weib an der Seite eines Bauern vor dieser Gefahr bewahren?«

Der Schmerz raubte Libussa beinahe den Atem. Sie wusste nicht, wem sie zuerst widersprechen sollte. Vojen, der Frauen für heimtückisch und verschlagen hielt, oder Slavonik, der sie zu weichherzig fand, um das Volk zu führen. Vielleicht war alles, was Frauen taten, für solche Männer falsch? Premysl drückte unter der Tafel ihre Hand und hob den Fürstenstab.

»Wenn Vojen uns noch mehr zu sagen hat, dann soll er sprechen. Dieses Recht hat jeder im großen Saal. Es gibt keinen Grund, mit Essen nach ihm zu werfen, denn wir sind alle hungrig. Aber er möge sich bitte kurzfassen, damit wir bald schon mit dem Abendmahl beginnen können, von dem dann hoffentlich noch genug übrig ist.«

Gelächter sorgte für Entspannung unter den erhitzten Gemütern. Vojen stand immer noch aufrecht, obwohl ihn nun spöttische Blicke musterten.

Er redete. Erzählte etwas von Schriftgelehrten, die Frauen allgemein verdammten. Eine Aufzählung unbekannter Namen folgte. Die Christen wussten, dass durch ein Weib Unglück über die Menschen gekommen war, weil sie einen Mann überredet hatte, in einen Apfel zu beißen, der Wissen brachte.

Premysl fragte, warum es schlecht für die Menschen sein sollte, Wissen zu gewinnen. Wollte der Christengott etwa nur dumme Geschöpfe?

Libussa drückte ihre Handfläche an die Stelle, wo der Schmerz sie plagte. Am liebsten wäre sie in ihre Kammer gegangen, um sich auf der Bettstatt zusammenzurollen. Doch sie durfte ihre Verteidigung nicht Premysl überlassen. Wenn sie sich im großen Saal derart beleidigen ließ, verlor sie an Ansehen.

»Außerdem hat niemand diesen Mann gezwungen, in den Apfel zu beißen«, sagte Premysl jetzt. »Später ist es natürlich einfach, die Schuld auf andere zu schieben. So verhalten sich kleine Kinder.« Wieder sorgte er für Gelächter.

Vojen redete unbeirrt weiter, doch kaum jemand hörte noch zu. Sein Redefluss war ein eintöniges, kraftloses Plätschern. Um ihn herum entwickelten sich Gespräche. Ungeduldige Hände griffen nach dem Essen auf der Tafel, doch nicht mehr, um ihn damit zu bewerfen, sondern um es sich in den Mund zu stecken.

»Jetzt reicht es!« Libussa hörte die energische Stimme ihrer älteren Schwester und sah Kazi auf Vojen zugehen. Sie fühlte Angst in sich aufsteigen, ohne zu wissen, warum. Am liebsten wäre sie aufgesprungen, um die Schwester zurückzuhalten.

Kazi baute sich vor ihrem Sohn auf, und dieser schien unter ihrem zornigen Blick zu schrumpfen.

»Du hast die Leute lang genug mit diesem Unsinn gelangweilt. Da gab es also ein paar Männer, die keine Frauen mochten. Ich darf ihnen nicht wirklich einen Vorwurf daraus machen, denn offen gesagt kann ich Männer auch nicht besonders leiden. Doch bezeichne ich meine Eigenart nicht als Weisheit, mit der ich den Rest der Welt plage. Premysl sagte, du solltest dich kurzfassen. Aber das kannst du wohl nicht. Ich weiß nicht, was du überhaupt kannst, denn als Redner bist du ein ebensolcher Versager wie als Krieger.«

Nun war die allgemeine Aufmerksamkeit wieder auf Vojen gerichtet. Ein paar Lacher erklangen. In den hinteren Reihen wurde zustimmend geklatscht.

»Schweig, Weib!«, zischte Vojen nicht besonders laut, doch da die meisten Gespräche verstummt waren, wurde er verstanden. »Die Christen wissen, was sie von einer wie dir zu halten haben. Eine böse Zauberin, das bist du, die mit dunklen Mächten in Verbindung steht. Bei ihnen wärest du schon längst angeklagt und mundtot gemacht worden.«

Kaum hatte er diese Worte ausgesprochen, wich er ein paar Schritte zurück, als hätte er Angst vor der eigenen Dreistigkeit.

Entsetztes Schweigen war eingetreten, denn die Heilerin war im Volk sehr angesehen. Libussa krallte ihre Finger um das Holz der Tafel. Der große Saal schien sich zu verdunkeln. Sie sah das Funkeln in den Augen ihrer Schwester und den harten Zug um ihren Mund. Kazi musste zorniger sein als jemals zuvor in ihrem Leben.

»Tu es nicht!«, flüsterte Libussa. »Bitte, Kazi! Ein freundliches Wort von dir an deinen Sohn, und dieser ganze Spuk wäre vorüber. Er ist doch nur ein dummer, unglücklicher Junge!«

Aber Kazi richtete bereits ihren Zeigefinger auf Vojen.

»Verflucht sei der Tag, da du aus meinem Leib gekrochen bist«, verkündete sie laut. »Es war nicht die große, leuchtende Mokosch, die dich mir schenkte, sondern ein heimtückischer Geist des Waldes muss jenes Kind, auf das ich sehnsüchtig wartete, gegen eine missratene Kreatur vertauscht haben. Wer die Mutter mit Schmach belegt, hat in ihrem Hause kein Heim mehr. Verbannt seist du aus meiner Hütte und meinem Stamm. Niemand soll mehr ein Wort mit dir wechseln, denn für die Leute deines Volkes bist du nun ein Fremder, ein Ausgestoßener für den Rest deines Lebens. Fortan wirst du bei uns den Namen Nezamysl tragen, jener, der sprach, ohne nachzudenken, und das bis zu dem Tag, da der Letzte hier dich vergessen hat.«

In der eingetretenen Stille schien Libussa ihr eigener Herzschlag unerträglich laut. Bleiche, erschrockene Gesichter sahen Kazi und Vojen an. Sogar Slavonik hatte seine spöttische Miene aufgegeben. Mit dem Fluch der Mutter belegt zu werden gehörte zu den schlimmsten Strafen, denn dem Ausgestoßenen blieb nur noch, in die Wildnis des Waldes zu flüchten.

Der Junge sah aschfahl aus. Er hielt sich an der Lehne eines Stuhles fest, der von dem Zittern seiner Hände leicht bebte. Doch er nahm das Urteil an und wandte sich zur Tür, um wie ein geschlagener Hund hinauszuschleichen.

Da hörte man auf einmal ein Schwirren, das durch die Luft schnitt, und Kazi sank in die Knie. Ihre Finger umklammerten den Pfeil, der in ihrer Brust steckte, und zerrten daran. Auf ihrem Gewand erschien ein roter Fleck, der immer größer wurde, bis das Blut auf dem Fußboden eine Lache bildete. Bis zum letzten Augenblick, da das Leben aus dem Körper der Heilerin wich, stand ihr die Wut ins Gesicht geschrieben.

Libussa meinte, der Lauf der Zeit hätte sich verlangsamt. Jeder Augenblick schien Stunden zu dauern, während sie nur fassungslos auf ihre ältere Schwester starrte, ohne glauben zu wollen, dass all dies wirklich geschah.

Die Umstehenden streckten die Hände nach Kazi aus. Sie wurde hochgehoben und auf die Tafel gelegt. Tschastawas Finger tasteten am Hals der alten Frau nach dem pulsierenden Strom des Lebens. Ihr entsetzter Aufschrei hallte durch den Saal.

»Sie ist tot! Kazi ist tot!«

Vojen, der noch an der Tür stand, drehte sich um. Seine Augen waren weit aufgerissen, und er blieb versteinert stehen wie alle Anwesenden, als hätte ihn ein Fluch getroffen.

Libussa schloss kurz die Augen. Vielleicht war alles nur ein böser Traum, aus dem sie bald erwachen würde.

Die Tür zum großen Saal öffnete sich schwungvoll. Ein großer Mann in einer braunen Kutte trat ein und ging mit ruhigen Schritten in die Mitte des Saales.

»Gott der Herr ist allmächtig. So straft er eine böse Zauberin«, donnerte die Stimme des alten Mönchs. Ängstliche Schreie erklangen, und einige Leute riefen entsetzt die vertrauten Götter um Hilfe an.

Libussa spürte den Druck einer Hand an ihrer Schulter. »Der Pfeil muss durch eine der Fensteröffnungen gekommen sein«, flüsterte Premysl ihr zu.

Sie stützte sich an der Kante der Tafel ab, um aufstehen zu können. Ihr war, als hätte sie sich aus ihrem Körper entfernt, denn obwohl der Schmerz brannte wie ein Feuerball, quälte er sie nicht länger.

»Das war keine göttliche Strafe, sondern Mord! Geht schnell hinaus und sucht nach dem Schützen, der den Pfeil abgeschossen hat. Er muss sich im Hof der Festung befinden«, rief sie, so laut sie konnte.

Dann kam ein neuer Sturm auf, der alle Anwesenden nach draußen fegte. Premysl schloss sich ihnen an. Libussa blieb zurück und starrte auf den blutigen Leichnam ihrer Schwester. Noch hatte die Totenstarre das vertraute Gesicht nicht in eine fremde Maske verwandelt. Kazi sah aus, als könnte sie jeden Augenblick aufstehen und über all den Irrsinn, der soeben stattgefunden hatte, verärgert den Kopf schütteln.

»Kein Abschied ist für ewig, Schwester«, murmelte Libussa. »Doch ich dachte nicht, dass du vor mir ins Totenreich gehen würdest.«

Plötzlich drang Schluchzen an ihr Ohr. Vojen sank neben seiner toten Mutter zu Boden.

»Er hat nicht gesagt, dass er sie umbringen wird. Er wollte die Herrschaft der Männer einführen, so wie es bei den Christen Sitte ist«, stammelte er und rang nach Luft, während er die Tränen abwischte und ein neuer Weinkrampf seinen Körper erzittern ließ. »Er sagte, dass … dass wenn die Männer herrschen, die Mutter meinen Schutz brauchen würde. Dann hätte sie mich endlich anerkannt und geschätzt. Aber dass er sie umbringt, das hat er nicht gesagt, das hat er niemals gesagt!«

Sie waren in einem kleinen Nebenraum versammelt. Die Mägde hatten Essen hereingebracht, das niemand anrühren wollte. Mnata nahm einen tiefen Schluck Wein. Eigentlich schätzte er berauschende Getränke nicht, da sie die Reaktionen des Körpers verlangsamten und den Verstand betäubten, doch nun empfand er die allmähliche Trübung seiner Sinne als befreiend.

Vojen war hinter Schloss und Riegel gesetzt worden. Er hatte gestanden, sich mit Gundolf getroffen zu haben, weil er von ihm die Weisheit der Schriftgelehrten erfahren wollte. Ihm war das Denken der Christen erklärt worden sowie die Schriften einiger angesehener Männer aus Zeiten, da es noch keine Christen gegeben hatte. Er sagte, dadurch habe er erkannt, dass Frauen in kaum einem anderen Volk als gleichwertig betrachtet wurden. Eben das wollte er während der Versammlung erklären. Nachdem Premysl ihm unablässig mit Fragen zusetzte und Mnata gelegentlich drohend die Hand hob, gab er schließlich zu, dass sein Auftritt mit Gundolf abgesprochen gewesen war. Er sollte die Versammelten gegen Libussa aufhetzen, deren Absetzung der Mönch erreichen wollte. Weinend war Vojen zusammengesunken, wiederholte immer wieder, er habe den Tod seiner Mutter nicht gewollt. Mnata brannte es in den Fingern, ihm ein paar Ohrfeigen zu verpassen, denn so wurden bösartige Kinder allgemein behandelt. Libussa hinderte ihn daran. Erstaunlicherweise empfand sie Mitleid mit dem feigen Verräter.

Nach Gundolf suchten sie vergeblich. Er musste während des allgemeinen Aufruhrs gemeinsam mit dem jungen Mönch verschwunden sein. Die Handwerker und Bediensteten behaupteten, sie hätten ihn während der Versammlung um das Gebäude herumschleichen sehen, aber ohne Pfeil und Bogen. Den Schützen hatte niemand gesehen, doch es hielten sich stets Krieger in der Festung auf, so dass ein bewaffneter Mann kaum Aufmerksamkeit auf sich gezogen hätte.

Slavonik von den Kroaten war abgereist. Er wünschte Libussa Erfolg bei der Aufklärung des Mordes an ihrer Schwester, doch gab er sich nicht besondere Mühe, Beileid zu heucheln. Neklan von den Lemuzi folgte seinem Beispiel, gemeinsam mit den Führern einiger Stämme aus der Nachbarschaft, den Dekanern und den Sedlicani. Radka und Lecho blieben in Praha, ebenso wie Jana von den Zlicani und Irina von den Leitmeritzern. Sie wollten an der Bestattung Kazis teilnehmen.

Nur der engste Kreis des fürstlichen Clans der Cechen war übrig geblieben, eine stille, niedergeschlagene Runde. Trotz der wilden Suche im Hof der Festung und in ihrem Umkreis hatte sich der Täter nicht gefunden. Nun erst, da sie zur Ruhe kamen, erfasste sie allmählich der Schmerz. Kazis vertrautes Gesicht war für immer aus ihrem Kreis verschwunden.

Mnata ließ seinen Blick über die Anwesenden schweifen. Premysl schien sich in einen alten Mann verwandelt zu haben, während Libussa in ihrer Blässe fast schon einer Toten glich. Ihm fiel plötzlich auf, dass sie abgemagert war in den letzten Wochen. Beide schwiegen. Thetka schluchzte ohne Unterlass. Eric tätschelte ihre Hand, und auch Vlasta war bemüht, der Mutter Trost zuzusprechen, doch sich gefühlvoll zu zeigen war nicht ihre starke Seite. Tschastawa war der Beratung ferngeblieben, denn sie fühlte sich zu schwach.

Scharka und ihr Bruder waren ebenfalls anwesend, was Mnata angemessen schien, doch störte ihn die Gegenwart der Fränkin. Lidomir hatte darauf bestanden, dass seine Gefährtin bei dem Treffen dabei sein sollte, damit sie sich nicht ausgeschlossen fühlte.

Mnata musterte das ebenmäßig und scharf geschnittene Gesicht Radegunds unter dem kunstvoll frisierten schwarzen Haar. Was genau verbarg sich hinter diesem stets makellosen Äußeren?

»Ich habe nachgedacht über die Dinge, die Vojen erzählte«, unterbrach Lidomir plötzlich das bedrückte Schweigen. »Ich weiß, hier hält man nicht viel von den Lehren der Schriftgelehrten, doch sie beschränkten sich nicht darauf, Frauen zu beschimpfen. Einige von ihnen äußerten sich etwas abfällig über das weibliche Geschlecht, das gebe ich zu, doch die meisten ihrer Schriften befassen sich mit ganz anderen Dingen und enthalten großartige Gedanken. Seneca zum Beispiel, der meint, dass …«

»Was dieser Mann meint, ist uns allen jetzt ausgesprochen gleichgültig«, fuhr Premysl ihm scharf ins Wort. Lidomir zuckte unter der Rüge zusammen, doch er ließ sich nicht zum Schweigen bringen.

»Ich wollte nur sagen, dass Gundolf sich bei seinem Unterricht auf wenige Auszüge aus den Schriften beschränkt haben muss, in denen es ausschließlich um die Minderwertigkeit der Frau ging.«

Vlasta runzelte die Stirn, als verstünde sie nicht, worauf Lidomir hinauswollte. Aber Libussa griff den Gedanken auf.

»Vojen hat stets unter Kazis Behandlung gelitten«, sagte sie. »Das muss Gundolf erkannt haben. Er sah die Schwäche des jungen Mannes und beeinflusste ihn. Aber wozu dieser Auftritt im großen Saal? Was sollte das bezwecken? Und warum … warum Kazi … Was hat Gundolf von ihrem Tod?«

Sie verstummte und presste ihre Handfläche gegen die linke Seite ihres Unterleibs. In letzter Zeit tat sie das oft.

»Es ging darum zu zeigen, was der Rest der Welt von der Herrschaft einer Frau hält. Der Pfeil galt ursprünglich vielleicht nicht einmal Kazi«, meinte Premysl nun. »Die Dinge entwickelten sich anders, als von Gundolf geplant. Er wollte dich entmachten, verstehst du nicht? Deshalb Slavoniks Rede und Neklans Bemerkungen. Es lief alles auf ein Ziel hinaus, doch wir verhielten uns nicht so, wie Gundolf erwartet hatte. Er konnte die Leute nicht gegen deine Herrschaft aufhetzen. Vielleicht galt der Pfeil gar nicht Kazi, sondern … sondern …«

Libussas fassungsloser Blick machte es unnötig, den Satz zu

Ende zu führen. Sie sackte zusammen und ihr Gesicht verzog sich, als leide sie unter starken Schmerzen. Premysl legte ihr seine Hand auf den Arm.

»Es kam anders, und das ist trotz allem gut so. Ohne dich wäre dein Volk verloren.«

Libussa seufzte und holte Luft, als wollte sie etwas sagen, entschied sich aber im letzten Augenblick dagegen.

»Wenn Gundolf glaubte, durch die albernen Reden Vojens unsere Traditionen ändern zu können, muss er ein völliger Dummkopf sein. Wer hört denn schon auf Vojen?«, kam es nun von Vlasta.

»Es war nicht nur Vojen. Slavonik und Neklan, sie haben mich von Anfang an gehasst. Ich dachte, das wäre vorbei, aber es hört einfach nicht auf«, flüsterte Libussa müde.

»Jeder Herrscher hat Feinde«, erklärte ihr Gefährte. »Aber wenige haben so viele Freunde wie du. Vergiss das nicht. Was mich aber wundert, ist, dass Gundolf den Protest gegen Mnata und dich mit Slavonik und Neklan abgesprochen haben muss. Er kannte die beiden kaum, sah sie nur kurz bei der Bestattung von Krok. Wie kann er so schnell herausgefunden haben, welche einflussreichen Männer unseres Volkes deine Feinde sind? Mit den einfachen Leuten in der Festung habe ich ihn nie reden sehen, obwohl ich darauf achtete. Er muss hier einen Informanten haben.«

»Vojen«, erklärte Mnata. Bei dem Gedanken an die arglistigen Schlangenaugen des Jungen zog sich sein Magen vor Hass zusammen. Ein bitterer Geschmack lag auf seiner Zunge. Warum nur hatte er sich von Libussa daran hindern lassen, dem Feigling eine Tracht Prügel zu verpassen?

»Vojen hat seine Schuld gestanden. Doch dies erwähnte er nicht«, sagte Scharka und strich über Mnatas Arm, als könnte sie seine Wut spüren.

»Weil er Angst hatte«, zischte Mnata. Zu seinem Staunen schüttelte Libussa den Kopf.

»Er weiß, dass er den Tod seiner Mutter mit verschuldet hat. Dies ist eine schlimmere Strafe als alles, was wir ihm antun können. Ich glaube, wenn er Gundolf geraten hätte, mit Slavonik und Neklan zu reden, hätte er uns das erzählt.«

Niemand widersprach ihr, auch wenn Premysl ein skeptisches Gesicht machte. Ebenso wie Mnata misstraute er wohl der heilsamen Wirkung von Vojens Schuldgefühlen, glaubte aber nicht, dass der Junge noch etwas verschwieg.

»Und wer soll es dann gewesen sein?«, sprach Vlasta jene Frage aus, die alle beschäftigte, doch niemand wusste eine Antwort.

Thetka klagte über die Grausamkeit der Götter, die Kazi einen Sohn wie Vojen geschenkt hatten. Schweigend und mit verkrampftem Gesicht ertrug Vlasta die Gefühlsausbrüche ihrer Mutter. Das Gespräch drehte sich im Kreis, Worte fielen, wurden von anderen aufgegriffen und herumgedreht. Mnata schien es, als hätten alle Anwesenden Angst, die Versammlung zu beenden, ohne zu einer Erkenntnis gekommen zu sein. Sie fürchteten die Einsamkeit des Augenblicks, da man auf seiner Bettstatt die Augen schloss und vergeblich auf erlösenden Schlaf wartete. Unermüdlich trugen die Mägde neue Weinkrüge herein, auch nachdem sie das unberührte Essen abgeräumt hatten. Premysl fuhr sich immer wieder mit der Hand durch das angegraute Haar und warf besorgte Blicke auf seine niedergeschlagene Gefährtin.

Es herrschte bereits tiefste Nacht. Die Fensteröffnungen waren abgedeckt worden, um den ersten Frost am Eindringen zu hindern. Als die Tür sich nochmals öffnete, hoffte Mnata, die energische Hedwig würde hereinkommen und Libussa vorschlagen, sich auszuruhen.

Doch es war Tschastawa. Sie hatte sich in eine Wolldecke gewickelt, und ihre Augen waren vom Weinen verquollen. Mnata erinnerte sich an das winzige braune Wesen auf dem Karren der Sklavenkolonne. Zwar wuchs Tschastawa an der Seite der

Frau auf, die sie geboren hatte, doch die neue Heimat und ein Leben in Würde hatte Kazi ihr geschenkt.

Das Mädchen blieb in der Türöffnung stehen. Sie zog hartnäckig irgendetwas hinter sich her, bis schließlich eine weitere Gestalt erschien. Ein junger Bauer in den Beinkleidern und dem bestickten Hemd der Behaimen. Mnata brauchte eine Weile, um das vertraute Gesicht zuordnen zu können, so sehr war er es gewöhnt, Frederik in seiner braunen Kutte zu sehen.

»Er hat euch etwas zu sagen. Ihr sollt wissen, dass er freiwillig zu mir kam«, verkündete Tschastawa. Frederiks Gesicht war weiß wie frisch gefallener Schnee. Sein Körper bebte.

Der Weinkrug fiel aus Radegunds Hand. Die Farbe ihrer Wangen glich dem roten Fleck, der sich auf ihrem kunstvoll bestickten Gewand ausbreitete.

Frederik stand stumm da.

»Erzähle, was du weißt. Ich schwöre, dir wird nichts geschehen«, drängte Tschastawa.

Frederik begann zu sprechen, haspelnd in der ihm fremden Sprache.

»Es war alles abgesprochen. Mit Slavonik und Neklan und ein wenig auch mit Vojen, doch dem erzählte Gundolf nicht alles. Er sagte, schwachen Menschen sei nicht zu trauen.«

»Was war abgesprochen?«, rief Mnata und sprang auf. Seine Hand hob sich wie von selbst und umschloss den Hals des mageren, blassen Knaben.

»Er ist freiwillig gekommen!«, rief Tschastawa vorwurfsvoll. Mnata sah Frederiks verängstigtes Gesicht und ließ ihn los. Es gab eine Zeit, da war er selbst ein hilfloses Kind gewesen, das den Zorn starker, erbarmungsloser Männer fürchtete.

Der Junge schnappte hustend nach Luft, doch dann erzählte er seine Geschichte. Gundolf wollte Libussa absetzen, um einen Mann an die Macht zu bringen, auf den er Einfluss hatte. Die Wahl schien unklar. Es hing davon ab, wie alles sich entwickeln würde. Slavonik waren Versprechungen gemacht worden, doch Gundolf hatte auch andere Männer in Erwägung gezogen. Falls Libussa zu energischen Widerstand leistete, sollte sie sterben. Warum der Schütze die Heilerin getötet hatte, wusste Frederik nicht genau. Vielleicht sei es ein Versehen gewesen oder eine Verwechslung? In seinem Beteuern, er habe Kazis Tod nicht gewollt, klang er ebenso wehleidig wie Vojen.

»Wer hat den Pfeil abgeschossen?«, unterbrach ihn Premysl.

»Ein fränkischer Krieger, der mit Slavoniks Gefolgschaft in die Festung kam«, stieß Frederik stotternd hervor. »Gundolf schlich sich des Nachts manchmal hinaus, um Botschaften nach Regensburg zu schicken. Die Händler, die vor kurzem hier waren, hat der Bischof gesandt. In Wahrheit sind viele von ihnen Krieger. Nach dem Markt hielten sie sich in der Nähe versteckt. Sie schlossen sich Slavonik an, als er nach Praha kam, und nun sind sie mit ihm abgezogen.«

Mnata ballte seine Hände zu Fäusten. Er sehnte sich nach dem kühlen, harten Griff seines Schwerts.

»Wir müssen Slavoniks Festung angreifen, bevor er Verbündete findet, um selbst gegen uns loszuschlagen«, sagte er und staunte über den ruhigen Klang seiner Stimme. Es tat wohl, endlich zu wissen, was er zu tun hatte.

Frederik nickte. »Ich verstehe nicht viel vom Kämpfen, Herr. Aber Gundolf versprach Slavonik die Unterstützung unseres Königs. Doch das war eine Lüge, denn König Karl ist mit den Awaren beschäftigt. Der Bischof und Gundolf, sie wollen die Gunst des Königs gewinnen, indem sie aus diesem Land ein christliches machen. Gundolf hofft auf das Amt des Bischofs hier in Praha. Darum geht es ihm in Wirklichkeit. Doch unser Herr Jesus, er sagte niemals, dass gute Christen sich derart verhalten sollen.«

Der Junge warf einen eindringlichen Blick auf Tschastawa, die sich die Augen wischte. Dann strich er verlegen über das ungewohnte Hemd an seinem Leib.

»Wir sollten gemeinsam mit Slavonik abziehen«, fuhr er fort. »Deshalb gab man uns andere Kleidung. Gundolf hat als

Krieger die Festung verlassen. Ich ging mit dem Fußvolk. Unterwegs aber, da … da … beschloss ich, wiederzukommen und alles zu erzählen.«

Er senkte den Kopf.

»Wir danken dir, Frederik«, sagte Libussa nach einer Zeit des Schweigens. »Vielleicht sind nicht alle Christen unsere Feinde.«

Ihre Worte ließen den jungen Mönch freudig erröten. Wieder sah er Tschastawa an.

»Eine letzte Frage hätte ich noch, dann kannst du wieder in die Hütte gehen, welche die Fürstin euch aus Gastfreundschaft überließ«, begann Premysl. »Wer gab Gundolf den Rat, sich an Slavonik zu wenden?«

Der junge Mann stand lange regungslos da. Er nagte an seiner Unterlippe und begann erneut zu zittern.

»Jetzt rede endlich oder du wirst mitten in der Nacht aus der Festung gejagt!«, rief Mnata. Wieder traf ihn ein vorwurfsvoller Blick von Tschastawa.

»Bitte, Frederik, wir müssen es erfahren«, flüsterte sie sanft und strich über das kurze Haar, das auf dem geschorenen Kopf des Jungen nachgewachsen war.

Mit tiefrotem Gesicht hob er langsam seine Hand, um auf Lidomirs Gefährtin zu deuten.

»Sie hat das alles nicht gewollt«, fügte er hinzu. »Gundolf versteht es, Menschen einzuwickeln und ihnen Angst zu machen. Bitte, ihr dürft ihr nicht böse sein.«

Radegunds Gesicht, zu einer geschmückten Maske erstarrt, wurde lebendig. Wut blitzte in den dunklen Augen auf, doch die mit Ringen verzierten Hände umklammerten den neu gefüllten Weinbecher, als suchten sie, an dem bronzenen Material Halt zu finden.

»Na, wenn schon. Ihr könnt mich alle hassen und davonjagen. Aber ich wollte nur das Beste für euch Träumer«, erklärte die Fränkin fauchend wie ein in die Enge getriebenes Tier.

»Auf die eine oder andere Art wolltest du nur das Beste für

dich selbst«, hörte Mnata sich sagen. Seine ganze Abneigung gegen die eitle, falsche Fränkin lag in diesen Worten.

»Einer jener Männer, die Gundolf als Nachfolger Libussas in Erwägung zog, war mit Sicherheit Lidomir, an dessen Seite du zu herrschen hofftest.«

Radegunds Gesicht erstarb unter Lidomirs entsetztem, vorwurfsvollem Blick. Sie sprang auf.

»Ja, so war es«, rief sie. »Und es wäre recht gewesen. Wer soll sonst über ein Volk herrschen, wenn nicht jener Mann, der dazu geboren ist? Aber stattdessen sollte die Wahl auf dich fallen, einen Fremden, der von gottlosen, schrägäugigen Schlächtern abstammt!«

Mnata ergriff das Schwert und riss es in die Höhe. Lange hatten sein Verstand und die Dankbarkeit gegenüber Libussa ihm befohlen, Kränkungen gewaltlos hinzunehmen, doch diese Frau war eine Feindin all jener Menschen, die er liebte. In vielen Jahren angestaute Wut schoss in die Muskeln seines rechten Arms, als er zum tödlichen Hieb ansetzen wollte.

»Na, komm schon, Hunne, töte mich!«, rief die Fränkin spöttisch. »Das Morden liegt dir doch im Blut.«

Es waren nicht diese Worte, die ihn zurückhielten, ebenso wenig wie die entsetzten Schreie der Umstehenden. Was ihn verstörte, war der Ausdruck in Radegunds Augen, denn er konnte weder Hohn noch Todesangst in ihnen erkennen. Da war nur jene Müdigkeit, die durch tiefe Verzweiflung entsteht. Ein längst vergessen geglaubtes Bild tauchte in seiner Erinnerung auf. Dieses Mädchen, das von seiner Horde entführt worden war und sich vom Karren in den Abgrund fallen ließ, hatte einen ähnlich abgestorbenen Blick gehabt, bevor ihr Körper wie ein toter Vogel in die Tiefe stürzte.

In diesem Moment begriff er, dass er Radegund einen Gefallen tat, wenn er sie jetzt tötete.

Als Lidomir sich schützend vor seine Gefährtin stellte, ließ Mnata das Schwert bereits sinken.

»Bitte, richtet nicht über sie, bevor ihr mich angehört habt«, sagte Libussas Sohn. »Ich brachte diese Frau hierher, zu einem Volk, dessen Sitten und Gebräuche ihr fremd sind. Deshalb trage ich auch die Verantwortung für ihr Tun. Bedenkt das, bevor ihr beschließt, was mit ihr zu geschehen hat.«

»Sie ist eine Verräterin«, erklärte Premysl gleichmütig. »Daran trägst du keine Schuld, denn sie handelte ohne dein Wissen. Ich wünsche nicht ihren Tod, doch es steht ihr auch nicht zu, weiter bei uns zu leben.«

Lidomir seufzte.

»Aber wohin soll sie gehen, wenn wir sie jetzt davonjagen? Ich habe ihr geholfen, christliche Missionare hierherbringen zu lassen, die dieses Unglück verschuldet haben. Wenn sie aus Praha verbannt wird, dann muss ich mit ihr gehen.«

Libussa schüttelte den Kopf und legte ihre Hand auf Premysls Arm.

»Lass uns dies später entscheiden, denn nun sind wir alle zu aufgebracht«, sagte sie mit müder Stimme. Ihre andere Hand drückte wieder auf ihren Bauch. Mnata wurde mit einem Mal klar, dass sie an dieser Stelle an Schmerzen leiden musste, und dies bereits seit längerer Zeit.

»Ich verspreche, auf Radegund aufzupassen, und übernehme die Verantwortung für ihr weiteres Handeln«, erklärte Lidomir, diesmal, ohne auf Widerstand zu stoßen.

Die Versammelten zogen sich erschöpft zurück. Mnata sah plötzlich wieder Leben in Radegunds Augen, die mit einem warmen Leuchten auf Lidomir ruhten. Offenbar liebte sie ihren Gefährten trotz allem.

10

Radegund ließ sich auf der Bettstatt in ihrer Kammer nieder und sah nachdenklich Lidomir zu, der sich an der Feuerstelle zu schaffen machte. Die Bediensteten hatten bereits für ausreichende Wärme gesorgt und sie wusste, dass er es nur tat, um sie nicht ansehen zu müssen. Trotzdem ließ die Freude ihr Herz schnell schlagen. Er war ihr zu Hilfe gekommen! Lidomir hatte sich gegen ihre Verbannung ausgesprochen, obwohl es mehr als genug Gründe dafür gab. Er musste sie mehr lieben, als sie je geglaubt hatte. Vielleicht würde jetzt alles gut werden.

Doch je länger ihr Gefährte ihr den Rücken zukehrte und das Schweigen andauerte, desto unsicherer wurde sie.

»Ich danke dir, dass du für mich eingetreten bist«, sagte sie schließlich. Er ließ den Schürhaken los und wandte sich ihr langsam zu. Die Trauer in seinem Gesicht war wie ein frostiger Windhauch.

»Ich habe dich nach christlichem Ritus geheiratet und wusste, was ich tat. Vereint in guten wie in schlechten Tagen. Es steht mir nicht zu, dich zu verstoßen«, murmelte er.

»Ja, so ist es«, rief Radegund erfreut. »Wir bleiben immer zusammen. Lidomir, ganz gleich, was jetzt geschieht, wir müssen uns um unsere Zukunft kümmern, denn bald schon …«

»Hör auf!«, schrie er plötzlich. Es lag mehr Schmerz als Zorn in seiner Stimme, doch Radegund erschrak trotzdem. Der sanfte, nachdenkliche Gelehrte war ihr gegenüber noch niemals laut geworden.

»Bitte, jetzt erzähle mir, wie es war. Was hast du mit Gundolf geplant?«, fuhr er bemüht ruhig fort. »Wie konntest du einen Anschlag auf meine Mutter in Erwägung ziehen? Hast du wirklich gedacht, ich würde einwilligen, danach ihren Platz einzunehmen?«

Seine Worte fielen wie Hammerschläge auf sie nieder. Radegund verschränkte abwehrend die Arme vor der Brust.

»Davon wusste ich nichts«, murmelte sie. »Er sagte niemals, dass jemand sterben würde. Auch das mit dieser Heilerin, deiner Tante Kazi, ich weiß nicht, warum es geschah, und ich wollte es nicht, obwohl sie ... sie war eine heidnische Zauberin, genau wie ihr Sohn sagte. Weißt du, einmal, da riet sie mir, sie riet mir ...«

Nun begann Radegund zu reden. Sie erzählte von dem Fest des Frühlings und dem Erlebnis mit Slavonik in den Büschen, das sie später Gundolf beichtete. Mit jedem Wort, das sie sich auszusprechen zwang, schien sich eine Last von ihrer Seele zu heben. Vielleicht hätte sie ihrem Gemahl gleich alles erzählen sollen, anstatt die Hilfe Gundolfs zu suchen. Vielleicht waren gläubige Menschen wie Anahild und Frederik, die zur Ehrlichkeit rieten, doch keine weltfremden Narren.

»Danach hatte Gundolf mich in der Hand, denn er drohte, dir alles zu erzählen«, beendete sie ihre Rede und lehnte sich zurück.

Lidomir strich mit der Hand über seine in Falten gelegte Stirn.

»Und du dachtest, ich würde ihm glauben?«, fragte er ratlos.

»Er erzählte auch von meiner Schwester, die im Kloster von der Äbtissin sehr schlecht behandelt wird. Er versprach, sich für sie einzusetzen, wenn ich ihm helfe«, fügte sie schnell hinzu.

Lidomir musterte sie wie eine Fremde.

»Warum hast du mir das nicht erzählt? Ich hätte mit meiner Mutter gesprochen und ...«

»Mit deiner Mutter, natürlich!«, unterbrach Radegund ihn. »Das ist alles, was du kannst, mit deiner Mutter reden! Abgesehen vom Lesen kluger Bücher.«

Kaum waren diese Worte ihr entwischt, erstarrte sie entsetzt. Was hätte sie dafür gegeben, um diesen Satz wieder zurückzunehmen!

Lidomir seufzte. »Es ist mir nun gleich, was du von mir hältst. Aber meine Mutter ist eine einflussreiche Frau, der andere Menschen nicht gleichgültig sind. Sie hätte alles getan, um deine Schwester zu uns nach Praha zu holen. Anders als Gundolf, dem es nur um seine eigenen Ziele geht.«

Die Wahrheit seiner Worte sickerte allmählich in Radegunds Bewusstsein.

»Aber sie hätte nichts tun können. Eine heidnische Fürstin, von deren Existenz unser König nicht einmal weiß! Wie sollte sie einer Nonne helfen?«

Mit Erleichterung nahm sie Lidomirs Nicken zur Kenntnis.

»Gemeinsam hätten wir vielleicht einen Weg gefunden, deiner Schwester zu helfen. Warum hast du mir nicht schon in Regensburg davon erzählt? Ich hätte mit Vater Anselm geredet. Er ist nur ein einfacher Priester, aber seine Güte und Frömmigkeit haben ihm den Ruf eines heiligen Mannes verschafft. Der alte Bischof Sintpert hielt viel von seinem Urteil.«

Radegund schloss die Augen. Wie sollte sie Lidomir erklären, dass eine Empfängerin von Almosen sich nicht anmaßen wollte, Forderungen zu stellen?

»Ich wollte dich nicht damit belasten«, flüsterte sie. Sein bitteres Lachen war wie ein heftiger Schlag.

»Nein, stattdessen hast du hinter meinem Rücken gegen meine Familie intrigiert!«

Sie vergrub ihr Gesicht in den Händen.

»Ich habe nichts weiter getan, als Gundolf die Namen von Männern zu nennen, die mit der Weiberherrschaft unzufrieden sind. Er hätte es auch ohne meine Hilfe mit der Zeit herausgefunden.«

»Du wusstest, dass er heimlich gegen meine Mutter vorgehen will, und hast es mir verschwiegen! Versuche nicht, diesen Verrat zu verharmlosen!«

Wieder hatte er geschrien, diesmal in echtem Zorn. Radegund fühlte Tränen über ihre Wangen laufen.

Lidomir hockte vor ihr, doch sie wagte nicht, ihre Hände nach ihm auszustrecken. Die Klinge von Mnatas Schwert in ihrem Leib wäre weniger qualvoll gewesen als diese Unterhaltung. Der Zorn des Hunnen hätte ihr Erlösung geschenkt.

»Diese Beschreibung weiblicher Schwäche bei den Schriftgelehrten!«, murmelte Lidomir, mehr zu sich selbst als zu ihr. »Weder meine Mutter noch meine Schwester sind so. Doch du, die Frau, die ich liebte, du bist hinterhältig, verschlagen und schwach. Vielleicht liegt es daran, dass du in einem Volk aufgewachsen bist, das derart über Frauen denkt.«

»Vielleicht liegt es auch daran, dass ich keine geliebte Fürstentochter war. Dass ich um jeden Krümel Glück erbittert kämpfen musste. Mit den Mitteln der Machtlosen«, flüsterte Radegund verbittert, doch sie sah keinen Sinn darin, das Lidomir zu erklären.

»Ich bin nicht schlechter als Gundolf, der ein Mann ist und zudem Mönch«, fuhr sie stattdessen fort. »Ich kann nicht ungeschehen machen, was ich getan habe. Nun, mein Gemahl, flehe ich um deine Vergebung.«

Sie hatte getan, wozu Anahild und Frederik ihr geraten hätten. Ihr Herz offenbart. Jetzt wartete sie in der Hoffnung, das Schicksal könnte es trotzdem gut mit ihr meinen.

Lidomir dachte lange nach. Sein Gesicht blieb wie eine verschlossene Tür.

»Die Sache mit Slavonik«, begann er schließlich, »ich hätte sie dir verzeihen können, hättest du nur mit mir gesprochen. Es war falsch von mir, dich allein zu diesem Fest gehen zu lassen, denn du kanntest unsere Sitten nicht. Sicher hast du von den Tränken gekostet, die angeboten wurden. Sie enthalten Mittel, um die Lust zu steigern.«

Radegund atmete erleichtert auf. Slavonik hatte von den Rauschmitteln gewusst.

»Aber dass du dich gegen meine Familie, meinen Stamm und mein Volk verschworen hast, das vermag ich nicht zu vergeben«, kam es unerbittlich.

Die Worte schnitten in ihr Bewusstsein. Sie atmete tief durch, um sich gegen den Schmerz zu wappnen. »Soll ich wieder nach Regensburg gehen?«, flüsterte sie.

»Nein«, erwiderte Lidomir. »Du bist meine Gemahlin und ich darf dich nicht verstoßen. Doch ich möchte mein Lager nicht mit dir teilen. Ich werde dich hierbehalten, aber du bist für mich eine Fremde geworden.«

Langsam erhob er sich. Sie glaubte, Tränen in seinen Augen zu sehen.

»Damals, in Regensburg, da dachte ich …«, sagte er leise, »ich dachte, wir könnten den Rest unseres Lebens zusammenbleiben, und darüber war ich froh.«

Er floh aus der Kammer, als ihm die Stimme versagte.

Radegund rollte sich auf der Bettstatt zusammen, umklammerte ihre Knie und versuchte, ruhig zu atmen. Die Erinnerung an ihre ersten Treffen mit Lidomir in Regensburg löste unerträglichen Schmerz aus. Falls es irgendwelche Götter gab, so machten sie sich einen Spaß daraus, mit Menschen und deren Träumen hämische Spiele zu treiben.

Aber war seine Entscheidung wirklich endgültig? Vielleicht gab es bald einen guten Grund für ihn, seine Meinung wieder zu ändern.

Sie strich über ihren Bauch. Der Mond nahm bereits wieder ab, und ihre Blutung hatte nicht eingesetzt.

»Ein jeder Mann wünscht sich einen Sohn«, murmelte sie zu ihrer eigenen Beruhigung. »Der zukünftige Fürst der Behaimen wird mir helfen, die Liebe meines Gemahls erneut zu gewinnen.«

»Heute im großen Saal«, begann Libussa zögernd zu sprechen, als die ersten Sonnenstrahlen durch die Fensteröffnung drangen und Premysl die Augen aufschlug, »als ich sagte, ich wolle mein Amt niederlegen, da meinte ich es ernst.«

Er fuhr mit der Hand über sein müdes Gesicht. Auch sein Schlaf musste kurz und ruhelos gewesen sein, denn sie sah Schatten unter den vertrauten braunen Augen.

»Du dachtest, es gäbe keine andere Möglichkeit«, murmelte er, »aber ich habe sie gefunden. Wenn unser Volk Mnata nicht anerkennen will, nachdem Gundolf die Stimmung gegen ihn vergiftet hat, muss ich eine Weile seine Aufgaben übernehmen. Sobald sich die Leute wieder beruhigt haben, trete ich zurück und Mnata wird Stammesführer. Du bleibst die Hohe Priesterin unseres Volkes und Fürstin der Cechen. Dieses ganze Gerede gegen Frauen, das hat doch wirklich niemand ernst genommen.«

Er drückte ihre Hand und versuchte, wieder einzuschlafen.

»Premysl.«

Es war nicht der richtige Moment. Doch wenn sie auf den günstigen Zeitpunkt wartete, konnten noch Jahre vergehen. Falls ihr überhaupt so viel Zeit blieb.

»Premysl, ich möchte zurücktreten. Es ist das Beste für mein Volk«, beharrte sie. Er seufzte.

»Es war schrecklich, was heute geschah. Aber daran trägst du keine Schuld. Wir müssen um den Erhalt unserer Traditionen kämpfen.«

Libussa fuhr auf. »Vielleicht ist es dazu zu spät. Die Welt um uns herum hat sich verändert. Bereits meine Mutter musste gegen die Anfeindungen von Männern angehen. Ich habe es ebenso getan, doch jetzt bin ich zu schwach. Uns droht Gefahr. Wenn Slavonik sich mit dem Frankenkönig verbündet, sind wir verloren.«

Premysl rieb sich erneut die Augen und sagte: »Das hat nichts damit zu tun, ob ein Mann oder eine Frau über uns herrscht. Frederik meint, dass Gundolf Slavonik leere Versprechungen gemacht hat.«

»Vielleicht jetzt. Doch sobald er die Awaren besiegt hat, kann König Karl gegen uns losschlagen.«

Er strich ihr beruhigend über den Arm.

»Wir müssen abwarten, was geschieht, und der Gefahr ins Auge sehen. Uns auf einen möglichen Angriff vorbereiten. Jetzt können wir Slavonik besiegen, denn noch ist er allein.«

»Er hat Neklan von den Lemuzi auf seiner Seite und vielleicht noch ein paar andere Stämme. Wenn wir untereinander Krieg führen, sind wir ein leichtes Opfer für die Franken. Slavoniks Gerede gegen die Weiberherrschaft hat ihm einige Unterstützung eingebracht, scheint mir.«

Premysl schüttelte den Kopf. »Er wird ebenso gegen mich reden, weil ich ein Bauer bin. In Wahrheit strebt er selbst nach Macht und wird immer Gründe finden, seine Widersacher schlechtzumachen. Dein Rücktritt wird daran nichts ändern, im Gegenteil. Du genießt seit vielen Jahren Ansehen bei deinem Volk, denn die Leute leben gut unter deiner Führung. Das macht dich zu Slavoniks und Gundolfs stärkster Gegnerin. Sie können gegen Mnata hetzen und gegen andere Mitglieder des Fürstenclans der Cechen, doch wenn es um dich geht, werden sie keinen Erfolg haben.«

Libussa wusste, dass man sie deshalb vermutlich töten wollte. Wieder stach es wie ein Messer in ihren Unterleib. Der Schmerz bestärkte sie in ihrem Entschluss.

»Ich bin sehr krank, Premysl. Ich könnte bald sterben.«

Worte konnten wie Waffen sein. Sie sah sein fassungsloses Gesicht und ahnte, dass ein Mensch, den unerwartet ein Schwert durchbohrt, ähnlich dreinblicken würde. Sie hatte vergeblich auf den richtigen Moment gewartet, denn jeder wäre so falsch gewesen wie dieser.

»Hat Kazi das gesagt?«, fragte er mit zitternder Stimme, die er verzweifelt ruhig halten wollte. Libussa nickte.

»Und warum erzählst du es mir erst jetzt? Nach all den Jahren, die wir zusammen verbracht haben, sollte ich da nicht als Erster erfahren, dass dein Leben in Gefahr ist?«

Sie senkte schuldbewusst den Blick.

»Ich wollte dich nicht belasten. Ich hätte mir gewünscht, dass wir noch eine schöne Zeit zusammen verbringen, doch die Umstände machen es unmöglich.«

Premysl rieb sich die Schläfen.

»Es gibt noch andere Heiler außer Kazi. Vielleicht solltest du zu den Germanen gehen. Ihre Druiden sollen sehr gut sein.«

»Kazi hat bei den letzten ihrer Heilkundigen gelernt. Es gibt nur noch ein paar germanische Bauerndörfer, die sich mehr und mehr den unseren anschließen. Ihre Weisen sind vor langer Zeit mit den Fürsten abgewandert. Es hat keinen Sinn, sich etwas vorzumachen, Premysl. Unser Volk hatte keine bessere Heilerin als Kazi. Auf ihr Urteil war immer Verlass. Ich weiß nicht, wie viel Zeit mir noch bleibt. Ich möchte zum Berg der Göttin gehen, so wie ich es mir als junges Mädchen wünschte.«

Sie atmete erleichtert auf, denn nun war endlich alles gesagt. Aber Premysl sah sie vorwurfsvoll an.

»Du erzählst mir erst jetzt von deiner Krankheit. Und dann willst du mich auch noch verlassen.«

Sie zuckte zusammen. Auf einmal schien ihr Verhalten falsch.

»Ich wollte nicht, dass wir uns trennen. Unter anderen Umständen hätte ich mein Amt weiter ausüben können, doch nun bedarf es aller Kraft, die ein Mensch aufbringen kann, um unser Volk zu schützen. Vielleicht wird es Kriege geben. Ich bin zu schwach geworden, Premysl. Ich möchte gehen.«

»Dann lass mich mit dir kommen. Wir können uns eine Hütte bauen, und ich werde für dich sorgen, solange es geht«, flüsterte er und streckte seine Hände nach ihr aus. Wie schon viele Male zuvor in ihrem Leben schenkte seine Umarmung ihr Frieden.

Wie oft hatte sie sich gewünscht, in einer einfachen Hütte zu leben und gemeinsam mit Premysl dort ihre Kinder aufzuziehen! Sie hätte viel mehr Zeit gehabt für alle Menschen, die sie liebte.

Doch der Gedanke an das harte Leben der einfachen Bauern brachte sie wieder in die Wirklichkeit zurück. Es hatte keinen Sinn, Träumen nachzuhängen.

»Du darfst Praha nicht verlassen, Premysl«, erwiderte sie bedrückt. »Du bist der neue Herrscher und musst dich deinen Aufgaben widmen, anstatt eine kranke Frau zu versorgen. Die keltische Priesterin ist heilkundig. Tschastawa, die von Kazi ausgebildet wurde, wird sich ebenfalls um mich kümmern. Es wird mir nicht an Pflege mangeln. Du und ... und der Rest meiner Familie, ihr könnt zu mir kommen, wann immer es euch möglich ist. Doch hier, in Praha, da wäre ich nur eine unnötige Belastung für euch.«

Premysl ließ sie plötzlich los. Erschrocken bemerkte sie das zornige Funkeln in seinen Augen.

»Hast du vergessen, was ich einmal zu dir sagte? Du sollst keinen Fürsten aus mir machen. Meinst du, du kannst über mich bestimmen, wie es dir gefällt?«

Sie zuckte zusammen wie bei einer Ohrfeige. Es dauerte einen Moment, bis sie wieder klar denken konnte.

»Glaubst du nicht, ich wäre glücklicher, wenn du bis zum Ende an meiner Seite wärest?«, fragte sie dann und sah, wie Premysl den Blick senkte.

»Aber ich darf nicht nur an mich selbst denken«, fuhr sie mit Nachdruck fort. »Unser Volk ist bedroht. Unsere Tochter ist zu sanftmütig. In früheren Zeiten, da hätte sie ihr Amt nicht schlecht ausgeübt, doch jetzt sind andere Eigenschaften vonnöten. Mnata hätte Scharka die notwendige Hilfe geben können, doch wegen seiner Herkunft ist er leicht zu verleumden. Lidomir hat zu wenig Erfahrung in der Kriegskunst, von dem

Problem mit seiner Gefährtin abgesehen. Wen sollte ich sonst zu meiner Nachfolgerin ernennen? Thetka ist zu selbstsüchtig und hitzköpfig. Du bist der Einzige, der genug Ansehen in unserem Volk genießt, um anerkannt zu werden. Sogar als Alleinherrscher. Außerdem weiß ich, dass ich dir trauen kann. Du wirst die alten Sitten nicht zu deinem Vorteil ändern.«

Falten erschienen zwischen Premysls Brauen. Sie erkannte mit Erleichterung, dass er ihre Worte ernst nahm und darüber nachdachte.

»Lecho von den Lukanern«, sagte er schließlich. »Er scheint mir der Mann, den du brauchst. Und seine Schwester Radka wäre eine hervorragende Hohe Priesterin. Anders als ich stammen beide aus einem fürstlichen Clan. »

»Aber nicht aus dem unseren«, entgegnete sie und begann ebenfalls zu grübeln. Warum nicht Lecho und Radka? Dann könnte Premysl bei ihr sein, wie sie beide es sich wünschten. Doch sie wusste, dass dies keine Lösung sein konnte.

»Wenn ich Lecho zum Stammesführer ernenne und Radka zu meiner Nachfolgerin, dann wahre ich die Tradition, doch ich breche auch gleichzeitig mit ihr. Die anderen Stämme werden das nicht so einfach hinnehmen. Wenn schon keiner von den Cechen, warum dann nicht ich und meine Schwester Sylva?, wird Slavonik sich fragen.«

Sie sah, wie Premysl Luft holte, um zu einer Entgegnung anzusetzen, und legte beruhigend ihre Hand auf seinen Arm. Das Gespräch hatte bereits all ihre Kraft aufgebraucht.

»Lass gut sein«, meinte sie. »Ich ernenne dich zum Alleinherrscher der Behaimen und überlasse dir anschließend alle Entscheidungen. Findest du jemand, dem du dein Amt guten Gewissens überlassen kannst, dann tue es und folge mir. Ich werde auf dich warten.«

Premysl streckte sich neben ihr aus und zog sie in seine Arme.

»Wann willst du losziehen?«, fragte er nur.

Die Stille milderte den Schmerz des Abschieds. Sie hatte das Tor von Praha erstmals in dem Wissen durchschritten, dass sie niemals zurückkehren würde, und lange quälten sie Erinnerungen an glückliche Augenblicke wie böse Geister. Obwohl sie sich sicher war, dass sie Premysl, Scharka und alle anderen geliebten Menschen nicht zum letzten Mal gesehen hatte, konnte sie ihre traurigen Gesichter nicht vergessen, und es fiel ihr schwer, sich aufrecht auf dem Pferd zu halten.

Hedwig folgte mit respektvollem Abstand auf einem Esel. Ein paar Gewänder, Essgeschirr und die von Tschastawa vorbereiteten Heilmittel waren in Säcken verstaut, die am Sattel der Bediensteten baumelten. Das kostbarste aller Mitbringsel trug Libussa jedoch in einer Tasche an ihrem Gürtel. Sie hatte sich nach einigen Überlegungen entschlossen, die Tonscheibe der Hohen Priesterin nicht Scharka zu übergeben, obwohl ihre Tochter an der Seite Premysls vielleicht stark genug gewesen wäre für dieses Amt. Doch Scharka sehnte sich vor allem nach einem friedlichen Leben mit Mnata, und Libussa sah keinen Grund, ihre Zukunft zu gefährden, indem sie ihr ein Amt aufzwang, das in den kommenden Jahren wohl immer schwieriger auszuüben wäre. Sie wusste nicht, warum, doch seit jenem Augenblick, da der Pfeil Kazi niederstreckte und Gundolf triumphierend den großen Saal betrat, ahnte sie, dass es nach ihr keine Hohen Priesterinnen mehr geben würde. Die Zukunft gehörte den Männern – und den Christen.

Die Düfte und die leisen Laute des Frühlings vertrieben ihre traurige Stimmung. Fernab von menschlichen Siedlungen schien die Welt ein zauberhaft friedlicher Ort. Hatte jener Einsiedler, den sie damals im Wald entdeckten, ähnlich empfunden? Hatte er sie deshalb vor den Menschen gewarnt?

Es schien ihr müßig, darüber nachzudenken. Lächelnd wandte sie sich Hedwig zu, die ihr erleichtert zunickte. Seit die Sächsin ihr eigenes Volk verloren hatte, schien die neue Herrin für sie zugleich Kind, Familie und Stamm in einem geworden zu sein.

»Es kann nicht mehr lange dauern, dann sieht man die zwei Hügel. Es ist der kleinere von beiden, an dem die heilige Quelle ist«, sagte Libussa aufmunternd. Der rundlichen Hedwig machte der Ritt bei dem warmen Wetter sichtlich zu schaffen, sie wischte sich immer wieder den Schweiß von der Stirn.

Als sie das Geräusch von Pferdehufen hörten, zog die Sächsin ein Kurzschwert aus ihrem Gürtel. Libussa griff ebenfalls nach ihrem Dolch, doch war sie sich nicht sicher, ob sie einem Kampf noch gewachsen war.

Ein einzelner Reiter jagte über die Lichtung auf sie zu, nach vorne gebeugt und ohne Waffe in der Hand, was Libussa beruhigte. Sie ließ den Dolch sinken und wartete gelassen, welche Begegnung die Götter ihr noch bestimmt hatten, bevor sie endlich Frieden fand.

Der Reiter trug Beinkleider, eine Tunika und Schnürstiefel. Sein Kopf verbarg sich in einer Kapuze. Erst als er diese zurückgezogen hatte, erkannte Libussa das feine, zu einem Zopf geflochtene Blondhaar. Vlastas Augen funkelten sie zornig an.

»Es stimmt also. Du willst dich davonstehlen«, fauchte sie.

»Wie kannst du es wagen, so mit deiner Fürstin zu reden?«, erklang Hedwigs raue Stimme, bevor Libussa etwas erwidern konnte.

»Sie ist nicht mehr meine Fürstin. Sie hat all ihre Ämter einem Mann in den Rachen geworfen, um nun in Frieden beten zu können. Daran, was sie damit ihrem Volk antut, vor allem den Frauen, hat sie wohl keinen einzigen Gedanken verschwendet.«

Libussa fühlte sich, als hätte ihr Vlasta einen Schlag versetzt. Dabei hatte sie gehofft, mit dem Abschied auch alle Vorwürfe hinter sich zu lassen.

»Ich habe all meine Macht nicht irgendeinem Mann übergeben, sondern einem sehr klugen und gerechten. Du kennst Premysl doch, Vlasta. Glaubst du wirklich, dass Frauen oder auch Männer unter seiner Herrschaft leiden werden?«, sagte sie so besänftigend wie möglich. Vlasta schnaufte, doch Libussas Tonfall schien ihre Wut etwas gedämpft zu haben.

»Trotzdem hast du unsere Traditionen geändert«, begann sie nun ruhiger. »Der Stammesführer steht an der Seite einer Hohen Priesterin. Sie entscheiden gemeinsam. Was soll aus den Frauen werden, wenn nur noch Männer das Sagen haben? Es wird uns gehen wie den Christinnen und den Frauen der Awaren. Hast du nie gehört, was die entlaufenen Sklavinnen erzählen? Man wird uns an fremde Männer geben, ohne sich um unser Einverständnis zu kümmern. Wir werden kein Recht mehr haben, selbst über unser Leben zu bestimmen. Nichts als Vieh werden wir sein, und das alles nur, weil du zu feige warst, dagegen anzugehen. Warum hast du dieser Fränkin überhaupt erlaubt, die beiden Kuttenträger hierherkommen zu lassen? Aus Gutherzigkeit? Es war deine verfluchte Güte, die dazu geführt hast, dass du den Karren in einen Graben lenktest.«

Libussa seufzte. Vlasta war ein Hitzkopf wie Thetka, ihre Mutter. Erschöpft bemühte sie sich um eine Erklärung: »Wir waren eines der letzten Völker, das an diesen Traditionen festhielt. Die Leute aus dem Lande Rus haben sie bereits aufgegeben, da sie von den Nordmännern beeinflusst werden. Über die Polanen weiß ich nichts, doch bei den Mähren herrschen mittlerweile auch die Männer. Wir leben auf keiner Insel, Vlasta. Die Berge um unser Land, sie grenzen uns ab, aber können überquert werden. Es war nur eine Frage der Zeit, bis wir uns dem Rest der Welt anpassen. Männer beherrschen die Kunst der Kriegsführung besser, weil sie von Natur aus stärker sind. Wir gebären Kinder und brauchen Schutz vor feindlichen Angriffen. Aus diesem Grund können Männer die Herrschaft an sich reißen. Auch bei uns. Es hat keinen Sinn, sich dagegen aufzulehnen. Das entzweit uns und macht uns zu einem leichten Opfer für andere Völker. Ich wollte einen Mann finden, der verantwortungsvoll mit seiner Macht umgeht.«

»Und du dachtest, das war eine gute, weise Lösung, Tante

und einstige Fürstin?«, kam es spöttisch aus dem Mund der Kriegerin. »Wie lange meinst du, wird dein geliebter Bauer seine Macht halten können?«

Libussa fröstelte plötzlich in der Frühlingssonne. »Er ist ein kluger Mann und hat mich oft sehr geschickt beraten«, meinte sie und staunte, dass ihre Stimme dennoch unsicherer klang als zuvor.

»Natürlich hat er das«, erwiderte Vlasta unbeeindruckt. »Du warst sein Leben. Seit dem Moment, da du ihn aus seinem Dorf geholt hast, auch wenn es dir vielleicht nicht aufgefallen ist. Premysl ist wie ein treuer, tapferer Hofhund. Doch er wird gegen Rudel von Wölfen kämpfen müssen, die deine Abdankung aus den Tiefen der Wälder gelockt hat, weil sie Blut gerochen haben. In dem Augenblick, da du unsere Tradition gebrochen und Premysl den Fürstenstab übergeben hast, da hast du sein Todesurteil gefällt.«

Libussa musste sich zusammenreißen, um nicht aufzuschreien. »Ich tat, was ich für richtig hielt. Ich bin todkrank und kann mein Amt nicht weiter ausüben. Premysl schien mir die beste Wahl. Scharka ist zart und empfindsam. Ich wollte ihr ein friedliches Leben gönnen, anstatt ihr die Last eines Amtes aufzubürden, das sie immer größeren Gefahren aussetzt.«

»Ein friedliches Leben unter der Herrschaft von Männern wie Gundolf!«, schnaubte Vlasta.

Libussa suchte nach einer Erwiderung, doch dann musterte sie die große, vom Kämpfen gestählte Gestalt, das stolze Gesicht und die breiten Schultern der Kriegerin. Auf einmal verstand sie Vlastas verzweifelten Zorn. Scharka konnte unter der Männerherrschaft leben, denn mit ihrem zarten, gefühlvollen Wesen entsprach sie dem Bild einer schutzbedürftigen Frau. Mnatas bedingungslose Treue würde sie vor allem Unheil bewahren. Doch welchen Platz gab es in Gundolfs Welt für eine Frau wie Vlasta?

Plötzlich begriff Libussa, dass Vlasta bis zum bitteren Ende kämpfen würde, denn dazu war sie bestimmt. Und ihr wurde klar, was sie dieser zornigen, tapferen Kriegerin schuldig war. Wie von einer höheren Macht gelenkt, griff sie in den Beutel an ihrem Gürtel.

»Hier, Vlasta«, sagte sie. »Nimm das Zeichen der Hohen Priesterin. Ich ernenne dich zu meiner Nachfolgerin und bitte dich, Premysl zur Seite zu stehen. Wenn du selbst einen Kampf führen musst, um die Rechte unseres Volkes zu wahren, dann wird das Symbol der großen Sonnengöttin Mokosch dir helfen, Anhänger zu finden. Vergiss die Kelten in den Wäldern nicht. Sie sind gute Bogenschützen. Als ich das Ritual zelebrierte, um mich mit Premysl zu vereinen, da nannten sie mich ihre Königin. Mache ihnen klar, dass du meine Nachfolgerin bist.«

Vlastas kräftige Hände umklammerten die Tonscheibe.

»Ich danke dir, Libussa. Bitte verzeihe meine harten Worte. Andere zu verstehen und Rücksicht auf ihre Gefühle zu nehmen, das war nie meine starke Seite.«

Libussa nickte. »Lass mich jetzt gehen. Ich hoffe, dass ich meine Pflicht erfüllt habe, auch wenn ich dich weder einweisen noch vor aller Augen ernennen kann. Die Schamanen werden es an meiner Stelle tun, sobald sie diese Scheibe in deiner Hand sehen.«

Einen kurzen Augenblick spürte sie Vlastas Arme um ihren Leib, doch gleich darauf verschwand die Kriegerin in den Tiefen des Waldes. Zum ersten Mal fühlte Libussa sich von allen Sorgen befreit. Staunend begriff sie, dass sie nun ihre letzte Aufgabe als Herrscherin erfüllt hatte.

Zu Fuß erklomm sie den Berg, atmete seinen frischen Duft von Wald, Gras und Blüten und lauschte dem Summen der Insekten wie einer zarten Melodie. Sie näherte sich der Höhle, in der sie die keltische Priesterin vermutete. Ihr Auftauchen löste bei der Frau kein Staunen aus. Die Priesterin erhob sich zur Begrüßung, half Libussa beim Auspacken, nahm die Gastgeschenke entgegen und wies ihr eine Hütte in der Nähe der Höhle zu.

»Ich wusste, dass du kommen würdest, Herrin. Ich habe vorgesorgt. Die bescheidene Unterkunft wird dir hoffentlich gefallen. Wo du Zuflucht suchen kannst, wenn es zu Ende geht, ist dir bereits bekannt.«

Libussa nickte und war dankbar, als die Frau sie anschließend allein ließ. Hedwig untersuchte mit misstrauischem Stirnrunzeln die Feuerstelle ihres neuen Heims, strich über bereitgestellte Strohmatten und Decken. Offenbar hatten die Dorfbewohner aus der Umgebung Gaben für die einstige Fürstin gebracht, doch die Wolldecken waren mit Sicherheit von keltischer Hand gewebt, denn sie hatten das bekannte Muster aus bunten Vierecken.

Während die Sächsin sich daranmachte, die Hütte wohnlich einzurichten, trat Libussa wieder hinaus. Die Luft an diesem Berg schien ihre erschöpften Lebensgeister neu zu wecken, und sie machte sich auf den Weg zum nördlichen Hang, wo sie bald das Plätschern der Quelle vernahm. Sie lief leichtfüßig wie einst als junges Mädchen, obwohl das Dickicht ihre Beine zerkratzte, und sprang mühelos über Baumwurzeln und umgestürzte Stämme.

Warum hatte sie so lange versucht, diesen Anblick aus ihrem Gedächtnis zu tilgen? Es war nichts weiter als Wasser, das frisch aus den Tiefen der Erde sprang. Veilchen blühten um die Quelle herum und bildeten ein Muster auf dem Waldboden, dessen Anblick mehr Freude schenkte als alle Stickereien auf Radegunds Gewändern.

Libussa ließ sich nieder. Jeder Schmerz war aus ihrem Körper verschwunden. Sie erinnerte sich, wie selbstverständlich derartiges Wohlbefinden gewesen war, damals, bevor die Krankheit sie zu plagen begann. Jetzt schien es ein kostbares Geschenk der Götter.

»Sieh nach!«, flüsterte plötzlich wieder die Stimme in ihrem

Kopf. »Schau ins Wasser und sieh nach, was sein wird, wenn du diese Welt verlassen hast!«

Ihr Herzschlag beschleunigte sich. Sie legte die Hände auf ihre Ohren, doch konnte sie die Stimme nicht zum Schweigen bringen.

»Du sollst die Zukunft sehen. Das ist unser letztes Geschenk an dich in dieser Welt.«

Zaghaft wandte sie sich dem sprudelnden klaren Wasser zu. Wieder glaubte sie zu fallen, doch diesmal war es kein Sturz in finstere Tiefen. Sanft schwebte sie durch laue Frühlingsluft. Unter ihr wurde der Berg immer kleiner. Auf seinem Gipfel war eine Festung gewachsen, aus Stein, wie es schien. Ein Stück daneben stand ein kleineres Gebäude, an dessen Spitze Libussa das Kreuz der Christen erkannte.

Die Franken!, schoss es ihr durch den Kopf. Sie werden unser Land erobern und ihre steinernen Gotteshäuser bauen.

Das Fliegen war so befreiend, dass der Schrecken allmählich nachließ. Siedlungen zogen unter ihr vorbei, Bauernhütten und weitere Bauten aus Stein. Sie erkannte die breiten Fluten der Vltava und sah Chrasten in Trümmern liegen. Am anderen Ufer brannte ein Feuer. Libussas Magen verkrampfte sich, denn die Flammen tobten oberhalb jener Biegung des Flusses, wo sie Praha hatte errichten lassen. Erschrocken näherte sie sich ihrer Festung und sah, wie die Statuen der Götter zerhackt und angezündet wurden. Doch die Männer, die dies taten, trugen die bunt bestickten Hemden ihres Volkes.

Entsetzt schloss sie die Augen, doch sie öffneten sich gegen ihren Willen erneut.

Ein Gebäude aus Stein stand nun an der Stelle des Schreins. Dahinter waren weitere Bauten im Gange. Sie flog näher an den Schauplatz heran und sah einen Mann in dunkelroter Tunika vor dem Steinbau. Kunstvoll verarbeitete Ketten aus Silber und Glas hingen um seinen Hals. Er war in Begleitung einer ebenfalls geschmückten Frau und einiger anderer Männer in den

Kutten christlicher Mönche. Einer von diesen, dessen Gewand edler schien als das der Übrigen, hielt ein Kreuz in der Hand, wie Libussa es einst in Verden gesehen hatte. Obwohl sie nur wenige Worte hören konnte, erkannte sie die vertraute Sprache ihres Volkes.

Erleichtert begriff sie, dass sie sich geirrt hatte, die Franken würden Praha doch nicht einnehmen. Nun sah sie sich die neuen Gebäude genauer an. Der kleine Bau aus hellem Stein schien seltsam vertraut. Damals, als sie am Ufer der Vltava versuchte, sich ihre zukünftige Siedlung vorzustellen, war er ihr erschienen und sie hatte beschlossen, an jener Stelle den Schrein zu errichten. Nur das Kreuz der Christen musste ihr entgangen sein.

»Die Kirche der Heiligen Jungfrau kann bald geweiht werden, mein Fürst«, hörte sie den ersten der Mönche zu dem prächtig gekleideten Mann sagen. »Du wirst deinem Volk auf ewig in Erinnerung bleiben. Fürst Borivoj brachte die Botschaft des Heils zu diesem Volk der Heiden.« Der Fürst nickte gleichmütig, doch die Frau an seiner Seite strahlte vor Glück.

Nein, Borivoj. Andere sind dir vorausgegangen, doch vielleicht kennst du ihre Namen nicht einmal, dachte Libussa. Trotzdem empfand sie keinen Zorn, nur mildes Staunen. Sie flog näher an die Versammelten heran. Die Frau an der Seite des Fürsten bewegte verzückt ihre Lippen. Christen, so erkannte Libussa, sahen beim Beten nicht wirklich anders aus als die Anhänger des alten Glaubens. Borivoj legte seine Hand auf die Schulter seiner Gefährtin.

»Du hast mir den rechten Weg gezeigt, Ludmilla. Ich glaube, es war klug, auf dich zu hören«, murmelte er sanft und seine Gefährtin lächelte. In ihren Augen erkannte Libussa den Triumph eines Menschen, dessen Träume gerade in Erfüllung gingen.

Sie musterte die Gesichtszüge dieser Frau eingehend, konnte jedoch keine Ähnlichkeit mit der vor vielen Jahren verschwundenen Schwester Neklans erkennen. Es musste Zufall sein, dass sie denselben Namen trug. Doch Borivoj hatte schwarzes glattes Haar und eine elegant geschwungene Nase, ganz wie Lidomirs Fränkin.

Libussa dachte, dass es Radegund vielleicht vorbestimmt gewesen war, zu den Behaimen zu kommen. An der Stelle des Schreins stand nun zwar eine christliche Kirche, doch wenigstens war sie der Mutter des Gottessohnes geweiht. Und eine Frau würde ihren Bau veranlassen. Scheinbar waren Frauen in der Welt der Christen doch nicht ganz ohne Einfluss.

Borivojs Gefährtin blickte sich verwirrt um, als spürte sie die Gegenwart eines unsichtbaren Wesens. Mit misstrauischem Blick malte sie das Zeichen des Kreuzes in die Luft. Als der Fürst sie verwirrt ansah, erklärte sie, heidnische Geister seien in der Nähe. Eine Vila vielleicht.

Offenbar hatten die Christen Angst vor dem alten Glauben. War es ihnen doch nicht gelungen, ihn vollständig auszurotten?

Libussa beschloss, die Frau nicht länger zu erschrecken. Sie flog wieder dem Himmel entgegen. Praha würde nicht untergehen, sondern zu der großen prächtigen Stadt werden, die sie in ihren Träumen gesehen hatte. Wenn Christen solche Schönheit schaffen konnten, dann war nicht alles, was sie taten, schlecht.

Sie stieg weiter, in schwindelerregende Höhen hinauf.

Ob man sich wohl an mich erinnern wird oder nur an diesen Borivoj?, dachte sie noch. Falls mein Name nicht in Vergessenheit gerät, dann schreiben die Schriftkundigen vielleicht eines Tages über mich. Männer wie jener dunkelhäutige Händler, der damals bei uns war und urteilte, ohne viel zu wissen. Was werden sie aus meiner Geschichte machen?

Je weiter sie sich dem Himmel näherte, desto größer wurde ihre Erschöpfung. Schließlich war sie nicht mehr in der Lage, die Augen offenzuhalten. Die Finsternis empfing sie so warm und befreiend wie Premysls Umarmung.

Der Libussa-Mythos

Ein Text aus dem 10. Jahrhundert berichtet von einer Seherin, die das tschechische Volk von einer Seuche befreit, den Bau der Prager Burg veranlasst und anschließend mit Premysl, dem Pflüger, die Dynastie der Premysliden gründet. Namentlich wird Libussa erstmals in der *Cronica Boemorum* von Cosmas von Prag erwähnt, einem Werk, das zu Beginn des 12. Jahrhunderts entstand. Hier treten auch Kazi, Thetka und Krok auf. Der Autor meint, Kazis Grabhügel sei noch zu besichtigen – ob das zu seinen Lebzeiten wirklich der Fall war, ist nicht beweisbar –, und erwähnt auch ein Sprichwort, das damals angeblich verbreitet war. Galt ein Problem als unlösbar, so meinte man: »Das hätte selbst Kazi nicht in Ordnung gebracht.« Im Laufe späterer Jahrhunderte wurde der Stoff immer wieder literarisch bearbeitet und mit zahlreichen Details ausgeschmückt. Jiraseks *Böhmens alte Sagen* von 1894 ist wohl die bekannteste Fassung, die noch heute in tschechischen Schulen gelesen wird.

Zu kommunistischen Zeiten galt diese Sage als Volksüberlieferung und musste folglich wahr sein, denn das einfache Volk log schließlich nicht. Erst Vladimir Karbusicky focht sie in den sechziger Jahren vehement an und vertrat die Auffassung, der gelehrte Cosmas habe aus den verschiedensten Quellen geschöpft, um sich Geschichten über das vorchristliche Böhmen auszudenken, von dem nichts mehr bekannt war. Die moderne Geschichtsforschung betrachtet den Wahrheitsgehalt der Sage ebenfalls mit Skepsis. Die tatsächliche historische Entwicklung im Böhmen des 7. und 8. Jahrhunderts – jener Zeitspanne, in der die Ereignisse um Libussa irgendwann stattgefunden haben müssten – liegt im Dunkeln.

Mir scheint es am wahrscheinlichsten, dass Cosmas von Prag tatsächlich einige mündliche Überlieferungen aufgriff, die zu seinen Lebzeiten kursierten, diese aber nicht wortwörtlich wiedergab, sondern literarisch bearbeitete. Es ist außerdem fraglich, ob Ereignisse über mehrere Jahrhunderte hinweg völlig exakt mündlich tradiert werden. Wie alle Sagen kann die Geschichte über Libussa nur einen Hinweis geben, was vielleicht stattgefunden haben mag. Deshalb schien es mir legitim, bestimmte Details der Sage, insbesondere die Verwandtschaftsverhältnisse unter einigen der Figuren, für meine Zwecke zu ändern.

An dieser Geschichte, die ich seit meiner Kindheit kenne, hat mich stets die Schilderung eines Übergangs von der Frauenherrschaft zur männlichen Dominanz fasziniert. Es gab selbst in strikt patriarchalen Gesellschaften manchmal Herrscherinnen, doch diese änderten kaum etwas an der Stellung der Frau. Hier jedoch folgt auf Libussas Tod ein Aufstand aller Frauen, da die Macht in männliche Hände übergeht. Gelegentlich wurde darauf hingewiesen, dass die Sage eine matriarchale Gesellschaftsform schildert. Diese Idee wurde auch als Beweis angeführt, dass Cosmas tatsächlich die Wahrheit schrieb – denn er konnte von Matriarchaten doch nichts wissen und hätte sich daher wohl kaum eines ausgedacht. Karbusicky tut dies als romantisches Hirngespinst ab und weist zudem auf einen Widerspruch hin: der Herrschaft Libussas und dem anschließenden Aufstand der Frauen geht das Patriarchat unter Krok voraus, der in der Sage Libussas Vater ist. Ich habe die Geschichte daher entsprechend der Matriarchatsforschung abgeändert. In solchen Gesellschaften gibt es meist ein männliches und ein weibliches Oberhaupt, die jeweils unterschiedliche

Aufgaben haben. Aus Krok wurde Libussas Onkel, und ich ließ ihn auch noch etwas länger leben.

Es mag unglaubwürdig erscheinen, im Frühmittelalter ein Matriarchat anzusiedeln. Die Slawen gerieten allerdings anders als germanische Völker nicht unter römischen Einfluss, der meist mit den letzten Resten matriarchaler Tradition aufräumte. Cosmas schreibt, Frauen hätten zu Libussas Zeiten selbst zu den Waffen gegriffen und das Recht auf freie Partnerwahl gehabt. Islamische Händler schildern slawische Völker als egalitär und anarchistisch, was natürlich eine Fremdperspektive ist. Eine gewisse Ordnung und Hierarchie existieren in jeder Gesellschaft. Doch deckt sich diese Schilderung mit den Kriterien, die Heide Göttner-Abendroth, Deutschlands bekannteste Matriarchatsforscherin, für solche Gesellschaftsformen aufstellt.

In den älteren Versionen der Sage ist Libussa Gründerin der Stadt Prag, später gilt sie nur noch als eine Seherin, die die Bedeutung dieser Stadt voraussah. Offiziell wurde Prag von Fürst Borivoj in der zweiten Hälfte des 9. Jahrhunderts gegründet, doch war die Gegend vorher bereits besiedelt. Ich lasse die Geschichte am Ende des 8. Jahrhunderts spielen, denn eine frühere Stadtgründung mit Burgwall etc. wäre historisch unglaubwürdig. Das älteste befestigte Areal, das auf der Kleinseite gefunden wurde, wird in die erste Hälfte des 9. Jahrhunderts zurückdatiert.

Heidnische Völker gerieten damals durch die aggressive Machtpolitik Karls des Großen endgültig in Bedrängnis. Historiker sprechen zudem von einer »feudalen Revolution«, die sich im Laufe dieses Jahrhunderts bei den Slawen abgespielt haben muss. Die egalitäre Gesellschaft wurde zunehmend von Herrschern dominiert, denen das Wohl der einfachen Leute gleichgültig war. Doch niemand kann erklären, woher diese Herrscher plötzlich kamen. Ich habe versucht zu schildern, wie diese Entwicklung sich abgespielt haben könnte.

Die Namen Neklan und Tyr stammen aus einer anderen tschechischen Sage. Ich habe sie nur entliehen und will damit nicht auf diese mythischen Gestalten anspielen.

»Behaimen« war die damalige Bezeichnung für die Bewohner des heutigen Tschechien. Die Tschechen haben sich selbst nie Böhmen genannt, doch da sie damals angeblich ein Stamm von vielen waren, brauchte ich einen Namen für das ganze Volk und habe daher diesen gewählt.

Von den vorchristlichen Kulten in Böhmen ist eigentlich nichts bekannt Meine Schilderung der damaligen Religion beruht auf Rekonstruktionsversuchen von Vjačeslav V. Ivanov und Vladimir N. Toporov sowie von Radoslav Katicic und Vitomir Belaj, die sich auf andere vorchristliche Religionen und volkstümliche Bräuche der Slawen berufen. Sie erwähnen alle eine weibliche Sonnengottheit, der ich den Namen Mokosch gab, da dies eine der wenigen slawischen Göttinnen war, auf die ich gestoßen bin. Mokosch ist eigentlich als feuchte Mutter Erde, Göttin der Weiblichkeit, bekannt. Ich habe hier beides miteinander verbunden.

Die Teilnahme der Behaimen am Sachsenkrieg habe ich natürlich erfunden, doch mischten einige slawische Völker in diesen kämpferischen Auseinandersetzungen mit, die sich über viele Jahre hinzogen. Lidomirs Geiselnahme ist ebenso wenig historisch belegt und stammt auch nicht aus der Sage. Karl der Große pflegte aber bei unterworfenen heidnischen Völkern Fürstenkinder als Geiseln zu nehmen und in Klöstern aufwachsen zu lassen, damit sie christianisiert wurden.

Und noch eine Anmerkung zu den Örtlichkeiten: Man hat die Überreste von ca. fünf Siedlungen mit Burgwall im Prager Raum gefunden, die vage ins 8. Jahrhundert datiert werden. Welche davon vor Prag der Hauptwohnsitz des Stammes war, ist umstritten. Ich bin daher der neueren Version der Sage gefolgt, die Libussa im heutigen Vysehrad aufwachsen lässt. Laut Cosmas lautete der alte Name der Festung Chrasten. Doch ist eine Besiedelung dieses Ortes zur damaligen Zeit archäologisch nicht nachweisbar. Der »Berg der Göttin« mit der Quelle soll das heutige Libuschin sein. Dort wurden heidnische Kultgegenstände gefunden, u. a. die von mir erwähnte Tonscheibe mit dem Kreuz, dem Symbol der Sonne.

Tereza Vanek

Petra Durst-Benning

Das gläserne Paradies

Roman

ISBN 978-3-548-26791-3
www.ullstein-buchverlage.de

Die große historische Saga der Erfolgsautorin Petra Durst-Benning geht weiter: Glück und Glas sind zerbrechlich. Das erlebt die junge Wanda am eigenen Leib, als sie 1911 zu ihrer Glasbläserfamilie in den Thüringer Wald zurückkehrt: Das gläserne Paradies ist in Gefahr, denn eine der wichtigsten Hütten soll verkauft werden. Wanda versucht mit allen Mitteln zu helfen. Doch was als vielversprechende Rettungsaktion gedacht war, endet in einer Katastrophe.

»Eine von Deutschlands First Ladies des historischen Romans« *Bild am Sonntag*

»Petra Durst-Benning versteht es wunderbar, zu unterhalten und vergessene Orte mit Leben zu füllen.« *SWR*

UB419

ullstein

Ann Moore

Geliebte Gracelin

Roman

ISBN 978-3-548-26352-6
www.ullstein-buchverlage.de

Irland, Mitte des 19. Jahrhunderts. Gracelin O'Mailey, die schöne Tochter eines irischen Pächters, heiratet einen englischen Gutsbesitzer – in den Zeiten der Hungersnöte und Vertreibungen die einzige Möglichkeit, ihre Familie vor künftigem Leid zu schützen. Doch als ihr kleiner Sohn, der sehnlich erwartete Erbe, stirbt, erweist sich Gracelins Ehe als grausames Gefängnis …

»*Vom Winde verweht* auf Irisch … Ann Moore beschreibt mit viel Gefühl und Phantasie den Kampf einer schönen starken Frau um ihr Lebensglück.« *Madame*